U0925554

『十三五』国家重点图书出版规划项目

『中国近代日记文献叙录、整理与研究』

（项目编号：18ZDA259）阶段性研究成果

中国近现代稀见史料丛刊【第七辑】

常熟翁氏友朋书札（上）

张剑 徐雁平 彭国忠 主编

李红英 整理

本辑执行主编 张剑

凤凰出版社

图书在版编目（CIP）数据

常熟翁氏友朋书札 / 李红英整理. -- 南京 : 凤凰出版社, 2020.9
（中国近现代稀见史料丛刊. 第七辑）
ISBN 978-7-5506-3246-2

Ⅰ. ①常… Ⅱ. ①李… Ⅲ. ①书信集－中国－近代 Ⅳ. ①I265

中国版本图书馆CIP数据核字(2020)第150955号

书　　名	常熟翁氏友朋书札
著　　者	李红英 整理
责任编辑	李相东
装帧设计	姜　嵩
出版发行	凤凰出版社(原江苏古籍出版社) 发行部电话025-83223462
出版社地址	江苏省南京市中央路165号,邮编:210009
出版社网址	http://www.fhcbs.com
照　　排	南京凯建文化发展有限公司
印　　刷	苏州市越洋印刷有限公司 江苏省苏州市吴中区南官渡路20号,邮编:215104
开　　本	880毫米×1230毫米　1/32
印　　张	22.125
字　　数	575千字
版　　次	2020年9月第1版
印　　次	2020年9月第1次印刷
标准书号	ISBN 978-7-5506-3246-2
定　　价	198.00元(全二册)

(本书凡印装错误可向承印厂调换,电话:0512-68180788)

袁行霈先生题辞

「音实难知，知实难逢，逢其知音，千载其一乎！」（《文心雕龙·知音》）今读新编稀见史料丛刊，真有治学知音之感也。

傅璇琮谨书

二〇一二年

傅璇琮先生题辞

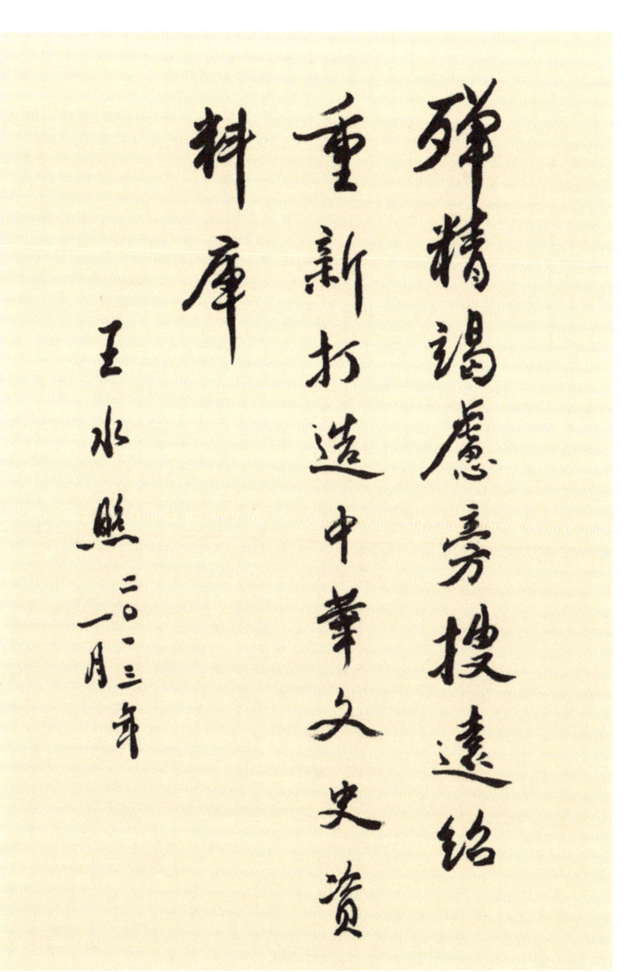

王水照先生题辞

萨湘林书札

金釗白

邃盦賢友親家大人閣下每年賤降母難之日不許小兒小媳等治麪款賓並飭司閽勿通客刺只於祖宗堂點燭閉閣持齋

親家大人趨直勤勞必無暇晷萬一是日適遇到署之便切勿枉駕以致愚父子失迎之罪叩禱叩禱并祈

汤金钊书札

慶裔昌馨頌忱 徐艱鉅謀膺本知非援去
春奉
命来粵援暎夷稟繳煙土二萬餘箱業經
奏准免罪隨飭出具不敢帶煙切結照舊通
商詎奸夷惟利是圖屢形反覆旋又特奉
諭旨斷其貿易該夷船仍在外洋散泊覬望遷延
雖在粵者未肆鴟張而赴浙者忽聞豕突

林则徐书札

《中国近现代稀见史料丛刊》总序

在世界所有的文明中，中华文明也许可说是“唯一从古代存留至今的文明”（罗素《中国问题》）。她绵延不绝、永葆生机的秘诀何在？袁行霈先生做过很好的总结：“和平、和谐、包容、开明、革新、开放，就是回顾中华文明史所得到的主要启示。凡是大体上处于这种状况的时候，文明就繁荣发展，而当与之背离的时候，文明就会减慢发展的速度甚至停滞不前。”（《中华文明的历史启示》，《北京大学学报》2007 年第 1 期）

但我们也要清醒看到，数千年的中华文明带给我们的并不全是积极遗产，其长时段积累而成的生活方式与价值观具有强大的稳定性，使她在应对挑战时所做的必要革新与转变，相比他者往往显得迟缓和沉重。即使是面对佛教这种柔性的文化进入，也是历经数百年之久才使之彻底完成中国化，成为中华文明的一部分；更不用说遭逢“数千年来未有之变局”、“数千年未有之强敌”（李鸿章《筹议海防折》），“数千年未有之巨劫奇变”（陈寅恪《王观堂先生挽词序》）的中国近现代。晚清至今虽历一百六十馀年，但是，足以应对当今世界全方位挑战的新型中华文明还没能最终形成，变动和融合仍在进行。1998 年 6 月 17 日，美国三位前总统（布什、卡特、福特）和二十四位前国务卿、前财政部长、前国防部长、前国家安全顾问致信国会称：“中国注定要在 21 世纪中成为一个伟大的经济和政治强国。”（徐中约著《中国近代史》上册第六版英文版序，香港中文大学 2002 年版）即便如此，我们也不能盲目乐观，认为中华文明已经转型成功，相反，中华文明今天面对的挑战更为复杂和严峻。新型的中华文明到底会怎样呈现，又怎样具体表现或作用于政治、经济、文化等层面，人们还在不断探索。这个问题，我们这一代恐怕无法给出答案。但我们坚信，在历史上曾经灿烂辉煌的中华文明必将凤凰浴火，涅槃重生。这既是数千年已经存在的中华文明发展史告诉我们的经验事实，也是所有为中国文化所化之人应有的信念和责任。

不过，对于近现代这一涉及当代中国合法性的重要历史阶段，我们了解得还过于粗线条。她所遗存下来的史料范围广阔，内容复杂，且有数量庞大且富有价值的稀见史料未被发掘和利用，这不仅会影响到我们对这段历史的全面了解和规律性认识，也会影响到今天中国新型文明和现代化建设对它的科学借鉴。有一则印度谚语如是说："骑在树枝上锯树枝的时候，千万不要锯自己骑着的那一根。"那么，就让我们用自己的专业知识与能力，为承载和养育我们的中华文明做一点有益的事情——这是我们编纂这套《中国近现代稀见史料丛刊》的初衷。

书名中的"近现代"，主要指1840—1949年这一时段，但上限并非以一标志性的事件一刀切割，可以适当向前延展，然与所指较为宽泛的包含整个清朝的"近代中国"、"晚期中华帝国"又有所区分。将近现代连为一体，并有意淡化起始的界限，是想表达一种历史的整体观。我们观看社会发展变革的波澜，当然要回看波澜如何生，风从何处来；也要看波澜如何扩散，或为涟漪，或为浪涛。个人的生活记录，与大历史相比，更多地显现出生活的连续。变局中的个体，经历的可能是渐变。《丛刊》期望通过整合多种稀见史料，以个体陈述的方式，从生活、文化、风习、人情等多个层面，重现具有连续性的近现代中国社会。

书名中的"稀见"，只是相对而言。因为随着时代与科技的进步，越来越多的珍本秘籍经影印或数字化方式处理后，真身虽仍"稀见"，化身却成为"可见"。但是，高昂的定价、难辨的字迹、未经标点的文本，仍使其处于专业研究的小众阅读状态。况且尚有大量未被影印或数字化的文献，或流传较少，或未被整合，也造成阅读和利用的不便。因此，《丛刊》侧重选择未被纳入电子数据库的文献，尤欢迎整理那些辨识困难、断句费力、裒合不易或是其他具有难度和挑战性的文献，也欢迎整理那些确有价值但被人们习见思维与眼光所遮蔽的文献，在我们看来，这些文献都可属于“稀见”。

书名中的“史料”，不局限于严格意义上的历史学范畴，举凡日记、书信、奏牍、笔记、诗文集、诗话、词话乃至序跋汇编等，只要是某方面能够反映时代政治、经济、文化特色以及人物生平、思想、性情的文献，都在考虑之列。我们的目的，是想以切实的工作，促进处于秘藏、边缘、零散等状态的史料转化为新型的文献，通过一辑、二辑、三辑……这样的累积性整理，自然地呈现出一种规模与气象，与其他已经整理出版的文献相互关联，形成一个丰茂的文献群，从而揭示在宏大的中国近现代叙事背后，还有很多未被打量过的局部、日常与细节；在主流周边或更远处，还有富于变化的细小溪流；甚至在主流中，还有漩涡，在边缘，还有静止之水。近现代中国是大变革、大痛苦的时代，身处变局中的个体接物处事的伸屈、所思所想的起落，藉纸墨得以留存，这是一个时代的个人记录。此中有文学、文化、生活；也时有动乱、战争、革命。我们整理史料，是提供一种俯首细看的方式，或者一种贴近近现代社会和文化的文本。当然，对这些个人印记明显的史料，也要客观地看待其价值，需要与其他史料联系和比照阅读，减少因个人视角、立场或叙述体裁带来的偏差。

知识皆有其价值和魅力，知识分子也应具有价值关怀和理想追求。清人舒位诗云“名士十年无赖贼”（《金谷园故址》），我们警惕袖手空谈，傲慢指点江山；鲁迅先生诗云“我以我血荐轩辕”（《自题小像》），我们愿意埋头苦干，逐步趋近理想。我们没有奢望这套《丛刊》产生宏大的效果，只是盼望所做的一切，能融合于前贤时彦所做的贡献之中，共同为中华文明的成功转型，适当“缩短和减轻分娩的痛苦”（马克思《资本论》第一卷第一版序言）。

《丛刊》的编纂，得到了诸多前辈、时贤和出版社的大力扶植。袁行霈先生、傅璇琮先生、王水照先生题辞勖勉，周勋初先生来信鼓励，凤凰出版社姜小青总编辑赋予信任，刘跃进先生还慷慨同意将其列入“中华文学史史料学会”重大规划项目，学界其他友好也多有不同形式的帮助……这些，都增添了我们做好这套《丛刊》的信心。必须一提的是，《丛刊》原拟主编四人（张剑、张晖、徐雁平、彭国忠），每位主编负责一辑，周而复始，滚动发展，原计划由张晖负责第四辑，但他尚未正式投入工作即于 2013 年 3 月 15 日赍志而殁，令人抱恨终天，我们将以兢兢业业的工作表达对他的怀念。

《丛刊》的基本整理方式为简体横排和标点（鼓励必要的校释），以期更广泛地传播知识、更好地服务社会。希望我们的工作，得到更多朋友的理解和支持。

2013 年 4 月 15 日

目　录

上　册

下　册

前　言

在交通不便、通讯落后的古代，羁旅异乡的人们与家乡亲友之间的沟通交流，只能依靠鸿雁传书。一封书信，是天各一方的亲朋好友最大的期盼，承载着游子背井离乡的望云之情，寄托了亲人血脉相连的倚闾之思。国家图书馆藏《常熟翁氏亲朋书札诗翰》收录了常熟翁氏亲朋师友之间的往来书札、酬唱诗翰，约计千馀通，涉及人物众多，上起帝师宰相、同僚幕属，下至门生故旧、同乡至契。书札内容丰富，关涉朝廷军政、官场百态，以及血脉亲情、日常琐事等方面，不仅是研究翁氏父子和晚清社会的重要文献，亦是全面研究翁氏及其姻亲家族的第一手资料，价值极高。

《常熟翁氏亲朋书札诗翰》八函二十四册，由三个部分组成。第一部分，《先文端往来书牍》十六册，馆藏登记作《诸家致翁心存书札诗翰》，纸捻装订；第二部分，《常熟翁氏友朋书牍》六册，馆藏登记作《诸家致翁心存翁同书翁同龢等书札》，线装；第三部分，《先文恭往来书札》二册，馆藏登记作《诸家致翁同龢书札》，线装。此书旧藏常熟翁氏，1955年10月，翁氏后人天津翁之憙先生捐赠入藏北京图书馆（今国家图书馆）。现将各册情况简介如下：

第一册封面右侧墨笔题“萨湘林先生书”，左侧墨笔题“常熟翁氏亲朋书札诗翰”，较右侧字小。本册有萨迎阿致翁心存手札二十馀通，时间主要集中在道光十七年。时值萨迎阿任盛京礼部侍郎，书札中主要涉及庆樾庭、讷尔经额（近堂）、文蔚（露轩）、侯桐（叶唐）、奕泽（丽川）、程春海、祁寯藻等人。另有萨迎阿拟考差题诗二首、酬唱即兴诗四首。

第二册封面右墨笔题“汤文端公书”，即汤金钊致翁心存手札五十馀通，写作时间主要在道光年间及咸丰初年。汤金钊是翁心存的座师，其子汤修之女松姑即翁同龢之妻。

第三册封面右侧墨笔题“许秋涛公书”，下小字书“朗轩公一札，又耕梅府君一札，及竹君公、穆斋叔字”。主要包括翁心存岳父许夔写给翁心存夫妇的手札近六十通，时间从嘉庆初年至道光十年前后，涉及张大镛、奕绘、许金照（朗轩）、翁人镜、林则徐等人。另有翁颖封（耕梅）在侄子翁心存登第后写给翁心存的一封信，以及许金照、翁氏二房翁荣光（穆斋）、翁苞封（竹君）致翁心存手札各一通。从这部分书札可见翁氏及其姻亲家族早期的奋斗历程。

第四册封面右侧墨笔题“同馆老辈及粤东诸子书”，主要有刘凤诰、周之琦、陈寿祺、朱方增、叶绍本、张岳崧、黄安涛、童槐、廖鸿荃、陈鸿、徐宝善、许乃济、朱昌颐、黄琮、侯桐、桂良、张祥河、吴兰修、黄钊、陈澧等人致翁心存书札五十通，时间主要在道光年间。

第五册封面右侧墨笔题“张鹿樵程心宇两先生书”，包括张大镛致翁心存手札三十馀通、程定谟致翁心存手札近二十通，时间大多在嘉庆末年、道光初年。

第六册封面右侧墨笔题“同时巨公书”。其中有祁寯藻、张维屏、李星沅、林则徐、陆建瀛、常大淳、陈孚恩、邹鸣鹤、祁宿藻等人致翁心存手札五十馀通，时间主要在道光年间。

第七册封面右墨笔题“程子廉邵橘泉两先生书”，包括程正槼、邵曰诚致翁心存书札四十馀通，时间主要在道光年间。

第八册封面右侧墨笔题“壬午同年诸公书”，其中有梅曾亮、张维屏、石家绍、陆我嵩、戴兰芬、陈嘉树、李儒郊、曾望颜、何士祁、顾元恺、顾椿等人致翁心存手札八十馀通，时间主要在道光年间。

第九册封面右侧墨笔题“同里诸先生书”，有张海鹏、王家相、德懋、许廷诰、庞大奎、吴廷钤等人致翁心存书札八十馀通，时间主要在道光年间。

第十册封面右侧墨笔题“同乡至契诸先生书”，其中有吴宝书、钱泳、周学濂、汤显业、蒋廷恩、杨以增、邵广铨、刘师德、陈观理、蒋瑛、魏光辰、孙仲宝、戴诗亭、蒋因培、陶贵鉴、孙文杓、邵渊耀、杨希铨、周壬福、赵元凯等人手札八十馀通，时间从嘉庆末年至道光年间。另有孙文杓诗赋数篇。

第十一册封面无题名，有徐经、殷寿彭、冯桂芬、姚晏、陈晋恩、倪良耀、熊兆麟、沈炳垣、杨希钰、程正桀、张式等人手札近二十通。时间主要在道光末年至咸丰初年。

第十二册封面右侧墨笔题“师友书”，其下小字墨笔题“魏笛生先生书居多”。其中有魏茂林、陆言、李家蕙、姚璋、陶应荣、张敦悌等人手札，时间涉及嘉庆、道光、咸丰三朝。另有姚璋贺翁心存六十寿诗一首。

第十三册封面右侧墨笔题“师友书”，五十馀通。其中包括唐仲冕、吕星垣致翁咸封书札；孙原湘、马正扬、英和、蒋祥墀、史致俨、鲍桂星、白镕、李宗昉、唐鉴、许乔林、方棨等人致翁心存手札，时间从嘉庆初年至咸丰初年。札中有唐仲冕诗赋四首。

第十四册封面右侧墨笔题“澄怀诸友书”，六十馀通。其中包括陈官俊、祁寯藻、程德楷、徐士芬、许乃普、程恩泽、田嵩年、池春生、杜受田、孙瑞珍、贾桢、吴钟俊、单懋谦、钮福保、金国均、何桂珍、桂清、金鹤清等人手札。主要集中在道光年间。

第十五册封面右侧墨笔题“粤东诸君书”，十馀通。其中有吴兰修、徐友白、温训谨、龙元僖、陈澧、卢同伯、谭莹、桂文耀、杨文荪、马钊、金国均等人手札。

第十六册封面右侧墨笔题“诸公诗翰”，七十馀通。其中有奕纬、绵愉、汤金钊、许乃普、祁寯藻、龚守正、奕经、奕泽、黄安涛、许夔、黄钊、陈揆、周学濂、孙文杓、蔡寿昌、程定谟、吴廷钤、张定球、姚锡范、顾元恺、邵渊耀、顾椿、彭蕴章等人唱和诗翰。时间涉及嘉庆、道光、咸丰三朝。其中所收诸人诗词赋文，可与刻本互证，亦可补刻本之缺。如祁寯藻两首诗，与天津图书馆藏清咸丰七年(1857)刻本祁寯藻《䜩䜌亭集》卷十六所收，文字间有不同。龚守正与翁心存唱和的三首诗，清末刻本《龚文恭全集・古今体诗》卷六中仅收录两首，文字亦有不同。

第十七册磁青纸封面无题名，书札近三十通。其中有绵愉、萨迎阿、徐青照、德兴阿、许夔、吴鸿纶、庞钟璐、汤修、陈乔枞、吕佺孙、俞大文、陆建瀛等人致翁心存手札。另有周壬福、陈澧、杨彝珍等人致翁同书手札；蔡逢年、端木埰、曾朴、翁同龢等人手书。时间主要涉及道光、咸丰、同治三朝。

第十八至二十四册磁青纸封面，无题名，诸家致翁同龢等人书札三百馀通。其中有李慈铭、曾纪泽、丁日昌、徐桐、张家骧、孙家鼐、左宗棠、李鸿章、朱学勤、龙元僖、张祥龄、彭祖贤、庆裕、文格、庞钟璐、李文田、荣禄、崇绮、杨泗孙、梁耀枢、魁龄、邵亨豫、潘祖荫、胡燏棻、刘可毅、恒福、王庆云、李鸿藻、王懿荣、孙诒经、曾国荃、张之洞、刘秉璋、许景澄、倪文蔚、张荫桓、乔松年、谭钟麟、任道镕等人手札。时间主要集中在光绪年间。

这部分书札诗翰从嘉庆初年至光绪末年，历经嘉庆、道光、咸丰、同治、光绪五朝，时间跨度长达一个世纪左右。据《翁心存日记》《翁同龢日记》等相关资料，翁氏父子兄弟、亲朋师友、旧雨新知等人之间的往来信件颇为频繁。然历经兵燹水火等天灾人祸的毁坏，能够有幸保存下来的，实属不易。信中所述之事，基本上是写信人耳闻目睹的一些朝中大事、地方军政、官场百态，提供了相当丰富的历史细节，是主人公最直接的情感流露，亦是最真实的历史记录，可补正史文献之阙。由于笔者能力有限，书中不足之处，敬请方家学者批评指正。

凡　例

一、本书中所列诸通书札，涉及人物众多，皆以原稿先后为序。

二、原稿中补充说明的夹行小字，移入正文相应位置，并加圆括号，以示区别。

三、表示自谦的小字如“愚”、“舍弟”等，改用正文字号。表示尊称而换行另起的文字，整理时不再换行，而是根据内容正常排列。

四、原稿虫蛀或残缺处的文字，据字体残迹及上下文意猜测之字，以方括号“[]”表示；约略可计数者，或个别不能辨认之字，均以“□”表示；不可计数者，以“……”表示。

五、原稿部分书札的装订，间有前后错乱处，谨据其内容做相应调整。

六、根据《中国近现代稀见史料丛刊》的体例要求，家书释文以简体横排，除涉及人名、地名和其他等特殊情况，不宜一律改作简化字，其他尽量使用通行的简化字。如“髣髴”作“仿佛”、“蓺”作“艺”、“諙”作“话”、“摉”作“搜”、“詧”作“察”、“踈”作“疏”、“疋”作“匹”、“悮”作“误”、“歬”作“前”、“頟”作“额”、“覄”作“覆”、“沿”作“沿”等。

七、为保持原稿的本来面貌，书札中数字或日期写法照录，如“廿”、“廿二”、“卅”等，不改作“二十”、“二十二”、“三十”等。

一　萨湘林先生书

1

贵体已大愈否？念念。神曲茶饼，饮之最宜，奉送两卷，共二十元。希查。即候早佳，不一。

二铭仁弟大人阁下，愚兄萨迎阿顿启。

2

昨归黄寺后仕之，李喇嘛来请。今日亇后到寺吃羊，即约兄处之厨师到彼去煮，用湘浦先生家煮法，能去膻而得鲜味，如太羹元水。李陆平先生与李春生向不食羊肉，均喜其汤鲜也。奉约阁下午间出小西门度边门，向西北行不过里许，即到黄寺之后庙矣。彼处极静，如无风，可登楼远眺，可作半日清谈，弟台大人必有此雅兴也。专此布请晨安，不一。愚兄萨迎阿顿启。

李喇嘛说请兄代请贵客随喜也。穿便衣亦可，兄拟穿马褂去。又及。

3

二铭仁弟年大人阁下：

别后月馀，忽忽如有所失。两接手书，欣悉行祺安吉，备叨存注。计新正五、六日到京，必荷天颜见喜。想吉座高升，新猷春盛，定符臆颂。图鉴堂荣调晋臬[1]，三月内可交卸入都。庆樾庭精明谙达，晋省已著贤声，来此为十四城造福，兼尹者亦可省心，惟承德、锦邑、新民、复州，四处交代，殊为棘手。周雨林已委天桥，此番调济，至冬可以南旋，如再不足，则亦不能为力。

赵令案总须附题，给一降留处分，方下得去，将来秋曹尚须其托人照拂。今案尚未具详，陈南楼极力为复州措办，尚缺四所，三月间能完善即无事。周芸卿早已札调，犹观望不前，郎令早已赴锦到任矣。灯节未请如恒，止于将军京兆数处吃饭而已。叶塘儒雅讷言，实为古道。月之廿四日居然开阁，延客于得树轩，亦特举也。文露轩已到任，现在一堂和气。将军少寇与京兆尤和衷，露英公极其收敛，诚有阅历，令人可佩。

元旦次日，已沛祥霙，东省有年可卜，孱躯粗适，益纾廑注。春浦少马、春海少农，想均已快晤矣。尊寓已卜何处，望示知之。元夜前后外城观剧、吃酒，雅集盛会中曾道及兄与诗塘否？儿辈不知曾造谒否？此请崇安，诸惟融照，临颖不尽依驰。年愚兄萨迎阿顿启[2]，并候世兄文祉，正月廿五日。

月之廿三日奉廷寄，奉天府尹印信交兄，令鉴堂即行进京请训，复再赴新任。鉴堂廿六日起程，兄一人暂兼京兆，不胜忙碌，庆樾庭不知已到京否，盼甚，盼甚。

---

① 道光十七年正月初四日，翁心存阅邸抄，“始知山西臬使庆君林升奉天府尹，（十二月廿三日。）而图鉴堂则调补山西臬使”（《翁心存日记》第一册，中华书局2011年版，第221页）。庆林，即庆樾庭。图鉴堂，即图明额，行四。知此通写于道光十七年正月二十五日。

② 上钤“萨迎阿印”朱文方印。

4

二铭仁弟年大人阁下：

差旋，奉到手书，如亲芝宇，欣悉天颜见喜，圣眷体情，特命入直书房，比维贤劳极著，以慰以忭。承示仲春即寓澄怀园，可时与春浦少马诸君相晤，何快如之！正月廿三日奉旨令将府尹印交兄，令图鉴堂即行进京请训，再赴新任，或系因镜汀中丞患病，庆樾庭必俟其到任始东行耶。讷近堂降抚，自又有一番大动。奕丽川降侍卫，未尝非福[①]。兄日日进府，事无巨细，皆须口到手到，眼到心到，宦紧才微，恐有贻误。若棣台大人在此，必能助我等。塘兄轻究不出门，幸禄雨亭、诗塘少寇、露轩少马时至府过谈，爱堂间亦至府。露英大农人极讲交情，豪爽可爱。周芸峰观望不前，以至诸事棘手，经严札数调，今始得其起程来省之信。钦派修工大臣，不日将至，一切预备，大费周章，调此迂拘之员如何共事，惟日盼樾庭早来共济，又恐其即升方伯，另换人来，则掣肘之至，数大交代未清。现此止兄与徵松垞二人[②]，锡倅暂署开寓，南楼又赴复州，鲍牧署铁岭，富令赉升新民厅，业已札调，尚未到。成万丞来省，该厅无官，一时难处毕集，兄竟刻无静时，菲才何克当此。鉴堂到京不知即赴晋省，抑另有位置也。芸轩夫子信已收到，日来竟不暇作信，加宫保衔之贺函尚未能写也，幸孱躯耐劳。内人已大愈，兄眠食亦佳，足纾廑注。今日对本五本，眼看辛经

---

① 道光十七年正月二十二日，“是日一二品大员京察得旨：内阁学士桂森粗率无能，降二等侍卫，盛京工部侍郎奕泽才具平庸，降头等侍卫，功普补盛京工部侍郎，两湖总督讷尔经额降湖南巡抚”（《翁心存日记》第一册，第 227 页）。疑此通写于道光十七年二月初一日。是年二月十五日（望日），翁心存收到萨湘林书信，“萨[湘]林侍郎家人来，递到信二函”（《翁心存日记》第一册，第 233 页），当即此通。

② 徵松垞，名良，号松垞，行五，桂燕山中丞之弟。参见《翁心存日记》第一册，第 202 页。

历送部而归，已点灯时。晚临章写此，奉请台安，诸惟心照，不具。年愚兄萨迎阿顿首，初一日灯下①。（将封缄，春太守与周芸峰已到，可以下知矣。鉴堂或可署方伯去矣。）（周雨林已委署天桥之缺，又及。辛则委海差，以为入都乡试之资矣。）

5

二铭仁弟年大人阁下：

仲春杪奉到手书，语重情长，如对芝宇。藉悉澄怀勤劳，圣恩优渥，兴居吉祥，为之欣慰。世兄南旋，代侍萱帏。吾弟大人旦在京报效，书房正借师法，似可缓陈情也。现在沈京一堂和气，敝府新正书房塌其四椽，正在坐客之室，敷衍补葺，兼觅得东门外郎令所寓，赶紧扫除、糊裱月馀，在府中会客，二月廿六日已移寓，以免仰屋之惧。鉴堂不赴晋省，丽川回京供职，诚如来书，可谓失马之福，惟鉴堂恐度日维艰耳。兄无财运，盼得首列，而先兼尹篆。得此忙差，岂能复司牛马？诗塘粤西中丞归来，自应司税提其高兴，可以缓其退志，亦于此地有裨益也。廿八日伊来新寓，已将来书与看。伊谓谬赞。至兄与吾弟雅托知己，相见晚，相离远，千里相照，承与春海、春浦相提并论，殊蒙过爱而立其丑。兄日日一人独理，虽眼到、手到、心到、口到，而犹恐挂一漏万，不胜官紧才微之惧，惟冀樾庭京兆早来，可以分劳共济。周芸卿人之诚笃，弟所深知，幸已到任。星使来寓，不能酬应，故留徵松垞帮办，以章鞠人往复副之，公私皆下得去矣。复州春杪可以完全，海城案已收拾得干净，具题亦并未附参，决无痕迹。如见青士、星伯两兄，代转达之。刻下一人唱此一台戏，又兼应酬答拜，实不暇执笔寄各处信，春海、春浦二君晤时，代致道念。

兄有癸丑石庵相国题名卷在春海处，如题后吾弟应亦题之，题毕

① 参见前札萨迎阿道光十七年正月二十五日“别后月馀，忽忽如有所失。两接手书……”一通（第3札）。

再交青士处，俾伊交儿辈寄来也。叶塘除照例答拜外，不甚出门，十分沉静，真醇儒也。兄自去冬迄今，未得弄笔墨。叶塘赠二律，迟至月馀方步韵答之，近乎酬应之作，押韵稳而已，不堪录寄也。兹遣家人进京递月折，书此奉候台安，诸惟亮察，不具。年愚兄萨迎阿顿首①。

旧寓白虎门，故内人多病，今移新寓，天气亦暖，已大愈矣。又及。

去秋初钩《平复》极佳，可惜失去。其副本虽不及初钩，亦尚可观。俟夏间如得闲，当照钩一本，倩东卿兄代勒石，以公同好，终日忙碌，不得在家。肉食者鄙，只觉俗气逼人，润峰与吾弟在此，尚可谈笔墨金石，今则无其人，叶塘兄书气虽重，而亦不甚讲究笔墨事也。

6

铭仁弟年大人阁下：

三月初一函，谅登悉览，比维文体康强，诸凡吉祥，实符私颂。澄怀退食，柳绿花红，清和心封，翻阶之药，与诸供奉清谈，令人遥羡。此地时近立夏不过三四日，早晚仍服羔裘，草未回青，尚无春色日逐风。萨进府理事之馀，两星使暨各执事处往来，率以为常，兼之办理秋审，大约清和望前②，秋曹过堂后，始得少闲，诗书二好都废。功舫斋同年水部可以振作，露英公人地实宜而明白爽快，各执事无不协和，莫不望其留此，于公事大有裨益，或献山留京即可。即真，亦未可定。芸峰笃实之士，办事结实，为所深佩。松垞如能交代清楚，乃为幸事，不然恐芸峰仍欲解组，但不知兄能长得此良助否？此地雨雪已

---

① 此札与次札“三月初一函，谅登悉览，比维文体康强……松垞如能交代清楚，乃为幸事”一通中所言相互关联，疑其写作时间亦前后相连。

② 清和，农历四月的俗称，一说农历二月。札中“三月初一函，谅登悉览”，故此处当指农历四月。

足，闻京师亦得甘澍，真大快事。直隶春雪而尚得雨，想此时必亦得时矣。兄粗适，毋烦廑注。鉴堂未知能补缺否，丽川想大当其侍卫矣。此候台安，诸惟澄照，不尽欲言。年愚兄萨迎阿顿启①。

立夏后次日，同诗塘少寇出东边门，赴永光寺查估东塔，始见柳色淡黄，入寺又见桃杏结蕾，尚未着花，节候之迟，较江南乃迟两月半，较都中亦迟月馀。斗忆去秋与棣台年大人同赴西边门外慈善寺中，登楼谈话，曾几何时，忽忽不觉半年。今又东西阻隔，幸尺素可以时通，近阅邸杪，知时荷召见，足征天眷之隆。今夏或邀典试安徽、江右，则又可于归途，奏请省……

7

二铭仁弟年大人阁下：

顷奉还云，语重心长，三复不忍释，如接面谈半晌也。藉悉起居安和，有濠上之趣，不赴考差，令人钦佩。忠荩孝思所感，为邀天鉴，竟不必考，而必邀简放，以理断之，有必然者。承关切感甚，潍县近海已饬严缉馀犯，兼令严密访察在案。

兹读来函，提撕倍切。又与将军会稿连旗，略一并谕之矣。越庭京兆月之廿六日可到，交代印篆后，可间日一至府中。五月后新令尹周知一切，兄即可稍得闲暇矣。门外一片梨云，颇动诗思，因忙而俗，竟不成一字。若阁下与润峰在此，早不知唱和多少篇！一人向隅，大概不能兴起也。

献山赴粤东，露英可署至冬令，妙极。此间有许多事，必须此公在此，方可合为一手办理，即如近奉旨添设各处斗秤一事，非此公在此，真不易知下情碍难办理。伊向弟云应委一员会办，兄即问其应委何员为妥，伊冲口而出，除春渠其谁？可见同心，正合兄之所拟，此事

---

① 根据上下文，此札当写于道光十七年四月，是年四月二十一日，翁心存收到萨湘林四月初七日书，当即此通。参见《翁心存日记》第一册，第247页。

何患不妥协耶！昌图无斗，厅官不得不私立，不然商民无所适从，而巡检从中许多挟制争立。此一来决意为昌图立斗，以杜讼端。周芸峰认真办案，颂声已播，诚贤吏也。阁下闻之应称快而为慰。复州已保全，实南楼之力，非兄亦不肯为出此力，人在乎能用耳。书此奉候文安，诸惟澄照，不具。年愚兄萨迎阿顿启，四月十八日灯下冲[①]。

8

二铭仁弟年大人阁下：

前布一函，谅登珠记。比维起居嘉祥，澄怀观道，定符私颂。昨阅邸抄，欣悉赐貂[②]，荣逾华衮，喜豁胸臆，已卜秋闱典试顺天，可必也。兰士、云章两星使并随员，均先后启程回京。此次各工皆认真，一律巩固，令人钦佩。东塔则白而胖矣，五十年内不劳修理矣。前京控案系交将军、兼尹、府尹三人，吾弟大人所阅纸抄必遗漏也，风马牛竟自相及，知适为慰，但必须到冬间方得羸馀五六七，正两月馀之闲，旷时也。樾庭到后，已不用每日进府，旧令尹政尚须限时告新令尹，控案乃已入本年秋审者，大约因正犯之母守节已逾廿年，应留养，故有此一告，实无关紧要也。

惠诗塘调京，梅谷本日可到，究不如老手擅场。诗塘六月二日西行，到京可快晤。叶塘轻不出门，沉静，俱觇学问，真是学使之材，一往即一来，人极慈厚也。露英大农诸事和衷，极力求好，乐取诸人以为善，乃其所长，良知良能，非人所能及，与兄及诗塘尤为至契，惟望其署到冬月再行回京。后来无论何公，大约不能居上。雨水已足，秋成可卜。樾庭气足神恬，精明外灼，人又爽快，共济不难，特恐点睛即

---

① 道光十七年五月初九日，翁心存收到萨湘林此札。参见《翁心存日记》第一册，第252页。

② 道光十七年五月初九日，“上书房行走杜受田、徐士芬、翁心存着各赏二等貂褂一件”（《翁心存日记》第一册，第252页）。

飞，不能久任。

时已到荷月生日，而早晚尚可装绵，得未曾有，午间勉强麻地纱，其实不必穿也。半年未学书，十指如马棰。日来少闲，应答之信已如山，六月长夏可依次手书。兹有寄同年李春生一信，祈觅便转达吴门确交是感。又溪归里，即返道山，可谓全福。兄颇耐劳，内人亦较去冬大好，地方安静，可纾远怀。承德、锦县两处交代，尚未清楚，日内春渠、鞠人可以到省，自必会算，均可了结，过此则无事矣。

现署帅五部公议为本地司员、笔帖均缺，却应办之事，业已入奏，但不知铨部将来可照复否？晤春浦、春海两侍郎，祈代道念，诗塘到京可细询兄之近况也。此请文安，诸惟鉴察，不具。年愚兄萨迎阿顿首，五月卅日冲。天水来未得一见，此时计已到京矣。都中已得透雨，为之加额①。

9

二铭仁弟年大人阁下：

前函奉候赐貂之荣，即卜顺天典试之喜，谅邀悉览，比维起居安和，澄园清爽，定符私颂。荷净纳凉时，当忆及登楼眺远旧雨也。诗塘月杪到京，晤时可询知兄近况。自庆樾庭到后，往送来迎之役，六月初皆竣。暑雨时降，早晚仍在清凉世界中。午间较热，只字竟得在家方拟手答各处之信，早间写扇亦拟学书，尚未作楷。

昨有以松雪墨迹来售者，索值太昂，因用油纸摹下，又用响拓法写于纸上，装一小卷，以为粉本，缩临扇头以寄奉清箑。究竟临赵难于临董多多，不能得其万一也。文露轩近亦好书，用功小楷。闻麟梅谷楷佳，尚未得见其笔。春渠已到省，菊人亦来，大约锦、承两县交代，月内可结，然已逾一月限矣。同人为五部，笔帖司员均缺，已入

---

① 道光十七年六月十一日，翁心存收到萨湘林此札。参见《翁心存日记》第一册，第 259 页。

奏，自交部议。弟派司六边，至今未奉部文。俟接到文，尚须陈谢。牛马风应俟秋间，方可扬之而来，此时树枝尚未动也。添设斗称将军主稿，兄委春渠，京兆委南楼，俟查有头诸，再行复奏。此向由旗界管理，与州县无涉，惟昌图多年官立私斗，此番可以设立，以杜屡讼之端，亦好事也。

今年雨足，秋成可卜。叶塘人实忠厚，现在复州广文，以认识官入京，晤时亦可知省中光景也。献山师归期莫必，此地露英公多留一日，于旗民两处均有裨益。伊已接其如君前来，乃太夫人之命，令其安心在此办事。云滨勇退恰如题分，宦海收帆，乃快事，况买山有资，何不可乐志耶！鉴堂候补或冬间有转机，如不动，恐难补也。兄眠食如旧，可纾廑情，此请台安，诸惟鉴察，不具。年愚兄萨迎阿顿启①。

10

二铭仁弟年大人阁下：

前泐一函，并书扇一柄呈政，谅登青览。比维起居安和，澄怀观道，定符臆颂。新春移寓，门对梨花园，曾作七古一首②，彼时草创正当兼挥尹篆之时，未得录稿。六月间伏雨日日有之，且得闲在家，始将去秋各稿录出，因将近作改定，今写奉雅正，尚祈推敲是感。

五部司员毫无升途，缺多拥滞，近与将军诸同人公折奏请均缺，已交部议。其另片请将两三次一等人员公同拣选堪任使者，送部引见，以备录用，荷蒙允准。此实二百年来未尝得遇之举，非此不足以鼓励人材。升至郎中一等，皆不肯努力上进，每存退志，其后进谁肯学好向善？今有名使之可求，正所以去其卑鄙之见，而兴其远大之心，于部务大有裨益，然非露英之为人，亦不肯首先列联吁恳。兄与

---

① 根据前后手札，疑此札写于道光十七年六月。

② 道光十七年七月十八日，翁心存“得湘林本月四日书并《对梨花见怀》诗”（《翁心存日记》第一册，第268页）。疑此札写于道光十七年七月初四日。

诗塘此次之来，能赞成此举，亦不负陪都之行。如折内措辞不当，亦不能邀准，此亦兄为之润色之力也。五部之房多半坍塌，亦兄一力，方始借款修理。十日连雨，亦沈阳所罕见，今幸放晴，田禾尚无大伤，新民所属一片汪洋，此亦年年不免，伏中今年为尤甚也。樾庭精力足以为政，兄情形较熟，从中辅之，可以太平无事。日来劳心皆闲，拟与麟梅谷、文露轩看荷花，游慈善寺，次第举行，以消长日。回忆去年此时，正与阁下清谈之初，能无今昔之忆，谅有同情也。诗塘到京已晤及否，辛经历已入都乡试，大约七月望前后始能到京也。

兄近况粗适，颇及闲乐，计已到去年初到沈阳与接清谈之时，正三年，何日月之速如此，不胜热云辽树之思。专此布请台安，诸惟澄照，不具。年愚兄萨迎阿顿启，七月四日冲。春浦、春海二君晤时望代致候道念。

11

二铭仁弟年大人阁下：

前致两函，谅尘珠记。比维文体安和，清值吉泰，翘詹矞采，忭颂定符。露英大农此次署事，诸凡和衷，深为投契，于公务大有裨益，妙在又极通下情，颇能斟酌，今交卸回京，不胜依恋。献山将军闻素镇静，诸协漂畏，惟恐下情不无隔膜，不知共事如何？闻程晴峰已到京，自必候方伯缺出，一转即开府也。春海忽归道山①，深为惋惜。春浦典学江苏，海帆典学浙水，春浦固愿而海帆恐即真②，大马又需时日

---

① 道光十七年八月初二日，翁心存“闻程春海少司农于三十日巳时殁矣”（《翁心存日记》第一册，第270页）。是年九月十八日，翁心存收到萨湘林此通信札。参见《翁心存日记》第一册，第284—285页。知此札写于是年九月初二日。

② 即真，官吏由代理而转为正式职务。《三国志·蜀书·杨洪传》载：“亮于是表洪领蜀郡太守，众事皆办，遂使即真。”

也①。本年秋审改缓二起，此系兄一人所定，其馀皆照办，可以放心矣。樾庭京兆精细公正，外严内宽，兄大省心，但恐不能久任，点睛即飞。

本年年景中平，银价极昂，边外马贵，四路稽查并无走漏，而中秋前一群马到后，至今馀马悠悠不来。此亦无可如何之事，岂真牛马风不相及耶。云章监临自头头是道，相率为伪，借以风世申警，殆圣明欲正人心而发也。

近日功舫斋出口成诗，四处索和，梅谷、露轩、爱棠皆畏之，以其太无味也。叶唐却句律稳妥，时而送诗来，迭为唱酬，梅谷、露轩亦时来就正，兄亦乐为推敲。梅、露二君笔致都好，惟于散作不能放开，只因用工应制之故耳。连日饯露英，各处分延，或三四人一聚，或五六人一聚，可谓闲忙。今日折差启程，匆匆书此，奉请时安，诸惟澄照，不具。露英到京可询知兄之近况也。年愚兄萨迎阿顿启，九月二日冲。

12

二铭仁弟年大人阁下：

闻都中伏暑甚炽，现在想归早凉。遥计秋闱弟台大人必可典试，又植桃李于公门也。比维起居安和，此际谅已入闱矣。以颂以纾。兄自六月至今颇有闲暇之时，间与叶唐、梅谷、露轩诸君唱和，并拟考差，雁点青天、碧碧黄黄二律，此即公馀消遣之一事。

两月未得手书，殊弥系念，或伏暑太甚，不能抖汗作字耶！润峰冢宰来信云，伏中极热，铜皆欲化，当不虚也。同人为五部均缺，已奉部驳。部中本地司员自己不善经营，空劳会奏，从此关门矣，可惜此好机会也。幸夹片请速得一等之员送部引见一节，已邀允准，或可少

---

① 大马，即司马，周时为六卿之一，曰夏官大司马，掌军旅之事。隋朝废置。后世用作兵部尚书的别称。

宽道路耳。庆樾庭精明历练，识见开阔，均能和衷，兄省心多矣。七月中两旬馀，承德附近无雨，他城已透，只此附郭二三十里中较旱，同人祈祷，直至月之二日始淋漓终日，牛马之风尚未起，亦视乎年景也。

春渠节前可以回任，此次露英署帅极佳，声名亦好，斗称之事能不为众协所愚，三人同心商定，必不可不添之处增设，仍严定章程，以期行久无弊。日内即可复告，请交部议。宝献山闻中秋前后可到京，重阳后可以到来①。前此声望极好，想重来自不异初来，无论其酸甜苦辣，总须以水和之也。

刘文清公手迹煦翁已题，春海亦题，许叔丹已寄来沈，俟他日再奉阅恳题。春浦司马兼两部务，滇生未归，故南斋又添两供俸也。周又溪一作封翁，便归丘首，欲寄其世兄一信，不知尊处可转致否？玉庭孔修，世家翰林，两株玉树，因宜入赞枢密，鹤亭外迁四旬，已官都统。人地固相宜，蒙古两相已故，一相已引退，复起必赖此公也。本年畿辅丰稔，都中太平无事，令人额庆。兄近况颇好，内人较去冬亦强，在此藏拙，稍息心力，堪纾廑怀，惟记性、心思均不如前，一如涂鸦，日见其退也。专此布请文安，诸惟澄照，不具。年愚弟萨迎阿顿启②。

只字斜天际，青霄到雁初。一行成鸟篆，数点认鸿书。兄弟联真迹，风云写太虚。鸦涂同未看，鹭上序相如。汉隶凌空作，羲文映日舒。无双非草草，不二亦鱼鱼。传信秋光远，来宾藻采摅。白飞摹碧落，得句仰观馀。

麦天晨气润，此际序迎秋。碧碧金穰合，黄黄翠浪流。色侵

① “春渠节前可以回任……宝献山闻中秋前后可到京，重阳后可以到来”，据此知写信之时当在中秋节之前。疑此札写于道光十七年八月上旬。参见上文相关内容。

② 上钤“萨迎阿印”朱文方印。

桑叶暗，香比菜花稠。擢穗闻啼雉，升苗忆唤鸠。其中如绣错，以上即云浮。含露荷千盖，垂梳月一钩。熟经梅雨酿，暖趁柳风抽。应瑞双歧秀，来年庆早收。

拟考差题诗二首，录请二铭仁弟年大人清正。湘林萨迎阿草稿[①]。

正欲封缄，奉到还简，欣悉体履安和，娓娓数百言，如面谈半日，快甚慰甚。拙书乃承过奖，殊益颜汗，伯母大人慈体想已臻勿药之喜，贾公已典试，吾弟大人系由特召入都为傅，况屡奉温谕。据愚见，刻下只宜安心入值。俟过今冬，贾公如回再议请假数月归省，仍回京供职，必邀恩准，于公私两尽，似为得体，不知高明以为何如？

鉴堂交游冷落，人情之常，乃阁下古道照人，洵堪佩服，兄亦雪中送炭之人也。梅谷乃兄世侄，人极安详精细，且苦嗜学，遇事即来相商，自忠告而善导之也。瀹斋典试即留学政，春海、春浦，一户一工，谅未必外出也，今寄信祈转致。未至中秋，已有装绵之势。另纸所言，已领悉，付丙。天水应劝其迟一二年再，病痊方妥。樾庭精细认真，具有才识胆量，真不愧为京兆也。露英诸君暨春渠、芸峰等已代转致矣。春渠大约节前后即回任矣，菊人总未进省。外城皆得透雨，承德虽雨不透，大约年景与去岁光景相同也。物极必反，自作孽者或为车鉴于人，借此以挽颓风，亦未可定也。承示近事均悉，奎文声望皆佳，鹤已北飞，人心贴服矣。献山将军闻中秋前可到京，或重阳前后可到任，露英识人而向善。此行大易前辙，和衷纳言，故得一堂和气，署帅已将一年，回京之时，同人均有恋恋之意也。再启[②]。

文星聚会雅交游，茶梦诗心韵入秋。“茶梦诗心”一联，叶唐得意句。谢藕纪方新水属，投瓜结好古风流。谈高偶尔开瓶口，思妙飘然上笔头。瓢玉皮金甜且脆，自宜幼妇句相酬。持螯何待

---

① 上钤“萨迎阿印”朱文方印。

② 下钤“萨迎阿印”朱文方印。

菊开花，赚得新诗藻采华。巨擘喜符王吉梦，团脐嗤禁陆游家。琼酥红玉盘应满，明月秋江句漫夸。请勿思胪兴客感，辽河郭索味其嘉。（和侯叶唐谢爪蟹诗韵）

君才快似并州刀，酬我新诗因馈螯。此日祈年会帅府，同人晓集帅府祈雨。今秋司榷烦春曹。禁沧肥美不知饱，是日禁宰。爱食鲜腥何谓饕。彩笔胜于琼玖报，百回捧读兴同豪。（和梅谷少寇谢蟹诗韵）

二铭仁弟年大人笑正。湘林萨迎阿草稿[①]。

13

二铭仁弟年大人阁下：

前寄一函，并近作呈正，谅登青睐。比维起居安善，端望升华，定符臆颂。复卓海帆、祁春浦两学使，祈遇妥便转达，其海帆信或封寄，（适已由小督托受山处加封转递矣。）春浦加封递往较便也。

露英司农想已到京，露英沧海之星，献山一点不闻。献山到此，诸君皆棉而先衣裘，献山临行，诸人皆领而独不船。二将军一豪爽，一沉静，醉翁、醒老了不同，不独自号然也。去秋奕丽川特参万司马，同以为草菅。今司马禀讦以报复之势，不能不请钦命，题作此篇大文，即前所谓下回分解也。天气渐寒，事忙日短，清兴不暇举动，霜降草枯，边马不至，真应风不相及之言。虽用人不当，不免偷漏，亦断不致如此。以沈京之人烟辐辏，十月杪将军出围将兵，讵不撤马，此商贩所习，知今北市无马，足征群未入边，乃实据也。

题名已见，识者寥寥，汉阳叶名澧知系东卿兄之二世兄[②]，厚德之报，于斯益信，云素先生当含笑泉壤矣。圣寿节后当移寓外城，在

---

① 上钤“萨迎阿印”朱文方印。

② 道光十七年九月十三日，翁心存得知新中南官有吕倌孙、叶名澧。参见《翁心存日记》第一册，第283页。

何烟同，望寄知之，以便令儿辈送信也。名萨麟新贵是否鹤舫中堂之少君也？（已知之矣。）辛经历又落孙山，其八股前半总不入彀之故，故不能早中，后幅往往冲畅，亦可征其晚运亨通也。每日午出酉归，惟挑灯答信，书此奉请文安，诸惟心照，不具。愚兄萨迎阿顿启，拾月伍日冲①。

程晴峰方伯与兄至交如手足，落落大方，外浑厚而内精详，督抚之才，可为一等人，不可不相识也，日内想已赴浙矣。

14

二铭仁弟年大人阁下：

捧读还云，再赓佳制，如绮绾绣错，美不胜收，而尤感雅怀之切，于和韵暨用松雪诗韵，见之又诵，戏成三绝，乃无聊之极思也。欣悉起居安和，为之慰藉，望云心切，情见乎词，孝思足以感神，知慈帏益臻康强，指日阁学尊崇，詹事高雅，必得其一；而后归来捧卮上寿，萱堂之喜为何如，皆意中事也。

春浦、海帆同日出都，均有信来，殷殷志别，而春海竟归道山，多材多艺而不寿，何耶？露英尚书临别依依，彼此眷恋，献山将军沉默镇静，足以弹压山川。门案已交，不日自可水落石出。另有夹板尚不得与闻，看来在川又加阅历，必能和衷共济，又另一机柚也。民署易事，旗署而难说也，呵呵。八月廿五日露英署帅阅操毕，约同人在龙王庙食全羊。是日微阴细雨，同乘舟由水陆归，畅饮至昏抵岸，尽欢而散。兄记之以长歌，同人多和之，录呈清管。阅之必亦为神往，较身临其境者，尤有趣味不尽也。至所谓尔尔者，秋日夕而不见下来，缘银价日增，商贩出边蒙古不赊，是以冀群一空。本月十九日交四个月钱粮，制钱敷而有馀，银竟不足，以钱易之，每两京钱三吊四百文，

① 道光十七年十月二十二日，翁心存“得湘林十月十日书”（《翁心存日记》第一册，第290页），疑即此通。

何以克当,为历届得未曾有。来年管此事者,更不可问。如银价不落,二年后无人敢望此席,势所必然也。

顺天题名尚未得见,(闻奉天中四名已知。)辛经历不知得中否?广宁修文庙事,徵松垞七月回任,今始详上,不日可以入告。此地书院,询芸峰明府尚无坍塌情形,足可居住。至芸峰之清理庶狱却系实情,传言大约仍是说松垞任内也。况侍御又言及燕成日久不获,奉旨交将军严缉。此案疏纵于临时,比兄兼尹已在九月杪,三申五令,至今春署尹又通行之,无如为日太久,非远扬即自毙。虽献山将军法令森严,过半年后依然与我一样频催罔获也,乃松垞之官运使然。冬月限满,岂能一咨部了事,仍须奏明交部议,方为妥协。樾庭京兆勤恳,于办公严中寓宽,一切认真相商核办,能多在此年馀,则兼尹省心力多多矣。

京官易作,特奔走不遑,此地虽远而心又不闲。去秋之初,春官学使闲游谈话,何其快活!今日之文露轩乃神仙中人也。叶唐除答拜客外,在家习静,有诗必和,亦有趣也。鄙况粗好,内人长夏以来颇佳,年已及六十,冬间太寒,尚须调护也。此请时安,诸惟澄照,不具。

户部明、礼部福、兵部果,皆保送一等引见,不知能得一人开路否?此同人公举未卜侥幸否耶?年愚兄萨迎阿顿启,十七日冲。奉赠别诗稿《失去有秋乡》一韵者,祈便中抄寄。

八月廿五日,露英大农偕禄雨亭都护阅兵后,招同德爱堂少农、文露轩少马、麟梅谷少寇、功舫亭少空、庆樾亭京兆与余泛舟小饮,尽欢终日。因作长歌,以志盛会云。

> 维秋八月我武扬,曼珠将兵齐军装。合操技艺终开枪,元戎都护登坛场。行赏既毕烹全羊,将军雅兴超寻常。邀京兆尹诸侍郎,双刀结连为一航。上席棚下围短墙,居然满江红官仓。同舟放流河中央,恍疑泛宅临湖湘。管弦齐奏歌声长,风吹细雨生清凉。各撑油盖遮衣裳,须臾云薄集微阳。远山近树凝秋光,白鹭低飞鸿高翔。乐莫乐兮嬉无妨,举网得鱼鳞如霜。即时烹之

鲜争尝，山羞水属罗馨香。小船送酒实辛忙，拇战胜豪负更强。杯盘狼藉饮尚狂，偶尔流连非荒亡。宦游难得兹徜徉，吾乘傍岸时昏黄。舆马归路灯辉煌，主人行期愁离肠，今日盛会谁能忘。

二铭仁弟年大人雅正。湘林萨迎阿草[①]。

劳形案牍日波波，无复闲情黛点螺。深浅入时何暇问，自凭新月画双蛾。两度愁眉出玉关，风尘万里乱云鬟。于今玉貌衰难好，只有春山照旧弯。观道澄怀对晚霞，池鱼游泳戏莲花。孤吟千里思张敞，点笔栏前月影斜。

作札后步韵，不计工拙，亦不留稿，寄请二铭仁弟大人一笑。湘林草稿[②]。

15

二铭仁弟年大人阁下：

小春既望后，辛经历到来，奉到手简并寄怀之作，盥读再四，语重心长，藉悉起居安善为慰，知孝思日深，决计归奉庭闱，令人敬服，但未知年前可陈情否？佳制汉魏遗音，总由情势，故语皆真实，惟奖语未免期望太甚，愧而且感，俟稍闲当奉和。

明鼎云小春十四日到此，十七日倭通侯先行。以鼎云感寒，兼之肝疝作痛，一日服药二剂，十八日力疾启行，二十日始抵新民，会同倭陟亭西进。鼎云为古渔胞兄，至戚相关。连日以来心中希乱，总俟其过宁远大愈，得春渠信，方可放心也。献山将军沉默和平，沈省之福，有此老成典型，遇事可以请教，兄为之快甚。自秋杪以来，唱酬之事已歇，缘龚舫斋以太易而且多，同人皆厌之，是以一齐搁笔，兄更不必与诸翰苑斗靡也。

---

① 下钤“萨迎阿印”朱文方印。

② 下钤“萨迎阿印”朱文方印。

承关切感甚。露英回京固所深愿，其人心地诚厚，与之真交者，伊固不能忘情也。日来风雪渐寒，又是去冬西门送别光景[①]，抚时此心不能无云树之感，如吾弟大人之心心相印，曾无几人！露英虽不读书，实能鉴别贤否，而不露圭角。献山为兄同门同年，其才识阅历较前更令人可佩矣。晴峰得仍回浙，为之慰甚。小婿爱山超升直藩，天恩期望太隆，不知其何以报效。

承谬加褒赞慰甚。徵松垞冬月限满，燕成无获。近又奉旨令将军严缉，仍前疏懈严参逞办，献山将军势不能不会参，亦处于不得不然。在松徵未必能体上司之苦心耳。春海诚令人心痛[②]，有才无命，夫复何言！闻川省尚未安谧，不知年内可报完否？吾弟大人来春如回吴门，寄信可由李双圃廉访处寄，必不致浮沉，陈芸楣系同年，向未通信，不便托寄也。

大作情真意挚，三复不忍释手，置诸坐右，如对楚颜作半日清话也。兄司牛马，实感圣恩，无如银价腾贵，遂至尽數交纳，能至期满不赔，即幸事也。户、礼、兵三部特保三人，能邀恩用一以鼓励后进，亦快事也。

兄近况粗适，幸内人入冬以来，眠食尚好，此尚可以告慰者。此请时安，诸惟心照，不具。折差匆匆启身，不及多赘。年愚兄萨迎阿顿启，十月廿五日。

---

① 道光十六年正月，翁心存莅任奉天府丞兼学政；"秋，恭晾列祖圣容，曝文溯阁书，与萨湘林侍郎迎阿唱酬甚乐"。是年十一月十五日，翁心存得知补授大理寺少卿；十二月十三日，翁心存至萨迎阿处辞行；十五日辰刻起程，至西关外关帝庙，诸公皆至，流连话别。参见《翁心存日记》第四册，第 1855 页；《翁心存日记》第一册，第 203、208—209 页。

② 道光十七年八月初二日，翁心存"闻程春海少司农于三十日巳时殁矣"（《翁心存日记》第一册，第 270 页）。

16

二铭仁弟年大人阁下：

新年以来，未奉手书，殊深系念，比维起居嘉善，体履安和，定符私颂。世兄公车早到，定知萱室康强，稍慰望云之念。礼闱揭晓，伫见世兄高登，即日蜚声翰苑，必有佳音示我也。

红阳案，帅与少寇已讯明，止于旗民数人念经烧香，别无不法情事。邢案亦结，宜巨议处，闻有附参丽川之语，将军一人主稿之件，是以不与闻也。万案，春渠约至帅府，昼夜熬审，献翁日日备晚飧。日来已有端倪，非亲督办不能破诸协之牢，而春渠亦不敢张口矣。兄与樾庭、梅谷、露轩、点庵诸君，公馀至雨亭都护处射鹄，借以操练身子，消遣长日之闷。爱棠亦入此局，隔二三日轮流到帅府拜谈，兼以言公。帅则好静，轻易不出城，在家日盼客到清谈为快，同人只得就教也。德默庵为兄族姑丈，虚心下问，遇物即明，水部当有起色矣。

孱躯如旧，内人亦较去冬为好，堪纾远注。海帆兄书来，寄述怀二律索和，竟无暇构思，伊方以湖山兴文教为乐，乃又奉命还京，尚书即真伯兄代之，胜于日理祥刑多矣。春浦来信，欲以兄所摹《平复》副本付石，公诸同好，此举已成，可喜之至。海帆处有润峰赠行之副本，乃前秋失本之次，惜未得勒石西泠也。

自去冬至今未得学书，近又学射，散署即赴鼓棚，昏黄归舍，作信每于灯下。转眼清明，又是门前一片梨花云之时，计别叔度已两度新春，能无屋梁落月之同感耶？此候台安，诸惟心照，不具。年愚兄萨迎阿顿启。世兄即元，代候得意。帽貂二枚，去岁来者皆不佳，今挑购其二，以应雅嘱，不知可用否？凡用风水必须拉人字用之，裁缝匠人善偷，不可不防，不可不知其弊。（喷酒以针钉之，一夜即可使其长数寸也。又及。）

17

二铭仁弟年大人阁下：

西门送别[①]，正一年矣。何日月之速乃尔！比维清直吉祥，荣迁已卜，翘詹升恒，定可预贺。前承寄怀大作，时时捧读，语重心长，且感且佩。吾弟大人孝思必感天心，萱堂自益臻康强，而逢吉之应御门，定邀恩旨也。

兄日日闲忙，每于灯下构就步韵，今始成篇，寄呈清正。缘自秋后搁笔，笔械不畅，此二诗未免生涩也。万司马控案已交献山、梅谷办理，不劳星使远来。圣明润鉴可感，而倭少寇、明阁学奉使均照成案，行走安静，车马亦减，乃因奉查，故献帅复以较多，尚不知得免议否？

都门雪足，而此地未沛，故天亦不甚冷。广宁庙工已入告，想见邸抄。徽松坨已请去官。新民近获红阳作会治病之旗民，俟解省询取确供，与将军会奏，大约封篆前可以到京，且不必为人道也。露英司农想尚时见，此公颇有去思，与同人尤为投契，均念之不置也。兄粗适，内人今冬亦好，樾庭自是好手，兄可大省其心，是以告慰知己也。恭请台安，兼道新禧，诸惟心照，不尽神驰。年愚兄萨迎阿顿启。

18

二铭仁弟年大人阁下：

去腊一函用贺年祺，比维书房宣勤，起居安善，定如私颂。过年以来，已两次春雪，德默庵舍亲来，与梅谷、露轩均系戚好，大可雅谈也。樾庭极力整顿地方，能多留此方好，其严中寓宽，又体下情，兄省

---

① 西门送别，疑即道光十六年十二月，翁心存辞别萨迎阿回京。参见道光十七年十月二十五日“小春既望后，辛经历到来，奉到手简并寄怀之作……”一札。疑此札写于道光十七年十二月。

心多多。现在旗民衙门委员查柳河沟一带桥道，如能认真修理，则行旅受惠无穷。玉牒秋冬如来，亦省得费力也。文襄公饰终之典，老相公可无遗憾矣。大拜自系琦爵协揆，自可拟其一二人，惟静候阅邸抄，约三月中总可知之。现在祭庙起早，除上衙门进府入帅府议事外，仍照向例五部府尹丞互相往来局面。

兄终日碌碌，天既暖而复寒，竟无暇执笔，幸孱躯粗好，内人亦佳，均堪告慰廑注。专此布请文安，诸惟心照，不具。年愚兄萨迎阿顿启，二月四日灯下[①]。世兄已到京否？代候。今春定可即元也，绥望喜音。

19

二铭仁弟年大人阁下：

前泐覆函，谅登采览，比维起居万福为慰。阁学现有二缺，阁下必得其一，荣擢二品，再赋归欤，亦不迟也。日短事忙，大作只布其一，俟两和成再寄呈雅鉴也。所请星使讣已出京来矣，广宁庙工此次已入奏，徵松垞与献翁熟商，势所不能不去其职也。此候台安，诸惟心照，不具。万司马禀讦案已奉旨交将军与少寇会办，省大事矣。又及。年愚兄萨迎阿顿启[②]。

20

二铭仁弟年大人阁下：

前泐一函并貂鼠寄上，谅邀收照，比维起居安善，傫值贤劳，允升宫詹，定苻私颂。礼闱揭晓，世兄自已高捷，尚未见千佛名经，不胜翘盼佳音，知必有以慰我也。樾庭降留，喜豁胸臆。此地此时非樾庭之任劳，然者为京兆，则兄大费心力，今得留任，幸也何如！

---

① 此札写于道光十八年二月初四日。参见上文相关内容。

② 根据上文相关内容，疑此札写于道光十八年初。

兄自去冬至今，久废笔墨，仲春迄今与诸同人射鹄于禄雨亭处，公馀日日前往，未聚酉散，颇足消遣，且于公私两裨。叶唐兄间亦到鼓棚观射。献翁好静，在府专候同人轮流访谈，公事无不和衷。春雪既多，夏雨亦足，稼穑可保，守土者大可放心。

各案均由将军、少寇奏结，秋审廿日已过堂，从此可以无要事。万绿皆新，梨云满树，竟无暇吟咏，惟日反求诸身，惜阁下未与此盛也。《平复帖》曾摹一本，寄春浦大农，固不如初摹，失去本而存其形似。春浦已刻于江苏，公诸同好，尚未将初拓本寄来，想吾弟大人将来必可得也。次婿明古渔得授琼州太守[①]，五月可出京，此慰情之一事，不然鼎云在京候补，如何下得去耶？

税差已满，露轩代之，赚得一年用度而已，银贵马空，露轩亦适逢其盛，然究比不得胜也。阁下行止自已定局，世兄得中，自可留京，如此时已进一步，似又不可即赋归欤也。兄粗好，内人旧恙已愈，公事顺适，堪纾远廑。手此布请文安，诸惟心照，不具，并候世兄元喜。年愚兄萨迎阿顿启。弟得意门生熊少牧此次想可以中，其诗赋之笔极佳，亦阁下之通家也。又及。四月廿日冲。

21

二铭仁弟年大人阁下：

前寄两槭，定邀悉览，比维起居安和为慰。昨阅题名，世兄又落

---

① 道光十八年五月初七日，翁心存启程南归；二十日，翁心存住岔河，知明古愚太守亦住此处，“明古愚太守（谊）新放广东琼州府，先余三日出都，以携家累，行故迟滞，又以水阻，尚住于此。盖前夜之雨，山水皆暴涨，不可涉也。古愚为萨湘林侍郎婿，又为余丙子同年，然向未识面。行李匆促，竟不及往候之”（《翁心存日记》第一册，第334、338页）。明古愚，即明古渔。知此通写于道光十八年四月二十日。是年闰四月，翁心存“以张太夫人年八十，具疏乞终养”（《翁心存日记》第四册，第1856页）。

孙山[①]，殊为扼腕，识好亦皆未售。阁下行止何如？念念！税务已满，除一年用度、酬应外，尽數交项，而此时银价即稍落至五六平，则今秋马群有望，乃知财虚之故，不然何以未满任前银价不落耶？迎公馀仍日在雨亭处，与诸同人射鹄。叶唐闰月六日出省赴锦考试，同人今日在雨亭处公饯。匆匆书此，奉候台安，诸惟心照，不具。并愿世兄近祉。年愚兄萨迎阿顿启，闰月朔日。

22

二铭仁弟年大人如手：

一别五年，音问不通，渴想山集。中秋前到京见顾杏楼、朱仁山两同年，询知侍奉万福，起居千祥。

世兄翰苑蜚声[②]，箕裘可继。彼此往拜，尚未得晤谈。兄在东省，前三年与爱棠、梅谷、露轩、点庵诸君雅集，颇乐。自十八年腊月奉旨查办烟土筹议章程，介帅与兄同樾庭京兆，三日夜在帅府，同桌执笔为之。又奉旨令轮流赴海口亲查，兄即先往金州海口。十二月廿日涉冰雪而行，己亥正月二日到金，查办半月馀，创始而归。入奏，幸奉旨均妥。嗣樾庭京兆始而病，继而告，再则出缺半年。公事积压，至九月杪腾出衙门，方才办事。一人独理公事，案件较前增数倍不止，一无帮手。至今年正月，已心气大亏，饮食皆废。署府尹将及一年，去冬，陈南楼又升天津运同而去，更无帮手矣，幸奉旨调

---

① 道光十三年、十五年、十六年，翁同书三次会试落第。道光十八年，翁同书第四次入都会试，“榜发，予复在康了之列”（《北京图书馆藏珍本年谱丛刊》第156册《縢斋自订年谱》，第584—587页，北京图书馆出版社1999年版）。翁同书入都会试的四年中，道光十五年闰六月，道光十八年闰四月。根据上下文，此通当写于道光十八年。康了，即落榜。

② 道光二十年四月翁同书中进士；五月，勤政殿引见，改翰林院庶吉士。参见《北京图书馆藏珍本年谱丛刊》第156册《縢斋自订年谱》，第587—588页。

京礼部兼厢红汉军副都统。新任吴府尹七月初二日始到，十二日携眷西行。

本年雨水甲于他年，跋涉之苦，一言难尽，甚至家人在途淹毙，连车夫打杂三人，可想而知矣。眷属平安，同抵家园，亦幸甚矣。近年以来诗书皆废，左目亦花，纯乎老境矣。到京一月有馀，每日寅起戌归，公私不暇，总在车中奔驰九门以及外城，至今酬应答拜未艾。蒙派进六大班，惟在班次可闲一日，与武职同班者对门。遇相好者，则彼此共谈；遇不甚相好者，彼此一拜略谈，各归各屋，方可执笔作信，竟不知笔为何物！十指似凭垂腕，思不灵，涂抹而已，所欲言者，纸不能尽。吾弟大人后起有贤，嗣得在家侍奉堂上，亦人生难得之境，而后来居上，当亦在所不计也。大喜可慰，书此奉请时安，诸惟心照，临颖不尽神驰。年愚兄萨迎阿顿启，九月初三日六班中书[1]。

23

今年四月，于辽东山阴徐处士家得见其所藏晋蒙山先生降笔真草《兰斋》，乃希世之宝，乃知古人用笔之妙，即不敢执笔作字矣。自隋唐以下历代有名书家皆不能出其范围，所谓超古今书法而极于微妙者，其笔墨如新，唐宋名家墨书亦美不胜收，真大观也！眼福至此，蔑以加矣。不知吾弟大人所藏右军墨妙，与各名家跋语如何？想用笔则一也。

---

① 参见次札道光二十五年八月初八日萨迎阿致翁心存“久未通信，此心未尝一日忘之……”一通。根据此通信中所言“一别五年，音问不通……”，疑此通写于道光二十年。

24

二铭仁弟大人如晤：

久未通信，此心未尝一日忘之，惊闻伯母大人仙逝①，不胜凄恻。夙知阁下纯孝性成，今遭大故，自必哀毁，伏思吾弟大人告归侍奉萱帏十年之久，养志承欢，（世兄不久上达，如外放道府，阁下即可学东卿兄作封翁矣。官场无味，弟早思引退，无如以宦为家何？）伯母大人福寿两全，应无遗憾，尚祈节哀自玉，以慰在天之灵，是所切嘱。迎远在边外，未能一奠雪帏。二小儿在京代叩，迎殊抱歉仄，谅蒙原鉴。手此奉唁，兼候素履，临颖不尽欲言。愚兄萨迎阿顿启。八月初八日冲。

自十六年冬间别后②，忽忽已将十年，可谓契阔，而中外之事如一部廿一史，不知从何处说起。如阁下之忠直清高者寥寥，后来者均已居上，吾弟大人与迎皆系独立一样，不合时宜。迎在沈四年之久，调京礼部二年，方得调户部，即将二少儿回避，伊京察准得之员，一回避拉倒矣。迎五个月户部，又来热河。八旗营务一道一府，六州县毗连，蒙古诸部围场，银矿盗贼众多，废弛非一朝一夕。自到任之初，知责无旁贷，现身说法，与道府作首府，与刑司作掌印的州县估贰，无不当面耳提面命。八旗各事，一一为之清理。二年以来稍有头绪，而家累殆不可问。此地除廉外丝毫不染，非此不能整顿，大小儿幸能受教，在云南新兴知州拿邻境监犯七名，上游势不能不与以卓异。

迎生平嗜书，近年稍有所悟，本年六月右目为热蒙一层。两月以来，直不敢执笔。今有万言，不敢多写，涂抹亦不成字，以代面谈，诸惟二铭仁弟大人神照，不具。迎再顿首。癸卯春临舞崔赋，介春舍亲

---

① 道光二十五年六月，翁心存母亲“张太夫人弃养”（《翁心存日记》第四册，第1857页）。

② 根据上下文，此处“十六年”即道光十六年。

刻于上元之妙香寺壁，贻笑大方矣。又及。

25

二铭仁兄大人如晤：

一别十年有馀，寸衷时切远念，弟年已七旬[①]，玉门三出，跨万里而独来。顷阅邸抄，知阁下到京[②]，必邀向用，当可预贺。弟才短筹军，心气累损，双目昏花，不能作字，良为可慨，无苦可陈。因至好手涂数语，恭候台安，兼道时禧，诸惟原谅，不尽欲言，并候世兄文总。愚弟萨迎阿顿启。红纸上不能作书，即此纸亦看不真，伏几为之，不能多写也。又及。

26

二铭老兄大人阁下：

一别十三年之久[③]，去冬台驾入都[④]，曾具一函，未知递到否？比知天眷优隆，为慰为颂。迎已七旬，近年心气累伤，双目昏暗，下无帮

---

① 萨迎阿卒于咸丰七年(1857)，参见《翁心存日记》第三册，第 1227—1228 页。萨迎阿生年有 1777 年、1779 年与 1781 年之说，根据此通书札，当是乾隆四十四年(1779)。事见《清史稿》卷三百八十二列传一百六十九，中华书局 1977 年版，第 11641—11643 页。

② 根据上文，道光十六年翁心存时任奉天学政，闲暇之际，曾与萨迎阿唱酬诗词。是年冬，萨迎阿与翁心存道别。信中“阁下到京”，即道光二十九年二月翁心存应召返京，三月二十六日抵京，寓兵马司中街。参见《翁心存日记》第四册，第 1855、1857 页;《翁心存日记》第二册，第 697、710 页。

③ 根据上文道光二十五年八月初八日“久未通信，此心未尝一日忘之……自十六年冬间别后”一通，知萨迎阿与翁心存分别在道光十六年。

④ 道光二十八年十月，翁心存“葬张太夫人于白鸽峰新阡，始俶装为出山计”(《翁心存日记》第四册，第 1857 页)，准备入京。道光二十九年二月初二日，翁心存辞别家人，起程入都。参见《翁心存日记》第二册，第 697 页。

笔墨之人，奏折以及命案折，一切均须自办，速详文以及要文、要信均是自作，口述令人写出再改，已累到不支光景。现有特交重大会议之件，尤为可怕。一身多病，万里未归，以官为家，一言难尽。诗书两事已废，如有万言，笔不能悉。闻王西舶云，阁下藏有晋人数字，惜当日但见雪飞数纸。迎在沈阳，得晋人所传笔法，心已领略。近日目花即不谈书矣。勉涂数字，任手不任目。此候时禧，诸惟心照，不具。愚弟萨迎阿顿启，六月九日冲[①]。

晋人作书全是天机流露，人力不形，无义不赅，无法不备，所谓超乎古今人书之上，而极于微妙。迎虽知其用笔之法，近年目花不能学矣。前曾书晋王蒙山先生论书语，广东关部恩沛轩刻石。沛轩现在告病在京，不知其处有榻本否？或介春中堂处有存者，吾兄可询介春中堂，与迎同授笔法之传，其草书尤为得力。迎舍下书房壁刻蒙山先生真书《兰斋》，笔笔入妙，非细阅不能领会其意。大小儿书龄在京，吾兄暇时可往一观，何如？又启。世兄代为致候，目花不成字矣。

① 此札写于道光二十九年六月初九日。参见上通注释。

二　汤文端公书

1

启者，明年正月，家父八十寿辰，拟乞诸位年兄先撰联句五言长排一首，书之屏幛，其屏大小只须用料半。对联诗拟每位一句，并副榜列名，通榜现存者，皆列可否？乞早为酌办。专此奉恳，统容面谢，即候年兄升祉，友生期汤金钊顿首，二月廿五日。外，事略一纸。

家父天性孝友，幼年失恃，善事祖父及继祖母，欢洽庭闱，爱敬伯父，真切笃至。先曾祖望贤公行谊家范，为乡党推服，家父克承志事，若合符节，敦睦宗族，周其穷厄，不必己之有馀也。匡其违失不顾人之怨怒也，待人接物，仁慈宽厚，光明豁达，坦直无城府，服食俭薄，爱惜物力，读经书通大义，泛览史鉴，熟悉古人成败，能诗能画，兼工篆刻，善作书，尤精草法，慎择名师，培植子孙，心力毕注。以金钊仕历封文林郎奉直大夫、荣禄大夫，先母来太夫人同庚，享寿六十有七，子五人，孙十二人，纶癸酉科举人曾孙四人，辛巳正月十八日八旬庆辰[①]，伏乞惠锡鸿章，曷胜荣幸之至，汤金钊谨启[②]。

---

① 辛巳，即道光元年。疑此通写于嘉庆二十五年二月二十五日。

② 汤金钊(1772—1856)，字敦甫，翁心存座师，生平参见《北京图书馆藏珍本年谱丛刊》第134册《先文端公自订年谱》，第190—225页，北京图书馆出版社1999年版。

2

昨还，课卷想经察收，兹有扇一柄，系琉球贡品，蒙上赏者，拟寄呈家大人，谨乞年兄大手笔题之，或诗或赋俱可，款署大名，家大人号（上）清（下）泉。月杪有人回南，未审有暇即挥否？此恳即候开祺，不宣。生汤金钊顿首，廿三日。（有课卷，还望付看，并及。）

3

去年猝遭先君大故[①]，荷蒙年兄关爱逾常，匡襄一切，并承贶以奠筵赙布，感勒五中。别来忽更岁籥，伏惟年兄文祉增禧，百顺如意，承恩简拔为颂。生于十月初八日到籍，经营窀穸，谨于仲冬廿六日奉安苫块之中。叨芘无恙，足纾注怀，肃函先鸣谢悃，敬呈墓志一通，并顺候开祺，不一。通家生制汤金钊顿首，新正六日。

诸年兄一时未及遍启，晤时乞为转致道谢。南中信息时通，想太夫人康强纳福也。

4

去岁一函布谢，谅达典签，腊月曲江典史倪应泰解饷来京[②]，具述学使大人公明廉正[③]，体恤下情，不特士子感服，抑且寮属感怀，比

---

① 道光三年九月，汤金钊“丁父忧回籍”。参见《北京图书馆藏珍本年谱丛刊》第134册《先文端公自订年谱》，第205页。知此通写于道光四年正月初六日。

② 曲江，隶属广东省南韶连道韶州府管辖。典史，设于州县，县令的佐杂官。

③ 道光五年五月，翁心存充福建乡试正考官；“闱中奉督学广东之命。十月抵广州”。道光六年，“转补左中允，按试肇、罗、南、韶、连，还试广州，复出按惠、潮、嘉”（《翁心存日记》第四册，第1853—1854页）。疑此札写于道光七年二月初一日。

之旧使贤，难以道里计，闻之不胜喜慰。辰惟年兄大人校阅勤劳，教思浃洽，自当日起而大有功。生滥竽左户①，仍直书帷讲习，愧无辅导之裨，案牍尤蹈旷瘝之诮。忝窃厚禄，真抱疚也。倪典史与生同乡世好，匪泛泛交，仕宦场中有可为力之处，务乞留意栽培。兹乘其便，肃泐数行，奉候晋禧，不宣。生汤金钊顿首，二月初吉。

5

体中大佳否？念念。春浦庶子见和拙诗。兹再叠前韵奉酬，书诸便面，乞转交去。廿四下园与否，尚在未定，总之以后早食只须鸡子三枚。（家人不必赏，点心已付钱也。）此问二铭宫允年友大人好，生金钊顿首。

6

承饬纪送到赏纱，感甚。后日推班无磕头处，自以明日谢恩为妥。节边事多，当于明日五更下园也。此复即贺节禧，二铭年兄大人，生汤金钊顿首。外，大钱二千，乞分犒园寓诸从者，又及。

7

日前趋谢未晤为怅，昨承珍贶，铭感良深，闻白俸米尚中陔膳之用，仍奉上四石，哂存是幸。儿子已于十月廿三日到萧，一路叨芘平安，足纾廑注。顺候年兄大人近祉，生期汤金钊顿首，十日。

8

早间晤莲府前辈，谈及须请书启先生，但须善写扇对，书法须当行，不要古怪，即书启行文，亦要合时平稳，间或代为题咏之作，未知

① 道光六年八月，汤金钊“入直上书房，补授户部左侍郎”（《北京图书馆藏珍本年谱丛刊》第134册《先文端公自订年谱》，第206页）。

杨君懋建能此一派否？束脩每年六十两，每月费大钱乙千文，候示知转荐。肃布顺候年兄大人午佳，生汤金钊顿首。（赵处教读已得人矣，又及。）

9

惠邸前次吉期不记何年[①]，（是否在京？）曾送如意与否？此时斟酌，若应申贺，似以但送如意为是。入直不能分身，自可遣人送去，缘前次不能记忆，是否合宜，仍祈酌定。即问近祉，金钊顿首。诸友均此道候。

10

昨令郎见过，正欲一谈，奈无知阍人以有医辞去，恨甚。贱足左边筋痛，至今不解何故？偏方遍试，皆无效。赏假已满，只可出去。内人患类伤寒复发，势颇危险，未知何如耳？承念，谢谢，顺候不尽。金钊顿首，二铭侍讲贤友[②]，廿五日。

11

太夫人尊体已平康耶？念念。所荐幕友陈君已问过，据云愿往襄校，惟现在京中有些债负，须先支束脩三十两，方可动身，未知能

---

① 吉期，即结婚之日。道光十七年十一月十六日，翁心存"偕诸同人至惠邸贺喜，是日丑时续娶福晋，桂燕山中丞之女也，余等各送如意"（《翁心存日记》第一册，第295页）。

② 道光十年九月，翁心存迁翰林院侍讲。参见《翁心存日记》第四册，第1854页。

否,候示知。陈名汝霖号小泉[①],湖州人,现寓北半截胡同内库腿胡同刑部章宅。专此奉闻,即问年兄学使大人台祉,生汤金钊顿首,廿九日灯下。

12

接札具悉,关聘、束脩俱收到,容即转致。至骡轿,生处一乘都无。率此布复,即候日佳,不一。遂盦年兄学使大人,生汤金钊顿首。

13

启者,昨潘芝轩前辈谈及曾荐幕友潘君汝翼,未知尊意如何?其人讲究理学,生所深知,若蒙延聘,当不荒唐也。乞即示下,以便知会前途。专布顺问年兄学使大人早祺,生汤金钊顿首。(潘君现寓全浙老馆,在下斜街。)

14

前日未晤为怅,近晤何澹葊,询悉太夫人已就全愈,(近日当更好矣。)甚慰。十三日启节[②],本拟命小儿趋送,缘衣服不便,不敢前往,天寒一路加意珍卫为祷,遂盦年兄大人,生汤金钊顿首,十一日。

---

① 道光十二年十一月,翁心存延陈小泉等人襄阅试卷。廿二日,"慈亲忽感寒疾,头痛多汗,兼以筋节疼痛,老人素阴亏血虚,此次尤剧。陈情则不敢,欲行又不忍,日夜彷徨。延何淡庵诊视服药,稍觉痊可,简书有程,只得勉强就道"。十二月十三日,翁心存拜别"慈亲于床下",辰刻登舆。参见《翁心存日记》第一册,第77页。此与信中所言相合,疑写于道光十二年十一月二十九日。

② 启节,古代使臣出行,执节以示信。后亦称侍从引驾或高级官吏启程为"启节"。道光十二年十一月十七日,翁心存简放江西学政;十二月十三日启程。参见《翁心存日记》第一册,第77页。疑此札写于道光十二年十二月十一日。

15

七月廿五日接手书，得悉近状安胜。严肃以驭吏，和平以待士，示之以肫诚，镇之以简静，敛圭角而加缜密，以此从公，何事不济？士心知畏知感，自然弊绝风清，上报国恩，渥承简倚，欣慰何似！潘励堂不能得力，转多累及，深用歉然。生供职台垣[①]，益惭报称。寓中平适，足纾注怀。草草泐复，顺问年兄大人安祉，不宣。生汤金钊顿首，即日。儿子侍笔请安。

16

月前托中丞折差寄上一函，具述屋已交与恩宅，业经收到房价乙千三百两，其银可以听岁底应酬之用，未知收到否？比惟太夫人安舆抵署，瀛眷俱康，定符臆颂。年兄大人按部勤劳，此时当可小憩，眠食何似，伏惟万福。生顷蒙恩量移水部[②]，益深惭悚，供职平顺，儿辈俱绥，足纾注怀。肃泐布候台祺，不宣。生汤金钊顿首。外，陈世兄家信，乞转交，又及[③]。

17

嘉平廿三日接手书，得悉年兄大人按部勤劳，未及回辕度岁，终

① 台垣，即都察院、六科，并称台垣。道光三年，丁父忧回籍守制；道光七年七月，汤金钊升左都御史；道光十三年四月，“升左都御史”（《北京图书馆藏珍本年谱丛刊》第134册《先文端公自订年谱》，第205、206、209页）。结合上下文，此处所言当是道光十三年之后的事情。

② 水部，即工部的别称。道光十三年十月，汤金钊升工部尚书；道光十五年三月，兼署工部尚书（《北京图书馆藏珍本年谱丛刊》第134册《先文端公自订年谱》，第209、210页）。结合上下文，此处所述当是道光十三年之后的事情。

③ 参见次札道光十四年十二月二十五日“嘉平廿三日接手书，得悉年兄大人按部勤劳……”一通。

日堂里阅卷之暇，兼治官书，每夕和衣假寐，仅得亥、子两时。竭力尽心，士习文风大有裨益，实深钦佩！惟公事固须尽力，而精神亦不可过劳，此中尚望随时调摄，体中已大佳否？念念。太夫人应已安抵使署，伏惟万福，承分清俸，百朋之锡，感谢、感谢！各处(空信亦送讫，惟奉天尚未寄。)俱已照单分送，除穆大农璧回、卞光河补外、徐思庄丁本生忧出京扣去外，计共分银一千一百六两，加赏给家人四两，尚馀剩一百十九两五钱，合之原存一千二百四十一两，计兑折银十一两五钱，存贮听拨可也。外，回信共十二件，陈世兄家信一件，均乞查入。

生供职冬官[①]，鹿鹿如昨，儿辈俱好，足纾注怀，肃此鸣谢，顺贺春禧，并颂堂上福履不戬，阖潭俱吉，生汤金钊顿首，十二月廿五日[②]。贡折二件，菽原于廿六日交到送上[③]，查入。

18

日盼到来，今早接讯，甚慰。折子王菽原早为写妥送在生处，只须填日而已。向例三品以上用黄折请安，年兄虽系内廷，似亦可不用。到日已借东华门国史馆住宿。至寓所，已于前月租定西华门前宅朱文正师赐第东间壁[④]。生昔自江苏学政回京时即住此屋，后来程松庭亦住此，放江西差，年兄想应到过，粗粗收拾已可住得，离内甚

---

① 冬官，即工部的通称。

② 参见次札道光十四年十二月十三日汤金钊致翁心存“日盼到来，今早接讯，甚慰。折子王菽原早为写妥送在生处……”一通。疑此札写于道光十四年十二月二十五日。

③ 道光十四年十二月十五日，翁心存“入城访王菽原同年，折已缮就”(《翁心存日记》第一册，第115页)。

④ 道光十四年十二月十一日夜，翁心存“作启遣任升先驰入都达敦甫师借车马”；是月十四日，翁心存“任升自都城回，并得汤师书，知已为定西华门外北池子前宅胡同朱文正赐第东间壁屋矣”，当即此通，疑写于十二月十三日，或十二日(《翁心存日记》第一册，第113—115页)。

近也。（轿车一辆，骡一头，水车只有一辆，骡二头，只可装铺盖，送去应用。）至务上甚紧，管崇文门者，系载二爷、纪四爷。既无税物，不值求情，惟有请其开看应税者税而已，（或二两一箱，不知共有几只箱子。）然极磨人。生现用之仆亦无干练者，令其帮为照料则可，若靠其成事，则不中用耳。宽儿适患喉症，颇剧，不能出迎为歉，进城日绕至敝寓一晤，亦无妨也。草草泐复，馀俟面悉，即问荣祺，不宣。生期汤金钊顿首。

19

接札并遂盦原书，所见极为周妥，自当照办。至一切礼文，以简省为佳。昨两孙与汪（巽泉先生）、吴（荷屋同年）二宅换帖，皆是如此，诸事临时通知，以便女家仿照而行。肃此布复，容趋候顺问陛祺，不一。祈即转致遂盦年兄、云士贤友。生汤金钊顿首[①]。

20

顷又有宣化之行，倘有续交之件，归期未可定也。秋间读与云士书，知姻事须进城后亲自料理，乃年兄大人进城而生又远出。比及归时，恐阁下又在直园，生老矣，寿命不可知，以早观厥成为快。去年欲待至今科场后换帖，此系生一时谬见，辗转稽延，殊增悬系，阁下进城后不必俟生归[②]，即照前札举行。至生处一切事宜，已吩咐小儿照依

---

① 道光十七年七月十九日，“暮，汤师之仆带来蔡云士同年书，为六儿姻事，汤师欲于八日换帖也。灯下作简复云士，恳其婉商于十月举行”；是月二十四日，“早间在内晤云士，又来拜，值余尚未退直。以汤师书留交，允于十月换帖矣”（《翁心存日记》第一册，第268—269页）。此札末“祈即转致遂盦年兄、云士贤友”，知是写给翁心存与蔡云士二人的书信。

② 道光十七年十一月初一日，“是日汤师奉命谳狱宣化”。初三日，“敦甫师书来，以六儿姻事嘱我入城后即换帖，不俟师回也，即作启复之”（《翁心存日记》第一册，第292页）。疑此通写于道光十七年十月初三日。

办理，与生在京无异，望勿以生在外再迟也，祷切，祷切！肃布腹心，即候回玉，顺问年兄大人晋祉，生汤金钊顿首，初三日。

21

昨接还云，斟酌尽善，欣慰良深，顷又承贶多珍，拜登感谢。生于初八起程，明日跪安，承招宿澄怀，极感。但琐事纠缠，未能前夕赴园，怅甚。（散后当到尊寓茶也。）肃此鸣谢，顺问年兄大人安祉，金钊顿首，初五日。

22

分襟夏序，转瞬冬初，饥渴之思，三秋莫喻。顷接手椷，藉悉年兄亲家大人于六月五日安抵珂乡[①]，寿萱茂豫，阖潭万福，欣慰奚如。初返里门，一番酬应，尚不劳顿否？念念。大世兄励志上进，小世兄《葩经》读竟，现读《尚书》，并诵唐诗，亲授大义，盈庭兰玉，娱侍高堂，喜可知也。钊猥以非材，谬参大政，覆悚之惧，倍切冰渊，亲家贤友何以告之。宽儿趋直郎中[②]，修儿读书不辍，眷属俱叨芘平顺，祈纾注怀，肃泐布谢，顺候锦祺，不戬。姻通家生汤金钊顿首，九月廿五日。

太亲母太夫人祈叱名请安，并问亲母夫人兰祉，世兄同此问好，儿子等侍笔请安，小孙女松姑请安。

送行诗画册询知似尚未办就，容续题之，濒行属书之拙句，率书

---

① 道光十八年闰四月，翁心存“以张太夫人年八十，具疏乞终养”（《翁心存日记》第四册，第 1856 页；《翁心存日记》第一册，第 330—331 页）。是年六月初五日，翁心存抵达家乡常熟，“从兹絜膳循陔，长依膝下”（《翁心存日记》第一册，第 341 页）。

② 道光十八年八月，汤金钊“长子宽升郎中，九月调吏部尚书”（《北京图书馆藏珍本年谱丛刊》第 134 册《先文端公自订年谱》，第 211—212 页）。

奉正，又及。

李纪人甚妥当，自当留心推荐一地，以副雅属，如遇敝寓有可补之缺，则更妙也。函中有王爷信一件，想系惠王，即当送去，又及。

23

春间两过胥门，应酬纷沓，拟通问而未果。八月既望接到手书，欣悉贤友亲家大人侍奉寿萱，阖潭集庆，陔华馨洁，兰玉芬芳，公事概不与闻，省会未尝一至。敦品望以式乡郿，讲制义以导后生。逖听临风，曷胜倾佩！令侄蒙春浦宗师赏鉴，自必实学过人，与二世兄同拔桂香，定符臆颂。大世兄博览群书，钩元提要，具澄心得，明春得意，不足为通人贺也，公车何日启行，盼切，盼切！三令郎暨令孙读经三部，文义俱能了然，歌诗、写字、属对均有领会，自是后起之英，可喜，可羡！

生被人弹劾，承示以潞国、欧阳、考亭、新建所遭，庸愚何敢上比？至勖以内省自反，毋使怫郁不平，真圣贤切实工夫，仆虽无似，敢不自励？非学道有得，而又相爱之深，如足下乌能作此言，铭坐书绅，感谢，感谢！

大儿供职平顺，然鄙意颇不愿其外任，次儿幸毕三场，本领平常，想难得隽。生趋直如常，眠食无恙，眷口俱绥，足纾廑注。肃此奉复，即问近祺，恭请太夫人老亲母福安，并颂亲母兰祉，令郎、令孙均吉，小儿、小孙、孙女并侍笔请安，八月十八日。惠邸偶感时疾，近已向痊，来信已交去矣，又及[①]。

---

① 参见前道光十八年九月二十五日汤金钊致翁心存“分襟夏序，转瞬冬初，饥渴之思，三秋莫喻……”一札及其注释。此通写于道光十八年八月十八日。

24

前接手书，知年兄亲家大人因昨岁英夷之警，奉太夫人暂居苏城，一以避寇氛，一以便医药，迩惟寿萱康健，阖弟增绥，定符遥颂。惟闻办赈捐资以及一切费用，所出不赀。侍奉所需，颇费筹划，甚为驰念。然圣人言，啜菽饮水尽其欢，斯之谓孝，甘旨虽薄，欢喜实多，人子之心，亦可自慰。倘于省城得一书院助之，自是尽善，未识有此机缘否？世兄留馆大喜[1]，贺贺！二世兄学业想益长进，姑爷经书读添几部，已开笔否？念念。

仆缘事镌级[2]，虽蒙相知原谅，然当日办事不能虑患，待人亦必有招怨处，自反而已。宽儿外放，尚稽时日，特恐部选到班时召见，改原衙门行走耳，莫非命也，顺受而已。修儿二月初忽患用心不得之证，场中草率了事，报罢固宜，然房批颇无贬辞，未荐而备，深可感也。久未通问，想念孔殷。肃贺鸿禧，统唯朗照，姻通家生汤金钊顿首。太夫人老亲母前祈叱名请安道喜，亲母夫人同此道贺，儿子等侍笔请安，松孙女恭请安祉，闰三月廿一日。

25

五月初旬接到手书，得悉贤友亲家大人侍奉寿萱，阖潭笃庆，康强逢吉，欣慰良深。生习静颇佳，近蒙圣恩，简除光禄，奈缘目昏步蹇，耳稍重听，记性健忘，年逾七旬，难以供职，不得已而一面谢恩，一

---

① 道光二十一年四月十二日，翁心存始知翁同书“留馆已确”。(《翁心存日记》第二册，第447—448页)。

② 镌级，即降职，降低官阶。道光二十一年闰三月二十三日，翁心存听说汤金钊“为司员讦告”；四月十一日，翁心存通过邸报始知汤金钊为吏部员外郎陈起诗讦告原委；十三日，“阅邸抄：吏部员外郎陈起诗革职，汤金钊降四级调用”(《翁心存日记》第二册，第444—448页)。知此通写于道光二十一年闰三月二十一日。

面吁请开缺，荷蒙鸿施逾格赏二品顶带休致①。天恩高厚，感激涕零，贤友闻之，想亦为心慰也。儿辈俱好，足纾注怀。惠邸得有回书送上，察入。前所需壬午会试录，至今无以报命，歉歉。草草沥复，顺问近祺，恭请太夫人老亲母福安，姻通家生汤金钊顿首。五月十一日。亲母暨令郎世兄及姑爷、令孙均此问好。儿子率孙女侍笔请安。

26

除前二日，令郎太史来晤，接到手书，并询悉贤友亲家大人侍奉寿萱，克尽欢心，虽当迁徙劳扰中，左右承奉，俾老人安适而益健。暇则博览群书，吟咏养性，教子课孙，后生蔚起。此儒者真德行、真事业也。承示同龢令郎及曾文令孙诗课，思清气秀，词致斐然，非胸积唐贤名作而天授之笔不能，勺龄得此馆选何疑，可喜，可喜！大世兄根柢本深，加以一年趋庭，习训考差，自可操券，惟愿济美浙江，顺省重闱，添词林佳话，年兄诚孝所感，天必从也。蒙赏小孙女钗环衫裙衣料，小辈未有孝敬，转受长者之赐，何以克当，然礼不敢辞，已令其叩领谨藏矣，谢谢。

大儿未邀简放，或不免为乃翁所累，然已顶选，而屡不得缺，则又何说？可见福命所限，无可如何。次儿近来应酬较多，不能专心读书作文，奈何！新捐内阁中书，计补无期，不过留此一道耳。两孙尚在南边等考，闻春间可院试，未知确否？回南小考，此计本左也。松姑学作针黹，去年为乃祖作朱鞋两双，颇称脚适意，又学烹饪，亦复楚楚有致。闲时则使之糊镪，以供祭祀之用，欲其习勤耳。生戢影软红，澄心虚白，食虽减，而尚有味，寐虽短而尚觉甘，惟耳目昏聩，步履蹒

---

① 道光二十二年五月初八日，汤金钊“补授光禄寺卿，初九日谢恩，并奏衰老，吁请开缺……上谕汤金钊，准其开缺，加恩赏给二品顶带休致”（《北京图书馆藏珍本年谱丛刊》第134册《先文端公自订年谱》，第213—214页）。

跚，豪无益于世，为可愧疚耳。肃泐布复鸣谢，虔贺年兄亲家大人新禧，姻通家生汤金钊顿首，正月初三日[①]。

另纸所示督教子孙，殊非易事，且亦须清闲无扰，斯教者与学者，皆宽然有馀旨哉！言乎德门后起，得有贤父兄培养之福分不小矣。大世兄去年所那些须，不足挂怀。今附去袍褂料两端、晶章带扣各一匣，乞转交姑爷收用，金钊又肃，诗课二本奉缴。

27

前接还札，指示周详，欣感无似。续接大世兄交到先发一函，得悉一切，伏稔贤友亲家大人侍奉寿萱，百顺万福，子孙聪训，日进无疆。南跂德门，莫名钦慕。生蹒跚聋瞽，幸眠食粗绥，阖寓平适。修儿逐队观光，想无望也。草草泐复，衹候近祺，不宣。姻友生汤金钊顿首，三月廿一日。

28

仲冬廿三日接诵兰言，藉悉贤友亲家大人吉履安和，孝思肫永，牛眠初卜，马鬣方营，足茧心劳，致减餐息，闵子切切，何以加兹？惟祈仰体慈怀，珍摄道体，是所深祷。承示姑爷诗赋楷法，俱可造就，瀛洲后进，拱而俟之。眼前文笔虽云未醇，然少年文字似不必急于求醇也。便中希将诗赋时文寄示一二。至北上之期，定于明秋科试以后，谨已领悉。前太史世讲交写对三副，内有联语，以为贤友自撰，似有高尚之意，妄下转语，今知出自宋人，深愧寡陋，他无论已，亟付丙丁

---

① 道光二十一年，汤金钊缘事降四级调用；次年，奏请开缺，以二品顶带休致；道光二十三年二月，汤金钊“次孙学治取进萧山县学十七名；五月，长子宽选陕西凤翔守；六月，长孙学纯取进绍兴府学十名；七月，次子修以内阁额外中书行走”(《北京图书馆藏珍本年谱丛刊》第 134 册《先文端公自订年谱》，第 213—214 页)。疑此札写于道光二十三年正月初三日。

为幸。此二句系何人诗？还求指示。至不着高句，返之愚昧，终不概于心。尊论所谓虑周识定、通志成务云云，乃著之难，非不著也。若以不著为高，则末之难矣，似与知其不可而为之者有别，高明以为然否？

生尚无大恙，而感冒时作。日者谓，仆七十八岁，运行交庚[①]，恐过不去，然年已望八，听之而已。承示多服滋补之剂，感感。近年每晨服八珍粉，以补脾之药。然药止能治病，不能回命耳。草草泐复，笔冻手颤，几不成字。肃问近祺，并亲母夫人懿祉，令郎、令孙均吉，姻通家生汤金钊顿首，腊二日。小儿、小孙、孙女俱侍笔请安。

29

秋间专函贺喜，托药房学使寄呈，未审已达澄鉴否？顷程大兄来告知，六令郎荣膺选拔[②]，喜忭难名，恭惟贤友亲家大人经训传家，德门集庆，芝兰芬馥，瑞聚祥骈，喜气重重，如川方至，南望吉云，曷胜凫藻。专肃布贺大喜，馀详前信，不赘。亲母夫人暨姑爷同此道贺，姻通家生汤金钊顿首手泐，小儿侍笔道贺。

30

承招赏牡丹，幸甚。所商请庞、卞两世兄，而翁六世兄（以太岳在坐之故）另请之说，似转觉没趣。生年老，最喜与少年为伴，八仙团坐，尤极有趣。今拟坐图奉览，惟乞示定。即候伟卿贤友升祺[③]，生

---

① 道光二十九年己酉，汤金钊七十八岁；次年庚戌年，即道光三十年（《北京图书馆藏珍本年谱丛刊》第 134 册《先文端公自订年谱》，第 215—216 页）。疑此札写于道光二十九年十二月初二日。

② 道光三十年，翁同书时任贵州学政；是年六月，翁同龢选拔贡，朝考以小京官用，分刑部学习（《翁心存日记》第四册，第 1858 页）。

③ 此通当是汤金钊致吴伟卿札。

金钊顿首，初八日。

若再添一位，则移翁六世兄与主人并坐[①]。

31

（附稿内使三人一函。）顷扰旨酒珍品，谢谢。所示初十招仆之说[②]，归与儿辈言之，据称初九、十两日拟回请会亲。仆思招仆不妨迟，亲家大人何不移于十五日赐饫。专布即问午安，姻友生金钊顿首，手颤不成字，愧甚[③]。

32

伏惟先帝此意，钊闻在三十年前。今读朱谕[④]，仰见圣心积虑，义精仁熟，为万世子孙无穷之计，诚能遵行，俾万世咸曰本朝代代郊配之典停止自先帝遗命始，则巍巍尧德，与天比崇。若拘尊崇之文，致迈古盛德，郁而弗彰，转失尊崇本意。昨儿子传述尊意，具见斡旋之苦心，然究不如恪从治命，敬承先志之为尽善也。《诗》云："惠于宗公，神罔时怨，神罔时恫。"使此事欲从而不能，则不从，自邀神鉴。今从之，甚易甚美，而不从得无与诗言未合乎？还望留意，金钊顿首。

---

① 上有一圆桌座次图，南：吴七；东：周三，汤一；北：卞五，翁六；西：庞四，翁二。

② 仆，汤金钊自指，此字原件偏右，比其他字小。

③ 道光二十九年闰四月初三日，翁同龢夫妇回门，随行当有翁宅所赠"旨酒珍品"；是月初九日"巳刻敦甫师招饮，会新亲也"；初十日，汤宅请翁心存夫人会亲；十五日"巳刻设席请敦甫师"（《翁心存日记》第二册，第716—718页）。

④ 道光三十年正月二十七日，"巳刻在内务府衙门会议，朱谕遗命内郊配、升祔二条议多不合，各拟具折奏"。是月三十日，翁心存"得敦甫师手简"，疑即此纸（《翁心存日记》第二册，第779—780页）。

33

三复鸿题，典茂醇实，班孟坚之文也，拜服，拜服！惟奖饰愧不敢当耳。趋直勤劳，琐屑烦渎。歉仄之下，感激倍深，谢谢。即日扈从山陵[①]，天寒道远，珍重，珍重！钊泻后未能复元，惮于出门，秋往之愿，未知何日偿矣？手颤不成字，一笑。金钊顿首上，遂盦司农亲家贤友大人执事，九月十一日。

34

启者，仆有各体诗文三百馀首，本无可幸。然自少至耄，性情气象事迹在其中，拟梓以示子孙，而未能定其去留，未审亲家贤友公事之外，尚有片暇能日阅十数首否？如可，当陆续奉求阅定[②]。先此奉商，伏候裁夺。即问安祺，金钊顿首，廿五日。

35

承示经进颂冠于诸文之首，诚为得体，因思诗第一本，内《谒陵》三十首，（亦系经进之作。）杂于各诗中，似觉不庄，拟列于首卷，而以恭和御制诸作附之，次卷方按年编次各诗，何如？乞裁示。

半课之说，书房于封宝后、开宝前，外廷召见毕即散直，谓之半功课，未知近来亦如此否？可否注“未开宝前，书房外廷召见毕，即散直，谓之半功课”。均望示定，即问安祺，金钊便启。

---

① 咸丰二年九月十一日，“上谒东陵。是日自园启銮，寅正偕桐轩出朝阳门新桥东帐祗候，辰初二刻驾过，予等在道旁跪送”（《翁心存日记》第三册，第913—914页）。

② 咸丰元年正月二十六日，翁心存“谒汤师，以《蒙养斋诗》五册、《文》四册命校定”（《翁心存日记》第三册，第846页）。

36

翁亲家大人，汤金钊顿首。赏笔中如有似去样者，乞分惠数枝。此布即问晋祺。外，笔样一枝，初二日。

37

汤金钊顿首，承示具悉，祈先将诗第二本稿付去手带回，以便交写宋字，其馀尽从容披阅可耳。此渎载候，不一。

38

诗一本已录出宋字，即呈阅定，其第二本如已阅完，祈即付下。又，文四本送呈，均乞查收。此上，顺问亲家贤友日安，金钊顿首。

39

诗第三、四本如蒙看出，乞先付下，外《石室传经图记》一首，乞于记类按年黏入。此渎即问安祉，金钊顿首，送翁亲家大人。

40

昨接诗三本，今接文四本，承签出精当，感甚。惟公事忙迫中以此费心污目，深抱不安耳。书名竟定为《寸心知室》，卷数当厘定也。兹附去赋一本，未知有一二可存否？又随笔一本，（先奉上，鉴其大概。）当另编，附入前随笔后。统容晤谢，肃此请安，不尽。金钊顿首。

41

王事鞅适，尚不甚勚否？启者，《寸心知室》诗文承示编次大概，感甚。兹妄拟将第一卷编为“诗文经进集”，诗以“谒陵”之三十首为冠，而以恭和御制各诗次之。文以“再谒东陵颂”为冠，而以文之经进者次之，未知是否？惟是赋中有《巡津赋》一首，亦经进之作，如尚可存，亦拟过而存之。在前托尊纪带回之赋稿中，（书二本一包，中一赋稿，一隙中随笔并有小启，未知遗失否？）望先检阅示定。此渎顺问日祺，琐事烦渎，不安之至，姻友生汤金钊顿首。（日来受寒困惫，不能自抄，因命舍侄孙代写。）

42

金钊白邃盦贤友亲家大人阁下：

每年贱降母难之日，不许小儿小媳等治面款宾，并饬司阍勿通客刺，只于祖宗堂点烛闭合持斋。亲家大人趋直勤劳，必无暇晷万一。是日适遇到署之便，切勿枉驾，以致愚父子失迎之罪，叩祷，叩祷！并祈转达亲母夫人，勿动莲舆，免致小媳失于款待。至孙女身若强健，可于前一日伊妣生辰设供之辰来此行礼，即豫拜祖生而归。谨布腹心，伏求鉴纳，万勿强使生破格，致多窒碍，幸甚。顺候台安，南榜捷音在即，伫贺，伫贺！金钊顿首，十一月初吉。

43

闻坠马微伤①，尚不大苦否？念念。以后总须乘椅为安，不可以遗体行殆也。肃此问好不尽，送翁亲家大人，金钊便片。山羊血、三七尚合用否？又及。

44

随扈尚不疲乏否？闻尊处有馆，敢荐一人，系萧山王养寿，己酉

---

① 道光三十年十月三十日，“策骑行至南池子，将至南湾矣，马忽蹶前蹄，将予掀坠，致伤右臂、右胁，并伤顶心偏右，扶曳登车而归小寓，卧床痛甚，不能起。六儿甫出城，呼之，即驰至。宝生亦来视。遣人至汤师处乞山羊血以酒调服，又敷栀子干面于伤处，痛少定，呻吟达旦，不能眠”（《翁心存日记》第二册，第831—832页）。

拔贡举人，庚戌取学正而未用[①]，能诗能文，兼工小楷，如须延西席，可往聘也。顺问遂盦亲家贤友安，金钊便启。

45

又承分糈，谢谢。明春药房回京[②]，必无馀米，望勿再颁。再，药房索书，率写数纸呈留，俟到京交之。肃布顺请夕安，金钊便启，露呈翁亲家大人，二十三日。

46

勉作三寸许字，手提不起，僵滞异常，气已馁矣。加以耄惛，误写"先心喜"为"心先喜"，益深惶悚，仍谨缴上，祈转达惭惶之意，即问邃莽贤友亲家日安，钊启，十六日。

47

兼尹殷繁，尚不疲瓴否，念念。启者，有敝表侄任见龙，年三十馀岁，向在直隶办理钱谷，亦能书启，现在赋闲，贤友亲家大人能嘘植一枝，幸甚，感甚！即候时安，金钊顿首，初三日。

48

月前闻南还，府上有不如意事[③]，深以为念。王事贤劳，千万珍

---

① 己酉，道光二十九年；庚戌，即道光三十年。

② 药房，即翁同书。咸丰二年底，翁同书贵州学政任满回京，因病伤寒，未能及时启程。咸丰三年正月翁同书挈眷由蜀栈北上，当即"明春药房回京"一事。

③ 咸丰三年"八月长孙曾文卒，不孝同书之长子也，弱冠食廪饩，能文，生一子亦殇，先君深惜之"(《翁心存日记》第四册，第1860页)。咸丰三年九月初三日，翁心存"与家人说及曾文病坳，为之怆伤"(《翁心存日记》第三册，第1005页)。

摄为祷。兹有启者，频年承分俸糈，受惠已多，现有馀粟，潭邸人口添多，必不敷食，务望勿再颁给，庶几心安，而肥敢沥诚，再请，务祈鉴允。即问遂莽亲家贤友大人日祺，钊顿首，九月六日。

49

公事殷繁，精力尚不劳顿否？前恙曾否复元，念念。兹有启者，朱文正师墓木有人偷伐，必须赖官示禁。前承谕知，修子饬县出示，还祈饬催即发于岁暮，尤资保护也。琐事渎神，不安之至，即问日安，金钊顿上，遂莽亲家大人贤友，初二日。叔平虽渐复元，须多养数日为望。

50

接示具悉，所需拙字写就奉正，馀不尽言。病新愈，天寒，倍加珍摄为祷。顺颂春禧，并阖潭吉庆，遂莽亲家贤友大人经席，金钊顿首，廿九日[①]。

51

新年诸事吉祥为颂。昨来示云，前书《孝经》五开[②]，其纸幅大小、字行疏密，所写系何五段，全不记得。乞将前件付看，以便配上七开。专布即贺，阖潭新禧，遂莽亲家贤友大人阁下如晤，钊拜年，元旦。此时诸相好来看，必多酬对，未免劳神，不如可谢则谢，何如？又及。

---

① 咸丰二年十二月二十九日，翁心存“内子前日吐红，甚委顿，今小愈”（《翁心存日记》第三册，第936—937页），故疑此通写于是年十二月。

② 咸丰二年四月二十九日，翁心存“午刻谒汤师，侍谈良久，乞得所书《孝经》”。

52

伻来承垂贺，谢谢。询知城寓收拾，尚须小住十数日，日来步履较佳否？念念。前承惠宣纸，尚缺道谢。再敝椅轿原以奉送[①]，本不堪用矣，经缮完坚致，乃云送还，此何敢当！谨代为收，悬以候再用时奉上。久欲道达此意，前晤既忘，昨叔平来，又不记起，故乘醉率布，即请亲家贤友大人午安，钊顿首，二月初六日。

① 道光三十年十月十一日，“敦甫师假我旧椅轿一乘”（《翁心存日记》第二册，第828页）。此通写于咸丰元年二月初六日。

三　许秋涛公书[①]

1

大清国江南苏州府积善乡虞山里，金、李二司徒土地界内居住信士许夔，伏为母亲李氏，年七十三岁，七月十九日辰时建生，于今月十四日起病，日夜增重，气息奄奄，凶多吉少，哀祈大神暗中保佑，许夔自愿减算一纪，以续亲年，惟大神俯鉴精诚，上达天听，逢凶化吉，默赐挽回，无任惶恐，敬谨上疏，嘉庆四年正月日具疏。

2

客春分手[②]，意绪黯然，腊月南旋，知贤甥挈眷赴海州[③]，时正岁务丛杂，致未通一音问。今年元宵后，托钵至维扬，满拟到朐阳一走，问知取道甚属纡艰，而所往又动辄相左，留滞二十日，废然而返。旋又匆促挈家北行，颠顿殊甚，想令叔早述知一二也。六月初晤张中翰，闻椿庭之变[④]，不胜惊悼。念数十年中，以至戚为明师，以旧姻兼新，特情谊之深，殆犹骨肉，岂料戊午一别，竟成永诀。昔子产哭子皮曰："吾已，

---

① 此册书衣墨笔题"朗轩公一札，又耕梅府君一札及竹君公穆斋叔字"。

② 客春，即去年春天。

③ 嘉庆十四年十月，翁心存"回里，即携眷至海州"(《翁心存日记》第四册，第 1850 页)。

④ 椿庭，代指父亲。嘉庆十五年，"上元日，先祖闻二叔祖味兰公卒，一恸几绝，病遂剧。先君与先伯父朗若公朝夕侍汤药，四月，先祖卒于官，哀毁骨立"(《翁心存日记》第四册，第 1850 页)。

无为为善矣，惟夫子知我。”真同此情也。天涯海角未能一恸灵帷，怅惘曷极！吾甥至性肫然，如何悲痛，第礼经毁瘠有制，还宜节哀，以上慰慈怀。况孝友家风，诗书世泽，克昌厥后无疑。他日阡表泷冈九京，定为含笑，惟望努力自爱而已。日前接手书两件，其一已是讣音，开椷愀然，藉悉一切。将来扶柩回常，途长费短，真唤奈何！谅令叔在署，尚能善为料理。书中青蝇数语，颇费猜详，后有信来，务希明示一二。小女梦征玉燕，愚夫妇均为欣喜，诸赖堂上维持，尤须嘱其善自珍摄，未识近已达生否？相隔三千里，常节多疏，殊深歉臆，愚与眷属辈抵京时，屡有疾痛，近稍平宁。惟是旅居非易，需次尚遥，正未知作何究竟耳。风便泐复，并慰孝思，不尽。大甥均此致唁，内子嘱笔致唁，并希代候令堂亲母素履，儿女禀笔为阿姊道念，夒手泐。七月[四]日。

3

夏间两次得手书，随于家言中专函寄唁，谅经达览。嗣是南音寂然，未识素履何似？慈闱暨诸眷属俱安善否？晨下倘已扶柩还里，力惫囊空，概可想见，但卜葬亦不宜迟，一切饰观之具，务从裁省，令叔才识明断诸事，禀度而行，自必妥善。

贤甥早负隽才，向处顺境，有此蹭蹬，意绪知甚难堪。然吾辈所苦者，贫而救贫，真无良策，唯青毡是传家旧物，笔耕墨耒，啜菽为欢，亦一随遇而安之道。庄鹏暂息，齐鸟当飞，愿为董子下帏，无为班生投笔也。

愚近状如常，眷属亦均安适，足慰远注，惟是砚田硗确，居大不易。名心日冷，客鬓霜侵，前路茫茫，正未知所税驾耳。兹谨具瓣香薄意，托家孟代致灵前，物不副衷，歉愧交至。率泐布素，临书示尽驰结。许夒肃白，二铭贤甥礼席，大甥均此，九月廿八日都中草①。

---

① 此札写于嘉庆十五年九月二十八日。参见嘉庆十五年七月初四日许夒致翁心存一札。

4

月初张云帆来京，于鹿樵家报中接贤甥手书，知已自海州回常，慈闱以次均各平宁，远怀用慰。水程适当河患，艰辛怖恐，可想而知，然犹幸相距数里，否则险更不测，真吉人天相也[①]。行路既难，客囊愈涩，归后觅砚田生活，情势恐所不免。然家乡延师者近岁寥寥，远游亦属非计，为之奈何。夏间一索得男，足为堂上称贺，愚夫妇不胜欣喜，第至亲骨肉形影暌离，一切常礼竟致阙然，此心殊深愧歉耳。

愚挈家北来，真属大谬，旅居景况，不胜缕述。家孟书中曾叙一二，晤时当谈及也。所幸寓中眷属，眠食尚各如常，可慰远注。拙荆念女甚切，兼以客居未惯，时作南旋之想，然亦谈何容易，行止由天，惟有听其自然而已。愚所有书籍及一切零星家具，俱寄存曹氏旧徒家，有账留家岳处。虽无值钱之物，却家居所不可少者。今小女既归或有需用之处，可令其告知家岳，转为取出，无致遗失为要。草此达愫，顺问孝履，不一。愚舅许夔具书，二铭贤甥青照。令叔前希为道念，大甥不另札，拙荆嘱笔问亲母近安，并问阖宅均好。

5

父夔手书寄芳儿阅悉：

我于去腊十九抵里，汝已赴海州[②]，至元旦得来书，始慰远念。元宵后有事维扬往返一月，欲到朐而不果，意甚怅恨。三月十三日挈

---

① 嘉庆十五年九月，翁心存“扶柩旋里，屡易舟，始抵淮上，艰苦万状，至宝应道中，值运河堤溃，舟尽覆，独一舟得全，人以为孝感。十月抵里，停柩于西门外苏氏丙舍”（《翁心存日记》第四册，第1850页）。

② 嘉庆十四年十月，翁心存“谒唐陶山先生于松江，不值，回里，即携眷至海州”（《翁心存日记》第四册，第1850页），许夔之女即翁心存夫人。故此函写于嘉庆十五年七月二十五日。

家北行，实出万不得已。家具或弃或存，纷无头绪，较之向来移居，周章十倍。途中备尝艰苦，于四月十三日到京，眷属时有小恙，幸渐次平复。六月初接汝来信，知汝身子尚好，水土亦安，并有弄璋之兆，喜甚！慰甚！服食起居千万保重。

我与汝舅气谊之深，真如骨肉，遽有此变，言之痛心。将来扶榇而归，大非易事，爱莫能助，每唤奈何！汝姑操持家政，心力就衰。为妇者，固须事事婉顺，得堂上欢心，一切烦苦琐碎事，尤以分忧任劳为要处，妯娌以和事尊长以敬。凡此皆妇道所重，我与汝母所殷殷致望者。汝固粗明大义，愿益勉之。

今秋满拟二铭获隽，有此蹭蹬，殊是可惜。再，家风寒素，何以支持？然汝家累世积善，汝舅立心行事，不愧古人，即论词章，亦高出时辈，而仅以广文终食，报当未有艾。二铭品貌才华，决非长贫贱者，不得已觅一馆地，困守数年，飞鸣可卜，毋过为戚戚也。汝弟荒废已久，年已十四，尚不识天东地西，现虽读书，亦不能过为督切，但望粗有知解。将来或医或幕，得以谋生足矣。汝妹痴顽依旧，既不能读书认字，亦不能勤学针黹，姑且听之。汝伯父闽游即返，仍馆学前。后因晋江令物故，官累甚重，日有查抄之忧，况味甚恶。六月初信来，所言如此。

家中俱安好，汝外祖亦有信来，合家安好，惟耕吾舅闲居无事，日日奔驰，依然如昨，老人深为忧恚耳。都中近来诸物昂贵，度日颇难，我现在光景，所谓得过且过，前路茫茫，不堪细想，眠食平宁，可无挂虑。草草寄悉，不尽欲言。俟有后便，续寄不一。我家一切什物，半寄曹处，汝归后，倘有需用，可告知外祖，到彼取出，又行。七月廿五日。

6

春仲邓尉梅来都，携到贤甥手书，欣悉慈闱康健，素履如常，阖第均各安好，甚慰远注。家居清况遥想可知，未审觅一坐地、少佐旨甘否？前所云欲作淮扬之游，谅亦谋安砚地，自不如近在里门为妙。愚之近状真是进退不可，大略具家言中。晤家孟时，谅必述及，兹不复赘叙。惟幸寓中眷属尚各平宁，可慰远念。寄去银楼微物数件，用将外生晬盘喜意[①]，希收存之，不备。愚舅许夔手笺上，二铭贤甥清照。内子嘱候尊慈亲母近安，并问合第均好。闰三月初五日太平湖寓中草。

前寄来瓶袋等件俱已收到，谢谢。兹附寄京花廿对，眉镊四个，顶针二个与小女。收到如意丹，俟后便再寄可也。

7

六月初九日接到贤甥四月十三所发信，欣悉慈闱康顺，阖第平安，用慰远念，并知馆山塘李氏[②]，修脯虽微，就近便于照应，课馀兼得自理旧业，甚是善策，愿且安之而已。愚留滞此间，进退维谷，候铨实缺，杳无期日。冬间若就分发，无论外间候补情景，向所深知，且挈家同往，或送眷回南，一切料理，非得五六百金不可，从何措手？久拟改就教职，但问途已经云未必。果能速得，以故意难自决。至于州县难为，自问亦不乐为。来书恳切详至，皆愚意中所欲言也。念自乙卯一第后，东奔西突者数年，溷迹尘海者，前后又十年，共已十七年矣[③]。虚名实利，事事无成，清夜回肠，惭愤交集，计不如决然改就南归，付得缺之迟速甘苦于度外，仍饥驱浪迹，觅一冷淡生涯，支延岁月。然资斧固难措办，跋涉更费周章，眼前亦难豫定耳。

都下诸物昂贵，菜油每斤大钱一百六十文，是从来所未闻者。再因城中、海淀分作两处度日，所费较多。下人贪懒蠢顽，不可化诲。

---

① 晬盘，古人习俗在婴儿周岁日，用盘子盛纸笔刀箭等物，听其抓取，以占其将来之志趣，称之试儿，亦作试晬、抓周。盛物之盘即“晬盘”。嘉庆十五年六月，翁同书于海州出生，其一藏书印曰“常熟翁生生于郁洲长游京师”，海州古名郁州。写信之时，翁同书已经周岁，故此函写于嘉庆十六年，是年闰三月。

② 嘉庆十六年，翁心存“馆山塘泾李氏”(《翁心存日记》第四册，第1850页)。

③ 乙卯，即乾隆六十年(1795)。

起居总未宁适，拙荆质弱力衰，时时称病；儿子顽劣如故，读书写字，全无进境。愚心绪纷烦，亦无暇勤加课责，为成为败，听之家运而已。草草寄悉，欲言不尽。二铭贤甥青览，愚舅许夔肃泐太平湖寓斋中，七月初五日[①]。拙荆嘱笔候亲母近安，并问大甥伉俪好，外生辈幼祉。本拟奉寄食物，因程公向未谋面，愚又现居园中，此信仍由鹿樵转寄，多所不便，当俟后便也，又行。

8

十月十八日旧人杨福来京，赍到贤甥八月所发书，欣知慈帏康泰，合第平宁，深慰远念。其前托鹿樵家所寄信件，至今未到，想无妥便故耳。愚于改教分发两途，迟疑两月，无所的从，相好皆以为遽行改就，恐补缺仍遥，后悔无及，不如且就分发。若掣得云贵等省，地寒路远，跋涉艰辛，自无前进之理，再图更改未迟。因此决计呈请分发。现已托人办去，想岁内尚可完结，惟是一切料理，须得五六百金，居停即有可商，恐未必能如数，外此更不必言。眷属挈之偕往，与送之旋南，种种周章，惟望掣得浙闽，挈回安顿后，仍自独行乃可，然未可必也。跋疐情形，非笔所能悉。所幸合寓人口，尚俱平安，无廑遐注。腊月十二日为尊人窆期[②]，敬附到菲仪一函，聊表寸衷，愧歉无似。草草寄达，不尽欲言。令叔前希为问好，大甥均此，不另。内子嘱笔请令堂亲母壶安，并候贤甥文祉，小女外孙辈近好，愚舅夔手泐。鹿樵会票一纸，足钱四千文，即查收。十一月初二日。

志铭照样书就，初写用油纸，鹿樵特寄信到海淀，云断不必用油纸，因易书一通，今俱寄去，可择用之，然手生心乱，竟似皆不可用也。

---

① 据此札“……并知馆山塘李氏……念自乙卯一第后……前后又十年，共已十七年矣”，知此通写于嘉庆十六年七月初五日。

② 嘉庆十六年“十二月，葬先祖于顶山祖茔”(《翁心存日记》第四册，第1850—1851页)。

篆额字粗细或有不匀处，上石时可为修之，鹿樵所嘱也。书丹篆额次第，曾与人商之，云当如此。书丹一条，愚意恶用头衔，人皆以为非是，只得从之，其称呼问之鹿樵，云是内弟无疑，高云云此两字似与自称不合，亦似不典，却无从查考的确，望为酌妥。文中年月字仍空，定期后填写可耳。原稿本拟寄还，因函中太厚，不便装入，故留存之，夔另启。

9

别来两月有馀，乡园回首，情绪惘然，惟贤甥文祉清嘉，尊慈暨合家眷属，俱各平康为颂，塾中近况如何，明年定见他图否？现已得有就绪否？寒儒生计舍此别无可商，惟愿以坚忍之力，敌困穷之境，乃真器识过人耳。

愚于八月十一日抵江，至今未及两月。随行逐队，无事空忙，虽各上宪深知分发人员之苦，颇觉低眉，然各班人数众多，循资按格，不能意为厚薄。且知甫经到省者，于吏治多所未谙，故派阅书院课文及观风试卷，而审案出差皆未与也。此间缺分恶劣者丨有八九，即曾经委署之人，亦少生色，况署事尚遥遥无期乎？现在情形每月房金三千，轿夫工食五千，及一切日用，每月须三十千文。其派出公分、添补衣帽，皆不在内，前所带出二百馀金，除盘费百金外，所存无以度岁。同班自顾不暇，告贷无门，不知何法挨过。

寓中上下大致平宁，耕吾尚知物力，聊且相安，家孟果懊悔欲绝，一切起居饮食少可多否，非旁人所能劝慰。儿子质钝学荒，训课者又心绪不宁，嘈嘈终日，能有益乎？总之，就分发固谬，回籍尤谬，年来命运奇穷，动辄得咎，故至于此。回想离家时，沿门托钵，白眼相看，此景常在心目，天竟何如耶！曹氏借住[①]，能相安否？得暇望时往照

---

① 据下文嘉庆十九年四月底“三月间苏春帆大兄南旋，带致一函，此时谅已达览……汝母与汝妹寄居曹宅，将及两载”一札，知嘉庆十七年开始借住曹氏，故疑此通写于嘉庆十七年。

看，并述知外间大略，但不必过扬，徒为见雠者快也。张老太太见时，务为致谢，晤李湘芷大兄，亦为致候，渠所寄臬宪处物件，俱送到。渠令妹丈见过数次，意况颇好，渠将来若有信通，嘱再为提及尤妙。草此达意，馀再布，不一。令叔、令兄烦道念，并问大甥伉俪辈近好。愚舅夔手泐，九月廿三日灯下，阅过付丙。

10

去岁九月杪，有家言托汪大山别驾带归，想经收到。数月以来，未接乡音，殊深悬念。维贤甥近履清胜，阖第康宁为颂。今年下帷何处，研田生活，人已兼芸，真是吾辈无可如何之事，只望秋来高掇一枝，差强人意耳。

愚分发来江，大是失计，前信中略述及之。十一月初奉委往赣州、南安两府，属催提钱粮。往返三千里，至新正方得旋省[①]。外间既无生色，而省寓中一切用度，仍在百计支持。过去至差旋时，已积有四十金逋欠矣。现在每月所费，除添补衣履及杂项应酬外，须三十馀千。人生地疏，无可设措，回思出门时，张罗资斧，非无力所能办，义所难辞者，尚且号呼莫应，况泛然相值之人，亦皆自治不暇乎？

家孟此来，悔之已晚，一味愤激牢骚，无从宽慰，欲图馆地，屡说未成。儿子读书如蛙声阁阁，终日不停，而于浅显大意尚未了然，且无暇执笔作一字，亦只得听之而已。耕吾内弟轻躁之习，未能尽除，幸其知世务艰难，尚能安静耳。

此间天时地气，与家山绝异。冬春之间恒雨少日，潮气郁蒸，多重膇之疾，故寝食起居诸未安适。逐队奔趋，毫无意味，而势又不得

---

① 根据上文嘉庆十七年九月二十三日“别来两月有馀，乡园回首……愚于八月十一日抵江”，知许夔“分发来江”的时间为嘉庆十七年八月，而此通中云“愚分发来江……十一月初奉委往赣州南安两府，属催提钱粮。往返三千里，至新正方得旋省”，已是次年，故疑此通写于嘉庆十八年。

不然。每当阴雨沉晦，无事杜门，昏昏欲睡，亦不复能亲文翰也。署事杳无时日，将来若得一廉缺，已为幸事，但为日无多，且缺亦断不能佳。现在光景进退两难，殆非笔所能述。兹因赵霁亭大兄匆匆回常之便，草此布悉，舍侄及岳母处俱不及作书，烦为述知可也，馀俟遇便续报，不一，愚舅许夔灯下手泐，二铭贤甥青照。

11

数月来，音信未通，日深悬念。惟贤甥近履安吉，阖第平宁为颂。秋闱失望，殊为怅然，但远到之器，原非争此区区者，幸勿介意也。愚客居之苦，与内顾之忧，两相牵迫，莫展一筹，真堪叹恨。家孟去年毅然而来，今又决然而去，苦口无能劝止，窃虑其一误再误耳。心儿随侍郡斋，虽学识未能精进，犹能读书数行，今又涣然解散。若令偕归，势必仍如幼时荒废，姑且留之，则既无常师，又难自课，伊舅氏亦非所长，奈何，奈何！忆从前由京旋里，欲令其随至海州而不果，至今犹深太息耳。次女于今年联姻吴江徐氏徐培名，系灵胙先生之孙，现以按知事保题知县为抚辕巡厅，共有五子，今许守其幼者。现在延师在家，颇勤举业。文定时[①]，彼此相谅，一帖往来而已。兹因家孟南旋，草此代面，馀不及详，敬请尊慈懿安，并问阖府近福，愚舅夔顿首。去秋匆匆起程，有香珠数匣及扇套、荷包一大匣，俱未带来，心甚疑惑，烦转问芳小姐，若果留在家，其荷包等勿遗失也。又行。十月初二日灯下[②]。

12

上年十一月，惺得来江，接得贤甥手书，系四月写就未寄。至七

---

① 文定，语出《诗经·大雅》："文定厥祥，亲迎于渭。"代指订婚。

② 根据上文两札，知家孟投奔许夔当在嘉庆十七年，疑此通写于嘉庆十八年十月初二日。

八月加单并发者，藉悉府上尊慈以次俱各平宁，远怀欣慰，惟闻时患疮疖，未识速愈否，念念。腊月苏有山三兄旋里，行甚总总，愚时才进节署，晷刻未遑，是以未及具覆，托其把晤间，略述近状。秋试满拟得隽，竟落孙山，深为悒怏，但人皆知迟早有定，愚且谓轻重无关。盖得此而飞腾直上者，什止二三；得此而困顿如故者，什居七八。男儿远大自期，当不以区区得失为喜愠耳。惟是青毡一片，冷淡无聊，吾辈赋命穷薄，大率如此，真唤奈何！

愚尝谓古之为民者，四士居其首，至战国时说士多而士品杂，今世幕客多而士品益杂。要之，幕客即说士也，仕途中从此出身者不少，上官辄信其能，良由通习吏治非章句儒生耳。幕中钱穀一席最繁，而馆穀坐次转在刑名下，故学幕者宁为刑名。俗谓刑名不可为，乃一隅之见，造孽造福亦存乎其人而已。至折奏一事，名甚尊而事却简，月或一二事，甚或经月无事，其理不外八股而粗浅特甚，彼俯视一切者，直欺人耳。寒士研田生活，出处总是芸人，而岁入大分丰歉。从来英豪抑塞，有溷迹于屠沽佣保中者，放开眼界，皆可作平等观。吾甥天分本高，眼底试期尚远，盍降心从事于此，杂体文辞酬应亦不可少，吾甥平时涉猎自富，转可以馀事及之。愚此间景况，家孟与有山辈先后南旋[①]，谅曾述知一二，馀具此次家言中，不及缕赘，草草布愫，顺候文祉，并问阖第近佳不悉，秋涛夔手泐，三月初九日。

13

三月间苏春帆大兄南旋，带致一函，此时谅已达览。四月十九日接到手书，知吾甥文祉增佳，潭祺均吉，藉释远念。阅家孟及心宇来札，道吾甥受知宗匠，有弟一人之目，欣忭殊深。当代所称名公巨卿，

---

① 据上文嘉庆十八年十月初二日一札，知家孟是年十月南旋；此通云“腊月苏有山三兄旋里……家孟与有山辈先后南旋”，知苏有山于嘉庆十八年十二月南旋，此通末署“三月初九日”，知其写于嘉庆十九年。

毕竟精于藻鉴，为所赏识者，成就定有可观。以愚所知，历历不爽，正案批言，闻系实廪，有缺即补，所费应自无多，亦得尺得寸之计也。

今年下榻赵氏[1]，嚣尘逾远，水乳情融，读书养气工夫，想益深粹。叔才大兄虽未深交，在都曾见其笔墨，知其飞腾不远，善事而得利器，何快如之！鹿樵久无书来，亦无升阶之信，念念。云帆官况想得意，令嗣又已游庠到彼，见老太太时希代为道贺。皋云先生归后曾致一函，兹覆作札。胡观察犹望其来，新抚军又系同谱旧交，何不毅然来此？部署入都，晤时希为候好道意。耕吾在同乡邵寓训蒙，尚称相得。石樵冒然而来[2]，殊难安顿，令人徒唤奈何。愚近状略具家言中，兹不多赘，顺请堂上懿安，并问阖第近好不一，夔手泐。小女信一件即付之，蔚伯不及具覆，晤时希为道念，并致歉衷，又及。

久欲寄汝一书，奈作家信时，心绪十分烦闷，援笔仍止，惟于南音来江，知汝家平顺如常，以慰悬忆。昨得汝伯父书，欣悉甥小试得利，文宗以大魁期之。从来达官贵人另具眼力，不轻许可。以甥之人品学问，要当不负品题。吾家祖茔向有长外沙之说，行有验矣。喜甚，喜甚！居常清况，不问可知，尝谓人生各有命运，命有定而运无定，世非无始困后亨者，运为之也，来日正长，安以待之而已。

汝母与汝妹寄居曹宅，将及两载，在家者宛如为客，作客者不能顾家，而祖先时享扫墓虚文，亦皆阙而不举。早夜自思真是不可为人，不可为子。俗云：借居他姓，祀先不歆。其说近似有理。至扫墓，则本属轮年承办，自当勉循旧例。今汝伯父独任之，心既不安，况书

---

① 嘉庆十九年，翁心存“馆赵叔才先生家”。是年二月，“学使陈公岁试古学，试《玉皇香案吏赋》，取列苏太两属第一，试作传诵大江南北，正场取列一等第二名，遂食饩”（《翁心存日记》第四册，第 1851 页），疑即此札所言“欣悉甥小试得利”。根据此通内容，疑写于嘉庆十九年四月底。

② 根据下文“四月廿四日，石樵冒然来此，殊出意外……”，结合此通内容，知许石樵于嘉庆十九年四月二十四日来到此处。

来更以为口实耶！念吾非忘本之人，偏处忘本之境，先灵有知或能见谅。然而知者不待言，否则言之未必信也。汝母因循寡识，大率类此。后日遇此等处，汝可商定之。今则事为既往，切勿因吾此言，再生气恼。

汝弟相随读书，有名无实。吾每日课毕后，倦闷已极，无能再与饶舌，时讲授古文、明文，未能信其了了。日内将令试笔以验之，但吾若得委署，固难自课，若住公馆，外间纷纷酬应，课亦必不能专大局，总归荒废。此固前年出门时早经料及者，向非随汝伯父偕来，岂有不善为位置耶！

汝经理家事，谅少馀闲，未识月得一省汝母否？汝妹于针黹、书算等事，皆当留心学习，尚望汝能教导之。徐亲家知我接家书，辄问眷属有意来江否，意可知也。吾则以为可缓，惟汝弟却宜早为联姻，无论其外家之士商医幕，或可借此以成一业耳。然而目前情势，如泛舟大海中，四顾茫无畔岸，一身不能自谋，何暇计及于此？吾今年半百，两鬓渐班，食饮无多，往往而病，胸中郁结，非楮墨所能尽宣。临书百端交集，不自觉其絮缕也。父夔手书与芳儿阅悉。

14

四月廿四日，石樵冒然来此，殊出意外①，及阅其带来家信，知其在家一切行为，竟至不可终日，为之长叹。吾公馆早已撤去，只得送之姑住店中，不知将来如何位置。昨汝弟出署一见，归述其言，云汝母疮疾虽痊，时常患病，且与曹氏婆媳大相龃龉，甚至蔚伯母常住学前，愠不回家等语。此皆其临行时，汝伯父嘱勿提及者。吾闻之懊恨欲绝，念在京时八兼面约，吾挈眷回常，即到伊家同住。吾出京前，札寄耕吾，（并有石樵札。）托其预商地步，不料其置之脑后。又闻八兼

---

① 据上通注释，知“石樵冒然来此”的时间是嘉庆十九年四月，即此通写于嘉庆十九年五月初一日。

屋售陶处，不暇致详，遂借朱宅作马头公馆，大非吾意。原想另商安顿，奈亲族竟无一廛可依，其时又因部署起身，心烦意乱，以致作此燕巢幕上之局。汝母于人情世故，本甚疏暗，且曹屋本非有馀，无怪两不相安也。目下极欲来接，两手空空，计无所出，且若欲接眷，自须戚属伴送，今或则早来，或则继至，无非为己起见，至吾之家累，岂相干涉耶？

闻石樵曾约李德元表弟同来，后德中止，想有旁观晓事者劝阻之。吾谓目下固断不可来，即有署缺，亦不必来，盖刑钱书号，固有专司。其他事件，亦非素未谙习者所能着手。若来而但吃闲饭，去而徒费盘缠，彼此无益。苟于亲族分上，可以尽情，何不可致千里鹅毛，较得实惠乎？

汝弟在此，不能专心自课，又无力从师，且他省人多，言语不达，私计甥若能来，岂非幸事！继思伊养志读书，家庭自可有乐境，却又必不愿来，真所谓不如意事常八九，可与言人无二三。吾命运困厄，竟至于此，念汝与甥最所关切，未识能为我熟筹否？前书所言未尽，故复草此。秋涛又笔，阅过同前书即付丙丁，五月朔日。

15

上冬十一月朗轩来江时①，愚已卸事旋省矣。接诵手书，藉悉阖第安吉，三索得男②，深为喜慰。愚于新正六日即上瑞府，三面会算交代，迟至两月馀方归，用去盘费百馀金，应交之款七百馀金，现在毫无设措，先是管总及钱谷，诸友皆谓交款不过二三百两尚可，不至有累。今乃竟至倍馀，盖譬之庸医误人，必不肯言病症之难治，方能冒

---

① “上冬十一月”，根据此通下文，知为嘉庆十九年十一月。

② 嘉庆十七年翁心存次子翁音保生；嘉庆十九年八月，三子翁同爵生（《翁心存日记》第四册，第1851页）。此通末署“三月十九日灯下”，知此札写于嘉庆二十年。

充老手也。前项既然，又因省仓公费不敷，催逼至紧，缘向来承办省仓之友缓急可从别处挪移。今为卸事之官，意恐作中拖累。炎凉世态，此间尤甚，令人烦恼欲绝，此自瑞郡回省后之情形也。

耕吾于上年腊月十八日突然前赴瑞洪邵贰尹处，并未面别，因札招其来省度岁。今年愚往瑞州，渠于二月五日仍来寓中。愚归后不十日，顷已飘然行矣。所有一切账目半年来并未逐细登记，昨始交来两本，闻系屡易稿而缮就者，殊可发笑。愚现在窘乡，祇送盘费十二两而已，至其从前出省，在署主张一切，嚣然不宁，谅石樵归后必略述知，纵有过当或什得二三也。心儿来江大误本业，前在南昌府署，不过随伴寂寥，及愚携至院上，又以本徒费神，无从勤为课督，令其试笔，总不能了了。（人尚安静，非不就约束者。）固属天赋钝劣，或亦因向未讲明指示所致。愚切求朗轩训之，辄谓年已长成，须由自好，否则又谓读书亦须有伴。又信星家言，谓现行墓库运，愚闻之长叹而已。此间同寅中非无延本地人课子者，一因言语不通，将成者尚可以笔代口，初学全须讲授，听之能即解乎？不解能再问乎？一因气习易染，同学者即驯谨矣。服役辈老成人绝少，背地时恐哄诱。

前在府在院时，下人尚为妥实，尚且有用所不当用，买所不必买者；况寄人篱下，人多类杂乎？早夜隐忧，惟此为甚。耕吾临行，愚病不能起，曾托其到家后，（渠若行期略缓，当令同归也。）沥恳吾甥及舍再侄吟帆处，总得位置妥贴，（能有定局，秋间拟妥送回南。）亲切诲导，将来不至一败涂地，实为万感。若教之不成，则家运使然，愚亦可告无罪于先人矣。高云先生迟行一日，灯下作此托寄，耕吾前并可勿提及也。专此叩恳，并问尊慈壶安，合府近佳，不尽缕缕。愚舅夔手泐上，二铭贤甥惠览，三月十九日灯下，阅过付丙。

16

端午日石樵侄来江，接吾甥郡寓所发书，廿二日菊亭丈又带到一信，具悉近履如常，合家安吉，欣慰远念。莘原幼失父母之教诲，兼无尊长之提撕，一误屡误，迄无所成，思之良为隐痛。前耕吾归，托其代为沥恳。兹诵来缄，极承关切，其难处数端，洞在心目，天伦乐事云云，毕竟落套。在甥以石樵相形立言宜尔，试思有子在侧，不能自课，又无人代课，而坐视其无成方，切深忧何乐事之有耶。若云中年人，恐有不测，则同寅中多有全家眷属在此者，而或病亡，或强死，妻子不及视含敛，岂非数耶？

犹记来江时为安顿莘原计，几有定规，随因家孟欲来，遂生转念。愚妄冀伯能课侄，渠辄谓子宜侍父，延误至今。因思家孟父子闲居，常无一日安。今石樵半年中往返数千里，来此同守寂寥，岂忽欲尽定省之礼耶？殊可哂也！总之，愚所望于莘儿者，非世俗读书上进之说。大凡人能读书，不拘所习何业，易于成功，果得通晓义理，粗识文章，将来习医、习幕，一贯可通，不致流为废材耳！至于修膳，则不论附学何处，竭蹶从事，固所弗恤。此间用度岁计五六百金，惜小费而贻大忧，自问愚不至此，惟来书云，须俟明岁商之，且妻女寄居三载①，面面不安。或不得已，仍须接出，事未可定。瞻前顾后，真有万难，而刻下又无妥伴送其南归，算来只得缓图矣。现在旅况无可言者，公私逋累千馀金，毫无借处。寓中一家四人，楚囚相对，惟有饥来吃饭困来眠，以少费唇舌气恼为幸耳。但每月用度，除不制衣、不请客、不应酬外，须得三四十金，眼底无可张罗，正恐水穷山尽，徒唤奈何而已。草此复悉，不尽缕缕！愚舅夔顿首，二铭贤甥讲席。顺请尊慈懿安，并问令叔近好，大甥伉俪辈均吉，小女不另札，六月廿日睡仙观西口寓中草。

① 据嘉庆十九年四月底“三月间苏春帆大兄南旋，带致一函，此时谅已达览……汝母与汝妹寄居曹宅，将及两载”一札，此通云“妻女寄居三载”，故疑写于嘉庆二十年。

17

连接来书，未及裁覆，惟贤甥文祉佳胜，阖第绥和为颂。愚署篆三月，公私烦累。卸事后[①]，虽官项无甚亏空，而因前两任交代牵缠，尚未了局，斗升水涸，依旧枯鱼。此等情景，谅石樵侄尚能略述也。家口久累，曹氏心甚不安，一因盘费无出，再因自己身心不定，迟迟至今。一二心交皆劝道，内顾忧深，不如接来，旅费所增无几，且如既联姻，迟早总须了债。客中遣嫁，练裙竹笥，稍可藉词。愚细思之所言是，或一道，但此举实出万不得已，非极省不可。

嘉兴徐君接眷来此，上下十人，盘费不及百番，兹交石樵带归纹银五十两，（漕平馀一两，共五定，面上有朱记。）照此间时价，计有六十千文，略添置棉夹衣服及箱笼数件，行李以少为妙，随带一妥实之仆、端谨之婢，从浙河来较为安稳。石樵自系送眷所宜，然到此后闲住寓中，彼此无益，且伊自迁居后，光景不甚相安，父子同出亦非道理，俟明年委署，再来未为迟耳。

心源读书无福，一暴十寒，去冬朗轩兄归后，愚偕至抚幕，羁縻勿绝，到任后无暇及此。今朗轩虽来，然觅馆已非本怀，岂能强之课住？即降心就馆，岂能定见携带乎？计不如姑遣之归，仍求贤甥关心照料，俾得玉成。继思家眷若来，徒令往返，只得仍留在此。其成与败，家运为之，真无善策矣。总之，愚现在光景，谚所谓羊肉未吃，浑身惹膻，有千万言不能悉者。石樵匆匆欲归，留之亦属无谓。乘便草此寄达，不及缕缕，顺请堂上阃安，并候令叔近祉，并问大甥伉俪及外孙辈均好，小女不及作札，付此阅之。便中晤曹蔚伯，希道候，并问合宅近佳。心宇、菊君、有山诸相好晤间，均希道念。秋涛夔手泐，腊月十一日晚刻。

---

① 嘉庆二十一年闰六月许夔致翁心存札云“计自十九年冬月卸事以来……”，故疑此通写于嘉庆十九年。

18

闰六月十四日，接得贤甥正月五日书，藉悉慈闱曼福，阖第平宁，快慰远念，并知试辄冠军，足征文章自有定价，眼底桂香月窟，即看高掇一枝，颂切，望切！

愚交代勉强完结，而署事殊无定期，缘拔委者如积薪，只得俯首听命。计自十九年冬月卸事以来，几及两年[①]，从无分文生色。寓中用度，皆系短扣重利借来，同班光景略似，非局外所知也。兹有同乡新市王君差人回常，相好皆劝接眷，不得已向其借会百千，（又五十千。）再行设措归结。至一切料理，亦不易易。兹已札托耕吾，但未识其能伴送否？若不能，拟烦兆蓉甥一行，未知可否？其他断不敢相浼，缘到后实难位置，殊不相安也。耕吾书中较为详悉，希取阅之，兹不多及。愚舅夔顿首上。二铭贤甥文几。

19

上年九月有南信四件，托苏春帆兄觅妥便寄到家乡，与汝一信内纹银拾贰两，与大甥一信内纹银肆两，未识俱收到否？入新春来，惟阖府绥康为祝，二铭甥游幕中州[②]，从未接得音耗，未知客况如何？常通家书否？悬念殊切！石樵同陆是娱回常，匆促起身。父欲子归，子欲父归，诟谇不少，怨忿难平，有不可缕述者，大率归咎于我，我心惟可对天耳。汝妹出嫁一事，因同乡苏邵及汝母舅皆劝招赘，似乎可

---

① 嘉庆十三年十一月，翁心存娶妻许氏（《翁心存日记》第四册，第1850页）。函中云“计自十九年冬月卸事以来，几及两年”，知此函写于嘉庆二十一年，是年闰六月。

② 嘉庆二十二年，翁心存“榜后赴汴梁就学使史问山先生（致俨）之聘，为课其郎君三人读书”（《翁心存日记》第四册，第1852页）。中州，河南古称。此通末署“正月十二日”，疑写于嘉庆二十三年。

从，然布置一切，颇为烦琐。满月后时常往来，将来婿回籍考试，谅须两头住也。汝弟亲事说有数家，现在尚未定局，虽有前定姻缘，亦难草草从事，今年若得团圆，吾愿毕矣。

吾素耐勤苦，能节饮食，近乃多病。汝母体素弱，每日两餐，几几可废，虽日起如常，总不能健旺。昨岁晋昭来，教服丸药，亦未见大效也。寓中光景如常，无非借贷度日，名为二分利，其实四五分利，日积月长，无可奈何！计来此六年，署事只二百日，又皆清苦之缺。今待下次轮委，恐本年尚无可望，作何敷衍？此种情形惟同寅中相好者知之，疏远者不尽知，无怪身处局外者之毫不知也。兹乘邵阆风十兄旋里之便，草草寄知，馀俟有便续报，不一。父夔手书。顺请堂上福安，并问外孙辈近好，郑氏母姨处，汝母嘱笔代为问好，正月十二日。

20

愚母舅许夔顿首遂盦贤甥史席：

别来荏苒七年，丙秋喜听捷音[1]，即欲作书致贺，竟乏便邮。嗣又因心境烦闷，握管则触绪生愁，辄复中止，悬悬寸抱，寤寐以之。惟贤甥旅祉安和，潭祺宁吉为颂。愚自前年接眷来江，旋奉委署上犹篆，多方求免不允，于上年二月抵任，六月卸事，代庖百有十日，往返三千馀里，赔累四五百金，至九月回省后，曾有一信寄归。

今年三月杪，接大甥及小女回信，欣悉慈闱曼福，阖宅平安。四月初二日由九江府递到手书，并悉嘉宾贤主相得甚欢。夏间偕高足入都应试，资斧童仆皆可，无庸自谋。有此机缘，春闱定然得意，颂切，望切！

愚补缺固无期日，轮委亦尚遥遥，现在困守省垣，一筹莫展，逋负日积日深，不知伊于何底？次女于上冬招赘，一切简略，已费张罗。

---

① 丙秋，即嘉庆二十一年，是年七月，翁心存参加金陵乡试，“九月榜发，中式”（《翁心存日记》第四册，第1851页）。

心儿年逾弱冠,学业无成,今春与同班候补。丁大兄联姻,草草文定,将来迎娶经费,未知何从筹措也。

家孟辞学幕后,在候补县陈氏课徒,修微膳薄,因有就言太守于柳州之意。衰年远涉,自非所宜,然既不能遂其所怀,亦难力阻。石樵久住寓中,上冬子唯令兄物故,渠迫于父命促之附便南归。闻到家后,意态依然,计将仍来江右。耕吾本在同乡邵氏课塾,后因同乡候补藩经王公楷署九江别驾,邀与偕往。今春王公托其回南料理家事,据云夏秋再来。鹿樵处三致候函,杳不见答,未知近状何似,晤时希道拳拳。专此寄覆,即候旅佳,俟后遇便再布,不一。夔再顿,拙荆嘱笔问好,儿辈侍笔请安,戊寅四月初六日[①]。

21

字寄芳儿阅悉:

久不作南信,固缘笔懒便稀,亦因此间光景无一佳处可以寄慰远怀耳。汝家自慈亲以次俱各安好否?念甚。上年五月接贤甥中州来书,知具即日偕徒入京[②],随作覆札寄去。嗣后未通音耗,想师弟相得,旅况自佳。既又闻秋榜后仍至中州,冬春间计偕北上,转瞬春闱得意,倾耳捷音,望切,颂切!汝家清况可想,奉姑课子,责任非轻,勤劬自倍,总以安心忍耐为主。吾信贤甥才品,富贵有时,毋戚戚也,勉之。

吾近况强自支持,惟在逋负中度日,意兴索然,须发半白矣。上年九月进院署课塾,说是暂权,至今尚未交替,亦颇相安,但未知署缺何时,能得中等地方否耳?汝母近体平善,汝妹于去秋生一女,吾寓中人少,时常来住,尚为适意,惟汝妹夫现在延师读书,笔下亦楚楚。既不回籍应小试,又不纳监入乡闱,不知何意也。汝弟上春联姻丁

---

① 戊寅,即嘉庆二十三年。

② 嘉庆二十三年六月,翁心存“六月,送生徒入都乡试,九月仍回汴梁”(《翁心存日记》第四册,第1852页)。疑此通写于嘉庆二十四年。

氏，方冀将来泰山可倚，不至无成，讵料亲家骤病物故。今汝弟年已廿三，吾意急欲了此一事，奈两手空空，一筹莫展，大约俟署事后商之。汝伯父仍在陈氏课徒，前年急欲赴广西言太守处，兹已不果。陈大兄补缺在即，修脯加增，客怀庶可少安。汝母舅现在寓中，汝伯嫉之如仇，裹足不至。他时石樵若来，不知如何龃龉也，可笑，可叹！家乡亲友族中时时在念，既不能以物将意，又不能时寄音书，苦衷谁谅，真唤奈何！草草寄悉，不及详赘。堂上代请懿安，并问外孙辈近好，父夔手书于西江节署。

22

久不与汝书矣，一则心境烦闷，握管茫然；二则数寄空函，殊觉无谓；三则汝伯父频与大甥书，谅必将吾近况述及一二也。入今岁来，惟阖家眷属俱庆平康为颂。贤甥久无音耗，仍就馆中州否？能时寄银到家否？公车想早已抵京，倾耳捷音，望切，颂切！

吾上年署新城事，三月到任，重阳卸篆，俱系闲月，收漕让之后任。交代后，两手空空，幸不至大累耳。上年闰月为汝弟完姻，路途相距五百里，迎娶殊费周章。彼家母兄俱送至，约费四百金。新妇丰厚端静，甚有闺范，近将分娩，不知能抱孙否？汝弟于世务尚为明晓，而仍无恒业，将来作何生计？古云“莫为儿孙作马牛”，只得听之而已。汝妹家一切相安，亦尝归宁暂住。

寓中眷属尚各平安，惟株守窘乡，毫无佳境，不但补缺无期，委署亦需时日。公私逋累日积日多，正如浑身尘垢，不知何时得浴也。兹寄去纹银捌两，聊以伴函。屡欲寄夏布等物，以备家常之用，苦无的便。若交信行，又嫌累坠耳。草草布悉，不及多赘，俟有后便续布，不一。父夔手书与芳儿阅之，慈亲代为请安，并问外孙辈好，庚辰二月十三日灯下[1]。

---

[1] 庚辰，即嘉庆二十五年。

23

家山迢递，客思纷繁，寄书既难，作书亦懒，惟贤甥履祉清嘉，阖宅安和为祝。月前得手书，藉悉文旌旋里省亲[①]，深为欣慰，并知与居停有约，明岁当来江右，则一方旅迹，可叙十载离悰，尤为跂幸。

愚自去秋卸新城篆，株守年馀。现出计典，所劾吉府两缺，一龙泉，一永宁，而永宁极为苦瘠，已将愚详委。刻下已逼岁除，因此倍形竭蹶，所幸先委佐杂，摘印代理，束装似可稍缓耳。命运如此，夫复何言？高徒处托寄两书，时愚在湖口查盐，冬月杪始得旋省，难于觅便，亦无暇往晤。兹托徐菘畦亲家处妥寄来常，附达数行，不及缕缕。眷属俱如常粗适，毋廑远念，并问慈闱近安，外孙辈幼祉，愚许夔手泐上，二铭贤甥史席，庚腊月十七日。

24

客岁闻吾甥有来江之信，入春后盼望良深。咋得手书，知文旌已到[②]，并悉慈帏以次，均各平安，欣慰无似，惟吾两人十载睽违，兹复一方间阻，为怅怅耳。

此间光景可笑可怜，儿子自已略陈，不及赘叙。家人书役辈大段尚为安静，贱躯亦眠食如常，可慰廑念。瓜期约在夏间，良晤非遥，不尽缕缕。专此布复，顺候文祺，不悉。愚母舅许夔顿首。

---

① 嘉庆二十五年，翁心存“自潞河登舟，十月归里”（《翁心存日记》第四册，第 1852—1853 页）。

② 道光元年三月，翁心存“赴南昌践可亭相国之约。过富春，登严子陵钓台，慨然作出世想。既至南昌，与江右名士熊墨樵先生（兆麟）等游，得诗甚多。时先外祖许公（讳夔，字秋涛，乾隆乙卯举人，后官高安县知县）以知县候补在省，相聚数月，冬仍返里门”（《翁心存日记》第四册，第 1853 页）。

25

春杪贤甥来省[①]，未获一朝晤语，畅叙离悰，不谓自夏徂秋，依然暌隔，寸心蕴结，彼此同之。前接第二函书，旅怀可想。愚初来时，回首吴下都门，如在天上，今并以会垣为天上矣。吾甥不幸而来此地，犹幸而偶居此地。印雪飞鸿，不似沾泥落絮耳。惟望以高怀处之，努力自爱。尊馆离敝寓颇远，兼以临场校课，少有馀闲，想不能时通音问也。此缺部选之员，系浙籍捐班，计程既近，力复有馀，意其赴任必速，岂知至今杳然。传说纷纷，究无确耗，殆信如来书所云：替人闻此苦缺，故迟迟其行耳。交代例限久逾，难免迟延之咎，第后任未来就使，三面核议，徒然劳费一番，仍是不了之局，将来不知如何完结？

此间山荒地僻，别有一天，一切饮食起居，皆不如省城便适。家孟盘桓数月，寂闷无聊，亟欲返棹，或可别图机会，因亦不复苦留。高足战艺文闱，定然得胜公车，或在年内起程。愚若于初冬卸事，纵交代未遽脱然，拟先抽身旋省，面罄所怀也，馀不缕缕。愚母舅许夔顿首上，二铭贤甥史席。

26

愚母舅许夔顿首遂庵贤甥史席：

春间两接来书，随作覆札，未识已收到否？春闱早盼捷音，揭晓后买观全录，则姓名互有异同，悬悬益切。四月廿日接芝翘处附手书泥金帖子，来自日边，举室传观，皆大欢喜。嗣闻胪唱名次，又觉怏然。第思今科入词垣者，人数比往年较少，得之良非容易，既列清华之选，可期远大之程，此时首冠蓬山，自无嫌让人头地耳。

晨下居停仍在史问山先生处否？榜后开发一切，谅亦小有张罗。愚株守穷乡，无物可以将贺，愧歉何如！寓中情景如常，眷属亦均安

---

① 参见上文“客岁闻吾甥有来江之信，入春后盼望良深……”一札。

善，足慰远怀。专函覆贺，并候旅佳，不一。夔载顿首，芝翘不及另札，晤时希为问好，四月廿六日[①]。

27

父夔书与芳儿阅悉：

四月初见《会试题名录》，其廿一名与吾甥之姓与籍贯互有异同，心怦怦者累日。至二十日接到徐甥芝翘京信，内附甥书一纸，则真泥金帖子也。合室传观，同为欣忭，想慈帏以次欢庆，当复何如！虽以甥之才品学问，当得鼎甲，然今科馆选人数倍减往年，真是难得可贵！从此前程远大，正未可量也。

五月廿八日又接甥书，云散馆期近，定见留京。此是一定之事，惟现在家中仰事俯育，全赖汝尽心尽力，俟明年留馆迎眷入都，天伦聚顺，福享之日正长耳。吾苦海沉沦，况味一言难尽，谅甥前年在寓目睹情形，归时略能述之，不复缕缕。草此达意，并贺阖宅新喜，不一。附去镜纹九两八钱并收[②]。

28

闰三月初九日接到贤甥抵京后书，十八日即具覆札，交星使王定九先生纪纲顺至都中。四月廿日于芝翘信中得甥手书，泥金帖子，不胜喜跃。廿七日即专函寄贺，五月廿八日得甥四月十三所发书，甚为详细，而前致两椷均未收到。时天气酷暑，日惟席地坐卧，几于不能握管，南北音问从此杳然矣。未识入秋以来吾甥近履何似，甚为悬系，玉宇高寒，况味可想，然近日仕途总以此为康庄耳。

愚自夏秋以来无一善状，兹托高弟代为略述，不复赘叙。内子自

---

① 道光二年，翁心存“入都会试，舍于史问山先生老墙根寓斋，榜发，中式第二十一名”（《翁心存日记》第四册，第1853页）。故此通写于道光二年。

② 此通写于道光二年。参见上文相关书札及注释。

到江西，从无勃溪诟谇情事。不谓吾甥去年自家山来，传说小女词意，竟有不忍言者。闻之惊疑欲绝，岂三十馀年夫妇，有谗人离间耶？是可畏也！吾甥南归前夕预备小食，思作竟夜谈，一吐胸中愤懑，归告小女，以释其忧，岂知才一念及，陡然作恶，呕吐霍乱，终宵不安。及次日话别河干，匆匆分手，心犹怦然，因思事必有因，大抵妇女各有职业，或纺绩，或针黹，或中馈，或弄孩稚，或看闲书，亦消遣法也。若终日无一事，则苦寂寥，因寂寥而郁闷。于是哭泣无端，怨詈并作。此等情形愚在家时少，何从知之？旁人知之，谁肯告诉者？而朗轩作家信，洋洋千百言，其中或略涉一二。石樵当作新闻往告，小女从此疑团不破耳。岂知吾辈皆儒而迂者，迂儒于伦常名教之地，必不至有大乖谬处，持此观人往往十得八九。近复降心下气，委曲开导，似稍有微明，且次女时常来家，可作闲伴。至频频服药，病不离身，乃其本色也。洵儿亟宜习字，以备应用之一技。来书极承关切，第其退葸性成，振作不起，又复多病，亦无暇督切之。姻事日夜在心，迄无定局。客腊欲将其房中婢，明立为妾，一面议姻。因托郑四兄探其意，并略备衣被之需，乃云江西土俗，婢生子后方为妾，似无庸议，遂中止。然究不成事体也。

朗轩屡欲归而失其伴，事后追悔不已，无聊不平，只得听之。心是天君泰然，起居如旧。菘畦春间丧偶，现在合家平善，霞轩家亦光景如常。愚自九月十一日病起，不早服发散之剂，因循贻误，直至服药二十馀日后始能对症，然取道已纡，至今月馀，尚未大愈，殊为焦闷。草此布悉，馀俟有便续报，不一。遂盦贤甥史席，愚母舅许夔病起具草。附去纹银二十两，聊将贺意并照收①。壬十月十八日②。

① 此通钤有“好学为福”朱文方印、“秋涛书记”骑缝白文方印、“许夔私印”骑缝白文朱文方印。

② 即道光二年十月十八日，是年闰三月。

29

十月间附戴三兄公车之便[①]，托寄一函，谅经收到。腊月四日芝翘回江，接贤甥前后手书三件，并承惠京项撍绅种种，俱已领讫。惟前此寄京之信，间有浮沉，殊为怅怅。芝翘携到贝勒书云，曾与吾甥晤及。渠颇好词翰，亦潇洒无习气，近来时相往还否？

愚近状略具前书，兹不复赘，家乡音问殊稀。八月间言叔云南旋，托其带去小女一信，日前武宁差回，业已接得覆函。藉知阖府俱安顺如常，深为欣慰，可免挂怀。草此具复，即贺新禧不戬。愚母舅许夔顿首[②]，腊月十八日[③]。

30

愚母舅许夔顿首遂盦贤甥史席：

上年戴立斋三兄公车入都，曾附一椷奉寄，嗣缘妥便殊稀，兼以空函滋愧。荏苒一载，音问未通，怀念之深，輖饥莫慰。今年六月十七日在信丰署中，得闻吾甥留馆佳音，喜忭之至，时以簿书冗杂，未泐贺笺。比想吾甥起居多吉，声望日隆，定如遥颂。

愚于春闲委署信丰，难治甲于江省。不仅民情蛮悍，案牍纷繁，且入少出多，一切赔累。后见三月分选单已注山东袁君仪业，系尚书之孙，家赀素富，深幸其来必速。不谓半载有馀，杳无音耗，交代已逾例限。屡奉札催，于兹十月朔赴郡，会算多所周章，惟冀从缓出结。后任到时，吾作中间过峡，然本任已不免亏短，正不知作何了局。至

① 即道光二年十月间。参见道光二年十月十八日“闰三月初九日接到贤甥抵京后书，十八日即具覆札……”与道光三年“上年戴立斋三兄公车入都……”二札。

② 上钤“许夔私印”白文朱文方印。

③ 此札写于道光二年十二月十八日。参见上下文相关书札及注释。

补缺之期，佥云不远，自分命运如斯，菀枯迟早，听其自然而已。

眷属在署俱平善，洵儿占鼎卦之三，胶续再当缓议。朗轩兄身心未定，行止不常，南旋自是正理。殊苦西江水涸，不能大润，行囊真唤奈何耳。兹寄去镜纹伍拾两，聊佐舆从之赀，物薄意诚，知在亮悉。闻戴府寄信甚便，暇时能惠一纸，以慰悬悬，幸切，祷切！夔再顿，癸十月廿五赣郡寓中[①]。

31

遂庵贤甥史席：

二月望日接上冬所发书，并附八月间一书，藉悉吾甥旅祉清嘉，潜心修课，家山竹报时通，慈闱以次均庆平康，甚慰。所云春间旋里，小为安顿，再作计较。所谓抱桥澡浴，把缆放船，主见良是，未识此行果否？

愚摄篆信丰于二月初四交卸，在任几及一年，焦头烂额，现尚未算交代，其势不能无亏，约在一竿以外。总计五次代庖，此缺最下，为期最长，无怪为累最大也。地本素称难治，在彼亦无所设施。初到时举行县试，向无考棚，诸形窘陋，欲创为之。又奉檄行通省增修县志，因邀集绅士协力劝输一二，守钱老悭亦知踊跃。今县志已成，考棚渐次集事，是以舆情尚洽，临去时饯送纷纷，观瞻颇好。细思之，不过糖炒黄连耳。

宦囊幸得抱孙，上年六月十一日前媵婢所出也。壬冬吾甥在寓，曾向朗轩兄说此事，宜早定名分。愚深以为然，即托心芝探儿子意，则云此间风俗有子乃可作妾，因姑置之。自去夏来，又以公私冗杂无暇及此，只好俟旋省时做一定局。续姻原不可已，然亦甚难，非度外置之也。朗轩兄南旋为是，乃屡欲润其行橐，事与愿违，只得滞留在此。心芝性粹胸宽，亦相安如旧也。

---

① 癸十月廿五，即道光三年(癸未)十月二十五日。

令叔别来十二年，何意竟成永诀，闻之沧然。大甥才短力绵，料理一切，竭蹶自可想见。前得外孙同保来书，字迹文理俱楚楚，知已能作诗文，大是可贺。小女盼望西江音信，天性宜然。奈觅便既难，空函亦觉无谓，故石樵侄处亦久无信去，望于作家书时寄声开喻之。前致奕贝勒书[①]，想已送去。兹因匆匆，不及专函，吾甥倘与会面，述知愚近状可耳。草草寄悉，即候日佳，不一。愚母舅许夔顿首，甲申四月朔[②]。

32

遂盦贤甥史席：

四月四日曾具一函，附赣南道便寄京，未识收到否？吾甥曾否回南一走，在家在都无从觅得音耗，近来一切景况何似，甚为系念。

愚信丰摄篆，计三百十三日，自二月初卸事赴郡候算交代，直至五月中算结，应交之款，有两竿以外，后任无可通融，只得填批认解，姑且赎身丁省。历次署事，从尤如此赔累者。刻下竭蹶张罗，尚无头绪，各上宪虽略悉苦情，总须完缴公项，庶可望其调剂。至补缺之期，尚在两三名后，尤难望梅止渴也。

寓中情景粗安，可无廑念。兹有候补别驾赵君来都，系愚换帖相好，人颇本色可交，特托其到甥处一晤。太平湖久无信来，兹亦不及作札，未审前书送去否？赵君想少有盘桓，得暇复书，即交其顺回，尤为妥便。匆匆草此，即候日佳，不一。愚母舅许夔挥汗手疏，七月廿二日[③]。

---

① 奕贝勒，即爱新觉罗·奕绘(1799—1838)，字子章，号妙莲居士、幻园居士、太素道人等，清乾隆帝第五子荣纯亲王爱新觉罗·永琪之孙、荣恪郡王爱新觉罗·绵亿长子，嘉庆二十年袭贝勒。清嘉庆、道光年间颇有名气的宗室诗人。

② 即道光四年四月初一日。

③ 此通写于道光四年七月二十二日。参见上文道光四年四月初一日一札。

33

遂盦贤甥史席：

七月中赵别驾入都，匆匆托带一函，并嘱面陈近状，谅中秋前后已经晤及。九月朔日闻吾甥大考，喜音欢忭无似，知交纷纷为愚道贺，真属“与有荣施”，想即日可以升补也。初八日义宁州牧曾二兄回江，携交甥八月初七书，知闰月先有信件托戴府顺来[①]，水程纡缓，尚未接到。甥前拟回南走遭，今则不能抽身，第须接眷至都，方为久安之计，未识如何办理？朗轩兄久住无聊，不如归去，于中秋节前雇舟南返。

郑四兄本欲偕行，儿子谓伊于家常琐务，多所熟谙，且性情亦醇静相安，归则未必再至，不若亲自伴送。晨下想已抵家，所有贡照书函，俟觅妥便寄归也。

愚信丰交代，认解库项二千，百计张罗，先后完缴过半，馀惟冀委署有信，再行设措。补缺名在第二，未识明年可望否？合寓俱平安，愚亦支撑如旧，足慰远怀。专此寄贺，诸惟青照，馀俟后便续布，不一。愚母舅许夔顿首，九月廿五日灯下[②]。

再启者，奕大爷久无信来，不知府中近来光景何似？念十载相依，情殊惓惓。上年札中劝其勿苦吟痛饮，竟置不答，得毋逆耳耶？兹有一书，希即送去。前托甥带对联数副，欲求都下名公法书，如有写就者，可即交妥便带来。此信附陈三兄便寄京，渠系丹徒人，捐班补赣县知县，因讼事牵累去官，今捐复原官，照例送部引见。倘有回书，可即交其带江，良便也，又及。

---

① 道光四年闰七月。

② 此通写于道光四年九月二十五日。参见上文道光四年四月初一日一札。

34

遂盦贤甥史席：

上年九月义宁州牧曾二兄回江[1]，接到来信，随于十月中附陈一泉三兄便寄覆一椷。冬月戴中堂旋里，又接一信并收到惠寄京靴等件。中堂随众一见，体貌甚恭，皆到门亲答，而所称雪桥先生却未识面，想承欢少暇，或严训不令应酬。彼此相距路遥，亦不及数数往也。今正月中堂之孙号松亭者来晤，送到上年南至日书，欣悉一切。洵缘送朗轩兄回家，往返七十日，述知府中俱安好。朗轩抵里后，旋往乡依其幼婿，闻亦难以久安，老境如此，可为太息！

信丰赔项，尚未清楚，委署当在春夏补缺，尚不可知，只得听其自然而已。吾甥定得试差，接眷自是正理，所云洵儿欲偕芝翘入京，可以便道回常伴送。前得小女书，曾言及之，愚置之不论不议，盖洵儿长大无成，极欲望其自立，但半世蹉跎，已废儒业。都中即有旁门别径，亦非空手可图，早拟为捐国学，至今未能，光景可想！而吾甥接眷后，旅费倍增，何暇代为筹划？若空往空归，则万里游遨，未免徒劳无谓。是以渠虽有意，愚却以义命阻之。语云：六亲同运，亲莫过于父子，犹本根之与枝叶也。天下岂有本根憔悴而枝叶独能畅茂者乎？

若云膝前止一子，赖其持家送老，犹迂阔之论耳，即用班盛十二兄，尚未识面。现署乐平县事，（闻已丁艰，留算交代。）昨托寄京信一封，外银五十两，难觅妥便，特交信行寄去，即收明之。草此布悉，即候升佳，馀不一一，奕大爷启希饬送。愚母舅许夔顿首，正月廿三日。

前信于正月廿三日书就，迟迟未发，缘昨岁托陈一泉寄去京信，待其自京回江，或带吾甥覆札。及一泉归，云信已送交甥处，未取回书也。

---

① 此处“上年”，即道光四年，参见上文道光四年九月二十五日一札。知此通写于道光五年。

此月中奉委署乐安，丁忧之缺清苦，略似永宁，惟地丁较多。正拟赴任，知去腊已选镶黄甲兴泰，度其出京必速，夏间可以抵省，定见家眷，不去公馆，留洵缘照应。郑四兄原拟偕往，因正月染恙，至今未痊，亦只好仍住省中，以便安心调治。芝桥于三索成坤后，近举一子。霞轩家亦平安，惟食指繁多，支持不易耳。此间自正月望前起大雪，七八日方止，继以阴雨连绵。一两日中乍热乍冷，屡更气候。看此光景，未必能时和岁稔，全家羁滞，殊抱杞人之忧也。前书有未及详者，特续此单寄悉，二月廿日秋涛手泐。

35

父夔字寄芳儿阅悉：

去秋汝弟回常，令其面谈一切，长至日汝弟回江，述知汝家尊嫜以次均各平安，慰甚。吾甥授职一年，得邀恩擢，可胜欣贺。

新正三日接上年长至日京信，拟春间接眷至都，从此得承欢之乐，免内顾之忧，最为善策。惟云汝弟欲偕芝翘入都，可先期回常伴送，此则应无庸议。汝弟年将而立，名利蹉跎，吾岂不望其稍有成就，谅汝同此心也。但伊读书未成，正途无望，欲于誊录供事图出身，非数百金不可。何处得此款项？且亦非久住京师不可，而吾与汝母年已就衰，令其久离左右，能无旦夕悬悬耶？汝试再思当爽然也。

近有自京来者云，风景较前大异，戏园酒馆生意寂寥，又自高家堰漫口后，南北往来，路途艰阻。汝定计北上，未知何时起程，远怀甚为挂虑。途中一切，总以忍耐保重为要。汝妹家俱平安，今春已举一男矣。吾日内要赴乐安任，缺苦且系短局，汝母与汝弟计不如留省。郑姨丈正月染恙，至今未痊，亦姑住省调理。草此寄悉，聊慰汝瞻念之情，并无押信银两，盖多则不能，少则不必，汝当知我心耳，馀不一。乙酉二月廿日灯下①。

---

① 乙酉，即道光五年。

36

愚母舅许夔顿首敬贺贤甥大喜：

七八月来未通音问，缘星轺由闽入粤，程期迟速，无由确知，是以欲致书而未果。辰下想经莅任矣，遥为额贺。十月中首郡周太尊托荐尚君镕，系其前宰南昌时取批首进学者，素称名士，品亦端方，晤间知其熟游吴下，所著《三国志辨微》，石琢堂先生为序之。兹与一札前来，务希于分校中高置一席，定然相得益章。俾愚亦不负上游所嘱，是所感祷。专此布悬，诸惟福照，不宣。夔载顿首①，嘉平朔日②。

37

遂盦贤甥执事：

七月以来，恭稔叠承恩简，始而典试闽中，继而视学岭表。国恩优渥，家庆频蕃，遥为额贺。惟是关河修阻，音问稀疏，途中风水稳顺否？眠食平安否？一一皆深系念。

腊月中慈闱就养来粤，便道章门，即往拜见，舟中聪强如昔，欣慰之至。小女别来十四年，话旧灯前，恍如梦寐，外生同保在家时才三岁，其弟妹则并未识面。今皆头角峥嵘，仪文详雅可卜，德门馀庆，正自绵长。自念到江以来，未开眉锁。所喜极欲狂者，前此得吾甥两次捷音，今岁两邀恩命，小女得相见客中，并而成五，虽信宿遄行，未始非天假之缘也。

解维后连日北风，计岁内可度梅岭，晨下未识安抵铃辕否？前荐尚君，系首府面托，势无可辞，荐函给伊寓目，措词不得不然。其学品实未深悉，惟在鉴衡而取舍之。寓中一切托芘如常，足慰远注。耑此达悰，并贺新禧不戬。愚舅氏许夔顿首，乙酉嘉平廿四日。

---

① 上钤“秋涛书记”白文方印。

② 此札写于道光五年十二月初一日。参见上下文相关内容及注释。

38

元宵前一日接到外生手书，知腊八日自章江发棹，一路舟行顺利，廿一日已至畸城，即日度岭[①]，想新正定可安抵署中矣。比维侍奉曼福，履祉胜常为颂。

愚之补缺大约当得高安，较前署之上，犹信丰差胜。赴任约在夏秋间。晨下逐队奔趋，毫无意绪，所幸顽躯粗适，眷属亦各平安，堪以报慰廑注。

恳者旧友章于湘先生，现在齐观察幕中，伊有戚友赵君欲来岭南觅馆，业托其居停，札致上游，广为说项，并望贤甥于遇便时齿芬及之，不仅彼二人知感已也。专此顺候升佳，诸惟朗照，不宣。名条附，愚母舅许夔顿首。

39

遂盦贤甥执事：

六月四日接得南雄所发手书[②]，欣悉慈侍康强，福潭绥吉，一路文星朗耀，真才辈出，积弊全销，可胜忭慰。时以暑氛尘牍，握管未遑，致稽裁覆。八月十一日，家孟回江，携到手椷，兼惠土物种种，欣感，欣感！

愚于四月廿五日到高安任[③]，此缺地处冲繁，岁入不敷支应，近又因吉、袁两郡属蛟患水灾。始则委员查勘，继而上宪亲临供帐，奔

---

① 据道光五年十二月二十四日札云“……解维后连日北风，计岁内可度梅岭”，知此通当写于道光六年正月。

② 南雄，位于广东东北部。道光五年十月翁心存抵达广州，奉命督学广东。

③ 据下文道光十年六月十九日许夔致翁心存“新正廿五日接上年十一月手书……愚自六年到任本府”一札，知许夔于道光六年到任，疑此札写于道光六年。

走之烦，几于应接不暇。风俗较信丰为驯，而亦好讼。漕务馀利无多，办理向来不易。晨下开仓伊迩，未知光景如何？至于宿逋五六竿，日长月增，无从料理。看来过此以往，累上加累。此身如付质库，竟无取赎之期矣。家兄叨分清俸，得润游囊，小半耗于路费。现惟且住为佳，奈衙署破陋狭窄，起居殊难惬适，顽躯粗可支持，眷属亦各安顺，洵儿自应照料。帐房缘此地应酬烦杂，非谙练者不能，是以延友专办，渠从此亦置勿与闻。第念其年方而立，一事无成，将来作何立脚，向承至戚关情，固早为虑及者也。草泐布复，不尽欲言。临出神溯，堂上希代为请安，小女暨外孙辈均问好。愚舅许夔顿首，九月初五日灯下。

夏间有人自岭南来，云行部时于供亿旧规，不无排斥，诚知无玷清操，亦恐易滋浮议，幸留意焉。又及。

40

遂盦贤甥阁下：

九月六日折差旋粤，泐函致候近祺，谅已早经达览。遥惟慈侍曼福，潭第延禧为颂。晨下星轺行部，想驻雷阳开正后，锦帆顺利，稳渡珠崖，风景人文，又另辟一番境界也。

愚此间光景略具前书，不复赘叙。现在漕务未竣，历来仅敷办公，无多馀利，尚幸安静而已。家孟仍住衙斋，近体稍健，眷属均托芘粗安，足慰绮注。数行布候迩祉，即贺新岁鸿禧，不戬。愚舅氏许夔顿首。

41

遂盦贤甥阁下：

二月十八日接到上年小除夕书，知星轺已返省垣。慈闱熙庆，福署绥康，欣慰。遥念开正后案临高琼等属，想荔子熟时，正好旋辕度夏也。

大外孙旋里[①]，道出章江，未获一语为怅。承惠衣料食品，俱收到。物重路遥，时承记注，感谢，感谢！此间一切如常，漕务尚为安静，惟办公外，两手空空，宿逋无从料理，真唤奈何！

家兄客腊抱恙，医调月馀方愈，意欲南旋，适同乡朱表甥从皋云太守处来邀其同伴，已于上巳前起程，惟至今未接回信，盼望殊深耳。儿子壮岁蹉跎，来书屡承关切，诸相好因现开新例，劝为捐一小官。惟从九连分发，已须一竿有馀，何从措办，不得已托捐行垫银办妥，票期六月归还。兹已届期，仍难筹划，只得触热远来，面陈衷曲。愚明知冰壶座上，岂有赢馀，奈其情切望专，势难阻止。倘能不虚所请，将来得有小就，自当如数奉偿，不负玉成厚意也。耑泐布恳，即候迩祺。馀命小儿面陈，不复缕缕。愚舅许夔顿首，闰五月初六日[②]。

42

遂盦贤甥阁下：

九月朔日芝翘甥处递到手书，知洵儿业经返棹，何以迟迟不归，殊深悬盼。幸即于次日回署，述悉慈闱万福，阖第绥和，以欣，以慰。濒行承惠雅玩多种，佛番五十元，谢谢。岭南士习文风，向来不无积弊，今得宗匠持衡，蒸蒸丕变，洵足以上答圣恩，下孚物望。至于脂膏不润，尤不愧读书人本色，风前倾耳，钦挹良深。大外孙回南应试，两列前茅，采芹可操左券，并知合卺后即挈眷来任[③]。从此彩衣联舞，鸿案发辉，备极娱亲乐事，何庆如之！

---

① “（道光）七年丁亥……不孝同书由粤旋里，授室，补诸生”（《翁心存日记》第四册，第1854页）。

② 此通三纸，每纸左下角钤“好学为福”朱文方印。此札写于道光七年。是年闰五月。

③ 道光七年，翁同书由粤归里应试，县试、郡试皆前列。九月，娶妻钱氏。据此札中“九月朔日芝翘甥处递到手书……大外孙回南应试，两列前茅，采芹可操左券，并知合卺后即挈眷来任”，疑此札写于道光七年十月间。

愚近状大略如常，惟此缺入不敷出，在在捉襟见肘。冬漕本有名无实，近更因京控一案，大府以佛法从事，承审官迎合意指，一味优柔，以致刁风大长，附和纷纷，拖延半年，未能早结。顷闻限期已迫，始拟出详，但眼前正届开漕办理，愈形掣肘，将来必致赔累，奈何，奈何！

家孟归家未久，遽尔辞世，老年手足摧伤，曷胜痛悼！然犹幸得遂其首邱之愿耳。顽躯勉可支持，眷口亦叨芘平善，足慰关怀。肃泐布覆，顺候迩祺，诸惟雅照，不尽。愚舅期许夔顿首泐。

43

朗若贤甥青览：

三月中家兄旋里，未及致书。数月以来，惟吾甥近履清胜，合宅绥和为颂。昨接手书，惊悉家兄于四月廿四日去世，痛切剥肤，泪如泉泻，念其十数年来在家无一日开眉，出游无一处遂意，关山跋涉，未息劳筋。客秋自岭南还，看其精神尚好，饮馔亦善自调养，盘桓在署，颇觉相安。腊月偶患寒疾，匝月而愈，惟归思甚切，势难苦留，且同伴有乡亲相随，有旧仆，途中可以放心。起程日送至舟中，默念其年过古稀，归后未必再出，而我则欲归不能。老年兄弟，不知再见何时？寸肠如割，忍泪不下，岂意竟成死别耶！

愚宦况萧然，早思引退，今兹触绪生悲，意致益觉颓丧。前路茫茫，正未知作何了局也。草此布复，即候近佳，不尽缕缕。阖府均此问好，外孙祖庚希致声道贺，外附致纹银八两并照收，愚母舅期许夔手泐①。

① 参见道光七年闰五月初六日“二月十八日接到上年小除夕书……大外孙旋里……家兄客腊抱恙，医调月馀方愈，意欲南旋”与道光七年秋“九月朔日芝翘甥处递到手书……家孟归家未久，遽尔辞世”二札，疑此札写于道光七年秋。

44

遂盦贤甥阁下：

客腊星轺经省，未获晤叙，阔悰殊深怅结，小女暨弥甥辈来署，喜有笑言之乐，念其跋涉之劳，不禁愧歉交集。惠寄多仪，一一领到，谢非言罄。展诵来书，语挚情真，三复不能释手，当令洵儿面陈一切，故不复裁答也。新正十日洵儿自省归，述知慈闱偕眷属由浙河南旋，馀船由大江而下，台旆亦于是日启程北上，约计抵都[①]，当在仲春初吉。遥稔荣觐天颜，渥邀帝眷，升阶晋秩，指顾可期，曷胜忭颂！

愚一官拓落，欲罢不能。襜帷驻省时，极承关切吹嘘，抚心深感。现在办漕、办考，公事次第告竣，上官果肯调剂，此其时矣。第未识命竟何如耳？前托带去奕大爷启，谅已送到。伊前年寄示诗稿四本，暇时拟为加墨，无如薄书俗吏下笔生惭，且诗中多引用内典，尤属门外，是以莫赞一词。兹附妥便寄上，希为转缴。本府经厅彭璞岩大兄，人颇明白精细，兹解九江关饷来京，特泐一椷达意。渠若来谒，盍一见之，并可询悉愚一切景况也。顺候升祺，诸希吉照，不尽缕缕。愚舅许夔顿首[②]。

45

遂盦贤甥阁下：

正月廿七日曾具一椷，附彭大兄之便寄京，并奕贝勒诗集四本，

---

① 道光九年正月，“张太夫人及眷属由浙归里，先君自沙井陆行抵京。四月，张太夫人挈全家至自里门，赁屋于石驸马街罗圈胡同”(《翁心存日记》第四册，第1854页)。道光九年三月一通云“正月廿七日曾具一椷，附彭大兄之便寄京，并奕贝勒诗集四本……”，与此通所言“前托带去奕大爷启，谅已送到。伊前年寄示诗稿四本……兹附妥便寄上……本府经厅彭璞岩大兄，人颇明白精细，兹解九江关饷来京，特泐一椷达意”相合，知此通写于道光九年正月二十七日。

② 上钤“秋涛”朱文长方印。

约计四月望前可达。太夫人于正月间挈眷旋里[1]，未识何时起程北行，晨下已安抵都门否，甚为系念。比想星轺复命，定邀圣眷优隆，遥为额颂。

三月十七日芝翘处寄到上年小除日手书，三复之馀，感愧交至，惟不免荧听，浮言未甘默尔而息。愚愧无吏才，亦无宦兴，但既做此官，于清、慎、勤三字，不敢不勉。清、慎固不待言，勤亦颇能自信。盖居官之不勤者，有由庸陋者，酣饮纵博，选色征歌；高雅者，僻嗜琴棋，娱情翰墨，事不同而旷职则同。愚则一无所好，每日黎明而起，未尝暇逸，偶有馀闲，方得看书作字，以遣闷怀。早晚两餐，饮酒不过斤馀，热月则并上顿不饮。斗叶之戏，甚非所喜，幕友斋时有之，未尝与也。观剧亦非所好，到任三年，从未有此，外此更可想也。惟素性惮暑，往往多病。去夏祈雨，适患脚丫湿烂，不能穿袜，是以未出步祷。此实上官所谅，合邑所知也。至于宴客不亲陪，在相好，或时有之。缘愚夏间怕食油腻，几似长斋，忘形者相谅，故尔若绅士所重礼貌，未有不勉强周旋者。至于二五耦之说，尤足骇听。

此间有劣绅三人，所谓吃白食、管闲事者，众称为二五七，乃其排行也，得非因此附会耶？长随中诚有买妾赁居者，盖未有子因而买妾，既有妾则必赁屋，似亦人情所难禁，且尚不至招摇，故姑听之，闻他署中有倍此者矣。愚自知拙于理财，惟自奉以俭，拙于用人，惟相感以诚。此固生性使然，无可如何者也。大凡谤言之起，真否难明，必先察被谤者生平，核之可得十、九。愚非不知止谤，莫如无办，第置之不辨，恐无以释爱我者之疑，即无以副爱我者之望，故不禁叨絮至此，惟亮察焉。愚舅夔顿首[2]。

---

① 道光九年正月，“张太夫人及眷属由浙归里……四月，张太夫人挈全家至自里门，赁屋于石驸马街罗圈胡同”（《翁心存日记》第四册，第 1854 页）。

② 据道光九年八月十七日许夔致翁心存札“三月中接上年除夕手书……当即缮就一械”，疑此通写于道光九年三月底。

46

遂盦贤甥阁下：

三月中接上年除夕手书[①]，当即缮就一椷，未遇妥便。四月初晋省走谒各上宪，词色蔼然，知系吹嘘之力，中丞温语且俟缓图，旋因公事回县，不及继见，往返才七日耳。见郑廉访告知吾甥已放河南府，怀疑莫释，后月馀得邸抄，始知钦派会场磨勘，传闻足不足信，如是，如是！急拟续修一札，同前书一并寄京，缘毒热不能握管，是以迟迟至今。比维慈闱康泰，阖邸平安为颂。

愚近状如旧，但老未龙钟，所谓春寒秋热，一身如寄，欲罢不能，惟默诵《出师表》“鞠躬”两语而已。专此达意，惟希鉴青，不絮。（晤吴伟卿太史，希道念。）愚舅许夔顿首[②]，八月十七日辰刻，即付丙丁。

47

遂盦贤甥阁下：

前阅邸抄，欣知吾甥荣膺恩命，入直尚书房[③]，遥为额贺。小春三日[④]，彭璞岩兄自都回，携到小女来信，得悉慈闱暨眷属辈于五月初安抵都门，暂寓内城，诸形未便，尚须僦屋移居。兹想布置一切，俱已安妥。供职承欢，公私顺适，定如心祝。八月杪曾附广东折差之便，寄去一椷，晨下未识收到否？

愚近状如常，署中大小亦均平善，月初循例开仓，人情尚属安帖。

---

① 参见前“正月廿七日曾具一椷，附彭大兄之便寄京……三月十七日芝翘处寄到上年小除日手书”一札。知此札写于道光九年八月十七日。

② 上钤“许夔私印”朱文白文方印。

③ 道光九年六月，翁心存“奉旨入直上书房，授惠邸读”（《翁心存日记》第四册，第1854页）。

④ 小春，又作小阳春，即农历十月。知此札写于十月。

惟积习相沿，冬节方能踊跃，竣事总在明春，未知能稍有所馀，以补从前空隙否？调动之说，仍如画饼，此生只作信天翁，听其自然而已。前托吾甥带致奕大爷物件，并还其诗集四本，谅经送交。兹闻其奉旨派守东陵，匆匆不及致书也。承惠高丽参、虎骨胶，极为地道。领受之馀，感愧交并，谢非笔罄。专此达意，顺候升禧，不宣。愚舅许夔灯下手泐[①]。

48

遂盦贤甥阁下：

十月廿五日广东折差入都，曾寄一槭致贺，并达谢忱，谅可早荃青览。比维慈侍康娱，阖潭绥吉，定如所颂。此间光景如常，漕务尚为安静，惟银价日昂，米价日减，通盘核算，比上年少进钱四五竿，办理诸形掣肘，断不能望赢馀，调动之说，固属口惠。现在三大宪俱已更移，将来必另有局面，乐得做信天翁而已。

奕大爷久无音信，冬初洵儿在省晤芝翘，云德化县杨君咏豳自京回，带有信件，伊向索转寄，云俟回署捡出。讵料回署竟遭祝融之灾，所有信件谅付一炬，可胜怅恨。兹有一函寄去，务希即行饬送。倘有覆书，并嘱其寄至尊处，俟觅便寄来为祷。草此达意，并贺新禧，诸惟福照，不宣。愚舅许夔顿首，己丑腊月六日[②]。

49

遂盦贤甥阁下：

新正廿五日接上年十一月手书，陆续缮成，计共六纸。得悉慈侍康娱，阖潭安吉，欣符远颂。惟入直胄筵，蚤进晚退，晷刻少闲，殊形

① 下文道光九年十二月初六日一札云："十月廿五日广东折差入都，曾寄一槭致贺，并达谢忱。"结合此通内容相合，知此札写于道光九年十月二十五日。

② 己丑，即道光九年。

劳勚耳。半载以来，遥稔公勤，益懋眷注，逾隆超擢，嘉音当在指顾，可胜翘祝。

愚新岁初次谒见抚藩，逐队随行，难陈衷曲。见廖粮宪述及在都时，吾甥曾经谆托，词色温然。其时漕运事宜，仍系升任李观察一手办理。新任者直同候补，难以望其吹嘘。至今犹借用南昌司马印，未接本任印也。郑廉访相交最久，未尝不深悉苦情，奈其心性虚浮，不耐官爵。前寄来书，竟未接到，恐被有心沉匿，今固无庸议也。

此间官场局面，凡方伯可以专政者，诿诸大府，大府可以独断者，商之制军，是以一切升迁署补，往往举棋不定，朝令暮更。昨与幕友闲话，戏为一联云："宦局如棋，甘作河边之卒；官场似戏，愿为台下之优。"附呈一笑。郡伯由金曹外放，上年初夏莅任，有一二事，未洽舆情，顿滋物议，今稍谙练和平。

愚自六年到任本府，无岁不更，实在疲于酬应，惟幸其勿动耳。现在署中光景如常，眷口亦俱平善，惟是量移无望，转眼又届办漕，不知能安顺否？来书云能照旧章，已属佳境。此语诚然，只因年来银价日昂，米价平减，通盘筹算，少进钱五六竿。以致以公办公，尚为拮据，欲清理积逋，断断不能耳。草泐数行，聊伸积悃，即候迩祺，不一。愚舅许夔顿首，立秋前一日。外致小女一信，未缄口，即付阅之。

再启者，上年十月杪因广东折差便奉寄一函，腊月中新任抚军吴抵省拜折进京，又寄去信两件，未识先后俱达否？其奕大爷一启，即经转致否？伊于上年五月奉旨派守东陵[①]，未知距京远近，期限何时为满。前书历历致询，未邀见答，系念殊深。此次不及修启，恐辗转寄达或致浮沉，可否遣纪到府中一问近况，并道相念之忱，是所感祷，

---

① 据道光九年十月许夔致翁心存"前阅邸抄，欣知吾甥荣膺恩命，入直上书房……前托吾甥带致奕大爷物件，并还其诗集四本，谅经送交。兹闻其奉旨派守东陵"一札，知"派守东陵"一事在道光九年，即此通写于道光十年六月十九日，次日立秋。

夔又启。

50

父夔手书寄与芳儿览悉：

别经三年，胸积万语，略宣一二，以代晤言。吾今年六十有四矣，耳目尚聪明，手足尚轻健，须发尚未全白，见者道是五十外人，而吾则意兴衰颓，殆如七八十者，盖深悉知县之不可为。以我之性情行事，尤不可为。今勉强为之，如衣败絮行荆棘中，满身挂碍，故坐愁行叹，不觉衰颓至此也。自到江以来，历署苦缺，满拟补一平稳地方，渐清逋累，稍馀归老之资，便当引退，岂料有今日耶！此缺自然之利不上五千，仅能供给本府，其署中费用及应付一切差使，全恃漕内所馀，以资敷衍。至于桌面上打算，吾固不肯。

近年此地亦不行，今漕务一坏至此，事事无米为炊，以致左支右屈。吾四季衣服不值二百金，因送署府漕规，向质库通情，押银四百两，现存笥者纱葛耳。此等光景其谁知之，汝母发已全白，竟成老妪，足不出房，吾见亦罕。用一本地老妈，并无童婢，亦自安之，惟不病为幸耳。汝弟在署，公私事概不与闻。伊室中琐屑事，吾亦不管。兹冒暑北行，往返约须三月，惟冀居者、行者一一平安，吾忧方释。汝妹自舅殁后，各房分炊，清苦度日。芝翘赊得一官，现亦只得困守，近则幸其得一子耳。汝石樵兄不顾七旬外之老母，挈其十岁幼子而来。汝母舅耕吾在家闲住多年，闻其惟以鸦片为事。今烟资告罄而来，状甚狼狈，两人又素相嫌忌，刻下且住为佳，将来如何区处，殊增烦闷也。

近日天暑异常，脚丫湿烂，不能理堂事，日惟裸身赤脚，席地坐卧。食饭两盂，以酱菜下之，不喜腥肥滋味。酒可不饮，饮亦不过斤许，觉得无甚趣味。静夜自思，萧然一在家僧而已。此书因暇为之，故不觉覙缕至此，亦无庸作覆函致我也，馀不悉。六月十八日秋涛手缮于高安署中[①]。

慈亲前代为请安，并问外孙辈均好，汝母嘱笔请亲母懿安，并询二外孙文祉，外孙女闺福。

新正廿五日得汝书，述知汝弟南中所作事，气结久之。二月初七由省回署，掷书与看，据云撮合有人，当时并未应允，何以致此谣言？吾弗与辩，十六日伊遣胡林回常，亦不暇根究，从此屏勿见面者三四月，吾亦不至上房，署中若无眷属矣。既思此事，果真业经发觉，胡林此行当可吹散。又念吾已衰年，忿恚易于成疾，彼为独子，督责难以容身。伊母溺爱酿成，非一朝一夕之故，家庭嗃嗃，亦复何益？且譬如吾早辞世，安问身后事耶？不得已哑忍吞声，绝不提及。胡林一去杳然，其伙伴云箱笼尽行携去，想不再来，只得听其自然而已。特此寄悉，阅过即付丙丁为嘱，父夔手书。

51

遂盦贤甥阁下：

新正廿五日在省接到上年冬月手书，嗣因尘馀碌碌，握管未遑。直至六月廿日始具一椷奉复，托广东差友寄京。八月初五日得小女三月初六书，并大外甥书一函，九月廿五日接到廖观察处两函，所云春间李东原寄来一信，并有贝勒书，想竟浮沉，殊深怅恨。兹稔贤甥承欢供职，顺序绥和，并悉四月中得男三索[②]。秋间荣邀渥眷，晋擢宫卿，庆事便蕃，遥为额贺！

愚近状如常，眷口亦均平善，惟支持之况常如无米为炊，调剂之说竟等望梅解渴，坐愁行叹，生趣索然。来书劝勉殷谆，岂敢视为迂谭官话？然此中况味似有局外未能深悉，局中难以尽言者，惟脚踏实

---

① 此札写于道光十年六月十八日。参见上文相关手札及注释。

② 即道光十年四月十七日，翁心存第三子翁同龢出生。参见《翁心存日记》第四册，第1854页。

地一言，此则兢兢自守者耳。今年秋雨过多，河水盛涨，兼之上流发蛟，晚禾颇受伤损，南新被淹较重，闻已酌减缓征。此间水势易长易消，幸无大害，现已择日开仓，惟冀安静无事，赢馀非所计也。

封典一事，业经托友办妥。愚意拟为先兄请貤封，未识合例与否？便中希询悉示知，当开呈履历寄京，烦尊处代为办就也。草泐布复，顺候升祺，不戬。愚舅许夔顿首。

奕贝勒启一件，希饬送。履历兹已开呈，若可办，其费觅便寄去不误，又行。再高丽参惟都中者可信，望寄少许，因现在需用也。堂上乞代请福安，并问小女暨外孙辈近好，庚阳月十日[①]。

52

父夔手书寄与芳儿知悉：

八月初五日接汝三月中信，并杏仁、葡萄两包，从芝翘处寄到。九月廿五日粮道官封递至贤甥手书，内附汝信，知合邸中俱各平安，四月中又举一男[②]，产后身体康健，甚为欣慰。

汝弟传闻之事有无，总难对证。第念人生在世，一身之成败，一家之盛衰，冥冥中自有定数，非人事所能挽回。吾家先世积善，吾亦未尝造孽，以理而论，似不应有荡检之子。到江以来，屡经密为察访，并无劣迹，默自放心。今既有此传播，想非无因。若因发觉中止，亦属幸事。吾年老境穷，不堪忧忿，今已强付度外矣。至汝谊切同胞，岂宜知而隐讳，慎勿悔前书之孟浪也！

九月中接奉诰轴，芝翘夫妇挈幼稚同来，开筵演剧三日，颇为热闹。芝翘盘桓半月，汝妹现留在署，汝母常服丸药，近熬就两仪膏，久服当有益也。高丽参、西贝者，多不如都中可信。闻近亦有作伪者，

---

① 即道光十年(庚寅)十月初十日。阳月，即农历十月的别称。

② 即道光十年四月十七日，翁心存第三子翁同龢出生。参见《翁心存日记》第四册，第1854页。

倘能觅得真货,后便望寄少许。前寄杏仁等,问知托翁少荃带来,少荃系汝本家,亦吾相识,伊故不辞却。将来切勿以累坠之物托人携带也。馀俟后有便邮再寄,不一。姑嫜前代请福安,并问外孙辈近好,十月初九日。

53

遂盦贤甥史席:

三月中有本地刘姓者,在京大栅栏开张广益漆铺,托其带去一函,附绘贝勒启一件,并托划付常昭会馆捐数廿千文,(又附还时辰表一个。)七夕旧时所用。李升随广东主试来,赍到五月廿五日手书,知前信尚未收到,想刘姓途中耽搁,迟至六月必达也。

来书种承关注,铭佩良深。敕轴业已领得,感慰尤切。该费若干,后信示知,容觅妥便寄缴。此事所托非人,只可付诸流水,转增一番阅历耳。

此间五月初旬连日大雨,江水暴涨,城中街市行舟,民田、庐舍、衙署、仓廒都被淹浸,署中登宝盖楼避水者,男女数十人。愚亦避至府学,办理一切事宜,心力交瘁,幸被灾者只一隅中之一隅。水退后赶紧栽种,可望秋收,民情尚为安帖。

再,愚于四月初患腰胁痛,医治一月方痊,嗣遭水患复发,至今未愈。医云须服大补之剂,奈关茸、蒙桂,价倍金珠,且多赝鼎,以致因循。都中倘有货真而价廉者,务希代购少许,开明实价若干,断不敢当投赠。至高丽参前承惠寄[①],近又从相好处买得数两,现非所亟需也。祖庚外孙加贡入北闱,极是,极是!德门馀庆方长,及锋而试,伫望捷音。连次接得伊书,冗中未及作答,殊切歉怀耳。专函布复,顺

---

① 参见道光十年十月初九日“八月初五日接汝三月中信……高丽参、西贝者,多不如都中可信。闻近亦有作伪者,倘能觅得真货,后便望寄少许”一札。

候迩绥，并请慈闱懿安，不备。愚舅许夔顿首[①]。

54

遂盦贤甥阁下：

新正廿五日曾泐一椷奉寄，二月廿一日接到上年小除夕手书，领悉一切，知前函尚未达览。数月以来，遥惟慈闱曼福，潭第均安为颂。星轺按试，于端节前已竣，则度夏正在省垣，兴居当更安适。大外孙及锋而试秋闱，弹指捷音，颂切，望切！

愚此间光景，非笔墨能详。总之，今年漕务断难再赔，现在挪款几及一方。若非调署善地，挹彼注兹，将来必为身家性命之累，而非得有力者吹嘘，安望秉公调剂？儿子极承关切，早应北上而苦无资，兹不得已，借急债四百付之，业于此月望前跨骡就道矣。

三月杪，长孙出痘，顺便为其弟妹种之，讵业经满月，长孙竟至夭殇，亦一失意之事。近一月中家乡人接踵而至，一则别已九年不通音问之孙耕吾，内弟也；一则舍侄石樵，挈其年方十岁尚未出花之次子同来也[②]。署中屋少人满，几无置榻之地，或去，或留，皆难料理。至于表甥朱晋蕃、老友苏春帆，亦皆闲住在此，则分较疏而责较轻耳。

眷口幸各平安，顽躯支撑如旧，惟素性惮暑，时患小疾，粗了官事之暇，心烦意倦，生趣索然，无难学渊明之《止酒》、苏晋之长斋也。兹乘粤东主试之便，率泐数行，略陈近状。诸希洞察，顺候升祺，不尽缕缕。愚舅期许夔顿首。

再启者，数年前曾将纸绢对笺数付托带都中，觅人写作楹帖。后

---

① 此通四纸，每纸左下角钤“秋涛”朱文长方印。

② 道光十年六月十八日许夔致芳儿札云：“汝石樵兄不顾七旬外之老母，挈其十岁幼子而来……”又道光十年十月初十日许夔致翁心存札云：“直至六月廿日始具一椷奉复，托广东差友寄京。”与此札“一则别已九年不通音问之孙耕吾……兹乘粤东主试之便，率泐数行”相合，知其写于道光十年六月二十日。

书来从未说及，想无便邮可寄，或日久忘之耳。兹斋壁无可悬挂，岭南想有佳纸，希吾甥自书一联，并觅好手写数付，不必定纱帽，且款只须某人属书，最大方也。再，时辰表常有需用，希代购一坚致耐用者，(不必金银壳，不必带钟，两针、三针不拘。)但此物须惯家方能辨其高下，货高价自不轻，否则易于售欺也，至嘱，至嘱！该价若干，另日补还不误，夔载顿。

55

自辛巳仲冬朔旦，章江舟次送别后，壬午孟夏知贤二甥公车北上，即登甲第，选庶常。癸未散馆冠军，甲申大考前列，超迁宫允。此虽进由循序，然以资俸尚浅者，已能宠邀圣眷，足征福与文齐，递听捷音，曷胜快贺！

客腊接到惠书，承已代愚在部就职，从此可以候铨，感谢，感谢！惟是岁贡固为正班，例得选经制，复设两项训导，较诸恩拔，副之以州判，改就教职专选，复设教谕一项者反易。但即两项通选，亦必五缺得一，有五项通选二缺，得一之大挑，举班厌占，则需次总须多年，且以微员而苏、安两省兼用，本人岂能查考上下首为谁？故胥吏往往弊混，若非预为贿嘱，恐河清难俟，徒费足下力与财耳。

愚于癸未春赴吉安郡阅卷致疾，九死一生，在信丰县署调养百馀日。秋初返省，冬间又由省至信。甲申正月，又由信先同官眷回住省寓。一载之中，跋涉五六千里，精力益惫，乃决计首邱。去秋家仲遣侄送归，于重阳节前抵里，知家中子已徙居苏园，所有西胜桥屋价百千文，只存小半。妻仍与次女相依，刻欲愚买宅同住，告以愚之旅囊久空，起身时若，逋尚未能偿，终哓哓不已，遂忿将家仲赠行之五十金，内分三十金购办材木二具，馀则留其半与之，自挈其半往李墅施婿处，度过岁交。现又入城与次女共居，惟有典衣，以供食用。看来如不即就木，尚必饥驱出门，再赴江右投商也。匆匆布复，顺候近祺，馀托萱堂及舍侄女面述，不尽。遂盦贤二甥青及，愚舅氏许金照顿首。外附试体诗稿，再续编一册，并希收览。道光五年三月朔日[①]。

56

夏初连得吾侄捷音[②]，喜慰兼至，欣贺，欣贺！溯念吾家自参政公及吾高祖上杭公，俱以进士起家，为廉吏。迨后家运凋零，幸赖吾曾祖母王太孺人暨本生祖母钱太孺人，皆以节操维持，得以上绍前徽，下贻孙子。至吾父赠公府君以及伯兄，又以力敦笃行，并以仁慈为心，历六世之清廉贞洁、孝友相承之德泽，钟英秀于吾侄一身，允宜际逢圣主洪恩，特拔清华之选，以酬累世清芬，并吾伯兄一生未竟之志，我之快慰，非可笔罄。自是以往，惟愿吾侄不为外吏，常列清班，为文学侍从之臣，是所祷颂也。

来信询及，得捷音后，家中曾否设筵告庙，当此功名成就之喜，其时何敢忘怀？每于拜献时，念昔年伯兄与我话谈间，期望吾侄颇有远大之念，今已稍遂其望，痛其未得亲遇此喜。我虽于至乐，时思此情景，泪欲为之下，此其自然之致耳。如词林捷音，至门上报联粘于坊柱上，我因轮算曾祖母归于吾家之年，至今年恰值百年，（可以推测至理。）我名坊兴而得遇此喜，尔时讵知有今日之喜，予又为之忾然有感也！

我思登科甲家，例得树旗杆上匾额，以光闾里。清贫人苦无经费，只得以省费者为之。如石楳世祠，我于十馀年前已把望族中有人发科，志必于公项出赀树立旗杆，为鼓励子姓计。今侄首先发科，且又登第，自然我在公项承值，俟来年告假后办理，乘此送先人入祠，更觉光荣乡里。至若住宅，系发祥之基，况系旌门乡会，二额自宜恭上。厅堂癸卯一额，亦当并立，所费数千文而已。无如堂屋，不得不大为

---

① 钤“老无能为”白文长方印、“金照”白文长方印、“朗轩”朱文长方印、“高易伯子”白文方印。

② 道光二年，翁心存进士及第。见《翁心存日记》第四册，第1853页。

修理，必当通大揭瓦，可以将西南角坏处收进砌直，约来至省，须二十千乘。我尚健，可以料理；若不够，我亦可添凑完善，未审吾侄意见何似？便中与我一音，以便预为打算耳。

来信深恶报子，此系吾邑习俗相沿，幸而未得传胪，名色已省了一回费用。当其报来时，两手空如，真难摆布，只得向友亲告贷。幸所到之处，皆得慨为允诺，得以光鲜，统计两次共用洋钱六百员，较长真先生用账，彼用七十，我则至百；较心斋之账，彼用一百，我则不到七十。费尽唇舌，尚曰至省。盖因吾家承杨、庞两有力家过费之后，以致名目愈多，诸物亦贵，尽力加下，断不能再省。来年留馆报来，大抵又须数十员。王给谏处可为询问，用及若干，想必尚省俭也。

我自仲春以来，吐红未发，体健如常，看来阿胶是好，亦未服食。婶娘闻报，回家住至两月，苏仍候去，身子亦安，可慰远念。叶封吉日在于初冬，诸甥亦好，现要弃其所居，来年定移东园，已成议矣。姑娘亦好，启宇又生一子，诸人均嘱笔道贺。专此顺问近禧，寒冬将近，诸惟珍重为嘱。壬午中秋日[①]，叔颖封字达二铭贤侄览。二云于二月初回南，其时竹君已就登州府幕，至今亦无信来，又行。

57

遂盦二兄大人足下：

秋间接奉瑶笺，敬悉伯母大人福祉增绥，寓中长幼均安，用慰远念。吾兄望云日久，孝念弥殷，慈舆来京，欢聚膝下，洵天伦乐事，钦羡靡已。后闻宠命优渥，主试闽中，接耳佳音，搜才粤左，曷胜欣忭。伏念伯母大人自必荣迎入广[②]，一路安善为祝。弟双亲见背，恨抱终

---

① 即道光二年八月十五日。此通为翁颖封手札。

② 道光五年五月，翁心存“充福建乡试正考官……闱中奉督学广东之命，十月抵广州。十二月张太夫人挈眷自京抵粤”（《翁心存日记》第四册，第1853—1854页），知此札写于道光五年十月十七日。

天,风动寒林,寸心辄碎。去年挪移措置,卜地于震泽西乡,方图马鬣之封,为日者所拘,事遂中止,殊深怅恨。吾乡素来阻葬,刁风较甚他邑。如去年仅作浮厝,闲费几及百金,将来迁葬之时,未知若何?俟定归葬日,再当驰札奉闻,想吾兄必有以教我也。

松江定周伯母今春偕雪帆大叔来舍,已立德源先伯第二子世璋兄为嗣,念其五十年苦志守贞,良可敬服。若能请帑建坊,表其潜德,实为善举。无如敝房近年渐就衰落,目前迎养一节,尚未举行,其他不待言矣。吾兄倘能留意,他日并力襄成,不惟节母幸甚,衰宗幸甚。肃泐布达,并候近祺。相距殷遥,溯怀曷已。弟荣光顿首,伯母大人处叱名请安,四叔父命笔候好,各房兄弟均嘱致念,十月十七日。

先太常公像后,弟跋数语附览,乞改正示覆。此册上必求阮芸台、林少穆两大人笔墨为妙。前纸中生纸不佳,恐难运笔,望易纸征题,题讫姑勿装潢,弟尚有数幅合裱也,穆斋又泐。

先太常完虚公故居在常邑通济桥,有闻善堂额,杨忠烈公书也。公即世不数年,宅为桑氏有。桑氏尝见一赭袍人,恍惚若有所语,其英爽不泯如此,至今闲扃,莫敢入。伏读公未焚诸疏,忠勇刚直之概,见于言表。为子孙者,每以不获见公为恨。甲申春棹舟云间,乃得拜公遗像于从祖家,谨敬奉归,即倩乌程李子成蹊摹此小幅,岁时展对,觉凛凛果敢之气犹在。吴太仆墓志所称"目光如电、灼然照人"者,岂不信欤?七世孙荣光百拜谨跋。

58

有以《渊鉴类函》及《佩文韵府□拾遗》求售者,未识架头尚需此二种否?如欲购时示知,当取样本奉阅。仆病暑甚顿,不克走访为怅,不一一。苞封顿首。

四　同馆老辈及粤东诸子书

1

昨者欣觌两贤，极承肫谊，未遑奉答为怅。往晤鹾使，以两贤寒士远来，殷殷肄业为词。鹾使云，先生本有渊源，非无因至前可比，其如向例未到院，应课者一经支费，则众议哗然，且现今放学，已将实到名册发交运司，碍难凭空增入，未能再强以必从矣。伏惟君辈文才器宇，万里可期，知不屑屑于此，特冒寒跋涉，往返空劳。仆又不能勉为致力，能无恧然，沥此申歉。即颂会状联元，恕不走谢，不一。外回信二件乞即代寄。友人刘凤诰顿首。

2

顷知奉命典试八闽[①]，桑梓衣锦，两美兼之，喜而且羡。明早当专诚走贺也。兹有旧仆李林，人甚伶俐，颇堪驱策，意欲随侍麾下，今特为蹇修，伏希录用。如荷俯俞，当即饬令晋谒，以备差遣也。耑此先贺大喜，并候刻安，不备。愚弟以庄顿首。十六日。

3

前闻右典试归槎，颇有此弊，乃其纪纲不力所致，两首邑深恐前

---

① 道光五年五月，翁心存充福建乡试正考官，五月二十九日起程。六月十四日，李林之马闻炮声受惊。参见《翁心存日记》第一册，第1、8页。结合此通所言，疑写于是年五月十六日。

途破出，究问所买地方，必将有失察之咎，深以为虑。经弟密饬，沿途妥办，似已安稳无事矣。兹二兄烛弊剔奸，几先觉察，足征练达逾常，曷胜心佩。现已派广协署守备赴舟查明此事，只好就各船查出者入官惩办，似亦不便逐细推求。其船户之应否拘讯，仍希斟酌示复。不拿船户则有赃无贼，有司无从审理；拿则恐有船无主，有碍行程。总惟裁定两全之法，（或交一二水手代咎，亦属可行。）庶易饬县遵办。手泐再请行安，不备。名另正。十九日巳初。

顷已派巡河千总李文亮护送至芦包，自芦包以北，又已派总巡都司胡光烈护送至韶关。昨已派外委张枝贵预赴佛山沙口祗送。如查看此人尚堪躯策，即径带赴南雄，沿途伺应亦可。

小人妄思牟利，行险犯科，法在必惩，情亦可矜，此事司空见惯，原非创闻，交出一二水手治之，不言搜自何船，均归妥净。顷已传到所司邑令，面谕办法，请弗以此琐屑，萦扰智珠。伏冀随时珍卫，企切，望切！又手肃。十九日未初。

阁下如此持廉，如此矢慎，岂尚有无端之非刺，妄以相加，乃若谷虚怀，犹复殷殷垂询，益征冲抑过人、检身不及之意，曷胜佩服！冬春以后，实毫无所闻，请勿廑怀为荷。又肃。

4

敬恳者，弟处应行具奏可亭相国重赴恩荣宴一折，久荒骈俪之文，勉强凑泊，殊不堪目，敢求大笔俯赐，代为削正，方可恭缮入奏。此与寻常重赴筵宴稍有不同，总以不落言诠为妙，务祈从直改正，俾臻妥贴，蕲与相国事稍为裨益，切勿似出场文字，曲予包含也。至祷，至祷！匆泐，顺请台安，不庄，乞恕。愚弟之琦顿上，邃庵二兄大人阁下。廿五日未刻。能于日内发下更感。

5

荣发在迩，怅结弥深，连日部署一切，计初九日诸可定局，拟是日午后奉请枉临，邀同滇生兄一谈。山蔬四簋，浊酒一卮，藉以少伸别绪，想承鉴诸至陋邦，愧无土物可献，谨呈白金二函，御备舟车犒赏之需，伏惟察收，勿以微薄见哂，是为厚幸。手此敬颂邃庵二兄大人台安，不庄。愚弟之琦顿首。

6

手示谨悉吾兄大人清介之操，服膺已久，固不敢强阁下以所不欲也。惟弟拳拳之私，尚有未白，请为吾兄陈之。弟平生无滥交，亦无滥施，必度其人，素不见薄，然后敢献其区区之忱，今于阁下亦犹此志也。些微之物，初不欲重渎清神，特弟之为人，似尚未邀大君子之所。齿录不获，窃附于知交之末，实深汗颜，可否曲谅愚忱，破格采纳，则为幸良多矣。再此布渎，顺颂刻安，素荷雅爱，冀不以冒昧见叱也。弟之琦再顿首。

7

二铭仁兄大人阁下：

笔墨疏懒，久不致书，而怀想叔度，刻系鄙忱。夏间接读惠缄，祇悉一切，就稔道体安吉，宸眷日隆，惟望云之思朓然溢于豪楮。想老伯母大人颐养家园，定增健胜，即日视学近省，便可迎奉板舆，此可预券者也。

弟自去年量移鄂中，事少责轻，大可藏拙。虽居楚地，实远楚氛，和靖贤者，尚不我憎。然回念西江往事，犹涂懔懔耳。己生今科居然得捷信乎？科名迟早有定，而阁下爱才感心，彼已感深肺腑矣。儿子汝筠亦忝与乡举，齿长学疏，滋足愧汗，然藉博堂上欢心，为幸实多。手此敬颂时安，附呈炭资六十，伏冀哂纳是幸。十月廿八日，愚弟周之琦顿启。

8

往者西江共事，兄有望云之思，弟有爱日之忧，今则俱为鲜民矣。我心蕴结，与子如一，怅触斯言，能无陨涕。弟瘴乡承乏五稔，于兹地近羊城，事多荆棘，齿衰智短，日切兢兢。倘得投劾北归，是为厚幸耳。手此附候礼安，草草涉笔，惟希亮察。愚弟之琦顿启。

9

去冬十一月初十日于安徽定远县由折差回粤之便，奉寄一函，因恐驱从在途，或致相左，嘱其即交南雄顾牧，转达台端，未知曾否入照？所有住屋之事，其中曲折已详前信，弟至京后，又与东园备陈，想蒙鉴谅。

兹闻文驾已于上月中旬入都[①]。两接京信，尚未知尊居曾否定局，颇为系念，便中并望示知是祷。弟承乏滦阳，履任已经三月。此地章程初改，体统全无，缘地方太广，官员太少，经费无出，又不能增设，以致种种棘手，但可因陋就简，竟无从救弊补偏也。所幸公事究简，颇有馀闲，孱躯亦托庇粗适，勿廑雅念，耑此布请台安，诸惟荃照，不宣。愚弟成格顿首。三月十七日。

10

輶轩南指，喜仰文星，贱息忝附门墙，尤蒙甄冶，感铭岂可言喻。拜送后遥溯旌花，当于仲冬望前抵岭南[②]。伏惟遂庵先生学使大人阁下持衡粤海，文焕南离，昌黎斗山，远符重望，非独品牡丹之状元，

---

① 道光九年二月初八日翁心存入京，十一日召对勤政殿。参见《翁心存日记》第一册，第76页。

② 道光五年，翁心存督学广东，十月抵达广州。参见《翁心存日记》第四册，第1854页。

追红豆之学士已也。下风曷胜翘颂。豚儿、乔枞童年浅植，本宜潜志下帷，勿使逐荣骛利，缘舍甥林彦芬即其幼时八载从游，弟为筹行囊，勉令同舟共济。舍甥少孤，长于外家，弟素视之如子，老成端慤，可托长途，兼有敝通家老于公车者，与舍甥儿辈久交莫逆，诸足放怀，以小儿徼幸太蚤，且俾练习风霜劳苦，亦动心忍性之一端，敬以附闻，想释慈念。前承谕推步星命，今谨录呈览，细稽贵格及行限。现自乙酉至丙午廿馀年，皆行文星天官，太阳本度，非常通显，不次超迁，内跻槐棘，外建节旄，皆可操券卜之，此实文人所罕觏也。

尊眷此时谅已至任，慈闱侍奉万福，忻羡，忻羡！贵通家多上计车，萧生秀林安禀一函，附寄。专泐布请台安，统祈荃察，不宣。嘉平初旬状。名正具。

11

海天迢递，启问多疏。前奉答函，备叨锦注，伏惟二铭先生学使大人阁下，金节观风，玉衡校士，岭南山斗，景仰何涯，侍奉万安，益增忻颂。弟早衰多病，年与时驰，今夏为敝省改建贡院，常与同人日在工局督理，颇无暇晷。豚儿、乔枞体孱学浅，随侍讲堂，亦未能严加苦功。近作时艺，令其谨录数篇寄呈教诲，尚冀一经陶铸，模范堪依，非敢望长价于欧薛之门也。舍甥林彦芬滥竽兴郡，所属之仙游书院藉资事育，幸慰仁怀。芜禀一函附上，粤中吴学博兰修淹雅通材，藻鉴想必及之。专此驰候台禧，谨摹璧晚尊谦，恕不庄备。愚弟功陈寿祺顿首。

12

邃庵先生大人阁下：

久违道宇，时抱鞫饥，惟阁下望隆芝苑，百禄绥宣为颂。前年冬由林岵瞻主事寄回公助莆家之项，直至去夏催迫，始寄到番镪二百员，馀尚应剩三十员左右，迄今仍未归补，只得就现存及前次祠谱初捐百有七十馀千，先行买置铺面，约用钱三百千有奇。月租薄息以为补苴孤寡之计，馀钱数十千，并岵瞻处，若统交清，尚可再购一薄产，但银项未免颇难安顿，购产亦殊延时月，迟之踰年，甫克就绪。然阁下恤念通家子弟，惠及茕嫠，高谊云天，闻风感激，况其身受之者耶？

今岁东南水患几近怀襄，海峤粗安，弟不免炊玉之叹耳。枞儿曩学为经解，未入堂奥，曾呈二册，求加训诲，未审尚堪造就否？时艺尤为粗浅，近令每月多作几篇，稍有进境。然局法未紧，浮冗未除，其去此道尚远。弟衰老日增，未尝不随俗，欲其力图上进，但羽毛不丰，不可高飞，冬间未敢俾逐队计偕。惟素蒙挚爱，待逾子弟，恐其孤负师门，末由报德耳。兹缘主司差旅之便，草此奉请台安，恕不庄备。愚弟陈寿祺顿首。

13

邃庵先生学使大人阁下：

夏间接奉去腊翰札，藉悉阁下旌节花敷，珊瑚网遍，遥瞻星传，颂溢海南。今岁秋赋料凤鸾杞梓，无不尽出权公之门也，敬仰，敬仰！慈闱康豫，庆集陔兰，何乐如之。弟贱躯麄可，惟疲于文字之役，劳苦倦极。新刻敝乡《儒林文苑传》两册，此壬申年纂稿送上史馆者，今以奉呈教正。

豚儿、乔枞学殖太浅，冬间计偕，亦尚未定。承赐札过于奖借，非所安矣。贵通家萧生秀林，壮岁清才，不幸蚤世。家贫，亲老无以为赡育资，同谱中少鸠身后之计，仅抵牛涔，良是嗟叹！知阁下素有沆瀣之契，敢以附闻，倘蒙垂悯孤寒，拯其眷属，亦仁人君子之用心也。专泐布请槎安，统惟亮察，附璧晚尊谦，不备。枞儿禀笔敬请福安。愚弟陈寿祺顿首，七月望后状。

14

二月中旬闽中委员自岭南归，捧诵复函，奖饰逾量，承赐《校士录》，涨海珊瑚，网罗殆遍，敬以佩服。伏稔邃庵先生阁下马帐谭经，潘舆送喜，旌花陔草，百禄交绥，稽古之荣，斯为超越伦辈。粤东多士，云蒸气谊，孚洽人瞻，北斗众视，南丰鸾皇，杞梓尽在公门。惠泽所流，当与珠江齐其湛广矣。

吴石华学术文章均为卓绝，仰蒙赏拔，仍恋乌私，尤可嘉尚。豚儿冬初附护贡官北行，途中感冒，系发风疹。至清江浦已愈，为其内兄郑研庵县尹挽留庆岁，至正月十有一日始克渡河，二月初可抵京。此时驱从，适将还朝抠谒函丈，望进而教之，视犹子姓，则感惠益无涯涘矣。枞儿气质尚未染浇习，而脆弱之姿，驽钝之性，不能自力于学，恐其怠而外悦纷华也。萧生同谱囊尝稍稍鸠赀，暂赒孤寡，承诺为筹久长之策，闻者靡不均感。专此肃问台安，拜叩崇禧，高堂万福，统惟鉴察，摹璧晚尊谦，不备。二月二十有四日愚弟陈寿祺顿首上。邃庵先生学使大人阁下。

景朗仙委署建安县，此间最为善地，久暂未可知耳。（廉缺或可久。）又及。

15

前承嘱请封典，今将诰命两轴送上，希鉴入。其费银四两，弟已付去矣。专此布达，即台安，不具。邃庵二兄大人阁下。馆愚弟朱方增顿首。二十日。

16

久未晤叙，甚深驰系。顷展手书，藉谂兴居佳畅为慰。承询请封之例，从前已得封典者，有将前封写入，则书晋封；不开前封者，则但写诰封，当遵谕将清单即令办理，至坐名敕书应交礼科。弟前曾出费四两也。专此泐复，馀容晤述，顺请时安，不具。遂盦大兄大人阁下。馆愚弟朱方增顿首。

17

日前，福从枉临，彼此相左为怅，伏承动定佳安，惟大兄大人洁养南归，昆崚燕春，洵人生未有之乐。偶缀小诗，深惭僿陋，尚祈加以绳削是荷！即请台安，馀容面罄，不具。愚弟叶绍本顿首。五月朔日。

18

二铭二兄大人阁下：

自吁请急南归，窃意邸第往还，可亲詹诲，而适值轮辕相左，怅惘殊深。拙作未罄，揄扬独荷，褒赏逾格，愧汗奚如。阁下以丹篆之才，修日华之养。至行高风，望隆海内，愿家同人自莫不愿宣柔翰，藉表心仪。自煦斋夫子以下，容当一一奉致也。扬旌即日，仍当走送感者。弟尘事摒挡，得遂初衣，当寻史于胥山拂水间也。谨此奉复，即请台安示宣，晚大谦谨璧。愚弟叶绍本顿首，初二日。

19

遂莽仁兄同馆阁下：

春间都门聚晤，未罄渴怀。奉别以来，望远驰系，承惠书垂注甚勤，感岂辞述？并悉兴居嘉善，竹报频达，慈侍万安，曷胜抃颂。

崧滥竽如昨，建树豪无，差幸江水无波，秋成有庆，疏拙藉藏。大府均属贤明寅寮，亦尔和叶，唯白云望远，岭海天长，与阁下若合一契。但崧本衰庸，应避贤路。阁下重任难释，仔肩有不同耳。承示成同知，人颇明晰，加以历练，自属能手。惟所处瘠地，骤难调剂。郧通守系鹿樵观察令嗣，崧亦素悉其地，与成同知无异，年轻资浅，亦当从容，酌俟学习并看机会也。筠堂典试归，冗中草草奉答，顺颂迩祺，不尽驰遡，馆愚弟张岳崧顿首。

20

邃庵先生大人阁下：

睽待日久，驰企良殷。前岁冬间接奉惠书，备承垂注之雅。久思裁答，徒以劳人草草，尘虑丝棼，深以稽迟抱歉，尚冀汪涵为幸。近惟文腹迪吉，使节占亨，马空冀北之群，玉尽荆南之璞，他时夹袋，人才储于此日矣。翘瞻德宇，忭颂靡涯。安涛一麾尘忝，报称豪无。罢郡后，拙似鸠藏，一身如鹢退。老母年踰八旬，便合从此归养，长作乡人。只缘前兼署运同，正值鹾务极敝之秋，商欠累累，以致滞留许久。目下交代大段可了，尚有小小葛藤，约计腊尽春初方拟作遂初之赋耳。鸿泥在下，鸾凤翀霄，当于泉石间伫听鼎钟勋业，又何如仰望耶！数年来得海上怀人诗一百首，中有奉寄之什，录尘雅正，聊表相思，裁此祇请台安，敬完谦柬，统希鉴察，不庄。黄安涛顿首上。八月廿八日韩江试院作。

附覆者，前冬梅州曹孝廉来潮时，县府试俱已考毕，属县各书院并于秋间先已定主讲，无虚席可以位置者。嗣后，涛又作退院之僧，是以未能为寒士虚枯，有辜雅属，至今阙然，定邀鉴察也。至梁、谭两生及墨农、香铁，犹荷注念拳拳，当今爱才若渴如执事者，鲜矣！（香铁今春仍落孙山，墨农秋赋未知得隽否？二人在都，长定相见耶。临楮亦复念念。安涛又启。）

21

童槐顿首谨启上遂盦老师大人阁下：

丙春入都造谒，值持节陪京，未获一申愿见之私，至今耿歉。旋谂崇班联晋，供奉内廷，愚父子私贺于家，窃指泰阶六苻，为国为天下庆也。献岁以来，伏惟缨冕升华，恩颁邸第，奉龙纶福寿之赐，为太师母大人增祺绵筭，五云翘企，欣颂奚如。次儿华以黄口受知，举家感仰，私忱岂容楮述。

前科礼闱被荐，蒙大总裁墨笔连圈至九行之多，批云："深思大力刊画，肤浮两载来，令其益加摩励，不知能否合格？"金针之度，叩祷良殷，万一幸副期望，拟令其僦寓于门墙左近。尔时玉成多术，总在仁衷。弟虽有吁恳下私，一切正无从觍缕，惟有焚香遥叩耳。耑泐布悃，敬请台安，统惟垂鉴，不悉。槐载顿首谨启。正月十二日冲。

22

去腊曾肃寸椷，想早邀览，嗣敬稔遂翕尊兄大人渥承恩眷，晋秩升禧，听吉履于星辰，传玉音于纶綍，讲帷骧首，抃舞尤殷。

弟启篆以来，从公如昨，现办劝捐一节，各属陆续报到，已得三十馀万，拟出月奏报一次，尚未知将来能及上届成数否耳。兹乘何主试旋京之便，附上近刻一种呈阅，手肃数行，即颂大喜，并请台安，不备，愚弟张祥河顿首。

23

愚弟陈鸿顿首。阁下到京，复命折底乞抄示，交价带下，感甚。即请台安，翁大人[①]。

24

期廖鸿荃谨覆。(外缴原信贰封。)贵大人五家兄处来往书函，向俱由江省折差带交，若转寄高丽参，恐致失落，特仍藉使缴上，祈另觅寄为妥至。致家兄书中是否有须更改之处，并希示悉，再行付寄可也。肃此敬请崇安，不具。廿七日。

---

① 名刺背面题"寓兵马司中街西栅栏内第二大门"。

25

二铭老前辈大人阁下：

昨奉手教，当即肃覆。顷于辰刻由次南兄处获睹函丈来函，云明日不克进城，贵通家处希为通知，原函并以呈阅。外，《广东乡试录》及闱墨共二本，附求郢正。此布即请台安。侍黄琮顿首。

26

贵大人，愚弟徐宝善顿首。皇华将竣矣，尚以春梦婆相盼耶！前失迓，甚歉。哲嗣诗笔调高格老，各体俱已成就。膝前文度令人健羡，原诗尚有一二献羌处，容再读一过，加墨奉还。此颂时安，不尽。

27

翁大人，年愚弟许乃济顿首。江西拔贡全单顷始检得，特送览。顺颂台祺，不宣[①]。

28

翁大人，侍朱昌颐顿首。八宝店房子原顶二千两，后续添房屋拾四间，计银四百伍拾两，至租价向系廿五两。后米二兄增之三十两，特此布闻。昨日张盥香兄亦欲赁住，望尊处即为酌定可耳。敬请升安。

29

前函已肃，尚未觅寄，顷奉手示，藉悉台祺安吉，深慰远怀。四月廿九日大行皇后大事遵即成服，初奉安于淀园之澹怀堂。十三日，奉移于景山之观德殿。圣驾亲临目送，并谕枢堂，此后凡遇亲诣观德殿

---

① 名刺背面题“住兵马司中街东口内路南”。

之期，俱著推班。

查枢曹档案，乾隆十三年孝贤纯皇后大事，外省疆臣、学使、榷使等俱具慰折，叩恳节哀，并有请来京谒梓宫者。此次直隶琦制府只差人呈递黄折请安，不具慰折，亦不递奏事折，以见区别于平时也。现在仪节参酌历次成案核定，凡内廷行走人员，二十七日后，羽缨帽、元青袍褂。朔望纬帽、常袍元青褂两。满月后至百日，常袍元青褂、纬帽。朔望常服，不挂珠。再泐奉闻，摹缴尊谦，不戬。侍，五月十八日又具。

30

遂盦二兄大人阁下：

拜送行旌，倏逾一月，两次奉到华翰，极荷注存，南针远锡，感佩良深。文露轩兄到时，询悉度岁之时，驾驻丰润，拟于初五六日可抵京都，面谢圣恩。渥承优眷，超迁不次，左券可操。翘企祥晖，抃颂奚似。

弟现无考试，正可岁鸠吉林，初学正事，未据登覆，且俟复到办理。吾兄大人层层驳诘，可谓周详，钦佩之至。肃此布复，敬请台安，并贺新禧，统希荃照，不具。愚弟侯桐顿首。

31

遂盦二兄大人阁下：

接诵手书，具纫绮注，并悉内廷入直时，得燕间荷风送香，蘋鱼漾碧，楼台近水，得月宜先，雨露自天，承恩独渥。虽示及不与考差，而典试北闱，视学东浙①，俱意中事也。引瞻斋采，抃颂奚如。

弟考取优贡，系戴广谟、林永怀、王福谦三人，俱吾兄大人科试第

---

① 道光十五年六月，翁心存“典试浙江，副之者张桐厢先生，……还过吴门，便道省亲，适闻命授奉天府丞兼学政”(《翁心存日记》第四册，第1855页)。

二，可惜额少，如李向宸、柏福、何维祺、李克勤等皆可取也。吉林学正之事，总未得音，送考西府，派义州学正。陈东府已派铁岭训导，王渠次居第二。外间颇以铁岭缺好，疑委署之员钻营，因仍改派复州，阴君非得已也。奉天公事虽简而颇重，酬酢往来，拜客会客，亦耗居诸，总未甚暇。数月之内，更换甚多。以弟之钝拙，周旋其际，枘凿知所不免，尚祈赐教一二，俾有率循再考。试毕后，例得递折，吾兄大人折底祈检赐一览，是所至感。缕此布复，敬请台安，统希荃照，不具。愚弟倓桐顿首。致奕前辈、图四兄两信，敬求饬交为感，又及。

32

遂盦二兄大人阁下：

岁杪肃布一椷，属胡扶山贵通家转呈，谅邀清照。入春以来，比惟崇祺懋介，宸眷弥隆。喆嗣祖庚贤弟入都，询悉老伯母大人寿体康强，期颐操券，抃颂奚似。现出正詹一缺，阁下必升，喆嗣亦必高捷，喜集一时，均属意中之事，可以预贺。

弟例应岁试，惟宁远州经将军派委审案，须四月初回任州考，再加锦州府考，弟之开考已在闰四月上旬矣。本年书院肄业生有七八十人，山长入京会试，一月三课，弟一人任之，严定规条，扃门课试，分内外课而有升降，士子稍知勉励，亦弟太闲寻忙之道也。缕此布请台安，惟希霭鉴，不具。愚弟倓桐顿首。

33

遂盦二兄大人阁下：

九月间接奉惠书，具承绮注。临风庄诵，感歉交萦，并寄还《官书仪注》一本，当交书办存贮。比惟鸿厘懋集，螭陛恩浓，阁学一缺，吾兄大人必得，特尚未见京报，要可以预贺也。

弟闲住一年，毫无报称，明岁出考，依照旧章，亦断不得早。去年吾兄大人考毕折底，祈录寄一览，是所至感。令郎世兄会试，未识已否到京？老伯母大人竹报常通，想必寿躬清健，颂祷之至。肃贺大喜，并请台安，不尽缕缕。愚弟侯桐顿首。

34

遂盦二兄大人阁下：

夏间肃布寸椷，谅邀荃照。瞬经数月，笺候有稽。比惟道履增绥，允升协吉，貂参宠锡，恩眷日隆，欣颂无似。定知常接竹报，老伯母大人寿躬强固，潭第绥和，尤堪额忭。

弟留任于此，为日正长。明春将举行岁试，问途已经，尚祈指示一切。再，试毕后折底，并乞抄录赐阅。前汇参一案，祁学正业经革职，吉林同知亦经降调，知念附闻。沈阳各物俱昂，星使常来，官员屡换，此间用度亦甚不轻。弟刻苦自持，于必不得已者，略仍其旧。至于生日，则连桃面不收也。缕述布请台安，统希赐教，不尽。愚弟侯桐顿首。九月朔日泐。

35

元日踵门，适逢公出，无由亲炙，祗切依思。顷奉翰华，极邀贲藻。重荷惠贻鼻烟、唾盂，夙结芝兰之雅契，臭挹芬芳；胡殊謦咳之常亲，珍逾琼玖。拜领之下，感谢难名。

弟昨日复邀召对，谕令初五日诣园递牌。届期邂逅高轩，再图畅叙。兹附上镊须方一纸，乞查收。异日公辅泰阶，预上黑头之颂也。专此布复，并以鸣谢，即请台安，统惟爱照，不既。尔铭二兄大人阁下，愚弟桂良顿首。

36

闻元作极佳，渴欲一读。又以匆匆下园，未及趍诣，乃接手示，征及拙文，岂欲一笑耶？适无底稟，午后录出以应命。明早有使人，仍祈掷还。香度丈暨立园兄俱道候不尽。遂庵尊兄大人，即元前得邵子山书，嘱为问候，并及。交易之道，谅所勿吝伫候。愚弟祥河顿首。廿三。

37

二铭尊兄大人阁下：

自违雅范，时切依驰，遯听清声，琼海以东，文风丕茂，何如钦企！比惟道履凝厘，抡才玉尺，仰孚宸眷，晋秩翔华为颂。闻新获石墨铉阁加新使，到溉奇章，不得专美于前，传世名世，良可贺也。贵本家新选琼州巡厅，本与弟在家乡望衡而居。此次在都述及盛事，倘有拓本，便中寄视一副为荷。

弟傫直园庐，日无暇晷。近刻又添数卷，俟人便当奉大教。西师已凯，撤官兵南河，仍奏行海运直次，为等军报，以未正方散。是月弟叨列保奏，滥厕农曹，不日当可补实。知关录注，并以附陈，耑肃附折便。谨颂钧安，不备，不庄。惟希朗察。愚弟张祥河顿首。七月廿六日。

38

令郎古近体，独得乾坤清气，他日所至，定未可量。鄙意此时当从汉魏追求，要得其古厚处，则俯视唐宋，都成一家眷属矣。敢以贤之方家，未得面言，书此当晤。即颂邃庵仁兄大人时安，弟善顿首。

39

昨承颁赐礼，不敢辞，再拜受之。兰考满看语，偁过其实，又复径赐移行，免其常礼。此兰所毕生铭刻，以求无负知遇者也。参政公象册书后先录呈改，然后书之监榷时官职及题诗人名，望补入。《兰亭》正在据桑世昌考本略加推勘，明日跋后呈教。诗册陆续交来，俟汇进耳。肃此，敬请钧安，兰修谨上。十一日。

探梅之宴已与曾钊、杨懋建、李光昭、樊封、黄乔松、黄子高、谭莹、梁梅等凡十馀人治具，万乞赐临，仍望示期为幸。兰修再肃。

40

发下《兰亭》二册，当临摹数日，以广眼福。后旬兰与学海堂诸子恭请枉驾为探梅之宴，是日当同观此帖，令大众瞻如来宝相，各生欢喜心耳。《九成宫》帖藉呈鉴定，并求赐跋。此本凝重之中，仍有神韵，不似近刻枯槁如寒僧也。肃此复请崇安，兰修谨上。

41

《校士录》工竣，印本呈览，工价作六成发给，每百字给与三分足矣。端石购到，颇佳。现界格子明日缴进。肃请崇安，兰修谨上。

42

发下李生关聘，足征广厦之庇，无不得所矣。谭生作及熊学博诗，顷才送到，并石生画呈缴，或将原册发下汇装何如？拙作本不成诗，因受知最深，则词须避熟，遂致疏野气太重耳。《兰亭》跋别书两纸，明日面呈。肃复敬请崇安，兰修谨上。

43

兰修谨上言遂庵先生阁下：

去腊得浈江舟次寄书及题印册[①]，随即具复。九月廿四日载承颁翰，知前一札已付浮沉，罪甚，罪甚！敬谂阁下傫直禁垣，领秩清

---

① 道光八年，翁心存广东学政任满，“十一月，度岭，除夕泊舟滕王阁下”。道光九年六月，“奉旨入直上书房，授惠邸读”（《翁心存日记》第四册，第1854页）。此札末署“九月廿九日”，故疑写于道光九年九月二十九日。

要。弼姬卫之学，树启沃之谟。遥望卿云，无任抃舞。

回忆三年敷教，多士承德，辟珥之诏，视犹子弟，缘督之训，严于父兄。两辱赐书，犹勤省过，实以身教益励。吾徒循诵再三，钦佩无已。兰猥以下走，得受深知，勖以治经，勉以进德，铭心刻骨，永矢弗谖。惟是性如野鹤，官若寒蛩，东望故庐，时抱归思。近者买田一顷，远与市隔，种荔百树，高与肩齐。不待十年，足等千户，行当谢绝尘事，料理长镵。紫笋初生，白华无恙，八口之资已足，千人之指不来。日永如年，书多于屋，俯仰身世，于愿毕矣。否则计门生之雉，议博士之羊，于教不行，于官何补？随人进退，与俗浮沉，坐食俸钱，得毋惭愧？且阁下操履峻洁，可谓严矣；怀抱洞达，可谓公矣。

兰每燕见于温室之中，侍坐于皋比之侧，言无不尽，语不及私，即或品鉴人物，破除门户，不掩一士之长，不毁一人之短，此生平所自信，阁下所谂知也。然而伯夷有不洁之名，子舆有杀人之谤，蝇声可畏，蛾眉易妒，自昔然矣。是以力辞荐举，上负慈恩。素无入世之才，恐累知人之哲。此王叔朗所以不爱热官，嵇中散所以愿守陋巷也。辱承挚爱，敢布腹心，所冀崇明，觉其梼昧，朔风渐厉，尚望节宣。吴兰修百拜上[①]，九月廿九日。

44

《使院题名记》及《新得米元章诗记石刻》[②]，已送使院。惺庵先生云，俟冬底嵌壁间耳。各拓五十通，得便即寄，不足当再拓也。《石室传经》第二图，僧若盦所画，装成卷子，付诸子题矣。《探梅饯别图》已属熊逐江孝廉为之，俟明春南山司马北上寄呈。

桂南华庶常年甫及冠，咳唾风云，且谦约持重，远大才也，足为阁

---

① 下钤“兰修启事”白文方印。

② 即翁心存撰《仙掌石新得米元章诗刻记》。参观谭树正《九曜遗珍——翁心存〈新得米元章诗刻记〉初拓本》，载《收藏家》，2015 年第 5 期。

下得士贺矣。曾君钊授经城中，此岭南经学第一，兰不及也。李君光昭就高州怡太守书记，杨生懋建就阳山师令西席，以试东归，欲往韩江谒黄霁青太守，未知有所遇否？昨阮宫保师有书云，杨生可谓冰雪聪明，雷霆精锐，其学可及，其年不可及，云云。兰尝以阁下及宫保师期许至意，时砥砺之，不可以饥寒损其气骨也。

温伊初来，岁就新宁朱令西席，近日古文甚蔺老，可以自立门户矣。堂中学长马止斋已得馆职，其缺以南山暂补，诸子向学如常。黄君子高、谭君莹、陈君澧，皆有读书之资，而质地皆佳，可以远到。樊君封、侯君康，皆授徒。樊之史学、侯之经义，皆有可观。黄君乔松市隐无恙，徐生良琛诗学锐进。此他日必以诗名者，惜于文太疏耳。

儿子绶纶州试幸列第六，未审院试能幸进，以副垂望否也？诸关廑念，用并附闻。《校士录》板实难远寄，若印书较易，伏候进止，兰修载疏。

45

兰修上言遂庵先生宫允执事：

十月祗奉赐书，当即具复交折差，由梁徽垣舍人处转呈，计腊初可达。昨卢生同伯南归，询悉侍奉康和，起居安泰。遥企道范，无任驰依。兰冷官风味，已具前书，素来孱躯常患气喘，每当木叶初脱，清风戒寒，拥絮闭门，瑟缩如猬。昨服药散大吐，积痰廿年，沉疴一旦顿失，从此顽健岁月，益励钻研，覆瓿之书，当卒业矣。

《使院题名》及《米诗石刻记》夏间所拓五十通，兹附乌廉访寄上，各图俟博题续缴。山堂梅花绕檐欲绽，去年此日曾侍清尊，依绻之情，如一昔耳。肃书奉布，敬问崇安，伏惟垂察，不备。十一月七日吴兰修百拜上[①]。

前者承许寄钱氏《读书敏求记》足本，盼甚，即需校勘阮世兄近刻

① 上钤“石翁书记”朱文方印。

耳。昨得恭甫师书云，徐星伯舍人所钞《宋会要》已遭回禄，云得之孙宫保所述，未知是否？若晤舍人，幸问之，海内止此一本，向者屡劝舍人传钞，否则恐龙威丈人攫之而去。此言若中，是大憾事矣。兰所编《南汉纪》，舍人曾录《宋会要》数条，正赖有此，足以见一鳞半鬣也。曩曾许舍人老坑端研一方，来春南山司马北上，当寄之，幸先道及。经解已刻竣，然书帙太多，极难携带，闻寄入都者二三部耳。《校士录》需印若干，他日付贡船寄上也。兰修再白①。

46

兰修上书遂庵先生执事：

违侍左右，荏苒三年，每诵德音，靡间疏阔。敬惟执事典学崇德，方轨古人，企望风徽，祇益维慕。兰于九月营葬事毕，仍复出门，揆诸读礼之义，实惭且愧，然一家三百馀指，仰事俯畜，给于一身，亦明知其背越而蹈之矣。明年仍治学海堂事，兼主新会书院，家属侨居越秀山下，检理故业，并课儿曹。次儿、三儿文笔差健，已成边幅，俟后年方令就有司试。杨生懋建倖与秋举，足抒垂念。吾乡后起之秀，惟杨生与张生其翻，皆出执事门下，信伯乐之空群也。杨生学有本原，词无支蔓，从兹砥砺，可冀成家，但少年结习，删除未尽，尚望训诲之馀，加以裁抑，则成全终始，亦吾道之光矣。堂中诸子近状问杨生具悉。肃此敬请崇安，附呈次儿章纶所作名印二方，伏惟赐纳。制吴兰修谨上。长至日②。

惺庵先生和平简默，谨饬持重，按肇罗各处极安静，考广时有乔梓在幕者，（或云其嗣实为之，然外间但知硕老之名也。）颇有物议，旋即觉察，并辞出矣。闻此君外甚长厚，向来不致败检者，关防严耳。

---

① 下钤“兰修启事”白文方印。

② 据道光十二年九月二十三日“去冬由杨生懋建呈上尺书，谅承记注……”一札，知此通写于道光十一年冬至日。

近有其戚钱某为外应，遂肆为之甚矣。用人之难也。付丙。

此事本不必上闻，但阁下前日幸以堤防，得免此弊，乃信阁下所云，刻刻以小人之心待人者，并非过论也。各属岁试枪手颇敛迹，缘廪保尚有戒心，论者谓阁下馀威云。又及。

47

兰修谨上遂庵先生宫允阁下：

去岁两上书函，谅登记室。比惟阁下典学崇德，履中蹈和，望极燕云，无任驰越。兰苜蓿一斋，杞菊三径，望道不及，寡过未能。每省循修，用滋愧恧。迩以疏懒，益避嚣尘打门之声，幸无热客酣睡，以后只有读书，匪特疏注虫鱼，庶以消磨岁月。至于上溯渊源，穷览堂奥，积篑之力，皓首是期。阁下夙昔教言，至今铭佩。修阻万里，契若一室，未审能竟斯业、以副垂望否也？

《使院》《石刻》去夏送去，前月始嵌壁间，《校士录》板一百七十八块，装为两簏，藉贡船寄上，伏望察收。肃请起居不备。吴兰修百拜上[①]。二月之十日。

去秋一函，由敝亲家梁徽垣舍人慎猷转致。冬间一书石刻拓本，各五十通，托乌廉访寄上，想先后可达。此函付贡差刘千总呈上，附卢生书一缄，物一件，又疏。

温伊初明经极欲附于门墙，为石室传经弟子也。特未奉明示，故前二书不敢冒称，倘承不弃，则传经弟二图诗，当列于执业之次耳。

伊初已就朱直甫大令西席，属为请示。杨生懋建往韩江谒霁青先生，未有所止。李生光昭仍在高凉怡太守幕，知关垂念，并闻。兰再上，附候祖庚世兄文安。

---

① 上钤“兰修”白文方印。

48

去冬由杨生懋建呈上尺书，谅承记注。前阅邸报，敬悉阁下荣膺简命，典试蜀中[①]。伯乐所经，骅骝尽奋，弹冠相庆，何止川西多士也。春海先生来使岭南，得温君训、梁君国珍、仪君克中、陈君澧、李君鸣韶，皆一时之秀；而曾君钊、黄君子高，皆以忧未与试。谭君莹、侯君康，以小疵致误，是亦得失有数。而春海先生之爱才，与阁下之荐士，皆足令八百寒儒镂心刻骨者也。

兰在杨桂山廉访署教学，驹隙馀光，尚能造述。拙文为人刻十馀首，寄呈诲正。别后心力日退是惧，伏望阁下有以策之。蜀中得士定多通才，并望示悉为快。春海先生垂许过情，文酒追陪，不殊夙契。蒲涧之饯，诸生知名者，尽在座中，不异学海堂中与阁下燕别时，亦五十年来所未有也。比来亦为制举业，后年尚欲一与春闱，以塞师友责望耳。肃此敬问遂庵先生阁下起居，制兰修谨上。九月廿三日。

49

邃庵大宗师阁下：

曩者星轺莅潮，辱荷垂问，徒以引嫌未遂，抠谒主臣，主臣伏惟宗匠，当代凤麐，斯文圭臬，天子以粤海繁富，犀货阗聚，必贪泉可饮如吴隐之，必淤泥不染若周茂叔，始能屏弃辱金，拂拭潜璞，宗匠得预兹选，守可知已。寒暑三易，轩辎两周。贲隅之桂，益厉其烈；溠湖之珠，弥骋其耀。幸进之窦已墐，潜守之修逾显。迩闻逢掖，窃论乡校，谓天牧惠氏之博而闳，辛楣钱子之约而赅。今宗匠之虚而静，皆三吴魁望，百粤斗仰，群流所趋，亮匪阿好。

走素无稽学，负兹白望，索米十年，饱墨数斗，易缁为素，匪衣而

---

① 道光十二年五月，翁心存“典试四川”(《翁心存日记》第四册，第1854—1855页)。知此通写于道光十二年九月二十三日。

发，羊藩见触，鼯技易穷，修史无分，乃职钞胥，为师未能，间充学究。近复削迹衡宇，羁栖宾馆，藜榻已穿，茨椽未翦，尚为姑息，谋止唬号，飞薄自悯，齿牙谁及？宗匠留心物色，所在諏访，谬记贱名，屡通雅意。昔羊肸之知鬷蔑，赏其一言，吴札之交国侨，酬以束锦。今走罔修执雉之仪，虚存登龙之慕，计日在房，使星回轸，展聆末由，倾盖何日？高山之仰未有已。时题图短章，迄已脱稿，先德醇修，名儒嘉绩，自惟暗陋，弗克丹青，惟郢斤在前，藉资程劘，斯为幸甚。黄钊顿首。

50

敬禀者：

自乙冬在都，叩送星轺，转瞬七年①，私忱如积。敬维老夫子大人南陔日永，北阙恩多，身退銮坡，自饶天趣，教传燕翼，益振家声。翘首门墙，莫名忭颂。前者逆夷犯顺，豕突江关，遥想府第吉祥，兵尘不到。比闻和戎议定，惟愿从此不复扬波也。

澧自戊冬服阕，稍有倦游之意，未赴庚子礼闱。去岁重上公车，遥闻粤海夷警，落第后迅即南旋，于五月间抵里。时逆夷已退，而阖门卅口犹避居乡僻，幸免焚掠之灾。然飞炮已及敝庐矣。寄居难久，不得已，仍返省垣。惊弓之后，时切忧危。是时寇退之后，方议补牢，里中诸彦志切同仇，或在行间，或参筹策。澧自顾腐儒，不谙武备，闭门守拙，仍手一编。而去年水次受寒，右臂作痛，今春复发。半年以来尚未就痊，艰于握管，聊取近年所述，稍稍编排。著有《说文声表》一书，专明谐声之义，以声分部，孳乳相生。复有《切韵表》一书，寻求陆法言音切之法，以息等韵之纷纭。识陋学荒，未敢自信。俟写成时，乞赐诲定。惟以小学之书，儒生所有事，而无用于当世，殊自愧

---

① “乙冬”，即道光十五年乙未年冬，故疑此通写于道光二十二年九月初一日。

耳。受知最深，故不敢自匿，一一陈之。

近于科名之念，渐已澹然，惟自念夙荷栽培，方在壮年，未宜息影。甲辰春试，兼值挑期，所望永息边烽，仍当公车北上，兼回金陵原籍省墓。彼时纡道叩谒，崇阶重坐，春风知复不远。临楮驰慕，不尽所云。恭请钧安，伏惟垂鉴，受业陈澧谨禀。九月朔日①。

---

① 参见张剑《陈澧致翁心存、翁同书函札考释》，《文献》2017年第3期，第45—46页。

五　张鹿樵、程心宇两先生书

1

昨心葵来，道足下平安旋里，喜慰兼至，愿一促膝惄如也。既思足下自三千里外乍归，骨肉团聚，奉堂上欢，加亲旧洲接定，鲜暇非卜，竟日未足叙一年阔别尔。醒雨前有书丁属勿寄京中。兹送阅，容日趋候，先夫布讯，不宣。愚弟铁顿首。二铭二兄大人足下。六月杪奉书辨复，恐水陆相左，未获达览耳。又及。

2

两次接奉来翰，惊悉老夫子大人竟已仙逝①，不胜骇痛！伏念老夫子一生绩学粹行，足以信今式后，即不能致身通显，大展抱负，亦当安享天年，留为桑梓瞻仰。乃天道难知，梁木忽坏，在两兄大人至孝性成，自必异常哀毁，而弟忝列师门三十年来，受教最深，相契最厚。每念前此期望远大，忽忽廿年，毫无成就，深恨上负教育之意。今老夫子已舍我而去，即使弟将来努力自爱，稍克树立，老夫子已不得见。况弟年逾四十，精力日耗，落拓一官，消磨豪气，恐终不能仰副师意于九泉之下，是则益增伤感耳。然悲痛之馀，窃有慰者，两位世兄大人人品学问，俱各纯粹以精，日后蜚声青云，为名臣，为善士，皆能不负庭训。在老夫子笃行潜修，不食报于生前，必获报于身后。惟望两兄

① 嘉庆十五年四月，翁心存父亲病卒。见《翁心存日记》第四册，第1850页。知此通写于嘉庆十五年八月十二日。

节哀珍重，以慰老夫子在天之灵，是所祷切。

再有嘱者，老夫子平时著述繁富，想此时俱已编辑成帙，不致遗漏。惟古文一道，老夫子素所究心，而外间罕有知者，向日在弟处书塾中所作诸节孝传记，皆能发潜阐幽，未知后此更有增入否？望将此种另为理出一编寄交弟处，以便将来速谋付梓，此项经费弟当独任也。弟远隔数千里，不能躬叩灵帏，一恸尽礼，实切歉衷。谨寄上奠仪纹银拾陆，敬虔申瓣香之敬，祈照入。专此奉唁，顺候孝履，并谨请师母大人素安，统希蔼鉴不宣。世愚弟张大镛顿首[①]。八月十二日。

3

新秋接奉手示，就稔二兄大人文祺清冏，并悉设帐李氏[②]。课馀仍复下帷攻苦，以羡，以慰。来翰拳拳之于弟之不就部试，具见世好关情，不同泛泛。弟实非敢以此鸣高，祇因贱体多恙，较量彼此孰重孰轻，毅然不赴。每念昔日先师垂望之切，殊觉于心不安耳。示读陶山先生所撰先师墓志[③]，详略有法，卓然传作，尤难在无一字虚浮，非陶山先生不能作此文，亦非弟等不能知此文也。

许秋涛四兄书丹业经告竣，亦甚精妙。惟弟篆学久荒，厕名其间，深为抱愧，然既承谆命，义不敢辞，业已书就，并交许四兄处汇呈矣。吾兄于营葬大礼，事事尽仁尽孝，务实不务名，所见远过寻常万万。此固由读书有识，亦良由平素熟闻庭训故。今日动与古会，弟等既佩吾兄卓见，尤为吾师庆幸也。将来安葬之期，定于何日，尚祈示知为望，专此奉复，顺候近履，并谨请师母大人懿安，暨合第均安，并

---

① 上钤“鹿樵”朱文方印。

② 嘉庆十六年，翁心存“馆山塘泾李氏”（《翁心存日记》第四册，第 1850 页）。

③ 嘉庆十五年十二月，“唐陶山先生权苏州守，先君往谒，以墓志请”（《翁心存日记》第四册，第 1850 页）。疑此通写于嘉庆十六年七月初八日。

璧侄谦称，不一。二铭二世兄大人，世愚弟张大镛顿首。令兄均此致意。七月初八日。

4

比来传闻，令岳许秋涛先生迟滞家园，未赴西江，正深疑虑。昨九月初旬接奉七月廿四日手柬，方知于中元日起身，下怀稍慰。然如此迟延，大非作宦所宜。想人情世态，此中亦有不得已之情怀。古人云，儒者以治生为急，诚要论也。就稔师母大人以下，合第凝庥，董帷攻苦，学行益醇，异日绍前光而翔艺苑，以慰以颂。承示以续成《虞山壶史》为念，此事弟前札早经商及，惟弟学殖荒落，公私交瘁，无暇分任笔墨之役，全仗椽笔缵成①。将来付梓时，定当力助一臂耳。率此奉复，言不尽意，谨请师母大人尊安，并候贤金昆近祺，不一。二铭二兄大人，世愚弟张大镛顿首。侄谦谨璧，至好弟兄，以后断不可如此称呼也。十月八日。

再布者，秋涛四兄自到豫章后，曾有信回常否？光景如何？念念。舍弟选期尚需时日，居京资斧维艰，承问，感谢之至。舍侄孙辈得蒙教益，自有进境，但未知其中有可以造就成材者否？家乡俗学，每拘守浅近之见，不第舍间为然，能祛除陋习，乃大妙也。同日大镛又顿首。

5

二铭世兄大人足下：

四月中旬沈华林进京②，接奉手翰，具承注念，感兼以慰。今春

---

① 椽笔，大手笔，称赞别人文笔出众。典出《晋书・王导列传・王珣》云："珣梦人以大笔如椽与之。既觉，语人曰：'此当有大手笔事。'"

② 据"自四月廿五日奉别后，倏又四十日矣……沈华林大约即日回常"一札，疑此通写于嘉庆二十二年五月十二日。

部试，弟因连年多恙，且自揣荒芜，决计不往，乃来示殷殷属望，有孤雅意多矣。但此事看来竟有定命，即以吾乡今年应试诸公而论，闱作颇多佳者，同落孙山，为之一嘅。若杨氏乔梓，则子太易而父过难，此又何说耶！弟阅历既久，名心益淡，不欲与年少诸君角逐胜负，颇乐得心地间适耳。

李香谷世兄今年竟入词垣，从此衡文诸任，俱可有望，况年仅三十馀岁，正大可有为之时。至其平日学问书法，据弟看来不及我兄远甚，我兄将来所造必大过之。陈雪香先生国士之目，询不虚也。读励志酬知诗，豪情壮志，足以平揖古贤，气吞时辈，佩服，佩服！承示树忞侄孙，才悟明敏，赋性醰粹，此皆赖两年来教育之功。所可虑者，舍间习气往往博得一衿，即意存懈怠。子弟固不肯加功，父兄亦不深督责，既辱在门墙，务望时加策励，俾后日得以成器，皆先生之赐也。切祷，切祷。

弟公私碌碌，无善可述，贱躯托芘粗安，大小儿年已十岁，顽钝十分，又无善教之师。二儿年亦六龄，尚未上学，资性中下，读书种子之难如是。弟又公冗少暇，不能防闲诱掖，只可听其自然耳。专此奉复，顺候近安，师母大人前祈为请安。大令兄近状如何？江西令岳秋涛先生有信否？其光景好否？俱念念。世嫂夫人以下均问安，不一。愚弟张大镛顿首，侄谦谨璧。五月十二日。

6

自四月廿五日奉别后，倏又四十日矣，遥计行程早已安抵汴城[①]。伏惟二兄大人壮怀览古，宾主谊投，富佳篇于游橐，坐英俊于春风。教学相资，定饶雅兴。带去试卷及折子，未知已写若干，总以

① 嘉庆二十二年，翁心存“入都会试，寓同邑张鹿樵先生（大镛）所，……榜后赴汴梁就学使史问山先生（致俨）之聘，为课其郎君三人读书”（《翁心存日记》第四册，第1852页）。知此通写于嘉庆二十二年六月初五日。

墨光焕发、体格匀整为要。吾兄天资、学力俱臻绝顶，稍忝之以时道，不患不做状头也。

弟碌碌趋公，刻无暇晷。京寓幸俱平安，内子一月以来，旧恙复发，连服补剂颇尚见效。吴惠卿、周远香俱取教习。沈华林大约即日回常，今日申刻接得南中四月初九日来信，内有竹报一件，知吾兄望信甚切，特草布数行，赶紧寄上，祈即查收。客居情况，百事俱难，尚望善自珍重，时惠好音，顺候近安，统希荃照，不宣。世愚弟张大镛顿首，二铭世兄大人。外，府报一件。六月初五日酉刻。

7

前日因接得府报，当日即肃缄奉布，托陆心兰比部处转寄，想已收照。兹于本月望日接奉手札，就稔二兄大人于五月九日安抵汴城[①]，即进学署，主宾相得甚欢，定于廿六日开馆，文祺佳鬯为慰。中州风景闻与吾乡尚不甚相熟，惟客居总不及在家之适意，一切起居饮食，总望格外珍重，想豪气凌云，胸次超越，必不至有寂寞之感也。昨廿一日接令兄朗若书，有竹报一件，特加封赶紧托厉樵山兄处寄上，查收后幸赐复音，以慰远臆。吴惠卿大约留京之局，华林定见同周锡三南归。承询《春明送别图》，据上圩云尚未绘就，致兰风及心兰比部信件，俱已随到随送。鲍叔冶竟至客死，文人薄命，良可浩叹。弟年甫二十岁时，即耳二鲍之名，嗣后观其所学，俱实有过人处。今一已物故，一亦颓唐，而世之粗通文义者，往往高掇巍科，真令人不可解耳。弟俗忙如旧，看来亦是命中所定，不知何年何月脱离此苦。幸寓中大小粗安，可慰雅廑。专此复候近安，统希朗照，不宣。二铭二兄大人，世愚弟张大镛顿首。六月廿二日。外官报一函。

---

①　此通写于嘉庆二十二年六月二十二日。参见上文“自四月廿五日奉别后，倏又四十日矣，遥计行程早已安抵汴城……”一札。

8

九秋接奉手教，就稔前寄竹报二件，已经收照，并二兄大人起居佳鬯，高徒皆开敏英爽，励志读书，慰兼以羡。弟碌碌如常，公趋少暇，自揣今夏以来精力大不如前，幸意兴尚佳。内子粗适，两儿俱顽壮，惟读书俱极抛荒。弟固不能兼顾，而此间所请先生，未免一暴十寒，亦真无可如何也。

同乡庞星斋于今日起身回南，王艺斋于前日到京，惠卿就馆内城，颇甚谨饬，兰风亦将有就馆之局，馀俱照旧。所要折子仿照来样定做五十个寄上，祈查收。但此种系最好写者，鄙见以为习书转须用毛而涩者乃妙。专此复候近安，敬璧侄谦，统希荃照，不一。二铭二兄大人，世愚弟张大镛顿首。十月初三日。

9

比来久未得信，正切想念，兹于十四日接三月廿九手翰，就稔二兄大人福履增胜为慰。竹报一件，已加封寄南，可毋廑怀。去年弟曾遵谕买广东奏折五十个，由厉樵山处转寄，至今未接复音，未知曾否收到？

兹寄上安报一件，祈查收。弟碌碌从公，刻无暇晷，转瞬台驾来都，面谈一切，何快如之。专泐复候文安，事冗不及多赘，惟照不宣。二铭二兄大人，世愚弟张大镛顿首。四月二十日。

再者，邵兰风窘况难以尽言，十二金之说，即将来阁下自来面索，亦未必有也。

10

别后时切怀思，兹奉到十月初三日手札，欣悉二兄大人于九月十四日安抵汴梁[1]，文祉佳畅为慰。今年北闱同乡仅中蒋奇男一人，真乃意料所不及，似较之上科仅中沈华林，同是一人而相悬万万。以如此之主司，尚如是之难揣，科名固有前定数耶！南闱所中四人，亦非向来知名者，看来此事日无定论矣。

昨廿四日庞星斋会元到京，接舍间信，内有安报一件，特即寄上。又惠卿托致一函，亦附达，均祈照入。弟碌碌趋公，照常忙累，幸一切粗安，可纾雅廑。兰风将有出都之行，其行期已屡易，而尚在未定。专此复候近安，侃甫先生及心宇俱嘱候，不另。遂盦二兄大人，世愚弟张大镛顿首，十月廿五日。前委寄竹报二件，于九月初即由伯温处寄回，系伯温来取去。据云，阁下临行时所托也。

11

启者，去年力劝弟请星斋会元课两小儿者，阁下之鼎言也。维时不特心宇外翰从旁听见，即过往神明当共闻之。顷夜饭后漏将二下，会元公请弟到馆中，出示方制军致茹古香大空之札，系因杨静岩乔梓荐，欲藉大空之威权、座师之力量，攘请弟处西宾，阁下闻之，以为情乎，理乎？此事在制军与大空俱非不情不理，而欠情欠理，实在推荐之人，却不能因其为比部、为太史，遂为之讳也。窃思恬庄君之意在制军，会元两公前不可谓非极善谋、极讨好。但假如此时有为阁下善谋者，另荐千金之馆，阁下刻即辞协揆而别就乎？否乎？弟与协揆地位霄壤，诚知拟不于伦。然尊卑悬殊，而情事无二，顷承星斋先生雅爱，以为中有把握，断无别就之理。惟弟既属相好，决不肯强人以所难，况先生现在处境并非有馀，弟必欲强之，辞尊就卑，却丰就歉，是转属弟之不情不理。若因其本年不终月而散，遂稍存芥蒂，亦非弟体谅关切相好之真心，且先生如果决决不肯他就，何难据情据理直向老

---

① 嘉庆二十三年六月，翁心存“送生徒入都乡试，九月仍回汴梁”（《翁心存日记》第四册，第 1852 页）。知此札写于是年十月二十五日。

师言之？师道尊严，必不能转导门生以非情非理。乃先请弟到馆商议，或者稍有所动于中耶？然此乃以小人之腹，度君子之心，想阁下同年知之最深，且系从前介绍之人，故敢详布奉闻，祈裁度焉。专此驰候早安，馀不多及，遂庵二兄大人。世愚弟张大镛顿首。初三日二鼓冲。

12

前承和韵诗八章，求再书付一通，（不必工楷，只小行草随意写，已极妙。）因前赐教者已拈于署壁，公诸同好也。兹送呈素册一本，敬祈暇时将大集内《海州杂诗》五古及《赠心宇行》，并近作《秋雨》等篇，汇写完帙，以便公馀捧诵，传作家珍，万勿吝教。专此奉恳，即颂早安不一。翁二老爷，世愚弟张大镛顿首。十三日。

谕借《灵飞经》《乐毅论》及赵小楷等，索性连全部《渤海藏真帖》八本奉借，否则抽出一本，恐易散也。此复二铭先生。大镛手复。

13

颂册仰承费神，已撰有规模，以后不难一挥而就，务乞拨冗，赶紧撰就，于初十日付下为荷。因脱稿后，尚须与人斟酌，方可付缮。但求我兄早完一日，弟即多感激一日也。专此布恳，并候台安，面谢不尽。遂庵二兄大人。愚弟张大镛顿首。

14

世愚弟张大镛顿首谨启遂庵二兄大人阁下：

向以游踪无定，音敬缺疏。昨闰月初家人以私事告假回京者，带到手教，展诵再三，藉慰渴悰。就稔文从于二月廿三日抵京，下榻史问山先生宅中[1]，计入闱时相距不过十馀日，乃并不因风尘劳顿稍减元神，仍能一战而捷，想见学养充足。弟在此急急求得题名录阅看，所关切者，我兄之外无第二人。阅到大名，不觉狂喜，适胡栋在旁侍拆公文，弟即告以尔主中式，渠亦眉飞色舞也。然弟所望于阁下者，尚不止此。此数日来切盼殿试录阅看，尚未递到，焦急之至。科名原属常事，必如我兄之文章学问而得之，方为不负科名。遥计此时当早已领袖瀛仙，承恩禁苑矣。抑弟更有进者，阁下海涵地负之才，未必以状头而存满假，所望益自刻励，为朝廷必不可少之人，为乡党力挽颓风之彦。此世好所切颂者，勿以其言狂瞽而拒之也。

前寄呈师母大人党参系拾斤，而来札云壹斤，岂笔误耶？抑传送者之过耶？此物在晋并不贵重，若弟以一斤寄奉，殊太可笑，弟断不至此，只因相隔太远，无便可常常寄为歉耳。弟于上月进省一行，往返奔走匝月，劳累精神，殊觉不支。刻下中丞来运阅兵阅地，差务又剧，俗碌风尘，竟少暇晷。此间河东书院创自前朝，查阅志乘所载，颇极巨丽，久已变为艺黍种麦之场，我朝以来迄无修复之者。弟现在毅然筹款修建，约五月间可以完工。旧址惟讲堂尚存，此外山长住屋、监院所居、生童肄业斋房，次第重盖三十馀间，焕然完整，惟恢复之后招徕读书者甚难，延请善教者尤难。弟又定于凉秋荐爽后便作告养之计，亦势不能顾虑后来，祇可我在此尽我之心而已。却笑弟此番回南，家中老屋诸侄辈拥挤已满，几至无容膝地，而此处添造之屋不少，我兄闻之，得毋以为痴耶？胡栋在此，其同侪皆呼之为胡先生，又称胡老相公，因其神似也。大约如此人材而位置于观察之签押，外间只有弟之用人。若此，他处必不相宜，然其才质毕竟迟钝，一切事仍须弟自费照料耳。人便附函，布贺肃候鼎安，统惟台照，不宣。大镛拜

---

① 道光二年，翁心存“入都会试，舍于史问山先生老墙根寓斋，榜发，中式第二十一名”(《翁心存日记》第四册，第1853页)。知此通写于道光二年四月初三日，是年闰三月。

启。四月初三日。外致复许秋涛四兄一札，此间更无的便，附托尊处转递为荷。又纹银叁拾金，少助旅费，乞莞存。

15

四月中委员赴部领引，附致一缄，贺高捷大喜，并呈薄意三十金[①]，尚未接到复音，想已达览。嗣于五月下旬奉到手示，欣稔二兄大人荣入词垣，从此文章勋业卓越冠时，不第故人额手已也。此次用翰林者，视往科较少，仰见圣主慎选贤豪，特加郑重，明年留馆可必，尤深庆贺。师母大人定于何时迎养赴都，想中秋时节寒暖得中，最为相宜，未知已寄信回南、从容部署否？

弟素性不耐冗繁，而所履之任动皆剧要，以致旦夕簿书纷投杂沓，毫无佳趣。然自问两年以来于"裕课恤商"四字，颇尚无愧，却亦不肯一味做言利之臣。凡事第去其太甚，有便民者，即略放松，至于察吏安民，则抱愧良多。晋省吏治尚不至于大坏，若求其如何出色，或匹古循吏者，则甚难。其人看来不独晋省无此等贤员也，大约能知轻重、有分晓不至荒唐者，便是好官。此间河东书院百馀年来，无人修复，弟毅然建盖，阅五个月始能竣工，第恐后来主持风教不得其人，则徒为游士射利之地，又不免负弟一番好心耳。现在尚有应办渠堰事宜未竣，急切不得告退。转瞬秋杪冬初，必当请假，且两儿失学已久，若再迁延，将来必至目不识丁。此地求一稍通文墨者不可得，况延师耶？贵同年陈君嘉树，薇垣旧侣，上年挑选军机，弟以为首屈一指，竟尔未取，殊为怪事。今得与我兄联步玉堂，差强人意，望代弟致想念并道贺也。杨镜帆竟为外吏，命之不可强如此！未识已赴任否？同乡诸君光景如何？闻杨静岩亦有告养之意，决否？今科吾邑应秋闱者几人？接场之局热闹否？

---

① 据上文"向以游踪无定，音敬缺疏。昨闰月初家人以私事告假回京者……又纹银叁拾金，少助旅费"一札，知此通写于道光二年六月二十六日。

弟在此绝少友朋之乐，寄怀天末，时切惓惓。庞星斋兄近况如何，京信时通否？俱深系念。兹因舍侄承涛赴都之便，特寄呈京纹佰两，祈即查收，少佐清需，深惭菲薄。另寄京纹伍拾两，为同邑应京兆试诸君元卷之费。弟不知共有几人交送尊处，即乞代为按现在应试人数均匀分给为感。琐事渎神，幸祈涵宥。尚有捐修会馆费纹银佰两，径交艺斋先生处矣。

再恳者，舍侄承涛，即友柏兄第五子也。其家中光景已不可问。本年三月忽自蜀中来运，状甚流离，询之，云意欲由此到京求名。弟深知京中苦况，伊又无甚本领，再三劝谕开导，令其不如仍随弟回南苦守度日，而伊图取微名之意甚切，并据云，情愿到京吃苦巴级。其志向颇尚可嘉，但失学已久。弟曾试之五言八韵，居然妥适，而时文尚早，姑念其有志进取，未便遏抑，不得已付以纹银贰佰两，令其结伴同行。伊系屈敏山表兄之胞侄婿，意欲借榻敏山寓中，徐图觅馆。到时务望我兄格外关照，并仗鼎力速为荐一小馆，俾得枝栖有托。既可课徒，又可用功。如遇考供事时，尤望指示周详为要，倘其进京后不务正业，或涉游戏，更祈督责教诲，幸勿泛泛视也。

承谕《毛诗》之数，本应如命，适不凑齐，且舍侄一肩行李，亦未便交令多带，俟后便再容续寄，统乞谅之。专此奉布，顺候台安，不宣。遂庵二兄大人如晤。世愚弟张大镛顿首，六月廿六日。

16

七月初舍侄进京，奉致数行，并有银乙佰五十两送交，至今未接复音，深为系念，并送舍侄之差役，亦至今未归，更切悬心。比惟二兄大人文福兼高，起居介景，定符翘颂。弟刻刻有归志，而为水患所绊，两月以来寝不安席，食不甘味，其苦况胡栋目睹之，当能代言之也。回首南云，老亲在堂，而不能常侍膝下，殊觉不可为人。进退之难，如是，如是！惟自恨春初不即请假，为大谬耳。兹因人便，手布数行道意，顺候升安，不一。遂庵二兄大人，世愚弟大镛顿首。薄暮事冗，字迹太草，祈恕。初三日[①]。

17

前月初六日人便附呈手书，谅已登览。嗣差役毛梦麟于十月初八日回运，接手教两函，惊悉五舍侄竟已去世。前此弟再三劝阻，而渠必欲图名赴京，（原不过供事之类。）遂至如此结果，命也如何！此子心地尚为明白，尚肯学好，甚觉可惜，家门不幸，夫复何言？惟其病中及身后一切，有费尽心，可感之至！明年粮艘到通，将其旅榇附回是为要事。弟已札托艺斋，尚望关照为荷，所费当由弟处寄京也。

比来爆竹迎年，梅花将放，想新翰林之意兴超越寻常，万万非我辈抗尘走俗所可仰企！伏惟誉重木天，吉祥曼福，定符翘颂。昨得魏笛生寄惠同门卷，乃知即系贵老师也。笛生先生品醇学邃，在薇垣时与弟最契。初见房考单时即念到，恐阁下要做其门生，今乃果然，益深喜跃。来书以拟元、拟传胪，复失为怏怏，此真不足轻重之事。儒者致君泽民，祗须进身有阶，藉展抱负，不在虚名如何。况名高则福易损，阁下将来霖雨苍生，云霄万古，岂区区会元传胪，可与抗美争勋耶？

赐和七律二章，雄健浑成，惟过蒙奖借，钦佩之馀，愈增惭愧。兹又有书院碑记寄呈，是正此间无文章好手，又无书法名家，并无镌刻良工，三拙会成一处，我兄当读之而一笑也。弟近状稍安，不至如前两月之劳累无绪，盖因天寒冰冻，目前少可放心。转瞬春暖，风狂浪立，在在可虑，急须设法赶办。然大禹治水，行所无事，顺势利导。此时弟之治水，特地仿照南中，教令匠人学做水车，如高田之戽水，逆挽而上，真乃大难，正不知何时可以竣工，诸臻妥善，得能脱身归去，便大幸也。风便尚祈时惠好音，并候台安，敬璧尊谦，不宣。附呈炭资纹银贰拾金，聊当伴函，祈查收。二铭二兄大人。世愚弟张大镛顿

---

① 此通写于道光二年十月初三日。参见上下文相关内容。

首。十一月十五日灯下[①]。

18

正月初旬，由朱公处接到手教。嗣廿九日家人回运，又奉复缄，就稔二兄大人福履安和。南中竹报常通，师母大人康强逢吉，远怀藉慰。贵老师笛生兄信来，知声誉日重，试辄冠曹。此固意中事，不足为阁下喜，指日帝心简在，破格施恩，不待考差，而即膺督学使者之命，方令人知夙慧通儒，福分亦高，出寻常万万也。

惠朱卷五本，弟荒芜已甚，展诵祇觉目迷五色。读至策问"北直水利"一篇，朗若列眉，胸有卓识，惜不能奉请到此助弟一除水患，谨当藏为家珍，载感，载谢！弟误入尘途，抽身未得，两儿比来益不识字。此地无师可延，若再迁延，书香将废。大约俟经手工程事毕，即当陈请也。嘱荐菊泉比部之令母舅朱君馆地，自当留意，但此地并无盐馆。此可探听者，非弟之推辞，属员署中到处有人满之患。弟从不肯挟上司之势，硬荐一友，以致王衡持太老师之令。郎桂一世叔在敝署赋闲一年，尚未得馆。至此间盐商节间致送经历库大使等节仪，多系元银五钱，八折只有四钱几分，确守唐魏之风，言之可发一噱。询之许菊樵，当得大概。弟办公事，则于各商不稍假以辞色，而私事绝不与谈。朱君久住此地，恐亦非计，弟惟有遇便推荐，以副谆嘱耳。专此布谢，顺候吉祉。外有各信，祈费神代为饬送，临颖不尽依驰。遂庵二兄大人。世愚弟张大镛顿首。二月初七日。鲍觉生学士，陈伟堂、龙元任两编修，乔中翰迁住铁厂，贵老师、英中堂禀，以上五件，千恳饬送妥交、勿误为要[②]。

---

① 此通写于道光二年十一月十五日。参见上文相关内容。

② 此通写于道光三年二月初七日。参见上下文相关内容。

19

夏间得闻留馆喜音[①]，即拟布缄致贺，因无便可达，又念向来新翰林于散馆之后，率皆请假。吾兄或亦定省南归，且接眷居京等事，必须出外张罗一番，恐书到驾行，彼此相左。继念计算大考之期不远，英荦之才，久邀睿赏，预考定必崇迁。与其南归而失此机缘，不如静守之为妙。凡此数念，代阁下辗转于中，而迄未能得确耗。昨八月下浣，连大使自京回，带到手示，系由艺斋转交王小莲礼部觅递者，尚系四月二十五日所惠之函，到此已阅一百二十日。寄书之难，如此，如此。就稔二兄大人骏誉日隆，鸿名云布，渥迓九重之眷，伫膺三接之荣，欣颂，欣羡。阅来翰，似尚踌躕，行止未定，而贵老师笛生四兄惠札云，已定见留京，具见师门关切之谊。力劝留京，正与弟竟相合，未知此时已遣人回南迎接太夫人师母安舆否？计眷属行李之费，约数百金，尽足敷用。至到京后，亦不过清窘一年半载即可。

荣放学院，彼时润色气象，自更无须张罗矣。惟闻家乡今年非常水灾，能否刻期就道，及途间能否好走，俱难预定，倍深悬系。即如弟现在请养南归，极欲赶紧启程，而此时接代尚未有人，亦虑南中一带行旅维艰，且当此荒歉之年，返舍后布置安排，更费心力，事逢其适，亦属无可如何也。

弟来晋三年，两小儿荒废万状。此番回去定省固切，而为小儿延师，亦甚紧要，若再迁延，则误事不小，是以急切告归。我兄意中有妥实之友，可为弟处西席者否？弟不望儿辈出色，但望其文义通顺，恂谨守法，不断书香一脉，不失儒家子弟意象，便是上上乘。尊意中如有善诱之师，务望示知为要。上年五舍侄殁于京师，其旅榇究竟送回南中否？弟有札致托艺斋，万祈鼎力协同照料，至恳，至恳。谕挪四

① 道光三年，翁心存散馆试列一等第一名，授翰林院编修，即留馆。见《翁心存日记》第四册，第1853页。故此通写于道光三年九月十七日。

五百金，弟现在料理行装，囊橐无多，特觅便，寄上纹银叁佰两，乞即查收。弟此缺颇可发财，但我辈为之，既不敢，又不肯兼不能，具是三者，每年仅仅敷衍而已，此可与彼都人士共质夙夜者也。

来翰谆谆，不许言赠，只许言借。虽属体谅至意，但锱铢较量，迹近小丈夫之所为，弟何肯以此辈自比，况从前蒙老夫子大人相爱之真，期望之切，有骨肉至戚所不能及者。年来惭无报称，辄呼负负。我兄若再以俗情相待，益增弟之愧悚矣。从前张子和先生在京做官，与弟却非同调，因此交谊不深，而令嗣韵溪昆季尚皆循谨。昨韵溪与其夫人忽专差持信前来，索赠《毛诗》之数。韵溪之书，固非亲笔，且其夫人与弟从无一面，亦公然通信告帮，况其家道尚不贫窘。此事岂非大奇，弟尝拟略赠些微。因询来脚，信系何人所交，竟茫然不知所答，未便轻付。兹特附便寄去纹银叁拾两，又寄赠艺斋纹银肆拾两，统望代为回信分致是荷。其馀另单所开各信件，皆祈饬送明妥，至恳，至感。肃此布候台安，不尽之忱，再容续致，统惟荃照，不宣。遂庵二兄大人，世愚弟张大镛顿首。九月十七日。

再布者，庚辰年赴任出都，蒙赠七古长篇。弟到署悬挂壁间，后因公事赴省，盘桓数月始回，不见壁间尊作。初以为家人辈卷藏别处，今检点行装，遍觅不得，务乞补录一通，寄至常熟，切恳，切恳。此数年中，我兄所寄手札，皆汇存箧中，返里馀闲，当付装池成册，时一展诵，如见我良友也。前此乾隆辛亥年先侍御告养南归，弟幸克步武，似此好题目，我兄不可无诗，以宠其行，亦望赐寄南中为荷。九月廿八日大镛又启。外，银信单一纸，务祈饬纪，妥为分送，各索回音，由尊处寄南更妙。

20

遂庵二兄大人阁下：

春初连接手教，其一尚系昨冬复示，递至晋阳，转由家三母舅席莲舫先生递常者。披诵再四，如挹清秘高芬。藉悉临行时寄致物件，已荷照收。嗣于竹报中载奉惠笺，并京中各友答书，具聆一切。兹于六月十一日胡栋持五月七日书来，欣稔崇祺绥豫，眷遇日隆，总纂秘文[①]，润色鸿业，非才人学人兼全如阁下者，不称此职，为吾乡庆，尤为国庆也。

弟以步道巷老屋，住居已三百馀年，先祖即生此屋中，至今日耻归异姓，是以毅然得之。上年冬杪抵里后，因西宅履思堂无客睐地，即将行李卸放诗礼堂，其时旧屋主仅让其半，如吟樵舍弟等尚未出屋。草草安顿之状，可想见矣。初意只求苟完，拟将焦土略加芟润，改为小圃，讵料入门亲视，始知前年被焚者，乃系正房大楼。若不重加建造，不特无上房可住，且于风水亦大不宜，真乃悔之无及。今春赶紧兴工，事繁费巨。现在尚未告竣，语云“与人不睦，劝人造屋”，弟并无劝者，却竟不能歇手，然亦必得如此，方可以迎养老亲，而为两小儿完娶也。家乡非可居之地，自揣回里半载，鄙吝丛生，平昔雅兴高怀，渐渐消归乌有，真有不知其然而然之势，殊不自解。来书云“娱情诗酒，放眼湖山”，此原是弟之始愿，今则无暇及此。至云“拥书万卷，绝远嚣尘”，尚略得其似。盖先人遗书颇多，杜门谢客，只可偶与古贤作晤对，非素性好学，实居乡不得已之苦情。

自念二十馀年来，宦尘劳攘，久不问家人生产事，此时竟不能不问。儿辈幼小尚无替者，倍形劳累。刻下堂构未完，又将修造两处祖祠，兼为亡妾营办葬地。明春两儿姻事，一娶一赘[②]。赘则须到庐江，章舍亲处已来催及。种种纷至沓来，正不知何时得遂湖山之愿也。刘石筠先生教导甚好，奈两儿顽钝如昔，大儿本无可望，二儿心性甚浮，转瞬入赘章氏，恐益荒废，颇觉去住两难。吾乡人情行事，所见所闻，动辄可骇可笑，想高明定知大概。弟甫到家时，尚与侃甫谈

---

① 道光四年，翁心存充武英殿总纂。见《翁心存日记》第四册，第1853页。知此通写于道光四年六月十五日。

② 据此知，道光五年张大镛二儿子入赘章氏。

心永日。近侃甫又因不干己事，在省逗留匝月。弟屡次苦口劝之，渠非不知弟美意，势到此时，已难挽回，将来有坐见销亡之患，奈何，奈何！上年办理赈务，各公劳怨任半，自有公论。弟返舍已在公等办完之后，藉可藏拙，即使弟早归，亦断不入局。

今年春夏之交，颇又有雨水过多之虑。此时忽已虑旱，天心仁爱，天意难测，看此邦人之自取何如耳。三吴财赋甲于天下，以有水利也。近则一雨即淹，皆缘历来地方官，但知其利，而不防其害。利之所在，必须年年疏导，方可久享其利。自来水利之官，原非虚设，近来都成木偶。一官到任，但问出息若何，且如何方能出色，如何方能升官，绝不知水利为何事，乌能无害？害已成，则动手甚难。大约搜寻故纸堆中，为谈兵动听之计。夫人能为此事，切须亲历其境，凭高熟览，将江浙两省地势高下、来龙去路，了了于胸，然后可以兴工。若但就一隅补救，徒劳无益，此称职之难其人也。道里脉络既明，先要将附近居民历久侵占耕种、业已纳粮之污地丈量豁除，即恐事涉惊扰，且此等处往往有庐舍坟墓，尤为窒碍。即如吾乡城内琴河，尚填作屋基，矧旷野湖壖耶？得其人，得其地，又须有不避嫌怨、毫无私利之员分任其劳，方能事归实在，此等人更难。大凡为地方大吏者，断不能躬亲畚掬，日夕往来于风日之中，故旋举旋废，比比皆是。弟上年在晋办理渠工，严立章程，三令五申，自问颇谓尽心，究之臂指，得力绝少，故深知此中甘苦。兹时江省大宪动虑经费无出。据弟看来，经费尚是第二层，盖圣明在上，念切痌瘝，度支不吝，以天下之力，兴一隅之利，毕竟尚易，惟实心任事，而又能深中窾要之人才，为万难其选耳。

昨艺斋信来，知大考尚无音信。此事素密，或弟此信到时，阁下头衔已换，曷胜翘颂。迎养当在荣简星槎之际。倘本年即有机缘，奉命督学近省，则更为美善。师母大人面貌丰腴，精神甚好，可慰远怀。大令嗣英伟不凡，据静庵云，诗文俱好。弟与师母请安时，蒙示及今年府考，甚为奋勇向前，具见志趣步武。转瞬芹香高掇，尚不足为德门贺，弟决其必早游鳌禁也。弟曩时僮仆俱已，若将浼焉而去，此时所差遣者，皆系村童牧竖，初颇不惯，久渐相安。侃甫有言，只须换一字，前用长随，今只长工，真乃妙确之论。然吾邑长工尚且不肯到弟处服役，风俗不好，至于此极。胡栋居养久移，自弟退闲即有去志，业于前月到府当差矣。专此复候台安，家慈命笔道谢，两儿禀笔请安，统惟澄照，敬摹缴谦称，不一。世愚弟张大镛顿首。侄都中诸同乡俱祈叱候。六月十五日。

再，前恳补书《庚辰年赠行河东》大秩寄回，并求赐乞养篇章。至今未蒙示及，殊切系怀，务望公馀挥就寄下，感甚，幸甚！谨又恳。贵老师魏笛生先生近状如何，并乞叱候。

21

遂庵二兄大人阁下：

比来伏处衡茅，久不与公卿通翰札矣。侧闻阁下文章吐气，特进崇阶，屡欲作书布贺，不敢轻以草野之词，远溷云霄之听，疏慢滋愆，谅蒙渊宥。昨冬接奉手教，并读宠褒巨秩，荣逾华衮，欣感之下，弥增惭悚。至重录前此赠行诗篇，此时读之，愈觉有味。自信河东三载，恪守训言，幸不负良友赠言之意，然坐是往往自苦。来诗云“范氏应增千亩庄”，殊切惶愧。弟自返舍后，修葺先人敝庐之外，尽廉俸所馀，增置薄产四百馀亩，距千亩之数尚远。本年正、二两月中办理正务，如送先侍御人祀乡贤祠，为大、二两子完姻，已极补苴。从前老夫子大人每见我家友柏兄、铁楣弟不善理家，心切忧之。自海州寄书到京，累累数百言，以此为大可虑，深感老人关爱之心。今其两家后昆比前更不可问，几有目不忍见、耳不忍闻之状，且皆系近支，此外相类者尚多。看来赡族田之举，断不可缓。赠诗真乃适获我心，但此志虽定，此愿难满。当时铭两代垂关挚意，刻刻节衣缩食，冀于两三年中或可完成此举耳。

高堰之塌，固出意外，然其弊实非一朝夕之所致。弟未尝亲履其境，不敢妄议。但此时却关系不小，借黄济运，如用板夹驼背，海运则顺利难保，而粮船水手数千人从此无业，必群聚为盗。挖淤挑浅，则缓不济急，又苦费无所措，斟酌利害之间，择善而从，期于有裨国脉，是在当事之识力俱到者。第恐泄沓成风，苟且塞责，为之奈何！此时究尚不患财之难，而患能用财之难其人也。每阅邸抄，地方偶有偏灾，座主念切民隐，不惜帑金数十万，真乃千载一时之会。

阁下受特达之知，将来建白，定不宥于俗尚。弟所切盼于故人者，非仅润色鸿业已也。客冬吾乡之漕务分肥者，闻骤添二百人，未知确否？想故交来京必有述及之处，伊于胡底，殊大可忧。寒舍自来耕读传家，离此更无恒业，然料理煞费苦心，若非老母在堂及祖宗魂魄所依，直欲徙居他方耳。大令嗣小试抱屈，而器宇不凡，望而知为德门伟器。闻其去年在郡偕五人同寓府试，自作偶语云：此五人者，后生可畏，其一我也。童子何知精工之至，何减竹垞幼时“后稷”“王瓜”耶[①]？可喜，可贺，云云。嗣闻与研芬太守令媛联姻，欣贺，欣贺！

师母大人北上之期，前因令郎就试暂缓，兹定上巳吉辰启行[②]，传谕弟设措纹银贰佰两，已如数送交，即以为贶。从此宠承恩眷，娱侍晨昏，其乐何如！转瞬星槎荣发，逖听好音。专此复候台安，并贺福喜，敬璧侄谦，临颖不胜依企。世愚弟期张大镛顿首。二月廿七日。

22

日昨奉复一缄，布达谢忱。兹捡得弟新刻《太仓顾容堂先生诗

---

① “后稷”“王瓜”，据说朱彝尊（竹垞）幼时在书塾中学习属对，先生出上联“王瓜”，朱彝尊即以“后稷”对之，先生虽怒其所对不类，然却服其所对之工巧。

② 道光五年四月，“先祖母张太夫人率吾母许夫人及不孝同书、同爵至都”（《翁心存日记》第四册，第1853页）。故此通写于道光五年二月二十七日。

稿》，因系贵年伯，特寄呈一部，祈察收。此集前与孙子潇商及，鄙意拟再删去十之一二。子潇以原集太少，未便再删也。比来尘俗累人，与笔砚为缘之时甚少，所差胜于作宦者，夜间竟能酣睡耳。计此信到日，正考差得意之候，荣简喜音不远，曷胜盼切。专此再布，顺候遂庵二兄大人槎安，世愚弟张大镛顿首。二月廿八日①。

23

前日连具二函，托潭报附呈。比来未识师母大人行抵何所，殊深系怀。计程当已登车，于四月初旬前安抵京师矣。此间粮艘之信，传闻不一。今年即如天之福，平安抵通，来岁未知若何？忧国者所当从长计议，不可狃于目前，得过且过也。江乡吏治民风，大不如晋，作宦固难，居家尤难，蠹胥猾吏把持公事，牢不可破，即贤令尹不能出其范围，可叹，可笑！

常熟李邑侯年老被劾，然平心而论，确是好官也。浙中闻有臬司自尽之举，骇人听闻。大员如此，殊出意外。此事如何结局，京中定有公论。弟俗碌如常，无善可述。蒋丹林先生昨春信来，并寄贺诗，越一年，而今始覆之，亦足征其懒惰，但无便可达，只得拜托尊处转送。琐事渎神，良切不安，祈谅之。贵老师魏笛生先生近状何似，念切之至，晤时乞为道候。想磨厉以须，转瞬星槎，师生同膺特简，又增艺林佳话也。专此布悬，顺候升祉，不宣。师母大人前祈请安，并合潭均吉。遂庵二兄大人如晤，愚弟期张大镛顿首。外，致丹林先生信，祈饬投。三月二十八日②。

---

① 此通写于道光五年二月二十八日。参见上文“比来伏处衡茅，久不与公卿通翰扎矣……”一札。

② 此通写于道光五年三月二十八日。参见上文“比来伏处衡茅，久不与公卿通翰扎矣……”一札及其注释。

24

遂庵二兄大人阁下：

上年夏间接奉惠书，语长情重，如昔年晤对一室光景，具纫注念之殷。维时因衡文八闽，未便具答，旋闻叠拜恩命，视学粤东[①]，极文人知遇之隆、裕多士登龙之庆，翘瞻卿奝，颂仰何如！比届献岁发春，遥惟师母大人福寿延洪，合署绥庆，更深祷祝。弟碌碌里居，无善可述，幸托吉芘，老母平安，堪慰锦系。

家乡风气日非一日，居住亦日难一日。漕务改由海运，事属创始，大吏煞费经营，而因缘渔利者尚复日增月盛，殊可虑也。顷闻阁下招致庞星斋、邵环林诸君就幕校文，仰见知人善任，慎重斯文，上副主知，下孚士望之至意。窃惟任人之难，难于有品而左右使令之人，尤皆心存窥伺，奉劝约束，宁严毋宽为要。

粤省药材最佳，将来遇便祈觅寄各种蜡丸少许，以备不时之需，即拜德无尽。此外一无所求也。程心宇学博弃现成之官而归家，争取陋规，并致累及亲友，其谬太甚。今年因有大挑，赴部试者较多，未知能多中几位否？兹乘令亲陆大兄到署之便，特肃数行抒悃，敬候台安，兼请世嫂夫人懿福，诸郎爱吉祉，统惟崇照，不宣。世愚弟张大镛顿首。正月二十四日。

25

春间令亲陆大兄赴署，布缄抒抱，想尘清览。敬惟二兄大人鼎祺丰豫，勋望崇隆，搜异地之楩枏，储珍林于药笼。风前引睇，翘颂良深。

---

① 道光五年五月，翁心存充福建乡试正考官；闱中奉督学广东之命，十月抵达广州。见《翁心存日记》第四册，第1853—1854页。知此通写于道光六年正月二十四日。

吾邑今年大挑，会试各极其盛，洵属佳话。弟杜门如旧，而家累丛增，春间为两儿生母营葬西山之麓，请庞星斋会元撰铭，而书丹即借重台衔。兹特寄呈一通，祈察正。现为先侍御以上营建乡贤世祠，尚未讫工。二小儿县府两试敷衍完场，院试闻在秋间。就其文才光景，勉强可望入泮，奈二媳病体纠缠，病状庞杂，屡濒于危，以致二儿不能静坐用功，亦其命也。令兄近在咫尺，而今年尚未把晤。新正弟邀其饮酒，亦竟不来。家居亲友大不如长安居之连络。星斋就馆松江，侃甫移居城外，心宇虽归而卜宅乡间。弟独行踽踽，兴致索然。幸老母康强，可慰锦系。兹因韵溪大兄赴粤之便，布函话旧。韵溪此行，自非得已，如阁下之登高而呼，谅必垂关旧雨也。顺候台安，并请世嫂夫人懿福，令郎均此问好，不具。遂庵二兄大人，世愚弟张大镛顿首。四月廿四日①。

再恳者，前信求惠寄蜡丸各种。弟素喜广储药品，以备不时之需，于利人利己，交有禅益。丸中如黎峒、牛黄、苏合、抱龙、乌金活络各品产自粤东者尤佳。务祈购赐齐全为感，谨此拜上，大镛又启。

26

遂庵二兄大人阁下：

上年接奉惠书，并拜赐蜡丸七种，多至二百馀丸。道远情重，感泐已深。昨令郎回里应试，又展琅云，载荷珍赐，兼蒙寄惠老母甘旨之佐，自问何以克当？且细展各仪，皆亲笔标题，当此校士贤劳、寸晷少暇之时，尚复周密详审，惓惓于数千里外之故人，不特厚意可铭，益澄福星远大，翘望粤东，顿首祗谢。

大令嗣文章克绍，弟所素知，至其洞练世情，胸次雪亮。此次长谈，始悉梗概。童年如此，实为英俊，惟德门乃克，笃生国器，曷胜羡

---

① 此通写于道光六年四月二十四日。参见上文“上年夏间接奉惠书，语长情重……兹乘令亲陆大兄到署之便”一札。

颂。谈次询悉师母大人以下，合署康绥，而阁下铸颜之诚，与防弊之法，尤历历如绘。古大臣择贤而用，为国树人，洵治平第一要义。即日升阶叠晋，卿月增辉，更当耳听好音也。来示云，令兄竹报中述及家乡造作蜚语之事，弟早有所闻，大都不遂其请托者之所为，不足置办。承嘱令甥婿即舍侄也，自当为之留意。第舍间自前明至今，谬称诗礼传家，不料到若辈，竟不识诗书为何物，且不免鲜衣华帽之习，颇难位置，俟徐图之。

弟家居四载，贱质日形衰劣，向来在外舒展自如，颇不耐此拘苦。自新春以来，接连感冒三次，不出房闼者二十馀日，实向年未有之事。上年夏间受族弟月霄之拖累，存橐一空，比来竟至借质支撑。乍言之，人必不信，然令郎已知其详，弟因族弟中月霄尚近风雅，独加器重，凡其所言必听。讵料空中楼阁，一派虚妄。世间假名士，类多如此，弟祗可自咎而已。幸先乡贤祠早已落成，并奉老母之命，办立义庄，亦已规模粗就，将来设有碑记等事，尚须仰仗椽笔，增光千古，谅不拒也。

星斋贵同年今日已来辞行，云准于初九日起身赴选，从此家居故人益少，殊叹岑寂。两邑中各孝廉、生监等，于冬春之间为革除漕规，哄闹不已，实太不成事体。中丞公力挽颓波，其济世救时之苦心，自系出于无奈，而学使辛筠如先生从而弥缝匡救之，人人颂戴，斯真中流砥柱，然欲两全其美，则大难，大难！总之，江苏漕务将来必有不能终日之势，乡先辈如蒋莘田、陶子师诸先生皆有苏松浮粮议。彼时之所谓浮者，指正额而言，谓田赋定例什一，独苏松什税四五也。今日之浮，更在正额之外，编民小户，几至什税四五而更倍之，使蒋、陶诸先生见之，其太息、论议更将何如耶？即土豪大户不肯如小户之尽加，在渠乃奉公守法，理当如是，并无不合之处，况已照向来计税四五之额，总属有浮无减，乃将来情势必致于不肯多加之大户，绳以犯法之咎，自来有是情、有是律乎？为江苏之百姓，不亦难乎？漕运河防顾此失彼，阁下另有良策否？令郎县试共四次，俱高列四五名，弟询之张父台，云试文甚佳。张系帅仙舟先生门下士也。采芹可必，预贺，预贺！闻吉期尚未择定，鄙意完姻后自应留家，应明年金陵秋试，免得再劳往返。

二小儿学识全无，侥幸入泮，承奖益形惭悚，且自前年赘姻章氏之后①，奔走道途，沾染习气，兼之二媳素患痨症，连年医药焦忧，直至客冬病殁金陵，盘柩回常，始行了却此案。二儿亦因此废学两载，今年辛学使荐其拔贡，门生无锡邵君来常课读，未知能稍习静上进、不负尊长关切期望否？旧仆曹升，闻其现在署中服役，渠人颇老成，能耐辛苦，尚祈推爱差遣造就之，渠却并无禀帖一字寄来也。

心宇授徒乡间，自得其乐，侃甫则谋日拙而穷日甚，深为忧之。弟三年来仅到郡中一次，连夜回船，其杜门迂谨之状可想。专此复谢，肃请台安，并世嫂夫人曼福，郎爱均吉，统惟丙照，不宣。世愚弟张大镛顿首。家慈命笔道谢，儿子等禀请钧安。四月初七日。

27

遂庵二兄大人阁下：

十月初五日胡栋到常，接手谕，如亲晤言，欣稔鼎勋绥懋，作新士风，倚畀崇隆，庭闱福寿。翘企之下，颂慰交并。承示来春师母大人七十正寿②，特接令郎媳回署娱庆团栾，此是正理。现在令郎已捷泮宫，前往玉峰覆试。此特云梯初步，将来继步玉堂，可为预贺。惟天气已寒，束装就道，必须分外珍重。弟已切嘱之，并饬胡栋加意调护，

---

① 据上文"春初连接手教，其一尚系昨冬复示，递至晋阳……明春两儿姻事，一娶一赘"一札，知道光五年春张大镛二儿子入赘章氏，故此札写于道光七年。是年，翁同书由广东回籍应试，九月，为赘婿于钱氏，与此通所言相合。《北京图书馆藏珍本年谱丛刊》第156册《彝斋自订年谱》，第581页。

② 道光十八年正月十五为翁心存母亲张太夫人八十寿辰，故七十正寿当在道光八年。见《翁心存日记》第一册，第307页。因疑此札写于道光七年。

不可太图节省，幸望粤东而行，渐走渐暖也。

弟今年春夏之间，饮食大减，形容瘦削，至今尚未复旧，大有衰老景象，幸精神尚好，可慰锦系。大儿令其学习家务，人太弱而过于忠厚，仍未能代为分劳。二儿除读书作文外，诸事玲珑，然弟专意督责之，惟恐其荒废，却总未能潜心。现为续姻无锡秦氏，系小岘先生之幼女，拟俟明岁秋冬间完娶。弟闲居四载有馀，囊橐萧然，自老母以及诸亲友皆力劝为二儿报捐一官，二儿亦十分踊跃，缘其赘于章氏之后，顶上圆光，目迷五色，遂致受病深重。弟不得已，择京官中至廉者，为之捐詹事府主簿，取其无妨读书应试，而免外官之作孽也。

侃甫兄本劝报捐部司务，因截卯在即，钱不凑手而止，即此主簿捐项，尚系吴惠卿之令弟荣卿兄为弟介绍，挪借千金，约明年归款。以弟之子捐官而竟至借贷，且为挪措者，系吴荣卿阁下，闻之其信否耶？聊述以博一笑。辛筠如先生在此做学院，严于杜弊，而宽于待士。凡怀挟之秀才，搜出必革，不稍容恕，其馀古貌古心，难以殚述，士心感戴，而吏途侧目。凡事之难，两谐如此。同乡曾氏向以厚道称，乃云舫三兄竟不永年，其太夫人甫于上年接住署中，殊难为情，且闻云舫之子又弱，一个吁可怪也！如王少溪先生素推笃行，近竟绝嗣，此皆天道之不可知者。侃甫学问优长，而作事谬误，终竟不过书呆子而已，其苦境方来正未有艾。心宇名虽乡居而不能乐道，逐队乞灵于岁杪，实出无奈，然此事岂可久恃。为渠计算，惟有报痊试用，否则仰屋徒嗟无益也。

星斋近有信来，选期约在春初，未知能得一善地否？外吏可为而不易为，全看省分如何，如江浙等省之州县，断不可做，山陕则尚可为之。回思京中同乡旧友，惟阁下置身千仞，勋位文章，炳耀渊懿，为国家之柱石，为桑梓之云霞，为词林之模楷。吾侪碌碌，可望不可即矣。果亭中丞仁慈恺恻，于近日诸大僚中独有儒者气象，曩在晋省极荷知己之感，只因家居，难通音问，且目力不能作小楷，禀信故从未具笺，然感念之忱，时弗去怀。承示时时下询，望乞代为禀谢，随后当肃缄也。阁下树人树德，力挽狂澜，行之以诚，竟得速效。即此见事在人为，想见夙夜殚心，刻无闲晷，而弟乃以芜词渎览，刺刺不休，自揣草野可笑，恃爱幸勿罪之。

老母自上年起精神大减，真乃喜惧交并，但愿托赖福芘，长此康强逢吉，由九旬以至百龄，庆何如之！蒙谕如需粤东之物开陈赐寄，尤纫挚爱。弟平生无所嗜好，亦从不肯妄有取求，至好素所洞悉。到河东后略添贵重皮衣数件，此刻并藏笥无所用之。年来惟小构园亭，增藏旧人书画墨迹。此二事竟将囊赀耗罄，旁人尤之而情不能自禁，过后辄悔，悔仍弗改，性使然也。既承示及，或粤东药材中（如蜡丸等）有南方所无而可以备不时之需，兼能济人救急者，随便惠寄数种，藉广仁爱之心，足拜高谊不浅，馀则丝毫无所乞也。适在具答，而两邑喧传抚军将至看白茆塘，昨已竟夜满城灯烛，所费甚巨，并有到先乡贤祠行香之说，弟亦不无所费，然尚不知其果来与否？外吏一有所闻，不得不多方预备，备则又往往不来，伺应之难略见一班。孙子潇吉士明年已定虞山书院讲席，平叔制军之力也。顺笔及此，肃候崇祉，诸布朗照，不宣。世愚弟张大镛顿首。侄尊称万不敢当，谨璧。老母命笔道谢，并请世嫂大人曼福，儿子元禧、元龄禀请金安。十月廿九日。

28

再启者，恭逢师母大人七秩荣庆[①]，适值上元令辰，使署开筵，集三台之客，华灯扬彩，进八座之觞，荪枝联武，鹓班仙乐，喜迎凤侣，仰见高门笃祜，伫看宸陛颁恩，晋爵延禧，载深颂祷。弟未克跻堂申祝，敬呈寿联如意二事将悃，惟祈禀达，俯赐鉴收，不胜惶汗。专肃恭贺荣喜，统祈福照。大镛敬又启。

联款书受业从旁，颇有疑之者，然弟却有所本。从前老母七十诞

① 此札写于道光八年。参见前札内容及注释。

辰，各世兄惠联，款称门生。吴槐江先生见而非之，以为师母亦应写受业，不知老辈何所见而云？然以中式之门生尚该如此，况真受业者乎？弟故遵而弗改，质之高明，以为何如？又行。

29

四月初胡栋送到正月廿八日惠书，展诵回环，如亲芝宇，就稔福祺懋介，卿曜增辉。欢承慈寿无量，锡晋天颜有喜，升华在望，颂慰何如？弟庸碌闭门，诸叨如旧。每日惟将家中分内应办之事，以次料理，期于可对清芬而昭示后起。至于文章著述，惭无学问，兼且衰颓，祇可让之能者。春初老母抱恙，颇甚可虑，近仍健愈，此大可喜事，差可为知己告也。惟寒家后起，成材者甚难其人。两小儿虽不能读书出色，尚皆谨饬，所谓比上不足比下有馀。此外，近房中怪怪奇奇，不一而足。即如板桥锡纯堂，先伯父宦成归来，始置此第，今诸侄等并不禀商，忽然出售其屋，时值可得五千，而竟以三千二百千弃去。买之者为秋槎令坦，作中者秋槎长子。若旁人亦决不敢公然承买。此支与尊府多一层亲谊，向最关切，想亦闻之而深为叹惜也。苑宾诸子亦尚谨朴，其中颇有可造之资，然但知惜财而不知延名师教之，殊欠卓识。二小儿近日诗文稍有长进，然根柢太浅，未知其能潜心努力，以副长者之望否？

令郎举止详慎，真心用功，髫年如此，实为难得。秋榜翘英，拭目以俟。阁下复命进京，顺道旋里，正可挈赴礼闱也。稔知阁下两年来，仰体九重求贤求治之意，不特文章力挽狂澜，抑且吏道殚心整饬，真乃不负所学，迈古名臣，曷胜钦佩。然读来谕，有“招尤攘诟、事终无裨”之语，固属逊不自满，亦系实在情形，无怪贤豪者流，始而精锐，继而模棱耳。

吾邑辛峰亭倾欹将废，弟意欲修之而力有未逮，至城垣尤关紧要。近日倒塌已甚，急应修整。兹地历系捐修，从未请帑。弟上年即为邑侯言之，并愿自捐千金以倡。本年二月间邑侯亦设席，致请各绅商议，仍然筑室道谋。有言须如历届办荒之先行设局者，鄙见断不谓然。盖劝人出钱，已属难事，岂可再饱此辈之腹，剧笑吾乡人日以钱财消耗于饮食游戏，独至正务则袖手旁观，舍一文费拔山力也。

庞星斋先生所选之缺似未甚佳[①]，现在邀其令兄前往署中帮同料理，其尊翁时常相见，颇健。贵老师篴生先生近况何如，不胜念切。弟自阁下出都后，京中少熟人，从未寄信分候各旧交，自笑迂冷太过。里居五载，名利澹如，旧好日稀，新知绝少，惟盼冬春之间，使节过吴，请假修省，当焚香扫地，恭迓高轩，作半日叙。此悬拟之而先快慰者，亦归里数载后第一得意事，届时谅不我遐弃也。人便奉布，敬请崇安，并请尊嫂夫人懿安，及合署吉祉，不宣。遂庵二兄大人如晤，（家慈命笔道谢，两儿禀笔请安。）世愚弟张大镛顿首。四月十三日。

30

遂庵二兄大人阁下：

忆自辰夏话别于彰义门外客亭，匆匆竟十载矣。其时送我者尚有庞星斋会元，而星斋则继于里门再叙，惟阁下则十年之中，仅从尺素仰企光仪，平生投契如阁下者绝少，兼以师门梓谊，中心驰结，殊难为怀。上年闻令嗣言，台旆将顺道回常，不胜雀跃。在阁下昼锦方长，荣旋之日，或早或迟，原无不可，而旧雨萦情，惟愿早晤一日，则早慰一日，此私情而非公义也。今知驰驿复命，半年来欣盼之私，转而为怅郁。念阁下策名远大，而弟娱侍春晖，相见知在何时耶？

中春廿四日接诵江西舟中手教，连篇累牍，语重情长，并蒙惠我床围绣被，师母大人又赠老母燕窝珍品，真乃分兰馐之甘，介萱闱之寿，合家铭切，莫可言宣。弟虽杜门养拙，不出户庭，而闺闼之中，顿

---

① 参见上文道光七年十月二十九日“十月初五日胡栋到常……承示来春师母大人七十正寿……星斋近有信来，选期约在春初，未知能得一善地否”一札，疑此通写于道光八年四月十三日。

增焜耀，诵诗人"衣锦尚䌹"之句，弥纫雅意也。弟久已不阅制义，捧到《粤东校士录》，因系宗工取裁，谨翻阅殆遍，内中精深博大，风华典赡，各极其妙，且皆中有所得，振笔疾书，非时下描头画角之作可比。古学则详明朴茂，尤为杰出，一时不料粤东人材之盛如此。此江南近年试牍所断弗如者，仰见大匠搜罗之苦心、裁成之神效。因叹何地无才，只在明眼者之善于识拔耳。然三年来阁下心力，亦费几许矣。为国求贤，固当如此，钦佩，钦佩！

大秩《九河既道赋》原委分明，而救时卓识，亦具见篇中，如果仿而行之，不特江南无黄河之患，即每年帑藏可省数千百万，然非常之举，讵因循者所能胜任？广州府李生作云："可溉西北之积硗、减东南之漕运"，与吾乡蒋莘田先生之论相合，孰谓秦无人耶？弟已令儿子装潢线钉，断不敢以寻常考墨例之承示。两三年间奉待于尚湖、虞岭之间，此则未之敢信。烟霞泉石，天所以位老朽，而非所以待英豪，况家居之不易，有十倍于长安者。阁下自己知之甚深，毋庸多赘。师母大人精神健旺，具征福分之隆，有以留家安养之说，泥师母慈躬，并拉弟同劝者。弟揆时度势，决计不肯随声附和。大令嗣天资既超，复能好学，所造讵可限量；二令嗣今次始晤，英爽出群，亦是伟器，可喜，可羡！

二小儿质钝体弱，年年换师，年年不能得力。本年请得周小江先生，师范与改笔俱佳，但前时歧误已多年，又长大恐难有成，亦只可听之而已。弟频年饮食减少，形体羸瘠，老境日至，一切惟委心任运。本年二月中，又为二儿娶媳，江乡风俗，费用繁冗，囊为之罄，从此向平事毕。家计之赢绌，儿孙之贤愚，一概置之不问，惟法书名画数十件，花香鸟语相与，度此年光，长作太平之民，复为此生幸事耳。

旧仆曹升此次跟师母回常[①]，见其面目如旧，为之欣慰。弟在任

---

① 道光八年，翁心存广东学政任满，除夕泊舟滕王阁下。道光九年正月，张太夫人及眷属由浙归里。见《翁心存日记》第四册，第1854页。

时，从不向僚友荐一长随，矧现家居，但此仆老成可靠，能耐驰驱，且向为王文端、朱文正两家之旧人，尚望特加青眼，派一好差，畀一善地，俾勿老而失所，足感推爱盛情，祷切，祷切！肃此复谢，祇请崇安，老母命笔致谢致候，内子、小儿侍请金安。外，附呈半野庄石刻二种，惟祈澄照。又，寄魏篴生先生札一件，并乞转致。临颖依企，不宣。世愚弟张大镛顿首。三月初一日。

31

前月奉复一函，谅登签阁。比想师母大人安抵都门[①]，承欢侍奉。迓圣恩之稠叠，绵家庆于团栾，引企福庭，载殷忭颂。此间于昨廿日得阅会试题名录，知元在直隶首善之区，固应如是，而吾乡脱科，苏州府亦似寥寥，不知将来状头属何省，斯时定有眉目矣。惠卿留馆是意中事，指日当得佳音，不胜盼切。蒋伯生大令云游满载而归，大盖园亭，闻其上年为令嗣奇男由大挑班改作捐班，另签楚南，此实非浅见所能窥测。家乡各绅陆续作古，阵雁发凫，同深一喟。每念三十年前老辈居乡，如邵松阿、苏园公诸先生及先给谏公，各有典型，今则此风邈矣。弟杜门守拙，惟侃老尚月作一两会。心宇居乡少晤，此外绝少新知，不得不愈思天上故人耳。京中尊寓现在看定何处？已乔迁否？望示知，以便将来寄信。魏笛生先生有升郎官消息否？念念。兹有寄湖北乔侍读一缄，因不知其住处，望即饬记问明，妥交无误，至恳，至恳！顺候升安，并谢费神，敬候合潭福祉，不宣。遂庵二兄大人，世愚弟张大镛顿首。四月二十二日。

---

① 此通当写于道光九年。道光九年正月，“张太夫人及眷属由浙归里，先君自沙井陆行抵京。四月，张太夫人挈全家至，自里门赁屋于石驸马街罗圈胡同”(《翁心存日记》第四册，第 1854 页)。

32

遂庵二兄大人阁下：

敬启者，舍亲鲍麐客先生，老成名宿，久在聪鉴。兹其令嗣名汝霖，附粮艘进京，将为奋志功名之计。惟人地生疏，行囊艰涩，敢恳垂关后进，虚植成全，于其抵都之日，为之荐一小小馆地，俾得糊口安身。然后再徐商进取，或应小试，或考供事，随其才力之所近，酌量扶持，将来得有成就，皆出自奖借之恩，不特麐客先生感激已也。麐客与府中本系世交契好，因向来疏于音敬，未便冒渎。又稔知弟与阁下谊非恒泛，用介一言进谒，惟祈俯允曲照，是所祷切。专此奉布，馀俟续陈，肃候台祉，不宣。世愚弟张大镛顿首。二月廿八日。

33

径启者，侃甫屈君身后家事日非，其令嗣又欠振作，大有久淹之虑。弟与二三同志力为谋地营葬，以尽老友始终之谊。但集腋颇难，不得不代为求助于巨公，可否慨助二十洋？俾速能入土为安，具荷功施无量。弟生平不作讨厌之事，实缘事非得已，又天假良缘，时不可失，且深知大君子与人为善之情，必不咎弟之妄渎，故敢斗胆奉商，倘蒙台允，其款将来即掷交弟处，幸勿送至其家也。肃此布恳，恭请萦祺，统希宥照，不宣。世愚弟张大镛顿首。

34

遂庵二兄大人阁下：

七月十八日接到复缄，具稔台祺介景，即日晋擢侍郎，以慰，以颂。昨敬遣大小儿诣府，询悉师母大人寿履安健，想竹报中自必详及也。承谕悉二小儿在楚情形，具感关切挚谊。小儿此次赴楚，原非弟之本意，第业已错误于前，不得不将就于后。屡次谕令静守安命，恐其才识浅弱，又时有在陈之厄，竟未必能恪遵，且在省寄信回南尚易，到任则阻隔异常，一信动辄半年方到，无怪其稍思活动。弟与少穆先生素非深交，今更分位悬殊，尤不敢妄有所渎。前言虽孤盛意，然登高之呼较易，且无形迹之嫌，将来倘有后缘，仍祈嘘植之，总荷生成大德也。拙诗三章，录呈大教，务祈削正，并候升安。世愚弟张大镛顿首。七月二十三日。韩文公所谓："知其在命，而且鸣号之者，亦命也。"弟自笑未能免俗，惟望知己亮察，倘晤丹林先生，亦并祈一为提及，谨又启。

35

接手示读未竟，已作恶恨。客中不能常聚，读既竟，又觉字字从肺腑中流出，离思益萦绕不已。犹记谟第一回入都，得句云"贫贱如吾辈，别离当少年"。今君为少年，谟五十之年，忽焉已至，不图复不堪若此也。然足下正宜习静自爱，以书消愁，诗用此规，伏祈采纳。昨晚思作五律奉怀，而老钝不能成句。今得大制，首首如四十贤人，乃知寸衷未尝不相印耳。此数日料理故乡亲友回书，少暇即当勉力续貂。明晚能来一谈，妙极，妙极！伻归草此代面，顺候夕祉，不宣。愚兄程定谟顿首，遂盦仁弟大人阁下，侃甫、鹿樵寄声相思。

36

清河西席替人，弟本不肯干预，缘今日侃甫说及星斋，维时鹿樵虽意中另属有人，闻侃甫言，甚以为然，惟恐星斋未惯青毡，其愿与否，难以相疆，是致迟疑耳。弟等同此关切，以为泛泛外求，究不若同乡相好之可靠，且侃甫之意，亦为两徒起见，并非私涉星斋。伊素来不荐先生，专浼阁下拔冗冒雨一行，姑作曹邱。来日傍晚鹿樵自园旋寓，即望回音，但事须妥密是嘱。泐此即候，遂庵二兄大人阁下，定谟顿首。再行。刻有崇文门之行，嘱侃甫代笔，称谓未检点，咎在代笔也。侃甫均此道候。

37

遂盦仁弟大人阁下：

初四夜分，联床话雨，乐甚。初五夜三更有偷儿窥伺，达旦未眠。有此一事，又为初六日大雨淋湿衾褥，故移于花梨床上，而令馆仆以谟以处。讵是夜四更许，轰天一响，西偏老屋两间栋折榱崩，化为一堆砖瓦，馆仆竟未压死，不知何以先能跳出，此中殆有神焉？

尊作“聚”字韵，查《韵府·七麌》中注，又“遇”韵，而“七遇”中实未有此字，想系失收。又十四寒中“盘”字，注本作“盘”，“蟠”字注通作“盘”，谟和“盘”字韵，作“蟠”可否？希裁示之。拙稿十四首送上，乞加针砭。比来心绪恶劣，顿生白须，二茎老境可叹。白云初晴，客怀跃如，晚间能来一谈，豫慰他日离思，幸甚，并带还诗草，谟再求面加商改，然后奉恳椽笔代书，以赠鹿樵。留别阁下者，则谟不能藏拙，当自书耳。草此奉问兴居，不备。愚兄程定谟顿首[①]。

38

遂盦仁弟大人阁下：

九月下浣一椷，与福报并寄，想经收阅。十月望前子廉归，接读手书，语重情长，溢诸楮墨，如面谭于三千里外，愈心恋于十二时中。北望烟云，相思曷已。区区无他祷，惟祷道体胜常，安眠强饭，来岁衣锦归，修拜家庆礼，为慈闱进一觞，尔时阁下当亦怡然。谟归已四十馀日，无片时静坐，所可告慰者，坟屋数椽已与手民讲定价直，冬至后鸠工。敝裘如故，不敢改作，亦不敢妄购，宿逋质库，一概置之。至彭城外姑事，嗣子一说，听松涛议论从缓。薄田数亩，谟劝外姑交文伯、湘舟、仲华三茂才轮管。房屋一所，暂典他姓，其银交长生库生息，每年为外姑零用，将来回赎改作祠堂，大段如此。总之，谟不欲分彭城

---

① 此通二纸，每纸左下角钤“玉玲珑精舍”白文方印。

一钱，非品高也，恐贻累于儿子也。外姑若从谟请，则侍之同赴学舍，否则留次女在常侍奉。

现在蓉溪丈桥梓与宗姓诸多窒碍，且有将军之子同处一家，稼轩先生遗屋不啻荆棘丛中，惟谟心已定，便觉脱然无累，八兼、侃甫、心葵颇韪之。十月十八日京报来，知选庐江训导。地虽远，幸一水可通，且闻学廨不窄，可以课子，即是寒士之福。苜蓿肥否，在所不计，惟未去之前，需用多而告人难，未知明春桃花水涨时能否起身？然亦不为之虑，凡事皆有天定，少迓奉符，又何碍乎？宽以时日，至竟一一可料理也。日来两至府中，见太夫人福体康健，为广文治家之法，仰荷指示周详，不遗纤悉。谨志寸衷，不敢忘属告阁下菽水之资，毋萦游子之念。

华骦哲嗣其家人来云，明岁仍欲附读。朗若大兄恐道远不便，而太夫人于去年附读时，视之若己孙，爱诲兼施。俯窥阁下必有此心，仍欲延之来，并蒙垂问及谟，尤见慈惠之推及故人子也。华骦定衔感于九原，谟五中钦服，亦为华骦戴大德也，子准处早经归结。家乡八九月颇忧旱，今幸于二十日始阴雨数日，农心称快，然青菜犹需六文一斤。（前此一斤须十文。）两郎君聪慧可喜，器宇不凡，可称双璧。师课宽严适中，深合鄙意。华骦之子，据德斋云："大不慧。"而伯母大人云："中人之资，可以造就，惟嫌质弱耳。"小儿从徐师后，略有益，顽钝固无法可施，尤恶其出语不知轻重，性情气质陶染甚难，如何，如何？贱体粗安，足慰远注。耑此奉复，顺请文安，统惟爱察，不宣。愚兄程定谟顿首。（胡寿老成可恃，将来必得其力，胡东洵内举不避亲也。）外，福报一，祈检入。又，芸圃、仰山、范弇、鹤才、菊泉各一函，统求妥致。十月廿八日。

39

遂盦仁弟大人足下：

十月下浣一槭，不日想可收到。仲冬既望接奉手书，如面谭，并不啻置身都中，与诸同乡话别话旧，回环诵之，欣喜数日。昨闻可亭相公莅马营坝工次，足下书斋似可仍归南横街矣，谟于望前两诣第中。此番将福报命小奚送去，一则俗冗，二则恐堂上细询于书室一层，直言不敢，如尊命讳言，又窃有所不安，故十八日又遣小奚代谟问安，并索竹报。稍缓数天，当亲往堂上叩聆慈诲也。章兰台一家已迁金陵，其族仍居庐江，鹿樵曾云不甚相睦。将来谟到龙舒，苟有相遇之日，当奉箴规，决不至不合时宜如往日也。

谟圹屋三间，于廿四日上梁，自抵里后向陶村（郡人，姓沈。）借银饼百圆，又侃甫代谟向常熟亲友借银饼二百圆，度岁诸费及为外姑，谟妇向长生库赎衣，还木与砖瓦帐，均宽然有馀。第来岁何如，正难预料。谚云“置磨于天井，凭天所断而已”。鹤才属觅织婢，族侄蔚章望眼欲穿，得鹤才与有力者（如叔才之岳等人）一书，便有银可为料理，希促之，望切，望切！

家乡十月不少液雨，仲冬十八日又得瑞雪，明年麦定有秋。昔人云“重阳戊遇一冬晴”，此说亦未确。长真寿辰（十一月十二日）曾献一尊，因雨未去，叩祝。侃甫饭吃新沙米，且拟开门受徒，可谓穷则变，变则通矣。葵生急于择耷，今定于廿六日文定。席少韩叔子、（名振揆，县试十一名。）小真、叔才近日未晤，惠钦依艺斋先生极是，但旅费何若，殊为系念。此君非特谟拜倒，即侃甫亦佩服耳。常县试第一，潘孟芳伯子惟恭昭县试第一，薛君子即鹿樵内侄也，匆匆不及多述。草此复谢，顺贺年禧，并请吟安，统祈爰察，不宣。愚兄程定谟顿首。外，又一山一书，亦求饬送，福报一，胡东家信一，均乞检收。十一月廿一日呵冻。

40

遂盦仁弟大人阁下：

二月杪一椷并福报，刻下想已接到。三月廿六日在郡接读三月朔手书，（自常熟转寄来。）顿慰积想。两月来为阁下获隽计，如贮一物于胸,释之不得。此时恨不能插翅飞入棘闱,亲看朱衣人点首,并看主司击节叹赏。阁下之文果不出谟所望,虽彼苍早已定之,而区区寸衷,若为操必得之券也。星斋不为宏农桥梓所动,鹿樵当信我辈,相与超出世俗万万矣。雀才情魔未断,愿阁下乘间以慧剑代斩之,惠钦、菊泉、范弇倘与静涵、子方辈及仁弟同登木天,快何如也!三月十七日侃甫为本生陇西太君寿,是日与子潇、八兼、葵生相聚一日,得剧谈之乐。

子潇捐封为院房书吏,误书从九品,乡人哗然。谟力辩之,近日浮言稍定,谟于廿二日到郡,廿三日藩台验看,廿七日抚军考验给凭。今晚买棹回里,即拟择吉长行,大势在四月初六日也。回思去秋到家诸事猬集,繁变纷纭,几有不克起行之势。今幸托君之福,得渐次摆脱,一一料理,不敢自喜,益以此衷勉之,当蒙知己首肯,匆匆不能覼缕,草此布复,顺请元安,伫盼捷音之至。愚兄功程定谟顿首。此信在郡沈陶村寓斋封寄,不及索取竹报,星斋处亦不及另函,祈致候。三月廿八日。

41

遂盦仁弟大人即会状足下:

仲春既望,得正月廿八日手书,发函伸纸,情谊款挚,喜极而感,曷禁掩面。不即作答者一,足下行踪无定;二,邮筒鲜便。然置弟书于案头,过三日必展诵,忠谋为我,寻绎不厌。弟上有养亲之职,下有课子之责,又不得已而游正,宜缘督自劝,冀天之怜,光大门户,中道光开科状元,以副白头倚闾之望,圣主忠孝之求;吐平生读书之气,为国家辅弼之贤。一缕心香,世间宵昼。庐江地僻,即侃父音问,亦且罕通。西江解录,益无从购阅。立斋高足曾否中隽,足下归期能否如愿,计偕能否裕如,一一萦回于心,不能暂释,恨不得插翅寻弟面谭罄之。

谟去冬送试庐郡,十一月初三日回学舍,金陵五舍侄于初八日来，留之念书。谟占籍昭文，谓教之成人，可保上元祖墓。不意受蓉溪叶丈煽惑，败坏决裂，莫可如何。今年四月送之归，蓉溪丈滋累，更非不律能尽，幸于夏初亦归。自渠等去后，署中一切粗有章程，亦无秽亵语聒人耳。如月下浣送科试，六月初言旋，七月三日买棹送江南试。虽有赔累，然得上祖冢，又得与白门琴水亲族朋好道故浃欢。区区之心，庶几自慰。八月廿四日古舒，此间人士与之高睨大谈，则舌挢然不下。谨从赠言，以制义试帖诱掖之，颇知向学。谟于束脩不责其无，不嫌其寡。与同官交无戏言，无私请，不自亢，不过密。兰台二子同举人签，谓谟必多所获。然谟自伊回籍以来，时以忮求自警[1]。其旧西席徐向在吾邑与谟有数面，昨索兰台谢。谟既不效尤，且为之解纷，故近日似知谟品不陋。

客腊度岁，赖有长生库。今岁居然典质略减。此奉弟教研田，得少腴耳。惟是八月下浣送徐君伯纯（侃甫表侄）归后，家舅氏董兰圃先生、彭城列岳钱芳谷（将军仲子）、无为州广文孙、舒城广文段、巢县广文胡，舄奕而至。加以本地绅袍过从，日众文债，堆积如扫落叶。又自课儿，体倦眼暗，未能少休。欲自披一编，竟不可得。年已疲曳，敢几名贤之风乎？兴言及此，辄复慨然。所可告慰者，外姑无恙，小女能理账目，解习书法。儿子粗知文义，虽寒不号。弟闻之，当亦为家轩眉。鹿樵得观察后，谟去秋曾寄二书，彼却并未惠我一言。传闻前在京邸欲章氏为其仲子援例，未允所请，因亦有嫌。现兰台昆季亦不通消息，屡怪之。

世人结交，须黄金。黄金不多，交不深，不谓黄金虽多，交亦不深。即属旁观，得勿齿冷乎？得勿寒心乎？兰风为我辈中出色人，抱才不遇，客死长安，较荻香、石渠尤为可怜，即华骕亦差胜之。范弇丁外艰后，明春尚不能应试，不知近况何若。星斋悼亡，谟曾寄诗唁之，却未得其回书。惠钦大才盘盘，谟望之如望足下，雀才情丝胶住，近

---

① 忮求，意为嫉害贪求。语出《诗经·邶风·雄雉》“不忮不求”。

犹在都否？菊泉已有信致之。都中诸旧好谭次及鄙人，均为我道相思。兹庐江鲍畹香农部赴都，想弟早经北行，特此布贺春禧，预颂大魁，统希渊察，不宣。儿子侍笔请安，愚兄定谟顿首。辛巳醉司命日[①]。畹香动身尚迟，改托胡君筱涟，伊巢县广文，保举入都，兼应春试。

42

遂盦仁弟大人阁下：

岁尾肃笺，略陈衷曲邮寄，胡筱涟明府计偕之便带入都中[②]，送菊泉转交，想到日在仲春下浣也。兹惟履祥元吉，开辟福门，为戴筐应辉，为养堂增庆，定符虔颂。谟年头略有闲晷，用渊明《归园田居》六首韵，怀侃甫兼及阁下，又咏物七律十二首，聊寄感慨。惜辰下已无暇录出呈政，今岁问字者较去年更多[③]，研田可望稍腴，惟疲易之年，恐精神不足，误人子弟耳。贵同年吴名守义，记同客春明时，阁下曾为谟言，怜其遽赴玉楼之召。其尊甫西峰先生，为庐江第一名宿，品高学醇。谟初莅学舍，即荷其逾格相待，到处说项，生徒之众，实由乎此。令其仲子名守恭来学，不愧都讲。去秋西峰省试，亦出敦甫先生之门，谟赠以楹联云："秋月修缘，钵传两世；春风得意，箕衍九畴。"其意气之得，过从之密，阁下可想而知也。少陵《醉歌行》曰："骅骝作驹已汗血，鸷鸟举融连青云"，请以喻其乔梓，洵千古可匹。

守恭，谟以子寿字之，其标格则秀气冲斗，其为文则如生龙活虎，

---

① 辛巳醉司命日，即道光元年腊月二十四祭灶日。

② 据此知此通写于道光二年正月十九日。参见上文道光元年十二月二十四日"仲春既望，得正月廿八日手书……改托胡君筱涟"一札。

③ 问字，亦作"问奇字"，典出《汉书·扬雄传》，扬雄多识古文奇字，刘棻曾向扬雄学奇字。后人遂称从人受学或向人请教为"问字"。宋黄庭坚《谢送碾壑源拣芽》诗云："已戒应门老马走，客来问字莫载酒。"

捉缚不住，再能敛才就范，功名唾手可得。今侍西峰北行，非特克全其行，而且若栾城求天下奇闻壮观，以知天地之广大，其学当更有进。然其乔梓代有书香，家无铜臭，长安居大不易，谟亦深为筹及。阁下谊留同谱，肝胆若钊，苟有可以代谋者，务恳鼎力为之。敦甫先生前亦希婉转致到。西峰古朴可师，阁下见之，定知谟言不谬。子寿，谟之徒，即阁下之徒，勿以同年之弟相待，一切祈切实教之，感甚，感甚。专此布请元安，统惟爱察，不宣。愚兄程定谟顿首。正月十九日。

43

遂盦仁弟大人会状阁下：

上元节后，静弇辈计偕入都，顺致一椷，辰下想已达览。本月廿二日奉到正月廿一日手书，欣稔元吉考祥，深慰下意。春闱伊迩，伏愿三条烛下，宏放笔花，巨眼主师，击节叹赏，为门第嗣音，为乡邑壮色，为国家舒华，何幸如之！何颂如之！阁下论校官一道，规我以正，敢不服膺？第恐菲才薄植，虽勉力为之，必远不逮古人，我何人斯？敢非非想乎？惟不求多金，足以糊口课子，与士相见，论华而不实之通弊而已矣。

谟诣府中，近日少稀，实缘俗冗拔之不开。昨遣伻去索福报，知伯母大人以下皆安善，足纾系念。（心葵送其子赴鹿城试，兼侃甫属回，候小真、叔才未晤，交差局寄京信，临行时当详细告知。令兄、隺才、惠钦、菊泉均此不另，希一一致意，杏坡目眚如何，念切，念切！晤时希道下怀。）

谟自去秋归到今日，计所获及布置，已过千五百七折之数，诸事部署妥洽。此时惟短房费、盘费两项，且到庐江后，亦需端正，（少许。）日用共计二百金，毫无着落，以致考验领凭，皆未定期，能于三月下浣买舟而行，即为万幸矣。人心叵测，（近在肘腋，防之甚难。）笔难缕述。向以兄事侃甫，一切听之而行，始免窒碍。家乡雨泽，不稀不多，麦秋可望。专此布覆，顺请元安，并预贺大喜，统祈雅察，不宣。

愚兄功程定谟顿首。庚辰清明后一日[①]。(胡寿老健可恃,并为我谢其弟记念,外有渠家书,乞即掷交。)

44

遂盦仁棣大人阁下:

客冬作书奉达后,得邵又函转典廿里铺(俗名木排库)张蔚林丈故居,新正即诣庐江接眷,二月廿六日买舟东下,三月九日回里,即入新宅。道上已患目眚,夏秋间,一家疢病缠绵,至九月初方托庇无恙。屡欲肃启,又以陆而止。十一月既望手书至,喜动颜色,如获面谭。敬悉侍奉万福,钧祉绥康,为慰为颂。以阁下精思果力,振兴厘剔,自必游刃有馀。至士论帖服,则又谟信之,平日断能以公明速时雨之化也。

曩尝论官无大小,称职都难,而尤难则莫如学使者。盖劳甚于内晋纶扉、外擢制府也。谟伺两上官,惟小轩先生良法美意,无一毫稍歉,而又精神充满,明察不遗。若书农先生则已,未惬下僚之意矣。谟弃校官,实万不得已。去夏以十三不可留之说,商之侃甫,然后决计移病。新生贽见庐邑本属无多,部例新更,此最后一层,惟不能静坐,始堪糊口,为谟所不愿,且有江河日下之势,除俸银外无一不然,久之必至全家流落,又彭城外姑知大体,欲归别居。揆诸义理,万不能送之先归。(前此典去之屋,谟用三百馀金。)又恐小儿染习气,不如闲置穷乡为得。其他则士习愈坏,(此健讼与凡为不端者,自惭无德化之。)及门无徒、(前来问字者,皆以游庠而去,地瘠民贫,竟无接踵之人。)知如星散、(此同寅幕友及绅袍有品者。)远来索助、(此虞山金陵亲族。)寒士待周、(此生品而相识者,实难膜视。)应接日繁、(此委员索饭及秋风过客。)家用难减、(此男女役四五人,妄费偷窃耳,目

---

① 庚辰清明后一日,即嘉庆二十五年(庚辰)二月二十四日,是年二月二十三日清明。此通两纸,每纸左下角钤“长毋相忘”朱文圆印。

难周。)送试赔累、(此指乡试他人谋之,以为犹可,谟更难支,亦以亲族。)年力疲曳也。(恐成痟症或鬲症也。)总之,其始以大方做法,役财太轻,以致后难为继。然不如此,则每年常例百五十金,并不能养六载妻帑、仆役。

近接庐江人士来书云,新任符公,年开九秩,步履维艰,皆劝谟速报病痊,即可坐补,惟无悔意,已笑辞之。谟非孟浪者,亦不敢自辩,特阁下悬揣,自未克知其详,不得不抒诚奉告耳。至赴粤相依,阁下固信谟有素,谟亦自信无欺,然小儿必欲延师,家中无人照料,浪费更多。阁下虽赠以多金,亦仍归乌有而已,万难应阁下之招,殊呼负负。辰下入郡谋馆,亦在所懒,即邑城亦罕入,纵妙手空空,而深味从前惠书,教以"坡老治生一啬字",谟谨遵此意,日用以纤俭为主,又课二三徒,少有束修,不足则且与长生库为缘。夫乡居岂无恶习,局赌窝倡,何地无之?而廿里铺则仁里,其大姓读书服贾,其小户男耕女织,又无市肆,鱼肉蔬蔌,皆所罕有,故虽有钱,亦无用处,谟安得不以为乐土?此非牢骚,正以筋力渐衰,蓬门息影,较城中酬应省却十倍,惟知我者深信之,谟亦敢直陈之,否则十三说仍是魔也。一笑!

遵谕不再具手版。肃此布复,顺请钧安,伏惟爱察,不宣。愚兄程定谟顿首。伯母大人前请安,哲嗣读书想已精进,念念。藕香为人,谟已言于数年前,无足怪也,愿阁下以大度置之。丙戌十一月二十日①。

45

遂盦仁弟大人阁下:

去冬恭复寸椷,着胡寿带归故里,交其弟入都面呈,恐犹未达尊

---

① 即道光六年(丙戌)十一月二十日。

听。七月间侧闻典试八闽[1]，以如椽之笔，如月之眼，宏开珊网。凡绩学储宝者，知无不归藻鉴矣。嗣闻又拜视学粤东之命。帝心简在，非徒目前振文风、端士习已也，将来沛霖雨于苍生、富经纶于贡阁，亦从此可卜。定谟与有荣施，何如雀跃！

曩在庐江薄宦，瞬息六年，辛苦笔耕，仅堪糊口。不意今春科试，及门采芹者，共有五人，彼都俗例已补，弟子员即不复从师。又因地瘠民贫，学舍读书已嫌费重，故后来问字者绝匙，致束脩顿减，以至于无再新生质见。向来尚有些子，今则无人肯出一钱，而送试路费及书斗饭食，毫无所著，且明年二月系俸满验看之期，各上房费暨盘缠，非百五十金不可。妙手空空，如何支拄？抚衷自慨无殊，老马若犹恋此微刍，势必全家在是乡冻馁，万不得已，以怔忡引退。现于十一月五日回里，而故乡无寸椽尺土，人情亦不似昔年，家眷留滞庐江，尚俟春间往接。定谟素来不肯孟浪，想蒙鉴谅。有劝投阁下供驱策者，又以儿子读书，亟须自课，辄犹豫不决。可否仰求于所属地方，荐一书院，然亦有损清名，不敢强以必为。但不商之阁下，此心又难免怦然耳。兹因旨隽赴粤之便，肃此布悃。不改称谓，以笃交情；别肃手版，以留体统。敬请崇安，伏惟垂察，不宣。愚兄程定谟顿首。太夫人前请安。哲嗣在念。十一月十七日。

46

遂盦仁棣大人阁下：

五月望奉到正月廿八日手书，仰见文教遍于粤东，风气蒸蒸日上，而犹虚怀若此，古之圣人，亦不过不自满。假阁下福量之大，于此可卜。藉稔侍奉万福，潭祉吉祥，尤盛积想。谟足迹罕入城市，献岁以来，如鹿樵辈与贤子皆仅一见，谟之懒慢何如耶！校官犹隐，诚如

---

① 道光五年五月，翁心存“充福建乡试正考官。……闱中奉督学广东之命，十月抵广州”(《翁心存日记》第四册，第1853—1854页)。

尊谕，第移病人员，例应坐补原缺，日前有相好江君，（庐江矾商。）不远千里来访荒村。江亦学中人，谆劝速报病痊，所费一力佽助，且云士心依恋，不以日久而减。而谟仍婉谢之，盖有鉴梁溪华大令再至庐江，声名败坏。此无他，悉照旧章，无以度日，稍改面目，顿失人望也。若强作将伯之呼，捐免坐补，无论选缺遥遥，即早得缺，较庐江或更不如。人生福命之薄，自审宜细，敢孟浪耶？谟自谓计较太明，非载福之道。纵未成事如泰，岂易逆睹；而欲权且糊涂，则又不能。素蒙骨肉之爱，敢以直告。

吾乡应童子试者，太半浮慕，小儿亦坐此病。是以进境甚难，读长者誉词，为之颜汗。贤子质地厚而秀蔚，自是伟器。今秋明春伫见干云直上，惟谟与阁下十年阔别，欲见无由。云霭雨蒙，其能暂释怀思耶？肃此布复，顺请崇安，统祈垂察，不宣，愚兄程定谟顿首。伯母大人前请安，儿子侍笔请安，五月廿日①。

47

遂盦弟先生宫卿阁下：

二月廿七日登堂拜母，适祖庚他出，匆匆返棹，未布下怀。遥想天旆入都，正春殿从容、天颜咫尺时也。三月九日奉到手书并银饼三十。阁下不以脂膏自润，奚翅宝山空回，而犹分清俸赠贫贱故交，谟不敢以虚词谢，谨铭衷曲。谟年来日用不及横舍之半，惟嘉平西东二事，未免随俗，殊为滋疚。冀将来并此却之，则大快矣。谟初思购物，以报厚贶。继思非阁下俯体之意，不如其已。敬以太半藏弆，为将来老嫂身后之用，俾谟可对先兄于地下。又以其馀为楷儿置书，使之知所自来，加以奋勉，庶不负仁人之赐也。

祖庚与谟为友婿，恂恂执礼，而谟深悉其品学兼优，不愧庭训。异时济美朝端，可操左券。谟虽不多见，敢为阁下豫贺。附呈楷儿近

---

① 此通手札三纸，每纸左下角皆钤“一日思君十二时”白文方印。

作，似知用意，而用笔甚拙。间有素好，因郡县试不列前茅，索观其文，辄谓宜讲时调，进以考卷。谟殊不谓然，前辈名家非无词采声调，苟潜修自励，即终身不青其衿，而书香种子不断，大可以告祖先也。河东与谟、侃甫虑开嫌隙，（丙戌春，为约轩来学未三月故。）而谟不忘旧情，时时自凛。致相见转多世故，然犹两以直言相规。一修城，（丙戌冬。）幸使相斥邑令中止。一纳婢为妾，（丁亥春。）先期告谟，戏言曰："何不纳两妾，名孝娘、忠娘？"坐客梁溪，某疑欲破口挥拳，急拉家弟谱梅远避，谟更以庄语足之。今已数月，秘不使知。其实邑中并谟规谏之语，早传遍矣。

现医家云，纵善自节性而形瘦若是，恐非所宜，（又有一事颇招物议，都中想早有传闻。楠香去年出己资葬其师张双南。一家数棺，其人未可厚非也。）阁下此后寄书河东，万勿将谟书阑入一语，此谟欲慎终始以全交。况河东本吾乡大夫之贤者，成事不说，仲尼垂训，愿阁下俯纳谟言，切属，切属。若城中旧雨谭次，偶及河东，从而尤之。谟固不肯起而辨之，势又未能。此谟懒入城之私衷，自问非曲说也。惠钦登木天后，谟未有一书，懒慢性成，无以自解，晤时幸达鄙意。肃此布复，顺请升安，统希垂察，不宣。日夜顶祝太夫人暨仙眷一路平安。愚兄功程定谟顿首。三月十一日。

48

遂盦仁栘大人阁下：

去冬十月飞来天上朵云，盥手庄诵，倍感慰谕绸缪，并悉阁下亲导崔舆，太夫人起居安吉，焦黄门云，福喜同乐，可以移颂。阁下以天下贤才，上荷主知，特简德傅桓荣，所谓稽古之力，诚哉是言。只以陆陆，未即作答。兹惟阁下入直之暇，视膳而训过庭，两贤子为神仙之姿，而世其家学，双珠联璧，不得专美于前矣。楷儿旧作，仰蒙指示周详，感何可说。近日恪遵大教，制义参读考卷，律赋专模唐人帖括，力戒纤新。然以腹俭心浮，仍无尺寸之效。

谟小隐水村，静闲已惯，偶入城市，必疲曳而归。客腊为次女赘毗陵高生，今春二舍侄猝病而亡。婚丧相接，幸频年纤俭，尚可支拄，谟六上长安于河东，有宾主如归之乐，统计前后八载，此情匪浅。近知二月二日将私自流，饭盂自脱，四日类中。亟延曹仁伯来视，投以重剂，始得少苏。阅数日，仁伯回郡，谟于十一日闻信即过问，偕侃甫力劝啬生、约轩勿惜重訾，再延仁伯，果然日有起色。近则家弟思安治之，大势无妨，医药之费几及四千金。然仁伯云欲清朗如从前不能也，想阁下关念甚切，故敢附闻。

仰山侍郎八闽之行，往返两过吾郡，仅九十里，而谟不迎舟抠谒，晤时希道歉衷。研芬太守于去夏竭力营其先人宅兆，不避隆暑赫羲。乡之人共称其孝，与谟极相得。现虽卜居城中，然究以谟乡居，不能多晤语也。兹敬复数行，恳其觅便寄交。顺请崇安，统惟雅察，欲言不尽。愚兄期程定谟顿首。太夫人前请安，并问两贤子文禧，楷儿侍笔请安。二月十二日[①]。

49

遂盦仁弟大人阁下：

辞违积年，心相知不必言相要也。比惟阁下盛德环才，清襟巨眼，愿今秋使星照两浙，揭晓后得相见欢，更愿贤子发解京兆，嗣美木天。卜他日世为王者师而受其业，俶至卿相，不使东京桓氏独盛于前，何颂如之？谟去年客授，因故生回籍纳妇，仍复家居七月，十二月八日始至禾兴郡斋。未浃旬，而遭舍侄轻生之变，即日还里，冀不永所事而小，有言者纷纷矣。非敢置身事外，而事有万难，不得不避。

今春元宵后仍诣禾兴，三月中赴杭，下浣移寓巨山道观，层楼之下，去地十馀丈，古树廿馀株。俯瞰墙外，居民万家，鸳瓦粉垣，青素

---

① 每纸左下钤“玉玲珑精舍”白文方印。

交错约里许。西湖如镜，卅里十碧，南北两塔对峙，栖霞、玉女、葛岭、孤山诸峰，环列如屏。昏旦雨晴，积变万状，读书其中，真仙境焉！谟何人斯，忽得此福，自谓过分。闲坐静思，辄危惧不已。健饭如常，亡生注念。兹鹤才司马将北行，具申中款，不尽惓惓之诚。顺请升安，统惟雅察，不宣。愚兄期谟顿首。太夫人前请安，三珠在念，龙孙好。四月十四日。

50

勿恃心腹，勿争言词。勿尚意气，勿妄作为。勿热我肠，勿炫我才。勿露圭角，勿合时宜。勿欠圆通，勿涉诡随。勿辨曲直，勿招是非。勿多周旋，勿稍游移。勿受笼络，勿想因依。勿测城府，勿斗心机。勿效刚愎，勿狥偏私。勿生后悔，勿昧先几。勿有德色，勿存腹诽。勿致失故，勿畏吃亏。勿任疏略，勿近嫌疑。处世大难，临事再思。犹有屈抑，或且嘲讥。慎守此礼，尊人自卑。保我方寸，一切听之。

心宇自铭。

51

七月十八日接遂庵先生复缄，极承关切二小儿楚宦情形。因仰体盛意，作诗三章，寄训二儿，用纫挚谊，兼作家箴，录请教正。

无藉于人方我子，虽经出仕尚闲身。从来名宦多迟滞，自古鸿儒出贱贫。立脚须从初步定，择交尤要识人真。自持无过饶亨坦，莫以奔营累老亲。

升沉荣辱妄纡情，清慎勤先观我生。勿急眼前求富贵，要凭心地立功名。看囊羞涩惟师俭，入禄卑微足代耕。幸际群贤开幕府，力芟庸鄙就裁成。（林少穆制军、周稚圭中丞、张翰山方伯，皆当世大贤而同为上司，正志士有为之候。）

若加打骂亦深恩，况复垂青色霁温。（朱夫子云：人家子弟初出仕，须要做吃打骂的官。）时雨育材须待候，春风被物岂留痕。才猷练后声名起，学问通时品望尊。读律读书均致用，从前庭训细追论。（从前赴任时曾以《六部则例》《驳案新编》等书授之，并谆谆以静守为谕。）

世愚弟张大镛呈稿[①]。

① 钤有“自怡悦斋”白文长方印、“镛”朱文圆印、“鹿樵”白文方印。

六　同时巨公书

1

邃盦仁兄大人礼次：

久疏音敬，驰系方殷，忽奉赴书，惊悉伯母太夫人捐帏辍养[①]，感恸难名。伏念阁下陈情归侍，仰荷恩俞，八载欢承，百寮叹羡，且寿晋九旬，诰膺三锡，鸾鹤仙骖，应无遗憾。阁下负士表阡，兹事体大，尚祈以礼制哀，为国自爱，是所祷切。弟系匏迹远[②]，渍絮情深，谨具薄奠附寄，外更撰挽联，用申哀悃，伏惟鉴察，并问孝履，珍重千万，不宣。愚弟祁寯藻顿首。九月十三日园寓。

自江上尺书往还，渺难面觌，频年河海有事，而弟以书生迂拙，厕枢垣司农政，运筹无补，仰屋徒嗟。每念高风，但有愧恧。迩来边务河防渐有端绪，幕燕之警，旦夕难忘，银贾腾翔，日甚一日，漕盐之弊，几不可支。因循则坐坏，变法则势难。齿发渐衰，涓涘未效，有辜厚望，何以裁之？风便数行见示，以慰积思，附陈一二，惟鉴照，不具。弟寯藻再拜。

---

① “(道光)二十五年乙巳……六月，张太夫人弃养，居丧一用古礼”(《翁心存日记》第四册，第1857页)。

② 系匏，典出《论语·阳货》：“吾岂匏瓜也哉，焉能系而不食？”匏瓜味苦，故系置不用。后用来喻作隐居未仕或弃置闲散。

2

邃庵先生年大人苫次：

冬至后五日，接奉素函并大讣，惊悉年伯母太夫人鸾驭仙游，阁下纯孝性成，定形哀毁。伏思太夫人福寿双全，哀荣俱备，鹤筹已逾乎八秩，凤诰叠荷。夫九重帝问齐贤之母，恩许陔华，人钦永叔之门，教传画荻。而且使星两世，门墙盛桃李之班；卿月重轮，黼黻伫棘槐之列。慈徽克永，善庆方长，敬祈礼以节哀，时加珍卫，是所至祷。弟云山修阻，不克躬叩灵帏，谨具奠敬一函，（纹四两。）挽言一联，稍申心敬，惟是鳞鸿罕便，觅寄维艰，不审何时始获奉达耳。专函奉唁，肃请孝安，惟为道保爱，欲言不尽。年愚弟张维屏顿首。腊月初九日。

3

日昨奉到手书，并展大讣，惊悉伯母太夫人锦堂弃养，骇悼曷胜！伏惟二铭仁兄大人名冠棘卿，望隆梓里。荷九重之笃眷，恩遂陈情；慰八载之孝思，躬亲侍养。即此明伦尽制，有以妥瑶岛之灵，尚祈顺变节哀，勿过抱穗帷之痛，驰怀千里。肃唁一缄，叩奠无由，歉怀奚似！惟为国自爱，不尽愿言。世愚弟陈孚恩顿首[①]。

4

珂乡漕务繁难，山穷水尽，实逼处此，不得不勉思变通。前曾谕委员趋谒崇阶，面陈一切，敢乞俯加指示，俾地方有所遵循，公事不至决裂，则纫荷无既矣。手肃载请道安，愿言不备。侍星沅谨启，新正十六日。

---

① 道光二十五年六月，翁心存母亲张太夫人弃养（见《翁心存日记》第四册，第1857页）。疑此通写于道光二十五年夏。

5

二铭老前辈大人阁下：

正殷鹄跂，快睹鸿还，载叨芝翰，亲裁荃箴。渥逮喻治民于治水，界画源流；准良相于良医，洞宣症结。诚以表正则景附，官清则民安，矧当漕赋繁难，率多吏胥朋比，患遗虎养，朽召虫生。辱示肫详，弥觇要领。侍庸庸无似，贸贸然来闵，剜肉医疮之艰，冀摩顶放踵之利，事方创始法未拟，诸般偓急，则治标药何辞？夫瞑眩，倘得需之岁月，尚思渐次廓清，勉矢寸诚，敢期小效。力侔棉薄，极知公悚不胜；派衍芸香，差幸师资有藉。

忆昔乘轺绣岭，曾恪守乎萧规，忝兹持节珂邦，复备邀乎郢削。室迩人远，虽欲从之，亦末由语重意长，不敢请耳。固所愿虔修芜启，敬谢芬揄。小儿杭学步词垣，例投庄柬，附希鉴察，祗敏礼安。春寒，惟食息珍护，引领左右，不尽詹驰，大柬恭缴。馆侍李星沅百拜手肃。雨水后三日。

另笺祗悉侍岁前述职，信宿春明，未及与世兄太史一谐把晤，熟闻行诣清纯，键户不出，行当秉承庭训，翊赞圣谟，皇华之诗，倾听何已。杭儿气禀脆弱，已乞假随侍东来，藉慰含饴之望。过蒙期许，感悚交并，附呈乡会试卷，敬祈法鉴。大柬同缴。二月十七日侍星沅又手肃。杭儿叩头[1]。

6

二铭老前辈大人阁下：

顷倪莲舫至省，持到环章，载纫璪饰。承以漕务之敝下同江河，实由帮费之增，深于溪壑。犀剖电烛，指事切情，竟委穷原，揣本齐末，名言络绎，怡然涣然。我老前辈大人笃棐公忠，勤求康济，念天家

---

① 下钤“芋香山馆”朱文方印。

之供亿，聿著常经；惜江介之菁华，渐多虚掷。本恤丁以输国赋，而国是殷忧；抑藉运以代民劳，而民生重困。必得请于帝，回既倒之狂澜；俾允执厥中，冀更新于沈痼。苠忧在抱，謦欬如闻，庄诵循思，以手加额。

沅上冬造膝，伏蒙垂问南漕，辄以帮费日加，官民交病，敬谨复奏。盖欲禁浮收，必自清帮费；始欲清帮费，必自仓漕两衙门，始诚能吁祈申命，勉矢寅衷。无此疆尔界之嫌，有同力合作之雅。弊去其太甚，省一事即少一事之烦，务急所当。先得一分即受一分之益。斯固飞章披沥，已分为宜，就令越位剌讥，人言何恤？惟是事难兼善，情易中睽。习之久则性以成，理有馀而势不足。顾此十羊九牧，各有町畦；敢云一鹗孤飞，绝无扞格。然而法穷必变，占彼切肤，诚至则孚凛。兹提耳勖，谋猷之入告，遐不谓矣，何日忘？愿忧乐之同民，未之逮也而有志。肃裁鸣感，虔敏礼安，统希谅鉴，不尽神往。馆侍李星沅百拜[①]。

7

二铭老前辈大人阁下：

月之二日奉到环章，备叨奖注。咫尺相望，謦欬如亲，所以不数通辞者，亦知彦方德望，乡国交推，“君子防未然，不处嫌疑间”。仰维道衷，强就契阔，三复手教，感喟同深。伏承动定禔和，语默垂范，诵清芬于石室，教泽无穷；集雅咏于画图，经传有象。推移孝作忠之理，裕调元翊世之规，庭诰阐扬，中外钦颂。先君子以优选校录，留试北闱，一举缘悭，十年羁泊。迨广文藉注，乃奉讳道徂，集鳣之梦未成，赋鹏之伤罔极。方诸鲤对，祗叹茕孤，猥以驽驱，勉随趋步。越五科而后进，蓬岛翱翔；溯九曜之前游，药洲俯仰。石摩仙掌，字拂米颠。光风霁月之间，古香发越；胥水虞山而近，芳讯殷垂。将索小诗，偕登

① “星沅”之上钤“石梧父”朱文方印。

大雅，愿披图而快睹，藉舒芥蒂之胸；俾就正以裁成，敢敛姜芽之手。哲嗣药房太史，灵雨新咏，使星载占。咸知体合颂飏，名标环颋；窃笑官同似续，才逊马班。

儿子杭依侍重闱，韬藏末学，过蒙奖掖，逾切悚兢。舍亲郭南屏以癸未归班，乙酉速化，今二十二年矣[①]。辱同谱同门拳拳注问，益征挚谊，纫佩何涯。附上诗刻二种，聊供省览，知南屏之妹及女，均可悼惜，其遗孤读书侍家，近颇文采斐然，犹足慰百一也。

此间政赋繁窘，久在鉴中。侍夙夜焦劳，背重芒刺，无足言亦不胜言，惟日滋咎戾，徒负云天期望耳。琐缕代叙，虔请礼安，馀属竹芗面陈。统希涵照，临颖詹跂，杭儿随叩。馆侍李星沅拜上。大柬恭缴慈命复谢。处暑后三日肃[②]。

8

遂翁老前辈大人阁下：

前岁三至珂邦，日负重肩，彳亍泥淖，无一时一事堪以告慰，左右亦即忍而不告，然长者兴居，与曩昔勖勉，常依依寸抱也。侧闻道从北发，窃幸皋飏，益赞圣主为天下得人，抃庆无量。顷奉京口赐书，并庄诵先集，尤深佩仰。

侍本力不胜任，近复疾痛侵寻，黾勉支持，芒刺在背。傥续假仍未大适，亦何敢再事濡延？自贻颠顿，老母自去夏至今，颇增衰病，乌私耿结，南望神飞，渥承肫注，谨以附达，强起肃谢。虔请崇安，愿言之怀，不尽百一。频乞针指，临颖钦驰。侍星沅拜上。三月朔[③]。

---

① 乙酉，即道光五年，因疑此通写于道光二十七年。

② 下钤“芋香山馆”朱文方印。

③ 上钤“石梧手笺”朱文方印。

9

二铭先生老师大人阁下：

徐去年西戍过吴，辱执事惠以手书，谆谆以古义相勖，君子爱人以德，岂世俗慰藉之词，何可同日语哉？出入怀袖，资以为身心之益者，半年于兹。第自改役河堧，捧土搴茭，靡有暇晷。拟俟稍闲，覼缕奉答，而日延一日，因循至今，感歉愈难言喻。

伏惟阁下惇行殖学，积庆考祥，上永慈欢，下振薄俗。虽暂远朝端而为功于时者，自大若迩日之畏艰危而占肥遯者，则不知其所以为心矣。徐伊吾之行，本非所惮。前蒙圣慈俯恤，从事宣房。今已决塞，河复仍踵何戈之役，其为心安理得，即与去年赴戍同耳。三复吉人之词，真所谓实获我心者，能不铭诸绅佩！惟值犬羊窜突，势甚燎原。四明一役，竟成九州岛之铸，侧身南望，切愤奚穷，然既远度天山，亦祗得付诸不闻不见耳。“二三豪俊为时出，整顿乾坤济时了”，要不能不望诸栋梁之姿也。玉关修阻，鳞羽浮沉，切勿吏劳患答。惟遥听隆声盛业，即以慰此远怀耳。昨舟儿已赶至工次，随侍出关。承前函询及，并以附覆倚装。手泐奉谢，乞恕稽迓，即祈代请太师母大人寿安，未具全柬，不罪，不罪。壬寅上巳日祥符旅次，林则徐顿首[1]。

10

弟以宿疾未瘳，未报涓埃，遽赋归去，皇恩宪德，徒呼负负。拟在三峰之下，息影调摄。如能托庇霍然，犹当攘臂一出，勉效驰驱也。此后江云渭树，增我离思，鳞鸿有便，仍望德音。手此载请台安，欲言不尽。谦又启。嘉平七日。

---

① 即道光二十二年三月初三日。

11

另示谨悉，中州自迭被水灾以后，继遭旱荒，元气未复，官民俱累。前此倡捐，只为稍竭愚诚。至各属劝捐谆谆，示以机宜，不敢札催，以杜胥役侵渔、藉端滋扰之弊。迩来续捐二万馀两，仍系官捐，出自情愿。清查驿站两项，饬司认真催办，尚无把握。积弊已深，竟难挽回。丰工屡次进占，竭尽人力，仍未堵合，可知谈何容易。南粮为期已迫，闻高宝一带淮水浅阻，已难为力，微山湖一带，另开河渠以泄水势，不知情形，曷敢妄言？惟被水灾民不下十馀万，作何抚绥？

鉴翁现署抚篆，有无条陈，此是紧要第一件，如待弟到再筹，缓不济急。岵瞻才守俱优，各道中首屈一指，惟仍在地方升转，庶可展其才略。何令亦系弟列为超等者，与两司亦熟商矣。手此草草，载请台安，不一。弟又启。清和十七日[①]。

12

另示敬悉[②]，今岁南粮经星使与漕河各上条议，和而不同，农部则执中无权。总之，治漕与治河，均无善策。自清江渡黄后，至山东交界台儿庄，虽系逆流，地势尚平，台庄以北八闸三湾，势如建瓴，（至临清四十馀闸，惟此最难。）兼以黄卫湖正值大泛，浩荡无边，急流如驶，堤顶水深数尺，毫无纤道，人力难施。若遇顺风，尚可催攒，无风则步步吃力，石碑木桩，时时危险，现在首帮大河前入境，如能及早出境北上，则在后各帮皆可跟行，迟早则不敢定也。至铜船由台庄陆运至沛之说，不但车价所费甚巨，湖路皆水，从何行走？立翁才大智深，所议大概如此，只可称纸上谈兵也。周从九已到省，自当留意。此间春旱麦薄，自五月廿后至今大雨叠沛，故嫌太多。目下如畅晴半月，

① 此通与上下两通当是同一人所写。

② 钤有“臣之壮心不如人”白文长方印。

仍是丰收，弟又启。六月廿七日。

13

本月初七日，河南归德失守，（初八日。）贼至南岸（东省交界）刘家口，渡船十馀只，均已收集，北岸兵勇看守，（巨野县去河三百里。）地方官误听土匪讹传，贼已渡河五六千名，通禀各宪，司道不察虚实，转禀星使，因一入陈上惊圣心，数日后竟成子虚，然已哄动远近，人心皇皇。谦在宿迁，于十二日接禀，深冀镇道带兵防河，何以任贼径渡如许之多，不敢遽信。（折内未言渡河。）即日折回，比至中途，又接司道来禀，以为误传。廿二日至曹县访知，并无一贼渡河，缘贼至南岸渡口施放枪炮恐吓，镇台退避，刘道尚未至河边，竟然如此，可为浩叹！

谦所以立主此议者，缘生长河滨，又出差南河两次，素知河流奔冲湍激，与江汉之浩大而流缓者水性不同，且自华阴至江南之云梯关以下，所有船只不及江苏省城十分之三，又散在四五千里之地，如地方官各按所管地面实心经理，一二日之内可以全收北岸。贼有飞智亦难径渡，或又以木筏可渡，则俟其半渡，只用二三百鸟枪抬炮，按准齐放，全可打入河中。凡渡口处用三百兵，可抵精兵数万，只患怯懦无识者，不知防守耳。东省之刘家口可为河险，足凭之一证矣。彼时贼自上游夺占装水烟商船一只，多人摆渡不得近岸，被兵勇用炮立时轰沉，可以惊破贼胆，（初九日即向西南去。）此时闻被（十三日）汴梁兵勇轰死千馀，随退至朱仙镇，托将军、善提军带兵追至，又西窜中牟、郑州，势甚穷蹙，裹胁者多散去，全仗合力剿办不难扑除净尽也。谦又及。五月廿八日。

14

遂盦仁兄同年大人：

兴居多福为颂，委查各件，迟之又久，始能报命，迁延之咎，乞为鉴原。至以管窥天，幸而言中，亦所常有，而当局不察，或以为献谀，致同外间日者之为。此弟所以虚负知命之名，常多索命之人也。吾兄学究天人，试览拙评，当知非媚谀者流耳。两小世兄星盘尚未查会，容再奉上。外，滇生前辈一造，祈转致。此布顺请升安，不具。年愚弟陆建瀛顿首。

15

遂盦二兄同年大人：

前于滇黔途次接到由京转递复书，知前椷已蒙察览，并悉闲居读礼，动定咸宜，颇慰远怀。时以驰驱在道，计程即到珂乡，未克循候。

昨于正月初六日接篆，初八日抵省，正拟专丁请安，适有镇江验工之役，旋奉恩命，兼权督篆，任重才轻，悚惶不可名状。当此之时，诸务棘手，言地方者不思培养亢气，言武事者不思固结人心。虽殚精竭虑，正如举子观场日内，庸滥墨卷寻觅生活，绝不留心根本，殊可叹也。

阁下杜门养晦，望重一时，拟请驱从赴省一行，藉资训诲。想十馀载，别情宛然在抱，或肯见许，恭候示下，当即遣人前迓。石梧在滇谈次，极佩吾兄之高才卓识，窃意惠而好我，必较视石梧尤切耳。肃泐敬请素安，不尽驰仰，年愚弟陆建瀛顿首。清明前一日。

16

遂盦二兄同年大人：

前两奉惠书，情词斐亹，读之感愧。时以公冗纷纭，每一握管作答，辄以他事复辍。来示所谓不言之说，无心之感，真乃摹写特妙，亦足见才短者之纡缓已。紫阳、正谊两书院为吴中作育人才之区，必得贤师，以为多士模楷。乃者兰友前辈年跻八秩，艰于往来，坚辞不就。弟已代筹飰脯，供其耄年著述之资。此席众望所归，实在阁下。两嘱竹香齐年先容，计已达览，务祈嘅允所请，以苻众议而慰士心。正谓自绂堂前辈谢世，秋冬二季仍令致送其家。来年主讲已与石梧议订镜海前辈，如吾兄惠然肯来，则师事友事，弟之受益较多，岂但士林悦服已耶？余另修函启，再行专致。谨先布臆，伏希鉴察，顺请礼安，诸惟为道自珍，不具。年愚弟陆建瀛顿首。九月初六日。

17

遂盦二兄同年大人：

前奉手教，所以为弟虑者甚周，而为时事计者亦甚详，佩感不可名状。时因诸务猬集，以致裁答稍稽。海运本一时权宜，然救苏漕之困，非此并无良策。从前当事不肯涉手，良由利害过熟之故。弟岂不筹及，徒以严旨垂询，至将有腼面目，为针砭平生血性。虽友朋见诿一事，尚不肯畏难，何况朝廷乃定议后？向来中饱之人播散谣言，以致漕帅言之，科道言之，幸而叠次具奏，所言有甚于所弹者，乃得仍从前议，盖办事之难如此。

弟资本庸下，绝不如陶文毅之果敢，亦不如林少翁之聪明。凡事主于简易，而出之则无形与声。虽司道州县日与周旋，有不能测其意之所之者，外间不知，更无足怪。《传》曰：心苟无暇，何恤于人言？只好听之而已。至州县实无好官，即使短中取长，亦竟无可取。本年试折海运，原为裕仓恤民起见，并非专为调剂，地方官涉此重险，然三令五申，责令各按向来章程大加减少。据司道府复禀，总以实在遵办为词，究竟有无虚招，尚不可知。

弟与之约，则以有无呈控为断，不然安能杜前辈之鬼蜮耶？水手资遣本甚繁难，现在责成粮道办理，尚合机宜。此辈不能不多事，但有事则办，亦足以截其馀流，不至与本地土匪勾结矣。缉捕惟此间最为松懈，盈尺之檄，视若无睹，州县积习，牢不可破，亦祇好见案则参，以惩其慢。

至如不分畛域，设法兜探，非但上之所令如此，即下之所禀亦如此，恐不过纸上空谈耳。阁下非公不至，人所敬服。此等事件，皆关地方利害，倘见闻不到，致有贻误之处，尚希随时密示为嘱。岁阑复泐数行，另以阿堵副之，即希察照，敬贺年禧，并问谭第均吉，不尽驰仰。年愚弟陆建瀛顿首。镜海先生已就尊经，明年正谊一席，先请琴翁，固辞不受，现延伯厚宫赞矣，并以附及。

18

遂盦二兄年大人：

台祺增胜，以颂以欣。日昨见邸钞，知世兄持节黔阳[①]，当即嘱何竹香同年先行布达，肃贺大吉。顷接京槭，闻世兄奏谢之时，仰蒙天恩垂询阁下，至再至三，并有何以未出之谕。想见圣主笃念，儒臣方殷向用，弟叨在同谱感激之私，与欢忭相因，谨以奉闻。

此间即有轺车，事属一府三县，当局形同木偶，愧不可言，且候到日查办，如何？本年因河工而累地方，因有灾而累无灾，动帑既难，劝捐亦不易，苟非奉职无状，何以致此？虽至好如阁下，安能为我曲恕耶？现在苏门办理留养，约已万口，绅富好善甚殷，较之外属，略有头绪，然聚集既多，转瞬即届寒天，正可知能否稳洽也。愚之惴惴，手此布贺，顺请台安，并为嫂夫人道喜，不具。年愚弟陆建瀛顿首。廿三日申刻。

19

遂盦年二兄大人：

昨奉还云，多惭藻饰，即稔兴居笃祜，以颂以忻。吴事本难，近则使车戾止，搜求备至，官之不才，诚无可惜。然幸灾乐祸，亦未必不种毒于地方也。弟奉职会状，愧恧滋多，刻以江北勘灾，未便迟缓，竟似

---

① 道光二十八年七月，翁同书简任贵州学政，召见于勤政殿，询问其父翁心存家居情况。见《北京图书馆藏珍本年谱丛刊》第156册《爨斋自订年谱》，第590—591页。

避器而出，亦殊可哂耳。来春膏车北上，当为一筹。游文总候伟卿确信，南汇新调李令，壬辰通门，想已有信请安矣。舟次接得世兄竹报，并以赍上，顺请台安，诸惟玉照，不宣。年愚弟陆建瀛顿首。十一日。

20

遂莽二兄年大人：

淮河两承手教，裁答尚稽，乃以移节金陵，远蒙奖饰。受恩愈重，图报愈难。中夜彷徨，不知所措。现于前月十九日接篆，廿二日抵任。石公先已启行，不获面晤。一切公事，均可敷衍，惟鹾网春运过少，八月奏销，未知大局如何？尝谓两江之难，一营务、一盐务。营务理题可以构思而完卷，盐务典题不能枵腹而成篇。事非百难，谁肯舍此？阁下当有仁教我！已闻抵都时，料理婚嫁，喜气盈门，竟亦无少休息。窃意圣恩不可测，或更乘轺而选士，亦在意中，毋乃转思清福耶？

世兄秋赋何时言旋，请扫榻以待。敦甫夫子精神何似同人，晨星落落，近作何状，便中尚希示我。手复敬贺升禧，虔缴大柬，顺请台安，不具。闰月初八日。

21

遂盦二兄同年大人：

前闻重入三天之喜，欣忭不可名言。时以筹办灾抚，诸务纷纭。贺柬稍稽，莫名歉仄。

江苏大省牧令中自当有人，乃值此雨水为灾，竟尔一筹莫展。弟谬肩重任，既愧无能，又鲜佽助，彷徨中夜，何以仰慰宸廑、俯救民患耶？乡试展至十月，贡院业已修复，不漏不潮，尚属可信。令郎何日自都启行，旦晚应可安抵秣陵。

曩岁例用月饼，其改至九月者，用重阳饼。今岁则用梅魁饼，取“且向百花头上开”一语，为多士先兆。郎君已庚联捷，当足应此祝，盼切，盼切！珂乡被灾颇重，正赈外又捐义赈，恐大司成膰肉，亦不免分甘梓里。江属办法稍异，因地制宜，事理固应尔尔，非有厚薄于其间也。

园寓所定何处，引领澄怀，犹忆巡泮时"宦途至此思蓬岛"之语矣。手此肃请道安，诸惟荃照，不尽万一。年愚弟陆建瀛顿首。重阳日。

22

遂盦二兄年大人：

文祉亨嘉，以忻以颂。本日入闱填榜官卷，则沈颐翁、吴姓翁两公之子，不觉兴阑欲出，然犹候至二鼓而始散。常、昭各得一副车，常且系补换。(原系华亭新拔。)甚矣，阳侯之虐也。赈务限于经费，中丞甚以为难，所喜捐款踊跃，又俱经绅董散放，不涉书吏，或者侵渔略少，"忧国愿年丰"，仍以祈岁为要。生齿日繁，人心日坏。守土者不能挽回，亦属苟禄，惟日夕抱惭而已。

世兄在金陵场，前后见过二次。濒行时约由金陵启行，不知果否？琼林珠树，华贵之品，不以科名为晚也。手此附陈榜录、闱墨各一分，希照入。顺请台安，不具。年愚弟陆建瀛顿首。十二日早。

23

承示领悉，明晨未能趋送，歉歉！令侄阅卷一节，已交钟守致函前去，俟其复信，即以奉闻。手此载请行安，不具。年愚弟陆建瀛顿首。廿一日戌刻。

24

前承手示，以事冗未能速报，然千头万绪，竟亦无可言酬。工事撙节稍严，遂令将军旁生波折，其实有钱江者怂恿为之，欲藉此图获头衔耳。不值一咲，外赉双璧，希察照，馀容再布。

25

遂盦二兄年大人：

景祺增胜为颂，顷见邸钞，欣悉主持麟管，荣梦异常，同谱分晖，曷胜慰幸。滋园以时事大放厥词，喜蒙嘉纳。弟与至堂同深愧悚，凡事衹论成败，何况河工？古人铁合六州，不成此错，今日正复尔尔，然此心可质鬼神，久当共见也。幼章携示尊书，知为簻翁馆席。此件前于公椷内以蝉联具报，想当早达清聪，幸勿过虑。北人不惯食稻，骄吝者请留南漕，正与道光二十七年某侍御奏令江苏采买协济（河南）事同。惟彼仅十万，此则六倍，因虑滞漕而遂弁髦之，岂不可惜？《诗》云："忧心悄悄，愠于群小。"尚复何说之辞？差弁稍抒胸臆，希为赐览，并请荣安，不具。年愚弟陆建瀛顿首。十三日灯下。

26

久不相见，思念为劳，委查之件，本拟昨午亲诣尊斋，面既一切。适有他事相扰，迫不及待，真令人烦闷也。谨将所查大概格局送上，容当觅暇细推，以践前诺。其贵相知一盘，三五日亦当缴还。此中委曲，望为鉴原，即颂遂盦仁兄大人同年开安。年愚弟陆建瀛顿首。

27

委书之件，有玷大名多矣，何以谢？为其另易之绢，乃弟粗心，尚劳问值耶？不图宠赐珍肴，竟同润笔，恐获不恭之咎，乃居饕餮之名，愧甚，愧甚！容日走谢，顺请台安，不具。年愚弟陆建瀛顿首。遂盦仁兄年大人左右。

28

遂盦二兄同年大人阁下：

敬启者，前接奉惠书，兼分清俸，殷勤秉注，感莫能名。猪肝累人，昔贤引以为愧，况万万倍于猪肝者耶？使闵氏处此，其愧更何如？

挚谊拳拳，具征友道。明岁上元，恭逢年伯母夫人七秩寿诞[①]，弟于仲云同年处借读行略，始知国恩优渥，家庆团圆，皆有自来，非偶然也。仉母择邻，开私淑之学；严母闭阁，成东海之贤；陶母截发而士行以才显；欧母画荻而永叔以文传。古来圣贤英豪，半出母教，如吾二兄者，为秀才而文章式于庠序，为翰林而学品达于禁廷。闽中服考官之无私，岭南称使者之有节。虽其平日树立，迥异寻常，然实我年伯母之徽仪，有以启之。报亲报国，今日以文，他日以德与功，将于吾二兄卜之矣。远道未能跻堂，谨与东原同年公制寿屏八扇，遥为称祝，以申犹子区区之心。陆平年伯智略勋猷，当时称最，吾二兄近得亲炙，当有合于古人无常师之义，可羡，可羡！

弟碌碌备员，曾无善状，本月保送御史，未获记名天之位置，庸材正合如此。茫茫大海，不卜究竟如何耳！敝亲钱、蔡两明府皆悃愊吏，倘荷推爱玉成，幸甚，幸甚！肃缄布谢，敬贺莱禧，并恳叱名请年伯母寿躬万安，不戬。年愚弟陆建瀛顿首，腊八后一日。潭署均庆。

29

遂盦老前辈大人阁下：

夙奉兰仪，时殷景企，顷承手教，备荷关垂，敬惟使节延釐，台祺晋畅，遍擢陪都之秀[②]，笃承宸极之恩，引睇临风，曷胜忭祝。承代购貂腿袿并貂袖帽檐，俱已由世兄处拜到，照单收讫，毛质做法俱极合式，且价值较内地为廉，不胜感佩之至。惟以琐务致烦尊神，亲为区

---

① 伯母夫人即翁心存母亲张太夫人。道光十八年正月十五日为张太夫人八十寿诞，故七十寿诞乃道光八年。见《翁心存日记》第一册，第 307 页。

② 清代的陪都奉天，即今沈阳。道光十六年正月，翁心存莅任，“试锦州、奉天，并考试拔贡”(《翁心存日记》第四册，第 1855 页)。疑此通写于道光十六年九月二十一日。

画，心窃不安耳。

侍奉职吏垣，毫无报称，惟勤慎趋公，差事尚无贻误。寓中上下平顺，堪慰廑怀。现出有副宪、通副、理少三缺，约十月中可以御门。阁下开列应升，想不久即有恩命遥临，并喜晤教非远也。肃泐布复，敬鸣谢私，恭请台安，伏惟鉴照，不宣。侍常大淳顿首。九月廿一日匆匆。

30

遂盦老前辈大人阁下：

都门判襼，月管频更，每忆芝仪，辄驰梦毂，前于秋中布达一函，计登签掌。敬惟老前辈大人道履蕃绥，文祺晋毖，被宸枫之渥眷，兆调鼎之先声，引企星云，曷罄轩颂。

侍趋公榕会，报称毫无，所幸时和岁丰，辖属地方清谧，藉藏鸠拙。前以匆匆出都，毫情未展，实深歉臆。兹付呈菲敬一函，聊以将意。伏乞哂存为幸，顺请台安，不具。侍常大淳谨手启。冬月至日。

31

再，大淳出京后，尊纪一路随行，俱极顺适，四月中旬抵苏。比回尊府，想已早经禀闻矣。大淳本任公事尚简，一切托芘平顺，两大府亦极节优待，知关雅廑，谨并以陈。大淳再手肃。八月朔。

32

遂盦老前辈大人阁下：

舟次载奉环章，宛亲兰诲，拳拳之爱，溢于语言，庄诵滋感。伏承远猷辰告，笃眷申厘，九重乡用夙殷，四海公望交属。安石一出，苍生翕然，且祝且抃。侍才质驽下，早知无补于时。比以引疾息肩，藉纾乌哺，诚能婉愉洁养，欢毖慈怀。采薪之忧，自不足计。辱垂廑后进，奖掖频施，顾此孱躯，不知所报。闲居拊髀，恒切激昂，勉副青期，愿以异日。手肃陈谢，虔请崇安。甫卸归帆，人事猬集，力疾祛冗，未尽欲云。统希鉴谅，临颖依驰。侍李星沅百拜[①]。五月十九日。

33

昨承示具悉，必为君图之，勿廑。天雨不及走谢，容面叙，不尽。邃庵少司空世大人。弟孚恩顿首。

34

弟捡拾行装，查有寓中自用锡水碗拾陆件，(每件有盖有座。)未能携带，副以鼻烟二瓶，送呈台端。伏祈莞纳，世交叨爱，故敢冒渎耳。馀容谢教，即候台安，不一。邃庵仁兄世大人，世愚弟陈孚恩顿首。

35

遂盦司空世大人阁下：

彼此往还，未及晤面，歉怅何似！辱荷食物远颁，拜领多愧。蒙谕种种，非卅年世好，岂肯以诚相属？

弟受两朝重恩，惭无涓滴之报，但有所见，必能贡愚，绝不甘自老烟霞，坐视缄默。昨芝农相国所嘱，亦与大贤赠言相同，但惭识见短浅耳。秋风一舸，离绪纷如，从此逖听敷猷，力崇明德，属在交谊，荣企如何？书不尽言，诸惟珍摄倍万，不宣。世愚弟陈孚恩拜启。初九日。

弟已将黑骡一头、半旧丝车一辆，(一切俱全。)送交城内尊宅，驱驰皇路，无任颂私。又及。

---

① 下钤“石梧手牋”朱文方印。

36

匆匆判襼，眗已逾旬，驰系之私，时萦梦毂，敬惟二铭尊兄年大人升恒戬穀，昆履凝华，引睇裔云，倍殷跂念。阁下以有本之学业，乃为有用之经纶，此中佩服深矣。

弟自初八日出都[①]，一路加紧行走，廿八日已抵信阳，诸叨顺适。近日连接粤西来信，知郁林、百色大获胜仗，办理似属得手，殊深欣慰。惟夙叨挚爱起程时，诸务匆促，不及走别细谈，私衷耿耿，与日俱深，所愿诲言时锡，俾有柯循，不以远道置之，是所祷切。专肃手启，聊叙离悰，祇颂迩祺，惟希琅照，不尽欲言。年愚弟邹鸣鹤顿首。付丙。

近以石翁不起，奉特旨兼程前往，只得连夜赶行，约五月廿外可到全州一带受篆也。前月廿四日在许州上言，以通省灾行团练，固结民以为根本。到任后设施大要，不外此旨，识者以为然否？晤时奉托数事，彼此均系为国为公，务乞时时留意。心知无多人，仍望款惠教言，匡所不逮也。又行。

37

遥隔光仪，时殷洄溯。昨于楚北途次，肃递一槭，度已早尘签阁。辰维二铭仁兄年大人禔茵辑豫，茀履延厘，展硕画于荩思，荷殊恩于枫扆。卿晖引睇，欣颂莫名。

弟星夜遄行，于五月廿七日已抵桂林。细询此间情形，象州一股势甚猖獗，屡剿尚未得手。省城团练有龙翰臣、朱廉夫诸君布置周当，闾阎安堵如常，惟防守兵力太嫌单薄。现拟增兵募壮，以资捍卫南、太两郡。群丑仍旧蔓延，自去冬后重兵全聚金田，无暇兼顾。弟

---

① 此通写于咸丰元年，是年，邹鸣鹤继任广西巡抚。参见《清史稿》卷三百九十三列传一百八十，第 11757 页。

顷与劳辛阶细商，令其驻札南、太一带会剿。幸鹤汀相国意见相符，即可拨遣兵将，一同前往分剿也。通省团练之举，粤地过于瘠苦，不能捐赀自办者居多，只得察看首冲、次冲之区，酌给经费，分别办理，总期官与绅民联为一气，通力合作，或可收众志成城之效耳。方今圣明在上，咨儆时闻，而尊兄与台阁诸公，复日以嘉诺入告，悉协机宜，蠢兹小丑，讵足多忧。惟弟识浅才疏，肩此重任，刻深冰渊，所望箴规频锡，指示周详。俾获藉有循守，是所感祷。专泐祇颂钧祺，诸希澄照，不尽。年愚弟邹鸣鹤顿首。六月初六日。

38

二铭仁兄年大人阁下：

抵粤后曾肃一椷，祇颂台祺，度已早邀清览。敬谂荩猷懋播，茀祉繁膺，引睇斋晖，奚如轩颂。

弟趋公历碌，报称毫无。此间剿办贼匪气象，较前似胜。南太之颜品瑶已为辛皆方伯及德镇军出奇制胜[①]，使人割取首级来献。现在颜匪之弟围扰新宁，尚未就擒。

弟已会商节相，添派楚兵五百，省兵三百，星夜赴援。郁林之、凌十八等有仲升制军在高州力剿，弟复添省兵八百，赴郁协助。寇氛尚不甚炽，惟韦逆等自前月杪窜出紫荆山后，我兵前后夹击，屡获胜仗。该匪计穷力竭，遂于十六日乘夜翻山，潜窜朋化，幸平南团练迎头截击，大兵得以赶到，合剿获胜。次日贼众复窜思旺。此股铤而走险，出死力抗拒，致有横溃之虞。(此数日前事，现在乱窜，能歼其八九，兼获首逆，则大幸矣。)然我兵已紧追近逼，不久终就荡平也。团练一事，各属委员办理均能认真，除添壮置械外，颇多增建望楼、碉卡者，

---

① 辛皆方伯，即劳崇光。咸丰元年，邹鸣鹤继任广西巡抚，劳崇光驻兵南邕，与广东军合击，颜品瑶就歼。参见《清史稿》卷三百九十三列传一百八十，第11757页。知此通写于咸丰元年八月二十五日。

亦有续捐多金、另立新章者。即各处堵御贼匪，亦多得团练之力，惟南、太、泗、镇诸府，地旷民贫，非酌给经费不可，已委员随同辛皆方伯设法力办。总以普律办成为主，节相会衔续请饷银壹百万两，乃系先事预筹。一则虑拨解需时，一则凯撤后，非留兵留饷善后，诸大端亦无从着手，故特宽为预备。至各处粮台，俱严饬按月禀报，总粮台核实查销，如有浮冒，立即严参，断不任其丝毫虚假，致亏帑项也。知关荩系，特以缕及。

敷政之暇，尚祈频锡箴言，以匡不逮，是所祷切。专肃敬请台安，伏希蔼照，不备。年愚弟邹鸣鹤顿首。八月廿五日。

南、太、梧、郁不难剿净，而大兵全往韦逆一大股，势不能分。韦逆了，则南、太、梧、郁必了。现在穷促夜遁，似易得手，唯恐剿半逃半。首逆潜踪仍然，了而不了，则旷日持久，何时是了耶？粤西极穷，捐项多至十万以上，而为十分踊跃，终无补于大用，然留此亦稍可补苴也。疾风暴雨之后，继以和风甘雨，是以诸将用命。若再濡滞，则又当济以雷霆矣。数日内能了不能了，是一大关键也。曷胜悬念。疏“远臣得”三字褒，俨与元老并称，惟有愧悚而已。此赐阅而非赏诗，可和韵恭进否？乞示知，恐贻笑方家耳。

学使公明而有内心，异日出色，儒臣也，与不才极相得。此布百请文安，不尽偻偻。鸣鹤匆匆加泐，廿五日灯下草泐。敦甫夫子精神能复元否，乞于晤面时请安，并达近状，又行。

39

二铭仁兄年大人阁下：

日前频递芜函，谅登签掌。昨因贡差入都，复泐数行，祇颂年祺，此时计邀青鉴。辰维荩猷楙树，茀祉便蕃，引企斋云，良殷忻抃。

弟奉职如常，徒形历碌。永安近事自向提军参革后，（官村败后，因病延挨月馀，不得不参也。）刘护提督资格太浅，不足统驭诸军。嗣奉批谕，令向仍在军前效力，适伊病体初痊，揆帅面加策励，令专管北路军务。抵营后极力整顿，训练士卒，俾坐作进退，咸遵节制，已于初八、十四、十六等日，迭次移营，逼近贼巢。现在我军所据之横岭，距永城仅四五里。居高临下，全虏在吾目中，拟即约同乌帅，刻期夹击。

此番南北进兵，声威甚壮，州城定有克复之望也。通省团练已办成十之七八，较十月前更有起色，足资守御，惟军饷一节颇费踌躅。揆帅因各路吃紧万分，不得不以全力赴之。现计兵勇数逾十万，每月军需竟用至八十万外，力求裁减而势有不能，大觉难乎为继。弟与仙舫日夕焦灼，为之寝食俱废。昨已据实与揆帅会衔上陈，谅邀洞鉴。抚恤一事，已择要酌发银两。此事万不可不办，亦万不能全办也。昨得辛皆书，颜三、李士芳各股势渐穷蹙，而隆安戕官首犯凌亚冬亦被拿获，馀党悉数就擒，此则近日大快意事也。知关廑注，特以缕及，祇请荩安，伏希蔼照，不既。年愚弟邹鸣鹤顿首。冬月廿六日。

[付]丙。兵丁壮勇多至十万以外，实川陕军务后所未有者，度一日须三万艮，持筹者安得不焦虑万分、寝食俱废？幸永安近日得手，月内可望复城斩馘。若再了而不了，无论稽诛，太久变生意外，而此粮饷不继一大端，已足令刘晏束手、希文寒心矣。天心悔祸，自可旦夕转旋，而个中人事前之隐忧，事后之极虑，真有万可不去之势。圣明在上，两大数一请为准。士捐虽开，粤中仍准开团练一门，此皆有默为维持者，当局能不心藏心写耶？善后当积废太甚之后，头绪万端，直是无从下手！鲰生迂愚性成，亦惟不避嫌怨，不惜况瘁，尽心竭力而为之已矣。学使明白静细，足征师资有目。现因思恩又有新贼，仅考柳庆二府而归。此间情形之难可知矣。数月以来，计剿土贼、游匪十馀股，都得团练之力，而馀波时起，伏莽尚多，何日能就肃清耶？走笔书此，乞勿为外人道。十一月廿五日漏三下草草加泐[1]。敦甫夫子近日精神何如？谒见时祈代请安致意。又行。

---

[1] 此通写于咸丰元年十一月二十五日。咸丰二年正月初三日，翁心存收到此札。见《翁心存日记》第三册，第849页。

40

二铭仁兄年大人阁下：

前月折弁之便，曾肃一椷，谅登签掌。辰维荩猷楙播，茀履蕃绥，引企斋云，奚如抃颂。

弟碌碌如恒，愧无善述。昨接军营来信，知乌、向二帅移营，近逼贼巢之后，连次进攻，贼于土墙内施放枪炮，并于墙外多设暗坑地雷，令我兵不敢近墙。百计诱之，大队总不出战，胆甚怯而计甚狡，故半月来只能小胜而未能攻破。向提军来书云，贼众坚壁固守，势难力取，只可以计胜之。现在使相因军务万分紧要，已于十八日移节荔浦，就近督剿，并拟径赴永安城下大营，亲自督阵。就大势论之，攻围如此紧密，城无不破，所望丑类净绝根株，不致死灰复然，则粤西生灵之幸耳。

续拨军饷据各省来文，陆续总可到粤，惟十万之众，每月用至八十万外，就令全数到齐，仅敷两月用度。腊底正初应再续请，此事弟与使相暨仙舫方伯等万分焦灼，为之寝食俱废，但有可节省之处，莫不尽心筹划，即如壮勇一节，南太因隆安各匪平定，即裁去一万四千名，梧、郁等处亦裁去数千名，惟永安毗连各属，正在防剿万紧，不敢松劲，因亦不敢裁撤。此外各项费用，实无丝毫浮滥。

弟念帑项万难，上廑宵旰，故每值局员禀陈请饷，即为五内难安，而事会逼迫，无可如何，惟有殚竭血诚，期无员高深之委任而已。知关荩系，特以缕及，敬颂台祺，诸希爱照，不既。年愚弟邹鸣鹤顿首。腊月廿一日。

中秋节前新墟围迫，即望竣事，乃官村大创、永安失守，已出意外。迨十一月中，向帅复振军威，近逼城下，刻刻有擒渠埽穴之势，均以为旦夕可了，乃困兽敢斗，所党难携。至今日，胜仗频闻，破城未见，虽近在省中者，犹觉心讶，况远处数千里外者耶？然节相之尽心体国，诸帅之努力图成，实为弟所目击。此贼苟延残喘，破灭只在目前，惟恐获半窜半，了不全了再延时日，多縻大帑。此则不才所切切心忧者耳。军饷用至八百万外，此岂始念所及。每值会衔上达，辄为寝食难安，然用所必用，节无可节。此则中外所共见者。十万兵壮，聚已三四月之久，费用安得不巨？惟有饷税苍苍，刻期竣事，否则大难言之矣。团事十成其八，善后稍有根柢。此则半年来舌敝唇焦，仅此可以自慰，兼可慰我心知者耳。匆匆书此，幸勿为外人道。廿一日草泐[①]。

41

二铭仁兄年大人阁下：

正月底接奉环章，并读手谕，备承廑念。南陲代筹军饷，不分畛域，具见公忠体国之忱，溢于楮墨，曷胜钦仰？昨阅邸钞，欣悉渥膺简命，晋秩司空[②]。逖听之馀，无任忭庆。敬惟泰祺遹骏，鼎祉延鸿，钦倚畀之眷隆；经筵入赞，盼调和之泽溥。纶阁荐登，引企台衡，弥殷祷祝。

弟如恒奉职，祇益薪劳。粤西入春以来，连阴四十馀日，几于无日不雨。永安各营久在尺许泥淖中，势难开仗。间值晴霁，开仗无不获胜。贼以厚垣深濠自蔽，密排钉签，我兵无从近攻，然围困已久，其实十分穷蹙。据迭次拿获长发贼匪佥供，贼营经我兵围困，断绝接济，食盐、火药早已匮乏，贼众皆淡食，惟头目以上乃准食盐，铅弹则系捡拾官兵打入贼营者，硝则用墙壁陈土熬煎等语。弟自去秋永安失事后，即饬附近各州县处处设卡，专防接济，严札谕函至三至四，获

---

① 此通写于咸丰元年十二月二十一日。咸丰二年正月十八日，翁心存收到此札。见《翁心存日记》第三册，第852页。

② “咸丰元年辛亥……十二月，迁工部尚书，署经筵讲官”（《翁心存日记》第四册，第1858页）。司空，周代为六卿之一，即冬官大司空，掌管工程。后世沿袭，至明代废除。清时，大司空为工部尚书的别称，侍郎为少司空。

犯多起，均即正法。

春初复与揆帅严饬各属，率同绅士，将永安毗连各邑边界联成一气，不独隘口查拿，即小路僻路以及樵径仅容一人者，概行设卡梭巡。贼党智尽能索，复经官兵更番迭击，竭力环攻，遂于十七日丑刻乘雨夜遁，由古束一带东窜。我军登时侦知，立即分兵四路追剿。十八日乌军追及于古束山下，杀毙贼匪二千馀名，积尸如阜，涧水尽赤。生擒贼妇千名，并获首逆洪大全，即所谓天德王者。该逆全股均在古东、仙回、龙寮之间，进退失据，当可得手痛剿。弟得信后立饬附近各州县，督同团众搜捕逃匪，并饬姚廉访入城安抚，正在赶办一切。因思群逆踞城半年有馀，凶悍异常，深沟高垒，抵死抗拒。倘非各军昼夜逼攻，该逆实在穷蹙，安肯甘心逃窜、骈首就戮如斯耶？惟刻下窜动之后，馀孽尚多漏网，兼以南太甫定，伏莽仍多，而梧州艇匪猖獗。虽派劳方伯移师督剿，尚未赶到，贼势亦在未定，必须俟永安大股全歼后，将各郡馀寇一律廓清，始可筹办地方善后诸事，容与揆帅详细筹商，次第兴办。知关荩注，特以缕陈，敬请勋安，祗贺大喜，统惟蔼照，不备。年愚弟邹鸣鹤顿首。

十九日之变，真出意外。功败垂成，大堪痛惜。大震之后，风鹤皆惊。弟意非仲升、辛皆两君合力助剿，恐难了此。然揆帅布屋栖身，风雨交加者，已历四五十日，此心实可质之。（近日头眩又作，不能多助之，悲之。又行。）皇天后土而无惭者也。续拨军饷如东省捐输、海运节省等项，断断难解，而存艮仅止四十万，可供廿日粮耳。可怕，可怕！廿一日加泐。

再启者，正封函间，续接永安廿一日来信，知十九日我兵乘胜进剿，遇伏失利，闻之骇然。此次贼匪东窜，地险全失，满拟日内即可聚而歼旃，乃因各将猛锐深入，又值山雾迷漫，致中奸计。伤亡镇将数员，（[亡]公皆健者也，可痛之至。）兵械抛弃无算，诚属意外奇变，不胜浩叹。惟目前贼匪全股尚未出山，我军虽败而精兵健将前截后剿，犹足制胜。

弟得信后，防贼窜出昭平，或与梧州艇匪勾结为患，当即飞致辛阶方伯带兵星夜遄行，赶赴梧州，并飞咨仲升制军多拨兵将，由封川江口来梧协剿，而于昭平等处山隘，则专责张、许两观察极力严防。如旬日内贼未窜动，我兵坚围已定，困贼久住山中，粮草必尽，尚可歼擒。不才力所可尽者，如斯而已。谨载附陈，统乞涵照，弟廿二日加泐[①]。

42

二铭仁兄年大人阁下：

自三月初逆贼攻扑省垣以来，日筹防守追剿事宜，无片刻暇，以致未遑裁候为歉。敬惟履绚辑瑞，泰祉延厘，引企光仪，莫名抃颂。弟军书络绎，栗六昕宵。此间省垣被围，以及贼匪逃窜情形，业经历次上陈，想论道之馀，定已详悉梗概。当日兵勇全力专在永安，省中只留防兵千名，闻报两日后贼已到城，仓卒变生，阖城震动。若非庙谟广运，向提军间道赶来，真有不堪设想者。迄今痛定思痛，犹忆二月廿九日贼匪飞越而来，即在文昌门、西门、南门拼命攻打，并于相距咫尺之象鼻山上安设大炮，紧对各衙署，日夜轰击，炮子如雨，抚署大堂、二堂都被打损。嗣因各路援兵陆续赶到，于北门外扎营，以通饷道。丽泽门外扎营，以为各营出战之地，屡获胜仗，时有斩擒，而城中各团巡查街道，迭获奸细，不致乘机内应，民心藉以稍安。然每逢阴雨黑暗之中，该逆多架云梯，向各城迭起环攻，应接不暇，几几变生意外。幸守城各镇将弁兵俱能奋勇当先，始终出力。每乘扒城之时，多用枪炮巨石，竭力抵御。该逆等计无所施，忽于三月廿七四鼓后，推拥吕公车多架，向文昌门南门攻打，而城上早经得信预备。群逆拥车近城时，即抛掷火罐，施放枪炮。立时毙贼多名，并将吕公车烧毁，人

---

① 此通写于咸丰二年二月二十一日。是年三月二十一日，翁心存收到此札。见《翁心存日记》第三册，第 869 页。

心大快。嗣经秦、常二镇及壮勇张钊等，连获胜仗四次。四月初二日丑刻，忽报该逆乘夜由海洋坪向东北逃窜。不数日，复有兴安、全州之事，虽经各军奋力进剿，两城甫失旋复，而地方之被其蹂躏，官民之受其荼毒，实已不堪回首。

弟于兵事素未阅历，偏膺重任，督率文武各员，昼夜竭力严守，为之寝食俱废者三十馀日，实在心力交瘁，且贼踪未定，回窜可虑。解围后，防守必须加严，昼夜仍难歇息，是以眩晕痰喘旧疾经此番奇险之后，近日更觉增剧。伏思弟渥荷天恩，骤膺疆寄，当此寇氛未靖，正思图报涓涘，何敢妄冀安闲？现在延医赶紧调治，以药抵病，每日连服两剂。倘能从此小愈，勉力从公，不致旷误增咎，此则私衷所日夕默祷者也。

揆帅现驻省中调度军务，近报自全州退出后，我兵四路夹击，大获胜仗，炮毙首犯萧潮贵，而冯逆、罗逆亦受重伤，大有歼灭之象。劳辛阶统领进剿之军，奋力前进，必能得手。姚石甫委办赴兴全一带，办理安抚事宜，吴仲铭、严仙舫则留城，坐办军需要件，均能不避劳怨。一切得力，惟望么魔穷寇指日削平，苏民困而慰宵勤，则如天之福矣。泐此奉布，即请台安，统惟荃照，不备。年愚弟邹鸣鹤顿首。敦甫师近日精神能渐复元否？收到堂额，腕力仍足，即当肃谢也。又行。

再启者，不才三十三昼夜中寝食不安，晕眩屡发，危极得全，真属万幸，现有要事、要言两端，不能不为知己告者。到任一年来无日不以振作团练为事，始之以文告章程，继之以酌奖重赏，又继之以分员力催，官员之黜陟以此分，绅士之进退以此定，经营惨淡，不敢稍留馀力，而各邑各团之以保城堡获巨盗，闻者指不胜屈。麦二、邱二婆、梁亚蚧等十馀股匪势，均极猖獗，竟赖练众之力，获首擒渠，大半歼尽，一切都详揆帅奏报中，历着实效，确凿可据。至二月杪，省城之变，实以数万大军在前抵挡。万不料飞越到省，乃会匪大股，竟以六七千众，从马岭翻山两昼夜，即抵临桂之六塘，实在措手不及。廿六日得信后，以省兵太少，立嘱朱伯韩侍御赶往九塘、阳朔各团，催趱守御。侍御甫至半日，正在集众备械，而逆匪大队到矣。以未经锋镝之乡民，临以数千巨寇新胜之后，势猛力强，何从抵御？其实临邑团众乃翰臣、伯韩亲任训练者，人非不众，技非不习，而党恶太重，时候太促，直如迅雷不及掩耳。若以此谓团练难靠，并以此谓历着实效之团练均难靠，未免受屈。此后大军议撤，酌留兵壮，断不能多，全仗通省团众出力清馀匪而固疆圉，安可使大众寒心解体？此断不敢不据实上陈者也。

至月初解围以后，贼窜兴安、全州一带，距省仅止百馀里。二百馀里屡获奸细，均谓贼因城守甚坚，忿忿退去，仍有勾结匪党回窜攻城之说。而东乡海洋坪大墟险墟一带，西路鹿寨寨沙一带，土匪窃发，大抵受贼伪职，遥联声势。（此四月初二日以后情形[①]，近日土匪多已捕获，其势渐解，然仍不敢解严也。）此肘腋心腹之患，尤不能不虑其攻扰，以是民心皇皇，数百人涕泣环吁，必欲坚留向帅，并留所带楚兵，以资镇抚。弟只得一面遣员分捕，一面谆切会商，乞留向帅，并留防城兵三千馀名，仍前分门守垛，而楚兵千馀名，乃前守文昌门、南门、西门最要最得力者。留此以固根本，以绝窥伺，以安合省人心。若追剿兵壮，多至二万三四千名精锐，如新到楚兵一千六百名，及滇兵、川兵、楚勇、提勇，皆实在能打仗制胜者，安肯止保省城、不顾追贼？且保省、追贼本是一事，不追贼，安能保省？能追贼，仍急须保省，必并重，而万难偏重，乃人人共见者。不才虽极梼昧，亦何致顾此失彼、不知轻重若斯耶？此两节乃现在确实情形。不才苦心系之，粤西安危系之。不才恐远道传闻不一，且有故作吹求者，是以缕悉陈于大君子之前。伏惟俯鉴愚衷，加以明察，俾众论有所折衷，不才幸甚，粤省苍生幸甚。廿六日加泐。危城得保，桂林苍生无恙，已不负三十三日苦心矣！此外何足介意？惟知己前不能不缕陈之一行。又行。

---

① 据此及上下文内容，知此通当写于咸丰二年四月二十六日。

(丙)要事要言两节,宗宗核实,可质天日者也。旧雨知心,无如钧阁,能与寿翁切言之,必可解疑定论。围城中曾有自请统师之笔,(当仁不让,回避不得不然。)号令一而呼应灵,省垣幸保以此,然自此生间矣。上达诸章中句外有曰,咏兄必知其详也。眩疾屡剧,恐难支持。此心惟天可表耳。廿六日又泐。

43

二铭仁兄年大人阁下:

四月杪详致一函,交折便寄呈,度已早登珠记。敬惟履祺绥吉,泰祉蕃厘,引企光仪,何如欣抃!

此间军情想于邸报中详悉梗概,故不赘叙。惟弟自上夏抵任后,无一事不竭尽心力,无一事不万分为难,早作夜思,寝食时废。当公事丛杂之际,耳鸣头眩,不时举发,然得半日静养,即可霍然。及至本年二月杪逆贼围攻省城,弟督率文武绅民,登陴守御,阅三十三昼夜之久,城虽幸保而心力交瘁,旧恙增剧,因贼氛未靖,不敢遽尔陈情。正在进退两难,适以守城追劾怯懦无能,奉旨褫职,得以遄归养病,即是逾格天恩。现已交卸,定期六月朔日由水程回里,(以理去官,此中殊洒然也。)惟是贼众未歼,粮饷大难,局外人时切局中之虑,不免忧从中来耳。此后倘有惠寄信函,请径递苏抚署中,托其转寄本籍,当不致误也。专此祇请谒台安,不一。年愚弟邹鸣鹤顿首。谒敦甫夫子时,祈代递一切。

44

(付丙。)危城幸保,十万苍生无恙。灾临九所,一生中得来即此大端,上以稍答君恩,下可稍安衾鄙。区区一官不足计,又何必辨也。合省文武绅民均谓四将阵亡、全军大溃之后,处处瓦解土崩,岂有数万精壮不能抵御者,而欲望临桂团练抵御得住乎?

(付丙。)四月初二解围时,回窜刻刻可忧,土匪处处应防,(均有案据。)安可不酌留劲旅镇守? 而所派追剿之师,则两提督五镇将前后率领兵壮一万四十名,(均有案据。)皆著名得力者,安得谓追兵太少,贻误事机乎? 此则三尺童子皆知其虚者,然自念身受殊恩,不能于围城下灭贼获首,即是辜恩旷职,夺官回籍,乃其分所应然,断不肯一言置辨,稍负本心也。宿疾缠绵,能于九峰二泉间,闭门养疴者幸矣。知己如兄,或亦鉴其诚而悯其愚才? 草草泐此,维心鉴,不尽欲言,初一日灵川行馆加泐[1]。

危城中自请统兵,呼应乃灵,城之得保以此,而祸不可解以此矣。去官养疴,恰符初愿,若再有意外事,则大不平矣。寿翁前能为一解脱乎,至嘱,至嘱。付丙。咏兄亦可一商也。

45

敬禀者,本司去冬入都,亲聆椝训,并蒙赐食珍储,铭刻无似。恭惟大人鼎座康绥,随时纳福,定符私祝。

本司自去腊初九日叩辞出都,于二十六日行抵王家营,二十七日过河开舟南下。彼时江浙、安徽、湖南、湖北粮艘亦皆衔尾出闸同行,沿途阻滞。于正月十一日始抵瓜州口内,十二日由长江溯流而上,幸遇顺风,二十五日即抵江西省垣。另催船只于二月初一日开行,二十日行抵大庾,二十二日过梅岭,二十三日开船,二十九日抵粤,三月初一日接印任事。窃本司仰承钧谕,奉职粤东,处刑名总汇之区,任缉盗安民之责,材轻荷重,陨越常虞。伏望大人颁赐教言,时加策励,以期仰副栽培之大德,是所祷切。

粤东命案极繁,惠、潮两府民习强悍,多有械斗之事,连韶、肇庆一带盗贼尤横。去岁文武委员会同严拿五六百名,请令者至二百三

---

[1] 咸丰二年七月初九日,翁心存"得钟泉六月二日灵川书,已起程回籍矣"(《翁心存日记》第三册,第 899 页)。知此通写于咸丰二年六月初一日。此通三纸,每纸右上角墨笔"付丙"二字。

十馀名之多。经此一番惩创，去冬今春于大河通衢稍为敛迹，然八九成群，僻地抢劫之案，仍复层见叠出，且被拿到案，类皆直认不讳。似此桀骜冥顽，直无法可以格化，惟有录供定罪而已。再，粤东习尚奢华，民情好博，最甚者，有白鸽标、女番摊、花会、宝字等项赌名，其中良家子弟被诱破产者，不一而足。由赌博而倾家流为盗贼者，亦复不少。本司任事以后，悉心体察，即出示地方，严禁赌博，用以湔除恶习，稍清盗源，但未稔能否有效。

本司重荷深恩，自当竭力尽心，勉供职守，万不敢怠忽从事，有负甄陶。惟自揣才识短浅，任此繁剧。虽刻刻警心，犹恐愆尤交集耳。伏愿大人不遗在远，时锡训辞，至感，至幸！谨将抵粤任事，现在办理一切，先行肃具芜禀，并申谢悃，恭请崇安，伏惟钧鉴，本司宿藻谨禀。

46

（丙）十八年之别，仅得畅谈两时，何能消此大渴也。然尽心君国，独立和衷气象，已得窥见一斑矣。运务欲速仍缓，非漕员所能专，而受责受累，则漕员为重。江右事事赶前，节节阻滞，现在受累最重，为内外所共见者。不才忧心如焚，谨拟速漕新章六则，意在联关河漕三事，为一气通力合作，不分畛域。荷立翁至翁庄翁均以为是。前迹尽化，大约明春必会章上达，得此疏通，当可速运行而纾圣廑也。阁下为经国巨手，以鄙见为有当否？

捐例闻又开矣，能否有益？虽预必也。此间尚无他事，顶上人正在危疑，不日即可揭晓也。汪孝廉于昨日来谒，气味恬雅，文笔必佳。弟处苦无位置处，即当遵嘱，切致饶州胡太守代谋讲席，当可有成也。如有要件，尚乞随时留意为祷，鸣鹤加泐。

47

遂盦二兄同年大人阁下：

年前曾肃贺椷，度尘青览。腊正两月国故频仍，哀恸之声，彻于中外。侧闻圣皇缵绪，率由旧章，不愆不忘，天下幸甚。阁下供职三天，讲求道术，又兼有恭理大差，恪勤可想。

弟承乏金陵，瞬及一载，甫竣赈务，又事河防，无才无财，只增恐惧。窃谓江南第一名区，不知何以至于今日？大抵皆我辈阶之厉也。尚希随时察酌，示我周行，庶几得一分箴戒，少一分愆尤耳。手肃顺请台安，不尽欲状。年愚弟陆建瀛顿首，廿九日。

南斋新拔数人，想为润色太平之用。世兄当已到京，令侄逾年不见，馆地无须远谋，转疏定省。弟每年馈以百金，聊资小补可也。又及。

48

江云岭树，迢隔�壃圻。因冗碌之棼乘，致笺缯之鲜达。秋间接披琅翰，备辱廑怀肫挚，惠示周详，惟是奖借过情，皆非辁庸所能勉副，徒有愧汗已耳。谂惟老师大人侍祺茂迪，潭祉绥和，莱彩承欢，鹤筭长绵。夫爰日蓬瀛，济美鲤庭，又耀夫文星，洵推诒穀之清芬，倍着含饴之盛事，引詹庆裔，曷罄颂忱。

徐艰巨谬膺，本知非据。去春奉命来粤，据英夷禀缴烟土二万馀箱，业经奏准免罪，随饬出具，不敢带烟，切结照旧通商。讵奸夷惟利是图，屡形反复。旋又特奉谕旨，断其贸易，该夷船仍在外洋散泊，观望迁延。虽在粤者，未肆鸱张，而赴浙者，忽闻豕突。

此间办理不善，允宜咎有攸归。昨已交卸督符，尚须听候查办，正不知作何了结。知承关念，顺以附陈，专此敬贺潭禧。并颂春祺虔璧，侍崇谦，不备。侍生林则徐顿首。

再，舍弟霈霖羸病多年，复因药饵杂投，于旧岁嘉平竟以不起，已负门墙之栽植，尚叨函丈之关垂。振触增悲，省循志感。至儿子汝舟，于戊秋告假旋闽，因室人风疾久婴，旧冬增剧，伊侍奉未能刻离，故未进京散馆。今夏送眷来粤，秋间由粤启程而绕道先赴松江，在岳家尚有耽搁，计其得闻近事，或由苏杭折转，亦未可知。知在廑垂，并以附述，又启。

七　程子廉、邵橘泉两先生书

1

程正槩拜复遂盦太史大人阁下：

新正元夕从星斋太史处传示朵云，欣悉开祺多福，瑞集春华，良殷抃臆。吴中入春来雨水颇多，小熟恐未必遍收。辰下尚有局捐可散极贫者，不无小补，然经理诸公亦已过劳，想星斋定详述之矣。

书中系念枌榆，关心旨蓄，曾据退盦筹及。想早驰副绮怀，未敢冒琐。橘泾比部处物件，去冬业耑札开单奉寄，定已代为布置。其休邑馆车辆及伊寓车帷、油幔帐子、窗帘等全副，渠家人未悉原委，可令交出，代为留下。车仍留于休馆，亦可至经手之项，有贰佰馀金，立有票据。此时不便向索，亦不忍向题，且稍缓。看蜀中局景，再行定夺，未识有当否？再，有旧朝衣披肩一付，亦令伊检出代为收下。种荷清心，感纫无既，顺颂吉绥，临颖不胜依溯。正槩拜上。正月二十九日。

又，家莲舫族侄，名大椿，上年五月橘泾曾借伊二百金，系翼帆介绍，上年有信来此，嘱向转询。此系槩出京以后之事，应如何归结，俟蜀中料理人到京，或费神先代一题为托。晤给谏、侍御两先达，希为叱及是荷，侍御前曾有信托之，与阁下同也。

2

去腊西江舟次惠书，领悉一切。比稔春华绚采，凡百如意为颂。

慈舆安抵里门[①]，即日福星载道，竹报先驰，无待琐渎。郎君岁试优等，学养已自不凡，令人企羡，企羡！正榮初拟三月中挈眷来京，因儿妇病牵，现在三儿赴杭岁试，迟迟我行，南薰渐逼，改期于八月初就道矣。

南中风景如故，自去冬迄今，总未得有透雨，未知麦秋何若？退盦意趣依然，渠令似想早已到京，伟卿吉士散馆在即，势所必留。近况奚似，晤期不远，先泐鸣复，承远惠各件，谨一一拜登铭谢靡既。即请遂盦二兄大人吉安，愚弟程正榮顿首上，三月十一日。

外，附布梱一件，祈饬送家春海宫詹收为荷。方兄来京曾托其于四月初代为看定住屋，此信到日想业已定局，正榮现须秋间方可入都，拟竟留租数月，免至七月中又复另找，未识是否乞与方兄酌妥是荷，又渎。

3

程正榮顿首复呈邃庵大人阁下：

拜送星旌，瞬又十阅月圆矣。引领清晖，正殷系仰，凉风白露，鸿雁北来。乘竹报之驰传，荷尺书之下逮。冰壶金镜，朗照入怀。桃李敷春，培到豫章之木[②]；朱蓝绚采，式钦宗匠之门。翕颂西江，褒隆北阙，德星福曜，企与抃并。太夫人京邸安康，阖宅均臻绥鬯。现在郎君辈祇奉娱闱，安舻南进，计律吕晖长之候，正团圆节署之时。八座起居，三台朗耀，恩荣骈庆，允协胪忱。

夏间曾接国录书，礼居无恙。荆州司马尚滞江城，比部气体未旺，酒澜不兴，窘乡固不待言，颇为纡结。学士则犹然健举耳，西安宦

① 道光九年正月，“张太夫人及眷属由浙归里，先君自沙井陆行抵京”(《翁心存日记》第四册，第1854页)。疑此通写于道光九年三月十一日。

② 道光十二年十一月，翁心存简任江西学政；次年正月抵达南昌。见《翁心存日记》第四册，第1854—1855页。疑此通写于道光十三年八月初十日。

兴之佳，真乃出奇制胜。以下界人睨视，觉诸公衮衮，总是洞府列仙。湘坡吉士风引神山，司勋粉署，亦令人啧啧生羡也。

儿辈从侯师游，课读如旧，辱荷殷拳绮注，吉语相期，当益勖其自励自爱，勉副盛心。敝寓眷属平适，正棨公私珞琭，一切以谨慎持之，惟头颅如许，百不如人。夙蒙略分青留，尚冀借箸前程，俾知遵凛，幸甚，祷甚！敕书业经代领，赍交宅中矣。舍表弟候补府经。吴肇基年轻少炼，倘值趋谒铃辕，务求严饬其勤慎勉力，则感佩隆施，如同躬受也。专渤祗请台安，统希察照，顺颂升华，不宣。正棨载顿首，中秋节前五日。

来札具悉所寄箱只，有棕毯包者，有木板夹者，俱无记号。兹由便者先检去一个，未识是此箱否？待过竹醉之辰，趋读三天大著也，容面罄，不一，即颂槎安。期正棨复上，藉呈大人台览。初十日。

4

一昨手示具悉，属致竺溪银两云云，均向转述矣。重午城南少集，曾订叠云，承宣同之绿蒲觞，引紫霞觞，惟惠然肯来是荷！此颂邃盦大人节安，期正棨呈上，廿七日。

5

正棨顿首遂庵大人阁下：

别经半载，系念殊深，维起居曼福为颂，令似春闱试艺，堂批之好，无以复加，四上春官①，鲤庭踵武，当为戍科操券也②。现于月之十二起，偶感伏暑，身热发疹，服药后得汗，大小便俱利，惟两日未进

① 道光十八年春，翁同书第四次入都会试，即“四上春官”（《北京图书馆藏珍本年谱丛刊》第156册《龏斋自订年谱》，第586—587页）。春官，礼部别称。知此通写于道光十八年五月十九日。

② 戍科，此处指道光十八年（戊戌）的科举考试。

米食，神思虽健而气力较疲。昨于十八日，接附折差来竹报，棨嘱其节叙数语，先行禀覆，棨代加封寄呈，免致劳乏。曾确询医家，不过偶然外感，即可痊愈，幸纾驰念是望。至于南中竹报来京，频频探悉，自太夫人以次均庆平安，足慰远注。棨寓俱幸平顺，闺人久病之后，眠食如常，大约可望复原也。顺请台安，诸希涵察，不尽，正棨泐呈，五月十九日。儿子禀笔叩安。

6

接六月十二日发下第一号信，欣悉珂里锦旋，萱闱曼福，引瞻斋采，莫罄抃忱。委寄箱件已于七月初交付王梦渔家人，附太仓帮粮船带南，到时可照原单点收，曾代付过挑力车资大钱柒千伍百文，应找与否？王纪于送到时，必有帐开呈也。醇士宫允甫进南斋，即视学粤东。镇卿以诗句有疵，几得而复失，殊为可惜。叶昆臣清秘不及两年，一麾出守矣。来岁加科之说，传闻甚确，郎君奋翮高飞，计偕宜早也。

子春欲谒其舅氏于保阳，以水潦迟滞，大约八月杪与姚芝亭结伴回南之局，伟卿比部宅中琴川人均已星散，闲饭可以少省，然察其动作，终不免于绌支，豪气使然耳。史望翁病甫就痊，忽然殂谢，恤典甚为优渥。

都门风物，无异于前，漕艘均已抵通，回空亦无虞浅滞。闻南中雨水调匀，秋成大有，良可喜也。正棨京寓一切如常，藉纾遥注，祗此布臆，上颂娱安，统惟荃察，不备。正棨呈上，邃盦大人阁下郎君均念。七月廿一日。

7

正棨顿首遂盦大人阁下：

七月廿三复呈一函，想久邀台览，李纪重阳前到京，接奉手书，欣悉一切，起居八座，养庆方隆。阁下以帝臣王友之尊崇，为桂子兰孙之培植，山中霖雨，天半朱霞，令人骧首南云，胪诚欢颂也。都门风物清佳，米粮亦贱，大僚调动，想协揆书中必具述之二。

闻尼僧庙案，王公有褫职者，皆因烟霞之癖，许青士奉常以曩曾条陈请弛烟禁而降休。现在查烟甚严，冀从此湔除陋习方好，翰编如叶名琛、廖惟勋资俸浅而特简一麾，真属盛事。伯瑜中丞朝天之日即调江右，十月初四出都，精神周匝之至。山阳总宪、仪征相国俱于中秋后由潞河南旋维扬，两尚书先后殂谢，甚为可惜。图鉴堂先生乔梓枉顾驰情，挚谊称颂殷殷。正桀寓中粗适，两儿各从陶星江、邢五峰两先生游，尚知自励，所不堪静忆者，浪游人海，仍如不系之舟，去住无心，居诸坐废，劳人草草，正不知作何成就也。承惠俸糈，已取过四百，其馀据云陆续送至不误，举家饱德，曷罄系私，泐复并叩侍祺俪福，不庄。正桀呈上，公子吉绥，令孙慧祉。子春将成行而未果，近局姚芝亭兄必述及之。儿子禀笔叩安。十月初八日。

8

正桀顿首邃盦大人阁下：

连奉惠函，久羁裁答，即承娱侍增绥，百凡如意为颂。公子天才[①]，果登高第，前程后福，无量无涯。辰下僦寓荒斋，儿辈获叨教益，感系良多，辱荷青垂，定不以饮食起居责其辅亵也。捷音以后事宜，竹报中自可详陈，不复琐渎。

正桀旧恙虽痊而心气总觉虚怯，现不服药，随时静摄，冀可复元。二儿溷迹藤厅，不过范围其趋向。齿芬垂及，颜汗弥增。先此布贺大喜，统俟续申，并望于趋庭时叱正桀叩贺之忱。顺请俪福双安，正桀拜上，四月廿六日。阖第均道贺，儿子禀笔叩安叩喜。外，家言一件，或遣交颜港沿河汪裕顺油行内转交亦妥。

---

① 道光二十年，翁同书"成进士，改庶吉士"(《翁心存日记》第四册，第1856页)。知此通写于道光二十年四月二十六日。

9

正椝顿首遂盦大人阁下：

接第一号信，藉悉侍福俪祺，均臻康善为抃。公子到京日即下榻敝寓[①]，竹报第一函当即面交矣。奉到厚赐，愧无以报，先此布谢，即请台安，不庄。二月廿三日。群公子皆吉，文孙慧祉。

正月十八日示札亦已捧读，所云持家不易，椝即因此日夕悬思，儿辈专力名场，于此事毫未涉历。养生自有一方天，固属常解，然而无田之家，但逐什一，以争毫末，此吾故乡大局则然耳。积久客居而又非琴川土著，不能不虑及于。萍踪七年来，家事之累，只有自己晓得，且亦不得全晓。羁绊此间不得抽身，即抽身，亦于事未必有裨，可念，可念！贱恙不过肝气上越，心血稍耗之由，他人不着痛痒之言，只供墨花璀璨，岂能道着此衷，即崔兄亦语多锦上花也。渠此番山左之行，较浙中易于见长，局气之好，亦由前定耳。另又泐。

10

正椝顿首邃盦大人阁下：

久未奉书，每于竹报中得悉侍福攸绥，良深慰颂。长公子僦寓荒斋，昕宵叨益，惟兴居饮食，未免辒亵为歉。秋闱北雍试者，如张杨周诸君，文艺俱精而不获隽，深为可惜。昨展丁芝庭南来家信，颇虑海波之扬，与福山切近。适竹报传来，藉悉安堵情形，释然胸臆。闻南中水灾颇重，年岁鲜获有秋，觅食游民恐或借端恣肆，是在良有司抚字而镇戢之，方为妥善。

正椝全家羁住京师，时时以南中为念者。北麓松楸，频年旷省，彼处离城较远，兼有数椽祠宇，恐守人玩泄，殊觉牵怀。至若先人之

---

① 道光二十年，翁同书"入都寓子廉年丈邸"(《北京图书馆藏珍本年谱丛刊》第156册《彝斋自订年谱》，第587页)。

湫庐，密迩东郭。虽中无长物，而旁风上雨，大惧飘摇，且前两年屡有穿窬之事，曾札雀兄虚张声势，助舍表侄汪墨仙之所不逮。此后如遇有疑难之处，伏望大云就近有以荫芘之，叩头矢感，无量无涯。

南闱展期九月，令侄暨公子侠君自多得意，伫听好音，红叶黄花，秋深景色，值欢承兰膳之馀，未识作何排遣。朗兄怡怡乐事，闭户课孙，清兴正复不浅，祈致系念之忱。数行布悃，即颂娱安，俪福临颖，不胜企切。正棨拜上，儿曹侍笔。

11

九秋既望，泐奉片函，计日可呈台览。一昨于竹报中接展惠书，欣稔娱陔增庆，吉事有祥，莫名抃企。琴湖暑雨过多，秋禾不无少损，农民之拮据者，待哺方殷。阁下主持乡望，说法众生，俾萃处之鸿嗷，类丰年之鱼梦，万家烟火，一炷清香，祝仁人君子之用心，为乡闾造福，为德门增福，流泽正未有艾也。远人逖听，钦颂系之。

南闱放榜，正值此时，侠君公子诗礼趋庭，渊源有自，未看六朝之秋色，迟攀桂林之一枝，系念与俱，寄声款曲。来翰有酬给饔飧之语，于情于理，似曰非宜，夙荷关垂，幸勿以斗筲相视也。二儿根柢太浅，循例观场，亦以范围其趋向，过蒙藻勖，感愧弥萦。三儿习肄如恒，仍从邢五峰先生游。

寓中一切尚属平顺，贱躯病几一年，辰下渐望复原，来春二月杪例应截取内外，听其自然，拟抽身暂为南旋，未卜能否如愿也。祗此复布，上叩慈安，即颂俪祺，不尽缕缕。正棨顿首，遂盦大人阁下，小春十五日。儿子禀笔叩安。

12

湘坡兄来京得奉片缄，藉悉娱侍曼绥为抃。旋由潘处交到手书，当与比部、铨部共读。比日南中消息，闻秋禾尚称茂豫，而市廛物力或少流通，得能安堵如常，真如天之福也。星斋兄病体想早就痊，此次未及札候,(馀详公子太史札中。)晤时乞为申意。衹此复颂遂盦大人吉安,正棨顿首上。(每月所寄之件,恐不便寄,是以留下。)

13

寄去四月分邸报,祈察收,外附各信,亦望饬交为感。伟翁添子抱孙,足自怡悦,秋水时至,云遣眷属,浮舟南下,宦情落漠,颇觉可怜。神山望见者且然,瓠落更可知矣。归思勃勃,格不得去,如何,如何?即请遂盦大人台安,正棨泐呈。堂上曼安,阖第吉祉。

14

湘坡兄到京,得奉手书,备悉娱庆延绥,潭祺均吉,为慰为抃。委致各信均即分送,裕秀岩司马业经挈眷赴皖,信即托其令兄转寄,当不致误,惟所标仲庸年兄一书,询之方斋、扶山、子春,皆不知,仍祈详示,以便送交。兹寄去敦甫太老师信一件,祈察收。

敝寓以次平适,前月江苏请拣同知,正棨挑列第二,引见未用,馀无善状呈述。即此布请台安,统惟蔼照,不尽缕缕。正棨顿首上,遂盦大人阁下,公子侍福。

15

中秋节夕接奉七月十七日惠函,备悉种种。公子太史下榻敝寓[①],不特儿辈多叨教益,即鄙人亦饫聆讲求,略分言情。凡饮食起居,定不以輶亵见咎,即日束装就道,资斧所需早已部署妥协,远承谆谕,并泐附闻。正棨卅载长安,未离席帽,五花借职,愧说荷衣。每萦风树之怀,篝灯不寐,常懔析薪之惧,诒研难忘。两儿心地尚不至十分陋劣,是在扩其识力,臻于涵养而已。大雅垂青,幸有以勖及之。

---

① 道光二十年,翁同书"入都寓子廉年丈邸"(《北京图书馆藏珍本年谱丛刊》第156册《羿斋自订年谱》,第587页)。知此通写于道光二十年八月十六日。

南中生计，日渐绌支，心绪纷纭，亦无暇计及于此。即欲计及，恐茫无自主也。欲留无味，欲归未决，如何，如何？伟卿比部春风广被，落落大方，受惠者固多，恐自累者亦不浅。子方先生为愚父子所钦服，惜其风疾淹淹，总未脱体，深为驰系。都门风景不异曩时，近日时事，公子趋庭，自可缕悉。顺此又复，并叩娱安俪福，不尽欲言。正榮顿首上，遂盦大人执事，阖第均颂吉绥。八月十六日。

16

寄去八九月份邸报，查收。祖庚太史计日定早成行，南云盼切，伫话阔悰也。敬敏娱绥，并颂潭祺百福，正榮顿首上，遂盦大人阁下。小春三日[①]。

17

正榮顿首邃盦大人阁下：

接小春五日来札，具悉一切，维娱侍曼绥，吉羊如意为祝。属觅房屋，现于大吉巷内代定新盖一所，计每月租钱八千二百五十文。东由菓子巷通车，西出米市〇〇不能走车[②]，与敝寓相去数十武，旦夕足可往还，互相照应。家伙器具，业已安排布置，即嘱李纪纲带打杂于十一月廿七日在彼伺候。该房茶钱及日内两人火食，均经给付，专候公子太史抵都也。正榮寓舍厢房有舍侄来京下榻，其厅房则自己住下，是以无馀屋可以相延，并非别有意见。

现觅之屋，取其新葺，有对照厅两大间，足可会客，有绿屏门隔绝内外，上房三间，厢房四间，似可敷用，虽不能当严密，尚非疏旷。吉

---

① 小春，此处指夏历十月。根据此札中所言“祖庚太史”及上文道光二十年“中秋节夕接奉七月十七日惠函，备悉种种……”一札，此通当写于道光二十年十月初三日。

② 原件“米市”之下即有“〇〇”。

祥止止，攸往咸宜，将来平安竹报中，定缕及之，可纾遥注。

刻有寄复舍甥吴庆云一信，费神代付佛饼拾元，用皮纸包好，粘红签标写“十报联捷”，封入信内粘固，遣送大东门外盐公栈南间壁妥交，向取收条为望。该拾元作钱若干，后信付知，由此间划交药房日用可耳。先此布复，上叩慈安，即颂双绥，不尽缕缕，正檠泐呈。十二月初二日。令侄均贺，诸公子文孙统道念道颂。

18

姚芝庭舍亲赍呈一函，想经台览。瀹房星轺于月之廿四辰正就道，所带从人谨饬有馀。京寓家具，一切俱分贮妥协，竹报中定已详悉。重陔闻此喜信，必为欣然加一餐也。都中自交六月，暑雨不止，辙迹泥泞难走，燕齐南去，未知晴雨若何？驿岸风光，供张周至，自可遥慰注思耳。

虞山来应京兆试者，杨咏春住馆中，苏望之在姚铨部宅课读，两君子年少能文，实深钦羡。敝乡春闱中额较前三科几减一半，来岁届大挑年分，希冀满三百人入场，或可量邀宽广。至敝邑全赖孙鸿胪生色，今不但去官，而且赔项几及三万，其馀食升斗者，内小底外远州耳，视前辛卯、乙未间何相越如是耶！秣陵秋色，群从文雄，燕山桂枝，好与鲤庭桃李相辉映也。泐颂邃盦大人福祺，正檠顿首。六月廿九日。

19

七月廿六发下一号信，于闰七月廿七收到，星轺出京，约走二十站。子久寓中曾得有口信，途中一切平安。兹寄去敦甫太老师一信察收。上年托代付项，因涉手者与彼处微闻过于通脱，是以转折以示界限，无他意也。

委致各处信均已分交比部，外状婆娑，内心周密，每于无字句处见之。吉甫得缺不远，新添之小郎，亦甚结实，总是好处。湘坡已见缺出，月初可补矣。二儿既在都门，不得不应秋试，俊杰廉悍之才，所见皆是，何敢有万一或然之想，况平时本无根柢耶？三儿随例行走，不过如是，齿芬及之，令人生恧。区区鄙私，惟愿其安分读书而已，进取自有根气，不可强也。正桀卅稔风尘，未离蔬餍，强颜留滞，非先人夙昔所期。每念及此，不免中夜彷徨耳。庭下芝兰，秋高听鹿，娱陔餐胜，乐事靡涯，曷胜企祝之至。正桀顿首，邃盦大人阁下。委查天成局六月中竹报，业向取来留下面交，倘留学差，当即寄回。闰月廿九日。

20

新春蒙赐手书，久稽裁答，伏承娱福曼绥，潭庭集庆，以抃以忻。公子读中秘书留馆[①]，是意中事。今果仰邀宸眷，稳住蓬壶，行见玉尺持衡，鲤庭济美，德门福祚，何如是之绵延也！钦佩之馀，弥深羡祝。

正桀软红滋味，尝之有年，殊切倦游之念。儿子局于不甚爱惜之官，迫于不可必得之试，蝇痴蜗逐，鸿去燕来，萦系心情，行止几难。自定未审仁人君子，将何以指示之？承惠参枝正春明三月之交，神思为之一旺，心饫之如同身受之矣。当为珍贮，容缓复陈。舍妹丈休宁诸生项琪家贫觅馆，人甚谨饬，倘有合式之处，尚祈留意及之，感切，感切。专此布颂，邃盦大人大喜，正桀拜上。闰三月廿一日。前托公子侠君转交俞、曹、戴三处执照，定取有收条也。

21

仲春见惠手书，具纫一切，维潭第吉康，诸凡如意。伯母太夫人气体素充，际此爱日舒长，颐养益臻纯固。高年便闭，似有馀之见象。

---

① 道光二十一年，翁同书留馆授编修。见《翁心存日记》第四册，第1856页。知此通写于道光二十一年，是年闰三月。

参苓滋补之品，总宜平日无恙时用之，惟相忘于培助，斯隐裕其神明。曩闻曹乐山翁论及此，周蔼春兄于调理之法，自必素所究心也。公子太史在都密迩寓垣，桨固时聆麈谈，儿辈尤深叨教益。所属日用之需，随时自当挹注，可纾廑念。

上年代给吴舍甥银饼一款，业由此间按正月兑数划缴，想竹报定述及之。姚芝庭舍亲问途筮仕，谨饬勤能。现以运副投効两浙，拟闰秋到省，过里门晋谒时，可以垂询种种，倘蒙有赐以春嘘之处，亦引掖成人之大德也。祗请邃盦大人台安，诸公子侍福，文孙吉祉。正桨顿首上，五月十七日。

22

正桨顿首邃盦大人阁下：

接奉六月中惠书，欣稔娱福有加，百凡如意。舍亲重蒙说项，许遂依刘，万千广厦之怀，令人纫佩靡已。春间传述慈谕，遥寄参枝，自顾何人敢骤邀兹珍品，是以前札缕叙，感悰镌诸心版。辰下公子太史锦旋，不肯带呈，不准固却，只得叩头祗领。伏冀趋庭时，代述下忱，顶礼隆施，惟滋恧悚而已。

正桨珞琭如恒，无善足述，日来气体较前稍旺，蝇痴兔守，情绪纷如，拟欲乘便南旋，而一时未能计决，深为驰系。二儿藤厅奔走，幸免愆尤，然终望其稍解文理方妙。三儿现拟缔姻于毗陵管氏，五年前曾经提及。今夏椒轩先生诖议入都，即行议定，大约冬间可以完娶也。向平之愿，从此释然于胸，所不能旦夕忘者，三峰风树之感，寤寐萦纡。先人老屋数椽虽在近郊，究嫌旷阔，墨仙倘或见所不到，大云咫尺，望随时有以芘及之，不胜纫结。泐此布谢，顺请台安，统希澄察，不备。正桨载顿首，八月初九日。

23

寄去十月、十一月分邸报，望察收。项子山舍亲来札，为明年之馆地，恐不相宜，谆属吁恳留神，觅一善地，祈随时推爱嘘植之，俾寒士欢颜，如同身受也。言归之兴，日夕在兹，心急而足不前，闻者疑为饰说。因忆坡诗所云“我今废学不归山”“山中故人应有招我归来篇”，阁下稔悉有年，盍熟计而指示之也。

三儿已就阁书，据云希冀写官传到，可得甄叙尽先，此亦涂泽耳目耳，究以专志下场，为是千羊之皮、一狐之腋，取舍正宜自知也。岁又将阑，九衢熙盎，望南引领，我劳如何？上祝娱陔曼福，阖第祥禧。程正桀顿首上，邃盦大人执事，十一月廿九日，公子均颂吉绥。

24

寄呈上年十二月、本年正月邸报两分，希查收。顺颂阖第吉绥，正桀泐呈。经筵题“言顾行”，二句“安民则惠”。二月初七日。

25

兹寄去五、六、七月分邸报，祈照收。此颂邃盦大人吉安，正桀顿首。寄请堂上福安，阖第吉祉。八月初三日。

26

前者函商为邵松岑兄即窆之说，适于腊月初旬接得其少君信，随与伟卿比部作札覆之，俟其回信到时，再行奉闻。两信录出底子呈阅，旧雨追维，正赖大云普荫也！即请遂盦大人素安，正桀泐呈，十二月十七日。

27

前探知竹报，欣悉子舍孙枝，藻芹联掇。种遍科名之草，祥征及第之花。福荫炽昌，望风骧首，晖长一线，惟礼居顺摄，潭第安平为慰。承示觅地之说，西山一带，似少宽厚之处，附近北郭亦嫌密仄。窃拟三峰左近，似较深藏稳厚。至即窆时，总以脑樟筑三和土为上，必得筑七昼夜，方为坚凝，坑板用柏树心实骈，较胜用石也。新安葬法固善，就徽郡六属而论，亦有不同。大要彼处土性坚刚，山多林密，风不招而水易避，再加做法妥善，自属合宜耳。辰下草枯木落，正可按步寻求，福壤幽栖，定有天然遇合。祗泐复问邃盦大人素安，正棨顿首上，十一月二十八日，儿子禀笔叩安。

更有渎者，邵鞠泉比部之胞兄松岑闻殁于维扬，灵榇旋虞未葬。一昨与伟卿比部谭及，拟集腋共襄此举。前由公子太史竹报中代陈始末，顷又扎致寉才大令，俟来春集有成说，再行布闻也。正棨又泐。幼谷大令亦有此意，并及。

28

正棨顿首邃盦大人阁下：

久未奉函，惟素履顺平为慰，蜀中邵少君回信，前月杪始得接到。兹特寄呈台览，祈就近嘱托冲友先生妥为料量。倘需用工料有待核实之处，已札致汪墨仙舍表侄。渠于北山一切情形，俱为熟悉，而人夫亦呼应较灵，可转致冲友。所有做工及由西门运至北郭，均可托其说定价目，必不至于浪费。至于攒集公项，现已凑足京平纹肆拾两，约计办理如式，似可有赢无绌。此项亦如数会存汪墨仙处，嘱冲友向其取用可也。

冲友先生处邵少君另有专函，并有致其西街近房信件，乞为转达。耑此布闻，顺请素安，伟兄嘱均此，未另。正棨泐呈，七月初一日。又邵公绳清由蜀寄到一函，统附呈阅，能否办理之处，祈向冲友取一回信，以便寄知，又及。

29

正棨顿首邃盦大人执事：

抠别出都，途次仗芘，水陆顺平，于十月初九日达武昌省城。大水之后，甫经安堵，觅寓颇不易得，租价极昂，幸有旧时熟人代为安顿。征尘乍息,即次粗安。本缺公事无多,前任俱留省当差,或可引以为例。胡扶山兄现署斯缺,带印出省,兼摄帘缺,约十一月初旬可以交印。任事外省,公私一切,素未究心。虽属闲曹,而于应接事宜,恐未能丝丝入扣,私心窃虑,益切迟疑。知荷矜垂,先就大略述陈,藉纾遥注。

黔中竹报驰京,定多佳胜,南闱发榜之期不远,逖听好音,良殷心祝。《顺天题名录》尚未得见,中秋后束装匆匆,曾读过何福恩系兰士先生侄孙及扶山兄令嗣两处场作,心窃爱慕。今闻均已获隽,欣企之至。祗请台安,伏希霁鉴,统俟续申,不尽。正棨泐呈,十月十九日。

附启者,儿子祖诰在都,务乞随时提训。俾知谦冲集益,谨饬从公,至感,至切!即寓中媳妇,究系年轻少练,操持一切,并求夫人随事教导,尤深感系,切叩,切祷!晤湘坡夫子,乞先达下忱。因附主试,发信匆促,后即具禀寄呈蓉洲比部、宝生太史,均先致意,陆、王、吴诸兄亦望致及,切盼佳音。

30

邃盦大人阁下:

春初接奉赐函,恍如复面,尘氛珞琭,音问久稽。际此暑退凉生,伏谛起居曼福,三天侍直,卿月光华,治水明农,迭承恩眷。半载中,每阅邸报,时时喜动颜色,又况翩翩雏凤,视学而晋秩春坊,拔萃则清曹观政。任子之恩,特延世赏;孙枝之擢,喜饫天厨。凡此福曜之骈臻,实望德门而欢忭。今岁红榴敷艳,赓偕老之章,颂崧生之什,未获缀行阶下,躬奉一觞,犹记尺五城南,流连倡和,此景未一日忘怀也。

正棨羁住鄂城,晨辕午谳俗状,殆无虚日,堕落至此,诚由自取,兼以左支右绌,心境冗烦。此曩时未处之境,末由向人悉数,阁下知之有素,细询儿辈,定可得其大略。拟遂抽身言旋,亦复于事奚裨,茫茫寸绪,行止两难。三儿幸进一步,未窥中秘,祖砚徒贻,惟屡接家信，知闻报之后，全仗清神一一为之谆勖，不仅起居饮食，诸荷调排。现经分部，迁途旷日，所不待言。闻其仍充国史馆校对，设遇各馆咨取，未识到部之后，仍可咨送兼充否？务望指示而成全之。至平日京寓往来，稍涉疑似，令其随事禀商，谅不至于外视。相隔三千馀里，吐露心腹，遵大雅命不敢以例柬通。昨接公子宫允六月中札，知星轺驻省，想竹报早驰呈矣，虞山吉第，时听好音。专泐布申谢悃，并致祝忱，统惟涵鉴，正棨顿首上。

31

正棨顿首邃盦大人阁下：

除夕琴川恭闻晋秩司空之命[①]，祥逢春盎，福自天来，引企五云，载忻，载抃！都门吉第凝禧，俪祺协庆，盈陔乐事，胪颂弥殷。

正棨三年鄂渚，兢惕自持，知倦翮之飞迟，决归云之计蚤。曩承手翰，周详谆切，志戢五中。上年小春月杪离武昌，循九江，过新安故里。逗留十日，随泛艇由富春下钱唐，腊月下旬抵琴线芗老屋。前岁颇为水淹，拟稍为整刷，而到家似客，部署一切，似非易易。二儿祖寿题补，温丞调署玉环，离省较远。岁莫来信，诸事尚知谨慎。屡接三儿祖诰京信，知蒙训诲提携，视如子姓。自维谫陋，夙荷优容，更沐隆情，逮于豚犬。仰乔柯之普荫，俾小草以向荣，惟勖以奉职公勤，持躬慎密，冀无负培植矜全之至意。公子戎部雪中馈岁，稠叠殷勤。兹乘趋省之官，泐陈感系。城南尺五，神与俱驰，花满长安。愿春风之披拂，恩敷纶阁；盼瑞应之声音，虔祝鸿禧。敬请台安，统惟蔼鉴，正棨谨启。

黔中竹报时通，知臻如意，公子比部读律之馀，定多著作，欣羡之

---

① “咸丰元年辛亥……十二月，迁工部尚书，署经筵讲官”（《翁心存日记》第四册，第 1858 页）。清代，大司空为工部尚书的别称，侍郎为少司空。知此通写于咸丰二年初。

至。楚北局景想入都者，随时述及之中，远调汉阳，益增之累。吉甫未能节饮，且闻有为宰之念，似非善策也。正檠附呈。

32

十、冬两月连接手书，鹤兄并述及种种。快悉仁弟大人侍福无量，潭祉绵绵，受业者踵接，而南昌之游一成不易，锺篆之重，霄汉为低。然南昌不过一年之局，未识何时自常起程，喆嗣同去与否？便中尚祈示知。可亭阁师有明年乞休之说，圣眷尚为优渥，惟门前稍冷落耳。

惠兄业已引见，现又得一高弟，即程艺斋前辈处设帐一年，旅费可以无虞。鹤兄现已移寓城内，旧桥柳絮，未免牵情。兄虽略讽微词，已觉许多窒碍。吾弟致东兄信时，将此事责成之，当有効也。

家严近已题升邛牧，而百孔千疮，万分竭蹙，使六十以外老人受此窘迫，情何可忍！是以送眷来京之说，只得中止。而兄在京用度，亦觉月月过年。每思吾弟坚忍之操，直令人五体投地也。兰风窘况如常，而病况甚惫，奈何！近虽略有起色，而有馆不能往就，天之厄之，无乃已甚耶！

都中近事，一切励精图治，而捐班日益委顿，大工已报合龙，并报河清。明春三月仁宗永安地宫之日，（廿三。）五星聚奎，想里中亦有闻也。兹因钱春台大兄回常之便，泐此布贺春祺，不具。愚兄邵曰诚顿首上，遂盦仁弟大人足下，十二月廿日。

朝考仍是高桌挖补折子之法，仍如厚卷手法，用刀以愈轻愈妙，后面用本色纸，（亦须刮薄。）以唾补之，以手指按干为度。吾弟如今晚明早能来大妙，以敝骡疲乏故也。即颂遂弟大人朝元，愚兄曰诚顿首，翁老爷。鹤兄顷到敝寓，望吾弟即来，又行。

33

今日如何得意，兄尚未走贺，想谅之也。子方定十五日出都矣。

兹有兄旧人赵城，现无枝栖，吾弟能推情用之为幸。（接考尚能。）此承遂弟大人殿撰元福。翁老爷，愚兄邵曰诚顿首。

34

［兄］须迟日方能走贺，以贱恙尚未脱体故也。今日引见想已圈出，祈示知。前借去银台，兹有考差者，发交下人是荷。此颂遂弟大人馆安，不具。愚兄邵曰诚顿首，翁老爷。

35

两日不得实信，盼望之。至顷阅全单，不胜大喜，兄草草涂抹，失之懵懵，吾弟继起为振兴之，大为吾辈吐气，然得之难，守之亦不易。山在虚无漂渺间，过海方真神仙也。庶常守方如处女，勉之，勉之！馆选录一本附去，吾弟分得后发还可也。此颂遂弟大人留安，不具。愚兄邵曰诚顿首。

36

米票收领，其仆尚须稍迟，想鉴及也。小砚一方交去，刀子俟一二日磨好，同靴页一并送上。有人用紫檀木片掭笔，写字更光，曷不试之。即颂遂弟大人馆元开安，不具。尊老爷，愚兄邵曰诚顿首。

37

翁老爷，愚兄邵曰诚顿首。砚工昨日想到尊处矣，兹鹤兄来索和合砚及刮刀、靴页等，祈检付下人是荷。其礼书等物，亦祈检付，其原字一并附去，侧理纸诗题就否？祈代求者得一并书题为妙。此上，遂弟大人史席。

38

近日贱恙小发，明日敦甫师处断不能去矣。奠敬一函，祈吾弟大人代致并不能亲送之故为荷。此颂开安，不具。翁老爷，愚兄邵曰诚顿首。

39

风带、荷包收入矣，何同年处帖子一分，即前辈一人名辉俊，三个晚生，一年侍生，候叶唐寓青厂周健堂先生处。寓中前辈甚多，日内去甚妙，晚生三个，年侍生一个。此后与前辈书信称呼用晚者，晚用侍者，侍不得加馆字，以馆字非出衙门。后大老前辈，或七科或十四科，不便用也，此说再参之，尚未走答，歉甚，想不怪也。即颂留安，不具。愚兄邵曰诚顿首，遂弟大人馆元①。

40

鹤兄又来索研及刀，望即交来人是荷，礼书一并交下，侧理纸册页即恳望之先生及吾弟一题，万勿再迟为荷。再，卫州女侯系何朝典故，祈查出示知，鹤兄为考急矣，竟漠然不过而问耶！即颂早安，不具。愚兄曰诚顿首，遂弟大人研此。前代求法书单款者，如已挥就一并交下。

41

侧理纸册页并手示，浣诵之馀，不胜倾折。松滋侯都中绝少佳者，墨客中兄又少认识。吾弟如觅此物，宜照白昼抢夺律，方得上等。(墨客中无佳者，只可于相好中求之。)兄现所存者新而胶重，不堪用也，一二日内当检出二笏奉上。同乡考职者有六七人，惟知鹤兄、云帆取得，馀人尚不知也。史二兄册页附去，此上，二铭仁弟大人史席，愚兄曰诚顿首。

---

① 此纸左下角钤“清华侍从”朱文方印。

42

前日走候不值，兹有卢南石师雪诗二首命和。兄久不作此，猝然为之，都不合拍，祈吾弟大人拨冗代为一挥。非兄懒惰，实恐贻笑方家，想能原谅也，且为时不宜过迟，能一二日内方妙。吾弟正当吃紧之时，兄亦自知不情之至耳。耑此布恳，即颂留安，不具。愚兄曰诚顿首，二铭仁弟大人史席。望之先生已于堂上见过矣。又行。

43

数日未晤，惟馆学精进为颂。顷晤汤世兄，嘱兄觅吾弟殿试策字，再三言之，祈发交一本来否？则当用萧翼计也。侧理纸册页如已题就，即交下人带回，兄致星兄信一件，祈于潭报中寄去，条幅一张，程信一件，检入是荷。即颂遂弟大人留安，不具。曰诚再拜，翁老爷。

44

兄自罡风吹堕后，即于客夏售与赵蓉舫同年矣。其价八十金，已陆续付竣也。此物在所必要，兄当为代谋之，何如？此颂开安，不具。曰诚再行，尊老爷。赋二种藉上，馀检得再送也。又行。

45

正拟耑人送去，适接来示，当遵即送至庙内恭候矣。妙光阁静心和尚前已坚订，正讶近来何无消息，祈吾弟就近饬纪一询，或杭州帮回空稍晚，亦未可知，或不致误事也。馀俟面谈，即颂开安，不具。曰诚再拜，翁老爷。

46

前承询及种种，因须探听明碑始行奉发，是以稍迟。顷又接手示，并舍侄孙回信，上劳伯母大人移尊俯视，感何可言！祈寄竹报时代为叩谢是祷。米票可售十六千大文，(侯、叶、唐等所买之价均同，恐不能到十八千。)未识能多售否，或交兄处代售亦可。艺斋丈于本月廿一日寿期，卜宅尚未定见，以杨宅究竟太逼，贱眷来时断不能合住也。近日吾弟烘研作书，颇觉累事否？一二日内当过访，再面叙一切也。此上，遂弟大人史席，即颂馆安，不具。曰诚顿首。

47

鸟报好音，蓬山首冠，兄之郁结一旦发泄矣，大快，大快！廿日言十叔请听戏，(是思豫堂否？尚记不清。)断不能辞，并嘱兄重邀吾弟同往，何如？刮纸刀想已带来，即交去手，并吾弟一把亦交下，缘有人立等应用也。此贺大喜，不具。愚兄曰诚顿首，遂弟大人馆元。阁下到寓，祈即饬纪将刮纸刀发下，小砚亦借一二块来，又行。

48

径启者，橘泉处铁门官房闻近有方君欲谋卜居，适敝同年候补学正，许四兄璇来说，渠数日前曾往看屋，意欲得之，嘱弟力为作成，无俾他族云云。弟至今尚未至艺斋前辈处请面，务祈二兄大人于中商酌，能必成为妙。所有顶手月租一如原数，初六、七间交银亦可。匆匆代面，即请遂庵二兄大人安，愚弟制刘师陆顿首。橘泉如有家具出售，许亦愿得，且渠亦吾兄丙子同年也。并闻。

49

来示具悉，许四兄今日必来听信，当即转致一切，至交银之期必能极早，家具亦当怂恿全买。凡此皆渠所甚愿也。弟今日在寓暂候许兄，明早必至艺斋先生处面复，并奉闻也。先此请安，敬璧侍谦，不具。愚弟制刘师陆顿首。

50

今午许四兄来，悉已定议。渠明日巳午间即携物出城奉诣，且诣艺斋前辈，幸二兄大人在寓相候，并先转语艺斋前辈为望，家具亦可全售矣。此达即请开安，不一一。愚弟制刘师陆顿首。

八　壬午同年诸公书

1

阁下暂辍道论，归侍庭欢，古义休声，增辉同谱。都门供张之图，固其宜也；衣华佩光之作，曷敢辞焉？至年伯母大人寿文，令德鸿祺，非小言戋戋所能摹述，且有执年诸君子在，未敢越俎而谋也。方命之愆，伏惟谅之。此请台安，不一。二铭尊兄年大人，年愚弟梅曾亮顿首。

2

翁大人，年弟梅曾亮顿首。猥承厚贶，何以当之？若再固辞，非敢以施之于同年，谨拜登愧谢。连日小有感冒，未能出门，容即报谒，并谢。此颂台安，不一。二铭仁兄年大人。外，竹芗寄件亦收到。

3

二铭仁兄年大人阁下：

接奉手书，猥蒙垂注，且褒宠过渥，惭恧靡已。承知年二兄大人营求先茔，已得吉壤，足见孝思之淳，有阴相之者也。承示属作墓铭，伏念年伯母大人高行全福，闻见所罕。泷岗之表，阁下宜自亲之，反以见属，何哉？然曾亮若避而不为，阁下不以为谦，反以为固，又义所不敢也。谨遵示撰就，交祖庚寄呈[①]，惟词义浅肤，不足以表扬先德，祈阁下自酌用之而已。

曾亮近况为祖庚所习知，无可奉告，惟京中同年日益凋丧，反不如江乡之盛，宜吾兄之惓惓，而不遽出也。然帝眷方殷，恐未可久违帝都耳。倾晤非遥，先此肃覆，即请近安，年弟梅曾亮顿首。盛仪万不敢领，已交祖庚缴呈矣，曾亮又及。二月十五日。

4

命撰跋语，录稿奉政，有应增应删处，即希椽笔改定发下，当即写上。顺颂台安，不具。遂盦尊兄大人，年愚弟禫屏顿首，廿八日午刻。

5

昨晤云如，知仙岩梅花已开，欲奉邀阁下为白云探梅之游，明日午前奉诣面订期也。屏再行。佳什法书可称合璧，谢谢。

6

昨日辰刻请驾访安期生，已遣人拨云扫径矣。早起宜饭，衣宜裘，山高易风也。馀晤谈，恕不再速。年愚弟禫屏顿首上，遂盦学使尊兄大人同年阁下。《黄梅图》呈上。又，蓝田叔妙绘，奉求大雅赐题，初三日辰刻。

7

《黄梅大水记》旧稿先呈阅，以便兴到挥洒巨篇也。图迟日再上，即颂吟安，不备。年愚弟禫屏顿首，初二日辰刻。

---

① 道光二十八年三月初六日，翁心存“又得惠邸、梅伯言复函，（伯言撰墓志稿亦录寄）”（《翁心存日记》第二册，第643页），梅伯言，即梅曾亮。疑此通写于道光二十八年二月十五日。

8

遂盦年丈词宗阁下：

荣旆将发，求书者坌集矣，兹有画兰扇一，求题诗；团扇一，求楷数行；（写满更佳。）（此两扇皆云谷求，）林和靖小像册，不可不观。（求题诗或跋，如不暇即写一观款，亦墨缘也。）唯问吟安，弟禫屏顿首。（昨付来尊书条幅，盖冒弟名求书者，如弟代求，必亲笔写明也。）

9

遂盦宫允仁兄年大人阁下：

奉到法书，复承赐多品，谨拜登两种，其朝珠、香串，仍奉璧。厚意勤恳，纫佩弗谖。所示《诗人征略》篇中讹字，当即遵改。

至覃溪先生历官年月，则照其诗集编次，或有疏舛，容细捡也。桂生及谭生、陈生留以尊札示之。阁下爱才如命之意，即此数行，亦足令才士感激，而戒酒数言，又何其古雅，似箴铭也。弟初六成行，鹿鹿道途，殊非得已。倚装草复，即颂台安，书不尽言，临颖神往，年愚弟张维屏顿首。《诗征》中如有谬误，务祈随时示知，俾得改正增补，幸甚，感甚！初二日申刻。

10

遂盦二兄大人同年阁下：

去腊廿五日接手书，并承赐题《黄梅图》长篇，笔力遒健，叙入海州事，尤觉言之亲切有味，大作大为此图生色，感谢，感谢！比者春融景和，遥想还朝复命，奏对安详，天颜有喜。此时读书东观，载笔西清，蓬岛神仙之乐，盖非尘土中人所能想象者矣。年伯母太夫人安舆秋凉谅可抵都，或春和即已迎至京邸[①]。兰孙之喜，当在目前，德门善庆，正未艾也。

来书云臂痛由于风湿，固有之，愚见乃痰耳。痰在中脘，能令人臂痛不能举，痰消则痛止。古方有茯苓指迷丸即治臂患由于痰者，可与良医商治之。

阁下体壮气充，斯时计已平复矣。使节旋后多士慕思，良由校艺之勤，爱才之笃，清风盛德，实有足以感人者，公论在人，非阿好之语也。

弟仲春服阕，自去秋舍弟下世，一切皆独力支持，两载赋闲，殊形窘迫，至北行尤为不易。前援例之举，亲友已为将伯之助，此时岂可复尽人之欢。束装之期，迟速正未可预定耳。知承锦注，顺此奉闻，专函布复，敬颂兴居，不备。年愚弟张维屏顿首。年伯母大人尊前祈叱名请安，年嫂夫人阃福，贤郎均祉，诸同年处未克具函，晤时乞致想念之意，萝邨、蔼庭两同年想于腊内安抵都门，近当晤聚矣。（寄回诗册及倚山楼诗各件俱收到，云谷嘱致谢，又及。）

11

遂盦二兄大人同年阁下：

澄怀园里[②]，菡萏花边，斟易醉之醪，烹能言之鸭。别绪既写，高谭转清，已而酒阑，判襼潞水。开帆旋里以来，忽又过荷花生日。比想侍奉康娱，德门集祜。迎安舆于阆苑，寿母颜开；翻秘籍于石渠，佳儿腹富。阁下拥百城于天上，罗列宿于胸中，蓬壶之岁月方长，册府之琳琅夙备。遥知为独麟角造五凤楼，仰福慧之双圆，快景卿之先

---

① 道光九年“正月，张太夫人及眷属由浙归里，先君自沙井陆行抵京。四月，张太夫人挈全家至，自里门。赁屋于石驸马街罗圈胡同。六月，奉旨入直上书房，授惠邸读”（《翁心存日记》第四册，第1854页）。疑此札写于道光九年春。

② 道光九年“四月，张太夫人挈全家至，自里门。赁屋于石驸马街罗圈胡同。六月，奉旨入直上书房，授惠邸读，同直者仁和龚季思先生守正也，居澄怀园之乐泉西舫”（《翁心存日记》第四册，第1854页）。疑此札写于道光九年九月初三日。

睹。有近作诗古文或骈体，希寄示一二为望。

屏杜门株守，书卷为缘，昨接京信，知改掣江西，拟冬月束装赴省。署事无定，补缺更难，宦海茫茫，劳人草草，殊堪喟息。倘可一粥一饭，藉以藏拙，还读我书，亦无闷焉。但恐向平累重，彭泽饥来，历鹿奔驰，未暇复理故业耳。知关垂注，顺此奉闻，未尽欲言。即颂升祺，诸惟蔼鉴，不备。年愚张维屏顿首[①]。《诗人征略》近又辑得数卷，寄呈政之，希鉴入。（中有疏谬，务祈直示，幸甚，幸甚。）重阳前六日。

二小儿入都，仰蒙长者锡之教诲，感感！惟年轻学浅，诸多未谙，已嘱其下第即束装南旋矣。三小儿年来颇用工举业，厚甫先生期望甚切，乃榜发又荐而弗售，惟有令其反身勉力，以期仰副师长栽培之至意，又渎。

12

遂盦先生年大人阁下：

庚夏入都，嘉招畅叙，饮醇饱德，转瞬十年。暌别以来，时深驰溯。敬维侍祺曼福，潭第均禧。阁下孺慕性肫，勋名心澹，想承欢以益健，知爱日之方长。喆嗣韶年绩学，翰苑蜚英，萱寿春晖，莱斑昼锦。固德门之盛事，亦词馆之美谈，遥企卿云，莫宣子墨。

屏里居藏拙，邨舍养疴，惟读未见之书，著未完之书，此志尚觉未懈。兹有《经字异同》五十卷、（刻未竣。）《桂游日记》三卷、《花甲闲谭》十六卷、《六十贱辰诗》四首寄呈大教[②]。其中疏漏谬误之处必

---

① 上钤“南山启事”白文方印。

② 道光二十年十二月十九日，翁心存收到张维屏（南山）此札，“得家中书，并寄来张南山同年一函，并所著《经字异同》、《花甲闲谈》、《桂游日记》三种，（又其子祥鉴丁酉顺天副车、祥晋丁酉本省中式朱卷，己亥本省祥鉴及其胞侄祥芝兄弟同中卷。）姚有隽自粤旋里带来者也”（《翁心存日记》第一册，第419页）。知此札写于道光二十年九月十八日。

多，仰祈直示，俾知删改，万勿因已灾梨枣，宽以姑容，是所祷切！小儿辈夙荷栽培，数载以来，幸获寸进，谨将两科朱卷，恭呈诲正。适姚子俊明经旋乡之便，专此布臆，即颂福安，伏惟蔼鉴，不备。年愚小弟张维屏顿首，重阳后九日[1]。

13

二铭年二兄大人阁下：

日昨携回贵门下场卷四十本，细阅数过，据鄙见首推郑如海作，未稔巨眼以为何如？兹特奉缴，藉请升安，不备。弟栻之顿启。

14

一官绝塞，萧然如老僧。弟今殆隐于仕矣。前在都两蒙惠书，未及一答，已面致令郎，一切想不讶也。比维二兄大人文祉聿臻，侍养多福，为慰，为颂！

客岁云士大兄在晋，致到二兄大人还项贰百两，有辱远念，未敢言却，当已收讫，谢谢。至弟之苦境，虽作万言书，不能道其什一。云士兄知其详，邮书往来，可问其一二。弟固不欲赘一词，以增知己之慨叹也。天南地北，欲见无期，尚望惠书，以当良觌，幸矣。专此请安，馀不一一。年愚弟郑秉恬顿首。欲作肃禀字之款，又恐怪其外视而怒其俗不可医也。草野倨侮，不罪，不罪！二嫂夫人金安暨令郎均好，并问。

15

承询嫡长孙祖在为祖母服制，谨查现行《礼部则例》，斩衰三年条内开载，嫡孙为祖父母及曾高祖父母承重。注云，祖在亦为祖母承重，是现行定例，已改为斩衰三年矣。其杖期之说，则乾隆初间所修

---

① 下钤“珠浦老渔”朱文方印。

《通礼》所载也。查《通礼》已于道光六年重修，想已改归画一矣。架上适乏此书，无从检查。兹将《礼部则例》及旧《通礼》二本呈览，览后仍祈发还。此覆即请升安，不具。邃盦文宗大人阁下，家绍顿首。

16

送上《保甲图册》一本，烦题数字于后。此恳即请刻安，不具。邃盦文宗大人阁下，家绍顿首。

17

承示发回竹帘七十馀挂，已如数收讫，其馀琐物既经饬李茂胜典守，自不虑有遗失。此纤悉之事，乃蒙雅量筹划周至，视叔孙昭子去之如始。至郭林宗临行扫逆旅，以今方古，殆有过之，钦佩之极！当即告之子畏郡伯及顾明府也。此覆即请崇安，不具。邃盦文宗大人阁下，家绍顿首。

18

径启者，家绍以盘费缺乏，不能动身，京师素寡知交，别无可以张罗之处。再四思惟，计无所出。因素承关爱，有逾恒泛，故敢不揣冒昧，奉恳鼎力于相好之处，代为挪贷四五百金，其利息之多寡，诸惟尊裁。一俟回江之日，即当如数寄缴，断不敢稍稽时日，有负雅谊。鄙事奉渎，悚惶之甚。此亦如徐学正之求借于周稚圭中丞，同一不自量而已，惟鉴宥为幸。肃此布恳，即请升安，不宣。邃盦年大人阁下，家绍顿首。

19

送来京平纹银叁百两已收到，一俟回江，即当设法归楚，断不敢稍迟时日，有负雅谊也。初一日承招饮即当奉陪。此覆即请升安，不具。邃盦先生同年大人阁下，家绍顿首。

20

昨晚承发下京平纹银叁百两，收到时，绍适在友人处会饮，即已草草具覆。归寓后拟书借券奉上，又以券书有类于市井之为，而以施之大雅之前，必且呵斥。随之辗转思惟，竟亦不敢书券奉纳矣。正处涸辙之际，忽有挹东海之水以活之者，其为德惠，岂复可以言喻？惟有回江后早图归还，以期不负雅谊而已。先此布谢，即请晨安，不宣。邃盦先生同年大人阁下，石家绍顿首。

21

遂盦先生同年大人阁下：

旧春都门奉谒，既辱饮食教诲，复以行李乏困，承假三百金为归途费。此义非世俗所能有也，感曷可言！回江西后随分受上官役使，驰逐外郡县近逾一年，中间亦曾返省数次，然住不三五日，辄复别有指麾。道路往还仆仆，无搦笔之闲。以故都城师友间音问疏旷，虽以爱厚如先生者，亦未以一字奉达也，惭负何如！中秋前差旋省寓，得闰月所发手书，劳问勤厚，且审陈情归养[①]，已邀俞允。此时计已早还珂里，伏惟慈闱欢乐，侍奉曼福，令人欣羡无已。绍以本任无事事，仍在省城居住。听鼓之馀，时有奔走之役。此如所谓闲民无常职，转移执事耳，甚可笑也。读书一事，不免过时之叹，然区区此心，不甘自已也。

近日专读《史记》，其中微言大义，固非浅人所能领略，然诵读既久，于其字句讹错处辄亦十得七八，遂妄意狂想，欲于旧传三家注正其讹谬，而补其未备。惟见闻本寡，聚书又不多，此志未知终竟克遂否也？相去远，未能随时请教。承问聊一及之，外具宝银三百两还旧

---

① 道光十八年闰四月，翁心存“以张太夫人年八十，具疏乞终养”（《翁心存日记》第四册，第1856页）。知此札写于道光十八年八月十八日。

春借项，由陈中丞处转交，希察收，惟不罪其迟迟为幸。

张子畏同年事近日方了结，中丞奏请交部议处，尚不至大碍。蒋玉峰同年以养亲告归，盖式如同年来此，未及半年亦归去。数月间良友皆云散，殊不能无聚散离合之感也。侍养之馀，读何书，有心得，惟见示为望。天气渐寒，伏惟以时自重。家绍顿首，中秋后三日书。

22

遂庵仁兄同年奉上：

海东笺卷，乞赐送行诗句，外有批文二纸，希转呈宫詹，续发公车资两函。此渎，即颂辰祺，不具。愚弟陆我嵩顿首。

23

簿书丛杂中忽展朵云，祛几案之积尘，聆玉堂之清咳，回环庄诵，不能去手。羲驭急旋，忽忽度岁，笺翰日远，裁答已迟，殊深歉跂。兹际红沾杏雨，寒逊梨云，敬惟二铭仁兄太史大人履绚集祜，著述日新，传清誉于刘井柯亭，增佳兴于杜诗韩笔。想见枫宸笃祜，莲炬生辉，玉尺荣持，艺林蒙福，曷胜抃颂。

弟自去年三月署理莆田，公私幸托平顺。今瓜代在即矣，蒙题补寿宁，缺分最小，称职较易，任事约在春夏之交。自此山城岑寂，适还故吾，亦可自慰。外，毛方雪同年之事，自当勉力，以副高谊。手泐奉复，顺请绥安，临书驰溯，不具。年愚弟陆我嵩顿首，正月十八日[①]。

24

二铭大兄大人同年阁下：

软红仆仆中，忽奉朵云，知前肃寸椷，获登史席，诸荷高情绮注，吉语藻敷。盥诵之馀，感纫奚似。敬悉兴居曼福，超擢宫衔，膺稽古

---

① 上钤“枫亭长”白文方印。

之荣，恩浓枫陛；试生花之笔，籍冠蓬山。伫睹玉尺，手持大邦典试，星轺锡祜，化泽均沾，曷胜抃颂！

弟承乏闽邑，瞚届经年，省会趋承，时虞陨越。去秋因城中沟渠淤塞，泉原臭浊，井汲之家，第滋疹疫。弟劝谕绅士集赀开浚，今已蒇事。城乡较为安谧，有骈体文一首寄呈，可博一粲。又于南北门建设义学二所，俾贫不能延师者诵读其中。

再，闽省向有无归旅榇数以千计，历年既久，竟以茅屋为邱山。弟目击心凄，于冬间禀明上台，捐赀买官山四处，悉予掩埋。此三事差觉稍有裨于兹土。总之，力小才疏，恒凛凛于夙夜耳。公书各一道，公规五分，俱已收到。转致毛同年帮分，弟汇齐径寄吴门。所有公分金四函，计曹纹六十两，兹托徐同年面致，其馀俟收齐汇寄。朔南万里，鳞翼自疏，长夏郁蒸，伏惟善自摄卫。倘翰墨缘深，秉节竟来闽峤，俾前驱负弩之人，仍有接坐论文之雅。私衷快幸，为何如也。肃泐布达，祇颂升祺，顺请文安，诸惟朗鉴，不具。年愚弟陆我嵩顿首。戴湘圃、陈仲云二兄处未及专启，晤时乞为道候。乙酉四月初十日[①]。

25

遂盦仁兄同年大人阁下：

兰谱盟心，诸承挚爱，诣园之日，趋谒尊斋，缘退食当在未初，不获候教。既世兄一再枉临，又蒙赐以珍味，匆匆就道，复未走谢为歉。辰惟慈侍康强，文祺懿懋，以师傅之尊优，裕公辅之事业，望风怀想，忭颂难名。

弟以途间遇雨正定，又水阻滹沱，故七月杪始到三原。贞木先生已考巩昌，取道回陕，途路不同，故八月初始行接任，驰往秦州开考。斯事甚重，时切兢惕。惟记阁下初到京时，晚间一席之话，与灵士兄

---

① 道光五年四月初十日。

近来指教之处，拳拳勿失，以为前师，仍求暇时惠寄箴规切要之词，则情逾骨肉，感谢靡涯也。谨此布谢，顺请台安，不宣。年愚弟戴兰芬顿首，恕率。年伯母大人金安，年嫂夫人坤祉，世兄文佳。

26

遂盦二兄大人同年阁下：

夏间由笛生先生处奉到云函，并蒙寄公项二宗收到。比因去差甚迫，未及裁覆。孟冬再读手书，并承惠寄五十金，具征雅意殷拳，有加无已。拜领之下，但觉朱霞一片天外飞来，能照冷落之人面有嘉色也。又承寄团拜分并同年帮分，共二百十金。当即汇交值年，并遍告在京同人，以志厚谊。近惟侍奉曼福，潭祉日增，星轺所莅，襜惟清吉，是所欣颂。

粤省鹅城鹤岭，高贤流寓，久着清风。国初自三魏以来，人文日盛，近逢我二兄大人春风化雨，培养累年，必有蔚起之英，追踪前轨。大贤之门，曾品题为佳士者，望告知一二以为快。校阅辛勤，知所不免，然此亦见及时努力、勉图报称之美。若弟燕燕居息而鬓已盈霜，又甚觉其无谓也。

年伯母大人来岁古稀，年家子理宜称祝。承示叙略，弟以告同人，而诸君子各怀谦挹，不肯握管。弟近年以来，心绪繁劣，殊愧荒芜，然而吉祥善事，不敢不免为扬摧，惟小言詹詹，恐于年伯母修德获福之理，不能道得只字。来书命脱稿即呈，但以文字为礼，已极不腆，又岂岂敢简率，致蹈不恭？今嘱余吟石代书，每幅上下轴未备，以差难携带也。本拟另肃联额，而文成之后，菁华已竭，惟二兄哂而原之。外具名帖，希于称觞之日，代为叩呈为幸。湘圃近始来京，外省同年卓异引见者三人，二直隶，一王名仲槐，一李名德，一河南姚名东之，各聚数日，赠公项而别。诸同年各无恙。

弟近状如昔，室家之累，知我者能察之，亦不愿缕缕，以尘清听也。停云落月，渺渺我思，风便仍望德音，以慰悬企。耑此布覆，即请文安，馀不一。年愚弟陈嘉树顿首。外，小山覆书附寄。

肃函后连奉手教，一由章大令，一由梁广文，种种备悉。朱孝廉现当服阕，春明之行，断不可迟。弟薄具程仪，并乞阿方伯为之润色计，公车不嫌寂寞矣。卢孝廉昨已一晤，知其以侍奉为亟，惟现在盐务公所查办亏累，未便说项，必俟事定，再商一切情形，皆梁广文所深悉也。弟树又启。

27

二铭二兄年大人阁下：

前承法书，各种俱已领到，感谢之至。所有手卷一件，阁下乘槎在即，一时不得闲暇，乞先为掷还。因有数友人亦将出京者，嘱其先题，题毕再送求大作。一转移间，两得其便。专此布渎，敬请轺安不一。年愚弟功沈镤顿首。

28

遂盦二兄同年大人阁下：

敬启者，乙年秋杪曾肃寸缄，奉贺提学大禧[①]，谅早邀清鉴。嗣因俗尘栗陆，音敬缺然，遥企芝晖，时殷葭溯。日昨接读朵翰，备荷注存，于奖许之中，仍寓箴规之意，情逾手足，感切髓肌。就稔二兄大人校阅宣勤，斗山树望，萱庭福备，植桃李以承欢；枫陛恩隆，收楩楠而入贡。临风引睇，祝颂良深。

承示辅轩所至，不独拔真才而除积弊，更有以培士气而励官常。两袖清风，将来恐不免载石以壮行囊，此弟所早知者。屡接家严来谕，道及吾兄，不但文词之高妙，固属国士无双，即周旋中节，卑亢得

① 道光五年（乙酉）五月，翁心存充福建乡试正考官。见《翁心存日记》第四册，第1853页。函中言及“乙年秋杪曾肃寸缄”，即道光五年乙酉，函末署“十月廿三”，根据上下文，当是次年之十月，故疑此函写于道光六年。

宜，犹其末焉者也。而于行政之道，尤深识大体，真经济之才，必居鼎铉之任，极为佩服，莫罄揄扬。至操守之清严，又不待言矣。舍弟辈才疏学浅，自当奉阁下为师资，岂敢妄居雁行之列。此乃吾兄之过于谦让，而谊不容辞者也，尚冀随时诱掖，俾得有所遵循，则感同身受。

时事则西师业经凯撤，明岁南漕仍是海运一半，由运河一半，不准盘坝。万一清不敌黄，仍用倒塘之法。近日道掌衙门陛转甚速，现在又须保送。弟供职如恒，无善可述，惟贱躯及眷口均叨粗适，差慰绮怀。肃泐复请台安，暨年嫂夫人壶祉，世兄佳善。年□弟期李儒郊顿首[①]。十月廿三日。

29

邃盦二兄大人同年阁下：

春明拜别，倏忽年馀，景企之私，与时俱积。前阅邸钞，欣稔二兄大人荣升棘寺，再入三天。官运既佳，倚毗益重，惟阁下才长学博，真足以当之。尤喜距府庭甚近，年伯母大人可以迎养至京，庆集团圞，种种如愿，翘瞻裔霭，抃颂奚如，健羡奚如。

弟于客秋由里起程，迨十一月初旬始抵甘泉，内人亦随同赴任。到此不觉已是半年，毫无建树，内省滋惭。此地风俗朴陋，民间所居者土房，所食者炒面，所衣者，冬则无面皮袄或毡袄、毡裤；夏则破褐遮体而已。男妇多不沐面，乍见深为骇异。民情虽不甚刁诈，而争财、争地、争水之案颇多，幸知敬官而畏法，讯断能公，尚易于完结。至于食物只有猪羊鸡鸭，而鸭则瘦而无味，鱼虽偶得亦多土气，虾蟹鳝鱼之类亘古所无。天气则寒多而暑少，夏至后犹着单夹袍褂。弟初到此间，日受寒风，夜眠暖炕，实难忍耐。今则风和日暖，一切已习而安之，惟离家太远，消息难通，双亲年迈，未能迎奉板舆，望云天末，每觉寝食难安耳。专泐祗请台安，伏祈崇鉴，年愚弟李儒郊顿启。

---

① □处字，原文字挖去，疑为“愚”。

30

顷奉惠函，荷承拳注，感泐无既。比惟起居多绥为颂，承嘱为贵高足杨君觅馆一事，弟至此地以来，外间有几处书院，主讲何人，茫然不知，真是风尘俗吏，不知有文教者也。前有陶同年嘱荐通州书院，致信何玉民同年，久无回音。后晤张仲芝同年，始知主斯席者，系宿望老成，士林佩服，断不能移。以此见书院之难，而吾辈寒士之穷而无所入也。今杨公既系本处人，其于外州县何处书院需人，自必知之最悉，祈为转致查询，如有可谋之地，再来示知，凡可以为伊说之处，弟当无不出力也。此复即请台安，不具。年愚弟曾望颜顿首。

再，或有私家馆地，可以奉屈杨公否？将来便赴园时，当造尊寓面谈也。

31

来示敬悉蓟州、武清二处馆地既未定人，今日即当函恳笛生先生转询。一有回信，即当走达。此复即请台安，不具。年愚弟期曾望颜顿首。

32

遂莽仁兄大人阁下：

不晤数月，比想使节增绥，文旌笃庆，以慰以颂。兹有董农部要件，属为邮致专函飞递，希为照入。弟承乏畿甸，日劳案牍，实无暇晷，时切负乘之虞，尚祈时锡教言，匡其缺失，是所切祷耳。匆匆泐此附达，祗请台安，统惟鉴照，不具。年愚弟期曾望颜顿首。四月廿七日。

33

遂盦二兄年大人阁下：

丁酉都门一别，匆匆五年，鞅掌簿书，尺笺罕达，而葵倾葭溯，无日不往来方寸中也。夏杪李君松坡过访，交到客春所发手书，具承睠注殷殷，时以劳人为念，感何可言！并悉已岁惠函，竟为洪乔贻误，闻之怅惘奚如。阁下乞养陈情，优游珂第。遥想承欢多暇，启处康娱，归田之录，媲美欧阳“循陔”之句，希踪束皙，以今方古，殆有过之。较之风尘俗吏，听鼓应官者，相去奚翅霄壤。世兄英年绩学，翔步蓬瀛，环颋文章，同登继美，尤为忭舞。

弟汝南承乏，皖上量移，五载以来，毫无建树。猥蒙中丞保举，刿牍滥竽，自愧驽庸，贻讥鹈翼。前以霍邱沣河淤塞，殚心力者三年，一篑虽亏，已彰成效。乃有为富不仁之徒，嫉弟向日执法之严，因藉河工捐项为名，捏情京控，妄希延累多人，以致十月中星轺按霍，檄调查询，仰荷洞察，所控虚诬，予以反坐。月馀仆仆，昨始遄归。心迹幸明，未免令人意冷耳。

此间叠遭水患，辖境半属沮洳，遍野嗸鸿，殊堪蒿目。近已议蠲议赈，民困尚未能苏，守土者责重抚绥，弥增惶悚。李君年少老成，度支谙练，备承谆属，即为编说项，斯乃人皆以发轫为疑，久无所就，因之裁答久稽。迨冬初赴霍之时，始克位置望江一席，濒行曾嘱贵及门董子远先为代达鄙私，谅经鉴悉。辰下孙大令摄望，系属暂局，修脯亦复不多。但李君且试初桄，庶得从此驾轻就熟，亦未始非计之得也。子远自都相偕南下，蝉联至今。弟应酬笔墨颇繁，甚为倚赖。频年北上，客岁始捷乡闱，春试被抑，仍复来此。承念附闻，一水盈盈，相违千里，停云落月，我劳如何？肃复过迟，尚祈涵恕，曷胜跂祷！手泐敬请台安，统惟澄察，不尽神驰。年愚弟许思庄顿首。年伯母大人前叱名请安。

34

日前专诚趋谒，适驾回城，未得面谈一切，迩维起居纳福为颂。启者，廉淑之夫子身后清贫，师母依人度日，其二世兄向捐笔帖，无力分发。（世兄人甚安详，颇堪造就，现尚乡试。）现在同人拟为集腋成裘之举，自十金至数十金，各竭绵力赀助。其事则全小汀前辈总其成。夙仰云情，用敢代为渎请。若蒙金诺，即祈示复（银数），以便注入启单，另容查领也。特此布渎，敬请台安，不戬。二铭老前辈年大人阁下，年侍生许乃安顿首。知启因在城内送写，故未附陈。同门宦京者不过十人，并闻。

35

顷奉手示并领到纹银五十两，具征古谊。日内集有成数，当为筹划交先也。舍弟馆事重费清神，心感无既，谨当静候瑶复，馀容晤谢。先此肃答，敬请台安，不一，年侍许乃安顿首。

36

走候不值为怅，弟行期定于初四日下船，现在摒挡一切，略有眉目，惟下船之后身无半文，大是难事，且有不能不预防之处，而外间一无打算，计无所之。意欲奉恳吾兄助以一臂，（兄之景况，弟所深悉，似难以此事奉商，但弟当此至窘至迫之时，更无厚道如吾兄者可以恳告，故作此请，万望于无可筹划中筹划之。幸甚，幸甚。）代为筹办五十金，即子金略重，亦无不可。外，再恳颖生代筹此数，俾得成行，则感荷云情于无既矣。耑此奉恳，顺请二铭仁兄大人同年即安，年愚弟沈第留致。

37

连日阴雨道泥，致稽答候。早间奉访不值为怅，想近日动定多佳是颂。松盟早定前月回南，步叙楚楚，不料太夫人又病。一月以来，汤药诸需前次张罗者，又缺而不全。此虽不得不行，复定于初四日准走，而途次需用，并太夫人高年病躯不虞之备，断不可少。弟等虽谊属同谱，皆苦于爱莫能助，不识兄能于法外设法一二。倘松盟得扬帆顺下，则弟等亦俱放心矣。专此奉商，即诵遂庵二兄大人同年开祉，年愚弟陶惟辉顿首。

38

十馀年懒不寄书，偶有人从虞山来，询悉养亲园中，读书学道，古欢可羡，毋任心仰。弟闭门家居，此日可惜，所谓“聪明不及于前时，道德日负其初心”，仰屋而叹，不足为知己告也。

昨芸西同年自毗陵来此，不得一晤。现为葬亲大事费有所短，商之于弟。适当弟亦缺乏之际，无可挪借，不得已转谋之阁下，倘有可商，千乞一诺。弟性拙，从未破戒干渎，此番实因同年之谊不得已。以此奉闻，伏希察谅，专此顺问，侍安不尽。二铭大兄同年，年愚弟潘曾沂顿首。

39

遂盦年老前辈大人阁下：

都门握别十数年矣，只以宦辙匆匆，转移无定，卿云在望，依企徒深，竟未获一申笺素也。昨承惠翰，猥以先慈大故，荷蒙唁慰殷拳，浣诵再三，益增顶感。敬谂老前辈大人侍祺康吉，履祉绥嘉，翘首清晖，胥符忱颂。

犹忆阁下于壬午春初，同为仰事俯畜之虑。今则萱幄享松龄之福，兰阶绍芸馆之风，同谱诸公，谁则能方万一？侍则鲜民抱痛，自癸巳季冬奉母出京后，奔驰宦迹，几有席不暇暖之时。老人冒险江湖，受伤寒暑，高年致病，职此之由，自顾椎心，百身莫赎。嗣于去春三月自湘沙奉榇回扬，道过吴门，晤常熟令常二兄，敬询年伯母大人福体安康，老前辈德躬清吉。因星旋故里，不及函讯起居，时增歉臆。昨于抵籍后十月杪即为先慈敬举葬事，经营封树，一切粗安。

日来碌碌家居，毫无善状。大儿南北乡试三次，均以荐而未售，年已二十六矣。小儿现在甫应童试，以视阁下裕浚之谋，实啻霄壤。所幸贱躯顽皮如旧，眷属亦尚顺平，惟逖听海氛，杞忧殊切。江省滨洋一带，将恃节使作专城，而春来苦雨连旬，麦收无望，流连光景，不能无惓于怀。手示云云，想亦弥深系念也。书不尽言，谨此肃复，叩沕谢忱，便时尚祈频锡德音，临颖曷胜依企之至。年侍制下士云顿首谨启。

40

遂盦尊兄年大人阁下：

频年阔别，梦报时萦，祗以鸿便罕逢，兼之心绪恶劣，以致尺素久稽，歉仄之私，匪可言罄。顷于三月七日接读手书，如亲芝宇，回环庄诵，感愧交并。敬稔年大兄大人履祉延洪，侍祺康豫，深慰鄙怀。去年阅馆选录，欣悉哲嗣大兄南宫高捷[①]，翔步木天。阁下继起有人，家庆国恩，一门会萃，披览之下，雀跃再三。

弟自戊戌季冬遄返里门，杜门不出。己亥春夏之交，为先高祖、先父母经营窀穸，秋杪又料理先祖葬事。匝岁之中，竟无暇晷。去岁家务稍清，方冀略为歇息，不意大小儿一病不起，忽于春仲夭亡。入夏后，贱躯又患痁疾，加以肝疾大作，直至冬月始痊。连年家运之迍邅，知已闻之当亦代为扼腕。去腊七日遵例除服，二月间因大小女出嫁，又是一番忙碌。刻下心神稍定，本拟摒挡起程，缘北上川资尚须部署，恐须迟至秋后始克成行耳。英逆跳梁，神人共愤，惟冀天戈所指，即日荡平，方是苍生之福。

承教种种，提要钩玄，自是治平通论轮材，如弟不足副阁下之期望，为可愧耳。弟自返舍以来，精力日衰，须发半白，内阁一缺补实无期，真有进退两难之势。二小儿年甫十岁，连年失学，甫读下论，精神又甚单薄，深为可虑。每一转念，百事俱灰，关爱如兄，未识何以教我？

---

① 道光二十年翁同书考中进士，改庶吉士。见《翁心存日记》第四册，第1856页。知此札写于道光二十一年三月初八日。

笛生师侨寓泰州，寄信颇不容易，尊处音问频通，定多便鲤。兹附去芜函，伏乞加封转递，是所感祷。陈秋丞前年作古，悼痛久之，想阁下亦有同情也。沈福前在粤东，公事明白，人亦谨饬，濒行转荐与醇士宫赞。月前见其致小价书，知二月中已随醇士学使还杭，即由杭赴苏矣。都中同谱大半外放，现在留京者不满十五人。弟此番进都，不免有落落晨星之慨。阁下近寓苏城，系属何门，便祈示悉，秋间北上当顺道奉访也。兹乘人便，匆匆布复，顺请崇安，诸惟朗鉴，不备。年愚弟蔡赓飏顿首。三月初八日。

41

都门聚处，深佩兰芬，临行复荷宠饯，醉酒饱德，铭感奚如。比维邃盦仁兄大人同年禔躬多祜，文祉咸禧，道德声华，重于中外。帝心简在，一岁三迁，不独弟一人私颂已也。

弟于十月廿三日抵东，谒见各宪，均荷垂青。现在派审案件，颇承重委，惟同寮之意见各殊，幕友之积习更甚。以弟初膺案牍，岂能独抒己见？委曲迁就，颜面俱非，碌碌劳人，殊无善趣。阁下爱我有素，何以教我？东省温暖过长，望雪甚殷，未审都中得雪否？肃此布候台安，不备。愚弟邓熺昌顿首。年嫂行期已定否，想不免一番布置也。

42

客冬于役长安，匆匆话别，比今春返辔，轺车业经南下，苕岑怅望，梦毂为劳。顷接芝椷，具纫绮注。藉悉二铭同年先生鼎祉延禧，履绚晋茀。香分温树，携来两袖清风；光射斗墟，照彻九江文曜。荷主恩而三持节，信时论之老斫轮[①]。嘉惠士林，隆归物望，下风骧首，

---

① 老斫轮，即斫轮老手，借指做某种事情经验丰富的人。典出《庄子·外篇·天道》："……是以行年七十而老斫轮。"斫轮，斫木制造车轮。

曷胜颂私。

弟逐队西曹，如恒抗走，似冯唐而年少，较扬雄以学疏。既不读书，又难读律。红尘漆吏，无可为知己陈者。来书溢及齿芬，只令人汗颜无地耳。渤此布复，祇候崇祺，搴璧抙称，不庄，不备。年愚弟白让卿顿首。

再，我辈年谊至好，兼属同门，嗣后若再以客气相加，则弟亦只得认去秋之世谊，而从称于方相侄矣。一笑。

43

手书谨悉，琴川官廨东偏小楼，为河东君殉节之所，向未封缄甚谨。毓少山葺而新之，年来公私棘手，虽未必尽由于此，而此或有以致之。阴阳术数之书，大抵后人依托，惟相宅之法，实源于公刘定之方中诸诗。弟择日进署，正拟封扃是室，而来翰正复相同，关爱之忱，于此益见，感何可言！致徐太守信函，即当转寄。稍暇走候，复请素履，暑热维珍重，不宣。年愚弟何士祁顿首。

44

廿一日晚刻雇募乡勇带领赴乡，廿二日辰刻离梅镇里许，见乡民聚集甚多，该勇等惧而潜逃。勇气已衰，未可前进。又恐愚民滋扰市镇，故在张家桥停泊半日。今已解散回署，另图缉拿之法，知念布闻。民气如此不靖，真为珂乡怀杞忧也，手此渤请遂庵二兄年大人台安，维照不具，弟祁顿首。廿三日午刻。

乡勇乌合之徒，原不足恃，乃营兵四十随于乡勇之后，无号衣、号帽，并无军器，其逃更在乡勇之先。至于差役更不顾官之死活，为县令者不亦难乎！惟时已秋中，棉花收租之候，此案不结，官民皆难。拟雇募沙棍盐枭，以毒攻毒，又恐一发难制，乡民受伤。转辗思维，竟少良策，伏乞垂爱示教为幸，日内切勿枉顾，恐谣言也。又及。

45

手示谨悉，字字金针，经济学术于此见，即相爱之意亦于此见，感何可言！昨已通禀上台，定有一番惩创，惟弟到此已及两月，不能速了此事，上无以副宪委，下无以安民志，皆由材识疏浅所致，殊自愧耳。刻所虑者，向风远飏，而来示已早见及此，何周密如是耶！小庄约即日可以回县。知念附及，肃请台安，维垂察，不宣。年愚弟祁顿首。

46

大兵下乡，立即解散，此一幸也。兵丁但巡察而不使拿人，居民不致骚扰，又一幸也。兵勇千馀，水手千馀，杂居乡镇，无意外事，又一幸也。刻下民心畏服，大张晓谕，止缉要犯三人，馀概不问，吾民从此可以安业矣。秋雨不止，禾棉受伤，不胜焦灼之至，能即晴为望。知承注念，泐此布问，藉候，不宣。弟名心泐，初六日晚刻。

47

今日尚未悉乡闱题目，殊觉闷怀，然能文之士，必有佳作，正不在题之难易也。东乡案知蒙廑注，特录获犯名单呈览，金得顺到案即可完结。虽所费不资，幸尚少拖累，但祝愚民悔误，一劳永逸为深幸耳。手此泐颂台安，不具。遂庵年大人阁下，弟祁顿首，十三日。

48

尊处应完上忙，已据该承核明，分别灾熟，开明清单呈电，粮票由单并多馀洋银归入总包，并希捡收。肃请台安，伏维亮察，不具。年愚弟何士祁顿首。

49

手示具悉，来件已用印附缴，不知何处积压，迟延两月之久，现亦根查究处矣。书院山长姓名已存记，俟延聘时当即关订。立夫先生开府江苏，为之色喜，惟程途遥远，到任需时，恐尚有更动，亦未可定耳。石翁即日启节，又须赴省候送，仆仆往来，殊觉无谓。稍暇走晤，复请台安，不宣。弟祁顿首。

50

前存《村居读书图》卷，顷有善篆书者从皖省来，欲求题额，乞将第二卷付下，其第一卷仍存尊处，从容染翰，不敢迫促也。《书目志略》如已批削，并祈掷还。年来又得百馀种，意欲增入。漕事完竣，或得从事于此，亦尘俗中一帖清凉散矣。广东闻又有民夷互杀之事，为之寒心。日来寒暖不常，伏乞珍重，肃请台安，维亮察，不宣。遂庵年大人阁下，弟士祁顿首。

51

昨日戴世讲来署，人极秀发，学业亦好，惟以宰相世胄，欲求微官，尚不能遽得，亦可慨矣。弟为粮船所窘，是以未能多助，重以台属，良用歉然。时近立夏，帮船开未及半，立翁非常焦急，而旗丁若或忘之，肆无忌惮，至于此极，漕事尚堪问乎？阁下连日相地，已得佳壤否？入土为安，智者不惑，定能鉴及也。顷得鲥鱼一尾，用以奉馈，藉请台安，馀容握晤，不尽。遂庵年大人阁下，年愚弟祁顿首，十二日[①]。

---

① 左下角钤“忍过事堪喜”白文方印。

52

昨因周芝翁南行，力疾赴省，酬应纷如。顷间返署，病犹未愈，如此消磨，殊觉不值也。前呈家制春菜，方以盐齑风味，深愧寒俭，乃蒙加以赞词，益觉汗颜，招致幕宾，诚有是说。此中底蕴，尚容面陈，先此复请台安，维照不具。年愚弟祁顿首，二十日。

53

顷读手翰，如聆教言。自问滥竽珂乡，毫无设施，方窃滋愧，乃阁下奖饰勖勉，所以期之者甚殷，抑何相爱之深耶！至手卷题识，属望之切，忧思之深，溢于语言之外，尤可冀者。

昨晚抄来《诗传纂疏》一帙，恰是唐风。东莱吕氏以为，诗人非欲昭公饮乐，以是物如为他人所有，不若及时行乐之为得。其激发颇深。严华谷解《蟋蟀》之二章，以为事出非常，皆当有备，昭公不能思其外，故为曲沃所图，深叹古人解经之妙，而题语亦反复及之，可为心心相印。惟阁下措词从容大雅，而弟则每多愤激，岂圣华殿中人与风尘吏不同如是耶！刻又惠赐珍物，谨已拜领。肃此申谢，敬颂暑祺，临池黯然。遂庵年二兄大人阁下，弟祁顿首，初七日。

54

遂庵二兄年大人阁下：

别逾两月，念切三秋。伏维绚履纳绥，潭祉咸厘为颂。夏初雨泽稀少，白露以后又似过多，不知珂乡一带禾棉不致减色否？现议海运欲办全漕。年来谷贱伤农，夏初佘山等处又多盗案。兹事体大，竟未敢轻言尝试也。张子畏、白退庵、王網斋诸同谱先后来苏，皆甚念阁下，立翁更渴欲一见。清秋荐爽，能惠然命驾否？

第于七月间接海防印，不能赴任，仍委核办清查，头绪纷繁，甚费心力，而省会酬应，更觉日不暇给。有限年华，如此销磨，殊不值也。

手此布忆，敬颂台安。外呈食物，聊备荐新之需，并希鉴纳，不具。年愚弟何士祁顿首。偏报四十九本，阅后付道库厅寄还甚便。

55

遂庵年大人阁下：

月初肃泐寸椷，并呈偏报，计尘青览。满拟日内台从来省，得以辔聆麈谈，兼申阔绪，乃延伫多日，未见惠临。每与中丞谈次，不禁神驰左右也。倪观察自北言旋，说及游文主讲一席，如阁下入都[①]，无人接手，则延吴比部主讲；如阁下仍居珂里，必求仍主此席，以期陶淑人材。月内观察旋署，即奉关面订，深恐比部来函或有舛错，阁下因之推辞，属弟先为函恳。特此奉布，想宾主多年情分相得，必不辜观察之意也。何日来苏，先祈示及。海运已议准行，柏听涛、陈子寉两先生闻有浙江之使，并以附闻，即请钧安，不具。年愚弟何士祁顿首，廿二日。

56

遂庵二兄年大人阁下：

日前手肃数行，奉达拳拳，并呈食物四种，计蒙钧鉴。顷见立翁中丞以紫阳院长朱兰坡先生年逾八旬，力辞讲席，势难挽留。苏省为人文渊薮，非品望素著者，不足以师表诸生，来年欲奉屈阁下主讲[②]，以期陶淑人才，命弟先为通意，以便具奏关订。大约每年开课以后两月之中到馆一次，尚不至于劳勚，虞山一席尽可仍旧，以慰诸生徒之望，万祈俯允等语。用特布问，恭请钧安，维希垂察，不具。年愚弟何士祁顿首。束脩每年六百金，并及。

---

① 道光二十八年十月，翁心存“葬张太夫人于白鸽峰新阡，始俶装为出山计”（《翁心存日记》第四册，第1857页），准备入京。疑此通写于是年。

② 道光二十七年九月服除，翁心存主讲郡城紫阳书院。见《翁心存日记》第四册，第1857页。疑此通写于道光二十六年。

57

遂庵二兄年大人阁下：

中秋奉到手函，因公私栗六，尚稽裁答。伏维道体谐适，定协颂私。紫阳书院一席非阁下硕德宿望，不足孚众论而惬士心，况琴南先生久主云间书院，而黻翁已归道山，现在经师人师非君莫任。中丞求教之心甚诚，命弟先为通意，即具奏关订，幸弗固却，是所虔祷。肃此祗请台安，临池不禁神往。年愚弟何士祁顿首，廿八日。

58

遂庵二兄年大人阁下：

上月肃泐寸椷，计蒙青览。伏维兴居纳福，定协颂私。弟自经办海运以来，昼夜不得休息，又兼清查吃紧之际，簿书山积，几于寝食不遑。所惜有限精神，销磨于持筹握算。月来两目昏眊，已近于盲。尚有几种好书，晚年欲加校读，如此光景，此愿恐难酬矣。

月朔得上海差委[①]，舟中清暇，不啻登仙。又得在郁泰峰家披阅宋元善本，此行颇为不负。《诗经要义》亦已借得，知阁下急欲流览，特专人赍呈，如欲抄录即存兄处，来年春尽寄还亦不为迟，（尊处如委人抄写，即付弟处代抄亦便。）然必须代弟照录一部，抄资即日奉寄。倘无须抄录，便中早为掷下，以便弟倩人影写也。手此泐布，敬颂台安，不尽欲语。年愚弟祁顿首。初六日黄浦舟次。

59

遂盦年大人阁下：

祀灶日接读手函，敬稔绚履纳绥，藉慰驰系。海运银米两款已得

---

① 道光二十八年二月初四日，何士祁（竹芗）前往上海。见《翁心存日记》第二册，第635页。疑此通写于是年二月初六日。

七八，资遣一案亦十去五六，但能快雪时晴，春仲即可竣事。较之往年，不但劳逸悬殊已也。《诗经要义》为仅见之书，吾兄如欲抄录，乞为弟代录一部。寄去纸样[①]，先付抄胥，来春印好，即当再寄。依校本照录，似省一番笔墨也。弟尚有《易经》、《书经》要义，便中抄录奉赠。

上海郁氏颇有佳本，而所刊《宜稼轩丛书》苦未精择。月初在沪晤谈，劝其先刻经籍，此书或可流传也。岁事逼人，雪大如掌，世间不知有多少苦人，无从告愬者。弟以闲曹冷官，暖衣饱食，享太平之福，兼得商量文史、校勘图书，不可谓非幸矣。阁下学识兼到，又饱尝世务，当必以弟言为然。李大令人极温雅，必当推诚相与，以副雅怀。肃此敬贺，附呈食物四种，并中丞信件，并希鉴存，即颂时安，不宣。年愚弟何士祁顿首，廿八日。

60

遂庵年大人阁下：

两奉瑶华，如亲晤对。伏稔绚履纳福，颂慰良殷。虞山秀丽异常，外有大江潆绕，守入土为安之论，佳壤似非难求。阁下孝思纯笃，而又识力坚定，定可早安窀穸。如已卜吉，尚求示慰。

本年收成分数，刻下已经议准，上足裕国，而下不累民，戛戛乎其难之矣。西陲尚未大定，各处土匪又乘间窃发，但祝时和年丰，得享太平之福为深幸耳。祖庚世讲复函已收到，不腆之意，辱承齿及，益增汗颜。何日放棹来苏，不胜延伫。肃请台安，维垂察，不宣。年愚弟何士祁顿首，朔日。

---

① 道光二十八年三月二十七日，翁心存得"何竹芗寄来红丝阑格，托钞《毛诗要义》者也"（《翁心存日记》第二册，第647页）。疑此通写于是年二月二十八日。

61

遂盦年大人阁下：

正以哲嗣三世讲选拔之喜[①]，肃摅贺忱。适嘉平五日接读手教，知月前德辉莅郡，偏值铁沙捧檄，未奉清尘，良用歉然。伏稔禔福骈蕃，第祉咸庆。伯既木天珥笔，出乘鸿钧；叔复云汉扬镳，进觇凤翔。指顾年大人近光就日，黼政平星，将见韦平事业，萃于一门，环颋风徽，轶于昭代。骧云额手，抃舞奚如。太淑人伯母墓志懿德本卓然可传，加以伯言文章，决可垂世。先母铭文亦系伯言手撰，但不知《竹苋山房文集》曾否付梓。得早流传，为深幸耳。

弟承乏海隅，恰偿素愿，士民来见，欢若生平。惟俗悍民贫，甚于曩昔，兼之岁值歉收，子弟多暴。且夷人常来窥伺，棚民萃于海滩，盗匪集于洋面。此三者皆足忧心。区区蕞尔，竟不能如往时之卧理，而风木之悲，鼓盆之戚，抚今追昔，尤有馀哀。不仅如化隺归来，增俯仰之感已也。入秋后目疾未痊，箧中携来好书，竟不能展卷披读，尤为恨事。辱蒙芬饰，只益惭惶，惟省门多事，疑谤交来。得此藉可藏拙，名高望重一语，弟何敢当！读之歉悚无地矣。尚求年大人赐之教言，俾免愆缪，是所幸甚！《毛诗要义》来春付还未迟[②]，弟现抄《易书要义》奉赠，年内亦恐未能竣事也。来春灯后如获进省，当沂棹姑塾，

---

① 道光三十年六月，翁同龢选拔贡，“朝考以小京官用，分刑部学习”(《翁同龢年谱》，第25页；《翁心存日记》第二册，第809—816页)。三世讲，即翁同龢，翁心存第三子，叔伯中行六。另，此札中云“适嘉平五日接读手教……年愚弟何士祁顿首，十一月五日”，嘉平，腊月(十二月)的别称，此处当指道光三十年腊月。因疑此札写于咸丰元年十一月初五日。

② 道光二十八年三月二十七日，“又何竹芗寄来红丝阑格，托钞《毛诗要义》者也，竹芗又奉委往崇明，无书来。”道光二十九年正月二十日，“何竹香托钞《毛诗要义》成，灯下作书致竹芗”(《翁心存日记》第二册，第647、695页)。何竹芗，即何士祁，字仲景，号竹芗。浙江山阴人。清道光二年(壬午，1822年)进士。

躬送荣旌，乃所深愿。致堂河帅腊月必可履新，壬午同谱聚于一省，李香雪更睠怀师谊。资斧一节，似无烦过虑也。手此肃复，敬贺鸿禧，藉请台安，不备。年愚弟何士祁顿首，十一月五日。世讲处即此道贺。

62

燕山迢隔，鲤信间通，客冬曾肃寸笺，布候兴居，亮登珠记。敬稔遂盦仁兄大人同年鸿祺翔洽，鹤步凌虚，隆侍养于兰陔，欢承萱室；著勋华于芸阁，露湛枫宸。引睇璚辉，曷胜藻颂。

弟代篆鹭门，时虞蠡负。所幸半载以来，黾勉旰宵，尚无丛脞。现于六月初四日卸事，刻将交代一切，次第清楚，即回省垣。惟是荔支时节，风味颇佳，道出枫亭有怀，蔡忠惠公清风亮节，心仪久之。回忆昔年闽闱陪侍，忽忽七年，不觉有今昔之感也。肃此奉候，敬请台安，伏希藻察，不备。年愚弟黄宅中顿首。

敬再启者，厦门交卸赴省，适因闽县方彦闻大兄病故。又奉宪委署理闽县篆务，前任巨累，接手颇难，虽蒙升补福防同知一缺，刻下尚未出奏。文孔修同年典试闽中，与阁下后先辉映。天南下吏，亦叨同谱之光于无既矣。陆莱臧同年丁艰在省，光景拮据，闽县尚有未完之款，须为设法了结。同时官闽六、七人，或去官，或出差，刻下止有弟与乔同年两人，依然作傀儡登场。乔同年调署长汀，又新调南平，亦仅自固藩篱。弟本身之累与代担之累在二万以上，可谓开方知县矣。叨蒙垂注，合附以闻，宅中谨再启。

63

二铭仁兄大人同年：

日昨奉访，适值吾兄大人在公未散，怅怅！比稔文祉绥和，定符臆颂。弟现奉命有浩齐特祭差之行，往返须四十馀日，幸不甚远，惟措办行装，诸事未备。现在各处张罗，尚短百馀金，而行期已迫，敢祈吾兄大人鼎力代为设措百金，以作起身路费。如蒙慨允，能于一、二日内掷下方妙，否则，望即示下为祷。此恳顺请升安，不具。年愚弟文庆顿首。

64

遂莽仁兄大人同年阁下：

去秋肃具讣函，谅邀垂鉴。匝岁以来，未通尺素，渴念殊深。敬维入觐承恩，百福骈集，年伯母大人安舆纳吉，嫂夫人以下繁祉丕臻，定如翘颂。现在尊寓定于何处，念念。笛生师近状如何？今岁闻不赴考差，未知确否？

弟于二月间吴伯新师手谕见召，当赴西江襄校半载。八月杪始行旋里，明正仍须作豫章之游。碌碌终朝，鲜有暇晷。所幸家严健饭，眷口平安，藉以告慰。云壑同年一书寄来已有半载，乏便未寄。兹特呈上所有垫款，存于尊处，万勿寄出。外，呈汤老夫子一函，希便中面呈是感。草此布意，顺请台安，临颖无任依溯。年愚弟从吉蔡赓飏顿首。戊子小除夕冲[①]。

65

邃庵仁兄年大人阁下：

音候久疏，弥深驰系，辰维声华益茂，动静凝祥，为忭，为颂。弟告养家居，历碌靡状，幸舍间自家严以次俱平善，足奉慰耳。同年夏小韩令子远雯世兄，少年英敏，好学深思。兹赴都会试，伏冀阁下加意训迪而玉成之，是所祷切。专泐奉启，敬请升安，统维霁照，不戬。年愚弟彭宗岱顿首。

---

① 戊子，即道光八年。小除夕，即除夕前一日。

66

遂盦二兄年大人阁下：

不晤又数日，想侍祺曼福为颂。兹启者，日前在寓面商之事，承示缓筹见复。刻因弟所言应归未了之项，其人以事即欲回家，必须赶月内为之清理，他处商设皆缓不济急，敢恳吾兄于制屋存项中暂挪四百金，以应目前之用，幸免追呼。

弟现接闽中家兄来信，知于三月杪，曾有千金由省托友人带京，约六月廿日左右可到。俟此项来，即可奉缴，不致误兄办事之需。不过暂挪一月，恃在同年知己用，敢作此缓急通融，非不知兄处用项亦繁，告贷者接踵，而作此效颦之请也。专肃布恳，顺请福祉，不一。年愚弟陈宪曾顿首。廿四日。年伯母大人前乞叱名请安。

67

邃盦二兄大人同年阁下：

敬启者，上月七日接奉五月廿八日赐函，备纫绮注殷拳，曷胜感戢。就稔二兄大人文祺懋集，署祉蕃臻。侍萱幄之康娱，抚兰阶之英秀，骧首临风，莫名抃颂。

直省学政，今日已经简放，壬午虽仅二人，较胜于庚辰、癸未两科，亦差强人意，另单呈览。惟仲云兄京察既未记名，又不得差，且时有小恙纠缠，贫病交加，为之奈何。即立夫才原开展，虽窘乡不能扰其襟怀，而妙手空空，亦居大不易。英老夫子调任宁夏将军，前月廿五日到京，召见两次，因喘病请假，十日同门诸人往拜，均未见面。闻脸面消瘦，气神索然，殊为可虑。

南河清水甚大，高堰漫水数百丈，已开三坝宣泄。数日来未闻续报，当可保无虞。弟人事如恒，惟试学两差，不能一得，有负殷期，只增惭赧耳。专此布请台安，暨年嫂夫人阃祉，统惟荃照，不具。年愚弟期李儒郊顿首。八月初三日。

68

自违清范，俄已三秋，结念私忱，无时或释。客岁荡函觐阙，时值恺省侍南旋，未及捧袂联欢，心甚歉仄。今春恺骤撄大故，得京寓来信，知承赐唁赐赙，备荷挚情，衔恤纫铭，感何能已。

正欲肃布谢悃，旋闻抡才浙中之喜[①]，以成均之领袖，作江表之鉴衡，多士倾心，恩钦异数。既辉生乎兰谱，况谊切乎梓乡，与有荣施，莫名忭跂。前此台旌过竟，未敢奉谒兴居。顷闻北发星移，忻可藉图良觌。翘维遂盦大司成年大人鼎茵迪祜，节钺绥祺，詹仰景卿，亮符私祝。传诵闱墨脍炙人口，恺尚未见及，乞赐两三部，以备相好之索取也。

恺蓬门息影，意趣索然。先慈窀穸因本年方向未利，须俟来春营办，负土求助，谁是范公？一切尚未有着，眷口又漂零京寓，无计南来，焦与愁生，不堪言述。欣听驺从来莅，别无东道之将。走敏铃辕，公勤相左，五中怏怅，歉抱尤殷。奉呈家刻温集一部，吴巢松内叔诗集一部，秀才人情，可发一噱，祈哂收。外，附寄朱峻生同年书，并渠托索巢翁诗集一并留，上恳赐带饬交是感。

再，恺有寄京寓家书及篾篓四个，欲求驾便带交。为物无多，而觅便无如阁下。先此奉闻，定蒙允请，当即专丁送呈也。奉恳奉渎，悚感无地，专肃留请台安，容再踵敏，伏惟垂照，不宣。年愚弟制顾元恺顿首。二十七日。

69

遂盦二兄同年大人阁下：

前闻荡节旋都，正欲走访，已承光顾，又以进署失迎，一昨趋诣，

---

① 道光十五年闰六月十二日，翁心存得知典试浙江之命。见《翁心存日记》第一册，第149页。

值公勤未面，别思数月，殊切溯洄。承惠闱墨和平大牲元音也，正宗也，佩甚，服甚！尤可羡者，门前鹄立通家，尽是年家恩庆，骈于德门嘉话，传为盛事，曷胜跂颂。

弟于二十外将有易州之役，往返约须一旬，惟是忝列水曹，一寒如水，兼之珠桂瓮缶无储。辰下日望愁城，举室宛如路窘。阁下星轺甫卸，囊橐倘有馀赀，得邀范叔之知，当效黄衣童之报耳。恃素爱我，用敢渎求，伏望垂谅是幸。专此代面，敬跂德音，附承动履，不宣。年愚弟顾庆顿首。十九日。

70

日前匆匆话别，相对移时，黯然色沮，彼此同之，殊难为情。此后会晤未知何日，惟祈眠食自爱，善为珍摄，心绪恶劣，不尽欲言。兰谱全函，检收是荷。马齿少长，忝居兄列，惭恧之至，顺候文安，不宣。遂盦老棣台大人阁下，愚兄陆模顿启。晤惠钦兄，祈代致意，匆匆不及面辞，歉甚。

71

夏间接奉手函，兼荷盛情，由世兄送来，并面致谆嘱之语，存注殷拳，感戢何可言喻！辰惟二铭年二兄大人高衡冰澈，朗抱秋清，先声本足服人，而又矢以虚公，加以勤慎，固宜其笃承恩眷，为当代伟人也。承嘱印花之件，此件逢年节及庆节办理，自属易易，惟外来呈递，必须报奏吾处，印文印封方递得进。节前万赶不及，只好待年节专递，惟印封及印文空年日及赍折人名，务赶紧寄来，以便代办为嘱。

此次大考，萝村兄高等超擢，并任文衡，喜可重叠，可羡！俞岱青丁内艰，湖南报来。再，芝龄夫子现在丁内艰，于本月底开三日吊，同年于廿四日公祭过耳。直此次大考，动朱者二十多本，赋及论及诗，内或单圈连圈数语。外，赋上一圈者，惟萝村及二等内贡亮采卷；论上一圈者同李高卷；诗上一圈者戴照及许滇生卷，甚属公允。其四等内二李卷，皆论题及论内“阯”字错写“趾”，胡牧堂卷挖补“掎”字，汪振荃卷诗内空四格，魏学中不列等，咎由自取，诗内仄平起，次联仍仄平，可笑人也。其末二卷更潦草不堪矣，谨将原单一并寄阅。肃泐布谢，顺颂荣安，不备。年愚弟王藻顿首。七月廿五日。

前谕此间水笔久未奉上，缘道远而又不知寄处也。今与研芬前辈言及，始知寄书甚便。因购百枝奉为临池之助，暇中如能以条幅贻我，俾慰渴思，则幸甚矣。附具伴函五十金，并望鉴纳不腆。如此，亦可见今之都转不值，一笑也。附此手泐，弟再行。

72

遂盦尊兄年丈大人阁下：

上月中旬并昨十九日，两次奉到赐函，具纫垂注，猥以制屏，遥祝年伯母太夫人荣寿，方愧俗笔不足以罄颂扬，乃蒙奖饰逾恒，益增颜汗。就稔文教昌于南越，欢心洽于北堂，骧首临风，莫名忭颂。

煦斋师仍回热河之任，寄致二函并奠分贰佰两。因银付汪公带来，尚未到京，如月内不到，拟即先行垫送。湘圃前恙已愈，近复两股生疮，考差亦属勉强，王菽原尚未轮补章京，陈仲云竟未邀记名，陆立夫既未得侍御，而夫人又复溘逝，二男二女倚仗何人，可怜！漕运闻颇顺利，粮船已渡黄千馀只。张逆就擒，想粤中早已知之。甘省移捐业经议准，选法例三旧两新，头卯人吃亏多矣。

令郎世兄小试辄效，以家学渊源，兼以年少英才，定当联翩直上，可喜，可贺！舍弟辈学识谫陋，万祈进而教之，幸勿以客气相待也。前寄来折纸，因途间雨水过多，只得一半可用，然纸质甚好，且备大考卷尽足敷用。

委递各信业已分送，笛生先生弟已晤商一切矣。弟人事如恒，眷口均叨粗适，差慰绮廑。肃此敬复，即请台安，并贺大喜。附颂二嫂夫人壶，统希亮察，不宣。年愚弟期李儒郊顿首，戊三月廿三日[①]。

73

邃盦年二兄大人阁下：

正在封函，适贡差到京，接读手翰并折子纸壹千张，一二日内即当着人送至衙门，遍告办事各位，请将新旧比较合式与否，将来再行布闻。日前衙门保送道掌，陆立夫、李滋园两人与焉，均未记名。在清秘堂者同年四人，（京察业已过堂。）惟陈仲云得列一等，而文孔修、受次农、豫莲堂皆未与此次京察。翰林衙门十二人，四提调，五清秘堂，两南书房及周贞木前辈。詹事衙门明日过堂，尚未定人。英师母于昨初六日仙逝，戴湘圃已到京，那绎堂师奏请展限移捐，部议虽准，而吏部议以废员，仍须在部递呈，批准后方能赴甘兑银，恐将来有名无实也。都中雪降颇稀，而人气恬和，大有太平景象。弟郊又肃，十二月初九日。

74

顷间高轩过我，闻蚁战而回车，企甚，愧甚！承嘱毋庸趋谒，自当遵命，容日再行晤谈。饬纪送来京钱贰百乙拾吊，即着小价同尊管送往那处，谅可帖然服矣。此复顺请邃盦二兄大人同年台安，弟儒郊顿首。雪桥先生嘱笔致意。

75

日昨承惠，谢谢。前有联纸求书，挥就乞付去手带回。弟现需节账务，祈吾兄挪用，即一时不敷三百金之数，亦乞暂挪二百，过节后再

---

① 根据札中所言“就稔文教昌于南越……想粤中早已知之”（《翁心存日记》第四册，第 1854 页），时值翁心存典试广东。故此通写于道光八年（戊子）三月二十三日。

为补挪。何日在府,乞示期,弟亲来也。弟后必陆续归款,断不负盛心也。此致即请遂盦仁兄大人升安,年愚弟曾望颜顿首,四月廿二日。

76

乙岁分辕,判袂五载。每怀宪度,驰溯徒劳。比维二兄大人茵鼎凝禧,琴书萃祉,著作益饶于芸署,恩荣弥渥于枫宸,伫晋卿阶,莫名抃颂。弟滥竽滇省,罕所振兴,虚掷驹光,日虞蚊负,所幸考事一切粗顺,堪以告抒雅怀,尚望示已经之途,为警发之助,俾免愆越,铭荷靡涯。耑此肃泐布陈,并附呈薄敬十二金,藉伸微悃,或者聊博一醉之欢,即希粲入是祷。顺请时安,均惟台照,不一。年愚弟王煜顿首。

77

接手示,藉稔一切。公请篴生师,前武次南、曾关念、鄂松亭,合丙戌、壬午、壬辰三科,在龙爪槐雅叙。松亭兄既经下帖,必有吾二人之名,俟稍暇再问次南可也。弟定于十四日下园,寓挂甲屯之广福堂。今年竟未能习静半日,笔墨荒芜之至,呈上白折一本,务乞批正。吾兄新写折子,亦希留赐几开为祷。专此布复,即请台安,遂盦二兄年大人阁下,年愚弟蔡赓飏顿首,初八日。

78

遂盦尊兄大人阁下:

春明聚首,诸荷关垂,既蒙雅教之施,复拜多珍之锡,五中感篆,匪可言宣。别后两阅蟾园,敬维年大人鼎履延绥,泰阶笃祜,遥介萱闱之寿,近承枫陛之恩,引睇卿云,定符鄙颂。

弟启程后涿州遇雨小滞,行程黄梅道中,亦因风雨交作,次日始渡浔江。十月初四日行抵沙津,初六登舟,二十六日甫度梅岭。星霜况瘁,贱躯幸尚粗安,足纾绮注。现于月之八日抵广州省垣,十二日接印任事。此间酬应十倍于山西,人文之炳焕,弊窦之丛生,视并门亦相倍蓰，菲材浅识，蚊负为虞，尚祈吾兄于退直馀闲，将曩日剔弊除奸诸要务，详细示知，俾得奉为圭臬，则感荷云情，更无既极矣。沈福人甚妥当，现仍派司签押，并以附闻。匆匆布意，藉展谢私，顺请台安，敬贺年禧，统惟蔼照，不备。年愚弟蔡赓飏顿首，十一月十五日。

79

遂盦尊兄年大人阁下：

别来五月，时念清辉，正拟觅便函询，而先辱惠翰，展请有如晤语。欣审盛夏安抵珂第[①]，堂上飧饭均佳，侍奉纳祜，膝前又兰玉林立，家庆骈臻，此人海中罕有之境遇，而壬午同谱，又谁有此乐耶？可胜羡羡！

册叶因温二兄断弦之后，溽暑踵至，尚未画出，容属促之。因画尚未有，是以征诗亦未能遍，俟画诗均有便寄也。史大寇作古，昨已南下，萧然冷况，闻之应为恻然。鹿厓、湘帆两同年先后外擢，同榜人甚是寥寥。吾兄又燕奕迢阻，停云之想，在所不免耳。家乡公事甚多，捐输有力者亦恐难继。

阁下还山数年，此时一见，想亦件件俱非素习耶！倭烟固宜严拿，城中现在办理甚急切。广展一案已结，闻吾乡查办甚力，所虑奉行非其人，则民间受累耳。弟从公如昨，无善可言。恳带奴子，彼时未见示复，想已有人，是以未令前去。今得手谕询及，良歉然也。手肃布复，敬请侍安，统惟心照，不宣。年愚弟顾元恺顿首，九月十一日，年伯母大人前请安，文郎文祉并候。

80

何觐扬谨启年大人阁下：

窃扬自睽芝宇，屡易春躔，企慕之忱，时萦梦毂。敬惟侍祺康吉，

---

① 道光十八年闰四月，翁心存“以张太夫人年八十，具疏乞终养。……六月抵里”（《翁心存日记》第四册，第1856页）。知此通写于道光十八年九月十一日。

履祉绥和，定如心颂。凤毛焕彩，继迹木天，诗礼之传，蔚然国器，叨居附骥，无任私忻。际此莱彩承欢，兰阶飘馥，优游珂里，何异神仙？同咏霓裳者，谁得如兹清福乎？

扬丙冬移疾，素韡连嗟，不祥姓氏，未敢冒渎尊严。嗣复托钵频年，旅居靡定，善无可告，音遂久稀，想荷渊涵，恕其疏逖。今者出为小草，冒暑入都，奉旨仍发广西，拟于来春赴粤，回忆操刀初事，蒙锡瑶章，持以遵循，幸资绳墨。蛮乡瘴土，较昔为难，未识能惠以箴言，俾陈圭臬否？同岁朝官肫然素谊，招邀过从，不隔云泥，得以三千里之舟车，话十八年之风雨，而琴溪带水，渺若天涯，无定尘氛，转迟抠叩，其为歉仄，又复何如？明春就道，当专诚修谒崇阶也。谨遣奴陈愫，恭请台安，伏希慈鉴，扬敬启。

81

接展手教，并承惠京蚨廿千，拜领，谢谢。此续命汤非仅雪中炭也，感曷可言！惟年大人因公被议，可告无愧于天地，数十年来事示责实，无真是非，何足深讶？拙作一首附呈钧政，即此鸣谢，顺颂年禧，椿叩具，癸丑除夕[1]。

索米长安累友生，一官匏系此身轻。田园未买归期误，松竹论交晚岁盟。风痺谁将司马荐，冰心偏阻洛阳行。（秋间出都，将赴汴梁，值道梗，半途而返。）寻春早订来年约，联辔看花出凤城。

岁暮书怀兼呈遂庵年大人，即希教正。蔼庭顾椿初稿[2]。

---

① 即咸丰三年十二月三十日。

② 下钤“顾椿”白文方印、“霭庭诗草”白文朱文方印。

九　同里诸先生书

1

书院修金久成画饼，日来窘不可支，望大人暂借一二十金，中秋节奉赵无误，此恳并候即安，不一。愚表弟言朝标顿首。

2

尊校极为恰当，前于《读诗记》已见一斑。兹《训义择言》上板时已经精校，本无大谬也，来《五代会要》尚未刻全，兹因修板在即，先将刻到者呈阅，其缺数，总书卷面可也。即候二表兄早安，张海鹏顿首。

3

奉谕已悉，来纸俟书就另缴。沈券于少顷送星斋所，刻下缘尚有南音数十件函封未竟也。此候午安，心璧台谦，家相顿首。

4

日前封书未送，而雨声又集，咫尺不相见，甚念！闻考学正榜已发，吾乡取子方一人，未知万世兄方熙取否？如有全单可查，乞示知。再，馆元大制及馆课诗赋各稿，望随时发交赵大龄缮刻。晤陈七兄暨传胪公，并乞致意。此候开安，不一。馆愚弟王家相顿首。

5

接读手书，知子方行期已定，而弟筹措尚无端绪，即应分饭银，此月亦未到，甚为焦急。或子方少缓出京，容弟广为打算报命，否则转恳大力，若有暂挪之处，一月后必当奉缴此数。日内红白分坌集，竟不能设法也。此候开安，不一。馆愚弟王家相顿首。

6

积雨开晴，惟吟祺畅遂为颂。馆阁后赋一本已收。兹有谭同年从四川寄来制义数篇，弟阅之竟不能识其好处，乞吾兄鉴定。如有佳者，（即短中抽长，亦须有一二篇也。）即为加墨评点，此托。顺颂开安，不一。遂庵二兄，愚弟王家相顿首。

7

星斋两书架俱在敝寓，满贮书籍，实无可以别贮之处，望吾兄另行筹措，何如？此候开安顺璧，侄台谦，不一。家相顿首。

8

久未走候，惟文祺佳胜为颂。弟前抄唐宋人赋，编为《赋则》四本，忆留尊处。如已阅竟，乞即见还。此候开安，不一。二铭二兄馆丈，馆愚弟王家相顿首。

9

顷候谢，未及面晤，回寓接读手示，即将赋本检出送阅，至廿日之叙，乞台旆于未正到彼。此覆即候开安，家相顿首。

10

昨匆匆奉复，未将义庄规条封送，今检出寄上，乞附南音之便，一并归赵也。房屋究归何人，诸望留意。雨后凉爽，弟今晨不出门，遥颂台候安和，不一。愚弟王家相顿首。

11

刻下自城署归，接诵来函，知铁门房屋已有两姓欲得，事在同时，并无先后，辞受何所适从？弟思此举为邵氏清逋起见，房上顶首早得一日，即积逋早清一日。莫若择其现成交付者就之，不知尊意以为然否？乞与松耘先生熟商妥办，不可以他人之事致碍交情，亦不必因鄙见所及，委曲周旋也。

再，此屋弟接手时，除顶首五百金外，又付石坪前辈下人大钱廿千，以炕与纸总未损也。至弟交代时，橘泉亦如数见付。此时既有欲得之人，必须将此告之，留为邵使南下之用尤妙。此覆原信二通即缴，《义庄记》附去，即候开安，不一。二铭二兄先生，愚弟王家相顿首。

12

顷接敏山手字，有奉恳之处，即送阅。顺候开安，家相顿首。赵处《义庄记》已录出，如尊处有南音的便，示知附去可也。

13

赐绮承恩，儒林荣遇，羡羡。昨托枢廷录出大稿，虑周藻密，毛郑说经、庾徐摛艳并为一手。殿前作赋，声摩空应，不作第二人想也。弟现在校刻大考卷，拟即将尊稿缮刻，或另有修饰定本，乞即录示一通。其实诗赋皆极妥善，无庸改易也。先此奉闻，即贺开安，不一。(英来得知县可喜也，吾乡粮道放何人?)遂盦二兄馆丈，馆愚弟王家相顿首。

14

连接邸抄，欣稔二兄馆丈大人文运亨通，天恩叠被，由三山而百粤[①]，遂秉节而持衡，闽广奇珍尽归珊网矣，贺颂无似！弟豫闱竣事，计日言旋，眷口亦已起身，月之下旬，想可聚首。北闱题名录吾邑无人，南闱亦惟正榜严丕式一人，副榜曾彬文一人，皆昭文籍。至儿辈，本系浅学，其不中，宜也。兹有莫文，系张子和前辈旧人，曾在京寓伺应。昨随吴明府庆钟至豫，欲另觅高枝，因以一言为介。闻安舆指日就道，可令其沿途护送，抵署后，希为随材录用。手泐谨贺鸿禧，顺请台安，不庄，不备。二铭二兄馆丈大人，馆愚弟王家相顿首，九月十八日，开封寓中。

15

三山持节，旋莅羊城[②]，珊瑚尽归铁网矣，贺贺！闻瀛眷已奉安舆就养，小春和煦，度岭正在梅花开放之时，慈颜怡悦，不问可知，尤堪贺也。视学重任，儒臣荣遇。膺斯任宜以防弊为第一要务。曩胡文恪公在江苏点名后，将承差号吏封闭空房，至净场放出，于是场内传递之弊绝。刘文恪于考试先一日传进教职，用号戳，亲身监视，于是联号之弊绝。惟闻万文恪公言广东小试之弊，有出人意表者。大要防关须严，查察须密，不但长随不许出公门，即幕友官亲亦不可与人交往。至于衡望公平，士心悦服，皆由弊绝风清而致。阁下具非常

---

① 道光五年五月，翁心存“充福建乡试正考官。……闱中奉督学广东之命，十月抵广州”（《翁心存日记》第四册，第1853—1854页）。三山，福州别称，以城中有于山、乌山、屏山三山鼎峙而得名，此处指代福建。百粤，即百越，札中当为广东代称。知此通写于道光五年九月十八日。

② 道光五年五月，翁心存“充福建乡试正考官。……闱中奉督学广东之命，十月抵广州”（《翁心存日记》第四册，第1853—1854页）。即此通写于道光五年十月二十八日。

之才，受非常之知遇，敢以刍荛为献，惟希留意焉。

弟署书启友姚仲章二兄，桐城茂才，其尊甫姚星予先生，现寓广东省城四牌楼云台里姚宅，欲得一书院或衙门课读，望为推毂。仲章现有安信，并求饬送。昨在开封有子和旧仆莫文求荐，已作札付之。其人胆小，不敢作弊，易于管束，于节署颇相宜也。手泐幸恕不恭，顺贺鸿禧，不一。另，寄马同年一械，祈饬发。二铭学使大人，馆愚弟王家相顿首。十月二十八日。

芥航年三兄大人，陕西人，戊午同年，辛酉进士，由中书改官县令，家相于丁丑秋奉访祥符官署，别七年，而君以汝宁太守入觐，旋奉特旨，擢开归观察，即日衔命出都，一再招集谈宴，殊乐。复偕同人祖饯，作诗送别。

16

夏初辞别言旋，展读赐题长篇巨制，俯慰请益之心，不胜感谢！琅函远贲，拜惠滋多。正欲再肃覆函，旋闻荣被丹纶，校文首善，下风雀跃，欣喜逾恒。即辰惟稔二兄大人珊网罗珍，珠庭典学，满门桃李，齐拜养堂，一品文章，恢张家学。虽郎君抱向隅之戚，而髦士感知己之恩。从此九列崇登，三天入直。昔人所谓邦家之光，非独闾里之荣也，引企星晖，欣颂何极！

前承命题《授经图》卷，极欲附名简末，无如心源如废井，竟不得一字，容俟之异日耳。友山明经下第留京，必须觅一馆地。阁下关情旧雨，自无须弟为谆托，而登高而呼，不得不仰望于龙门也，万望留意。

弟近状如常，夏秋间边淮州县颇苦积雨，幸水退甚速，农田仍庆有秋。近日颇有楚省饥民流入豫境者，督饬有司沿途资送，以免扰累吾乡。积雨被淹虽少减于江北，而低区亦难堪矣。附及即请台安，诸惟朗照，并候令郎文祉，不一。二铭二兄大人阁下，馆愚弟王家相顿首①。

① 左下角钤“家相启事”白文方印。

捧读大作，意味绝似震川，佩服，佩服！惟崇奖万不敢当，敬志隆情，谨此鸣谢，家相再行[①]。

17

客冬乞假归省，荷蒙蜺旌枉送，别来驰企，与日俱长。今岁大考，欣稔遂庵姻台老先生大人荣列高等，旋蒙恩峻擢春坊[②]，闻信之馀，曷胜庆忭！吾邑词林留馆后，每多走捷径，鲜有直上蓬山顶者。老先生天才英博，学问淹贯，植品端粹，实为虞山秀气所钟，素以大器相期。今果高擢宫詹，洵词苑之康庄、宰执之根柢也！每于亲串处，询稔萱闱加餐色喜，精神逾健，吉事有祥，翘首裔云，弥殷健羡！

仁秋间假期将满，因家慈高年多疾，而告养与例未符，爰续行递呈，乞痾转假，藉展乌私。晨昏稍暇，辑荒政各种，共三十条。卷首冠以蠲恤功令，卷一为荒政总论，卷末附救火一条。甫有初稿，不揣固陋，极欲就正有道。而道里辽远，未遂所怀，转深怅怅。二小儿希铨一麾出守，濒行定蒙矩训，俾奉南针。因栈道崎岖，特遣旧仆范二赶上随护。肃泐数行，恭贺大喜，并请台安，不庄。姻愚弟杨景仁顿首，十一月廿三日金阊舟次。

18

天久不雨，夜间辄有白气，横枝而南，不胜杞忧。见岚竟有如此之变，子孙林立，公则仅有一幼君客中送终，言之可叹可悼！金华之举，本属谬义耳。阮中堂道定，信未识究竟确否？前日道台回来即行，想亦不及问也。金侄韵全，今从贵西席李先生阅课，未识文思如

---

① 左下角钤“家相启事”白文方印。

② 道光四年八月大考翰詹，翁心存“列二等第二名，奉旨遇缺提奏。九月补右春坊右中允”（《翁心存日记》第四册，第1853页）。疑此札写于道光四年十一月二十三日。

何?(闲中可为问及。)认真否?此可否即往耳。

《说文弁言》如已椽笔题就,改日尚当走领面谢。此请邃盦先生安,德懋顿首,十八日辰刻中。

19

信至得复,读之增思,阴雨连绵,正得此忧深也。张侯处似应已备联,颇为是。此间亦并无人来说及,正未识如何耳。如有三四人,即可附列。前霞城久未见面,俟晤时问之。此复,即请遂盦先生刻安,德懋顿首。

20

本拟走谒,缘近日旧恙日增,未敢举步。昨读和章,情景逼真,格律亦超,珠玉在前,自惭形秽,信然。昭文讣闻,未识阁下处如何办理,是否友公分不妨附骥?否则竟置不理,似非应酬所宜,祈酌之。率泐数字,即请邃盦先生刻佳,德懋顿首,廿一日辰刻。

21

前承关注,蒙惠再造丸,服之汗出如雨,热气直达脚尖,较之昨在苏购得者,性虽同而味则长胜十倍矣,未知能再得否?刻下病势渐退,唯步履尚未能耳。阁下何时旋里,象贤太史公福相弥丰,前程不可限量,欣奚何似!率泐数行,即请邃盦先生安,德懋顿首,十八日。

22

拟镌《说文类纂》,前经奉览,然恐贻伧父之诮,宜若借重皇甫作类序冠弁,未识可否?如可,当相月底拜领佳制。德懋顿首,邃庵先生阁下,初八日。

23

奉上已刻《说文》二十页及后跋底稿，祈酌之。即请刻佳，不具。德懋顿首上，邃盦先生阁下。

24

诰启，承颁赐先德志铭及安南钟款，俱祗领讫，《传经图》容拟撰呈缴。兹先奉去《支谱》二册，尚有附录诗文，约十卷，无力刊刻，写副藏箧，冀待后来。惟念高安赤祖居贫官苦，及今未得归葬，仰求光制鸿篇，俾垂不朽，幸甚，幸甚！所示廉州所获旧钟，非宋物，乃明初所制，昌符实明交趾陈晛年号，晛系暾子，其立在洪武十年，是岁在丁巳。陈晛居位十一年，为胡季犛所弑。其九年乙丑，乃洪武之十八年也。考诸纪元编附外国年号，似无疑义，或可于北平先生《金石略》后，附一说耳。

诰日前北上还来，颇受热，医云须调养数日，故尚未谢步为罪，容强健，当登堂而颂。先此谨请侍安，并候大表弟文祉，不具。诰再顿首上，邃盦姑丈大人尊前，九月廿四[①]。

25

《传经图》特送去，前因未看清标签，以致两件误写。临裱可分割，或重写亦可。诗与字俱不足观，以尊委不敢却耳。专此顺请侍安，不尽。廷诰顿首，九月廿九日。

26

一月以来，未修谒候，日前一如来馆，敬悉太夫人万安，大人侍福闲适，如颂，如颂！诰清明节闲能，天气稍晴暖，当入城盘桓三四日，可

① 此通四纸，每纸左下角钤“缄翁布白”白文朱文长方印。

以一再诣尊斋坐晤也。兹有嘉禾旧交求书对书扇，望暇时一赐挥之，不必亟亟，容日拜领。专此上恳，肃请崇安，不尽。廷诰顿首，三月朔[①]。

27

积水仍没胫下，昨不能动足，特遣人敬问姑母起居。《张侍御疏册》附呈去，或跋语，或看款俱可，藏籍中如有北平孙退谷承泽《春明梦馀录》，暇间求检借，以中有《家司成论》《三朝要典》二疏，别处无全文也。谨请侍安，不具。廷诰顿首，十六日[②]。

28

谨启，赵闾乡孝廉撰其太君行述，即日刊刻传送，欲求姑丈大人出名填祖讳，属诰转乞开赐尊衔。顺请侍安，不一。廷诰顿首，十月十九日。

29

高三兄寒衣多寄存质库，北风甚凉，需孔亟矣。龚志伟售正其广屋半间之芘，愿便酬之。专此上渎，即请侍安，不尽。诰顿首，九月十八日早。

30

近言四十三则，首尾完备，以为姚考功书，并作臆断，数十年前过醉警斋所习见之耳。跋语略述缘起，于公书未窥万一，不敢多赘门外语也，承赐《笠屐图》，谢谢！已付装去矣。晴暖当走谒，先此请邃庵姑丈大人侍安，诰顿首，二月朔日中[③]。

---

① 此札钤有“东郚小筑”白文方印、“缄翁手书”朱文方印。

② 左下角钤“廷诰之印”白文朱文方印。

③ 下钤“缄翁布白”白文朱文长方印。

31

邃庵姑丈大人阁下：

初十早晨以居停见邀迫促，解维不及话别。来郡旬馀，雨多晴少。伏想高堂曼寿，侍履增绥，爱日舒长，或仍来吉庆室，作辟器计耶？赵参议询无专集，先德传于何见？见过太常公文，面托季松雪（云）向王氏转抄，朔州诗友人携返皖江，容来再告借。海内既有刊成本，当易根寻也。附启一件，幸留览。临颖依瞻，顺请太夫人、姑母福安。廷诰顿首，四月二十三日。

32

老方持到手示，才悉别后玉体违和，再抱西河之痛，即欲入城奉候，奈为泥涂所阻。家集两种谨奉去，拙草一卷为相知者袖去，容乞归，当面呈也。专此上复，顺请福安，附请姑母金安，不一。侄制廷诰稽首。

33

近日闱艺就正者必多，法眼决之，当有几人？兹又有闱艺恳求直笔评定，幸勿因试作而过为奖誉也。此请遂莽先生亲家安，期德懋顿首。

34

遂盦仁弟同年阁下：

前阅题名录，欣悉吾弟南宫奏捷[①]，不胜雀跃。满拟力能扛鼎，

① 道光二年，翁心存入都会试，“榜发，中式第二十一名”；殿试二甲第三名，朝考入选第四名。见《翁心存日记》第四册，第1853页。知此札写于道光二年四月十五日，是年闰三月。

而孰意竟未染指。近想朝考已毕，定乂群仙之籍。此亦不足为喜，异日功名事业，须另有一番建树，乃为不负此生。阁下平昔抱负与人有别，故兄敢以此言进，并非好为高论也。惠、芳两兄又落孙山，仆仆车尘，究非良策，真令人唤奈何矣！菊弟散馆尚未得信，想来自是必留。渠体用兼全，无投不利也。

兄因沐阳张芙舟夫子招主怀文讲席，于闰月中北上，下榻署中，兼司督课之任，尚不寂寞。惟砚田之泽无多，亦难久留于此，大约七月回家完结吴兴一事。芳兄想已南旋，惠兄行止如何，三千里外亦难为代筹，仔细思之，不获早成证果，不如竟入红尘游戏一番，然此中亦自有一定，不可强也。霍兄羁留人海，望其早出一头地为妙。阁下可随时规切，是所深祷。此间信息难通，倘有淮扬各署之便，尚希惠寄数行为幸。耑此祗候开祺，诸惟努力，不宣。愚兄大奎顿首，四月十五日。

35

遂盦太史同年仁弟阁下：

顷接手书，欣悉吟祺多豫，馆候胜常，曷胜抃颂！木天清暇，著作日新，濡毫成织锦之华，翦纸仿簪花之格，群仙领袖，非子而谁？贺甚，贺甚！公车北上者四人，留京四人，为数颇少，然得失亦不以此论。惠、芳两兄皆处不可不中之势[①]，未知能得一当否？

弟乡间息影，意在守株，前札云云，亦只如风之过隙。今既来书如是，亦不必再提矣。京师旅费，家人生计，诚属不易支持，然此时努力功名，亦不能以此挂怀也。草此泐覆，祗候开祺，诸惟亮察。风便尚希时惠数行，以慰悬悬，不胜盼望之至。愚兄大奎顿首，二月廿八日。

---

① 根据上文“前阅题名录，欣悉吾弟南宫奏捷……惠、芳两兄又落孙山”，与此处相呼应，因疑此通写于道光二年二月二十八日。

36

遂盦太史同年仁弟大人阁下：

前悉木天文战，领袖群仙，果如其意中所欲出，不胜雀跃之至！当即泐函道贺，谅经尘览。迩惟吟祺多豫，旅候清佳，定符心颂。前札奉属不必乞假之说，似非无益，想识时俊杰，亦必早见及此也。同谱诸人惟阁下出一头地，橘泉尚可有为，而其馀都不能自立，前路茫然，未识作何究竟？清夜扪心，自呼负负而已！

芳兄决计留京，良非得已。橘泉书来，云吾弟劝其回南，仰见手足相关爱之深而虑之切。鲍叔不以我为无耻，知我贫也，但此时兄在家中，一切犹可支撑。芳兄即回来，亦未必大有补益，不如拼此二年，力图进取。过此以往，则断难再作西笑矣。顷闻秋间有考学正之说，此事良非易易，但业已在京，自当与考，一切尚希指示。明知万难，姑尝试之而已。吾弟以为何如？数行草泐，祗候开祺，诸惟秉照，并盼德音，欲宣不尽。愚兄大奎顿首，六月十五日[①]。

今岁江浙、安徽大水，常、昭两邑田庐淹没无算，较之九年为更甚。城内自五月十八日上水，至今未消，荷香馆一带不通行人者亦十有馀日。而两县犹泄泄，然不肯详报灾分。官吏但知多一分灾，即少一分漕，谁暇计民之无食耶？可胜浩叹。

37

遂盦太史先生同年仁弟大人阁下：

久未接惠书，盼望殊殷，府中亦甚悬悬。初一日代寄竹报一件，属子芳转交，计月底可到。兹于初四日捧到朵云，发函伸纸，语重言长，深情如诉，乃知前此之不我答者迟迟，盖有故也。即稔吟祺多豫，旅祉常佳，木天清暇，著作日新，声华日起，可胜健羡！文章事业，似

---

① 此通写于道光二年六月十五日。参见上文相关内容。

乎两途，然究竟读书有识，则措诸实事，自与流俗不同，即一言建白，亦必有补生民，非仅雍容华国已也。阁下以为何如？

乞假一说，鄙意总不以为然。明年若逢大考，是第一关头，在所必争。倘得褒然举首，岂不远过寻常万万耶？至于试差一途，自在意中，虽不必争此一年，然亦究竟不无小补。若计俸积压，又在其次。盖至将来论俸开坊之期，则同榜已属无多，且阁下之才，亦必不俟此也。至于尸饔念切，迎养无资，倚闾之望，诚所不免。然此时南归迎眷，亦谈何容易？即使膏车有助，亦恐索未无从，不如暂缓一二年，得差后再为此举，似较省力，不知吾弟计将安出也？

芳兄考学正，竟以无心得之，机缘甚巧，亦属可喜。此虽是鸡肋，然或将来无进步，亦毕竟有一归宿也。前此阁下力劝南旋，既考后又坚持此说，非鲍叔之知我，不能为此言，亦不肯作此言也。刻下家中益增逋累，而年景又值奇荒，竟有无可支持之势。严君已作札，令其速归，以待丙科之局，酉年或竟置之，亦无不可耳。惠兄往左山倚丈人峰立脚，倘得善地，故无不可。但恐燕巢幕上，则殊为可虑，然亦无可如何之事。与其浮沉乡里，犹不如糊口四方。渠前信之“倘须迎眷，或要回南”，想亦必无之事耳。沈项子金早付德斋转交，可无记忆，惟此事将来会寄子金，终多不便。就鄙意揆之，不如将此项转交芳兄，则渠可以暂济然眉，(此事若可会划，德斋处不必说及，仍云在邵处，可否?)而沈事亦觉妥便。前信已商及之，特未知惠兄能否划出耳。菊弟供职甚勤，自必能自树立。鹤兄分发一途，自是正办，但须及早图之为妙，否则徒淹岁月耳。

兄息影乡关，意在守株，前岁所言，已如浮云之过太空。今年之事，本非所愿，且若以弟易兄，岂不更为失计耶？东南水势自五月中至今，凡三次盛涨。其最甚者在七夕，一夜大雨，八夕竟日，至二鼓乃少息，水势较九年大至二尺有馀。虽素号高区者，亦无不被淹。(田庐入水已九十馀日，九年不过二十日耳。)而阴雨连绵，至今未息，水亦不退，不特秋收无望，兼恐将来不能种麦，则大为可虑矣。现在各大宪办灾，颇极认真，而县中殊觉泄泄。现报灾分，常邑在六分以外，昭邑在七分以外，其实常八昭九，乃为实在。县中总以东西两高乡尚有收成，不知昭邑东乡木棉有叶无花，已同赤地。常邑西乡除棉豆无望外，禾稼亦多被淹，有收者盖无几矣。

前月抚宪奏请每县借帑三万两，预行采买以资民食，而县中禀称无人承办等因，不识是何居心！其他常平社仓更不可问。至于劝平、粜平市价，亦都无济，惟赈恤一节，尚有实惠及民。现蒙各宪奏请抚恤，先给一月口粮，以后得有官赈两次，民赈两次，或可敷衍过去，（现在最苦者，田产尽没，民无所依，佣工既无所用，木棉价又大贵，纺织绝无利息，逃荒者现已纷纷四出，将来二麦不能下种，复何恃而不恐？米价四千五六，近日少平，然恐明年春头势必在五千以外。贫民得一月之赈，不能济五日之饥，捐局银数无多，两赈未知能否敷衍。此非大发帑仓，复有何策乎？）然现在田庐俱在水中，饥无食，寒无衣，风雨无所庇，区区修补，百孔千疮，未识果能安静否也？

种麦一节，极低处断然无望，平区亦须水势早退，乃能下种。若水至九月不消，则明年更难，不堪设想矣。劝捐于八月朔设局城隍庙，其常川到局者，培元、蕴珊、子潇、秋槎、英甫、信香、德斋及兄等数人。兄才具短浅，向来亦未办过，兼有老辈在前，势难自出主张，而邑中诸绅富颇亦顽而无理，大意城中富户最为难劝。此番须得四万金方敷两赈，未知能足此数否？陈景明投呈捐银二千两，亦属可嘉，而其他为富者，则恬不知耻也。苏郡各州县荒政未知何如，灾分则更有甚者，大意苏松嘉湖约略相等，常州少次之，其他见闻不及。闻同乡侍御有言灾封事，未知其说如何？此时要着只有赈恤一道，在上则须不惜帑金，在下则宜力劝捐输，而鼓励捐输，惟有议叙一法。（此事向来总未奉有明文，书吏得以上下其手，故不足以取信于人。）从前颇不一例，故人多不乐为之也。刻下苏松诸郡无处不成巨浸，人都水宿露栖，（艺斋前辈饥溺为怀，盍相为言之。近因公私历碌，心绪纷然，不及作札也。）不堪寓目，哀鸣嗷嗷，集于中泽，倘有绘图而入告者，斯亦民生之幸也。心烦语杂,意不尽言。愚兄大奎顿首,八月日戌刻。

38

遂盦仁弟大人阁下:

月前芳兄抵里,捧诵惠书,规诲之意,勤勤恳恳,三千里外,如聆麈谈,慰甚,慰甚!昨在局中又飞到朵云,正深快忭,发函伸纸,忽睹"橘泉逝矣"一语[①],真令人不信,以后再加披读,不觉心惊胆碎。阅书未竟,不自知其涕之何从也。此君素性好高,事事欲出人上,心力俱疲,遂以此自夭其寿,痛哉,痛哉!回忆昔年相好,团河小聚,意气如云,颇以为兹数人者,才力年齿大可有为,异时分道扬镳,各争竖立,必当为吾乡大生气色,岂知不数年间,风流云散,远香客死于外,惠钦、霍才郁郁不得志,兄则跧伏里门,毫无善状,其仰望所归者,阁下与橘弟两人耳,又弱一个焉,可胜叹哉!

橘弟才德两全,有体有用,前此数年志在科名,不惮竭尽心力,为人定胜天之计。名既成矣,以后前程远到,直意中事耳,乃复中道而殂,曾不得一展其志,此中殆不可解其死也。同谱诸人天各一方,固已无缘言面,而阁下咫尺天涯,亦未能握手一诀,岂缘分已尽于此耶?伤哉!其服药之误固不待言,家人亦殊属愦愦,天实为之,谓之何哉?惟是死者长已矣,其如生者何茕茕!两嫠有遗腹否?其令兄处侄子几人?都中积逋共有若干?现在一切有阁下为之照应,尚可放心。至于旅榇南归,眷属西行,自系一定之理,且俟川信到日,为之照办,非吾辈所能代筹,以后亦更无他望,只愿其尊人庇荫舒长,便是后人之福,然而望七老翁处此境地,正不知其何以为情也。

---

① 道光五年六月二十四日,"甘泉令朱勃,号石士,山阴人,议叙,邵菊泉之母舅也。渠去年引见时,因知余为菊泉经理丧事,故甚感激,因相周旋者一月"(《翁心存日记》第一册,第16页)。疑此通写于道光四年十一月二十九日。

萧武举一项，兄未深悉底里。现将原札寄乡，俟芳兄信来一并寄呈。看来此事必须烦阁下为之取得监照，交与萧公。其银或属萧公代垫，或即烦阁下筹划暂垫，无论何人所短，芳兄自当寄还，决不负人也。其善后诸事，尚希陆续寄知，以慰私臆。耑此泐覆，祗候近祺，意绪纷如，欲宣不尽。愚兄大奎顿首，十一月廿九日。

39

前得来书，伤感交集，如醉如痴，草覆数行，言多未尽，兹再缕陈之。阁下内顾之忧，拳拳不释，自是至情。然河东观察业于前数日抵里，闻行李甚都。刻下尚未出门拜客，一俟晤面即当详述。此意想渠高谊如云，断不膜视，况饮水知源，尤应出力佽助。府中度岁，一切自可无虞，惟朗若苦无生色，较为寒窘耳。三伯大人之变，真出意外，然年寿已高，身后一切亦均停妥，嗣孙头角崭然，自必克昌厥后也。家乡积水渐消，二麦下种者约得十之六七，年成统计约有三成，米价却不算极昂，陈米不过四千二三。现在民情尚为安帖，官、民赈共计有六次，漕粮概行停征，似乎财力尚可支持，但人情亦甚刁顽，熟田多不肯偿租，时有抗差拒捕之案，而两邑尊以姑息为事，殊非善政。秋间松江一案，想已得悉，前日太仓又有拆毁民房之事，人犯尚未全获，亦非好风声也。兄往来赈局，颇觉劳劳，而于事竟毫无所补，至家中一切，均托平安，惟日入窘乡，殊为可虑。

近日遥计甲戌当已开选，其丁丑截取当在何时？截取之后几时必须到部？几时可以开选？倘有相好在铨曹者，乞转托一查，详细寄知，缘此番出门必需预为部署一切，尚费周章也。惠兄在山左，但得有一馆地，即较胜居乡多矣。近日有息耗否？寉兄到京否？渠得分发后，务必寄知为望。耑此泐问开祺，并希时惠数行，以慰悬悬，不宣。愚兄大奎又启。

40

遂盦太史同年仁弟大人阁下：

夏杪秋初两接手书，具稔一切，其时适为疟魔所困，遂致裁答稽迟。伏惟起居禔祜，吟候多佳为颂。校书东观[①]，昕夕宣劳。此即文章报国之始，服官一道，亦不过吾尽吾职而已。大考未见举行，想在明岁春头，此实必争前列。若试差则在掌握中，无容过望也。客岁蒙赐家君寿言，一切肤词扫除殆尽，卓然古文作手。捧读之馀，感佩无既。惜愚兄弟未能自立，贱贫如故，不克一舞彩衣博老人欢，未免深辜雅意也。

阁下迎养一节，业有定见，而年伯母倚闾望切，亦以早日到都为计。此亦无容更议，惟有乘粮艘北行一法，但途中资斧及抵都后一切安排，必须预为筹划。来书联会一说，自是可行，但此中可靠者几人，兄却未能尽悉，前与叔才谈及渠意，似在小就。兄意以为千金似不可少，而人数却难齐集，观察公处已一探问之，大意得一已足，馀如沅滨、叔才、子廉尚属好说，昭邑李公只好届期看渠光景。此外尚有何人，未能尽悉。望即开一单子寄来，其中厚薄不均，一一注明，而实在必需若干，亦须示及，俾兄等胸有成竹，较易为力也。

惠兄未知何时南旋，渠若抵里，于此事大有裨益也。隺兄拟就分发，未知定局否？刻下已掣签否？仕途亦何在不可？出身此中，自有一定，不必为之惋惜。菊弟灵旐旋里，想在冬初，届期当约仝人奠送，亦只曾在都中相识者尚有此意，乡人则难与言矣。今岁南方年景甚佳，米价自秋初即已大平，此实梓门之福。都中西曹一案，何以竟至于此？顷尚未悉，如何定局，当亦即日见报矣。吾乡给事记名，观察、侍御调任圻垣，户曹监督仓场，官运自好，惟苏属竟无大轿，为从来未

---

① 道光四年，翁心存充武英殿总纂。见《翁心存日记》第四册，第1853册。疑此札写于道光四年闰七月二十八日。

有之事，是可异也！寉兄如在都中，乞为道念。数行草泐，袛候开祺，诸惟朗照，不尽欲宣。年愚兄大奎顿首，闰月廿八日。

41

遂盦春坊同年仁弟大人阁下：

九月初旬得悉翰詹大考，褎然举首，欣喜无似。旋阅邸报，并知蒙恩超擢晋秩宫坊[1]，尤殷雀跃，从此飞越仙班，遂成证果，俯视红尘，但见齐州九点烟而已。刻下清西侍直，似尚需人，想必即日可到。至于星槎奉使，则意中事，无烦预祝也。昨又接奉惠书，拳拳之意，有逾骨肉，并蒙以家君正寿，远锡隆仪，感切五中，笔端难罄。府中喜气盈庭，百凡平善，想竹报自当详述也。

会事业于初八日举行，名作十成而实得七分，愚兄弟仅居得半之数。此亦年伯母慈意，曲谅其力不如心也。会外有鹿樵观察两数，子廉中翰一数，并昭邑李侯，均不在此列。至春台、英来，前此未经提及，若再作札恳之，必当有效。惟沅宾、子准两分，却是失之于意中，此亦不必尽人之欢耳。就私意计之，两竿七折可得，少亦总在一竿以外，途中资斧可无顾虑也。启行约在二月中旬，大意与子廉同走，长途较有照应，可以放心。东南水利现兴拟修，而白茆似不在此列，然浙抚帅公、苏臬林公，相继去位，恐实心任事者少，亦未必尽善也。兄闭户家居，仍多历碌，现在为彭城内子觅地安葬，必须了结此事，方可出门。丁丑选期，不知于何时截取，倘能探一确信寄知，以便预为料量，感何如之！

芳兄明年就一乡馆，入都之期，大约总在后年矣。德斋寄缦云一信，并会银十两。渠因乏委便，即将沈氏子金划付十两，伏乞阁下代垫。若已张罗在先，（在缦云前只说阁下该付沈氏可耳。）即可划收，

---

[1] 道光四年八月大考翰詹，翁心存“列二等第二名，奉旨遇缺提奏。九月补右春坊右中允”（《翁心存日记》第四册，第1853册）。知此札写于道光四年。

或渠另有急需，仍希酌付，兄处即当措交府中，春间带上，断不误也。惠兄托迹婿乡，现已接眷到东，较之南旋，自为得计。至分发一说，自当于后年场后定局也。橘弟灵柩抵里，即偕诸同人送至宗祠。现在子廉兄已为觅地绘图寄川，用否？俟回信定局，自当始终其事也。寉兄留京待试，亦可谓有志矣。专此泐覆，祗候升安，言长纸隘，不尽欲宣。愚兄大奎顿首，十一月十五日。

42

遂盦春坊同年仁弟大人阁下：

春正由姚风裳六舍舅处转交一书，谅经收到。迩惟起居迪吉，吟候多佳，为慰，为颂。年伯母于初三日开船[1]，子廉于初十开船，约在淮扬会齐，英来、小江亦约仝伴，长途可以放心，出月初旬即当安抵都门也。考差在即，想星轺校士，定可操券。倘得闽浙二省，可图良觌，曷胜盼望之至。长安居大不易，近闻阁下高轩华堂，所费不赀，窃为过计，然大才盘盘，（去年沈项子金，德斋划十两交缦云，前恳代付，兹已面交郎君带上矣，祈即收讫。）自必胸有成竹也。惠兄欲就拣发，不知榷否？顷作书规之，谓不若明年场后定局为是，有便望即递去。寉兄近来能专一否？子廉志在必得，似人定亦可胜天也。子芳兄今年处一乡馆，藉此可稍理旧业，但计偕则必须新正矣。兄近况如常，惟出门一节，诸费周章，妙手空空，竟难安顿，且俟届期，再作计较耳。专此泐候升祺，馀不尽述。愚兄大奎顿首，三月十日。

43

遂盦春坊同年仁弟大人阁下：

月前奴子回常，得悉星轺安稳，履祉绥和，良殷抃颂。迩惟冰壶

---

[1] 道光五年“四月，先祖母张太夫人率吾母许夫人及不孝同书、同爵至都”（《翁心存日记》第四册，第1853页）。知此札写于道光五年三月初十日。

朗照，珊网宏开，广罗沧海之珍，悉采荆山之宝，八闽杰士都入彀中。绿纱糊眼之诮，为前人一雪此言，曷胜欣幸！

昨日午后报录人到常，即稔阁下恭膺简命，视学粤东[①]，此又粤士之幸。主试三年一至，其教浅；提学一至三年，其教深。东南文运之隆，一视宗工提倡耳。尤可喜者，阁下清操自励，矢志靡它。此乡多宝玉，慎勿厌清贫，无烦为阁下颂也。都中眷属自必迎接到任，以便定省慈颜。令兄朗若，此后可不虞寥寂，或可同至任所，亦大妙也。

奎闭门株守，一切如恒，截取文书，业经到省，而托问选期，似总在明冬后春。前日谒见陶云汀夫子，意欲相延课读，师意谆然，亦难固邦，已订定明岁新正之约，大约过夏后再定行期也。兹乘鳞鸿有便，草泐寸启，祗候台安，并颂大喜，诸惟朗鉴，不宣。愚兄大奎顿首，中秋后一日。

44

遂盦春坊同年仁弟大人阁下：

星轺南去，引睇为劳。前闻提学粤东之信，适舍妹丈束装来粤，曾附片函，奉候兴居，谅缴典签。兹又接读手书，拳拳雅爱，感佩无涯。即稔持衡校士，殚力虚衷，为国得人，便是儒臣报称，功无有大于此者。

幕中校阅襄理得人，自是第一要着，仰荷见抬，兄亦深知此意。选期尚有年馀，家中亦无他务，得揽羊城之胜，亦大快事。惜明年已有成约，缘云汀夫子抚吴，兄于秋间便道进谒，即面订明年课读之馆，并属于嘉平初间即行到署。此席无甚佳趣，因师意谆然，未敢固却，已有成言，势难他就。“还君明珠双泪垂，何不相逢未嫁时”，此意定

① 道光五年五月，翁心存“充福建乡试正考官……闱中奉督学广东之命。十月抵广州”（《翁心存日记》第四册，第1853—1854页）。知此札写于道光五年八月十六日。

蒙原鉴耳。环林尚未服阕，但渠素恋家，未识能来否？刻下年伯母慈舆早经抵苏，即日启行，势难同走，俟稍缓再与商量。此外，可请之人亦复寥寥。刘石筠夫子学问素优，人亦醇谨，明岁观察处已请谱梅，不复仍旧。但夫子年纪已高，而家务亦未能摆脱。若再要结实可靠者，则惟令亲家静岩太翁，其出门与否，亦未可定。至公车南下之后，则八闽新桃李定复不乏人矣。芳兄在馆，却亦未能用工，明春入都，得失正难预必。鹤兄仍落孙山，已决计就分发，此亦万不得已之举。昨得其来札，意不忍卒读也。惠兄杳然无信，想婿乡况味，亦未必大佳耳。兄家居数载，颇亦历碌少暇。刻下铨期渐近，而一切章程，毫无就绪，大约明冬后春，势难再迟矣。

舍妹丈归麟乡，百无一能，惘然至粤东，亦殊可慨，倘得于宗牧崖处一加吹植，感激无地。顾升素蒙青眼，一闻荣任粤东之信，便欲奋身而飞。此亦良禽择木之意，无能相强，顷已随眷船至矣。沈氏会券，鹤兄已寄交兄处收藏，子金当按期付去，惟前路尚未分明，俟惠兄到南，再与商处可耳。草泐数行，祗候台祺，诸惟原鉴，并希时惠德音为幸。愚兄大奎顿首，十月廿三日①。

45

邃盦春坊同年仁弟大人阁下：

客冬眷船过苏，曾附片函，奉候兴居，兼谢见抬雅意，谅蒙鉴及。嗣惟鼎裀集祜，升履延釐。慈舆抵粤，凡百吉康，曷胜欣颂。刻下春风解冻，想已乘轺远出，贡玉抡珠，定有以辅作人之化。彼都人士得遇宗工，提倡行见，人文蔚起，骎骎乎与大江南北争驱矣，贺甚，贺甚！

弟今岁本约于云汀师处课读，及至岁底，而馆中学徒俱已星散，遂不果行。现在料量家务，拟于秋仲入都，惟妙手空空，正未知作何设法耳。芳兄始意决计北行，讵意岁尾年头，逋务交迫，罄其所有，仅

① 此札写于道光五年十月二十三日。参见上文注释。

足以偿股息，计偕之役，由此中止，亦殊为异事，此后恐更难振作矣。其馀公车，自庚午以后，无有不行，共计廿三四人，其中必有得者。

惠兄在东省过年，新正入都，颇为有识。鹤兄分发浙江，云于三四月间到省。程心宇弃官而归，境况甚窘，亦殊可慨也。静岩太翁已就庐州府书院之聘，冲友游粤之说，与谈过两次，似未必果行，其意总为在家出息，约有三百馀金。阁下相延，若再过此，则自觉不安，如其不及，又不敷所出也。兹乘小江先生之便，草泐数行，祗候台祺，并叩侍福，馀不尽述。愚兄庞大奎顿首，丙戌二月朔①。

46

遂盦提学宫允同年仁弟大人阁下：

春正舍舅东行，曾附寸函，奉候兴居，谅邀台鉴。二月杪，世兄旋里，捧到琅函，回环雒颂，欣慰靡涯。恭谂年伯母大人寿祺曼福，仁弟大人升履延釐，阖署吉祥禔祜，良殷抃颂。

粤东文风，年来蒸蒸日上，更得文教名宗一番提倡。从此贤才蔚起，风俗还淳，报称勋劳，莫逾于此。下风逖听，惟有额手称庆而已。世兄发硎一试，力争前茅，府试更必衷然，举首遐举，高飞计日而待，尤为预祝。

兄料理北行，诸凡濡滞。二月中为内子营葬，三月稍整行装，兼筹资斧，直至四月九日由常起程，十二早晨出关，约十七八间渡河，端午以后可以抵都。丁丑二月中，业经开选，此时投供，当已过一班，秋间定可选到矣。惟是前路茫然，未审投胎何处？下车听政，犹如新妇作家，一切未曾经惯，正不知若何措手。每一思之，悚惕无既，阁下其何以教我。前恳云云，原属未敢自必，以清俸所馀无几，更有旧逋及酬应累之，安能有此闲款，以供不时之需，断不疑为深藏若虚也。祗泐数行，恭请升安，馀容到都续启，不宣。年愚兄庞大奎顿首，年伯母

---

① 丙戌二月朔，即此札写于道光六年二月初一日。

大人、年嫂夫人前叱名请安，四月望日淮扬舟中。

47

遂盦提学春坊同年仁弟大人阁下：

顷接手书，欣稔一切。春头两致芜函，知均尘览。嗣于午月中泐寄数行，闻托季竹泉带去，渠中道而回，未审得达否？八月中复由松江官封递去一函，谅当得入典签矣。即惟侍奉曼福，起居曼福，阖署吉祥禔祉，为慰，为颂！按临各属，弊绝风清，仰见卿月悬辉，更无纤翳。此实报国之忱，非仅士林之庆也，曷胜望风抃舞之至！

承寄会项，业经领到，其票即注销，交令兄处自当无误，是区区者，亦何必如此汲汲？想当念山中旧雨，值此隆冬，恐为风雪所欺耳！惠兄得成证果，是大快事。渠雅欲趋步后尘，决计留京，以为群仙领袖，惟长安米贵，颇费张罗，前札业为代呼将伯。近得来信，知阁下早有琼瑶之赠，并许于岁杪再为筹寄，尤见高义薄云，不独爱人以德，而且谋人必忠也。寉兄到浙后即往甘肃解差，辰下当已旋省。此公才馀于德，正有如来书所论耳。春桥兄在粤，万里故知，何可多得，而乃决然舍去，实不可解，岂倖倖自好，犹未知鲍叔之知我耶？抑岂神仙富贵，或未识穷途落魄之苦情耶？反复思之，竟莫详其由也。大挑如雪山、梅江、定山、樵云均已到省，奇男在截留之列，子华留京未归，惟朗庵分发甘肃，旋里设资，性甚迂缓。现已展假，欲偕太夫人同往，似非上计也。河东公子已得采芹，亦甚可喜。闻郎君明岁将回吴就试，此实后来之秀，即当破壁而飞，良为盼切。

奎就馆云间，瓜期将及，约出月初旬旋里，北行之计因欲为内子营葬，是以迟迟。现在地已定局，正月可以毕工，二月定须起程矣。惟是妙手空空，胸无成竹，而瞻顾前途，茫如烟雾，尤为可虑。刻下新例复开，高才捷足者纷纷四出，吾辈何适而可耶？西陲之事当得其详，此次军需浩大，自不待言，但得克期扫平为妙。阁下高才伟识，曾为借箸一筹否？松门近常会晤，服阕而斧资无着，入都尚未定期。星江亦丁艰旋里，当有信奉致。沈处一项子金，每期按付无误，其本未动，可无记注。再者，橘泉葬有日矣，升君老伯柩亦旋里。前月松存到常，归还子廉地价，并付营造之资，明春总可完毕，此亦了却一装心事也。曾云舫因病卸事，其一门皆发痴，大可怪耳。

舍间一切，托芘粗安，二老精神颇健，足纾廑怀。芳兄惟日坐窘乡，苦无意味耳。衹此泐候台祺，并预贺年喜，不备。年愚兄大奎顿首，年伯母大人前叱名请安，并叩嫂夫人坤福，兼候郎君文祉。长至后一日。

48

邃盦提学宫允同年仁弟大人阁下：

春间泐寄芜函，未审得尘台览否？伏惟鼎裀集祜，阖署延釐，定符心颂。粤东人士仰沾化雨，自必日新而月异，为国储才，正非寻常报称也。郎君发硎新试，县府校均列前茅。辰下玉峰之行，将次竣事，即日当有好音，曷胜预颂之至。

奎于四月初九由家启程，端午日抵都，寓秋农座主宅中，一切尚称平顺，选期约计十一月到班，出都总在来春。自顾懒拙性成，应世之务，茫然不省，正大可惧也。前在家乡与鹿樵话别，其赠言惟以约束家人为第一要义。此自阅历中来，想必有见，敢即以贡诸左右，尚希阁下诲我，以所不及，俾得有所持循，幸甚，幸甚！

都门光景如旧，惟汪文端公、陆文恭公相继下世，而煦斋协揆都统热河，皆意外事。西兵业经凯撤，而杨参赞带兵出卡，深入重地，又复亡失弁兵，未为全美也。鹤侪以府经县丞即补，已为优叙，未知能留办善后否？惠兄极用工而窘特甚，屈洵美已选宜昌司马，九月出都。令叔雪帆先生老运亨通，剧为可喜。其馀诸同乡均好，惟曾云舫于六月底因公赴省，骤然病殁，可惜也。衹此泐请升安，馀言不尽。愚兄大奎顿首，年伯母大人前叱名请安，八月十七日。

49

邃盦宫允棣台大人阁下：

客冬接奉手书，并寄方伯一函，均经领到，即于岁杪泐函布覆，谅登记室。迩惟侍奉曼福，起居曼福，定如臆颂。青宫儤值，懋著贤劳，萧山夫子衣钵当在于斯，可胜颂祷。

兄承乏永阳一年有半，赔累八千金。去冬仰叨樾荫，得邀宪恩调剂，摄篆蕲春。无如莅任已迟，所瀛无几，竟难弥补旧亏。辰下心兰夫子旧存一款，仍向子廉借贷偿还，则其他可知矣。卸事约在六月中以后，必须另有机缘，方可过去，否则依然涸辙，如之奈何？尚祈阁下随时留意，曲加嘘植，是祷，是幸！方兄在都，诸承照拂，感泐何似。近知渠忽起吐血之症，甚为悬念。惠兄近状何如，念念。专此泐候近祺，诸惟垂照，不宣。愚兄大奎顿首，文郎世兄均此道候，闰月初五日。

50

两月以来，奔驰伺应，昼夜不息，亟欲一致书而未能捉管，令菊樵代作数行，未足达意也。今日裕太守府试初覆，因小恙未能进院，代为监场，转得半日闲，真大幸事。迩际夏日舒长，木天清暇，伏惟起居曼福，侍奉曼福。两郎君磨厉以须，指日联飞直上，曷胜预颂。

弟于初九日回任，是日即得星使南来之信，各大宪恐伺应不周，谆谆嘱付，昼夜赶办，借臬署作公馆，建造一新，灯彩铺垫，无不从新置备，夫马供应亦颇繁多。二十日按临省垣，廿一、二日均住江邑外站，一切尚无贻误，然所花七千馀金矣。兄自去岁离任，负累两桌。此一月中又添一方有半，各处借贷之路俱已断绝，每日总须两元宝，出门钱粮，丝毫不起，公私交困，有不可以言语形容者。荆州同知一缺，宪议已定，而尚未出奏。此缺向称上中，去年忽将堤工改归，府管责任较轻而出息则一文俱无。以积累之躯得此极苦之缺，不知若何得离此地？不知何日能入都引见？即得赴新任，而此种闲曹如何能弥补重累？静言思之，真有若涉大渊之恐矣。

湖南猺匪业已荡平，首逆焚毙而尸首未获。星使北旋，尚无约期。闻广东八排猺尚在抗拒，其势颇盛，未知确否？楚中巨灾之后，继以大疫。春夏以来，贫民病死者甚众。现在人夫极难雇觅，麦黄被陇，无人收割，岂人心之不古，致于天怒耶？抑官吏之不德，以致此耶？彼苍茫茫不可问也。方兄又复下第，姚进士未知得何职。此间信息极迟，且日事奔走，竟有不及探问者。风尘俗吏，可笑一至此也。专此泐问侍祺，不一。年愚兄大奎再顿首，五月十四日。

51

遂盦大理同年棣台大人阁下：

三月杪赴站接差，捧到朵云，如亲謦欬，即稔兴居禔祜，吟候多佳。继执法于皋陶，奏殊勋于保傅，下风引领，莫罄颂忱。

奎自去秋却武昌事，赔累两竿，旋复佐郡安陆，乃至无可棲止。冬间又奉委经理钟祥堤务，只得前赴工所。岁杪奉委摄篆德安，即于新正旋省，料理武邑代务，至二月初九抵任。此间公事本简而缺甚瘠苦，又值空闲之月，敷衍日用为难也。至闲曹出缺甚少，未知何时得补，更不能计及美恶耳。大府道出应山，曾至邮亭一谒，垂询地方公事甚详。现在力加整顿，但盐务、堤工两事，甚属为难。盐务积弊已深，而其中亦形势使然，并非办理不善之咎。总之，淮引占地太大，实则边界处所从古未经到过，弥缝掩饰，积习相沿。今欲澄清彻底，实是无从措手也。堤工则全系无米之炊，从前本是民修，年来屡次参劾，尽成官赔之项，官又无力赔修，再为设法挪借，勉强堵筑，一遇盛涨，仍付东流，正不知伊于胡底耳？

约轩到楚年馀，艰苦万状。去夏挈眷入山，川费早尽，家中接济无多。今年二月初进省张罗，适弟已禀辞起身，而渠囊中竟无一钱，只得留二十金予之。又专人至蒋芝生处借得钱二百串。又向一同乡小幕借银百两，会至家中，其光景却并不阔也。惟楚省别驾，绝无出路，而本缺又甚苦。若云调剂，亦不易得，且究竟未经历练，骤摄繁剧，亦不放心。弟已苦口劝之矣。近闻大宪相待颇好，未审能留省当差否？缘去冬抚宪新定章程，凡实任人员，概不准在省逗留也。抚军每见必询阁下起居，似甚关切，且与鹿樵亦属旧好，客春在武邑邮传中初见即经询及。倘阁下致书时，可否一提，祈酌之。郎君暂行归省，未知何时入都，明春问鼎不为迟也。

阁下受恩深重，自难遽尔陈情，但既在京供职，似乎仍须迎养，庶免身心两地，未知年伯母慈意如何？府中想都安好，念念。祗此泐候台安，统惟雅鉴，不宣。年愚兄大奎顿首，四月十五日。

52

邃盦大理同年仁棣大人阁下：

重阳日捧诵手书，并见顾升之子，甚慰远怀。伏惟起居佳胜，凡百增宜为颂。书房儤值辛苦，自不待言，然儒臣报称，莫此为大。年伯母精神矍铄，夏疟小恙早经全愈，小儿来信曾述及。国恩家庆，正未有艾，阁下此时亦万难陈情也。

筠堂侍讲典试楚中，兄适派监场之役。晨夕相晤，仰见品正学醇，而气度春容，尤为难得。所取士尚多知名者，闱墨亦平正，可无訾议也。伟兄补缺期近，又得兼行，兴高采烈，固所宜然，但不累为妙耳。湘坡亦即可得缺，其运命自不寻常。廉兄仍励志入闱，能得一当亦不负苦心也。陶侍御一案，殊出意外，此固事之偶然而谨小慎微之功，亦可于斯益进矣。鹤侪丁艰，闻尚有馀累，未知榷否？艺斋前辈林下优游，真人生全福也。兄候补两年，竟无一缺，命也！如何？各大宪似俱垂青，而亦无可设法。制府仅于邮亭一面，问话甚长，皆系紧要公务，未及一琐语。中丞用心甚深沉，（昨日得信，大少君中式十八名。）有差则见，有问则答，绝不敢多发一语，然亦似非漠然者。翰山方伯则更爱莫能助也。兄此时苦亦不敢言，穷亦不敢言，绝不为非分之干，非不欲也，恐招尤也。约轩来楚未久，其缺则苦，其家则不苦，急欲得美差善地，以阻候补十数年穷负之路，似非所宜。是以苦口劝之，亦不能遽为地道也。今岁家中闻寄七百馀金，亦可敷衍，只好耐心以守，徐图机会耳。

兄年来心愈小而胆愈怯，一切不敢向前，盖因州县一途，险阻艰难备尝之矣。若其他人人所欲得者，又何可力争也？此意当在高明洞鉴之中，特难为寡识者道耳。顾升之子随成司马到楚，兄适在闱中，父子相逢，欢喜无似，知渠不愿跟官，仍做小买卖，亦甚有识。现随其后母，开一小酒铺。以后只要能自谨饬，常如在关东时，亦可过去。此间成家颇易，养活为难也。顾升女人是一光棍，盖吾乡白马蚁之流耳。

兄在闱中本甚空闲，适有一房考患病，遂为私分校阅。撤棘日又有一闻讣者，更兼两房磨勘，至十二日始得出闱。主试将行，晨夕筵宴，竟尔不能捉管，今日始草此一函，并致伟兄数行。外，有定九师禀函一件，银一百两，乞为转呈。缘今春八秩寿辰，未经具禀，聊补祝意也。（银封上乞换祝仪签。）二世兄秋试，想应南闱，日来当得喜信矣。祗此泐候近祺，统惟雅鉴，不宣。年愚兄大奎顿首，九月十八日。

53

遂盦大理同年棣台大人阁下：

腊月接奉还云，藉稔兴居禔祜为慰。书房入值辛勤，自不待言，来稔之歉，亦只得姑从少缓矣。京兆试廉兄获隽，亦殊快人意，不必计其迟早也。惠兄意兴甚佳，但须及早得缺为妙。鹤兄旋里，光景尚可，而在浙负人不少，伯玉中丞颇不谓然。总之，其才不可及也。约轩自去夏入山，消息常通，不复作出山之想，颇见学问长进，盖亦阅历有得矣。

兄自去秋卸德安事，即派掌琐闱。九月撤棘后，又护送越南贡使，往返五十日。腊月委查回空粮船，至除夕晋省，又委署施南府，不觉堕泪。此缺极远极苦，数十年来从未自省委署，而今日适轮到我，夫复何言！水程则长江大湖二千馀里，陆路则崇山峻岭，万有馀仞。昔李白长流夜郎，有《蜀道难》之作，正谓此也。苻属陋规，每处青蚨三十川，是以莅兹土者，恒有首阳之虑，奈何，奈何！现将家眷仍留在省，仅挈三仆而去，庶乎尚可出山。新放明公何时可到，真乃望之如岁。顾升之子初到省，意仍欲做小买卖，但此间人情迥非关东之比，且赀本耗散已尽，又何能为？坐食已经数月，意欲改行，又无从安顿。今兄适进山，只得挈之而行，姑令学习下流，亦非善策也。定九师祝函竟不赏收，祈即改呈于敦甫师处。兹特泐禀汇寄外，又附寄各信，伏希分致为幸，祗此泐候台祺，不一。年愚兄大奎顿首，正月十六日亥刻。

54

遂盦大李同年棣台大人阁下：

春正泐寄寸函，谅达左右。嗣往施州山陬僻处，世事都复懵然。至六月旋省，始知阁下业已陈情归里[①]，荷天眷之优隆，侍高堂之色笑，儒臣宠遇何以加兹！前月谒少穆制府，谓天下第一大福分，大快活人，断推阁下，此言良不谬也。近日承欢燕喜，想年伯母精神益健，合第均绥，定符臆颂。

奎于五月却施南篆，六月进省小住二十日，其间或挽之，或推之，都为别人起见。宦途变态，殊可怕人。奎因补缺未经到任，不能起俸，是以决计前来，业于七月十八日接印。闲曹冷署，独坐江滨，胜似广文先生。制府必欲以盐卡见委，力辞不获，此非我辈所能为，亦只以无事处之而已。

---

① 道光十八年闰四月，翁心存"以张太夫人年八十，具疏乞终养。……六月抵里"(《翁心存日记》第四册，第1856页)。知此通写于道光十八年八月十二日。

吾乡艺斋、鹿樵两观察相继下世，老成凋谢，殊可痛伤，幸其后嗣皆能成立。约轩颇有吏才，然若自为计，则不如保家之为逸也。沈竟斋骤病而亡，且适在奉撤缉犯之后，其累可知。伟兄已补缺，转阶自快。若明年得书上考，尚可有为耳。顾升老矣，今率其子回常，省视故墓，亦是要着其子能在家乡觅一活计为妙，出门非所能也。草泐数行，祗候台祺，并叩嫂夫人坤福，不一。年愚兄大奎顿首，八月十二日。

55

遂庵大李同年棣台大人阁下：

端午前奉到还云，如亲晤语，回环雒颂，欣感交并。伏谂侍奉曼福，起居曼福。抃颂之馀，辄又抚躬感喟，人之度量相越，岂不远哉？

奎自去秋到此，寂处江滨，无善可述，东望慈云，日就衰薄，此中何能一刻自安也。约轩代办郧县月馀，遂尔办案错误。现已咨提来楚，却不知其事底里。只要出自无心，亦不过去官而已。乡贤一席，仕宦之人原不必争，究竟人品重轻，全不系此也。近日屡接伟兄书，其议论识见，结实可靠，绝无一浮游语，真令人叹服。顾升命途多舛，其子更百无一能，顷仍寄食于此，将来亦终成饿殍耳。鹤侪似已服诎，何尚未出山耶？草此祗候台祺，并叩潭吉，统惟朗鉴，不宣。年愚兄庞大奎顿首，年伯母大人前叱名请安，六月十三日。伟兄书来，考差颇得意，然而又成画饼矣。弟又奉派监试内帘，明日即入闱。楚北近事不敢殚述，从方兄处索阅之，当得其大概，约轩何尚不见到，不如早来为妙也，又及。

56

遂盦仁兄大人同年阁下：

初夏握别，倏已深秋，风雨之思，时形寤寐，惟起居曼福为祝。弟满拟于天中节前回南，以灵均坠车不果，教习之职，味同鸡肋。七月初与华骧、远香结伴,(远香于五月初到京考取八旗教习,因补期尚远,回家一次,明年再来也。)已有行期,而初五晚间得礼部传到之信,鄙意竟欲舍之而去,为同邑诸好挽留,遂于七月二十三日充补右翼宗学。弟几次束装都成画饼,岂家乡缘分已满耶?弟无如之何,只好随缘而已。夏间会馆颇有诗酒之乐,(采三先生于仲夏搬至会馆,为消暑之集,凡七举,古今体,百馀章,裒然成集,明春来京当奉示。)然亦强为欢笑。华骧去后,(七月六日由水路回南。)益复无聊。近以王铜士所荐,馆于原任河督汉军李家,学生才八龄,为贫所驱,非其志也。我兄到馆后,师徒宾主之间,谅多莫逆。明远竟病酒而卒,为之慨然!晴岚已扶柩回籍否?贤主人于此事可谓古道照人,凡我同乡皆当感激。

明年闻有召试之说,(左田先生面对华骧说此信定确。)弟已当教习,不得复与此选,当让兄独出头地,明春务必早计入都,不可错过。华林虽亦有意,恐盘缠难措,未必来也。植三已为敏山延课孙女,大是可喜。兰风亦为那三先生请去,即日开馆。采三先生虽无定局,其得馆总在目前,重阳之后会馆一空矣。心宇先生仍在伊宅,拟于仲冬旋里,然亦未定,统俟屈果亭来京,以决行止。星斋馆选想已早知,于节后告假南旋。前留弟处之信,(华骧行时忘托之。)一向未寄,俟其去时当托带交也。艺斋师行李,下人已于前日抵都,自往汴中打算盘费,未知来署否?本月六日家伯父谪期已满,明春进京筹办接驾,可望邀恩。顺此附闻,当亦为之欢喜也。耑此布达,敬候迩安,不备。年愚弟吴廷钐顿首,九月朔日。

57

遂盦仁弟太史大人阁下:

杪夏初秋寓书呈句,计已次第上邀青盼矣。贵前辈篆卿先生典试来湘,满拟得披华翰,一经撤棘,即遣使往询,不意竟无一字。自是云泥之殊分,敢云鱼雁之无情?望眼空劳,羞颜莫洗。恭惟太史大人蛟龙得雨，鹏鹗摩霄。金殿承恩，压七斗登科之次；玉堂染翰，正二毛作赋之年。虽然志目而中眉，孰与暴腮而点额，增荣莱彩，伫奉潘舆，徒羡看花，何缘梦草？

钤蓬山难上，莲幕聊依，已非贾傅之少年，几等柳侯之留滞，惟是碑摹北海，诗和南楼。岳麓登高，只有愁人之落木；洞庭吊古，幸无入室之怪禽。曷免离忧，滋伤旅抱。俟归趋于甥馆，行亟赴乎公车。然而得失无常，升沈有命。重来射荣，恐仍为下第之刘蕡；不解吹笙，敢漫笑上天之子晋。西风渐烈，北地多寒，期调蔼吉之神，用迪留开之喜，望云翘企，不尽神驰。年愚兄吴廷钤谨启。

58

遂盦仁弟大人阁下：

初三日午刻接到手书，不胜欣喜。正在早膳，当即吐哺展读，孰知乃是橘弟凶闻[1]，骤读数行，不禁大骇，已乃大恸，不知涕之何从也。钤连宵噩梦，颇生疑虑，呜呼！岂知应在橘弟邪？橘弟笃于友谊，于钤等尤为加厚。记在都时，渠虽趋公历碌，必于晚间昏夜偷空过访，殷殷情话。秋中握别至再至三，方谓皆在中年，将来欢聚正常，孰知竟成永诀邪？嗟乎！堂有老亲，室有幼妇，逋负累累，似续未生宜死者之不瞑目也。橘弟身体素弱，又过于要好，事事不肯落人后，以至精神耗散，一病不可收拾。钤虽不至医，然素闻麻黄不可轻用，冒昧下药，遽尔陨命。虽云大数必有任其咎者，至好关切如阁下，寓居又近，何至死后次日方知，则其下人之荒唐绝伦，概可知矣。病中既不请同乡相好斟酌用药，既死又不即时报闻，盖已有死之之心矣。

---

① 道光五年六月二十四日，“甘泉令朱勃……邵菊泉之母舅也。渠去年引见时，因知余为菊泉经理丧事，故甚感激，因相周旋者一月”（《翁心存日记》第一册，第16页）。知邵橘泉（菊泉）逝于道光四年。疑此通写于道光四年十二月初三日。

身后一切，承鹤兄到京，即希示知。阁下代为料理，且不避嫌怨，日去坐镇，具见古道照人。钤远隔千里，不获灵前一拜，可胜愧歉邪！申君老伯春秋已高，橘弟又其钟爱，骤得此信，恐生意外之变，一得川中回信，望即示知。三世叔谢世，又增内顾之忧，然尚赖有令兄在家，计惟措寄银两以奉甘旨，俟大考荣升后再行旋里为是。为同谱生色，全在阁下，幸勿错过机会。钤在此眠食如恒，馀无可述，书须频寄，以慰悬悬。此复即问开安，不具。年愚兄吴廷钤顿首谨启，家外舅嘱候，委署在即，特大计之缺，恐未必佳耳。十二月初三日。

59

遂盦仁弟大人同年阁下：

月之十九日孙玉自京回，两奉复椷，欣谂仁弟大人大考前列，不次超迁。吾邑自絅斋先生开坊以后，数十年来，继起者惟阁下一人，且授职至今不过一载，尤为迅速。不独吾乡所创见，即同馆亦将传为美谈，从此翱翔不可企及，既深艳羡，弥自愧也。鹤兄纳妾深居，花蘖裹足，大是妙事，然以至好如阁下，经月不得一面，未免缺了朋友。一伦千里无书，固无足怪，子华兄既得《毛诗》一部，亟宜早作归计，不然伊于胡底耶？艺斋师久不得外放，令人望眼欲穿，然食禄有方，要有定数，惟亏累日深，殊难摆脱耳。橘公归骨里门，眷口亦已抵蜀，存没俱为得所，皆艺斋师及阁下之力。凡在同乡，皆当感激，矧在同谱耶！子方、星斋昨有书来，景况颇窘，但以阁下迎养大事，定当尽力。叔才尤属义不容辞，惟天气渐寒，且旱路劳而多费，似不若明年从粮艘来京为便，未识尊见以为何如？

家岳莅章四月有馀，公私俱属平顺，钱粮及七分有赢。现已开漕完者尚属寥寥，向来须出月方能热闹也。家岳接眷，内子暨小儿俱随侍外姑来东，已于月朔进署。骨肉团圆，客怀差慰，惟署中读书，难于专一。小儿年已十八，将来婚考诸多不便。钤在此间，情如秋燕，且过残冬再作计较。教习分发补缺无期，若得拣发，则三数年间即可得实授，似不为吃亏也。缦云幸得一袷，皆由教益，感何可言！所费若干，德斋自应寄京，似可不必同乡集腋，省得多钱翁以为多事也。复侯兰台一书，乞遣李升送交。专泐布贺，并候升祺，不备。愚兄吴廷钤顿首谨启，十月廿三日灯下。

60

遂盦仁弟太史大人阁下：

顷奉手翰，知月前两函，俱邀赐览，欣喜何可言喻。藉稔兴居曼福，更慰系私。前书冒犯褊心之责，诚无可辞，然亦因相望过切，激为愤言，橘公有知，当能谅之也。师处子金既划子方聚锦，只好暂欠，俟明春再作计较，非特难于钱，并难于寄。伯沂处乞为转致，鹤兄灯节前后到京，一到即希示知。川中信回，作何安顿，亦望详示。家外舅委署邹平，此缺本苦，又值年荒，恐不免赔累，喜其离省非遥，赴任为易耳。现定于明早启行，如有惠书，可径递至署中。（仍由提塘递。）知交零落，言之可伤，惟阁下最为密迩。嗣后无论有事无事，须月通一椷。至好如阁下，谅不厌其数数也。此复即颂开祺，并贺年禧，不备。年愚兄吴廷钤顿首谨启，十二月二十日灯下。

61

遂盦仁弟大人同年阁下：

腊底役回，接奉复椷，时正料理度岁，握管未遑。甫过新春，即有青州之役，久稽作答，歉仄难名。昨又奉到正月初十日手书，藉谂春祺时畅，文望日隆，以忻，以慰。伯沂以大考卷见示，展诵大作，典雅绝伦，于早稻之义独见眉目，鄙意当为压卷，并非阿私所好也，钦佩，钦佩！艺斋师出都，会馆自应阁下经理，惟宜早谋修葺，毋致倾颓，为家公所笑。鹤兄有滦阳之行，秋试即在转瞬，又为此奔波，何也？岂师命难辞邪？殊所不解。曼云宾东相得，可为常局甚善，能用功否？晤时希道念。迎养已有就绪，实深欢慰，虽清况日增，乃京官常事，惟祝得差而已。心兰师入掌乌台，到京即希示知。

钤在青留滞月馀，二月廿八日始得回署。去腊索价，每石四两。今年又要增价二钱，再四恳求，又浼首令婉转，始得以每石四两零五分定局，官场而以市道行之，不平之鸣，何能已已？现在漕尾尚欠二千馀石，一时难以征收，青州需银八千九百馀两，先交四千馀，约月底。钤以此事未了，中州之行正难预定。此间瓜代约在夏初，亏累甚多，不胜焦灼。现于省中设法挪借，倘能公项无亏，则秋间可望补缺，庶不至决裂耳。

钤在青郡旅馆无聊，每日作字数百。午后两眼昏花，字迹渐大，齿又作痛，有二三枚欲脱，发之白者日多一日，才过四十，老态已形，尚能锐意进取哉？吾邑人材，得阁下为之扬眉吐气，同谱与有荣焉。语曰："物莫能两大。"又曰："俟河之清，人寿几何？"自揣年力就衰，敬守老子"知止不殆"之训，不敢妄意功名，惟阁下悯之、谅之，不以自弃见责，幸甚！章邑春初得雪两次，二月中虽曾得雨，无济于事。现在设坛祈祷而恒旸如故，正未知天意何如耳？春风多厉，诸惟珍摄，不宣。年愚兄吴廷顿首谨启，三月初六日。

62

遂盦仁弟宫允大人同年阁下：

昨奉复椷，藉谂（专役未回，前信尚未接到。）兴居曼福为慰。舍侄女姻事承述鹤兄，云云，具见虑事周详。拣发近省，固不可必，而中进士，做京官尤属渺茫。家兄书来，亦以远婚不便为辞。此弟之见，不到处求转致。鹤兄另行择聘年庚，竟不复寄，多此虚套何为？钤欲就拣发，非眼热乃心冷耳。昨东省拣发，业经错过，姑为后图。艺斋师以书记见招，已约仲春趋赴，然此事尚未告知家外舅，成行与否，刻下尚不能遽定也。

高堰漫口，明年漕运大是费手。钤尚怀嫠妇之忧，矧在阁下闻道长请从海运，谈何容易？想阁下迎养除附粮艘，未免多费，究竟何如？

钤经办兵米，曾往青州，以太守郑名家麟折价太昂，唇舌徒劳，竟无成说，不胜愤懑。青州有驻防满营，军粮一万九千馀石，邹平、长山、章邱、齐东、济阳、淄川、新城、利津八县拨运，太守掌其收放。向来兑米，近年改作折银，照时价多一半有馀，今年春旱米贵，折价益增。此时米已大贱，而太守以春间为例，每小米一石，折银四两八钱，合之时价，不啻三倍，章邱只有二千馀石，已赔垫不赀。长山、邹平全漕皆运于此，其累有不可胜言者。邹平达大令以银米相悬，于八九月间运米交兑，其人已故，米仍未收，其意必勒令折银乃已。太守如此，令人发指。钤作五古一篇，语欠雅驯，惟道其实耳。录出寄呈，耑此布复，即颂春祺，不一。愚兄吴廷钤顿首谨启。

63

遂盦仁弟大人阁下：

去冬出省时，曾泐数行奉布，想早经青盼矣，迩惟春祺迪吉为颂。家岳摄篆邹平，钤为经理，帐房诸叨平顺，惟此间未经得雪，种麦寥寥，家岳连日下乡履勘，势须详办缓征。无米之炊，殊深愁虑。鹤兄近日有信否？的于何日启行？几时可以到都？川中曾否接着回书？诸事如何办理？便中望详悉示知。缦云馆地，想阁下必为留意，无烦钤之多渎也。专泐顺颂开安，不备。年愚兄吴廷钤顿首谨启，子华兄有南辕之意否？晤时希道候，诸同乡均希代问好，不另。正月十八日。

64

遂盦仁弟同年宫允大人阁下：

接展还云，藉谂动定罄宜，即日安舆迎养，庆洽兰陔，羡甚！初六日考差已过，得意自不待言，惟祝星轺东莅典试之后，即留视学，不独同谱之荣，实多士之幸也，引领望之，曷胜翘企。

家外舅摄篆十月有馀，瓜期尚无确信，亏累虽多，皆系私债，可无虑也。兵米一事尚未了结，铃留滞青郡，愤懑不平之气，不敢发之诗，则托之于酒。闻大风从东来，未尝不仰天大呼，掷杯而起也，呜呼！尚何言哉，尚何言哉！王鲁之，余教习同年也。阁下以其拣发东省，深惜其才，意甚厚也。然阁下乘风破浪，乌知坐守江头者之急于求济哉？

风尘俗吏中如鲁之其人者，不知凡几。当其束发读书，孰不欲置身青云，以负异于侪偶，已而年益长，遇益蹇，则气日馁，志日卑，向之鄙夷不屑者，亦俯首就之矣。厌粱肉之味者，鲜不以脱粟为恶，孰知饥者之视脱粟，未必不甘于粱肉也，被文绣之华者，鲜不以短褐为陋。孰知寒者之视短褐，未必不美于文绣也。县官，下吏也；翰苑，清职也。鲁之岂不知翰苑之清贵，而县令之卑下哉？求为翰苑不可得，故乐得乎县令，所谓聊以自娱也。阁下则曰：惜也，以彼之才，何不少待而急于小就？若此，是犹富贵之家，责饥者以不食粱肉，责寒者以不衣文绣，徒知有温饱之乐，而不知有饥寒之苦者也。粱肉、文绣既不可必得，得脱粟短褐而又吐弃之，然则必冻馁以死，而后为有志耶？且士之所得为者，才也；士之所不得为者，命也。今之步花砖登玉堂者，岂独其才大也？是有命焉？今之沉末僚居下位者，岂独其才小也，亦有命焉！鲁之而为翰苑之命也者，虽无其才，亦足以得之。鲁之而为县令之命也者，虽有其才，亦无所用之。鲁之不得乎，彼而得乎，此命为之也！命为之，则虽迟之数年，迟之十数年，吾知其必为县令无疑也。鲁之之乐于小就者，诚知夫才之不足恃，而命之不可强也，非志之卑也。铃之才不及鲁之，而命则鲁之之命，志则鲁之之志也。

铃不就拣发，今已四年，故吾依然未尝不悔之。以铃况鲁之，鲁之为见事之早矣。阁下方将乘使者之车，与大吏分庭抗礼，殆所谓厌粱肉而被文绣者也，鄙薄而非笑之，不亦宜乎？略陈陋见，不胜惭恧之至。愚兄吴廷铃顿首谨启，四月廿三日。

65

遂盦年前辈大人阁下：

春初自山左回京，曾泐一械奉复。去冬赐翰，计已上尘清鉴，迄今已逾半载，相思之苦，莫可言宣，只以琐院清严，不敢非时干渎，且闻专意校士，各处信函，必俟节署言旋，始行裁答。是以溯洄虽切，启候仍虚，幸无责其疏懒也。兹当中秋令节，伏惟鉴同月朗，福比秋清，引企高华，曷胜钦羡！令嗣回常毕姻，因未知吉期，殊慚缺礼。星斋前辈于重午日到都，暂寓秋农先生家，选期约在秋杪。鹤兄已得保荐，今岁尚未通信，想不日当回浙省也。

侍授徒糊口，故我依然。春间小女、幼儿俱殇于痘，大儿又因病废学，使人意兴索然。三间窃取橘公书籍，力索不还，月前伊胞兄嵩岑二哥来京改捐盐库，将书目交之，嘱其自索。沁梅已选宜昌司马，此事系渠经手，须趁其未出京时取得方妙。观嵩岑之意，似不甚要紧，侍究属旁人，殊难为力，奈何，奈何！邑中捐县令者，惟蒋方伯之子宜斋一人。德斋因家居多累，拟就本班分发，秋冬之间当来都，可图畅叙。肃泐恭候节祺，不备。年侍吴廷钤顿首谨启，八月初一日。

66

遂盦宫允年前辈大人阁下：

九月廿四日接奉赐函，并京纹五十两，渥承隆贶，岁以为常，感篆私衷，莫可言喻！敬谂安奉彩舆，厘延节署，忻慰奚如！三间有心胠箧，嵩岑无意索书，不得已与星斋、缦云商量，先将其中远香之书归出。内《十三经注疏》，有远香图书可凭，无从置辨。其《校勘记》及《周易集解》执无记认，不肯归还，索之再三，不胜愤懑。既而辗然笑曰，彼所得者，钱耳。照伊估价，以京文十八千赎之，俟便寄还远香之子。其橘公之书，只好俟明年交还会馆，时仗阁下之大力耳。敦甫师山右审案回京，尚需时日，心兰师开藩豫省，业于初七日启行矣。

钤青毡苦守，竭蹶万分，所幸天无绝人之路。每到万下不去之时，外间必有接济，酒酌耳热，辄以此自豪。星斋尚未到班，现住秋农先生家，极其省俭。月来出缺甚少，选期总在明年矣。鹤才已得优叙，以县丞府经升用，惟曾否回浙，未得确信耳。兰台曾于前月致书，此次稍迟作复。菊樵所寄衣料手串，俱已收到，其书云秋间须回常完婚，复书当递里门也。

年伯母七十寿序，理应书裱挂屏奉寄，恐途中携带为难，且率尔操觚，尚须斧削。谨遵谕录清稿奉呈，务祈大笔删改是祷。肃泐申谢，敬请台安，惟希朗鉴，不宣。年侍吴廷钤顿首谨启，十月初八日。各位同谱官衔姓名有齿录及搢绅可查，无须抄呈也。

67

遂盦年前辈大人阁下：

春间两奉琅椷，渥承奖注，临风盥诵，感篆难名。兹际麦雨迎凉，梅风送燠，敬惟祉增茂豫，德协清和，亲闱祝萱寿之添，子舍喜芹香之撷，引詹卿雨，庆贺奚如！同里来赴京兆试者颇多，钱敦礼六兄恬庄、杨三兄、赵去华、潘士恒先后到京，其欲来而未到者，尚不下十数人。向年科第每以会馆中鹊巢为卜，今年竟有两巢，实从来所罕见。当此人材济济，其获隽之多，不问而知，可喜之至。去华寓后门僧舍，与敝馆相近，可以朝夕过从。潘士恒已为觅馆外城，可省旅费，惟孑身而来，将来纳监下场，殊非易易，而业已到都，又未便听其作门外汉，奈何，奈何！

德斋闻已自家乡起身，尚未到京。其应试与否，不能预知。王仲文昆玉近有信，拟于端阳后北上。昨又闻有回南乡试之说，恐未确也。星斋于去月望日赴省，尊札递到在后，未经接着，已为加封转寄矣。崇得圃大兄于去腊选湖北随州州同，起身在星斋之前。其太夫人及令弟尚在都门，来书亦已从交宅中矣。三月廿九日考差首题“友直友谅”四字，经题“威仪抑抑”二句，诗题“落花水面皆文章，得章字”。在乾清宫考试，到者二百四十八人，而魏笛生先生不与焉，意者门有大贤，一夔已足，故善刀而藏耶？侍馆席仍旧，大课辄冠其曹，惟两眼昏花，午后握管几不成字，明年散馆正未知何如耳？课作俟录呈诲政，相见约在冬间，然阁下文望久著，简在帝心，或仍留旧任，或移节它省，俱属意中，固未敢预必握晤之期耳。风便幸时锡德音，以慰驰系，是所跂切。肃泐奉复，恭请崇安，顺贺大吉，统希朗鉴，不宣。年侍吴廷铨顿首谨启，四月初九日。附呈潘士恒信一封。

68

春间钧翰频颁，当即肃函具答，计日内可以上尘青盼。辰惟遂盦年前辈大人清德如冰，澄怀若鉴。拔真士而博萱闱之燕喜，裕后昆以攀桂窟之蟾香，引企铃辕，奚如忭颂！

近阅邸报，见礼部议准阁下所咨请部示，凡京职在籍者，可以就近在本省乡试。仰见体恤士子，无微不至。凡在士林，皆当感戴。月前同乡归玉溪广文名令符来京赴京兆试，监中以其已在本省抚辕试用，不肯收考，只得仍行南返，惜无如阁下其人者为之主持耳。潘巳庵欲纳监，下场苦于助者乏人。阁下又远在数千里之外，虽有将伯之呼，岂能遽应？铨实独力难支，若竟听其作场外举人，未免为天下人所笑。再四踌躇计，惟有先为措资上捐，以待阁下之后命耳。丁德斋、沈揆和名濛泰、席小岩名朗奎、（子远前辈嗣子。）杨研培三兄先后从家乡来京应试，蒋五兄名辚（号卓峰，顷已见过。）昨日始到，尚未会晤。鹤兄之胞侄名巨，自甘省来就试，询知鹤兄尚在口外，将来善后事宜办竣，尚可得优叙，司马、刺史即在目前。鹤兄厄于科场，宜其有此捷径，乃天之所以报之也。

奇男前日来都，因嫌大挑所掣福建省分不好，又复加捐过班，惟奇人有此奇事也。星斋已有信来。缘制军出省阅兵，须俟回辕后方能到任，总在六月矣。俗例有五月不到任之说，此固大妙。赵去华仍从铨阅文，寓所与铨馆甚近，文华颇开展，微嫌锋芒太露，气魄太大，与北闱不甚相宜，然甚用功，皇天不负苦心人，或当有望耳。粤东两主考乡科俱系丙子，季高前辈却未会过，梦韶前辈则往来颇熟。钤之近况当能略言之耳。肃泐敬请台安，不备。年侍吴廷钤顿首，五月廿一日。

69

遂盦年前辈大人阁下：

夏间李梦韶前辈来粤典试，寓书一函，计必得达。七月下浣接奉华翰，并卷资五十金，当即照应试人数匀派分送。赵去华自具谢函，馀俱嘱代致谢。就稔澄怀月朗，精鉴秋清，伫看桂窟之飞骞，俱属芹宫之培植。喆嗣南闱应试定卜干云直上，一鸣惊人，继武瀛洲可为预祝。王仲文叔子两世兄俱应南试，缘场后要回家展墓故也。同乡应京兆试者，共有十六人，可谓极盛。所不满意者，赵去华入闱以顺天未经备卷，不得与试，盖为书吏所诳也，可恨之至！可惜之至！鹤兄投笔从戎，屡得优叙，即日善后事竣，翠翎一枝，年居百八，固在意中，从此高飞远举，前程未可量也。

星斋到任后已有信来，缺冲且苦，恐不免赔累耳。潘巳庵捐监已就，皆同试诸君所帮，尚短三十金，侍为应垫。三间令嗣在宜昌颇不得利，近日三间亦得保举刺史，尚未引见。侍因同里从学者颇多，而阿家馆室甚小，势难同住，拟于九秋移寓外城。（已租屋椿树上三条胡同。）赵少华、周少卿（鹤兄之胞侄）相约同居，藉束脩之入为薪水之资，较之旧馆可以稍丰，此亦为员而然非得已也。心兰师丁艰回浙，想有讣寄也。同里试作以李式斋兄如金为最，意者解元公馀福未尽，当有继起者耶。耑此复请台安，不备。年侍吴廷钤顿首谨启，八月十七日。

70

遂盦年前辈大人阁下：

判襼以来，瞬经半载，只因手疾不能握管，以致笺候久稽，敬惟崇阶叠晋，文望益隆，得天下英才而教育之，此乐何极？不独西江多士，藉度金针也。

今年吾邑公车共十有二人，试作以令嗣为最，其馀可中者甚多，惟方子华、庞子方二公之文未见。维时敏翁得阁读学，阁下得大司成[①]。两日间，再得四品京堂，邑中运气极佳，以为获隽者必众。孰知初十揭晓仅中蒋幼谷一人，而子方已中，定以溢额见遗。令嗣亦堂备而未售，为惋惜者久之。然令嗣英年秀发，火候已到，恰好暂为六月之息，必当一飞冲天。犹记丁丑科，星斋得春元而阁下堂备，当时无不羡星斋而深惜阁下。不数年间，阁下联翩直上，致身青云槐门之师表，胜于司马之闲曹多矣。今令嗣一试而得堂备，虽目前暂屈，而将来云程万里，正未可量，盖继起之先声，已兆于此矣。故既为令嗣惜，更为令嗣贺也。子方于场后闻讣丁外艰，于月初星奔旋里，赙分约有三百金，路费尚为充足。姚湘坡清书颇佳，散馆本拟二等弟四，进呈后改置三等之首，引见以部属用。蓬山失足，堕落曹司，非坐困十年，不能望进步。一失足成千古恨，不禁感触于余心。然湘坡考试名次有可异者，甲弟与阁下同，朝考入选名数与钤同，散馆等第与星斋同，改部又与钤同。其分秋曹与否，尚未可知，然巧合者已如此，不可谓非天也！易晴江同年散馆引见为本省第二。前年后吴两鼎甲，其可危似钤当年，而福命大者，竟得无恙，盖今年一等无不留者，此又出自一时之圣意也。宗满蒙汉庶常，从钤学赋者五人，而留者四人，以为荣。所谓强颜耳，曷足贵乎？

钤手麻稍愈，已能作字，两足亦渐觉有力，可无虞病废。惟处境奇窘，有倍于往年者，家质夫司马于二月杪回京，永广寺街住房及各处房折已交还，于月之十三日移居前门内西城根碾儿胡同，（先移寓

① 道光十三年四月，翁心存擢国子监祭酒。见《翁心存日记》第四册，第1855页。唐高宗时曾一度改国子监为司成馆，祭酒为大司成，不久复归。后世相沿为祭酒的别称。疑此通写于道光十三年四月二十一日。

菜市一月有馀。)房租每月京泉廿四千。家外舅又于三月十三日弃世,向年所藉以贴补敷衍者,今皆无有,而出项转增,所谓今年之贫连锥也无矣,奈何,奈何!所幸新居与衙门甚近,可以专意当差,静俟机会。今冬热河差更替之期,倘能得此,既有津贴又省应酬,应可免饥寒之苦,维于衙门稍冷,亦顾不得已矣。

今年得雨较迟,畿辅颇有旱象,京员乐输助赈,得副贡举人者不足而一,以是急公踊跃者日益多。部臣有捐输议叙之奏,已蒙允准,其银数大约照酌增常例。现在户部与吏、兵二部会议已有端倪矣,承委为令兄纳粟,尚未上捐,缘令嗣未将捐银送交,是以迟迟,当于出月赶办也。肃此恭贺大喜,并请钧安,不备。年侍吴廷鉁顿首谨启,四月廿一日。

71

遂盦年前辈大人阁下:

别来半载,音问未通,怀思綦切,敬惟禔履绥和为颂。春闱吾邑又复脱科,殊出意外,喆嗣堂备而未售,尤为可惜,然近来南榜年家子登第者,每科必有且后来居上。去年陶年侄得十本,今年张年侄(图南令郎。)锡庚得传胪,安知下科令嗣不得鼎甲?待之可也。子远仰承嘘植,(艺斋师已引退回常,仲文于榜后南返,鹤兄已得卓荐,且有调仁和之信,并以附陈。)又得讲席,馆谷甚丰,尽敷家用。既纾内顾之忧,可以专心用功,以后得有寸进,皆出长者之赐,不独身受者感激已也。大儿与常州恽氏联姻,得舍舅张仲远送亲,于月初抵都,即于二十二日完婚,承赐厚分,因天热不能请客,不敢受贺,尊分完缴,然已心领盛情。令郎行期未定,想竹报时通也。肃泐祗请钧安,不宣。年侍生吴廷鉁顿首[①],四月廿七日。

---

① 上钤"长毋相忘"朱文方印。据上札,此通写于道光十三年。

72

遂盦年前辈大人阁下：

月前两奉赐书，敬谂教思广被，文望益隆，适苻心颂，忻慰奚如。令嗣清恙危而后安，此有天命，非人力也。舍舅固不敢居功，而侍之陪伴照料，尤属分所当然，辱荷齿芬，转增颜汗。子远随侍绛帷，渥承栽植，感同身受。令嗣已初十日幞被出都，想有竹报奉闻。鹤兄已得卓荐，闻于秋杪北来，计月内可到。敏山学士于九月十一日遽归道山，同里又失一老成，可胜痛惜。其大令孙现患痨症，诸医束手，爱莫能助，奈何，奈何！

侍从公无误，部缺自客秋改分题选，渐次疏通，两年内可望轮补矣。敝寓颇多隙地，惟松菊久荒，种树苦不得活。近又栽植丹芍，明年能否开花，不敢必也。敬请钧安，不备。年侍生吴廷鋆顿首谨启，十月十二日。

73

遂盦年前辈大人阁下：

日前肃复寸椷，附赵顺之前辈家信中，专足赍呈，计可速达。顷闻内迁廷尉之喜①，不禁欢跃。恭惟望崇九寺，位重三章。侍分等属官，俟驱从入都，谨当竦立站班伺候，过部会审，傥蒙关垂谱谊，加之嘘植，何幸如之！但未知荣行定在何时，能于年内到京否？明春上元令节为年伯母八十寿辰，可以在都称庆，尤为乐事，不独侍为阁下贺，即阁下亦当自贺者也。

子远明年讲席已定否？行止若何？想师恩高厚，必然位置得所，可以无虑。敏山学士既归道山，其大令孙又赴玉楼，借出本银十四万

---

① 道光十六年十月，翁心存补大理寺少卿。见《翁心存日记》第四册，第1855页。知此通写于道光十六年十月二十六日。

有奇，恐孟尝之责，要市义一回，铜人当为下泪。鹤兄闻于九月廿六日起身北上，日内可到，倘能过年出京，可图畅叙。恭贺大喜，袛请台安，不庄。年侍吴廷钤顿首谨启，十月廿六日。

74

遂盦前辈年大人阁下：

客秋接奉钧函，当即肃复，发信时忘未封入，次日适有陆静轩刺史荐一长随，至续邑尊处，因侍与邑尊有旧，前来求书时，即以复信交伊赍呈，以为早尘青览，岂知竟尔浮沉耶！兹奉来书见责，咎无可辞，尚求鉴其不达有故，不然交好如我两人，又重以前辈先施，岂有置之不答者乎？

伏读赐翰，敬谂娱侍增绥，禔躬迪吉为慰。艺斋师入祠一事，竟为抚军批驳，咄咄怪事。易风移俗，乃抚军之任，岂能独责乡绅耶？此事与先师豪无增损，阁下既不能为力，俟诸异日何如？文字之狱，闻尚未搜获确据，酒炉公尚可保全，未知此时已定案否？舍弟知已定见北上，至今未得启行确耗，使人望眼欲穿。赵木仁因烟获咎，实由自取。出京侍与廉兄、湘坡各赠路费十金，稍尽乡谊而已。菽原、竹辰两廉访先后来京，同榜俱有公局，作半日之叙，南榜可与二公正者，惟有阁下。仝人咸谓阁下在京，当先徐杜。惜乎！告养之早！余曰，诚然。惟明知可得而舍之而去者，乃其所以不可及也。阁下以为然否？

侍迎队从公，依然故我。本月初六日考试，试差初次观场，托芘平顺，试作附呈，不知可附入《玉尺续编》否？笛生先生尚在潞河，行期未定。敦甫师差旋，曾见两次，因为蔡玉山所讪，甚是郁郁。前日公请卞竹辰，并为老夫子洗尘，力却不至，颇不得意也。湘坡在本部考送军机，名列第五。枢廷考试约在望后，吾邑自息园先生而后，绝响数十年，能得姚天官继之，亦桑梓之荣也。鹤兄、方弟时相过从，其乐可知。鲜笋时鱼，常萦梦寐。秋间若得南差，当乞假省墓，可图畅叙，未知运气何如耳。肃泐恭请台安，不备。年侍吴廷鋆顿首，四月十三日。鹤兄、方弟均此，并候二位贤郎文祉。

75

遂龛年前辈大人阁下：

前奉赐书，业经肃复。前月廿六日二舍弟入都，又接华翰，敬谂娱侍增绥，阖潭集庆，慰甚，慰甚！大考诗赋湘坡兄处有赋一篇、诗数首，现往借出，俟归来抄录奉寄。温明叔前辈因换卷时促，字迹不能端正，其实并无错误，幸天恩宽大，汉员虽谪，仍住蓬莱，诸公之福也。奎二先生签掣刑部，已得主稿，并署掌印矣。二舍弟十六年不见，今得欢聚，为年来第一乐事，惟所事尚无就绪，当赶紧办理也。吾邑文风近来颇为不振，今得宗匠提倡，必然大有起色，何幸如之！并时与二三旧雨闲步看花，神仙清福，令人健羡。肃泐复请台安，不备。年侍吴廷鋆顿首，五月廿四日。

76

遂龛年前辈大人阁下：

春仲哲嗣入都，接奉赐缄，久稽肃复。兹者节过端阳，筹添大衍，以五旬之寿子，侍八秩之慈亲，庆衍兰陔，祥延梓舍。喆嗣祖庚太史南宫登第[①]，东观读书，藉泥金捷报之函，为舞彩承欢之祝。瀛洲济美，珂里增辉，何福如之，何乐如之。

侍碌碌从公，寂寂如此，补缺已逾三载。老我云司考差空，与两回看人星使。抱孙失望，生女又殇，马齿自愧加年，羊舌徒惭无子而已。肃泐恭复虔祝大寿，敬贺鸿禧，祗请台安，不备。年侍生吴廷鋆

---

① 道光二十年，翁同书入都会试，殿试二甲十七名，朝考三十五名。五月，勤政殿引见，改翰林院庶吉士。参见《北京图书馆藏珍本年谱丛刊》第156册《槩斋自订年谱》，第587—588页。知此通写于道光二十年五月十三日。

顿首,五月十三日。

77

遂盦老前辈年大人阁下:

数月音问未通,正深驰企。适奉朵云远贲,敬谂侍奉康娱,阖潭绥吉为慰。春闱幸得喆嗣继武瀛洲,为梓乡生色。而京兆秋试,吾邑又复脱科。推原其故,总缘试者人数过少,人少则中愈难,中难则人不踊跃而愈少。两邑文运使然,无可如何也。但愿南闱多中几人,以鼓其气耳。不然,明岁公车恐益寥寥也。

家乡大水,捐赈为目前之急务。在局诸君子皆洁己办公,又得大贤为之领袖,穷黎得沾实惠,枌榆之福也。海氛甚恶,谋帅既难,其人水师又不可用,且国家经费有常,筹饷更非易易,降而从魏绛之策,诚非得已。特恐犬羊之性反复无常,即议成亦未可久耳。闻夷船至福山一日而去,此时人心想稍安定矣。承平日久,武备久已废弛,吾乡营卒手无缚鸡之力,又无乡勇可募,设复来登岸,何以御之?即谓此夷非倭寇可比,不能陆处,无足为害。万一本地奸民乘机抢掠,滋生事端,又将何以靖之?杞人之忧,为是惴惴耳。

侍补缺三年,近得一阶,幸转月内各部保送御史,侍在合例之列,惟天时极短,恐致曳白之羞,且连年逋欠,各铺交涉诸多,未完印结,公局未能交出。诚如尊谕,功名迟早自有一定,且为后图。至于师生更有因缘,尤非人力所能强也。星斋前辈近有信来,并赠大衍之数,摄篆汉阳,得意可知。鹤兄亦时通信,缺虽小尚够敷衍,特不能还帐耳。肃泐恭请台安,不备。年侍生吴廷钤顿首谨启,十月十二日①。(代垫之项已如数算还令嗣矣。)

① 此札写于道光二十年十月十二日。参见上通注释。

78

遂盦年前辈大人阁下：

昨奉赐函，并承雅贶，且有后命，既一视同仁，于此日复有加无已，于将来感篆五中，莫可言喻。藉稔文望益隆，教思广被，甚慰，甚慰！年伯母于九秋启行，何以冬仲尚未到省？过苏郡时或有耽搁，亦未可知，此时想已安抵节署矣。

滦阳之役，为同年黄石琴丕范得去，渠系降调捐复，非此不可。侍三四年间可望补缺，故拱手让之。侍自移寓内城，凡有宴会俱辞不赴，竟与麹生绝交矣。贱恙日就痊耳，再调理数月，可望霍然，藉纾垂注。（江西有本色细夏布，乞惠数匹，责便寄京为感。）云侪三兄所委捐贡一节，因鹤兄银未寄京，不能上兑，恐其明年近就南闱，故将照托令嗣带交。若仍赴京兆试，到都后再捐未迟也。鹤兄近曾得信，有花甲之赠。幼谷掣分浙江，乞假至陕一走，即赴省矣。大考前列者，星轺四出。黎仙九超擢后，近复持节山左，有似阁下当年也，令人健羡！安仁广文黄家琳，系侍教习同年，品学兼优，务望格外栽培，感同身受。都门屡次得雪，市价胥平，大有丰年气象也。肃泐申谢，敬请钧安，并贺新禧，不备。年侍吴廷钤顿首，云侪先生均此，不及另复。十二月廿五日。

79

遂盦年前辈大人阁下：

月前奉到还云，猥因贱恙，谆谆以调摄为劝，词意真挚，感篆五中，莫可言喻！兹际中秋令节，敬惟澄怀若月，清德如秋。承示新生覆试一节，不独西江士习安静，盖潜移于时雨之化者深矣，即此一端，足征考政之善，又谁得而议其后耶？倘有所闻，即当实告。姚湘坡改官吏部，即日乞假南旋。春闱吾邑获隽者，仅有蒋幼谷士骐同年一人，系由陕籍改回，而题名录仍刻陕西，故外省见者，皆以吾邑为脱科。月前王仲文来信亦然。幼谷甲第甚低，又未取朝考，深虑归班。及得榜下即用，喜出望外，告近得近签掣浙江，昨已告假回陕，计冬初可到浙省。星斋今年竟未通信，子方回常后，亦无书来，殊深悬系耳。

铃自移寓内城，每日趋公，并无旷误。贱恙已十愈六七，杯中物竟与绝交，可纾垂注。云侪先生加贡正项，须一百肆拾肆两，（此系银号之言，部友又云只须银四十八两，加子结费在，其说不一。总之，此时无银垫办，谨将部监照交令嗣带江，以便南试。若就北闱，俟来京再行商办可耳。）加子结费在外，缘廪生捐监后只作监生算故也。此间仅有二十金，无从上兑，兹将监照附还。肃此恭请钧安，不备。年侍生吴廷铃顿首谨启，八月初八日。云侪先生希道候，不另。

80

遂盦前辈年大人阁下：

春间接奉赐书，备承奖注。日昨公车旋里，因行期匆促，作答未遑，谅邀原鉴。敬惟娱侍增绥，禔躬集祜，定符心颂。本月散馆苏省九人，一榜尽赐及第。喆嗣虽屈斗杓之末，仍留蓬岛之巅，惟其名次不高，愈见福分之大、恩泽之宏也，其可贺为何如耶！惟春闱全军覆没，公车有下科不住会馆之言，谓会馆风水不利故耳。功名得失，原有一定，以连次乡会脱科，归咎会馆，谚所谓"困不着，怨床脚"，会馆不任咎也。但风水之说，容或有之，前因馆中正厅将颓，欲行翻盖，恐其有碍。曾邀明于堪舆者往看，咸谓正厅为南方当铺高房所压，以致合邑科名不盛，亟应将正厅升高，庶几宅相既佳，文运可转。

侍素不喜堪舆家言，因其说来凿凿有据，不能不信，且趋吉避凶，亦理之所不废也，况有关两邑文运耶？榜前曾令匠人估计，约需五百金。现在会馆存款无多，只可供每年修葺之用，翻盖所需甚巨，岂能为无米炊？当与言南浦、丁芝亭商量，在家乡劝捐，以成此举。二公欣然以为事属可行，且愿先捐，以为之倡。迨报罢后，侍往送行，复理前说，亦俱应允。第窥其神气，不似前之踊跃矣。正在失意之时，亦难怪其然。伏思吾乡公举，皆赖鼎力玉成。赈济一事，已有明效，大验翻盖需费虽多，较之捐赈，则微乎其微矣，似尚易为力，望阁下与言、丁二公速行商办，能得名世之数，则事即可成。傥翻盖之后，文运因宅相而转移，皆阁下之赐也。

客腊正厅后架倾圮，暂用帮木支饰。眼前势不能久，即不为风水，亦必须翻盖。若听其自倒，(拟于夏间先行拆卸，如有捐项即行寄京，以便兴工，其后收者续寄可也。)则椽瓦所捐必多，所费益大。若倒而不盖，则会馆必至废弃。当侍经管会馆之时，不早为计，而致令废弃，何面目对乡人耶！

将伯之呼，实出于万不得已，幸鉴而助之。如谓独力难成，当恳子方、湘坡相佐，事期必成，千万不可推诿，是所至祷！再，吾邑从前鼎甲迭出，文运本旺，今之所以不如昔者，谅由琴川淤塞之故，甲乙年间略为挑浚，丙戌礼闱获隽者三人，为数十年所未有，不可谓非成效。他若江阴移城楼而仙九及第，昆山修葺马鞍山塔而李古廉成进士，今科江公堃继之。风水之说，不必尽无。刻下两邑文风不振已极，若能劝捐挑浚琴河，亦挽回补救之一道也，求酌之。敦甫师忽有此蹭蹬[①]，实出意外。今早来寓看牡丹，兴致依然，(侍告以正拟信致阁下作寿文，再三阻止，只好从命矣。)惟嘱今年七十寿辰，断不可作屏，并嘱问候。此间一切如恒，保送御史总在明年矣。敬请台安，不备。(仲文誊录，将次传到，且车价过贵，暂缓南旋。)年侍吴廷钤顿首，闰三月廿一日[②]。步虞拣发广西，四月望前启行，伯沂到班，尚须三缺。

---

① 敦甫师，即汤金钊(1772－1856)，道光二十一年虚岁七十。道光二十一年闰三月二十三日，翁心存听说汤金钊"为司员讦告"；四月十一日，翁心存通过邸报始知汤金钊为吏部员外郎陈起诗讦告原委；十三日，"阅邸抄：吏部员外郎陈起诗革职，汤金钊降四级调用"(《翁心存日记》第二册，第444—448页)。参见上文汤金钊手札相关内容。

② 据札中内容，此通当写于道光二十一年，是年闰三月。

81

遂盦老前辈年大人阁下：

月前接奉云函，备承奖注。兹际小春梅绽，敬惟礼祉延绥，潭祺纳祜，定符心颂。闻小令郎暨文孙同撷泮芹[①]，此时甫届丁年，蜚声黉序，他日联登甲第，继武瀛亭，庆衍椿庭，辉增梓里，健羡，健羡！

侍力疾从公，幸无贻误，月来腰疼两次，几于不能步履，刻下已小愈矣。此疾缘偶感风寒而起，虽向年常事，然未有若今年之甚者也。老态日增，即此可见。久欲引退，因积累未清，迟迟未果，中心藏之，何日忘之，未知几时得遂斯愿耳。苏榖生下帷，攻苦有过寻常，每月在敝寓两次会文课卷，（共七人，同里四人，其三人则侍之学生，及湘坡之荐卷门生也。）则侍与湘坡诸公分看，但愿明年多中几人，乃大快矣。小儿铨选贵州永宁州吏目，缺极清苦，几次信来告急。侍现在入不敷出，自顾不暇，无力接济，只得置之，并非忍心不顾，实无可如何也。肃泐恭请台安，不备。年侍吴赞顿首谨启，十月初九日。

82

遂盦前辈年大人阁下：

未修笺候，又已数月，想不责其疏懒也。辰惟禔躬迪祜，潭弟延绥为颂。夏初宝生得鼎甲，会馆演剧称贺，不料有幼谷大令之变，正所谓歌于斯，哭于斯也。将来灵柩到常，尚望关垂谱谊，照料一切。

侍本拟今冬引退，然必须武昌舍亲处寄银到京，方能料理起身。现届冬令，而会银未到，转怜严寒，水路既虞冻阻。若走旱路，又闻山东路上盗贼横行，令人寒心，且冲风冒雪，病躯又势所不能，只好俟明岁春融再作计较。游文一席虽经倪观察面订，原说今岁如不能成行，

---

① 道光二十五年，翁同龢与侄翁曾文同补诸生。参见《翁同龢年谱》第23页，古吴轩出版社，1994年10月。知此通写于道光二十五年十月初九日。

仍恳阁下权摄，且阁下办理窀穸之事，尚须耽搁，敬求勿吝教思，仍主讲席。倘启行北上时，侍尚不能旋里，则请陶三叔暂权何如？倪观察另有信致，乞即遣纪送交。肃泐恭请台安，惟希垂鉴，不宣。年侍生吴赞顿首，十月朔日①。

83

遂盦前辈年大人阁下：

日昨奉到赐函，藉谂禔履双绥，潭祺曼福为慰。日望旌旆北来，近知又受紫阳之聘②，仰见文望日隆，足为后学矜式，不胜钦佩。但未知龙眠吉壤已卜定否？邑中山地本属无多，二百年来业已满当，于平阳求之，特不无多费耳。倪观察想已回常，游文关聘本嘱送交尊处。倘阁下不肯收，即交静涵陶三叔亦可。仲远会项于腊八日方寄到，且仅有六百金，尚不敷还帐。明春恐不克启行，总是下半年之局。年来日入不敷出，岁除在迩，料理正非易易耳。肃泐复请台安，不备。年侍生吴赞顿首，十二月十三日。

84

遂盦前辈年大人阁下：

顷肃一械，甫交药房递寄，又奉赐翰，藉谂禔躬安吉为慰。侍今岁既不能归，倪观察仍将游文关聘送交阁下，此大妙事。阁下既不能却，自以受之为是，且俟侍明年行止若何，再作商量，静涵三叔处希道歉怀。舍弟中途大病，此时想已生入里门。湘坡前日有信来，已到清江，此时亦必已抵家矣。幼谷丹旐与湘坡同时下船回里，有公信致蒋宜斋明府，其家眷尚在浙江，有子侄俱不甚妥协，已属宜斋将灵柩暂

---

① 根据上下文内容，此札写于道光二十七年十月初一日。

② 道光二十七年九月服除，翁心存“主讲郡城紫阳书院”（《翁心存日记》第四册，第1857页）。疑此通写于道光二十七年十二月十三日。

停坟堂屋矣。

药房新迁兵马司中街，西邻失火，小有惊惶，并无伤损也。入冬以来只有一次雪，连日同云密布，颇有雪意。山左三大宪，俱被议案，尚未结也。肃泐复请台安，并贺新禧，不宣。年侍吴赞顿首，十二月十四日①。

85

遂盦老前辈年大人阁下：

日昨接奉赐函，敬悉福履双绥，潭祺曼福为慰。二舍弟回家调理，业有起色，旋因家中气恼，遂至病重以殁，所闻如此，未知其详。阁下必确有所闻，便中希示悉，以祛其惑。阁下主讲紫阳，又兼游文一席，若非爵高望重，何以至此！夫讲席原无足贵，然是区区者，一则求之不得，一则却之不能，其为人贤，不肯何如也？金山修金无因而至，据称系上游之意，未知是陆是倪？前致观察书，至今未复，闻观察摄篆柏台，当作札奉贺，并询金山一事，买山无资，家仓诚非易事。侍因入不敷出，恐赔累日深，是以亟欲引退，惟摆脱甚难，未知今冬能否如愿耳。龙眠吉壤业已卜定，举襄仍在何时？事毕即可出山②，盼切，盼切！肃泐复请台安，不备。年侍功吴赞顿首，三月朔日。

---

① 根据上下文，疑此札写于道光二十七年十二月十四日。

② 道光二十八年十月，翁心存“葬张太夫人于白鸽峰新阡，始俶装为出山计”（《翁心存日记》第四册，第1857页）。疑此札写于道光二十八年三月初一日。

中国近现代稀见史料丛刊【第七辑】

常熟翁氏友朋书札（下）

张剑 徐雁平 彭国忠 主编

李红英 整理

本辑执行主编 张剑

凤凰出版社

十　同乡至契诸先生书

1

遂盦大兄先生阁下[①]：

夙耳声华，已深神往，赓吟雅奏，愈切心钦。方以大诗人咫尺清辉，窃愿订交于异日，特命两童子拜瞻风范，预为通款于前宵，乃未陪艺苑之游，竟先荷兰笺之贲。琱章五色，凤采九苞，伸纸发函，色飞眉舞。窃念阁下擅嫙雅之才，负宏通之誉。听赋手于玉皇，香案声已摩空；比琼章十仙露，明珠光先炫日。定即蜚声丁阆苑，伫见翔步于霄程，引领望之，拭目俟矣。

玉书髫年失学，垂老无成，虽结习难忘，时作野鸟候虫之响，而依人作计，愧对残杯冷炙之筵。兹幸识曲有人，同心在迩。愿闻高论，请期我于杨柳门前；好待初春，定相访于碧桃花下。顺候文祉，临纸神依，愚弟吴宝书顿首[②]。两儿待笔候安。

2

泳顿首谨上邃庵先生大人执事：

新春奉叩，忽又深秋，怀仰之私，非笔墨所尽。闻县中捐赈，懋著贤劳，此事宜用图赈之法最善，已载杨静闲比部《筹济编》第十卷中可

---

① 此行下钤“松厓启事”白文长方印。

② 此行左钤“瘗仙”白文长方印、“宝书”白文方印。此纸左下角钤“司花外史”白文方印。

案也。

今者海氛未靖，肆厥猖狂，乃有和议之说，未知确否？若果尔，将从此洗兵马乎？抑仍留守海疆，以防夷船之再来游奕乎？此国家之大事，非草野之所敢议也。

兹有《洴澼百金方》一书[①]，不著撰人名氏，乾隆四十年闻始出。当时仅有抄本，索值百金。至五十二年冬，前公中堂福大将军出征台湾时，曾以刻板榕城，未及印行，而台匪平，此板遂流落民间。嘉庆初寒族有竹溪翁者，游幕闽中，得于漳州赵姓，携归。迨翁殁后，板质他姓，已三十年。近始赎回印行，每部减价十金，或嫌其太贵，难以遍传。今定价每部五番，似不少矣。

泳尝寻绎其书，实原本于《金汤十二筹》，是专于守防而略于攻战，揣之时事，真对病发药，俾得设施有序，捍御有法，亦君子思患豫防之义。无论军民人等，皆当备览。兹先将总目呈阅，倘欲购之，甚易也。外一本是道光元年诏举孝廉方正吴江翁海琛明经所作，托为求正，俱乞鉴收。乡城密迩，如隔云山，近又以笔墨事将往京口，不及入城面聆清诲，为怏怏耳。专泐恭请台祺，即乞德音，不备。世晚生钱泳顿首再拜，十月二日[②]。

3

年愚弟周学濂谨顿首拜覆遂盦二兄大人同年阁下：

判袂京华一别，如两轮蹄局促，缁衣化尘。仆既叠蔓阁下过甚，

---

① 《洴澼百金方》，据《中国古籍善本书目》，现存世皆为抄本，题明袁宫桂撰。国家图书馆藏有两部，其中一部为清王芑孙旧藏，并手书题跋。《中国古籍善本书目》子部，上海古籍出版社 1994 年版，第 129 页。

② 道光二十年十月初四日，翁心存“得钱梅溪书，并以《履园丛话》中《图赈》一卷见示，外附吾族吴江海村明经广平古文一册，又寄《洴澼百金方》目录数副托售，其版现存梅溪处，每部索价番蚨五圆，梅溪书《图赈》最为善策，其言极是”（《翁心存日记》第一册，第 407 页）。

然念古人登山临水，每有述作，郁郁山松，下情妄托，绵绵远道，吉士思秋。兼以年头腊尾，进膏飧于拌邦；祭灶请邻，簸归梦于乡里。煌煌笔星，想炫篋衍，矫掌南路溯洄从。是月之五日，捧读手教，侍感提挈中州一都，视道若尺，况深加以盼睐，又默喻其委曲，颇兴牵车之思已。情事掣肘，举动濡滞，有类驽恋，遂迟鹄飞当原之也。所叹寓居僻远，咫闻日□，退息居学。既过时而难成。同门曰："朋必旬日而始见，出入烦数，主人已嗔。"伊唔帖经，欠伸思睡。阁下岂无以教之哉？

兰风出都，皆其驱车，所向大开欢颜。然长安居大不易，或劝其且为郗生，勿笑昭谏，九变后贯，一第愚人，非良策也。子山大令藉甚声华，当得展其骥足。此间车子老矣，哀感顽艳，寄语吴质，勿复好伎，当博一粲。天寒，惟道礼珍重，匆匆不具备。学濂顿首，十一月廿九日[①]。

4

不侍三月，有若弥年，相忆为劳，想同之也[②]。履端之初，还往皆左，把袂不得，抚醪寄思。折简以招，拂笺违愿。正月五日，子山弟偷听鼓之馀暇[③]，期飞觞以咏吟。窃谓阁下与春岚啸侣偕，至赓诗与俱。顾足音不闻，吟兴大减，虽社有陶令，而座无车公。斜川之游，杳不可续，梁苑之赋，谁与为欢？

上元后弟有莘城之行，寻抵睢上。一车穿柳，俊风袭衣，三径落梅，寒雪满屋，疲马声怯，闲鸥迹浮，客心摇摇，行脚录录。比自睢还围，已过花朝，适奉朵云，辱念旧雨，情绪蛩蟺，词华藻翔，爱顾之深，纫佩无极。承询行期，徒以膏秣之资，飞蚨未返，将伯之助，縶驹相

① 此纸左下角钤"濂白"白文方印。

② 此纸右下角钤"慧生书"朱文方印。

③ 听鼓，古代官府卯刻击鼓，入值；午刻再鼓，下值。故称官吏赴衙值班为"听鼓"。《北史·王晧传》云："(晧)为司徒掾，在府听午鼓。"

须。夫土偶善嘲，可怜东国之梗；鳌鲋求润，待决西江之波。弟一身孤云，千里残月，幽泉旧铁，难媲金镡，远市清箫，无当玉琯。近乃蝇钻故纸，驽盼高衢，不无埋剑欲鸣、怀响思奏耳。俟有成事，即往告行，率布数行，不克宣备。此上，遂莽先生仁兄大人阁下，门愚弟汤显业顿首[①]，花朝后二日灯下。文收到，谢谢。外，赌岚书一通，希附竹报中致之。芳亭先生候安，款生、鼒季、点生、履初均道怀。

5

二铭仁兄足下：

初秋判袂，倏已严冬，日月如驰，我怀伊阻。九月下瀚，道出胥江。适立斋三世兄泊舟于此，询知吾兄昨已遄返琴川。比翌晨，挈榼重诣江干，意拟稍申微谊，而立斋未明，先已解维去矣，为之怅然。辰惟萱帏纳庆[②]，兰阤凝祥[③]。聚顺之馀，定多著述，羡颂奚如。弟重九抵家，应酬栗六。舒观察一路颇称莫逆，虞山讲席业经诺请。洎后面晤，则又称督抚处，另荐有人，以此不果，事皆前定，不必强求也。

近弟就馆金阊门外查氏，拟于来春二月北上销假，以图仰邀升祔，覃恩封典。夏月仍复南还，未知得遂私悃否？吾兄明春是否前诣南昌，抑闻前次恩诏，有“大臣子弟有荫入太学读书”一条，度雪桥兄未必就此，抑或诸孙中一人，则似立斋其选矣。果尔，则吾兄似复将同诣春明矣。种种悬忆，希便示及为感。鸿顺肃布，以达积怀，此候吟安，不具。庚辰嘉平八日[④]，愚弟蒋廷恩呵冻书。如有来翰，希寄

---

① 上钤有“显业”白文方印。

② “辰惟”之后有“驱从，路出袁江，谊疏东道……年愚弟杨以增顿启”一纸，根据上下文内容、字体，二者分属两人，故分别释文。

③ 兰阤，台阶的美称。唐骆宾王《上吏部侍郎帝京篇》诗云：“钩陈肃兰阤，璧沼浮槐市。”

④ 庚辰嘉平，即此通写于嘉庆二十五年十二月。

至阊门外来凤桥下塘刑部封条查宅[①]。

6

……驱从，路出袁江，谊疏东道，乃荷朵云下贲，弥切汗颜。来教以俸出清泾，读之雀跃。河工为正人所不齿，银是陕锭，信而有征，非盗泉之水也。附及之以博一笑。此复即请二铭二兄大人行安，嫂夫人暨世兄安吉，年愚弟杨以增顿启[②]。

7

二铭二兄大人阁下：

别来七阅月矣，前奉手书，久未裁答，歉仄奚似。遥想起居，伏惟万福为慰。弟近状鹿鹿，无可告慰知己，春夏欢叙诸相好，一时均已星散，思之慨然。惠卿现馆城内，尚为顺适，有信二函，久未得便寄交，兹特附去。册页已属野云写去，现尚未得。俟吾兄明岁来京，再行汇写诸什可耳。

叔冶灵榇于何日南去，望之侍读盛情可感。弟接伊手札后，随即具函致谢，见时并乞致候，且极道感激之意，(另勿再专札奉致。)千万，千万！前属皮袍一件，未知取出否？此番系专差，勿当。吾兄如已另制新衣，不妨将此件即交带回，其赎当银两若干即开示，当即措缴鹿樵处，附便寄南。吾兄再付一家报来甚便，即今冬不及，开正后亦即可措寄也。如刻下竟尚需用，则亦不妨从缓耳。又，惠卿寄小山二札，幸即饬记送交，能取回书更妙。专此布候台祺，伏希赐察，欲言不尽。愚弟邵广铨顿首。秃笔呵冻，几不成字，谅之。

---

① 下钤“香杜翰墨”白文方印。

② 此通书札仅存此一纸。

8

迂庵书横幅送上，收之。书箱中存白石砚一方，适有用处，幸即掷还。《史记》一部，亦祈一并付下。至《诗醇》及《格致镜原》，现无所用，不妨仍存尊处也。开馆何时得暇，并望移玉来此一谈，顺候邃庵二兄辰佳，不具。愚弟铨顿首，廿三日。

9

顷有急不可耐之需，乞为挪借三两有馀，（能足四数更妙。）约在二十日左右，一准奉缴，断不有误。书此即候日佳，不具。愚兄铨顿首，二铭仁弟足下。

10

送去纨扇一握，务祈检。近作中风华一路，作小楷一通上手，格子即交惠弟书之。近体似觉稍可而尚有馀邪未尽，稍不慎，即诸病交作，老态日形矣，奈何，奈何！率此候暑佳，不既。愚兄广铨顿首，遂盦仁弟足下。

11

两奉赐书，谨悉觇缕。贱辰过承奖饰，令人颜汗，伏惟道履胜常，学业盛积，翘跂之至。读七月八日惠音，悉长安故人近状，殊慰私臆。

阁下传述心兰师语"励清操，远习俗"六字，谨志之，不敢忘。惠钦为翰风先生女夫，冰玉足相辉映。昨遣奴补祝心兰师五十寿，惠钦、星斋、前村、松门诸君子略佽旅费，汇送函丈转交，戋戋之忱，殊愧之也。秦淮丽人云云，传者之讹。月前始以双桨迎之。桃叶渡江，当在此月，特未知寻春杜牧，能不加以薄幸之名否耶？书来责以诳语之过，误矣。选卿礼门殁于京师，阒寥同人扼腕久之。承示养心四事，爱吾之深，规吾之切，崔子玉座右铭不是过也。潘大农师寿词已经撰就，感感。诗幅大小尺寸，悉候裁定，此本无定式也。

阁下公车北征，想在春初。道出古鄣，不妨早行数日。山城简僻，尚可下榻高人，且尔时太行诸峰，积雪近在咫尺，亦足稍资清兴也。商之春岚，亮有同惜。风便泐复，顺候吟祉，不戬。遂莽二兄年丈，邵堂顿首。外，致春岚札，乞附及。童二泉先生乞候，仲冬十四日。

阁下诗债久而不偿，现当摒挡岁务，清理积逋，阁下曾念及否？三十贱辰，同寅毫无知觉，深厌此世俗事耳。阁下同年同乡，又相遇于二千里外，其可以无词乎，楹语一联必不可少，然否？又及。

12

月之廿又六日接诵赐函，悉近履安吉为慰。望前曾奉寸笺，想早邀荃照，寿诗捉刀已竣，知亦装好，想已即交前差带回，无庸再述。承示谦谓，本拟如此，高明岂有不是耶？二泉垫付工料价，恳嘱其开示为祷。题名录亦已收到，同学少年俱登秋榜，亦快事也。

弟山城视事，昕夕靡宁，现又奉太尊调审控案，业于昨日晋郡，案牍钩稽，毫无兴致，惟秦淮柳枝渡江而至，此事稍慰岑寂耳。前诗逋何时得耳？前恳望之先生（书对）不甚惬意。若能阁下自撰联句，恳望之先生一挥，携以惠我，不啻百朋锡也。对笺断不可用红色，至祷，至祝！草此奉布，即候近安，统惟雅察，不既。遂莽同年二兄大人，愚弟邵堂顿首，二泉恳候，仲冬廿九日。公案泐此，恕其草率。

13

遂莽二兄大人同年阁下：

月之九日两披翰教，望日贵同乡冰泉先生抵署，又展惠书，详谂道履安善，为忭，为颂！榜发，阁下失意，参苓不贮药笼，窃为梁公惜之，不敢以寻常慰藉为词也。同岁得意者寥寥，茝山为凤阁舍人，亦是奇事。阁下留寓鹿樵先生斋所，为明年再战之地，甚是，甚是。惟长安居大不易，窃代为焦闷耳。书院一席，补实后定，当留意，可以毋廑雅怀。承惠望之先生联额，感感。联语相期甚厚，愧不敢居，当以之白矢耳。冰泉暂留荒衙，弟处各席已满，当与兰郇共商位置之处。

华骥化去大出意外，此君性本迂拙，境复屯亶，万不料其辄以忧死，才修命短，千古同忾。阁下及诸故人为之经理，庀及家事，高谊可感。附去赙仪二十金，希为觅妥便确交，至祷，至祝！莲依亦复仙游，叹逝之思，先后迭至，谓之何哉。椒馆迄未得信，不识星斋如何。

弟权篆九月有馀，入春后赔累竟至数竿。现在天中之节酬应[①]，又得二竿，茫无以应，大费周张，不得已仍借贷以了此事。补缺已题汜水，不知部准与否？汜之为地小而当冲，不过广文局面，以多累之区为之更形掣肘，惟可自信者，弟从不逋欠官项丝毫。一清光景，至万下不去，只能还我青毡蔬菁之样，较胜珍错多矣。卸事当在秋初，馀容续布。专此顺候旅安，惟照不宣。年愚弟邵堂顿首，闰月十九日。

外，附近诗呈正。（印本已无大概，一笑可也。）另，信三件乞转交远香诸君，乞为道候。近作能见示否。惠卿闻兴致大佳，时时作为诗歌，能抄示一二否？乞转询，又及。

14

六月之朔，中元之节，两展惠书，谨谂近躬安悆，良慰鄙念。阁下安砚师门，藉图春闱进取之计，良是，良是。七月间曾有一函托冰泉带交，不识曾否入览，殊悬悬也。顷望之先生谆谆以阁下与春岚相托，具

---

① 天中之节，即农历五月初五端午节。“现在天中之节酬应，又得二竿”，据其行文语气，写信之时，尚在端午之前；此通末署“闰月十九日”，当是五月之前；结合翁心存年谱，疑此通写于嘉庆二十四年闰四月。参见《翁心存日记》第四册《先文端公年谱》，第1852页。

佩雅谊。春岚之席，弟无不力为交代接延。弟不知新学使处有人否，如后任肯为接请，弟当促其送关，其关聘及明年束脩，俱可由弟处转寄。然近时风气，山长以荐者之去留为定，不知究竟如何？辱在同谱，无不加意照拂，只能相机而行，恐不能十分稳惬耳。晤春岚乞为详述。

阁下汜水一局，须俟弟赴汜后定见，苟可位置，弟即以相国师所荐为词，断不至舍阁下而别延也。心兰师远宦闽中，同人少所依归，幸敦甫师秩满还朝[①]，或可得邀庇荫耳。惠钦、星斋近况想是平平，兰风又不获售，奈何！晤为道想。铜士闻得嘉报，愿闻其详。日下倘有新诗，尚祈赐读。人便草泐，顺候遂盦二兄大人文祉，年愚弟邵堂顿首，九月卅日。同人均候春岚，不另[②]。

15

日来两诣尊居，俱不相值。弟八日定可成行，办装草草，不及面别。橘泉处竟不能代为经纪，惟二兄大人始终偏劳，并祈于范夫人转白歉衷也。庚辰诸师门开在别纸，惟小教习素不留意，望遍询之。肃此复请开安，敬璧侍谦，匆匆不成书，不具。愚弟刘师德再行。

16

遂盦二兄大人阁下：

顷荷驾临，感激无似。蒙撰内人铭文，祈先赐副稿六幅，俾得命工裁纸界画，呈请赐书。再，述略一通，已承面许裁定。兹特附呈，冒渎清神，惶悚之至，敬请午安，愚弟期陈观理顿首。

---

① 敦甫师，即汤金钊，嘉庆二十四年十二月，汤金钊江苏学政任满回京，仍在上书房行走。参见《北京图书馆藏珍本年谱丛刊》第134册《先文端公自订年谱》，第201—202页。结合翁心存年谱，疑此札写于嘉庆二十五年。

② 每纸左下角钤“虎牢关长”白文方印。

17

遂庵先生足下：

自怀都还东，托诸君子转为告别，荏苒度年，春风时至。祖生先著鞭，闻喜簪一花矣，颂颂。令叔祖午亭先生有温佩之兄，旧欠敬斋令叔银一宗，上冬弟托吾兄向沈舍甥处讨取回信，承见覆之札，顷携交阅看。渠甚感宗支之关切，惟渠高年不管家务，而敬斋令婶孀苦异常，弟虽疏亲，亦屡次勉力帮助。今既有此一项，一本一利尚可得四十金，无如老翁艰于涉远，寡居又难轻出。再四酌商，乘便人到豫，作为专差，将原券及索逋之书并寄尊处。令叔祖具书奉托，代为清理其事，嘱弟加函谆恳，并转札沈舍甥协同办妥，弟目睹寒妫情状，万难推诿。现即写寄沈舍甥一札，祈阅过封口携袖面交。渠在祥符陆明府幕中管理账房，笔墨可以。至渠寓内，约期会晤邀询温佩兄之弟是否乃兄，巧值在省三面一谈，应如何归结，或先清利息，转期立票归本之处，最为简捷。倘温兄仍在武陟，即托沈舍甥由县拨役，持令叔祖之信，前往索取，其券仍留箧中，俟银到省，付沈舍甥转交，其银带京交于弟处。若空函答覆，覆书亦存箧中，于都门交弟转达，以免浮沉。其县役饭食来回约需千文，令叔祖已札恳代付。将来无论得银得信，此项在都向弟取缴可耳，务望于信到半月之内周全完结。虽仁亲之义，无待旁言，而嫠纬受恤，尤春阳福惠之大者也。统希亮照，敬候元安。何日大队启行，如过东郡，早日示期，洒扫以俟，蒋瑛顿首。

此信到日，祈先发一信，托史捕厅加封马递寄山东聊城县捕厅林收明，转送西门口大街路北奉日堂蒋寓，以便转尉牟亭先生也，嘱切，嘱切。

18

遂庵先生阁下：

六年之别，书凡三至京师，冀问山师有以复我，则旧雨咸可通问，无如书之去者，悉为黄鹤也。前岁就珂里讲席，昨夏移家住院，始知从者归里，而已回京，可谓交臂失之矣。伏闻升阶庶子，乃五品之当头，方今考差、试学两途，可以兼获，然以阁下澹定之素，谅不以此扰扰于中。总之，能自立者其福量久长，所以为朝廷者正大，特不知在史师处又馆几年？瀛眷到京后，度亦不遑暖席矣。

史师处近况如何？今年师母正寿，已寄毡物介觞，托校场五条胡同邱纯甫舍表弟转致，然不知蓬岛瑶池，亦有黄鹤否？瑛自全家迁居石梅里，院中屋多瓦少，雨雪之中最急，自为粘补，近始无虞，修缮二百四千千文，上年犹未完结。生童至今年，始一拜师，察其行止，大约一领青衿，可望温饱。因是想念阁下之一尘不染，即今访诸乡人，亦无有稍加谣诼者，淑人君子，实获我心矣。瑛曾作翰林三君咏，以邹礼耕、许青士相峙，皆就素所相熟而论，揆诸他日，当不参差。惜乎！瑛已六十一岁矣，痰喘畏寒，无可踏东华香土，与诸君子再叙耳。数行布状，敬候起居，惟照不一一，蒋瑛顿首。道光乙酉立夏日泐，托敝同年包山郑名长箓号纪芗带京。渠送其徒织造延隆之子应试也。

19

前奉求法书小条幅二张，（再吾兄法书殿试卷或朝考卷，乞多赐几本，足感，足感。）如已书就，希即赐交来手为荷。附去单条一张，乞日内即为挥就，缘弟拟于此十七八日，即欲回南故也。诸费清神，容后趋谢，专维二铭二兄大人动静增畅，不具，弟光辰顿首。

20

春明判禭，月琯屡更，遥企崇仪，时深钦挹。昨接家君来谕，欣悉二兄大人荣膺大考，高列前茅，枫宸隆特达之知，早喜声名之拔萃；锦段邀殊恩之赐，更夸宠锡之叠双。频年诗咏，木天久觇，酝酿此日，名登上考，伫卜超迁，指顾升华，曷胜颖颂。

弟侍家慈，侨寓海陵，均叨德芘。拟来春仍束装北上，计会晤有期，得以重领教言，是所深幸。现因舍妹夫入都之便，肃此布贺大喜，即请近绥，诸希丙鉴，不既。世愚弟魏光辰顿首。

21

佳篇矜宠过当，殊不克承。至格律之高、吐属之妙，毋烦盲称瞎赞也。因培行期俟觅车一到即定，大约初四日可以登程。另，容走别并谢，不一，因培顿首。遂萶编修大人侍下。

22

蒋因培谨上遂庵大人阁下：

前岁薄游粤海，得遂班荆，过蒙款洽殷勤，情文肫笃。自问无以得此于左右而辱爱如此，实觉感荣并集，惭悚交深也。因当琐院清严，未敢奉书申谢，想大君子尽人之情，自能曲亮。比惟大人翱翔紫禁，辅导青宫，味却邪蒿，学崇秋实，恩知特达，向用方殷。此天下之公望，非一人之私祝也。版舆迎养，接膝承颜，眠食康娱，慈怀悦豫，尤为人伦至乐，钦瞩弥深。

因培南北奔驰，迄无佚老之计，儿子庸分发湖南，或望其三两年中幸补一阙，以为三经之资，而清狂不慧，正不知究竟如何耳。募刻《法苑珠林》，昨已蒇事，璇闺生色，披令妻寿母之名；佛座流辉，宣法喜慈悲之号。因便奉呈一部，乞浏览之，肃请钧安，临书驰依之至。因培谨启，九月廿九日①。

23

二铭先生阁下：

敬维阁下德望日峻，毗倚日隆，徒以霄壤分殊，不获常请教益为歉。今者两浙量才，尤属儒林异数，遴拔俊英，定更优于他省，诚所谓

---

① 笺纸左下角钤“蒋因培印”白文方印。

邦家之光，非懂闾里之荣也。渊耀株守一氈，惟以闲醉冷吟自遣，鷦鷯鼹鼠，曾足与语鲲鹏之旨趣耶？

阆风先叔次息、舍弟士贤，饥驱适越，尚无止泊处，俾缓颊于侍史，倘蒙推情嘘植，则以鼎言为顺风之呼，定可使寒谷回春耳。专此虔请台安，统祈垂察，不备。晚弟邵渊耀顿首，中秋日。

24

乔迁尚未走贺为歉，呈上拙撰诗文二册，行状一册，杂记二册，（此不可以示外人，至嘱。）乞正其失谬为幸。先人行状更恳加墨题识，尤为感祷。廿四日有事须出门，晨间当奉诣也。耑此布请，遂莽先生宫允大人执事，世愚弟费民泽顿首。

25

皇华载道，伏听好音，总于广东、浙江之间，置阁下一席也。弟目痛甚盛，文亦未能录出三草呈教之。（并即带回。）前呈之行状等五册，（状复乞加识语为幸。）有阅毕者，乞先发还，因适有人索看也。二铭先生宫允槎安，世愚小弟民泽顿首。

26

两次趋候，均未及见为怅。兹有恳者，弟榜后光景窘迫异常，昨专人赴任邱，向家兄告急，往返约须十天。目前竟有万难过去之势，不得已札恳二兄大人，暂为通挪廿金，俟家兄处人回，必能归赵，决不有负盛意。弟与阁下在汴时相聚，虽止匝月，而神交已久，又承关爱，用敢渎陈。专此奉恳，即望惠音，顺请文安，不具。愚弟孙仲宝顿首，廿七日。

27

客秋潞河解缆，即闻廷试之信交庆[①]，阁下必以文章上结主知，及至津门接阅等第名单，果不负平日虚心研摩之苦攻，列试无不前茅，洵推燕许手笔，足为一代宗工，钦忭莫可名言。所望本科星轺临莅西江主司而兼学使，以孚众望，并可迎侍高堂禄养，斯符至愿。家父母自抵江乡，极为康健，惟应酬反倍于京师，浮费亦复不少，始知家居颇甚不易，即卜居尚无觅址，乞米之书不应。来日方长，诗恐难于株守，不免欲作游客，庶可支持也。令岳父台需次真苦，初来不便启齿，容迟迟以报之，何如？学生嘉德留京，专为进取，并非有馀，另开门面，仍恳先生策励，用功批改文字。师生缘分最深，能得一半传授，足资毕生受用矣。专泐叩祷，顺请文安，摹璧侄谦，临书詹系，不尽。新正上元前一日，小莱弟戴诗亭顿首谨启。

28

客冬言十叔到京，托寄芜函，嗣接手教，备蒙垂念，寸衷感佩，匪可言喻。比惟二兄大人鼎祉增绥，鸿文焕采。冰衔晋锡，羡玉署之清华；纶诰新逢，庆萱闱之大喜。遥瞻晖吉，欣幸良深。

大令郎今年仍在舍读书[②]，近日汉文将竣，即日可接读八家文选，及明文则于夜间自读。以德门厚泽，蔚为国器何疑！弟甚愧受先生之称耳！贱体粗适，惟家事分心，不复专事学问。儿辈又顽钝，不足与论文字。目前之计亦如尊札所云得过且过也。礼闱揭晓后，乞

---

① 道光二年翁心存殿试二甲第三名，朝考入选第四名。参见《翁心存日记》第四册，第 1853 页。客秋，即去年秋天。知此通写于道光三年正月十四日。

② 道光元年，翁同书往陶静涵师家塾读书；道光二年陶静涵为翁同书讲解《史记》《两汉书》。参见《北京图书馆藏珍本年谱丛刊》第 156 册《翿斋自订年谱》，第 578—579 页。疑此通写于道光二年正月十九日。

寄全墨一部，贵同年中有刻殿试策者，并希寄示一两本，只此便如琼瑶之惠，不敢多费。晤橘泉时，为言伊族中有守节居祠内者，（即陆丙嘉姨夫之女。）贫病交迫，除寒家岁帮米石，馀此外豪无相助。如有信往蜀，务为言及，能径寄舍间转送去更妙。肃此布候荣祺，二铭二兄大人史席，世愚弟从吉陶贵鉴拜启，新正十九日。

29

久疏笺候，时切寤思。迩惟遂莽二兄大人鼎祉增绥，升华茂焕。上年翰詹大考，钦定前列，超拜宫允[①]，指日星轺衔诏，玉尺衡才，稠叠恩施，令人共羡，鸿儒荣遇，欣抃何如！

尊慈太夫人同宝眷等于今月初三起身，一路福顺，想夏初便可抵都。彩衣承寿母之欢，官舍赋《南陔》之絜，真天伦乐事也。大令郎天姿英妙，诗文均已成章，益复涵濡家学，定成国器，二令郎品貌端秀，书功精进，近与研芬令爱结姻，寒家藉托葭莩，他日金花送喜，与有荣焉。

舍间近况粗安，弟就馆陆氏一年，势出于不得已，今岁仍在家课子。客秋蒙鹿樵观察相招，以诸多不便，婉言辞之。学业日退，深愧抗颜。鄙意兼欲藏拙，唯二兄知我，想不以为�言耳。家乡来应京闱者，颇不乏人，小江英来，诸公皆在必中之数。此时常昭会馆，全赖主持，俾各有广厦之芘，并望吾虞科第日盛也。专此奉候升祺，惟希荃照，不戬。遂莽二兄大人阁下，眷世愚弟陶贵鉴拜启。二家兄属候近祺，儿子侍笔请安。

30

遂莽仁兄大人阁下：

接读手翰，极感记注。藉悉足下旅祺纳吉，文祉增嘉，忻慰奚似。

① 道光四年八月，翰詹大考，翁心存名列二等第二名；是年九月，翁心存补右春坊右中允。参见《翁心存日记》第四册，第1853页。

半载以来初登燕台，继游大梁[①]，想于铃声鞭歌中定多佳什，况既得贤主，又得高足，兼得幕中诸先生诗酒取乐，何快如之！非如弟困守家中，读兔园册，教豚犬儿，望之杳不可得。日来齿痛大发，几本破书久已废置，俟重九后尚欲仍理旧业，亦如兰风所云，且作淮阴背水阵，但恐战亦不捷，所谓“春蚕到死丝方尽”耳，自知必取妻孥冷笑也。

弟今年在家，日有俗事相扰，小江或来纵谈，犹可开发心思，叔才日以润屋为事，亦无暇常来，偶或寻其踪迹，但听其求田问舍之语，又无甚趣味，至冬间则更无暇矣。灵千杳然，不见静庵。诸君课徒，亦不出门。回想至好如足下，不可复得，今得手书，如获珍异，捧诵数四，惟感愤交集而已。蕙卿又得教习，（闻未必归家。）甚好。但其人落磊不羁，宰民社似非所宜，然就其无投不利，下科足下自必复为同谱也。华林闻于七月中旬已出都，想即日可以回常。金山信当即寄去，惟子唯日在病中，奈何？近日虽属勉强赴馆，而一病必须数日，终非寿相也，为之心怖，弟因抱病作此，语句粗涩，字迹潦草，祈谅之。秋气侵入，望珍摄是幸。多深细语，未能缕述，俟缓日从府报中再寄。此候文祺不尽，世愚弟孙文杓顿首，儿子侍笔请安，八月朔冲。

31

愚弟孙文杓顿首启二铭仁兄大人阁下：

久未接手翰矣，花天月地，弥切萦思。献岁以来，想文祉绥嘉，展倚马之才，放射雕之手，春闱伊迩，伫见榜书，淡墨帖写泥金，故乡旧友心祝无已。初十前到府登堂拜母，慈体益形康健，两侄天资聪俊，应对周详，尤属后来之秀，真令人欣羡不已，谅府报中自已备述，而阁

---

① 大梁，今河南开封西北。此处当代指开封。嘉庆二十二年，翁心存“榜后赴汴梁就学使史问山先生（致俨）之聘，为课其郎君三人读书。时谢方斋（荣埭）在署中，亦受业焉，并襄阅开封试卷”（《翁心存日记》第四册，第1852页）。知此通写于嘉庆二十二年八月初一日。

下必喜形于色也。

去腊晤醒雨学博，知阁下拳拳故人，无时或释。遽闻此言，感愧交集。回忆丙子岁，秦淮水榭，剪烛论文，君展烧尾之宴，我赋归燕之诗，相判云泥，情难自遣，尤冀秋风两度，或有一得，如服孤进还丹，不负知己之望。熟意两渡秋江，青衫如故，做此穷措大，熟读兔园册，有何趣味？即或间与叔才辈纵酒栽花，而顾影自怜，终非了局。或与受之、山樵联吟论古，而统计生平，殊非善策。至家君精神虽健，犹复奔走衣食；慈亲肝疾缠绵，药炉烟绕，仰奉双亲，喜惧交迫。海儿年纪已大，知识全无，勉强支持，为之娶妇。金儿赋质驽骀，又复失学。自思年已四十，迄无成就，家累日增，四壁萧然，孤灯独影，惟有黯然而已。专望阁下健翮凌云，惠卿竿头日上，当必不我遐弃也。朗若自丧明以后，益觉委顿。今年馆地犹幸仍旧，师白与叔才，初极相得，去年忽两意不合，未解何故。寒士吐属，似须蕴藉，径直究非所宜。灵荃乡馆不远，未多相见。小江在沈氏馆，颇称快适，故友往还，似觉疏浅。

静庵绩学有年，始得一第，文章原有定评，然用心亦良苦矣。石溪日精会计，课徒之暇，酬应颇繁，较之德斋少逊耳。兰风近况究竟若何，仍在都中否？去年见其《蓉影词》，益加清婉，颇得玉田、碧山之传。名士穷途天涯，落魄未有如兰风者，见时乞道记念之私。

弟今年仍赋闲居，课子闭门，所幸合家穷健，惟此四字，足以慰我知己。桃花红媚、芳草青融时，当细聆捷音也。兹乘静庵三兄便，聊寄数行，并候元安。伏惟亮察，书不尽意，临颖神驰，不宣。二铭仁兄大人执事，弟文杓再顿首，元宵。见韵溪，乞道相念之意，实缘匆匆，不另札，当再续寄也。

32

愚弟孙文杓顿启遂盦仁兄大人阁下：

去秋损笺垂问，抱疴裁答，继乏鸿羽，未展尺素。近维阁下摩镜弄珠，烹葵摘果，凌鲍谢之诗，探马班之学，虎皮讲易，咀嚼前贤，鸟毳落檐，低徊旧梦。既成花萼之编，定得凤麟之誉，远聆声香，益虚襟抱。春仲朗若兄来，知委瓣紫颖，月毫鱼茧，久乏专家。后闻惠钦曾向王佐尧购过数十枝，远香亦然。嗣因先取五枝交朗若兄寄呈，想见错杂不纯，毋足备金薤琳琅者挥云落纸之用，颇属可笑。

新正伯母寿辰，备犹子之列，捧介寿之觞。仰望慈颜，精神康健，真所谓“雪色老人鬓，桃花童子颜”，爰告足下，自必慰心矣。杓寂寞寡交，守贫莫计，寸衷抑郁，告诉无人。时洒步兵之泪，拟弹张祜之琴。七月底思作白门之游，宋五文场，明知坦率。然东家丑妇，再理旧妆，临镜自观，靡形蝺偻耳。所可告我故人者，家君老母于二月均赴旌德书院，康强如旧，颐养恬适，此大快事也。知廑远注，用以告闻。未才酒量日减，北窗跂脚，小江文誉日隆，下帷焠掌。其馀静莽、灵荃，亦皆各极其能，驰骤文坛。杓每隔四五日或过碧夫客馆，与师白、阆风纵酒谈诗，亦一乐境。每值举杯，必怅望楚云燕树，思我遂莽、惠钦不置也。星繁将昼热矣，伏望旅寓珍摄，如秋雁来南，犹冀短章投我，念及故园旧友，幸甚，盼甚。顺问吟安，不具。愚弟孙文杓再顿首。四月廿三日。

33

奉访两次，均值台从有酬答之事，未得相见，怅然而返，辰维动定咸宜是颂。兹有素箑一柄，夏暑未敢重烦笔墨。入秋来，旦暮稍觉凉爽，今特奉呈，顷各希于舆到时挥洒之。容日肃诣尊斋面谢，藉可畅谭积悃也。专此顺请侍安，统祈朗照，不具。愚弟孙文杓顿首，二铭仁兄大人阁下，十三日。伯母大人前希叱禀福安，诸郎君均吉。

34

不孝孙文杓昏瞀无状，祸及偏亲，已是百身莫赎，且不克自振，表扬慈亲懿嬺，尤为惶愧无地，惟我仁兄大人定肯直言痛责，曷胜心感。顾先慈一生孝慈惠爱，辛苦节俭，惟深悉平素者，乃能委婉详述，伏念非阁下莫属，兹将挂一漏万，潦草叙次事略一册呈览，谨求椽笔先撰祭文一首，以光泉壤，不孝世世子孙感且不朽。肃此谨请侍安，统希钧照，不备。并恕冒昧之罪，能于出月初赐下，尤为感激。

35

前日接读手教，藉悉尊体偶染微疴，勿药有喜，深为慰甚。但外感虽去，内元未充，须得清化之品，以养胃阴，似更得宜，望加意珍摄之。先慈祭文已属人代撰，弟将拟今冬大寒时为慈亲营葬，必须得一志铭，藏诸幽室。知阁下文章浸淫于欧柳不浅，恳祈大笔以简括之词，阐扬我先慈幽德，垂之久远，感戴大德，惟有心铭而已，先此奉求，想知己决不吝教也。专泐谨请侍安，统祈亮察，不备。在苫孙文杓稽颡，遂莽尊兄大人。

事略弟于昏昧之际，草率叙述，未能详尽，兹仍奉呈惠览文章，可尽此十一月内著就，能简练得四百字最妙，十二月初即可镌石，则速而易成也，又行。

36

严寒几不能胜，伏维侍祺万福。送上先人行述一册呈览，先慈安窆竟定见十八酉时，惟家贫无策，恒以礼疏是惧。再，有致蕙兄札一件，无从托寄，想尊处必有寄京之便，幸祈附入，曷胜感切，此致即请午安，不具。并附致鹤兄信一函。遂庵尊兄大人，世愚弟制孙文杓稽首。

37

前日蒙惠彩蛋，藉以奖愧儿孙，感谢奚似。甘雨快晴，伏维侍奉曼福是颂。兹呈上云上先生画梅小幅，意境虽不甚高，而笔颇不俗，特付装池，犹可补壁。外，更附自制糖饯盐梅一瓶，以为阁下与喆嗣异日调羹之用，物虽微而心实诚，祈笑存之，幸甚，幸甚！此致即请时安，不具。遂庵仁兄大人阁下，愚弟制孙文杓叩头。

38

前日忽然喘疾大作，卧不能起。伏维兴居纳祜，承惠端研，质似细润，喜其池面俱宽敞，拜领之下几荷百朋之锡，谨谢之至。肃此顺复，并候侍福，不备。愚弟孙文杓顿首，遂盦仁兄大人阁下，伯母大人前敬请慈安。再，赐京报亦拜领，并谢。

39

遂盦先生阁下：

云泥分隔，时切心仪。伏惟辅轩所莅，起居万福为颂。阁下以鸿才异等，上结圣明特达之知，叠掌衡文重任。昔人所云，听于下风，窃自增气者也。辱蒙手书敦勉，俾参末议，展诵之馀，且荷且惭，既承不遗弃陋，深愿效其微长。惟是读礼以来，未安窀穸，事当躬为经理，势难遽作远游。阁下宗主斯文继此，持衡之日方长，期于异时勉竭驽钝，用报知我。今兹未克仰副盛怀，私衷不胜歉悚，敢祈曲加原恕是幸。专此申复，顺请崇安，统惟霁鉴，不宣。教弟制邵渊耀顿首，十月廿三日。

40

久疏祗候，翘企时深，伏惟侍奉万福为颂。呈上《攲器图》一册，系舍妹婿转求赐题，并恳亲笔挥洒，俾为世宝，曷胜幸荷。专此虔请崇安，再容申谢，不备。遂庵先生大人阁下，晚弟期邵渊耀顿首，五月廿九日。

41

二铭二兄大人阁下：

令郎回常，藉悉侍奉万福，宦履增绥，并符心祝。粤东人文极盛，得二兄大人主持玉尺[①]，衡量公平，栽培诚笃，所以报国家而孚士论者，定越寻常，望风怀想，弥殷额颂。令郎学业精进，出手得胪，德门积庆，即见踵武词垣，今来署觐省，勤习经史，养成远到之器，是所深望也。潼川屡有信来，嘱弟道候，并问二令郎文章，想公馀课读，兰阶藻采，必已斐然可观，棣华竞爽，在指顾间耳。

家乡近日时髦用功者颇多，长真太史明岁掌教游文书院，士风当更彬蔚。弟守拙家山，以小儿此时读书宜自督课，竟不能出外坐馆。鹿樵观察两次见招，弟未能就，心甚歉然。弟闲中时复看书，追忆十年前诸同人聚首，极赏奇析疑之乐，往往不能去诸怀想，二兄大人亦同此情也。肃此布候升祺，并谢雅贶不既，姻世愚弟陶贵鉴拜手，十一月十二日。老太太、嫂夫人、二令郎均此，敬候崇祺，在署诸亲友并希叱候。

42

二铭亲家二兄大人阁下：

二月中致复寸函，想登记室。兹接手翰，敬稔潭祉胜常，百凡集庆，趋跄行幄，侍从春田，极儒生稽古之荣，协圣主得人之颂，燕云遥忆，弥切忭忱。弟奉讳里居，历碌俗冗。四月中季氏复进屋，方始交代。无名之费，枝节丛生。家乡交易事件，竟如此难也，惟此屋久经颓敝，不得不稍事修葺，不求华饰，仅仅补苴罅漏，所费已恐不支矣。家慈于月初迎养来城，家祖慈年高未便移居，而精神尚健，舍间眷属均各粗适，足慰锦悬。

弟服阕计在腊月初间，而入都总须正二月间就途，资斧正需措

① 道光五年五月，翁心存充福建乡试正考官；“闱中奉督学广东之命，十月抵达广州”。从道光六年至道光八年，翁心存任职广东。其中，道光七年正月，翁同书由粤返里。故疑此札写于道光七年。参见《翁心存日记》第四册，第1853—1854页；《北京图书馆藏珍本年谱丛刊》第156册《彛斋自订年谱》，第581页。

置，未便挈眷偕来，且俟选得实缺，再作计较。承询因并及之。会馆修葺，自是善举，然经费颇难筹画。前弟出京时应缴之项先付卅两，馀拟俟到川后补寄，复因在潼，光景甚瘠，而亲家大人出使粤东[①]，遂尔久阁。兹承示及，极应如数寄上，柰银件一时甚乏妥便，可否由尊处代为垫付，明春弟当于到京时奉赵也。率泐复请台安，不胜翘切。姻愚弟制杨希铨稽首，闰月廿四日。

43

顷间尊纪来，奉到《瘦竹斋集》暨《袁易斋传》，种费清神，感谢靡尽。日内有家书寄都，自当致明家兄知悉，当亦铭感无已也。蒙询谭藕香兄之太夫人八秩正寿，容俟探知日期，再当奉覆。肃泐鸣谢，敬请台安，不一，堡顿首。大作家传一首一并奉到，堡即当录入家乘，仰藉辉煌拜赐多矣，行状亦即收到，堡又叩。

44

昨日得回示，并惠公札，慰悉一切。箱子帽盒俱收到，苏帮船已到，今早见赵树三后，伊即出城验米，回来到兄处。据说此帮内竟无常熟船，只可就搭苏州船耳。计包一中仓，并一仆，饭钱约共需京钱六七十吊之数，（此系树三约略之词，据说不过如此，若我们去说则不能也。）似乎不多。现在船上尚未兑米，俟兑完后，伊与兄亲自去看，再行定见，更为妥当。至灵柩上船，约在初二三日之间，兹令老周先行回京，弟可告知尹管先将人夫说定，总以一径送上船为是。兄俟与赵树三将船讲定后，并说定灵柩上船之期，即遣妥人赶来帮同起灵。俟将近到通之时，兄再亲自借带，坐粮厅衙，复接柩上船，以免河头花费。兄此时即不进城来矣，城中起灵一切，吾棣与范二兄鼎力料理之，并望代为告知艺斋师一声，兄不另具禀矣。

---

① 从道光六年至道光八年，翁心存任职广东。其中，道光七年闰五月。

初二三上船之说，亦系树三约略之词，兄穷宪书，似乎初三四两日皆大好，然此时不能即定，总俟兄遣人进城时便将起灵之日先为择定，城中须如期而至。此时不妨与杠房讲明，而日子必须此间定见后方能告知也。再包一中仓，则灵柩便可设在正中，设立灵位似较局面耳。草此布闻，即候迩安，不一。愚兄树顿首。廿九日酉刻。

45

遂盦仁弟大人阁下：

上秋安舆出都，曾修一缄，嗣又乘宜管之行，并桓生处复致二函，谅登青盼。比惟慈帏曼福，合署多绥，吉萃星轺，金针渡遍，快叶颂私。

福于年前十一月初九日出京，十二月初十日抵浙，到苏时势难担搁，故尔竟未回家，于伯母大人过苏时日，并小江兄曾否同行，及一切光景，均未得悉，刻殊悬念。到此两日栗六无暇，满意得一卄差，就复省视，兹得檄委送马星房到兰州，（德清案同遣戍。）月杪即便起身。（乃时当回家一走。）虽系苦差，颇为快意。计回来总在八、九月间，乃时试用将满，可望即补。不过为糊口计，无妄想也。

史颖生百金之项，家严寄来浙中，业已用去，仍望吾弟大人即代还之，至祷，至祷！读本时文二本已交宜管带呈，谅不遗失。化州牧王西园所该庆氏之项，如果寄到，务祈有费盛怀，径寄都门黄兽医和同内廷史馆祟老一手收，以了福之心事，乃至感也。

学差以闽粤为最难，以吾弟精明浑厚，定能烛照无遗，但耳目难周，不能不有藉于心腹可靠之友。如不得人，福有至好罗始泉名正蒙，苏人，寄籍顺天廪生，自己卯就浙学之聘，现仍在朱容斋先生幕中，（昨初出棚去，谅主宾亦相得，如果以心相托，可作心腹之靠。）于八股极有工夫，而介介不苟，福所久佩。今出差后，小妾即寄伊苏州家中，交情可以想见。弟如欲得一防弊可信之人，非此人不可，或竟作札与容斋先生延请前去，（此间束修仅百二，曾与采三同事或托代延。此君实太贫，福之所以介绍者，一则为罗君救贫计也。）福可出保，即开门考试，断不作弊耳。（实在可信，福仅见其一，不但不作弊，且必代为防弊。）福初到生疏，全赖兼山先生指示，并承倾肝露胆，无微不周，此亦福之遭际，至其识见之卓，记问之佳，内才、外才无不出人头地。福历溯生平所见，当为首屈一指，日后吾弟相见时，方知我眼力不错也。三家叔于三月内又来粤中[①]，（大约不久即归，未必留粤。）福到家时当再奉致数行，匆匆此布，即颂勋绥，惟希澄照，不备。愚兄壬福顿首，二月廿四日杭州寓泐。弟夫人阃福，令郎爱均吉，幕中相好者，均乞代候。再，闻粤中有《汉印分韵》（选集、续集），南海谢芸卿选，便时惠寄二分是感。

46

遂盦仁弟大人阁下：

月前由吴兼山通守处邮赍一函，谅可达到。比惟侍绥曼福，勋祉骈臻，曷胜健羡。福月之朔日自杭起身，初八到苏，小住两日，始知小江子晋离家未久，而过杭时彼此不知，未得一晤，殊为怅怅。此札到时想二公早到矣，希代道念。辰下谅已考一二棚，鸿裁到处，自能弊绝风清，前所言之罗君如小江子晋尚有不能遍察之处，不妨一札向容斋先生处邀之，谅此时必可无庸也。福此差虽苦，尚不至赔，回浙总在秋杪。今三家叔又有粤中之行，约亦无多担搁，有信乞即交家叔带回。再，侯兰台之翰，与福至好，今分发来粤，尚望关垂是祷，化州刺史黄西园如有项寄到尊处，乞为转寄，望切，望切！匆匆不赘，即颂迩祺，不备。愚兄周壬福顿首，伯母大人前乞叱名请安，恕不另，并问弟夫人壸福，令郎爱均吉。丙戌三月初十日泐于苏郡舟中[②]。

---

① 参见道光六年三月初十日“月前由吴兼山通守处邮赍一函……今三家叔又有粤中之行”一札。因疑此通写道光六年。

② 即道光六年三月初十日。

47

遂盦翰讲仁弟大人阁下：

六月中自杭北来，希冀星轺得山左等处，或可途中一晤，乃适西至蜀中，几觌面而未能一见，人生聚会之难乃若此耶！七月杪到京拜见伯母大人，精神如旧，慈爱愈恒，并读留惠之函，一如面语，欣快曷似。

福现于九月初二日出都，碌碌风尘，无非为人作嫁，此中况味可想而知。所喜家严身体极好，现署甘州，明春即拟引退，就养来浙。新得两子，皆硕大可喜，堪以告慰。福到京后，蒙伯母大人两次赏饭，而福竟毫无将敬。若于谒蹶之中勉留菲薄之意，殊觉无谓，竟尔恝然，想吾弟大人必以为是也。前假之款，亦须明年方能寄还，尤所惭歉，臬处废券业已还之。祖庚场作不但为同乡之冠，目中竟无第二，可喜，可贺！堂前欢喜，佛阶下吉祥花，何修而得，庆羡何可胜言！倚马匆匆草泐留致，即请台祺，不尽缕缕。愚兄周壬福顿首，八月廿九日。

48

遂盦大司成星史大人：

闰月初旬曾泐寸函，由子廉中翰处转呈，计寄到时轺乘已出都门矣。伏惟辅轩至止，当人文最盛之区，行见会稽竹箭美书，东南奎璧光腾，载占吴会，大可羡者！闻入闱之日，凡属道旁引领，咸谓仪容俊伟，允慰泰山北斗之瞻，邦家光亦闾里荣，额庆下尘，奚如抃舞。

福作吏三年，事事量入为出，虽尘甑如常，而公项尚无亏短。自去冬委办海塘，相距七百里之遥，八阅月之间赴工四次，事事掣肘，几至无可措手。于禀见大宪时据实直陈，致违宪意，乃以平日官声之好，仅止撤任留工。本缺委员代理，藉得专心办工，即就蒇事而赔累不可胜言矣。六月中工竣后，又蒙留有审办洋盗巨案。审毕后，又委赴兰溪，查办哄堂毁署、殴差伤官之案。阁下到浙时适在金华也，节间回省销差，蒙各宪有拣调乌程之意，而以程途不及五百中止，现仍奉饬回任，于二十日出省。计自乙酉之夏奉别芝晖，忽忽十载，既不能暂为留省，又不能刻日再来，放手抟沙，相违交臂，寤言契阔，何怅如之。西安十二、十三两年叠遇水荒，上年稍为丰成，民气未复。本年夏秋大旱，早禾晚稻两无所得，邻境则疮痍更甚，嗷嗷中降，顷为接济。至麦秋之计尚不知如何设施。福本粗材，乃蒙各宪优加拂拭，岂敢有非分之思。浙中各大缺知州，自问才有不及，且漏扈已久，必致日累日深，倘能得一苦瘠同知之缺，以安其拙，并尚有缓办之工，得以专心料理，此则私心窃冀者，想大雅亦以为然也。

家严久拟引恬，以赔项未清，行行且止，舍弟所补之缺亦复平常，娱老一廛，尚无就绪，幸家信常通，精神极好，可慰注怀。明年必当作回南计也。小婿苏生，人尚沉潜，闻蒙奖进有加，感荷曷似。近闻其染患痢疾，未知能否入场？倘得召从回京，为渠觅一教读之馆，俾旅费有资，益深铭戢。六舍弟性情流动，昨伟卿来信言其不可留京，想阁下亦有见闻，此人却有可造之材。如就范围，非云才拘墟可比，云才能得一第否，渠更非馆不可，更有赖于阁下之提携耳。

星斋想已赴楚，闻子芳则患症忡，心宇先生送考江南，夏间曾见，老景尚好，附上湖棉棉绸奉伯母大人家常之用。笺纸、杭扇，秀才人情，希笑纳之。另笺纸一匣，内九件寄伟卿者。如阁下请假回常，稍有耽搁，可否托副主试先行带京，统望雅裁。泐此，命在省家人萧钰赍投，倘蒙回示，即可饬交。敬请槎安，临颖依依不尽，壬福谨启，八月廿三日兰溪舟次。

再，同乡有宜斋明府，系培元方伯之子，在浙多年，与福至好，谨慎安详，不染其家旧习，各宪相得亦好，尚望春风嘘植之，渠亦必来谒见也，又行。

附廉兄、伟弟并小婿共三信，并银三包，共乙百六十八两，随信分致，乞便带，至感，至感。福昨于廿六日回至西安，旧枥重来，人情尚不厌弃，而枵腹从事，尚须为小民作无米之炊。力小任重，益深兢惕，壬福又顿首，九月初四日又注。

49

遂盦大京兆大人阁下：

九月杪接奉示复，猥以家严七十生辰，仰承宠以序文，又赐以如意。拜领之下，荣感难名，当即敬谨照缮，寄至兰州，合家顶戴之私，曷可言罄！家严处自即专肃叩谢。

此间士庶亦有制锦称觞之举，势不可遏。福又将大制另缮一屏，是日蓬荜之辉，皆出自大君子所赐，下怀铭戢，与日俱长，且当公冗至牍之馀，俯赐箴勖，至数百言之多，所以提携造就之者，更无微不至。人非木石，敢不益自策厉以答？知我遭逢之幸，跂望之殷，睠睠私忱，非笔墨所能达矣。兹闻简任陪都之信，天子以抡才为重，俾东京人物，亦荷陶馆。想见星轺游历之雒，洵是儒臣盛事也。第未识阁下于何日自家北上。十年之别，何时得诉此衷曲？引领而望，心与神飞。

福粗拙性成，力欲化去圭角，而每不能自制，限于学也。与同寅交接，未尝不委曲周旋，而尚多不满处。来示切中其痛，惟有刻意留神耳。昨八月杪回任后，即设法劝捐，差幸人情大好，不及一月之间，劝集赈钱已有六万八千之数，可敷贫民糊口矣。现在查造户口，拟十一月下旬开赈，亦钱米并放。历冬春以至麦秋后之青黄不接，前后拟赈五个半月。溯州自入本朝未经办过，此为创举，其馀同府并金华所属，亦视西安之样，相率办理。虽为数不及，大约亦可敷衍。西安人性多半硁硁，此一没也。写有成数之后，皆若出于梦想所不到，乃年来最快意事，堪以奉告大雅，随后当以条示各章程就正。文东川太守于九月廿日后回来，极道阁下垂念之切，相待亦较前亲密矣。福于宦途却不敢有所妄念，惟愿同事之人无虞无诈，不必自掩其才，亦不必忌人之才，平其心，和其气，使事皆就理耳。未办之埽内塘工六十馀丈，刻下又已开工，苦无分身之法，不得已包给东防，贴费五千馀两，未知能否完善？无米为炊，尚须筹此重费，究不知何所设施？

家严于八月中卸平凉篆，即拟引恬，又为瑚制军留之再四。辰下听鼓省门，许令不必回任，约明春必作归计。仲文得捷，为吾乡继起之人，艺师暮境更觉有味。小婿苏生未得入闱，仍定意留京。此子名心过热而性欠开展，云才三舍弟雅荷嘘植，感荷曷似。心宇丈送考南京后，未曾到馆，闻有讼事，颇费唇舌也。浙省大局谅经洞见。海塘之累，通省焦烂，无药可医，而大宪尚以为整饬之功，日有起色。福之不才，蒙大宪未尝不加青眼，而总觉办事不可如此，竟无人进一言者。阁下既相与有旧，似可直言规劝之，造福于东南无量也。门下士周世泰年仅十九，向在书院，苦志读书，品貌亦甚清挺，早识其必发，果为大匠赏拔，一邑之荣也。此函即令带京，即请崇安，并多多叩谢，不尽依依。周壬福谨启，小春十有六日。

50

前函泐就，久未奉寄，冬月间正当查放捐赈之际，又在海塘往返。回县后匆匆度岁，正月初四日又来塘工，大宪以退旃星使急欲回京，必要留各二员，亲自督催以求其速，刻下将一律全完矣。大约望间可以回去，焦头烂额之情形，不必再以言赘。上冬计典，倖列卓异①，大雅闻之，必为一喜。夏杪秋初又将北上，尚未知何所设施，又不得亲谒高轩，以抒积抱。相见之缘，何其难也。周孝廉迟至灯下方走，福新正初匆匆来省，亦未见其面，此信带至海塘，添泐数行，载请勋安，统希垂鉴，心感不尽，壬福又肃。二月朔日海塘工次。

---

① 道光十六年十一月二十四日，翁心存“知鹤侪已调慈溪，卓异入都，约其少待，勿遽出都，可图畅叙也”（《翁心存日记》第一册，第203—204页）。知此札写于道光十七年二月初一日。

51

遂盦棣台大人阁下：

初二日别后，忽而感冒，至今犹畏风，焦闷之至，先人志铭伏求费神另作，是所至祷。葬期择于十月望间，须此月望间付镌，并乞拨冗，为之尤感。福等兄弟无状，不能表扬先德，罪戾益深，今幸不先不后之间，适值大雅荣归，得藉燕许手笔以传世，先人亦衔结于九原也。行略中嫩辞累句，统求匠削。容一二日再亲诣面言，先此祇请侍安。制壬福谨肃，初八日。

52

手示读悉，送上格子，竟求照格直写，则两张拼起，恰如稿本之样，缘所办之石却系见方，似不值分成两截也，惟将来只好襄衣裱，少费手脚耳。

尊体调摄，谅即安和，此事大费心神，不妨暂缓。心葵遗物，去年闻寄一尼庵中，曾与祖庚世讲谈及，而不识其经手之人，未知此时尚存否，当再托人问之。此复即请侍安，容再趋晤，不一。制壬福手肃。

53

远香之子此间早饭后，福遣人领至梦渔兄弟并子方处，均为札致，刻下尚未回来。渠葬费约须二十元，福拟送给四元，阁下可否从丰，似亦无不可也。渠明日便须下乡，今晚暂住福处，馀容面悉，即请侍安，制壬福顿首。

54

送上履历二件，皆考常熟者，由苏士斋（令侄同案）取来。苏住小塔前，金则西乡金邨，其年岁临时未填，乞即交令侄为祷。其舍内侄钱世仁之履历，闻已由宗丽生处递交令侄矣。福昨晚由七市堰回来，一二日内再奉诣面谭，专此即请侍安，不一。制壬福顿首，初九日。

嘉兴之信，已于昨晚便人带赍，俟有复信再行奉闻。苏州所看之报，亦已切实托人，而尚无回信也，又行。

55

各处牡丹盛开，乞于明日清晨过我便饭，为湖上放舟之约。已约定子方矣，三人叙话似更热闹些。附上童生履历一纸，希转交令侄。专此即颂侍绥，不一。制壬福顿首。

56

昨天气太热，得雨甚觉清爽，明日山路未必好走，祭扫似须改期，务于明日清早惠顾，亦只弄得象笋、菜鳗一二味，已往约子方饭后放舟。湖田新雨之后，新绿正浓，藉佐剧谭，并乞越早越妙，此订勿却为祷！载颂侍绥，不具。制壬福顿首，十一日午刻。

57

新诗已碧纱笼护矣，不能奉和，健羡特甚。明日风多少和，当驾舟亲诣奉邀，以补前约。昨日庙中烧香，至城东而又雨，因而舟行至沈姓花圃，适子方亦冒雨而至，可云奇遇。其牡丹却不及去年之盛，然尚有可观，且有甫经开放之山茶花，不多而精极。嗣送云才回家，于水北门外望入菱荡中一带风景，尤令人不舍，则以雨阻不果，明日必拉同一玩耳。先此奉订，即颂侍安，制壬福顿首，十六日。伯母大人前乞先叱名谢赏，遂盦廷尉棣台大人阁下。

58

遂盦廷尉仁棣台大人阁下：

十有四年之别，忽得将及一年之聚，仿佛如在梦中，而福两世笔墨事，得于此一年中，重烦大雅，以垂不朽，不先不后，天假之缘，何其幸也！且以他乡旧雨相叙家乡，几及一年之久，较十四年前京邸之萍踪，更觉意趣深长，耐人寻味，真人生不易得之遭逢也。而福之所幸，尚不在此，则其幸为何如已！（感情拜惠之多，转令人无从说起。）别来又将一月，靡日不思。阁下以望五之年，处隆隆日上之位，毅然归里，奉侍高堂，又得玉树盈阶，课佳子饴，多孙以娱。危笑而又恂恂，不言矜而不伐，善于居乡若此，何福量之容！性情之厚，天才之富，识界之超，至于如是哉！伏惟侍履簪绥，阖第如意，颂甚，念甚！

福别后上月十一日自苏开行，十九日抵清江浦。探知旱路难走，浙江主试由台尔庄就水道而下，亦是日到浦。副主试之人与下人熟悉，言及旱路之狼狈，（浑河决口，沂洲、东平、兖州城皆水围。）无物不湿。只得由水道而上，而俞四爷先到一日，则已雇轿车（三辆），每辆二十三金，于十九日早开行。（已于八月初九日到京，尚未大累。）想为车行所愚，未经细探故也。福廿二日枸家庄解缆，一路河水极大，舍陆连帆而下者，不可计数。而韩庄牐之上忽作大坝，则预为明年微山湖蓄水计也。因又盘坝换船，跋涉五十里，而以船价较车价所省实多，人亦大安逸。福此行本可速可迟，昨初四日过分水龙王庙，前途皆顺水矣。今日可到临清，不过五六日可达天津，（若必水路到通州，则四站上水路，须八九日方到。）由彼起旱不过两日，约节前尚可到京，则较旱路亦迟不多也。漕河一大政典，今得亲身阅历，以释数十载之疑团，颇以为快。今之御黄坝即向所谓清口者，与黄河以北之运口，（俗名枸家庄。）恰恰相对。前人创造之精能，良不可没。而此日河身日高，清水之牐不能再高，（较从前每牐已高数尺。）而黄之高于青者尚盈丈，其势无可矫揉矣。每日详问舟人，言及漕艘渡黄、倒塘、灌塘，如何开坝，如何出坝，情形莫不摇耳啧舌。言者不忍言，听者不忍听，谓乃时惹大之粮船，曾不若落水之一鸡，（船小则转不若是。一时之间，千百只落水之鸡，手忙脚乱，仓卒莫救之状，可为浩叹。）而又千人万人无所施其力。本年全船不见者二十馀只，或失去船头，（初七日到临清矣，亦灌塘子，乃以此闸之水灌彼闸，原可任我所欲为也，亦因船太大之故耳。以之施于黄河，岂不谬哉?)或打断船尾，伤性命耗物力，不可枚举，要皆归咎于船身过大，而以倒塘、灌塘之法，为过于苛妄也。北运河亦处处可以蓄水，而如此大水，尚多浅处。临清北至天津十二站为玉河，无闸，(河源至旺，河面亦宽，故无闸。)向不缺水。闻湖广帮搁浅，今扣留山东回空，为之盘拨，倘各省粮船皆如山东、河南之式，其省费何可限量哉? 又遇见一二帮中人诉其长运之苦，身家性命之不保，漂失者尚须八百两，部费方能邀准，惟有本运之粮道，眼见之而流涕耳。其愁苦抑塞之气，既可悯又可惧。为今之计，似乎分班转运、改小船身二端，眼见是确，(南班之船不必一律，北班则陆续为之可也，向例十年大造，不过八九年便全换矣。)乃及今第一急务而亿万载之良图也，杞人迂见，执而不能化，博大雅一笑。

先祖一生品学，未得竟志，久则更难表彰。伏求史笔立传，昭示云仍。存诗中大醇而有小疵者，并求巨制鸿裁，曲为更定，赐以弁言，俾久淹之剩墨，得以传世。此又先君子未竟之志，而福幸中之大幸也，惟有感激涕零而已。《图民录》不可不公诸同好，到京后校雠妥协，即当付梓。大制序文，并其乡人所为传，乞即掷寄，福亦拟跋语数行，(二则。)将草稿奉阅，尚乞俯力改妥，俾不致贻笑于人，一并发下，望切，祷切!

华麐诗本中可存者无多，其令嗣来谒，尚祈进而问之，其时文必有可传之作，或亦向其所出，如有汇选之设，存其一二，何如? 约轩到楚后，如何光景，(伟卿甚关切，又为札致卞观察，未知制军仍旧能否放松。)亦望示悉。运河行走尚平稳，过牐等等皆船户包去，亦不费事，既无蚊子，鱼虾、水果，极美极便宜，(枸家庄至分水龙王庙九站，上水颇费力，龙王庙至临清四站，已是顺水出，节节有闸。临清至天津十二站，所谓玉河水极湍而无闸，四五日便可到。天津至通州四站，若由水路，又是上水，须八九日方到。)重运之尾甫入玉河，回空尚未见，大约明日一入玉河。一边重运，一边回空，未免嘈杂，而所坐亦常熟船，彼却视之甚坦易也。天久不雨，闻旱路亦通，未知俞四爷能不受累否？舍弟小儿来谒，惟祈切实指教之，老三、老五、老六与诸令孙同此拳拳。今年官卷得有三十以外，且盼老五与令侄、老二同登，预贺，预贺！此函携至都中再寄，即请侍安，诸希爱照，并多多志谢，不尽。愚兄周壬福顿首，八月初六日东昌道中。

59

遂翕仁棣台大人阁下：

上月十二日冰言作合，想达典签。比惟侍奉曼福，百凡如意，定符下颂。福注选山东博兴[①]，缺小而僻，藉可藏拙，且南北往来，皆便于舍弟赴选事，尤为如意，大雅必亦为欣然。都门小住，几四月之久，日出事生，酬应猬集。拟十九日领凭后，即行就道。此说尚未敢出之于口也，可付一笑。

廉兄痴意竟欲续胶，亦未尝不思讨小，而又面嫩不好意思。其所谓头晕者，亦似有如无，眠食照旧，偷空尚刻意揣摩，见人则作奉倩神伤之态，（昨初十日，御门轮班引见，瞻天有喜，又甚得意。）有令人描摹不尽者。伟卿近来身体甚好，决意不要漕规，此亦到京后一大快事。渠已切札奉致，务望阁下为之结实辞绝，并婉劝子方为祷。湘坡定十五日携眷回去，乡人之现居京朝者，伟卿竟为硕果，惟望祖庚、蓉洲接踵而赴也。敝世好金华太守崇厚莽即前住东单牌楼，黄兽医〇〇者欲为其子延请名师。福已荐静涵先生，每年修金百六之数，未知其肯就与否？此外乡人之不赴春明试者甚少，都门光景惟宴令之举，较前日盛，其他盖少意味矣。馀容到东再寄，即颂春祺，不尽缕缕。壬福顿首，嘉平十有一日，京寓。伯母大人前希叱名请安。

---

① 道光二十二年正月十五日，“周云侪上年冬月自山左回，今日亦来，云鹤侪已卸荣城篆，回博兴任”（《翁心存日记》第二册，第 499 页）。疑此札写于道光二十一年十二月十一日。

再，先祖诗稿又承曹召克大兄雠删，并为修饰一二。伏求棣台大人再为赐阅，以期尽善，方可付梓。前求赐传，以垂不朽，已蒙俯允，即乞见赐，铭戬曷似！《图民录》序文并《袁易斋旧传》，亦望缮掷尤感，壬福顿首。

60

遂盦仁棣台亲家大人阁下：

三月初，眷口来京，接奉手示，备蒙惠诲劝之，逾于骨肉。时时展诵，刻感五中，乃以腕疾复发，握管大苦，又以初到茫如，毫无展布，不能有告慰之辞，以致久未致札。嗣连得祖庚亲家喜音，欣曜曷可言似。阁下负朝端重望，奉养家居。又得祖庚绳武玉台，以博高堂欢笑。福星之宏，至于若此，令人贺不胜贺也，惟有望卿云而爵跃耳。近来兴居想益增绥，太亲母、老伯母大人乐事重重，精神日增康健，定叶颂忱。

福二月朔到博兴任，地本卤瘠，连岁歉收，面二十两秤，每斤京钱一百卅文，米每京升京钱百文。景象之凋残，民情之拮据，几若无可设施，幸而数月来事事天从人愿，旸雨应时，二麦丰稔，面价顿减一半，民气便觉复元。刻下秋禾又极畅，遂望雨即雨，竟有高低大熟之象，官与民日益相亲。每日清晨不论有事无事，必出坐大堂之上，赴诉者随到随完，有不经书役之手者，必实在无事。饭时方始退衙，(亦终日起居二堂之上，不令赴诉者片时守候，亦藉以消遣，颇为适意。)今远近乡民无不与官相习矣，大得简缺知县之乐。县中无书院，即在县署月课，云才攻课颇佳，来课者日众。生童分为两日文章，日有起色。又得一佳童朱毓清者，年十八，文笔竟是大家，因而留之署中，可望必成大器。其馀应筑之堤，应修之道，皆能乐事劝功，不至与官凿枘，颇可告慰厚期。至于省分光景远不如浙，官场习气亦不好，惟有安分守贫，不敢有所妄想，想大雅必更谓然。

舍弟上年请咨文，内多绕道措资字样，本不干净，去冬含糊过去，三月间忽被查出，是以四月间即令进京。近接其来信，似乎可以斡旋，在彼前者人数已不多，似须令其在京守候也。三舍弟云才有书启修百两，又看课修六十两，似可久长下去。福躯顽健如常，腕痛亦渐好，先祖诗稿并《图民录》均经舍弟带至都门付梓，一一均堪慰念。

昨闻浙中定海之事，乃意计所及者，此却大是费手，未知刻下又如何景象，此间已有派员防守登莱要口之举，福亦在选中，（辰下尚未派定。）惟求如天之福，何得平静耳。专此奉贺大喜，祇请五六亲家暨诸令孙同此拳拳，并贺不一侍安，并多多志谢，不尽依依，姻愚兄周壬福顿首，六月廿八日①。

顷阅乌抚军六月十三日奏章，定海已失守，夷船游奕，距镇海仅十馀里，真危极矣。然细思此等丑夷若非诱之登岸，又复何法歼除？可惜者，定海一镇之官，不为登陆守御之计耳。大凡久惯水面者，必不善于陆行，况丑夷两腿不能弯曲，一经扑地，即时不能起立，（接战时令兵丁随地抛撒黄豆，从前除倭之法，似有行之者，前明倭寇为患最久，未知究竟如何止息。去年在南时屡觅此事始末之书而遍寻不获，未知大雅曾浏览及之否？）岂能以步战争胜？且舍其船中利用之器，似即无所能为。此时为恢复定海计，似可遍谕沿海一带无赖之徒，有能生擒一夷者，赏银数千两，割一首级者数百，当必有敢死而为之者，倘能生擒若干，方可为钳制该夷，永靖海疆之地，否则何日是了？鄙见所及，质之大雅，未敢与他人论也，又及。

61

遂盦亲家大人阁下：

上年六月初大小儿东来，带到手书，并惠寄多物，感谢曷尽。家乡光景，大小儿述知详细，四舍侄屡次信来，欣悉祉福多嘉。新春即行北上，快慰之至。福以精力日衰，不再为恋栈之计，而公事尚多未

① 此札写于道光二十二年六月二十八日。参见前札及其注释。

了，未知秋间能成归计否也？桓生观察忽尔去官，赔项几三万，宦海风波，真不可知或回南，或与其令郎一同北上，尚在未定。

年前曾言及老墙根史大寇前住之屋，阁下壬午在其中，闻报者桓生以二千四百金得之，如欲卜居，似甚宽敞，嘱福作札奉闻，以便到京时择定。今桓生亦有进京之意，且俟随后再行定见耳。祖庚学使到黔后[①]，想必已有信来，其官眷自须前去。阁下到京婚嫁热闹，诸费张罗。福未能稍尽片心，甚深歉臆。伟卿老境想必更甚于福，而未能即日言归。福亦不再作北上之计，当此而再作飞腾之想，似可不必。手腕略好而不能多费心，不能多写字。子廉、湘坡、蓉洲诸君子见面，乞代道鄙忱为感。专此奉致，并志谢忱。敬请台安，并贺重重之喜，不尽欲言。姻愚兄周壬福顿首，新正十九日济南肃[②]，儿辈侍叩。

再，四舍侄意欲北闱，惟大小儿来东料理，福归田之计急切，未能回南，拟即令四舍侄就近南闱，似亦无乎不可，徐石樵先生教法极好，六小儿大得其益，渠以补次将到，势难强留。上冬赴豫，现在署新蔡，六小儿请新即用徐伟侯家杰(宜兴人)看文，亦颇得益，而不能常在先生之侧，总非长计。现又延新庶常陈竹楣鼐，溧阳人，二月初十间可以到馆，若辈读书之事，只可我尽我心而已。

鹁鸽峰之地得之，实可快意，福回家后自当留意照看。作令十馀年于胸中欲为之事，畅所欲为，州县实做不动矣。决计言归，毫无勉强，藉以苦度数年，受清闲，福无穷矣。鄙见以为得计，而刻下归期尚难预定，又行。

---

① 道光二十八年七月，翁同书简放贵州学政。参见《翁心存日记》第四册，第 1857 页。因知此札写于道光二十九年正月十九日。

② 道光二十九年四月初九日，翁心存得“鹤侪正月十九日书”(《翁心存日记》第二册，第 712 页)。

62

遂盦棣台亲家大人阁下：

四月初五日筠才来，奉到手教，并蒙惠以诗扇，循环往复[①]，如对晤言，感幸曷似！伏惟侍祉蕃釐，伯母大人康强逢吉，老年重听，自是寿征，而况林立孙曾，英英继起，所以博含饴之乐者，大雅福泽之厚，何可限量也。

福上春奉调东牟后，日事劳劳，幸上下皆无凿枘，而自问无惬当于心者，至八月间右臂为海风所吹，握管大苦，入冬尤甚，直至春融稍可而又栗六不遑。岁杪回博昌，灯节进省，二月十六日回至博昌，十八日即起身来此，廿二日到任。四十馀日之中，又倒胃廿馀日，下乡查海口，以致久未函致，刻切歉思。辰下此臂尚未能高举，乃荣成宦囊也，所可奉告者，前在博昌不过十馀月耳，而彼处之老弱妇女，至于穷乡僻壤，无不依恋难舍，为立生祠，又立去思碑二座，未免名浮于实，今调此五百里之遥，尚有乡民时来探望，不啻家人之亲，民情之厚令人转益增惭，聊足慰至好之期望耳。

论今日居官之弊，是极，是极。循分乃人臣之极，则不以大臣小臣而有异，而一味委蛇，（上下交征利相率而为，伪报为故，然毫无顾忌，言之痛心。）贻误苍生者非浅，而小有才者不学无术，惟知以迎合为能，酿成不可治之大病。治病者又不审受病之源，袭一朽腐陈方，妄补妄泻，至于不可收拾。于是群相坐视，更不肯自认不是，及早回头，言念及之，辄不禁午夜绕柱而走。（以上四月十九日所写。）

交五月后，连得南中警报，愤懑不能下笔，六月初六日又奉六百里札调，办理湖北客兵粮台。十五日到登州，知客兵已拆回江苏，适

---

① 道光二十二年三月初九日，翁心存“作寄鹤侪诗二首，书于扇头，交筠才带去”（《翁心存日记》第二册，第507页）。知此通写于道光二十二年七月十六日。

署抚军到来，(六月廿日到此，昨十三忽尔回省，托中丞患臌症甚剧。)本道留住不放，两地赔累，置之度外矣。好好锦绣江山，弄至若此！昨筠才寄到伊家中五月杪之信，流离迁徙情形，令人不能卒读，其但经蹂躏之处，更难著想。今闻夷船已驶至芜湖，(白门为如此羁縻法，惟有仰天痛哭而已。)究竟作何完结，惠句云“休忆家山首重回”，感慨乎其言之。今且南北隔绝，其何说之辞。

兄前有私议数则，当道见之，皆以为然，而无人敢言，今则言之，亦无及矣。附寄阅之。似乎所开脉案，未尝错也。烟价是病根，而当事皆讳言，贻误至此。自古及今未有之奇变，而犹未了了。伟卿尚不在当局者迷之列，来书所见，亦复尔尔。四五月间信来，惟恐天津有事，则都门煤米必昂，尚拟将眷口送南云云，殊令人不解耳。舍弟去秋到粤西，委署平江同知，今已补兴安，拟秋间自明江回来，可到本任缺，亦无昧，所喜离省甚近，而眷口等于彼处，水土总觉不惯耳。

祖庚太史进京之期[①]，自可从缓。兄两手空空，一身是累，急欲脱此牢笼而不得。世之人尚欣欣向荣。尤可笑者，家叔处五舍弟尚进京捐官，(其弟不必论矣。)投效广东，定于七月初五日出京，将径赴广东，置七旬老病之父于不顾乎？人心即天心，世界那里撑得起来，言之惘然。所不能忘者，先人坟墓耳。尚乞便道一为看视也，馀无可言。此信姑妄寄之，未知能达览否？率泐祇颂侍绥，并请太亲母、老伯母大人懿安，三五亲家暨诸位令孙并小亲家同此拳拳。姻世愚兄周壬福顿首，七月十六日东牟郡寓。

月内约可回任，此缺从前风气极好，而近则大坏，生监把持讼事习以为常，以致上控积案有二百馀起之多。兄到任三月，甫得扫数结清。生监稍为敛迹矣，又行。

小孙女金宝为兄所最喜，忽于三月廿六日为惊风丢去。不过一

---

① 道光二十二年十一月，翁同书拜别父母，入都供职。参见《翁心存日记》第四册，第1856页。

日夜之间，竟至无可救药。适兄于廿六日早（下乡）廿七日晚回来，当下乡之时，尚不知其有病也，言之大为抑抑，不料此女竟无造化。勿为伯母大人知之是祷。

63

遂盦仁棣亲家大人阁下：

七月中旬登州差次，泐寄一缄，谅经青睐。比惟侍福蕃厘，诸多如意，为颂，为念。福于八月中自登撤防回任，两头赔累，幸公私尚属顺平，碌碌终朝。做一日，撞一日钟，尚不觉劳苦。夷事必到此地步，始悉如所愿，而歇手殊不可解，此后此事可不再论及矣。附上博兴石刻二种[①]，言过于实，令人颜汗。彼处人情待福太厚，有油腔诗四首，以答其意，一并寄阅。可惜未能在彼多一二年，此心殊切歉歉，转自恨无此造化，否则真可在彼一方，作庙食百世之想也。吾弟闻之，亦必代为一喜一惜耳。

祖庚太史已进京否？闻家乡秋成大佳，自是天心仁爱，未知当官者能善体贴否？五亲家补廪否？小令郎大令孙文思自然日进，福则后顾茫茫，事事不堪著想，只可听其自然。伯母大人前幸为请安。此间无一土仪可以呈寄，刻有歉然，率泐祗请迩安，并颂阖潭戬谷，诸祈朗照，不尽依依。姻世愚兄周壬福顿首，小春八日。

64

遂盦棣台亲家大人孝履：

春中奉上秋杪手书，回环展读，不能释手。伯母大人行述，一字一珠，人人佩服。寄来者被人取去不肯还，因又向祖庚世讲索来三册，此传世之文也。以伯母大人福德之厚，必有佳城，辰下想已定见。

---

① 道光二十二年十一月初九日，翁心存“得鹤侪、小春八日自诸城来书，并博兴德政去思碑二纸”（《翁心存日记》第二册，第563页），当即此札。

福从前修茔，旧帐登记却尚详细，带在此间，俟有妥便，即当寄上，以便查阅。福家运之坏，不堪言述，至亲者止胞叔、胞弟二人，乃于上冬逝世，手足无可措。幸而前年促令五舍弟弃官而回，胞叔身后事尚有人料理，而胞弟于上年撤任后，亦曾劝其舍官就我，渠又不肯重累其兄，以致于此。正月廿九日接其十二月十六日之恶耗，所苦者其兄耳。

四舍侄二月中旬来东，是月杪已令赴粤，承祖庚世讲于粤中相好多方谆托，其官事或可即了。秋后得扶柩而回，令大小儿于粮艘回空时，亦扶其母柩南返，将西门之屋赎出，为弟妇等栖止。舍弟一生谨饬忠厚，刻意为好官，为兴安所累，而临终尚恋恋于兴安，真乃愚不可及，岂知兴安人亦竟知感念。有挽联云："遑知下考何如直哉？惟清三载任渠呼，拙吏熟料一贫到此，嗟乎！谁嗣万家同泪哭贤侯。"聊足慰亡弟之魂耳。四舍侄蒙祖庚世讲教养之深，无微不至，出都后尚眷念之极，真是舍侄造化。回里后，伏乞太老师切教之，至祷！

福以部推到班，今有曹州府桃源同知之缺[①]，上蒙宽恩请升已准，约六月间交卸接事。诸城、长清两处交代，不知如何完结。桃源与直隶河南三省交界，专司缉捕，俗名飞需厅，责任颇不轻，而衙门久废，历任皆不去，今曹属捻匪滋事不了，大约尚须亲自前往，家眷则且留住省城，为公为私安排，殊非易易。秋间大小儿遄回时，当定有眉目也。五小儿太笨，只可废学。六小儿从高密单君，教法极好，而资性平常，虽完篇尚不能望进学。

福到东亦年馀，于公事尚可自信，不致有愧于地方，而牧令之官，非全副精神不能胜任。今年力如此，心境如此，就此间曹，聊为藏拙计，但望四舍侄、六小儿少有成就，便当为退计，未识造化之意如何

---

① 道光二十六年五月二十八日，"得鹤侪书，云徐桓生观察有孙女年十一，欲与松孙议姻(鹤才已升桃源同知)"(《翁心存日记》第二册，第 624 页)。知此札写于道光二十六年四月二十七日。

耳。小令郎、大令孙英英秀发，秋闱即当有望，令人健羡，惟当耳听好音。伯母大人进城，卜定何处，尚乞示知。率泐奉请素安，不尽欲语。姻世愚兄期周壬福顿首，四月廿有七日。

65

遂龛廷尉亲家大人阁下：

上腊杪复寄一函，昨二月杪又复一函，想皆达览。月初得大小儿二月初七日信，其时阁下为郡中之行，吉壤尚未动工，作辰下想早完备矣。大小儿来信云，与奎香早已释然。一切闲言，原可置之不问。想安砭吉期，必已早为定见，约何时启行北上，盼切，祷切！

兹再有恳者，舍弟步虞一生拘谨，赍志以殁，特令四舍侄镇缮具行略，求大笔为之立传，俾得藉以不朽，伏祈俯允所请，是所至感。舍弟少福止一岁，自幼未尝有过举。先严任繁剧多年，署内事悉倚之，劝民纺织等事，皆伊一力赞成者。一行作吏，刻意为好官，乃穷愁潦倒，以至于斯，不能不归咎于命矣。

湘坡之恙已能脱体否？新贵庞探花想秋间亦即进京，闻伟卿尚不作归计，归计殊不易也。福为六小儿延师徐石樵镐，先生是阁下浙江高魁弟子，向在前方伯王宝山先生处，改笔极好，上冬就福处。六小儿火候太浅，石樵于明春须赴豫补官，此一年工夫，未知能少有成就否？率泐恭请钧安，并阖第潭绥，依溯不尽。姻世愚兄周壬福顿启，谷雨后一日曹州重华书院[1]。

66

奉上自制火肉角黍二十枚，祖籍休宁，每岁借作元宝，以为发财

---

[1] 道光二十八年四月初七日，翁心存“得鹤侪二月廿九日曹州重华书院手书”(《翁心存日记》第二册，第 649 页)。是年三月十七谷雨。然时间上略有出入，待考。

之兆。再米酥一盘,上有福禄字样,聊供颂祷,伏乞筦留,非敢云馈岁也。献岁发春,当携杖登堂,畅谈积愫。专此顺候春祺,不一一。愚弟孙文杓顿首,遂莽仁兄大人阁下。

67

虚白危楼比佛龛,十年容我老瞿昙①。忍寒绝似归巢鸟,卧病浑如缩茧蚕。强饭不嫌方外味,观书藉与古人谭。心头洗尽尘寰事,未暖衾裯睡已酣。

近况一律,录奉遂莽仁兄大人削正,礼姜文杓初稿。

68

时想走晤,喘疾又作,兼之雨雪更难行动,伏维起居佳胜是颂。弟枯坐半年,颇形竭蹶,所有琴川一项札致,未经见付。兹恳阁下推情,可否作一札,与雨人学博,嘱其日内付与,俾免无米之炊,感佩靡已。顾以琐事相扰,幸叨知己,定能谅我冒渎也。专此顺候遂盦仁兄大人近祉,愚弟孙文杓顿顿。

69

昨快读和章,兼惠酒肉,孤坐无俚,不胜感佩。第以李昙誉我,益增惶悚矣。刻维动静佳吉为颂,风雪纷乘,索逋迭至,穷无以应,寄愁于吟咏,亦宽怀之一法,顾蚓鸣瓦响,能有以指误,则幸甚。专此顺请遂庵仁兄大人近佳,愚弟文杓顿首②。

70

遂莽仁兄于风雪中见和蚕字韵诗,并馈酒肉,赋此奉谢即请

---

① 瞿昙,释迦牟尼的姓,亦作佛的代称,或借指和尚。

② 此纸左下角钤“臣文杓印”白文方印。

粲政。

性不能嗜酒，而辟无虚诚。每值风雪时，辄想郫筒挂。抱病十日馀，强起正少瘥。阴云围一楼，放眼天地隘。莫将傀儡浇，胸结愁世界。良友贻玉浆，愧鲜泼墨画。才非李青莲，醉吟乏光怪。量非刘伯伦，亦叱妻孥话。开瓮且尝之，顿觉心脾快。呼月形影亲，藉以了诗债。

人生已如梦，投老境愈酷。珍羞久绝缘，齿落随发秃。富贵浮云浮，熊掌非我欲。所以东坡翁，嗜好花猪肉。糟糠面目乖，风味颇浓郁。甘以悦精髓，肥可饱肠腹。刿曰无远谋，此论殊矫俗。我家破屋间，隙地惜无竹。若参玉版禅，大嚼恐不足。价或黄州如，细把食单续。

礼姜弟孙文杓初稿[①]。

71

戏叠蚕字韵奉答，录呈遂莽仁兄大人正句。

久羡躬耕老学庵，敏门嘉客少优昙。（嘉客少于优钵，昙即放翁句。）高吟响听冲寒雁，下笔声惭食叶蚕。海内空怀知己想，眼前谁解晋人谭？感君识我唐衢泪，剑气还能酒一酣。

陶庵文杓甫脱稿[②]。

72

天晴地湿，地燥天雨。欲行生畏，欲止生烦。观书目眩，骈心韵语。信笔直书，不计工拙而已。兹又得一首，可发大噱，录奉匠斧，得毋以词为径邃否？专此并询遂庵仁兄大人吟安，愚弟文杓便启。

---

① 此纸左下角钤“臣文杓印”白文方印。

② 钤“礼姜仉叟”白文方印。

73

寒夜闻柝赋此。

深宵楼头寒惨冽，风击纸窗窗纸裂。凭虚作声自呼吸，隐隐疑似鬼语咽。馋灯豆火明复灭，照我丛残案头帙。快读不胜冷过膝，欲言嗫嚅愁肠溢。北仓巍峨征输急，大吏转运限时日。海洋直达伯颜策，不论信风与暴客。军船张帜空环列，篙工衰手谋生拙。惰游聚散势穷迫，驱之将入萑蒲泽。长官不解议赒恤，经济只在防御密。重门巷柝声相接，夜夜城头吹筚篥。

陶庵居士稿[①]。

74

岁暮逼除，尘俗纷至，不克走诣高斋，少谭积愫，伏维动定纳祜为颂。前有张君荔门转托面恳题词，以为光宠。兹以渠欲快读为幸，惟是岁暮矣，而以不急之事相促迫，未免取憎于人。如得挥就，希掷付来手，则感甚，感甚！专此顺候遂莽仁兄大人近安，愚弟孙文杓顿首。

75

春雨冥冥，梅花将谢，巡檐伫想，我劳如何？屡辱华椷，缺然未报。想疏慵故态，久照汪涵，当不以世俗相拘迫也。客冬醒雨南归，欣悉福履安康，并述拳拳雅意，使山人姓氏时污齿牙，且惭，且感！足下天才峻拔，绝后空前，加以江山之助，自非鄙人可量。所望春雷发蛰，领袤琼林，上慰倚闾之望，下副士论之公，不徒下走一人之私祝也。引领青云，翘足以俟。新正贺禧，叩见伯母太夫人，慈颜温粹，福德弥增。同保喆嗣温文尔雅，头角崭然，自是后来伟器，可贺，可羡！

仆今年四十，平头荣进一途，久经雪澹，惟友朋山水之好，未能忘

① 下钤“陶翁”白文方印。

情。丁丑秋间移寓东皋，是前明瞿留守草堂旧址旁，有荒圃一区，废池中得湖石无数，竟有高至二三丈者。仆思此石埋没数百年，乃转辗数易，待仆而出，定非偶然，于是垒石成峰，因洼作沼，莳花薙草，日夕忘疲。时招灵荃、仲宜、阆风、伯明诸君子谭燕其中，以酣为度，而不及醉。石丈有灵，当无相负。

去秋又得华氏留松园，与草堂连毗，亦颇多野趣。但芜秽未治，俟穰秋再行收拾耳。舍侄去华受业师白，滓秽稍净，清光未来，如何，如何？知蒙垂注，用敢附及。静莽绩学攻苦，垂三十年，始得一当，言之怃然。兹因渠公车之便，肃泐数行，附承动静。伏惟朗照，不宣。庚辰新正八日雨窗灯下[①]，愚弟赵元凯顿首上，遂莽仁兄先生执事[②]。（采山、藕香、鹤侪闻已出京，兰风、韵溪、雪山、奇男、阶六诸君子，想常过从，希叱名道候，又行。）

76

遂莽仁兄老先生阁下：

屡蒙芳讯，裁答久稽，服穑力田，已成习惯，十指如椎，真觉把锄易而握管难矣。月前又奉到赐书，存问备至，奖借殷拳，不谓天上鸾皇，犹忆山中猿鹤，荣幸之馀，弥深感愧。比惟仁兄老先生升祺懋集，福履延禧，上荷主知，清班首简，下孚众望，仙署群推，[以]迈今振古之才，际主圣臣贤之会，伫见荣膺异数，超晋崇阶。事业、文章两无可谢，书生至此，可谓荣矣！抑亦愈觉难矣！山中小草，旧托同岑，引睇卿云，拭目以俟。

恺自去春以来，公私交迫，心绪棼如，笔难罄述。春儿附学环林松阿阁中，仅及一月，旋赴玉峰岁试，滥厕中等。巳值馆中有事，荒废

---

① 庚辰，即嘉庆二十五年。

② 此札四纸，每纸左下角钤“仁者乐山”白文方印。仁者乐山，《论语·雍也》云：“子曰：知者乐水；仁者乐山。知者动；仁者静。知者乐；仁者寿。”

两月，至四月底感受温热，忽然咯血，误投资剂，几至绵忧。后服大黄石膏等药，方始霍然。夏秋以后直至腊底，接连开庄崇祀诸大事，又复随同呈办，特祀专祠春秋官祭，刻已奉到部覆，咨准在案，真个刻无安晷！读书一道仰负师资，如何，如何！夏间小妾偶举一男，亦谓甘蔗旁生，姑留畜养，不料昙华一现，弥月而殂。弟又旋为病魔缠绕，淹滞两月，始能杖而后起。蒲柳先衰，人何以堪？兼之猝遇奇荒，家传负郭，尽长鱼苗，数年来积留闲款，早归正项开销。所有亲丁数口，已费料量，而义庄业已举行，阖族七八口，日夕悬釜待炊，恐赤手空拳，虽智者亦难善其后矣。不得已于秋间典田质屋，百孔千疮，勉措两竿，预买五百挑，以备今岁口粮。语云：善不可为，何论恶？言之实堪痛心！

阁下才大如海，务恳时赐诲言，俾得恪守先畴，无贻陨越，幸甚，幸甚！家乡光景，府报中想经具悉。现在赈恤频加，人情安帖，迥非十九年分景象，差为可慰。今春雨水调匀，菜麦亦有七八分，但夏秋水旱未卜，彼苍耿耿不寐，实用杞忧。小真贫况如旧，身子尚好，师母去秋一病半年，顷始稍痊，惟长真师如古干梅花，愈老愈疲而精神愈出。星斋赈局贤劳，昕夕奔驰，为民请命，想见他日出山，定有一番担当，事业气象。阆风饥驱而出，远作闽游。灵荃于上年九月中奄然物化，病妻弱子，傫然无依。弟虽小有波及，终非河润，酒徒零落，何必闻笛山阳，始凄然欲绝耶？两邑新进于十三日扃试常邑，首题“素以为绚矣”[①]，次“右师不悦，曰‘诸君子皆与欢言’”。昭文首题“如有博施于民”，次“春省耕”。令郎赴考常邑，顷已出案，香名首列三圈，似隐为他日抡元发兆，曷胜预贺。承要庄祠碑刻，因岁事艰难，无暇旁及，俟春和景融，次第举行，定当拓摹呈政。

---

① 素以为绚，《论语·八佾第三》云：“子夏问曰：‘巧笑倩兮，美目盼兮，素以为绚兮。’何谓也？子曰：‘绘事后素。’曰：礼后乎？’子曰：‘起予者商也！始可与言《诗》已矣。’”

再有恳者，《义庄记》去春艺斋给谏信来，许于入夏属稿寄示，至今杳然，屡拟修椷奉致，转恳吹嘘。前晤令兄朗若先生，得悉府报中荷蒙详及此事，似因书丹一节，未悉边幅广狭，故尔迟迟。今谨附呈仿纸一张，乞饬纪代买本色硾笺数幅，照式阑界转送给谏，若需润笔，亦乞代为酌送。如公事旁午，无暇书丹，可否先将原稿发下，顶祝告庙，什袭珍藏，以待模勒。昨静岩杨丈过访，并悉给谏行将建牙外省，过此已往愈难。仰恳爱我如兄，务望终始成全，则衔结私忱，不独恺一人感激已也，祷切，盼切！专此布恳，肃贺升祺，统希台鉴，临楮不胜依驰之至。甲申二月十五日灯下愚弟赵元恺顿首肃泐[①]。春儿安禀附肃，又及。

77

遂盦仁兄大人阁下：

客冬两奉手书，并艺斋丈《义庄记》一轴，谨敬拜登，感泐无地，俟拓成墨本，定当呈览。比惟升禧延洪，吉祥如意，定协颂私。阁下以鸿才硕德，上结主知，授职逾年，晋超宫职[②]，求之翰林故事，实所罕闻。苟非帝心简在，何能冠绝班僚。将来一条冰上，指日台垣。仰望卿云，曷胜快忭。而来札云"受恩愈重，报称愈难"，尤见大贤寅畏小心，不以得位为荣，而以得行其道为乐。学术之正，德量之宏，天下喁喁，咸想望风采，不独山野朽株，额手喜跃也。

弟山居廖寂，善状毫无，近贵图名，久无妄梦，求田问舍，亦倦尘劳，歉岁频经，谋生计拙，兼之山荆久病，将及半年，药裹炉烟，开眉无日。春儿又为湿热所缠，自秋徂冬，至今仍复啾唧不已。学业日荒，

---

① 甲申，即道光四年。

② 道光三年，翁心存授翰林院编修；道光四年，充武英殿总纂；九月补右春坊右中允。参见《翁心存日记》第四册，第1853页。另据上文相关内容，知此通写于道光四年。

年华浪掷，如何，如何！所幸去冬腊月中喜得男孙，闷怀稍慰，更喜产妇亦平安善乳，儿亦不愧笨伯家风。素廑雅怀，用敢附及。匆匆布谢，并贺升祺，统希荃照，不备。三月初九日愚弟赵元恺顿首泐。春儿附笔请安，并恳寄示去年馆课诸作，并近日拟题，祷切，盼切！

78

遂莽仁兄太史老先生执事：

六月下瀚承赐手书，奖借便蕃，殷殷诱勉。仰见大君子爱人以德，不以樗栎见遗。雒诵之馀，真觉九天珠玉，咳落人间。恺虽不敏，请事斯语，藉稔升祺荣懋，福德日新。现在校理秘文，荣膺总纂，修天上待传之稿，读人间未见之书，儒生荣遇可谓极矣。引领青云，曷胜艳羡！惟是捧日心诚，望云念切，与其匆匆归省，理当迎奉板舆。所虑长途资斧浩繁，将伯之呼，在弟固然义不容辞，但轻尘足岳，何益高深？弟思鹿樵都转及昭邑李父母，（但李公必至冬末春初，手头方得活动，现在切不可提起，且到彼时再行札致乃妥。）此二公者力量自足，兼人不在寻常交谊外。至若另纸所疏，各公宽紧不等，自必见义勇为。但鄙意以为，必须阁下先期札致，再令文郎亲自面恳，似更觉驾轻就熟。

再，陈养云别驾，今春粤省归来，手笔较前稍阔，本系令亲，况在京时定然相好，何不邮筒问讯，稍致殷勤。想彼此官场定然踊跃，总而计之，千金即未可必，五六百金当亦无难。大局如此，即经面禀老伯母大人。兹又渎尘钧听，未审以为然否？承附到艺斋先生《义庄碑记》一篇，椽笔鸿文，寒庄实赖以不朽，但文中谱系稍讹，必须更正，已蒙阁下先几所烛，面恳酌改。骨肉之爱，衔结难名。刻下想已改正重书，今秋如有的便，恳即寄下，以便勒石。

再，艺斋先生处望为先行道谢，至感谢私忱，容当另行觅便，肃函申谢可也。专此布覆，即请升安，统希朗照，不备。甲申中元日愚弟赵元恺顿首启[①]。

府报一函祈即照入。再，鹤侪就馆通州后，近日曾否入京？两年不通信息，殊属悬系，晤时希为道念，下届再专函问讯也，又及。

再启者，明年宝眷入都，谅由水路，但太平坐船，虽属宽展而所费未免太大。若尖头船必须两号，尚嫌狭窄，且所费亦复不省。至于附载粮艘，省则省矣，不独诸凡委曲，必至淹留时日。况明年简放试差之期，吾兄自必首屈一指。万一宝眷到京，而阁下已经就道，仓皇即次，谁为料量？是亦不可不虑。莫若轻车简从，竟由旱路，反为直截。昨晤子廉，渠云明年二三月间必要入都，倘能迟至彼时，可以陪送进京等语。此虽系与弟酬应浮谭，然若果能一路伴送，或者途长资短，亦可恃以无恐。倘有舍舟从陆之举，或者札致子廉，恳渠照应，渠亦未必不肯，似最稳妥。但万不可说及弟有先入之言，各人脾气不同，彼此相好有素，谅必能体贴到此耳，一笑。书不尽意，无任依驰，馀容续布，弟恺又泐。

79

遂莽仁兄宫允大人阁下：

去夏接奉钧函，尘冗碌珞，复谢久稽，实深歉仄。辰惟荣祉增绥，升祺多祜，星轺报绩，指日不次超迁。望云忭贺，莫罄颂言。

弟家居濩落，善状毫无。去年兼遭儿媳之变，中年哀乐，精神弥觉颓唐。所幸两孙笨实，暇辄引与嬉笑，稍解愁怀，差堪上抒锦注耳。小儿此次来京，本非所愿，缘留在家中，终竟不能用功，所以仍命入都，或者依傍师门，时沾化雨，兼在贵署当差，想旧荷栽培，今更厚邀恩照也。肃此复谢，即请升安，统希亮察，不宣。愚弟期赵元恺顿首，

① 即道光四年七月十五日。

二月初十日[①]。

80

遂盦仁兄宫允大人阁下：

春初小儿来京，修笺启候，并命代叩台安，谅邀恩照矣。辰惟升祺骈吉，侍福俪安，以欣，以颂。二月中老伯母太夫人荣旋，登堂拜谒，仰见慈容满福，寿履弥康。又蒙阁下手书远贲，侑以多珍，饫德铭心，不敢言谢。拜读惠赐《粤东校士》全帙，清奇浓淡，并蓄兼收，瑰质环材，咸归铁网。恺虽荒落，正如寒饿乞儿，猝遇珠玉满前，莫不惊诧。龙门在望，钦佩曷胜。刻下安舆想安稳抵都已多日矣。

阁下儤值之馀，欢承莱彩，阶庭兰玉，又复济济成材，可谓乐备天伦，身兼忠孝者矣。引领云霄，曷胜健羡。昨接小儿来札，知已趋侍绛帷。饮食教诲，渥沐恩私，并不以桃李盈庭见摒。旧时蒲柳，师门风义，感足千秋。惟闻渠少不更事，动辄招尤，同乡诸公，尤深鄙薄，敢恳推屋乌之爱，随事提撕，委曲调护，俾得全身远害，不至玷辱门墙，此即夫子之赐也，亦恺家门之幸也。专此布恳，并申谢臆，即颂升安，统希蔼察，临颖神驰，书不尽意。愚弟赵元恺顿首谨启，老伯母大人暨阃嫂夫人，并希叱名请安，并贺大、二世兄文禧，不备。己丑五月二十日[②]。

81

遂盦仁兄督学大人阁下：

去年六月中奉到阁下五月望日惠书并各函，均分致讫。正拟笺

---

① 参见道光九年五月二十日赵元凯致翁心存“春初小儿来京，修笺启候……”一札。

② 即道光九年五月二十日。

复，欣闻荣膺简命典试闽中[①]，满拟撤棘后，候苏祇谒，一罄积忱。旋又奉命督学粤东，南鸿乏便，以致裁答久稽，弥深歉仄。伏念阁下以环伟特达之才，上孚简在，频仍异数，叠柄文衡，化雨所霑，不私一物，当不仅士习文风一新积染也。引领青云，曷胜忭贺。

回忆十年前，话雨山房，互猜身世，他日云泥各判，仕隐途分，戴笠乘车，相逢一笑，各自还我本来面目，至今思之翠竹青松，素心可掬。恺沟壑朽株，毫无善状，求田问舍，枉事尘劳，课柳栽花，徒增孽障。自去秋病齿三月，杜门习静，深悔既往，冀策修来，从此但求做一乡里老实人，苟延残喘，鄙愿已足。

春儿秋试已得复失，颇为懊惜，然乃翁作孽太深，应得此报，夫复奚尤？今岁仍令受业冲友，岁试在即，得免降辱，已为至幸，馀非敢望也。家乡光景大概如常，凡在四民俱累穷之一字，而寒士及乡农尤甚。窃有鄙见，欲陈左右，未便明疏。小江兄晤时自当谭及，谅不以刍言为河汉也。附便草复，肃请升安，统希照察，不备。正月廿六日元恺顿首谨启，老伯母太夫人前叱名请安，并嫂夫人阃福，文郎两承芳讯，均道文禧，匆匆不另。春儿附笔请安，又行。

82

遂盦先生兄丈大人阁下：

违奉芝颜，倏逾两载，粤云蓟树，驰系为劳。兹于二月中旬伯母大人板舆旋里，叩谒之馀[②]，展读赐书，兼承厚贶，私心感谢，莫可名言。藉悉星轺径由陆路入都，此时谅已仰荷温纶，不日定膺超擢，欣

---

① 道光五年五月，翁心存充福建乡试正考官，“闱中奉督学广东之命。十月抵广州”（《翁心存日记》第四册，第 1853—1854 页）。此通末署“正月廿六日”，故写于道光六年。

② 参见道光九年五月二十日赵元凯致翁心存“春初小儿来京，修笺启候……”一札。

忭之至。

读《粤东校士录》，如入琳宫宝藏，目眩神骇，想见阁下珊网穷搜，鸿炉广铸，三年化雨，两袖清风，宜粤人士之感激涕零也。令似佐赓去岁场前颇极用功，所作之文，大都才思浚发，词气光昌，不失应举正宗，虽骏蹄暂蹶，飞腾伊迩。二令似当志学之年，正读书要紧时候，所谕延师之事，弟意中无可举荐，阁下到京后留心访察，当不患无明师也。弟本庸驽，近益荒疏。客秋赴试不过随行逐队，被黜固所应得，乃蒙阁下复以"勿隳壮志"为勖，益增内愧，无以副爱我者期望，惟有顽健如常，可报知己耳。率泐数行，藉伸积愫，言不尽意，临颖神驰，统祈霁照，肃请升祺，不备。愚弟周敦临顿首，三月望日谨泐。

83

遂盦仁兄大人阁下：

月初拜奉赐书，盥薇雒诵，缤纷语吉，缱绻情深，惟奖饰之逾，恒益悚惭之交至。即谂升祺多祜，侍福万安，以欣，以颂。

元恺家居无状，俗务萦缠。为门户之计，不得已为春儿指捐京职[①]，就便应试北闱，割情遣出，私冀稍增阅历。昨接来禀，业已于二月底到京，一路托庇平善。现蒙惠兄寻寓在帽儿胡同文昌宫内稍温旧业，聊且逢场。至到署行走，尚未上捐，缘缺孤人众，咨补无期，且俟场后，再看光景耳。文郎在家肄业，闭户习勤，从未闻闲走一步，兼之家学渊源，天才清妙，从知德门多喜，今秋定夺锦标，曷胜忭贺。

鹤侪前年赴浙需次簿尉，酒酣话别，执手唏嘘，殊有蛮府参军之感。嗣闻匹马从军，行逾万里，今荷大功告捷，不次超迁，足征才具之过人，益叹遭逢之不偶，（邸抄仍回原省，以知县用，不论繁简，遇缺即补。）想阁下闻之，应为快意也。草此布复，即颂台安，统希察照，不

---

① 此通写于道光九年四月十五日。参见道光九年五月二十日赵元凯致翁心存"春初小儿来京，修笺启候……"一札。

宣。并请老伯母太夫人福安暨嫂夫人阃福，喆嗣侍祉。愚弟赵元恺拜上，四月十五日。

84

遂盦大司成仁棣台大人阁下：

春间闻视学江西之信[1]，深喜斋云近照，声息可以常通。又日盼老伯母大人就养前来，路过此间，得以藉申依慕。每拟肃笺致贺，而公趋栗六，握管未成，刻深悚歉，乃荷赐书。克赍于校阅勋勤之际，详示缕缕，言情不倦，云霄謦欬，如获奇珍。捧诵回环，曷胜欣感。伏惟勋祺懋介，心简逾隆，为邦家光，为闾里庆。不仅故人之快，有荣施也，爵颂何可言喻！祖庚未即联捷却出意外，未识榜后，是否即奉安舆南来？抑或迟至秋凉，尚希便示。

家严以愚兄弟业已登场，上年乃计察之年，决计于今春引退。客秋蒙时斋宫保列入密保，又复保荐卓异，于三月十三日备案，请诏赴部，约端节时可以到京，精神叨赖甚好。舍弟可补安化，（此缺本无趣，今闻已另补人，尚须另看机会也。）惟缺甚苦耳。

福于上年闰秋十八日到西安任[2]，先办制宪之差，又办学宪之差，随即继之以兵差，劳民伤财，心力交瘁，挪垫几及二方，此刻尚毫无着落。又以上年秋收歉薄，入春以来米价昂至六千以外，民情拮据不堪，百计设法安辑，得以敷衍至今，然接新尚有二十馀日，未知此二十馀日如何过去也。此间当水陆之冲，镇道府同城酬应颇繁，民情忠厚而迷于讼官，竟无一刻之闲，所幸到此虽未久，而地方颇能相信，一经审定，竟不复翻。账房有大小儿照料，尚能撙节，五儿读《礼记》，质地尚好。六儿尤灵警，故堪告慰注念。

---

① 道光十二年十一月，翁心存简任江西学政。参见《翁心存日记》第四册，第1855页。知此通写于道光十三年六月十六日。

② 即道光十二年闰九月。

伟卿近状何似，许久未得其耗，深为悬悬。子廉亦近无信来，子芳想已南回，星斋交卸后，亦未识所累何如？心宇先生于春间在武林两晤，兴致颇佳。现在胡篴农太守处，主宾极相得。太守调任处州，心宇先生却以道远为嫌，与福有明年之约，而福处书院山长，尚须明年下半年方能更动，此时尚未定见也。云才舍弟雅承挚爱，感泐不尽。（以上六月初四日写。）

连日又有下乡之行，竟无片暇。接信已四十馀日，尚未肃复，悚歉当何如也！昨有乡人来此，闻知子芳已到家，伟卿尚未霍然，光景难望即愈，有打算南回之意，如何是好？其平日之任性好胜，致有此病，若竟由此废弃，岂不可惜？昨与一函，以自家有病自家知，劝其好自调摄，未知近日如如，殊令人刻刻悬念也。何挈人服阕已久，以缺于资斧，尚未出去。近日来此，福亦爱莫能助，刻下旌节想早到省，馀容再肃，敬请勋安，伏希垂察，不尽依驰。愚兄周壬福顿启，六月十六日西安县署。

85

遂盦大司成仁棣台大人阁下：

久未肃函申意，而驰念刻深。兹新正五日欣奉赐书，仰荷注念拳拳，示悉缕缕，感幸曷似。伏谂星轺纳祜，曼福骈臻，快苻下念。信州相距咫尺，未得一晤，以罄数年积抱，转觉难以为怀。昨三家叔仲冬初四日自家乡来信，言及伯母大人即日可以到家，续后尚无信来，大约安舆必早安抵家中，必俟新正再行来任。竹报已即日专妥差探送，得有回信，亦即飞寄不误。家乡年成却不好，兹抄有少穆中丞折底一件附阅。（系十一月望间所发。）昨毕子筠于十二月十四日自太仓来此，据云其时尚未开仓，浙江则杭、湖二府办有灾缓漕，或尚可敷衍，嘉兴一府现亦毫无头绪也。

家严四月到京，六月见面，奏对甚好。七月出京，八月到甘，身体精神皆叨赖极好，所以迟迟未放者，大约待陕甘等省之缺耳。舍弟署事宁夏，系上秋八月到任，今年可望补缺。福来此年馀，未能为地方兴一利、除一弊，时切赧然，惟勤之一宗，尚可自信。前年即歉收，去秋仅得中稔，乃以下游一带皆歉收，以致登谷登场斗米即在四百以外，今已昂至五百七八十之多。冬、腊两月，雨雪不止，贫民大为苦累，幸而立春日与第一甲子日，天大晴霁，人心得安。昨自新正二日起又大雨大雪，今日尚未能晴，殊为焦灼。此间差事本多，而向来案牍并非甚烦，乃以积年之歉，讼狱日出。计去年一年之间，收禁详办者至四十馀名之多，其他鼠牙雀角愈出愈奇。每日自卯辰至于三四鼓，竟不令有片刻之闲。自问遇事尚不十分迟钝，且于词讼事件，亦从无一堂不结者，而已苦累若此，若有首县，尤不敢妄想矣。至旧逋云云，不敢着想。此间有美缺之名，（银价尚在一千四百有零。）而军需悬款一草六竿，经年尚无眉目，几至捉襟见肘，可付一笑。

心宇先生约定于秋间来此，为子筠接手。星斋尚无旋里之信，伟公病已大好，前得其来信，甚想滦阳与提守，大约二月间可得彼信也。三舍弟辱承推爱，感不可言，渠性太拘拙，惟求大雅时切陶冶之。至其捐贡一节，此刻转难，如果此一恩一正内竟无所得，为之兄者自必办理。今明两年中，则断断无此闲项，（当百孔千疮而为此不急之务，似太无谓。）想大雅亦必以为然，且劝其切切勿亟回家，尤感，尤感！

家严劝民示稿，前荷大雅看定，即为付梓，兹寄呈十本。此间食物不如苏中远甚，兹杂凑数种，添派一差，与来差送上，馀容续得详细再寄。敬请勋安，并贺新禧，不尽依依。愚兄周壬福谨启，新正五日申刻。附食物单一纸。

太仓风鸡二只，系毕子筠带来。兰溪薰腿一只，系江山船上买来。金腿四只，随后再觅佳者奉寄。富儿面一包，系甘州贡面，清水煮十数滚方烂，再用鸡鸭汤下，颇可口。水桃酥两瓶、金刚肚脐两瓶，（福出门点心总吃此。）恐其不脆，故用锡器装之，如亦沾潮，用生石灰逼之即脆。兰溪豆豉四斤，清盐佛手一包，（此味甚妙。）药橄榄一包，清盐橄榄一包，药梅一包，黄芽菜五颗，自蒸桂花年糕十六方。板鸭家乡肉无现成者，随后再寄。

86

遂盦二兄亲家大人阁下[①]：

去秋春海槎使带到手缄，远承记注。当即泐函托寄，乃信至省中，行旌已发，只得托安成号转寄，比至京时阁下已荣发。此信于六月初仍寄回粤，无由奉达。遥稔侍奉万福，潭祉增绥，以欣，以慰。阁下崇阶叠晋，为国子师，屡咏皇华，频邀帝简。梓乡中近数十年，罕有伦比。又况兰阶茁秀，桂殿搴香，伫看杏苑之花，继武木天之选，益信德门积厚，世泽孔长，逖听临风，曷胜抃贺。久拟肃函布悃，公私珞球，屡思握管，辄复中止。此心耿耿，歉与思深。九月杪接展八月朔日所发书，展诵再三，如亲晤语。敬稔使节荣莅洪州，已考过九、南、饶、广四郡，刻下按部赣南[②]，岁科并试，遥知公明之誉，遍于士林矣。阁下精于除弊，明于阅文。弟公暇与广文先生谈及近年粤中考政，咸啧啧称最。

惠州试院外无围墙，两边墙脚中，细验之无数小窦。弟谋诸绅士，欲筑围墙，开濠沟，以费多不果。去年岁试时即密拿传递。辰下正值科试，又拿获枪手，俱经枷号严惩，然习俗相沿，牢不可破。此间弊莫重于补考，各属皆然。最甚者，陆丰正考二百馀人，补考至三百馀人。弟申请学使通饬所属，照例不准补考，然惠属龙、和、连、海、陆等童生，每以道远信迟为辞，纷纷陈请。弟访知府县考所馀印卷，每

---

① 据“遂盦二兄亲家大人阁下：八月中接展手书，敬稔萱闱曼福……”一札，二者字体相同，疑此通当是杨希铨致翁心存手札。

② 道光十二年十一月，翁心存简任江西学政；次年正月抵达南昌，“四月，擢国子监祭酒，试九江，广信、饶州毕，回省。秋，按南安、赣州”；道光十四年十一月交卸起程，由沙井还京。参见《翁心存日记》第四册，第1854—1855页。结合此通内容，知写于道光十三年，是年农历十一月十二日冬至。

为奸胥所售，查照试题作文，混入册中申送，而嘉应州枪冒，辄买册中空名，以售其技。弟思府县办考畏事者多，当其禀请多人，万难固却。只要学使按临发案时，提县府原卷，验系补考，即予屏斥，则补考之弊，不禁自绝矣，敢以质诸大雅。

今春连平州土匪滋事，弟奉檄带兵亲驻上坪。该处近接龙南，山高路险，悉力搜捕，获犯一百八十馀名，（在事者荐举二人，可升县令。弟以本境应办之事，力辞议叙，且以获盗叙功，所不愿也。）分别办理，一月竣事。诚如尊谕，搏击拊循，宜于德威并用，潮州民俗蛮抗，竟非人情。海陆境地毗连，渐多习染其贪利也，有绳以法而不顾者矣。至于盗案之多，非他省所有，虽执法严惩而势难尽止。弟自连平事竣后，三月初回署，清理勘转案件，月馀始竣。四月初适和平有要案，而连平善后事宜，必须面陈大府。（一、上坪在江粤之交，宜添文武员弁各一员，从前王文成公平浰贼后，设浰头巡检久裁。今该处情形必须添设。一、该州缺分太苦，应筹拨捕费。一宜申明保甲之法，责成各姓族长，如有不法之徒，自行捆送。一宜团练乡勇，使各保村庄。四条内惟末一条未经议准。）至省月馀，端节始返，五月中连和长山水暴涨，督饬各属勘办，消退甚速，幸未成灾。早禾减收，晚禾八分，薯瓜畅茂，特以广州被水，毗连灾区，必须通融开粜，是以米价未能大减。丰湖淤浅，平堤不能蓄水，阵雨即盈，乍晴即涸。弟久有浚湖之议，而所费不赀，湖心、六如两亭，筹款重建书院，（旧有注疏。）中为置《御纂七经》《韵府》《字典》《类函》《子史精华汇参》《钦定四书文》等庋藏阁下，以便多士翻阅。于正附课后，增取外课，俾随同作文而升降之。一月两课，每课二百馀卷，属广文林君评点，而自定甲乙。野吏亭旁补植荔栽十数株，惟东堂小院中一株生意盎盎，高已三尺，岂古今土有异宜耶？抑未得橐驼种树法也？《惠州志》修于康熙二十六年，其时长乐、兴宁尚属惠州，而未分设陆丰，今则疆域、官职、兵制、营制、学额无不损益。

弟稽查旧案，久饱蠹鱼，若不及今搜辑，渐至无征，且忠孝节义，得邀旌典者，二百年来不限于山陬海澨，是以作《修志启》一篇，分刷印簿，劝谕各绅士共成斯举，然至今尚无就绪也。弟承乏此邦，倏逾两载，惭非利器，遇此盘错之方，黾勉从公，幸无贻误。然积累已深，补苴乏术，兼之处此疲区，恐难免为他人受过，是以进退之念，颇切踌躇。辱承知爱，敢以附陈。承示令嗣辈侍伯母大人及亲母夫人于秋间自京旋南，计此时早已抵虞。来谕欲令令嗣入赘，舍间成礼后，即双双随侍慈舆，由水程赴任，如此极好。惟本年礼部文内有一年内停止宴会作乐云云。家乡绅士人家，未知若何奉行。令兄朗若亲家及用仪，兄与舍弟辈必能斟酌定夺。弟未获亲为照料，恐一切仪文有未能周备之处，诸望海涵。小女未娴妇道，祈亲母大人随时随事教诲之，是所企切。昨家言中提及尊府已得彩衣堂言氏旧宅，与舍间相去甚近。他日归田，朝夕过访，何快如之。弟不得已，移家城中，旧家子弟习气，日非落落，知交如阁下与子方昆仲，宦游异地，颇切驰思耳。

久迟作答，寒夜走笔已十数纸，以当情话。敬请台安，顺贺年喜，伏惟亮察，临颖神驰，名正肃，冬至后一日，敬璧尊柬。至戚往来，以后幸勿拘客套也，又启。

87

遂盦二兄亲家大人阁下：

八月中接展手书，敬稔萱闱曼福，潭第绥嘉，良深欣抃。祖庚馆丈荣膺帝简，新咏皇华，穗石风清，旧驻椿庭之节，珠江月朗，增辉杍舍之轺，真艺苑之美谈，士林所健羡也。

弟惠潮权篆廿度蟾园，现在奏委护送暹罗贡使进京，匆匆就道，竹报即在省面交。榜后酬应冗忙，不及索取回信，大约由信局寄递矣。闱元作系储在文旧作前半改易，后二则直写，然与全篇抄袭者，似乎有间。闻两星使与抚军酌办，不知若何奏请也。示及小女痰嗽见红之恙，殊切系怀，承亲家大人暨亲母夫人怜爱有加，无微不至，来函视妇如女之语，感佩寸衷。周升来接小女信，知服顾恕堂方药，渐觉痊愈。药既投缘，可请顾君一手调理，想玉甫贤倩试事竣后，早已偕往郡中，换方煎服，定然日臻康健。欣慰之馀，益增盼切，养肺补脾，所论甚确，要使肺热清脾气健，渐至脾肾调和，气血充足，斯身体乃复本元。亲家大人暨亲母夫人为之请医调治，真大费心神矣。

弟小春七日度岭，二十四日可抵章门，封篆前抵京，到礼部呈进方物，其元旦朝贺及驾幸园子，皆须带领恭诣。至赏宴而后毕事，护送官员，例得引见请训。弟自顾樗材，廿年外补，何敢妄有所冀，惟是海疆不靖，縻饷劳师者数年。今兹重降陪臣，向风修贡，仰见圣上怀柔远人，即所以内安黎庶也。小臣职司护送，对扬天庥，冀无陨越而已。寒往暑来，驰驱万里，敢告劳耶？今晚行抵峡江，雨窗无事，率泐数行，敬请台安，言不尽意，姻愚弟杨希铨顿首，小春廿日。恭请伯母大人福安，并请亲母夫人坤安，贤婿小女并候近祉，外孙辈念念。

十一　诸先生书[①]

1

二铭仁兄亲家大人阁下：

六月中瀚，接展华翰，备沐注怀。正拟裁答，闻真除后，即奉书房之命，简在夙膺，定卜殊擢，叨居葭末，抃颂奚如。祖庚亲家品学并茂，久在人口，今果持节而出，趾美正未可量。郷儿六月初旬过沩，挈眷以行，为连次春闱地行走，聊以解嘲耳。

昨在鹤侪亲家处，提及老墙根官房，阁下有意移居[②]，兹将张石卿交单奉阅一切，谕知郷儿定局可也。鹤侪身子颇不如前，兼之差委不断，似非所宜。月锄以水灾而归，十月旋东。弟以缴款此间，上库较便，小有逗留。秋冬间必行南，以届期定计。肃泐复请台安，顺颂潭福，伏维朗照，不戬。姻世愚弟徐经顿首。敬读姻世伯母大人墓志，令人兴感。

2

敬启者：

夏间两叩崇墀，值驱从遄返虞山，未获畅聆教益。嗣冯景亭处交

---

① 原件封面无题名，整理者拟题。

② 道光二十九年正月十九日周壬福（鹤侪）致翁心存手札云："年前曾言及老墙根史大冠前住之屋，阁下壬午在其中，闻报者桓生以二千四百金得之，如欲卜居，似甚宽敞。"因疑此通写于道光二十八年底。

到手翰，备荷雅怀，恳至眷念。前尘庄诵循环，莫名感愧。昨阅邸抄，欣悉药房同年奉视学黔中之命[①]。顷复闻二同年登拔萃之科，鹊起蝉嫣，罕有伦比。下风逖听，快慰奚如。寅惟遂盦年伯大人晋祉凝釐，鼎祺集福。趋庭玉尺，接桃李之新阴；济美金籯，启芝兰之竞秀。国恩家庆，抃祝何厓。泷阡闻已料理周详，想锋车指日还朝，从此帝眷叠膺，无待烯黄卜矣，且颂，且贺！侄观乔失仰，陟岵靡瞻，抚驷隟以频惊；功疏读礼，企龙门而在望。迹阻登堂，肃报复函，顺叩大喜，虔请钧安，伏希荃鉴，不备。年愚侄制殷寿彭顿首。

3

遂盦老年伯大人阁下：

斗山在望，带水匪遥，人事娄牵，阙于上谒。辄以谷生先生来馆，询悉起居，藉纾劳积，比者损辱嘉命，抚爱形颜，不知孱微，何堪负荷？伏承顺时祥缟，台候惟宜为颂。

侄戢影庐居，瞚将两稔，幸椿庭侍奉，托芘顺平，堪以告慰。来示具言太年伯母大人窀穸未定[②]，不胜审详慎重之思，情辞悱恻，读之令人感动。侄尝谓古人之葬，必于山穴法，必曰二十四山，是其证。淮阴行营高敞，程子不为道路、城郭、沟池、耕犁所及，皆合葬山之说。古葬书自景纯而下《疑龙》《撼龙经》，大氐以山龙为主，而水特旁及后世，地陀人稠，山无隟壤，始有《水龙》之书，盖依傍山法而为之，所谓"眠倒星辰竖起看"是也，其实究以葬山为正。此侄之私见，人颇不谓然，乃与太年伯母遗命适合，窃幸所见之不谬也。堪舆家言大氐龙穴

---

① 道光二十八年七月，翁同书简任贵州学政。是年八月初六日，翁心存得到喜报。参见《翁心存日记》第二册，第 665—666 页。

② 道光二十五年，翁心存母亲张太夫人弃养，居丧一用古礼。道光二十七年冬，得吉壤于西山白鸽峰下；次年十月，葬张太夫人于白鸽峰新阡。参见《翁心存日记》第四册，第 1857 页。根据信中所言，疑此通写于道光二十七年。

沙水，自来无异说。

至理气，则言人人殊，莫可折衷。云间蒋氏辞而辟之，顾辨其非，而不标其是，又开秘传售欺之路。吾吴地师率多游谈无根，颇有名满一时，而摘《青囊》《天玉》等书，单词只义，茫无以应者，其不足恃，可知游先生不知于古何如？惟侄无以难之，朴讷少华，实事求是，绝无术家习气，所宗亦云间法。而一年来，侄处觅地，惟在龙穴砂水上，辨别理气一节，尚未论及，故无所谓异同。盖山地有天然之穴，天然之向，直可置理气于不问耳。辱蒙下问，侄何所知，谨述管见，惟年伯大人诲之。

先慈茔地，昨定一区，封窆之期，利以春仲。侄见将游汳，归棹再行从事。知廑附闻，兹以游先生之便，肃复恭请禫安。年愚侄制冯桂芬稽首，中秋前四日。家君命笔请安。

4

遂盦年伯大人执事：

敬启者，月前家君寿辰暨儿子授室[①]，叠蒙厚赉，感谢无涯。望前接读手谕，时侄行期未定，复知旌从克日来吴，可以面陈一切，迟未奉复。既望薄游郡东，阻雨句留。洎归知承左顾，有失拥迎为仄。旋即上谒执事，适以是日离郡，与春正事如出一辙，抱歉良深。恭惟台候万福，潭第多佳为颂。太年伯母福山知已鸠工，兴筑立向点穴，群议纷纷。

形家言各挟师承，党同伐异，固然无足怪。比者偶遇胡芑香先生，论及尊地，极言必宜乙辛兼辰戌为自然之向，侃侃凿凿，与游海翁之说适相反。侄所见浅陋，且未躬历，不敢臆参一辞，想年伯大人博

---

① 道光二十八年四月二十五日，翁心存“作致芑香书，并以贺冯景亭之长子完姻分托其转致”(《翁心存日记》第二册，第652页)。疑此通写于道光二十八年五月。

采周咨，虚怀集益。玉甫兄又素精此学，必能斟酌尽善，此可以理断也。至山向既移，时日必宜改卜，石英所择颇为妥协，惟乙山辛向兼辰戌，始在辰宫，兼卯酉，究在卯宫。今约在卯宫三度，九月二十一日太阳躔辰宫二十三度，距本山十度，馀距卯宫亦七度，余以太阳前后光照十五度之说言之，则距日七度半外，便觉不能亲切。如以此为嫌，则十月三日似尚可用。然两日亦互有瑕瑜，非谓侄之所择胜于石英所择也[1]。敬录星盘，呈请主裁审轻重，以定取舍是祷！立夫前辈深于此事，南中所识罕出其右，非以爵位论也。或以此折衷之何如？

侄现以喉风大作，昨始向悆秣陵之行，因之留滞，期以六月初旬矣。晤石梧前辈，当为转达尊指。侄八月返棹，续谋北行，当在背秋涉冬之际耳。承示祖庚兄竹报中语，深感垂注，殷学士函已转寄矣。肃此布复，恭请台安，诸希照察，不宣。年愚侄冯桂芬顿首，年伯母大人坤福，玉甫五兄处附候。家君命笔请安并谢，外复石英一函，敬祈饬交为感。

5

遂盦年伯大人阁下：

顷读手示，知月前由公馆上复一函，尚未达览。函中语颇繁多，未尽录稿，来役仓猝待复，先将残稿藉呈，再踪迹前书，续当寄上也。此复敬请台安，年侄冯桂芬谨启。

---

① 道光二十八年五月初五日，“徐石英茂才（骏声）来，景亭托其致意，窆期拟择十月十九日，然景亭尚以为甲庚向也，今向定乙辛，又须重择矣”。是月初八日“薄暮徐石英来，告知窆期拟择九月廿一日未时，并有书致冯景亭”。次日，翁心存“作致景亭书，恳其定窆期”（参见《翁心存日记》第二册，第653—654页）。

6

遂葊宫允二兄大人阁下：

晏于月之六日抵粤，从阿镜泉方伯处奉到惠简，因晏等前岁痛遭先公大故[①]，控告罪苦，仰荷厚慈垂恤，兼知蜃土巨艰，奠赙备至，恩意广塞，悲感哽咽。伏审旌节还朝[②]，湛恩优渥，无任驰仰。

晏扶服南归，已于去岁仲冬敬奉先人安藏兆域，唯碑器桥岸鸠工甚巨，无奈来此。现已粗有头绪，即拟买舟归浙，仍偷息墓庐，以毕役事。日月不居，瞚逾祥练，悲怆风木，呼慕何从，奈何，奈何！远蒙慰疏，哀戢曷胜。谨勒手状陈悃，舍弟诣谢，不尽万一。四月十有八日，不孝晏稽颡。羊城旅次肃[③]。

7

别经三载，驰念殊深，比惟遂盦仁兄大人玉尺量材，群英蔚起，文章风气，日就真醇。每于恩小山[④]、王洞斋同年辈，备悉缕缕，曷胜钦佩。芬去秋失恃后，自恨罪大莫挽，追悔无及，曾于苫块中，肃寄寸椷，交吴郡元和令官封投递，未识已邀青睐否？刻因要事入都，俟冬初方可归里料理葬事。日内忽发耳疾，肿痛异常，未暇多述。一切近况，属辛庵兄面达，把晤不远，曷胜盼念。专此肃泐，敬请升安，诸惟照察，不宣。明生弟制蒯芬稽首。

---

① 姚晏，姚文田之子。姚文田卒于道光七年。因疑此通写于道光九年四月十八日。

② 道光八年，翁心存广东学政任满，“十一月，度岭，除夕泊舟滕王阁下”；次年正月，“自沙井陆行抵京”（《翁心存日记》第四册，第1854页）。

③ 钤“珍重”白文长方印、“姚氏之印”蓝色方印。

④ 恩小山，即恩桂。

8

世愚弟陈晋恩顿启邃庵先生学使大人阁下：

夏初客游羊城，经旬小住，其时适值文星按试外郡，未克近挹光辉，面亲教益，私衷仰慕，未遂所怀。抵京后接奉琅函，知前在粤肃布一椷，已尘青照。细绎来书，勤勤恳恳，语挚情真，并承惠助百五十金。拜领之馀，深纫高谊，五中感泐，寸楮难宣。比维大兄大人履祺叶吉，鼎祜延釐，庆萱室之春长，荷枫宸之眷渥。冰壶朗抱，玉尺平衡，引睇吉辉，奚如心颂。

弟水驿山程，迂途楚豫，依人托钵，内问自惭。各处知好攀留，直至孟冬初浣，始克安抵都门。征车甫卸，劳惫殊形。日内部署捐事，尚未就绪，来函以远大相许，深愧学陋材疏，未能仰副期望耳。舍弟孚恩铨曹，供职如恒，足纾廑注。天气严寒，墨冻笔滞，握管殊未合体。草此远鸣谢悃，即候动静之宜，不宣。晋恩顿首，十月十七日自京寓泐[①]。

再启者，弟在珠江时，仰蒙伯母太夫人遣使存问，并赐食珍，感戢之私，弗谖五内。侍奉之馀，敢乞叱名声谢。来书问及先君遗稿，具感古谊。先君诗古文词及骈体应制各作，俱已汇录成帙，尚未编次付梓。远承念及，敬以奉闻，晋恩又启[②]。

9

二铭先生大人阁下：

日者名园雅集，获奉麈谭，藉浣俗尘，弥增欣慁。翌日回舟胥水，驰逐连朝，尚阙笺缯。正殷跂傃，适披瑶翰，辱荷注存。敬谂禔福蕃臻，著撰裒溢，兼悉新阡协卜，即可树表泷冈。逖听之馀，曷胜抃慰。

---

① 钤“福兹”朱文方印。

② 钤“陈晋恩印”白文方印。

承惠九耀石墨刻，椎拓精良，珍荷无既。致中丞一缄，业经送呈。伟卿比部来函，谨已领到，容随后详细作复。游文一席，大府奉订之意甚殷，此时伟卿既不能即来，自未便遽作代庖论也。

前奉戋戋，方深惭恧，猥承齿及，尤切汗颜。专肃奉覆，顺请台安，敬璧治谦，诸惟亮察，不宣。愚弟倪良耀顿首。

正在肃缄间，适阅邸抄，欣悉荣膺宠命，典试北闱[1]，珊网宏开，益羡公门桃李，引瞻卿霭，莫罄颂私。湖北库贮不支，仰蒙大部代筹，得以渐资接济。现虽解到山东银一万两，河南银一万三千两，馀尚未经起解，而司库可以通融，不至仍形竭蹶，感戢同深。粤西军务亟盼早完，庶饷项宽舒，免致过劳硕画耳。谨再布贺台祺，惟希荃照，不备。弟又顿。

10

积久未通尺素，一以尘容俗状，未敢渎陈；一以迢递关邮，鳞波乏便，计可仰邀涵鉴，而私衷歉仄，驰系弥殷。顷奉惠椷，渥承绮注，祗审前者肃丹两达，均已递入典签，捧诵风前，阔怀稍慰。夏初展阅邸抄，恭稔仁兄大人归养陈情[2]，蒙恩俞允，具见性真纯孝，默契宸衷。此时洁咏兰陔，欢承萱寝，鳌延侍福，健羡奚如。

弟于去腊移篆秀州，将周星纪。是缺政繁赋重，陨越为虞。旧冬开漕时，以洋价太昂，米价又贱，办理动多窒碍。春初交兑，被帮丁格外挑剔亏累，实非言喻，加以地当冲要，巨差络绎，支绌倍形，夙荷关垂，用敢缕尘左右。所赖今届岁收有稔，舆气绥和，藉纾荩廑，定省有暇，伫盼鸣驺吉莅。或寻胜于楼头烟雨，或寓怀于湖畔鸳鸯，则簿书

---

① 道光十一年秋，翁心存充顺天乡试同考官。参见《翁心存日记》第四册，第1854页。北闱，明清时指代顺天乡试。

② 道光十八年闰四月初九日，翁心存以母亲张太夫人年八十，具疏乞终养；是月十一日获准。参见《翁心存日记》第一册，第330—331页。

迷闷之身，当拥彗前迎，稍申主谊，想亦不我遐弃耳。李筠舫兄已调钱唐，于八月受事，谨遵谕代达矣，并以附及。专泐奉复，即请台安，临书神溯，愚弟熊兆麟顿首。

11

式顿首启：

溯自辛巳、壬午间，始来虞山受业于子潇师，悉阁下为先师先达弟子。近十年来，阁下终养家居，式亦因亲寄栖城北。虽相去一牛鸣，未尝造问。大君子孝经自守，不越一户。外，子将子侨寓颍川，不喜干谒，然师门之谊自在也。

前月二十七日晤李宫保于锡山驲，宫保询及起居一切。及归后，欲偕小真兄奉诣，适闻尊斋有修葺之工，恐未便促席，缓日将便服奉访。青箬绿蓑，吾家自唐代已然，万勿责其疏略，而教之则幸甚矣，一笑。先此布达，顺请时安，不备。二铭先生钧席，世晚弟张式顿首再拜，左冲。

12

敬禀者，窃卑职吴下趋公，稀呈禀牍，遥钦霁范，载切葵忱。昨于差次接奉讣函，惊悉太夫人云軿返驾，瑶岛归真。聆信之馀，不胜骇悼。伏想大人孝思不匮，挚性逾恒，正极鼎养之荣，遽增风木之戚，莪诗辍咏，痛何可言？惟念太夫人德楙珩璜，名齐钟郝，箕畴备福，丝纶锡华诰之封；女史编年，耄耋仰遐龄之寿。况复灰传荻画子舍，则位列槐阶；砌绕兰风孙枝，则班联蓬岛。辉留有炜，福被后昆，揆诸九原，毫无遗憾，且大人晨昏八载，克叶华黍之赓；报答三春，尚系宸枫之眷。伏乞节哀顺变，准毁不灭性之文，为国爱身，以襄大事，是所恳企。

卑职以奉公于役，远隔带江，弗克躬诣繐帏，叩申奠醊，谨具祭幛一轴，代致生刍，敬颂徽音，伏祈赐纳。肃此布唁，顺请孝绥，不一。

卑职延恩谨禀。

13

抗尘海甸，音敬缺如，每景郇云，钦迟曷既。昨令亲张约轩兄来沪，奉到手教，浣诵之馀，备承奖勖逾分，惭悚交深。敬维遂庵大廷尉大人履缱翔和，簪裾集庆。崇封马鬣，东山出应苍生；展觐龙颜，北阙仰邀丹诏。臣邻硕辅，忠孝大儒，引企下风，载升卿月。

蒙谕令亲拟办纳粟一节，此次捐输筹补米十万石，每石水脚银四钱，统计不过四万金，现在上海绅富中船多者，如郁泰峰及王氏、沈氏昆季早已有人说定，无可通融。将来只好另托相识收罗，或可有济，第散碎则价直折阅，未免稍为翔贵耳。约轩兄逗留数日，谅亦洞悉其详，面申一切也。至垣所校《毛诗要义》，末学肤受，初不敢妄下雌黄，乃以泰峰之属于簿书，迷闷中节暇读之，蠡测管窥，舛午不少，尚求大雅正是为幸。泰峰近以襄理海运，此书尚未付梓，大约候尊处钞毕后，再付手民耳。兹因约轩兄吉旋之便，手肃奉复，不尽欲陈，敬请台安，并贺春禧，统祈霭照，不庄。正月二十一日沈炳垣谨顿首上[1]，儿子宝禾随敬。

14

遂盦先生亲家大人阁下：

十三日曾具芜函，由家信中达，谅登荃鉴。兹于昨日得芸士示函，知省中仍纷纷议办海运，计在闰月中旬出奏，渠甚以粮船水手全帮停歇为虑。录省中现议情形，与渠所见云云，并海上消息，共三纸，(佛夷船得吴观察开导，都已驶回粤东。)属为速寄，以备见闻。倘能先事筹其安全，实为梓乡之福，亦国家之福也。中秋后霖雨已不止三日，低区又长水尺外，稻已上签，棉花价至百六十文，从前所未有。附

① 署名之上钤“炳垣手肃”朱文方印。

泐数行，敬请崇安，不备。姻世侍杨希钰顿首，八月十九日。

芸士条中述，目下州县心肠深恐秋收大有办全漕，交兑棘手，故导抚藩以海运之议。今旬日间淫雨情形，低区已经被浸，恐秋成又复歉收矣。然大吏心肠则常存元年不敢告灾之见[①]，意存粉饰。倘或浸成重灾，亦将不告乎？窃谓两年来节次叠奉缓征豁免诏旨，天恩浩荡，即小民亦何敢复告歉收。然天灾民隐，圣人必欲周知，尧水汤旱，天之所以儆圣心成圣业者，往往在是。捏固不敢捏，讳亦何敢讳乎？诚能大布王言，令各大吏破除成见，毋使天灾民隐，隔阂不闻，有讳饰者，必干重议。如此庶一，诚可以感召天和，或可转歉岁为有年耳。

15

前奉德音许阖，手板风尘，下走荷大君子略迹言情，以忻，以感。循诵来函，情真语挚，胜似翦西窗之烛，作竟夕谈也。日下秋高，诞膺多福，锁闱持尺，又极辛勤，想起居定臻佳胜为祝。次君现分何部[②]？来岁埙篪秋赋，左券可操。南中正开榜之时，桂馥孙枝，盼殷鹊报。久未邮函黔省，竹报时通，定喜珠成如意也。楚北风光，小亭星使言旋，当可悉其大略。正棨孟浪来游，初非本愿，幸上游不以为懈，同列不以为嫌，且住为佳，未始非计，特迫于时事，不得不归。六月杪曾备文请假，为领袖者坚留，暂行勉强从事。现在闱场事竣，承方伯许与江浙之差，尚未奉有明文。倘能得此，藉以抽身，则进退绰绰有馀裕矣。三儿祖诰在京一切，务求勖勉之，俾知自爱，曷胜企戢之至。公私冗杂，心绪纷如，耑泐数行，复呈左右，敬请台安。期程正棨顿首上，邃盦大人阁下，闰月十七日。

---

① 元年，此处指咸丰元年，是年闰八月。

② 次君，即翁同爵，翁心存次子。咸丰元年五月，翁同爵“考试荫生，取一等第二名，引见内用，以主事签分兵部，在武选司行走”（《翁同龢年谱·翁玉甫先生年谱》，第177页）。是年闰八月。

16

璋顿首再拜谨启遂翁世丈老大人阁下：

璋侍师门，无季次、原宪之贤，而有季次、原宪之贫。贫虽甚，心实乐，非乐己之能几于道也，乐君子之有道，而能致天下之有道也。向者海隅之祲氛甚恶，心则忧之；天灾之水潦流行，心则忧之；孔壬之巧令充位，心则忧之。及先生洊登崇秩，克展嘉谟，乃今者万邦。于是乎，渐绥丰年；于是乎，屡告地天；于是乎，泰交值我朝圣圣相传之绪，绵一世安安久治之隆。以先生之德，履先生之位。此不仅近喻韦平佐汉信，师门有以垂史册之光；抑且欣远迈咸贤辅商信，师门有以廓经传之盛。上奏夔龙之箫管，下安巢许之逍遥。璋虽贫甚，虽耄甚，虽自咎不能有几于道者实甚，而心则乐矣。特修鳞羽寸函，虔颂起居万福，谨启，璋名正肃[①]。

① 即姚璋，曾受业于翁心存父亲。道光十七年十二月十八日，翁心存收到其手书："金陵姚秀才元熺来，以其父璋手书及手书便面见赠，姚君璋曾受业于先君子，与余在丙子二场闱中一晤，已二十馀年矣，为之感慨久之。"（《翁心存日记》第一册，第300页）

十二　师友书(一)

1

正在封信间，又展惠书，以生调任西川[①]，殷殷藻饰，谢谢。张图南年兄名颉云，现在农部主稿，因与直藩有交涉事件，未免拘泥引嫌，且不肯见之笔墨，是以近时从未接渠一信。司库款目轇轕，及办理委曲情形，生几无以自白，但生既已离直，而司中三任交代，不能一手办出。欲详细作札奉告，又恐渠转生嫌疑，其实生事事脚踏实地，从不蹈虚，不独本任交代为然也。兹将交代大概叙述，另单并留别信一函奉上，祈年兄亲自送去，其另单五纸，亦一并面交张年兄亲阅，因信内不敢述及公事故也。公事原可公办，惟于去任之人，可不必再有指斥矣。专泐奉布，仍希谆切代致一切为望，不宣。

2

昨承光顾，容再走谢，并叙别悰。戊午同谱于初五日赐饯，不敢当，亦不敢辞，惟阁下初二送席，则竟可节省，弟一切心领也。昨述二铭学使所留弟处家具，欲存常昭会馆一节，今早魏笛生比部云，二铭近有书来，恐弟外放，托渠代为收存。渠系二铭房师，又住弟间壁，搬移最便，并拟酌留数件，送之会馆之说，可无庸议。草此奉布，即请屈大老爷安。托买皮货，祈日内费神一购为望，又泐，年愚弟陆言拾片。

---

① 即魏茂林，字宾门，号笛生，晚号兰怀老人，福建龙岩人，嘉庆十四年(1809)进士，著《有不为斋文稿》。

3

再禀者，言于十二日召见，蒙谕以琦某、程某在东办事最为认真，一切渐有起色，已用程某为巡抚。因思山东藩司甚为紧要，再三斟酌，闻汝平日尚能办事，所以用汝。汝系二品大员，与巡抚只隔一阶，更应勉之又勉等语。又闻汝曾任御史，系由翰林保荐，曾否得科，俱一一奏对。又谕汝御史任内尚属敢言之臣，所上条陈允行者甚多，我皆看见过了，所以用汝。又询楚豫直隶年岁、雨水如何，俱据实陈奏。

十三日陛见，首询湖北盐务。两督臣为盐政意见不合，虽非臬司职务，谅汝必然留心，究竟封轮为是，散轮为是，俱据实奏对。大意以散轮便于百姓，而仍无累于商，且散轮之后，盐皆畅销，有引可稽。行之已有成效，民为邦本，似不必遽议更张。又问汝到过几省，皆一一奏明，并垂询湖北督抚司道府等官声若何，亦据实敷奏。十四日陛辞，问汝曾到过湖南否，抚、藩、臬汝知之否，皆奏对无误。又问汝到过粤东否，抚、藩、臬何如？又询及东省民情如何，库贮如何，又谕琦某办事甚好等。因言奏东省民情虽悍，而性甚直，抚臣办事公正。现在京控案甚少，足见近日吏治略有起色。现在尚须培养地方元气，培地方之元气，正所以固国家之根本。其库项一切轇轕不清，实不在近日，而在从前，容臣逐渐查核禀商抚臣办理，谕以求治不可太急等。因又问湖北吏治如何，言奏该省五方杂处，良莠不齐，吏治民生，尚须整治。郑子产有言“惟有德者能以宽服民”，臣在楚山，一切从严。大抵严在外宽在内，严在先宽在后，庶得宽猛相济之道。上首肯者久之，随谕以跟随抚臣实心整顿，于属员留心察看，切弗姑息等因。谨此先行密笔，馀俟面陈，恭请福安，统惟钧鉴，言谨禀。

4

椷示书三种，内惟《日下旧闻考》有不全之底本，不足备检，如要看，着人来取可也。其馀二种插架所无，俟向书贾代购，恐一时需用，价直颇昂。如有他处可借,借得后即信复知为要。此候遂莽贤弟日佳,未一。林顿首,七月初二日[1]。

5

星槎南指,倏逾旬月,八月间欣悉年兄简任粤东学政[2],果符鄙愿,快慰奚似。刻下想已自闽起程,若由常玉山过江西省垣,大约须十月初间方可接任。闻瀛眷定于本月拾九日出京,仲冬之交亦可抵粤矣。现尚未得题名录,想甄拔定多佳士,敝州能多中几人,益增光彩,而寒族有人得隶门墙,更是一段佳话。

林近况毫无善状,惟得阁下及云士太史同持玉尺,叠掌文衡,同人多有以陆氏之庄见贺者,朽拙之名,并为人所称道,斯足乐耳。小儿于夏杪染患时疟,近甫痊愈,拟此月内随拙荆仍由陆路来京。往来跋涉,负累实深。明知乞米长安,良非易事,而退耕无计,境与愿违,不得不作桔槔,随人俯仰,兼刑曹事冗,终日趋公,不复能理曩业,此尤与初心背谬者。若使买山有资,岂恋此东华尘土哉?南粮多滞,海运堪虞,国帑兼不充盈,治河迄无定策,鄙人谋身更复为杞人忧天之想,真堪一噱!

风便尚希频惠好音,藉纾结槒,切望,切望!此候文祺,并贺大喜,馀不缕缕。魏茂林顿首,九月初十日。

前携去《福建通志》数本,系假之小山师者。又,《古文苑》三本,兰石太史邺架所藏,便中寄来归赵为嘱,又及。

---

① 钤"笛生启事"白文方印。

② 道光五年五月,翁心存充福建乡试正考官,"闱中奉督学广东之命,十月抵广州"(《翁心存日记》第四册,第1853—1854页)。知此通写于道光五年九月初十日。

6

再启者，林有胞侄庠生光煦，字天培，行一。曾因福州考试（乙酉秋闱后）陆莱臧大令晤面时向述，已托过年兄代为嘘植，是以秋试归里后，即有信禀林，欲为粤东之游。林因渠百无一能，笔下又复平平，恐不胜阅卷之任，是以未曾允许，无如渠再三敦恳，实因家道窘迫，糊口无资，不得已于去岁寄有致年兄一信，信内言不拘何项，如盐馆教读，得一安砚之所便佳，（渠在江南二十馀年，尚识官音。）讵意渠延至今年秋间方能到粤。又值邻寓延烧，行李衣服为之一空，并所赍之信亦为灰烬。命之不辰至于此极，心神颠倒，并刑部"刑"字且讹写为"邢"，宜年兄之未肯遽认也。幸小仆林福系旧人熟识，可辨无讹，而远道来粤，又无林一信，其踪迹究属可疑，无论幕下人数已足，即尚缺人，亦未便延入。此恒情至理，即使林当此，亦如此办法，兼年兄尚欲为之佽助盘费归里，此尤足征厚谊，心感何可罄耶？唯是舍侄来信云，家中凑办盘费来粤，趣装不易，今仍无所就而回，实形焦急，意欲留粤待林之信。林嗔其所为颠倒，又怜其所遇迍邅，不能不为代白。倘此信到时渠尚在粤，务恳代为筹荐一安砚之所，倘必不可得，亦无如何，即饬令归里可也。再，青士观察处林亦有信向托，并乞代林缓颊，或彼处有所成就，更善。家累琐渎，深抱不安，恃爱率陈，诸惟鉴宥是幸，又及。

7

前复数椷，谅膺英照。迩接手书，并寄到香橙三百枚，除心兰先生已赴河南方伯任无从邮寄外，馀俱一一分送。就谂年兄政祉增绥，侍奉曼福为慰。

林近况托芘如常，诸事已详前信，此不觏缕。泐此布谢，即颂年祺，并请侍福，馀惟青照，不宣。魏茂林顿首。小山师处属代致谢。

去年退菴七弟曾以新会橙见分。然冻甚，十无一二佳者，兼尚未熟,竟不能入口。今年所寄较佳,然受冻者亦十有七八。据退莽云,新会橙有真味,此在京亦甚佳矣,并及。所馀五十枚已分送各相好矣,又及。

8

前附来差赍回之信,想膺英照。本日接诵云翰,知舍侄此次在粤诸费清神,嘘植有加,并叨渥赠,感悚无量。李鹿苹制军暨耿运使、许青士同年处,均已肃函申谢,由东原太史竹报内附寄,晤时并希致意为荷。前封银项均已照信分械面送,其物件并各信亦已代投,唯汪文端公银信及范君嘉定银信尚存林处,(范君查系四川人,询之常昭馆,丁云不知伊住何处,须问吴吉士廷钤及丁君缦处。丁君已允代查,迄今尚未见回复。)又前任惠州守备,询之小山师,云久不往来,不知渠住何处,现亦未能送交,馀并已分送矣。兹将取到回信共十三封附寄,希察收。

又,陆心兰先生已放河南方伯,家眷于此月十八日起程,寄有前借尊处物件在林处。林检原单及询之屈二前辈,取来两单,所交器具多不齐全,兼多损坏,未知常昭馆内所存物件尚馀有几。渠临行属林信中叙及,渠无暇作报书,又世兄交物件时,有存送家具四种,今并录出一单附阅,将来晋京时备查可也。专此布复并谢,即候升祺,顺请侍福,惟希青照,不宣。附回信十三封,德年堂收银票壹纸,心兰先生存交器具单一纸。魏茂林顿首,十月十九日泐。

蔡云士年兄奉讳回里,临行寄有一信,道其自山右赴浙,盘费尚属不敷,其境况可想,闻为本家亲友所累,署中坐食者至数十人,他可知矣,又及。

9

前信已发,适送银信至陈仲云处,询知瑟莽先生,两位世兄俱已扶柩回南,前信只好暂存,渠必有讣音致粤,希为斟酌。将来回信或另加赙仪，或即将此改作奠敬，祈即复知，以便照办，馀信仍照单分送，将来收得回信后，陆续汇寄可也。因来役现尚守候投交礼部卷宗，故复寄此，馀不一一。邃莽年兄阁下，林顿首，九月廿一日。

10

前泐数械，由通家陆生殿邦暨贵通家陈君鹏元同年、雷君可升处分携投递，想膺青照。兹有诏安林君当春会试被落，怏怏归里。渠意欲赴粤随侍左右，期得教益，意不在谋食也。幸奖掖而曲成之，馀详前致数械中，兹不覙缕。泐此布候文祺，并问侍福，惟察，不备，魏茂林顿首。

林此次分校礼闱，得士三十二人，计馆选者六，分部者二，即用者十四，停殿试者一，（添注涂改过百字。）归部铨选者九，较之壬午相悬远甚，亦所谓极盛难继也，又及。

11

前复数械，想膺荃照，迩惟年兄政祉绥和，潭祺迪吉为颂。辰下按临何所？可回省过年否？林近况托芘如常，舍侄天培在粤，承鼎力提挈，俾得从容返里，感泐无量。

此次接到江南如皋侄孙来信，第三舍侄起堂，冬初又复奄逝。家运屯邅，殊难布置，唯有听之而已。前寄来之信，除瑟莽先生银信未投外，馀俱一一分致。兹收到回信三封，特为汇寄，希察收。即候升安，并请侍福，馀不缕缕，魏茂林顿首，十一月廿六日。外，附旧仆石明与林福信壹封，祈饬交。

12

二月上浣接诵云翰，欣悉年兄近祉胜常，侍奉曼福，世兄采芹名数,前后恰合,真发轫先兆也。并太夫人今正七旬荣庆[1],林竟未能知,布贺稍迟,歉怀何似!辰下想早出棚,五月内自可竣事。

秋间倘再得留任,则更快矣。寄来会票壹纸,计京纹贰佰两,已照收讫。陆平泉世兄二位俱往天津来回,问其家人云须三月内方可启程,奠分存俟伊回即交。(据云三月初准可回京。)罗葆恬、赵斗垣两处(家属)均已起程回里。现在查觅妥便,即为分寄。至瑟莽先生处奠分,已将前存项,并此番所寄之信送去。前存之信附缴,(封套太大,拆去以便椷寄。)希察收。范君之项,旧岁已亲来取去,其人口操蜀音,现在宗人府馆上办事,系屈二前辈处西席代为通知者,谅必不误,其馀诸信均已送交。此番来信,现令小仆分日走送,俟取有回椷,再行汇寄可也。属购皮褂料,当觅一在行者往看。此时无便可寄,(折差不肯带物件,此次林托致寿联壹分,竟不肯赍送,他可知也。)俟有的便,即为寄交。

平泉先生住房已为曾宾谷先生定去,闻房价已交,应无庸议。从前心兰先生放河南方伯,其住房尚属相当,拟为定下,无如本日往询,(心兰先生简放之日。)已为敝同年廖仪卿昆仲说定。此外住房一时难得恰好者,当代为留心,俟有合式者,即为布知。

林近况托芘如常,今年拟不考差,缘两次分房,本族四人屡招回避,兼子婿乡试,亦属有碍,且自转刑曹,笔墨荒废,亦难望取,不如藏拙之为愈耳,唯除此他无指望。京师日食不无拮据,不得不作信天翁,仰口待食尔。折便复此,即贺大喜,并请侍福,顺候升禧,惟察不备,魏茂林顿首。

江西福禹门学使以用人不慎,致为所累,实属万分不值,然京师人言亦未尽实,喜生事端,吁可畏也。年兄试事将竣,兼屡询粤人,均无闲言,自可无虑,要不可放松一日也。愿益勉旃,又及。

---

① 道光十八年,翁心存以母亲张太夫人年八十,具疏乞终养。参见《翁心存日记》第四册,第 1856 页。结合信中内容,疑此通当写于道光八年二月。

13

三月二十日由李东原太史处接诵云翰，知前复数椷，已膺青睐，就稔年兄政祉绥嘉，侍奉曼福，藉符私祝。闻本年科考不过数府，回省录科，自可从容办理。前委分送之信，俱已陆续代投，收有回信五封，附此次折差托寄，希察收。属代购皮衣三件，（女襕字不甚明晰，以意揣之，当是女褡护，如壹裹圆，满洲女外罩之类。）已觅得。拟托粤东罗明府观海出京之便带来[①]，（渠尚未引见，又由浙江本籍路过，尚须停留几日。）钱古槎先生代办之件，甚属稳妥，可以放心，晤时当代致意。

陆平泉先生房宅已归敝同年吴伯新学使。连日留心代找，合式者甚少，唯姚亮甫前辈现住北半截之房，渠须挈眷赴粤，如可面为商办最为妥便。（其房原系查小山旧宅，有楼二所，地方甚大，但俱失修，亮甫先生只收拾东南一角，并门口一二层，闻买价止费千金，翻盖一切已去五百金，将来全行收拾，非一二千金不可，木料甚佳。其听两楼一所，问即严氏东楼也。此房惠潮道杨桂山亦曾住过，尚属平稳。）又林间壁陆心兰先生官房，现为敝同年廖仪卿昆仲顶去。伊秋间如得学政，亦可与彼说定。（价壹千贰百两，共三十六七间，上房甚好。）陈午桥之官房亦然，（价壹千捌百两，在兵马司中街，戚蓉台同年西间壁，从前系河南陈四兄彬住。）但俱靠不住，不如亮甫先生之宅，可以当面询问，可得其详。此外尚无合式之房，俟后觅得即行布知。陆平泉先生处银信系交其贰世兄手收，汪瑟葊先生处银信系交其大令孙手收，（汪大兄扶柩回南营葬，尚未来京。）朱虹舫先生赴江苏学政之任，已托相好代为觅便妥致矣。

林近况如常，本年决意不与考差，前信已陈，兹不缕述。辰下已

---

① 参见道光八年七月初一日魏茂林致翁心存“六月廿九日接诵手书，……而所寄罗后轩大令观海皮衣料……”一札。

定本月廿九日在乾清宫考试试差人员，俟考后得知题目，即为寄知。蔡云士太史近接伊信，在里良苦，问伯新学使有招往江西之信，未知肯就否。

前惠紫金锭甚佳，将来有妥便时祈多寄，并牛黄黎峒各数丸，大小玳瑁镯数付，正洋伞壹柄，连前所托购之书，由水路寄来，幸甚。专此布复，即颂升禧，并请侍福，顺问世兄文祉，不宣。魏茂林顿首，三月廿一日。

再，另笺所商之事，定当留心，札中所指之人，似不甚得力，容托相好妥为照应，临时再为布复可也。张翰山同年之房在上斜街，即邹中堂所住之宅，(四十间上下。)渠亦有去意，如合式，可札知。又，申敬亭侍郎所典宅，在横街中间，(四十间。)其主欲售，(民契价二千八百。)尚未往看，要否，并望示知，又及。

14

前由折差并东原太史处附致复椷，想均膺英照。(内有汪、陆两处收到银信复函。)迩惟年兄政祉增新为颂，委买乌云豹、女褂料、狐嗉袍料共叁件，均已购得，因女褂字未悉何衣，既须长大，恐袍料不够，另添皮二十八个，(每一花为一个。)共去银(京纹)壹百廿五两。现有粤东明府罗后轩二兄名观海即须出京[1]，已向说定，托其带来，大约八月初间可以抵粤，当不致迟误也。

三月廿九日考试试差人员(在乾清宫)题目“友直友谅”四字，“威仪抑抑”“德音秩秩”二句，诗题“落花水面皆文章”(得章字)。与考者二百五十三人，阅卷大臣十二人，卢玉王莲府先生、穆汤潘芝轩先生、李芝舲先生、李春湖先生、申钟仰山先生、奎杨介坪先生各取七卷，林此次并未与考，(前信已详，此不缕述。)别无指望，唯有观使星往来梭

① 参见道光八年七月初一日魏茂林致翁心存“六月廿九日接诵手书，……而所寄罗后轩大令观海皮衣料……”一札。

织而已。世兄想须在南乡试,伫听好音。小儿文字都未进益,秋赋万难侥幸,唯小婿尚肯用功,或有可望,亦未可知。科试文字,想已付刊,希惠寄一部,先读为快。羽便泐此,布候升祺,并请侍福,惟察,不宣。魏茂林顿首,四月初二日。

东原太史前已面晤,所商之事,皆已留心,渠处想有信复,此不覼缕,又及。

15

前复数函并罗后轩大令观海出京,托寄乌云豹、青狐嗉、皮衣料三件,(红皮箱一只,包袱壹个。)至粤送交,想夏末秋初可以收到[①]。迩惟年兄政祉增佳,侍奉曼福为颂。科试诗文,想已陆续付梓。此次礼部奏定在籍职官,许就近乡试,系由年兄咨请部示,众口一词,皆赞叹不置,诚无量功德也。(于小京官尤为得力。)

林近况托芘如常,试差已放五省,(云南正胡达源,副瞿溶;贵州正丁善庆,副陈官俊;福建正戴兰芬,副张祥河;广东正田嵩年,副李钧;广西正陈宪增,副史致蕃。)林未预考,胸无得失,唯作壁上观耳。李东原太史日前晤面,渠试差在即,壬午同年乘轺者当不少也。世兄想在本省秋赋,伫听好音。小儿光辰虽令观场,然功候太早,实无可望,唯就近令其入试,藉以供其磨练耳。

知念并及,泐此布候升祺,并请侍福,惟察,不宣。魏茂林顿首。《名法指掌》一书,务希多带数十部,将来同谱相好可以分送,现在向林觅购者甚伙,如王九兄治皆亟欲得此,以便检阅者,希留意,又及。

---

① 参见道光八年七月初一日魏茂林致翁心存"六月廿九日接诵手书,知前泐数函,均膺英照,而所寄罗后轩大令观海皮衣料,暨五月所复数行……"一札。

16

前由折差并东原太史处致复之信,(内汪、陆两处收到银信回缄。)想俱膺英照。迩惟年兄近祉胜常,谭禧懋集为颂。属买乌云豹一件、狐嗉贰件、皮袄料三件,俱一购得。(前椷所云女褂不知是女一裹圆,抑即斗篷,既须长大,恐原料不够,是以乌云豹料外又添购散皮,共二十八个。)另有乌云豹皮块,共贰拾捌个(每一花为一个)备用,共去京纹壹百贰拾五两,托罗后轩明府带交,计红皮箱壹只,(内装前件,又寿联壹对,包袱壹个缝好,箱未封口,由罗明府欲另装物件在内故也。)察收。考差题目前已信致,林未与试,而日来纷纷传说诗句,转不觉技痒,要之笔墨荒芜,虽预考亦不能见取,总不如藏拙之为愈耳。

东原太史前曾来寓面晤,所述之事当共留心,馀详前信,此不覼缕。泐此布候升祺,并请侍福,诸惟亮察,不宣。魏茂林顿首,四月初十日。世兄想在本省乡试[①],唯倾听佳音耳,又及。

17

八月十八日由解卷原差交到云翰,并兑票壹纸,银法码壹个,(重京平拾两。)外信五封,均已照收分送。和丰之银,据云渠尚未接信,不过数日内即可往取,想不误也。阅手示藉悉年兄政祉绥嘉,潭祺纳祜。辰下士子出闱,诸事完竣,唯静候瓜代耳。

闻徐惺莽学使于此月底起身,想十月底、十一月初可抵粤境。如潭眷由江西省城从常玉山一路赴京,殊为安稳,唯盘费稍增,又自省城起程既不由驿站,便须自备船仆价脚,直至滕县一带,方可归站。

---

① 道光七年冬,翁同书拟挈妇至粤,随侍父亲翁心存左右,翁心存"谕令勿来,以待省试"(《北京图书馆藏珍本年谱丛刊》第156册《槩斋自订年谱》,第581页。北京图书馆出版社,1999年)。疑此通写于道光八年四月初十日。

再，小山师回京，系由长江直下，风水无定，到京太迟。（次年正月底。）年兄总须正月初旬上下到京为妥，其盘缠若干，询之缦云世兄及随从家人，皆云二竿上下。据小山师云，此项不能预定，丰俭由人，又到京点缀之处，亦云不能从同各论。人之交情，已之力量，统俟到京后再为斟酌可耳。

至住房一所，实属难觅，前所说张澥山先生宅，伊须明年会试场后方能定准，且房亦不够。（书房太小。）至米市胡同李研轩之宅，从前颇有出售之意，今仍欲留为住宅，兼不肯租两处，均无庸议。现出学差各位住宅，或已有人顶下，或不够住，均无合式之处。将来只好先赁一房，为到京驻足之所，以便徐图，唯须于起身时示一准信，约于何月可以到京，以便将房先行定下，庶临时不至仓猝，亦不至过蚤靡费钱文，至嘱，至嘱！

林近况托芘如常，小儿、小婿随众观场，本无可望。兹阅其场内文字，小儿万分无望，小婿虽有可冀侥，唯南皿好手太多，恐亦难幸获也，知念并及。世兄文字想必得意，已寄粤否？承惠书二种，均收到，谢谢。《刑名指掌》，务望于水路多带此书，欲得者甚众也。专惟邃莽年兄行祺，并请侍福，未一。魏茂林顿首，八月十九日①。此月底下月初如觅有住房，尚可赶信。如再迟，则只好先为定下矣，又及。

18

前接手函，并会票壹纸，信五封均照收分送，当即复函，附原役带回，想膺英照。（内有收到回信二封。）昨谒小山师，询及来京一切。据云到京日期正月底二月初，尚属不妨，能蚤更妙。其盘缠如由江浙一路，总以二千为度，至到京之应酬，各视其人之交际。师到京之年，

---

① 此通写于道光八年八月十九日。参见道光八年七月初一日魏茂林致翁心存“六月廿九日接诵手书……而所寄罗后轩大令观海皮衣料，暨五月所复数行……”一札。

应酬点缀五千之数，用度之数，亦复如之，是年已去一笔矣。

至住房一事，前已缕陈，实无合式之所。陈石士先生之宅，从前问过周贞木，云伊留家眷一房在京，不令同往。此次问其宅，已典与朱咏斋先生，实属错过，可惜！朱咏斋本典上斜街董宅住房。(即云士设帐之所。)渠原住之房归兵部主政周鉴东彦。(房甚小。)二宅均不合式，容再图之。兹因惺莽学使赴任之便，泐此布候程佳，即请侍福，馀不缕缕。邃莽年兄阁下，魏茂林顿首，八月廿七日[①]。

19

六月廿九日接诵手书，知前泐数函，均膺英照，而所寄罗后轩大令观海皮衣料暨五月所复数行，尚未收到，此时想可入览矣。就稔年兄政祉增嘉，侍奉曼福为慰。

科试已竣，录遗一事在粤省亦属紧要[②]，前请示礼部议复一折，士人无不称快，足见有心厘治，其造福正无涯也。世兄留省应试，必售无疑，(江南主试为钟仰山少寇、黄编修爵滋。)唯倾耳以听佳音耳。

林近况托芘如常，小婿、小儿虽同应秋试，然未敢幸冀，且林不预考差本意，原非为伊等设中与不中，听之而已。姚亮甫前辈家眷尚未定何日起程，其住房亦不甚修整，须加土木之功，前虽向其六世兄说过，未知渠有信禀其尊人否？至他处房屋均无合式者，惟米市胡同李树屏昆仲之宅(宝坻)，现欲出售，价索四千金，其房屋尚属整齐，唯间数多少及上房宽敞与否，林均未亲历。伊系壬午同谱，想曾到伊宅熟悉情形，可住与否，统希斟酌。此房系卖非典，与前属购官房之说相悬，未曾往说。倘欲得此，须亟为信复，以便往与定议，迟恐不及也。

---

① 此通内容与上下文信札相互关联，疑写于道光八年八月二十七日。参见上下文相关信札。

② 道光八年，翁心存“科试肇、罗、南、韶、连，回省录遗”(《翁心存日记》第四册，第1854页)。

此外如有官房合式者，林当为留心，总之合式之房一时难得，将来如再留任，不必言。否则，只好先赁一宽绰之房，到京住下，徐以图之，可耳？差便复此，馀俟后信。此候遂葊年兄文祺，并请侍福，惟察不宣。魏茂林顿首，七月初一日。瀛眷由水路进京[①]，粤东洋伞（红色者）祈带一二柄见惠，馀详前信，不又。江西赣州高柄竹帽架，（可在平地安置者。）并希惠寄一对，水路必由之地。

20

本月初七日由折差递到手示壹封，内兑票银贰百两已收到，即当持票往取，照单分送，其馀诸事已详林前复信中，此不覙缕。接诵云翰，就悉年兄近祉增佳，侍奉多福，甚慰，甚慰！试牍想已增刊，便中希先寄一部见惠，先读为快。小儿学殖浅薄，随分观场万无可冀，承赐卷金，益增颜恧。

世兄在籍应试，林未克尽情，统俟秋闱报捷来京后，再伸贺悃耳。属觅住房，实无合式可定者，只好俟将来到京之日，示有定期，先为赁一可住之房，暂为住下，再为物色可也。同仁堂虎骨胶壹斤已购得，附此次折差之便，先行寄交，希察收。即颂邃葊年兄升祺，并问潭吉，诸惟融照，不宣。魏茂林顿首。小儿光辰禀笔鸣谢，并请崇安，不另。七月初八日[②]。

21

月内接到会票贰百金并各信，均已照信分送。兹取有汪、顾二处

---

① 道光九年三月，翁心存全家北上入都，寓城内石驸马街罗圈胡同。参见《北京图书馆藏珍本年谱丛刊》第156册《髴斋自订年谱》，第582页。另参见《翁心存日记》第四册，第1854页。疑此札写于道光八年七月初一日。

② 此通写于道光八年七月初八日。参见道光八年七月初一日魏茂林致翁心存"六月廿九日接诵手书，知前泐数函，均膺英照……至他处房屋均无合式者"一札。

回信附致,希察收。十五日又接到信壹总封,有单在内,即当照单送去。

就稔年兄近祉清佳,阖潭迪吉为感。代买皮衣料项,已于前后两次存项内扣清,唯折纸账因素不交往,未知其账作何折算法,尚未还尔。诸事已详前信,此不觌缕。泐此布复,即颂升禧,并请侍福,唯希亮察,不宣。魏茂林顿首,七月十六日。

前信言朱市○○李研轩昆仲住宅,其合式与否,尚未得知。渠急欲出售,亦不能候回信。至吴伯新顶平泉先生宅,现已暂给曾宾如先生居住。伊学差回京仍须取回自住,亦毋庸议。亮甫先生宅须大加土木之功,亦复费事,况渠接眷与否,尚在未定,竟可不提。唯张澥山六兄现有归与之志,或放学差,或竟归里,此房尚可定得,容徐图之可也。(陈午桥房亦佳,在兵马司中街戚蓉台同年住宅间壁。)

白师从粤携回王君文诰(字见大,钱唐人。)在粤所刊《苏文忠诗编注集成》,共廿四本。其书虽不无可议,然将冯氏合注删除繁冗,颇有体裁,亦便循览。林处有合注而无此书,(仅有总案八本,亦系白五世兄所赠。)祈为物色一部。其人前以下僚宦粤,为桂舲尚书入幕之宾,后留滞惠州等处,设局刊成此书,想亦诸大宪酬金助之,乃能成此。今闻已返浙东,此书在粤想尚不少,务希代购一部见惠为荷,又及。小仆林福仍跟来京,抑欲求假回闽,希示知,并及。

题本稿已收到,前已屡信复知。此本到京后即向查明,本内并无别项处分,不必咨送吏部,早已照覆矣。(各堂均已画齐。)前兑和丰银贰百两,(除分送李、罗、赵三家,存银六十八两。)此次兑银贰百两,(除分送外,存银八十四两。)除照单分发外,共存京纹壹百五十二两。前代买皮衣料三件并碎皮,共去银壹百廿五两。此次代买虎骨胶壹斤[①],去银六两四钱,共用去京纹壹百卅一两四钱,除后净存林处京纹贰拾

---

① 此通写于道光八年七月十六日。参见道光八年七月初八日魏茂林致翁心存“本月初七日由折差递到手示壹封……同仁堂虎骨胶壹斤已购得……”一札。

两零六钱。其文宝斋纸账，林平日未向交往，未知作何折算法，仍俟将来回京后与彼清算可也。虎骨胶在京甚贵，即同仁堂亦恐非真者，粤东外府近山处颇易觅购，何不托人购之？再，此胶为性甚烈，于老人似不相宜，尚希酌用，又及。

前小山师自粤带回《名法指掌》壹部，共四本，云系芸台太夫子巡捕某所刊，卷末有钮大炜《刑政节录》数页。林爱其简约可备检查，板亦甚佳，祈年兄代购数部，如不能多得，即一部亦可。又省城书坊内有所名《通天晓》者（共四本壹部），言日用事件，甚有可采。其书林戊寅购有数拾部送人，今已无存，并希代购数部，于有妥便时寄来为幸，又及。

22

前接信后，屡复数椷，并附收到回信，想均膺亮察。迩惟年兄文祉增佳，潭祺懋集为颂。新放学使徐惺庵想须于九月初起程[①]，冬月计可抵粤，瀛眷先行，抑同至江西省垣，再为分道进京，希为示知。林记小山师到京时在次年春间，当时皆以为迟。见面时却无他语，想亦无碍，然究竟以早到为是，幸酌之。文郎在南省乡试，此时正系踌躇满志时，奏刀命中，捷音飞递，喜何如之！预贺，预贺！

林近况托芘如常，小儿、小婿虽亦预秋赋，然学业总未能增进，恐难倖获，只听其随分观场而已。张澥山先生已于未放各省学差之前，向伊说过。此时渠在失意之时，未便向提，且伊须俟明年会试后再定归计，一时亦不能誊房，只好姑存其说，（若俟明年春间到京时，可面商一切矣。）另为打算可也。（起程及到京大概日期，务须预先示知，

① 徐惺庵，即徐士芬（1791—1848），字诵清，号辛庵，一号惺斋，平湖人。清嘉庆二十四年进士，翰林院庶吉士。道光八年广东学政翁心存任满，代者即徐士芬。参见《翁心存日记》第四册，第1854页。疑此通写于道光八年八月初六日。

以便代赁住房,太早不得,太迟亦不得,至切,至切。)钱古槎比部处林已有信,向伊提过,想必不致有误。

兹收到回信二封附达,希察收。此后回信暂存林处,俟到京再行汇交可也。(吴惠钦吉士等银信,俱一交收矣。)差便寄此,即颂时佳,并请侍福,惟希荃照不次。魏茂林顿首,八月初六日。小仆林福仍随进京,抑尚须回闽后再行到京,并望示及为幸。

23

前由折差寄复两棫,想均膺英照,迩惟年兄政祉胜常为颂。辰下按试何郡,溽夏可旋省逭暑否?

林近况荷芘如常,诸事已详前信者,此不觋缕。兹因滇南罗水部(号芙洲,行一)来粤之便,泐此布候节祺,并问侍福,惟希融照,不既。魏茂林顿首。

罗芙洲系敝同年郭兰石太史通家,渠挈眷甫入都门,即遭大故,颇形竭蹶。兹为粤中之游,不得已也。幸推爱嘘植为荷,又及。

24

顷晤廖钰夫同年,询及廿三日引见,伊带实地纱袍褂及补褂备而不用,自穿芸麻地纱袍褂,此最妥当,可仿行之。至派定后必须谢恩递折,宜早为预备。其大略不过某日奉上谕云云,钦此,窃臣云云。兹复仰承恩命,俾直内廷云云,或向戚蓉台、朱咏斋两先生处索其旧稿阅之,尤妙。向例宫允未得讲官,有所升擢,系正詹代奏。此番钦派上书房,似可径行递折①,惟是否仍须向两掌院商之为妥。钰夫定廿二日下园,折纸折匣及笔砚均须带去,仍防有试诗文时。专此布复,即颂邃莽吾弟升佳,未一。魏茂林顿首,六月廿一日。

---

① “(道光)九年己丑……六月,奉旨入直上书房,授惠邸读……”(《翁心存日记》第四册,第1854页)。疑此通写于道光九年六月廿一日。

昨送到银叁封，已即转送李生璟处，尚短十馀金，已先行垫付，起程赴通矣。渠濒行感激师恩，惟以未获登门叩谢为歉，并乞代向诸同年处鸣谢，希致意为荷。（梁舍人处六金补送，林处已代收，唯王比部之项总未送来，仍望一催为幸，又及。）附去钰夫回片一纸，并希察收[①]。

25

二铭年兄阁下：

月之廿一日崇川吴欣木内侄因乡试过泰，送到尊函，乃五月间复信，今始收到。一江之隔，致信之难如此。就稔侍祺安泰，文祉增绥，为颂，为慰。世兄馆选可喜[②]，现尚在京？抑已回里？散馆在即，俟授职后请假省亲可也。

林近况如常，无善可述，现寓泰州北门外大东桥口内路北大门。明年书院尚在未定，以景刺史现署徐州守，未定回任故也。知念并及，即颂侍安，并问潭吉，惟希亮察，不宣。魏茂林顿首，庚子八月廿九日泐[③]。

26

邃盦仁弟阁下：

顷由崇川寄到惠书，知前泐数行，已膺青照。就稔侍祉安和，潭祺叶吉，藉符私臆。林海陵侨寓倏已经年，徒以皋邑先茔料简，都无端绪，不得已而为一枝之借，又不得已而为五琅之游。其实修脯甚廉，旅费甚重，不足以资接济也。世兄留京甚善，明年授职后便可给

---

① 钤有“籛道人”白文朱文方印、“竹田生”朱文方印。

② “（道光）二十年庚子……不孝同书成进士，改庶吉士”（《翁心存日记》第四册，第1856页）。

③ 庚子，即道光二十年。

假荣旋[①]，捧觞称庆，快何如之。

林寓泰州北门外添子河大东桥口内路北大门，如由官封递至泰州之署，便可送到。(署泰州龚意舲刺史，名善思，原缺江宁府首县，实缺陈陶圃，尚未回任。再，林现在寓阅课，不赴通州。)专复即颂新禧，祗请侍安，惟希蔼察，不一。魏茂林顿首，嘉平望前一日手泐。

再，前在通州州署，见有与伊世兄伴读之蒋生，年十四岁，阅其所作诗文，尚属通顺，且记性颇佳。询为贵县人，父母俱故，并无所依，为景刺史在苏时收入义学，旋令入署读书。闻其父曾以从未班在闽候补。蒋姓系贵邑大族，恳代查此生明确下落，于年内复示为幸，又及。

27

邃莽年兄阁下：

不奉手毕，一载有馀，未审前泐数函，次第已登签室否？迩于南通州紫琅书院得阅会试题名录，欣悉大世兄蕊榜书名，泥金报捷。闻信之下，太夫人喜可知也。世兄书法极佳，策复淹贯，定膺大魁之选，预贺，预贺！

林侨寓泰州，身如梗寄，无山可买，亦无田可归。马齿益增，孱躯日惫，犹复因家累重理青毡。此间修脯本属无多，林更不足以资接济，徒以地近如皋，藉得以时瞻扫先茔，料简一切，不无小益耳。知念并及，泐此布贺大喜，即请侍安并问潭吉，惟希亮察，不僙。魏茂林顿首，庚子四月廿四日。

再，何竹芗司马眷属是否尚住苏州，抑均回籍？便中寄示为幸！如有复音或寄崇川，或寄泰州龚刺史署中转交，俱可收到，又及。

---

① 参见道光二十年八月二十九日魏茂林致翁心存“月之廿一日崇川吴欣木内侄因乡试过泰……世兄馆选可喜，现尚在京？抑已回里？散馆在即，俟授职后请假省亲可也”一札。疑此札写于道光二十年十二月十四日。

再，前询常熟蒋生，闻现系元和籍贯，是否在闽？候补之县佐，即其乃尊。渠尚有胞弟某，尚在苏郡义学读书，可以询问，便中仍希费心确查见示是荷，又及。

28

邃庵大弟大人阁下：

前接环章，备纫肫注，当即泐函布复，顺候起居，谅已早登签室。迩于州署送到庶常留馆名单[①]，欣悉世兄授职蓬山，署衔东观[②]，望风逖听，忭慰奚如！即稔阁下锦里扶舆，华陔馨膳。顾孙曾之绕膝，听喜报之盈门，太夫人乐可知也。阁下娱亲之馀，兼理旧业，绍宣文之世学，作郑氏之传家，万石温温，一庭蔼蔼，何必希荣上衮、待楫洪源哉！

林局处偏隅，毫无闻见，未审近来夷务如何？国家财赋之区横遭蹂躏，此亦粤东一大劫也。前接云士年兄书，境遇多梧，观其所述，竟属同病相怜。此时未知已赴都中，抑尚在本籍，应于何处复信，乞为示知。

何竹芗司马亦久不通问，阁下尚知其踪迹否？风便幸时时相闻。即贺大喜，恭请侍安，并问合潭吉庆，惟希蔼照，不宣。信送岱青处可以寄到，又及。魏茂林顿首，四月十三日手泐。

29

二铭年兄大人苫次：

九月廿七日，由州署接诵，寄到讣音，惊悉太夫人于六月十三日

---

① “(道光)二十年庚子，……不孝同书成进士，改庶吉士”(《翁心存日记》第四册，第 1856 页，另见《瓶斋自订年谱》，第 587—588 页)。庶常，庶吉士的代称。知此通写于道光二十年四月十三日。

② 东观，东汉时洛阳南宫内观名，东汉明帝时班固等在此处纂修《汉记》，即《东观汉记》。东汉章、和二帝时为宫中藏书处，后用来指代翰林院侍读学士。

仙逝[①]。闻信之下,恻怆殊深。阁下在籍侍养八年以来,承欢色笑,方幸寿跻九秩,行将百岁开筵,讵意鸾驭遄迎,蔼晖遽谢。

阁下遭此大故,自必痛深,何恃哀毁逾恒?惟念太夫人福寿全膺,哀荣礼备。今虽暂乘仙驾,定已仍归兜率之宫。伏望以礼节哀,为国自重,是所切祷。闻信较迟,兼道远无以将敬,谨撰挽联三十四字,聊摅寸悃。伏希垂鉴,顺承孝履,馀不宣,通家生魏茂林顿首[②]。

30

二铭年兄大人阁下:

前于乙巳季秋接到太夫人讣音,不胜惊怆。当即泐函布唁,并备挽联壹通,敬陈灵右,想已早登苫次。迩惟年兄大人读礼家居,合潭安善,定符私臆。

林近况托芘如常,本年仍就京口宝晋书院讲席。自到泰八年以来,除得以时赴如皋,瞻扫先茔外,阅课之馀,藉理旧业。现已将《骈雅训篹》十六卷刊出,因尚多误字,仅刷印《释诂》《释训》四卷,样本先行寄正,祈详加校订,签出示知,以便照改,勿致贻诮大方为幸。此颂礼安,顺问潭祉,惟希丙照,不宣。魏茂林顿首,丙正月人日手上[③]。

正在发信间,上灯前一日接诵手示,并行述一本,盥读再三,语根至性,使人涕欲承眶,不忍卒读,不厌再读,真至文也。令嗣与文孙同

---

① “(道光)二十五年乙巳……六月,张太夫人弃养,居丧一用古礼”(《翁心存日记》第四册,第1857页)。

② 据下文道光二十六年正月十五日魏茂林致翁心存札“前于乙巳季秋接到太夫人讣音,不胜惊怆。当即泐函布唁,并备挽联壹通……”,知此通写于道光二十五年九月底。季秋,秋季的最后一个月,即九月。

③ 丙正月人日,根据信中内容,道光二十六年(丙午)正月初七日。

撷芹香，本年定膺秋捷，可预贺也。林近况托芘如常，诸详前信，此不覼缕，泐此布复，即承素履，并候令似文孙元禧，不偈。林再行，正月十五日手泐①。

31

邃莽年兄大人阁下：

久隔苔岑，积怀成痗，以林之悬悬于阁下，知阁下亦悬悬于我也。前托何竹芗司马代致数函，未知曾否收到？海陵距常熟一江之隔，而音问竟不能通，何怅如之？

林近况托芘如常，本年由京口宝晋书院，改就崇川紫琅书院讲席。（系送课来阅，不必坐院。）拙辑《骈雅训篹》十六卷，业已详校数过，而尘埃风叶，随扫随有。兹将第五次校本全部由彭舍亲自通赴苏、道过珂乡之便，属其亲赴潭第送交，即希察政。倘有误处，加签寄示，以便改补，并祈撰序一通，以弁其首，万勿见却。倘有复函，或用官封，（由泰州署中转送。）或交竹芗处转寄，伫望嗣音，临书不尽。此颂时绥，顺问阖潭吉庆，统希融照，不宣。魏茂林手泐，时年七十有七②。附去《骈雅训篹》底本全部计八本，察收，又及。

---

① 道光二十六年三月二十五日，翁心存收到此札，“有如皋贾人吴君自江北来，赍到魏笛生师正月十六日书，并新刊所著《骈雅训篹》四卷样本，（书凡十六卷。）又钞本《凡例》一卷，属为校定，师今岁仍在镇江主讲□□□□□也”（《翁心存日记》第二册，第614页）。据此札知，《翁心存日记》中残缺字当为“京口宝晋书院”。

② 据道光三十年正月初三日“……庚戌端月上正三日龙严魏茂林手泐，时年七十有九”一札，知其七十七岁时当为道光二十八年。道光二十八年三月初五日，翁心存收到此通并《骈雅训篹》，“初五日有海陵贾人彭姓带到魏笛生师书并新刊所著《骈雅训篹》一部，计八册，属校”（《翁心存日记》第二册，第643页）。据此推知此通写于道光二十八年二月，或正月底。

32

邃莽年兄大人阁下：

远隔芝晖，笺缯久旷，遥思霁范，不胜愿言之怀。迩惟年兄大人福履升恒，裀冯豫泰，伫调金鼎，即晋纶扉，骧首裔云，倾心积日。林乔寓海陵，倏逾一纪，循恒栗六，无淑可陈，惟小孙婿钱桂枝赘入寓中。十载以来，道以作文稍知领略，己酉庚戌幸登科第，复叨洪芘，得厕词垣，实为厚幸。惟冀散馆时，仰承福荫，得以仍留馆中，斯尤私悰之所深盼者也。阅己酉科十八省乡试主考及乡会分房，阁下门生门下又得门生，指不胜屈，可谓盛事，贺贺！

拙刻《骈雅训纂》十六卷，补遗二卷，谬为同好所许可，锡以序文，阁下似不可无大作，以弁其首。此外《三朝玉尺文式》六编，(计文五百首。)《文法一揆》四卷，《三十五科同馆诗赋解题》八卷，《十二科同馆诗赋解题》六卷，皆已付梓，不过为举业初桄，无足轻重。至吾闽蒋丹峰师翎有《雪堂退思录》四卷，郭兰石大理尚先有《诗文集遗稿》八卷，均为排纂，文多散失，登十一于千百，聊敦师友之情而已。年开八秩，炳烛之光，读书如影，所有丛残撰述，稿如束笋，迄无所成，不足为俊哲洪秀者道也。

本年仍就京口宝晋书院之聘，有卷可阅，可免素餐，明年未知能否蝉联，则视乎立翁、秋翁两大宪主裁，非林之所敢预计也。泐此布颂鸿禧，顺问潭吉，惟希蔼察，不宣。庚戌七月初三日魏茂林手泐①。

33

邃莽年兄大人阁下：

前接环章，备纫肫注，望风逖听，欣惬颂私。辰维年兄大人禔祉

① 据此知此通写于道光三十年七月初三日。

安和，裀凭顺适，遥詹裔采，跂幸奚如。阁下办事认真，实足为书房表率，愿尽心力为之，亦国家元气之所在也。

林近况托芘如常，小孙婿钱桂枝，泰州人，本年乡试幸捷秋闱。今赴京会试，倘来晋谒，幸进而教之。附寄新印《全玉尺》壹部，伏希鉴存。即颂时安，惟希霭察，不儩。庚戌端月上正三日龙严魏茂林手泐，时年七十有九[①]。

34

邃翁少宰大人阁下：

前阅邸钞，欣悉阁下荣典京闱[②]，叠操玉尺，想见环材入彀，珊网罗珍，延企之馀，曷胜欣慰！当即泐函布贺，并乞寄惠闱中带出全墨并题名录，先睹为快。阁下乔梓并掌文衡，可谓熙朝盛事。至云士典试滇南，久滞郎潜，亦是莺迁佳兆，惟倾耳以听之耳。

林近况托芘如常，足疾虽已稍瘳，而两耳失聪益甚，孱躯日惫，起动需人。本年宝晋关书竟成虚设，（因丹徒县大令因事挂误。）明年此席尚未知能予蝉联否。诸大宪竭力河漕，殚心国是，昕夕不遑，自未便从中列衔声问，第恐不言禄而禄亦弗及耳。知关垂注，特以附陈。此颂年禧，顺问潭吉，惟希丙照，不宣。八十老人魏茂林顿首。

---

① 据此札知，魏茂林生于乾隆三十六年（1771）。道光二十一年十一月二十七日，翁心存“作祝魏师七十寿启”；又，咸丰三年正月二十日，翁心存得其师魏茂林书信，参见《翁心存日记》第三册，第945页。《翁心存日记》咸丰五年基本完整，未及魏茂林的相关情况；咸丰六年二月十三日，“魏笛生师之孙世兄绍仁来，未见，送《行状》一本”。疑其卒于咸丰四年（1854）。

② “咸丰元年……八月，阅考试御史卷，偕协揆杜公受田、冢宰柏公葰、少司农舒公兴阿典顺天乡试”（《翁心存日记》第四册，第1858页）。疑此札写于咸丰元年。

35

邃莽年兄大人阁下：

久未通问，缘阁下内廷奉职，昕夕在公，未便以寻常竿牍渎陈左右。芝辉仰企，葭溯良殷。迩惟年兄大人乘兑宣猷，延庚纳祜。现衔恩命，典试京闱，广搜日下之才，定得区中之选。想见闱中佳墨，美不胜收，尚希先读为快也。

林近况托芘如常，惟耄年精力日衰，读书如影。现甫将《骈雅训纂》及《诗赋解题》等书刊出七八种，其他钞撮尚有十馀种庋之高阁，以待后人。老病侵寻，竟无能为役矣。知念并及，泐此布贺大喜，并颂升安，顺问潭禧，惟希蔼照，不宣。八十老人魏茂林顿首。

再启者，本年宝晋书院春、夏、秋三季薪修均未收到，缘丹徒明府因事耽延，仍期于冬季全交，未知能否如约。此席人目之为鸡肋，以林视之，尚为可就。盖海陵地近京江，一苇可杭，以可在家阅课，兼免酬应之繁。年垂衰朽，不欲远游，是以欲烦阁下与芝台大司寇、松岑大司宪列衔向节帅立翁处说项，明年单内仍留此席，以谋甘旨，以乐馀年，不胜感感。芝台尚书、松岑总宪处，并望函商，早为发信为感，林手泐[①]。

36

季冬中浣[②]，曾致壹函，由云士年兄处转交，想已登签掌。迩惟

---

① 此通内容与下文咸丰元年十二月底“季冬中浣，曾致壹函……前信因本年宝晋书院讲席又值更换之秋，立翁在丰北……特早托阁下与芝台尚书、松岑总宪专函提及”一札前后相互关联，故疑此通乃咸丰元年十二月底信中所言“季冬中浣”一札，写于咸丰元年十二月中旬。

② 季冬中浣，即农历十二月中旬。根据此通内容，疑写于咸丰元年十二月底。咸丰二年二月初九日，翁心存“得笛生师书并楹帖、《骈雅训纂》”(《翁心存日记》第三册，第857页)。

邃盦年兄大人泰祉增崇，履端叶吉，定符心祝。前信因本年宝晋书院讲席又值更换之秋，立翁在丰北，昕夕从公，恐不暇计及琐琐。特早托阁下与芝台尚书、松岑总宪专函提及，明年此席仍予蝉连，谓可推爱屋乌，仰邀嘘拂。而日内有人传信林，单内未列贱名，始知本年系江苏抚军杨安翁主持一切，立翁忘却通知。林与杨抚军又素无瓜葛，现仍祈阁下与同门，或联衔，或专致，即由驻工之所，专丐立翁鼎言为重。至杨安卿中丞处，亦望代为缓颊，明年仍留此席，予以蝉连，足感，足感！

兹因小孙婿钱桂森赴京散馆之便，专此布颂年禧，顺问谭吉，惟希丙照，不宣。笛老人魏茂林顿首。

正在发信间，晤张东甫刺史，述及阁下荣授虞部尚书[①]，不日即见邸钞，欣甚，欣甚。又及。再，附去款联壹对，拙辑《骈雅训篹》并补遗全部，郭兰石大理《遗稿》壹部，统祈察收为幸。

37

中秋前三日接展手书，极承殷拳注念，感感！欣稔贤契就河南学使之聘[②]，主宾水乳，且有教学相长之益，慰甚，慰甚！至荐而不售，不过暂为六月之息。以足下才品，终当扶遥直上，毋庸介意也。去岁县试阅卷，费神之至，岁试十名前获隽者六人，馀所进者亦在案之前列，足征鉴别为真耳。

沛因前任亏累太重，诸事掣肘，急思引退，而一时又难以脱身，幸老母在楚，精神康健，合署亦皆平宁，足慰雅怀。大婿甘锦堂暨胡舍

---

① “咸丰元年辛亥……十二月，迁工部尚书，署经筵讲官”（《翁心存日记》第四册，第1858页）。虞部，古代职官名，指代工部。

② “（嘉庆）二十二年丁丑……榜后赴汴梁就学使史问山先生致俨之聘，为课其郎君三人读书”（《翁心存日记》第四册，第1852页）。汴梁，今河南开封。疑此札写于嘉庆二十二年八、九月间。

甥择于月内旋楚，二婿范心如于七月中来署，八月初完聚，向平愿毕，稍觉适然。二婿现随渠令叔峄山兄在河道署习幕。兹乘其回汴，率此布复。倘乘羽便，仍希惠我好音为念。即候文佳不一。友生林沛顿首。

38

秋末接到北来手书，勤勤恳恳，情溢乎词，想见贤契笃于友谊，不忘故旧，令人感佩之至。藉悉青钱万选，会试、廷试皆已抡元，徐经改易[①]。追忆丙子乡试，尊作亦议元两三日，方列为三[②]。或者造物欲大用其材，而姑小挫其锐耶?

太夫人持家勤俭，沛侧闻已久，现欲迎养京寓。虽清俸不足以供甘旨，而菽水承欢，含饴解笑，亦高堂之大乐境也，自应速为料理。

沛自莅金邑，民情甚洽，惟前任之亏累，现任之摊捐，万难支撑。是以决计辞官，并非高尚。卸事后侨寓苏垣，又托钵三年，甫得回里，幸老母高年七十有八而康健如常。舍弟名沅虽不同居，尚有恒业。小儿庆棻仍旧在汉口镇做生意，前媳王氏在苏夭逝，续娶汪媳，已抱一孙矣。内人久病不离床席，甚为累人。大女婿甘锦堂家居平善，二女婿范心如已捐京籍，从九分发湖北省，现补应山县巡检。胡外甥名之壮，已入学补廪，文理颇有进境。至沛离花甲两周，齿发已苍然老境，幸自回里后，以无事为颐养，以节用为生财，卜居在楚省望山门内崔府街，不近市嚣。屋后有空地一段，随时以松菊陶情，所可告慰知

---

① 道光二年，“闱中得先君卷，与吕年丈龙光、陆年丈我嵩卷，皆以为可填榜首。及定吕为会元，以三卷皆出笛生先生房，十八名中例不得并列，乃以陆列十九名，而先君得二十一名云。覆试一等，殿试二甲第三名，朝考入选第四名，改庶吉士”(《翁心存日记》第四册，第1853页)。

② 嘉庆二十一年丙子，“心兰先生搜落卷，与汤公大赏之，桂舟先生亦悟为讹字，亟补荐，拟定元，及得林年丈(端)卷，乃改置第三”(《翁心存日记》第四册，第1851—1852页)。

已者，赖有此耳。

工部营缮司主事王名见炜兄，系江夏人，与沛至戚。其住家在楚省，与舍间咫尺，如有复音，即托其带交最为妥当。北地风寒土燥，南人颇难调摄，诸希珍重，以为家国之光，窃有厚望焉。书不尽言，临楮翘企，遂庵贤契青及，友人林沛顿首。

胡石甫贤契，沛在苏时曾两见其尊人，近日不知尚康健否？其眷属曾到京否？曾补实缺否？自苏一别，音问杳然，晤时祈道念。周味菘贤契品学皆大醇，前领乡荐已得渠详信，春闱不第，未免少屈，将来再赴礼闱，务嘱贤契留心提拔，当不负导引之力也。沛再启。

39

今春之中和日，接得旧十一月尊札，藉悉萱堂康泰，阖第荣庆。兹值鹿鸣嘉会，吾二世台当作江南第一人，拭目俟之。客冬雨雪载涂，大、二两世台重游淮海，深为惊异，天下有不易之是非，万无颠倒错乱，便中望详悉示知。

弟自回籍守制后，精神衰敝，现在仍归笔墨旧生涯。今岁大、二两世台设帐何地，大世台可由监应乡试否？令子若侄俱头角迥异，大世台之令郎当已腹有诗书矣。统希为我言之，以慰远怀，特此邮候文祉，伫听元音，不一。朗若、二铭两世兄先生如面，令堂大人叱名请安，愚世弟制刘成书再拜，两小儿附名请安。

40

甫聆尘诲，辄赋骊歌，辱承盛饯，铭泐奚如！遥维世叔大人文祺清畅，福履绥和，可胜遐祝。侄于三月初旬抵京，征衣甫脱，心境粗浮，于笔墨中尚无入处。现移寓友人家中，颇觉恬适，惟作文一事，未遇益友指教。

前见诸旧友会课诸作，恃《文选》为枕中秘，后知去年春闱以此获售者正复不少，可见风气未改，然得失究不在此，未识高明以为然否？

石楳山房计当得十馀课,惜未能稍留一两月,亲炙芳型,以收揣摩之益。秋风消息,伫候佳音。

伏惟太老伯履候胜常,起居叶吉,定符私祝,恳为叱名请安,张鹿樵先生处已亲到面致尊札矣。谨此布请文祺,诸惟丙鉴,不既。愚侄李家蕙顿首,四月十三日。

41

六月初旬接舍弟书,即惊悉太老伯大人仙逝①,哀痛之极。蕙亲荷栽培,更蒙青眼相待,方冀绛帐春风,可以长坐,人品文章,为终身所师法矣。一旦至此,夫复何言?伏惟世叔悲哀自节,仰体慈怀,珍重自爱,以就远业。伏思世叔才学为蕙生平所最服者,一诵鸿裁,终身低首,且以太老伯清操正气,未获亨途,想天之报人于其身,不若于其子孙之厚也。彼时蕙即驰赴鹿樵先生宅中,彼此相顾,垂涕久之。

蕙素未与令岳往来,惟丙寅年曾见一面,蕙即求鹿樵先生为转达,且言有书到海州,可因惠副爷之便,即着人送到蕙寓为转交。数日后,鹿樵先生到来答拜。渠以公事匆迫,未及面晤,亦未曾留下寄尊处书札,想彼时未得尊札,未免疑信参半耳。本日得诵手示,垂爱之情,孤苦之状,并集毫端,读之泣下,竟夕未眠。

本拟取令岳及鹿樵回书,并交折差带回,而蕙移寓海岱门外,相隔甚远。折差明早即要起身,只好将蕙家报先缄交去,随即到鹿樵先生处。如有回书,蕙即为代交折差,尚冀其明早未必起身。蕙前有书致萼楼张先生,令其转达私衷。彼时恐尊驾业已扶灵归里,故未修缄,万不想至今仍留滞海澨也。纸短情长,笔所难罄。此后相见虽难期,而聚散亦何常之有?或天假其缘,萍踪相遇,亦未可知。

---

① “(嘉庆)十五年庚午……上元日,先祖闻二叔祖味兰公卒,一恸几绝,病遂剧。先君与先伯父朗若公朝夕侍汤药。四月,先祖卒于官,哀毁骨立”(《翁心存日记》第四册,第1850页)。疑此通写于嘉庆十五年六七月间。

蕙笔墨荒芜，未能进取。所望世叔自爱自勉，转瞬三载，雁塔题名，玉堂清品，上以慰太老伯之灵，是则蕙所窃望者也。夫天之报人，岂在目前？愿世叔知刻下艰苦之难逃，将来飞腾之可卜，释然自勉，继志述事，方为孝子。月前及鹿樵谈尊府事，彼此所见略同。嗣后雁信鱼书，必通音问，乘车戴笠勿负初心，是所窃祷。蕙寸心如昨，惟足下鉴之。兹因折差匆迫，草此布复，乞恕不恭。上二铭世叔大人苫次，令兄老伯乞为叱致唁意，愚。

42

愚侄李家蕙顿启二铭世叔大人阁下：

本日正在买舟时，忽晤贵邑沈先生，接到钧谕并惠新镌太老伯墓志铭，如获珍宝，感激靡既，诸承关注，感极匪可言宣。沈兄即刻回邑，侄又归装匆迫，欲缕叙心曲中事，苦无暇也，略陈近状，并谢一切。

侄已禀辞抚军，未便再见。日前谒见时，承垂询颇切，欲为侄图一近地，与海州接壤，促令还署，静候消息，即家祖意见亦如是，所以未敢违命。侄在苏日久，家中悬望，未能暂图良觌。登堂拜母剪韭，论又怅怅。此回两地系情，幸通尺素，未卜何日重惠鱼缄。相期握手，总在甲戌春日，努力以践此约，“虎气必腾上，龙身宁久藏”①，侄惟知阁下之深，故望益切。

侄不才自弃，年来荒落，惭愧无地，有负深心。如来书所言，真令人汗颜。近日家运不佳，二舍弟自髫龄入京求升斗薄禄，留滞八载，浅近老成，功亏一篑。讵料去冬一病，客死燕京，可惨，可惜！前岁遭无妄之灾，几罹大祸，百般解脱，方幸生全。患难之后，继以死亡，年仅逾冠，未娶无嗣。本拟今年回家完婚，遽遭此惨，奈何，奈何？侄去岁下第时伊苦留，侄在京候考教习，彼时侄因囊空急回，岂料小别便

① 唐杜甫《蕃剑》诗云：“致此自僻远，又非珠玉装。如何有奇怪，每夜吐光芒。虎气必腾上，龙身宁久藏。风尘苦未息，持汝奉明王。”

成永诀矣。伤感之事,想知己必为侄长叹也。

迩来心绪不宁,笔墨生涯无聊之至,万感撄心,天道难论。家祖一官匏系,年已七旬,全家梗泛,难赋归来。侄苦庸才,未能奋飞,致一家淹留海角,又不能脱然绝俗,一瓶一钵,遍游五岳,天地间何用此身?现在求一书院,亦不自度量,但苦家贫,故尔奢望。虽蒙许诺,究竟得失无定,贵县一席,侄自揣未能胜任,反恐贻羞。与东海相去千里而遥,家祖未必放心,总属缘悭,空怀芳型,再图后会。闻此席系观察主权,侄拟归署后面禀家祖。倘能如愿,再修禀恳求座师转致观察,亦可望亲炙清辉。

抚军接见寒士,如春风和蔼,求者纷集。现在造辕干谒,远近并至。抚军亦颇厌烦,惟世谊、年谊中真有难辞者,方能传见。其许荐者亦不少,恐恩难遍及,空负关切盛情。蒙招同游胜地,极合鄙怀,但势有所阻,感谢靡既,行色匆匆,草此布覆,顺候文祺,不既。愚侄李家蕙顿首,初九日。

两奉钧椷,未获肃覆为歉。迩维世叔大人福履增绥,文祺清畅,可胜遐祝。家蕙庸才,滥膺馆职,不知将来作何究竟。又因穷迫,各处奔走,拟回里取咨,于本月初一日到苏,明早买舟南去。客途之苦,一言难尽。明岁夏秋可到此地,所恨相去百馀里,不得一晤耳。丙子冬仁望台驾入京,现在全家仍寓海州,家父尚留赣署。兹有敝同乡华谦恒先生,素慕盛名,拟令伊子侄亲拜门墙,望为教诲。伊系蕙同乡挚好,务恳坐之春风中。兹因行色匆匆,未获缕述为歉,专此布恳,并请钧安,惟鉴不一。世愚侄李家蕙顿首,十二月初九日①。

43

曩侍先君摄官琴水于张息园先生处,得沐先师门春风化雨,感沥

① 此通写于嘉庆十五年十二月初九日。参见前札相关内容。

丹忱，方以未获瞻仰芝颜，时殷歉歉。乃于丙子乡闱第二场[①]，幸联老世长大人坐号，得以快读鸿文，兼聆清诲，景星庆云之睹，此固天假良缘。是科老世长大人抡魁蕊榜，璋以太湖田梅圃房师荐而未售。续悉老世长大人联捷南宫[②]，渥膺主眷，从此霄壤悬殊，夔巢迥别，洵如唐贤诗云"郎君官贵施行马，东阁无由得再窥"矣[③]，惟于曾石溪世兄前次到宁乡试时，询候起居。欣闻令少君世讲北闱魁荐，德门盛事，信足以深惬闲云野鹤之心。

璋以老儒巾课徒遣度，毫无善状可告台端，只有一豚犬子元熺，虽蒙廖学宪取入邑庠，旋蒙龚学宪考试录取古学，拔置一等，以无缺出，未经补廪。本科乡试复荐而不售，寒畯坎坷，略无长策。昨以在京候补漕河塘务李舍亲之怂恿，遣元熺同赴燕台，勉候北闱乡试，想老世长大人官阶巍显，曷敢呶渎荒唐，惟祈金允元熺拜列。

令少君世讲之门墙直赐训规，稍开茅塞，实为德便。至元熺年幼梼昧，旅迹伶俜，并求推爱，曲垂督诲。此即草泽之沉沦，备荷天衢之润渥，是外万不敢他有干请矣。专函渎恳，叩请崇安，伏求钧鉴，附请世长嫂老夫人懿安，诸位少君均祉，世教弟姚璋顿首。大令兄老世长曾否在京，并祈叱名道候，耄年知旧，眷眷何如？

44

世教弟姚璋谨启二铭世长先生阁下：

客岁犬子元熺赴都，曾具寸笺，恭叩升祺，知登记室，仰蒙推屋乌

---

① "于丙子"之前有"乃"字，其右上有一点，当为删除之字。丙子乡闱，即嘉庆二十一年，翁心存参加金陵乡试。

② 道光二年，翁心存入都会试，"榜发，中式第二十一名"；殿试二甲第三名，朝考入选第四名。参见《翁心存日记》第四册，第1853页。

③ 唐李商隐《九日》诗云："曾共山翁把酒时，霜天白菊绕阶墀。十年泉下无消息，九日樽前有所思。不学汉臣栽苜蓿，空教楚客咏江蓠。郎君官贵施行马，东阁无因再得窥。"

之谊，笃怀少之慈。每跂卿云，载殷感颂。嗣闻大驾奉予养南旋，极臣道尊养之荣，惬春晖孝慈之乐，临风逖听，钦羡交深。近想萱兰笃祜，福寿延禧，引睇吉晖，曷胜抃庆。

璋蒙先夫子教育，得于去秋岁试幸邀祁学宪拔取经解古学正试一等四名，现饩于庠耆艾，敢诩明经，而门墙益思化雨矣。犬子昨在都城应试钦天监，亦得倖取天文学生，闻得可由成均录科，准预北闱秋试。但小子粗材，何敢妄希一第，转瞬下第还乡，仍是清风两袖，家贫亲老，伊实难免向隅。

惟闻少穆林公系世长先生之至契也，仰乞郇云之札，垂量袜线之材，或荐之以笔墨生涯，或荐之以金陵盐馆，倘使八口有资，皆感春风嘘植，指日秋闱。想令少君必有到宁省荣试者，祈将此札顺给璋，以便寄京交犬子祗领，俟少穆先生秋杪入觐时在都面投。抑或渎恳盛情加札，与现在军机之林贵门生官印杨祖者一为协荐，可否出自雅裁，不敢过为呶渎，忝叨世好，并景仁慈。若在泛泛，璋亦不宜为此，惟以败絮自拥，为得当耳。专函布恳，敬请升安，世教弟璋顿首再拜。附叩师母老大人福安，阖第长幼均祉，张鹿樵、曾石溪诸世好兄台处均祈致候，匆匆，未及另札。

45

世教弟姚璋顿首谨启遂翁老世长大人阁下：

顷读郇笺，深承绮注，并蒙惠以墨刻款扇楹联，过辱谦光。藉瞻楷法拜登之际，饫感隆情，就询起居纳祜，潭第凝祥，曷胜藉慰之至。昨获快晤五少君贤世讲，器宇端凝，天才卓荦，望而知为当代伟人，嗣响韦平，可为预定矣。祁学使科试又以璋谬取江宁，合属经解第一，正试第三，皓首青衿，猥随令子侄逐逐棘闱。自知矮子观场，徒羡善家积庆，万里鹏飞而已，想老世长大人频当为之喷饭不休也。

犬子北闱试竣，即为南旋，倘乏枝栖，再拟布函，渎乞荐札，俛念车笠之盟，振拔单寒之畯，是所望大人先生之嘘植耳。专此布覆，敬请升安，虔叩师母老大人福安，贤世嫂夫人阃祉，暨阖第长幼均吉。外具搢绅徽茗，聊以伴函，璋再拜。

46

世教弟姚璋谨启遂盦世长大人阁下：

客秋接读郇函，诸叨雅谊，感泐殊深，并承令嗣侄文旌枉顾，良多辎亵，谅荷渊涵。新岁以来敬想世长大人视履考祥，阖潭积庆，翘瞻卿霭，额贺奚如！

璋年逾六旬，姿衰蒲柳，是以着犬子释京洛之缁衣，返枌榆之白屋。现抵金陵，叨荫安善。惟是寒畯生涯，只资翰墨，未堪闲居久赋，用乞推爱屋乌，于江苏、安徽附近地途，有贵亲友及贵门人之仕籍而可汲引者，恳赐荐札。一为振拔单寒，俾王霸蓬头之子，托冯驩弹铗之踪，仰戴鸿仁，敢忘涓报，抑或专丐玉音，就近荐嘱贵世好江宁唐方伯处觅一枝栖，似亦切实，非敢妄肆于求，惟望春风酌拂，天末故人拭目，而俟想君子仁人，定必为我心恻也。如蒙惠札，即乞台端封交象牙店张姓寄下，准可拜领，不致浮沉。转瞬秋风鏖战，专盼令嗣侄到宁下榻蜗居，勿为疏弃，俾得稍效地主之谊，谨当扫径以需。耑泐芜函，敬贺春祺，虔请升安，恭叩师母老大人坤安，犬子元熺侍笔叩请钧第尊长安吉，璋名正泐，花朝前五日。大令兄大人、曾石溪令亲前均乞叱候，恕未另。

47

遂盦世长大人阁下：

春间接奉手札并行述一册，谨盥薇露读之，不独钦慈范懿行嘉言于彤管，抑且动世人仁孝诚敬之丹忱，庐陵泷冈阡表，洵不得专美于前矣。确缘风便之稀，致缓生刍之奠。兹觅鳞顺，略尽蚁衷，尚冀庐苫，恕其疏阔为荷。伏惟世长大人为世羽仪，非若璋作在山之小草也。转瞬白驹过隙，伫钦黄合调元，扩尊攘之经纶，奠苞桑于中外，杖扶观矣，目拭俟之。

昨承示及，四世侄并长世再侄同案泮游，曷胜抃庆。指日秋闱偕来钟阜，倘不弃蜗居之湫隘，得款蜺旆以栖迟，俾耆耄之龙钟，亲联翩之骥足。夕昕切琢，缱绻薪传，是又璋之所翘企焉。专泐鸣忱，敬询孝履，暨潭第祥绥。世教弟姚璋顿首，丙午天中泐[①]。

48

璋顿首再拜谨启遂翁世丈先生阁下：

璋雒诵史书有年矣，缅自秦汉以来长治久安，未有如我朝之隆盛者也，间者小腆不靖，固无玷于金瓯，究之厝火积薪，犹有廑于贾谊，不有人焉。出而廓清之、尊攘之，则乡鄙孰与熙恬乎？岁月国家孰与保泰而持盈？

钦惟我先生纯孝，承乎家学，荩忠著乎大廷，上既获君，下可乂民。今值礼鼓素琴，定思勋增青史，惟先生立朝以襄密勿，宣化以靖海疆，岂独野人慰扶杖之观，亦且寰宇协苍生之望矣。璋倾心慕之，拭目俟之。肃申芜启，恭叩起居万福，暨潭第安禧，璋顿首再拜。

49

世教弟姚璋顿首谨启遂翁世丈二兄大人阁下：

启者连阅邸抄，前悉秩冠成均，位崇宫傅。近欣大世台校士接任，六世台选拔贡元[②]，德门盛事，未艾方兴。抃贺于故交，倍腾欢于僚执矣。

期届文闱，叔平、绂卿贤竹林到省，接奉雅贶新刊制义文、诗钞各二部，如亲先夫子色笈式。临读盥蔷薇之露，春增桃李之凡，情感既

---

① 即道光二十六年五月初五日。天中，即农历五月初五端午节。

② 道光三十年六月，翁同龢选拔贡，朝考以小京官用，分刑部学习。参见《翁同龢年谱》，第 25 页；《翁心存日记》第二册，第 809—816 页。

深，心慰尤切。再三展卷，不独见教泽广于迩遐，亦且钦孝思绵于梨枣也。来岁闻值世丈大人周甲之庆[1]，璋以羸惫之躯，未克驰诣台端，载申鞠跽。谨成里词一章，仰呈郢政，藉聆教益，略志祝讴。

小儿在韩观察处，托芘枝栖尚稳。贱体亦眠食如常，知邀锦注，用以附申，专具芜函，敬请升安，兼颂潭第福禔，诸祈荃鉴，璋再拜[2]。

用唐李楚望侍御上裴晋公元韵，
敬为遂翁世丈二兄大人六十寿

早喜朱蓝附素丝，鲤庭梧竹永英姿。我犹巢许随肥遁，君正夔皋佐圣时。海寓文章司玉尺，卿曹星月朗宫棋。耆年自系苍生福，江上闲云慰暮迟。

世教弟姚璋拜草，时年七十有二[3]。

50

世教弟姚璋谨启遂翁世丈老大人阁下：

敬启者，去岁由叔平世台锦旋，附达芜函，谅登记室。顷阅邸抄，叠悉晋秩六官，瞬盼调元夹辅。语云"明德之后，必有达人"。璋每瓣香祝之，今果于世丈老大人征之，斯不独足增亲戚交游光宠，实为圣天子长治久安所系，属拟以前宋庐陵，殆又过之。文章德业，烜赫当今，亭广丰乐之祥，表纪泷冈之胜，立身行道，扬名于后世，以显父母。

---

① 翁心存生于乾隆五十六年五月十四日，道光三十年五月十四日是其虚岁"六十初度"，咸丰元年是为"周甲之庆"。参见《翁心存日记》第四册，第1849页；第二册，第801—802页。周甲，即满六十年。我国古代干支纪年一甲子为六十年。结合上下文，知此通写于道光三十年，亦可推知姚璋生于乾隆四十四年(1779)。

② 下钤"之琡启事"白文朱文方印。琡，一种玉器，即八寸之璋。《说文解字》云："剡上为圭，半圭为璋。"

③ 下钤"姚璋知印"白文方印。

璋窃于台端有快心焉！敬布鱼书，肃申燕贺，并颂起居万福，璋顿首再拜。

51

世教弟姚璋谨启遂翁世丈老大人阁下：

敬启者，四月朔日曾由信局驰布寸函，恭贺升祺，迩日谅邀青及。比届天中令节，敬维世丈老大人中秘从容，南讹变理，佐薰时之，舜曲协喜，起于皋飏。岂惟升捷恢台，从庆泰贞通复。读诏书之尺一，知鼎鼐之调元，时扶杖以观风，倍倾心于野老也。专泐寸笺，肃贺节祉，虔请钧安，并颂潭第绥吉。璋顿首再拜，四月八日上。

52

二溟仁兄先生阁下：

自别芝颜，瞬经十载，停云落月，时切驰思。近阅邸抄，欣悉荣膺天眷，指日晋秩崇阶，不胜雀跃，敬贺，敬贺！

弟等夙以樗材，荷承先大人紫书夫子德诲①，忝列门墙，愧无寸进，以报师恩。早夜自维感惭奚似，惟冀兄台文章事业炳耀寰区，以辉先德，为交游光宠而已。吾朐滨海，士风谫陋，自蒙传经石室，文运亨开。至今由科名而登仕版者，犹涵濡于旧泽之贻留也。夏五同人议请夫子入名宦祠，以奉瓣香，适石华许二哥自京归，愿肩其费。弟襄成之前，于秋间综核事实，呈请本学，已由州申详各宪矣②。抄呈文槁，仰希鉴存。芜辞累德，不足以称道万一，幸汪涵之。肃此耑布，

---

① 紫书夫子，即翁心存父亲翁咸封(1750—1810)，字子晋，号紫书，晚号潜虚。

② 国家图书馆藏清抄本《翁潜虚祀海州名宦记》中有道光四年张敦悌、陶应荣等人为请求翁咸封入祀海州名宦祠所撰申详各宪的呈报。疑此札写于道光四年十月二十七日。

即候升禧，馀惟朗照，不尽依依。世教弟顾廷槐、陶应荣、张敦悌、王宜古、姚中孚全顿首拜，十月二十七日。

53

敬禀者，潜虚夫子请祀名宦事，应荣前催萼楼数次。昨特遣人往取，今日始将全册及原稿寄来，谨汇封呈阅，附上萼楼信一函，希检收。外致翁世兄公信，并应荣信暨试卷一本，均希附便寄去。肃此即请夫子大人升安，伏惟慈鉴。受业应荣谨禀，十一月初一日。致翁世兄两信，阅过希代封固，至请祀名宦文书，萼楼来信云于前月廿三日发申，又禀。

54

邃盦仁兄大人阁下：

壬辰仲夏杨东门孝廉自都回[①]，奉到手函，荷承遥贶，感惭交集。庄诵公郎少君朱卷，理醇法密，卓然名元。仰见家学渊源，风气日上，行当南宫获捷、追步花砖矣。当拟驰谢申贺，旋阅邸报，知恩命重膺，轺车西下。江海间阻，致隔鸿鱼。三年来遥望卿月，唯聆提唱宗风而已。居恒追念师门遗泽，在胸名宦允称，幸与阁学士绅，竭诚再叩，公论得伸。今春奉旨崇祀，泥首腾欢，敬奉木主，学工未竣，迟至仲冬既望送神入祠[②]，仪仗亦如陶山夫子品式，而石室诸生提炉执幡前导，弟与石华、柳村、秦川四子黼黻捧舆，其礼又似尊于唐公。一时官民与祭，合郡观礼，咸叹为亘古未有之盛，足征吾师教泽深远，久而不忘，实有以膺天眷而系人思，克至于此。此张小廋先生以得及睹为

① 壬辰，即道光十二年(1832)。结合下文“三年来遥望乡月……近闻给假归省，驻节虞山”，疑此札写于道光十五年，是年六月，翁心存典试浙江，“还过吴门，便道省亲……十一月，覆命”(《翁心存日记》第四册，第1855页)。

② 仲冬既望，即农历十一月十六日。

快也。

近闻给假归省，驻节虞山，附呈旷典，希慰慈萱，非敢引以为德也。弟年度六一，须发未白，精神旺于前，而步履稍逊昔。蒙州尊王礼之夫子保举尽先，仅得加纪。身老子幼，无志仕途，但愿两儿嗣起，桃花石室依旧春风。倘来正北上，由淮纡海携琴一访，不惟冰车铁马，声振岩谷，而蓉城仙主恭奉瓣香，吾师栖灵海峤，血食黉宫，更人天普庆也，仁兄当以何如伫企文旌。专此布忱，顺请台祺，暨师母太夫人颐安，嫂夫人阃福，文郎慧祉，朗若庚兄吉安，统祈荃鉴，不宣。世愚弟张敦悌顿首拜，长至后一日灯下书[①]。外，有《潜虚夫子崇祀名宦礼成纪事诗》一册，另呈教政。

55

遂盦世大人阁下：

奉到瑶函，荷颁珍品，仰见高谊如云，不忘泥忆，感铭奚似。惟兰陔循志，庆永春晖，梓岫储才，喜腾秋驾。家衍龙门之派，世登鸾掖之荣，光前裕后，福报绵长，曷胜额贺！别来吴云海峤，天各一方，每念旧游，神驰左右。

去秋英夷内犯[②]，大江骚然，敝州幸鹰岛水浅沙胶，番船梗驶，得保无虞。时廑师母太夫人年高虑重，恐欠颐安，然道路传闻苏长晏堵，遥欣礼堂德范，卒能摄百万黄巾，环拜里门也。季权奉母，合道为安，慈祥天佑，定占有喜。自惭荒庄小草，夙叨福荫，寸心千里，犹欲登堂拜见，再领曩训，藉申孺慕云，未知此愿何日偿耶？尊督朗若仁

---

① 长至，指夏至或冬至。根据上下文，此处当是道光十五年十一月初三冬至日。

② 道光二十二年五月，“海舶犯吴淞口，旋入长江，江南数郡之民纷纷迁徙……九月，海警息，还家”(《翁心存日记》第四册，第1856—1857页)。次年五月，翁同书典广东乡试。结合下文，知此札写于道光二十三年。

兄与悌同庚，今届稀龄[①]，杖履绥和，谅符鬯颂，何月称觞，便中示知。续当制锦赍祝也。令侄蜚声上舍，分禄天储与阶前珠玉。一门鹊起，科第蝉联，伫看韦平父子，继相顾荣，祖孙俱贤，不但增交游光宠也，翘企无似！

朐城旧好，如兰圃先叔，身后选砀山训导，以贡照失缴也。舍弟少亡，韩乙两家后裔式微，王艺畇、刘燃藜均作古，宅第皆易主矣。心畬尚健，世体较好。香谷太史少君奉母回籍，长兆曾援例从九，卒于闽省，次兆丰食廪汀庠。家坦三兄游幕徐州病故，嫂夫人携子奔丧，不知何去？只五太爷傅吉留落海上，托钵吹箫，近难言喻。旧雨飘零，变怆陵谷。张贵现充门斗，仅能糊口，弟不时照顾，聊尽推乌。

自愧老拙株守家园，仲子祥元年十七，诗文尚韶秀可教，三儿淳元六岁，甫授书，资性不钝，未知能继志否？近来白发齐眉，彩衣绕膝，城南住宅稍加整理，花木廊垣差堪娱老，唯上两次保举，仅邀恩加级纪录。客冬缘防堵案，悌捐银壹千陆百馀两，例应不论班次，尽先补用，及今司院未知会奏否？得失有命，弟已无志功名矣。所苦者桃工漫口，直冲六塘，南北黄灾告警，十倍前患。去年春旱夏涝，禾无馀亩，河有积尸。及今哀鸿遍野，道殣相望，已麦稻误种矣。兼之放湖借运，洪泽下泻，蔷薇河以西、马耳山以南，波涛出没，尽成泽国，未卜宣泄何日能堵筑上流也。

州尊意舲先生格于情势，匿不上闻。谕悌董劝捐赈，奈十户九空，力难襄善，饥民嗷嗷待哺，有不忍恝然者。籴谷有方，点金无术，未知何以救荒也。因承关注，统以附闻，并申谢悃，即请福安。世愚弟张敦悌顿首拜，四月望日。恭请师母太夫人颐安，暨嫂夫人阃福。

---

① 稀龄，即七十岁。翁人镜（朗若）生于乾隆三十九年九月二十九日(1774)，卒于道光二十四年(1844)十月二十四日。“今届稀龄”，古人通常过虚岁，当指道光二十三年(1843)。

外有海错,另便寄上为寿。朝考祖庚太史应与放差[①],容阅抵报再为申贺。

56

遂盦先生大人阁下:

乙巳嘉平八日接东门杨学博邮封,得阅手书讣启,惊悼我师母张太夫人已于夏杪弃养矣[②]。泣望吴云,挥泪如雨,回忆卅六年前登堂拜见,仰叨慈训,爱余犹子,勖以绩学端品,淬励科名,迄今皓首无成,莫能副厚望于生前,感惭奚似!

奉读行述,孅言懿行,皆目所亲睹,悲咽几不能成声,当与王生述古设灵位于悌瓣香庭,聊申酹奠,如哭寝门。旋分讣文各编,信驰石华兄[③],散告同人,嘱制诔词、祭文两轴,应即匍匐奔唁左右。奈残冬冰沍,远阻江河,又兼旧雨飘零,宪贫回丧,荒庄小草,报负春晖,莫可言状。伏惟世大人孝思纯笃,致哀益深。际此兰陔失养,蓼莪废书,难释杯棬之痛。第以舟楫霖雨之才,备股肱耳目之寄,圣明倚重,荷任綦隆,且师母张太夫人母德壶仪,已垂不朽,而荣昭褕翟,五福咸臻,美绍韦平,一门蔚起,鸾驭瑶京,应无遗憾。尚祈为国爱身,节哀顺变,虔襄大事,以妥先灵。

敦悌幸出大贤之门,愧随小子之侍,魂招虞岭,祇奉心香,泪溢琴川,空传腹鲤,以经营海防炮台,不获躬叩寿堂,特遣张贵赍备刍香,敬附德诔,用申薄奠,恭慰孝思,并请崇安,统希钧鉴,临楮不胜瞻驰。世愚弟张敦悌顿首拜。

---

① 道光二十三年,翁同书"大考二等,充广东乡试正考官"(《北京图书馆年谱丛刊》第156册《霁斋自订年谱》,第589页)。

② 道光二十五年六月张太夫人弃养。参见《翁心存日记》第四册,第1857页。根据此札内容,疑写于道光二十六年初。

③ "兄"之后"丈"字右上一点,当删除之字。

外，闻朗若仁兄大人已先弃世[1]，途远失吊，抱歉殊深，未卜曾安葬否？令侄文品双清，嗣起有人，定能济美。仰转致候唁，悌与同庚而体较弱，今老矣。幸托福荫，稍觉清健而腴，不知何日得再接崇光也？企予望之，又及。

① 道光二十四年十月，“先伯父朗若公卒”。《翁心存日记》第四册，第1857页。

十三　师友书(二)

1

径启者，历代崇祀名宦乡贤诸公姓名，乞开一单付览为荷。此候晨安，不具。愚弟唐仲冕顿首。再，《宋史》偶缺《地理志》第卅八卷至四十一卷，亦希借观。

2

顷接复函，知名宦乡贤旧设总牌，不书名姓，而礼房开送之名宦，亦仅有本朝数人，俱系制府、漕帅、学使，与专祀者有别，殊不可解。赐和甲子河大作，铸韵清坚，炼格严整，可胜拜服。尊恙闻已霍然，深以为慰，毒暑惟静摄是祝。率泐布复，并候日佳，附璧衔称，不具。愚弟唐仲冕顿首。

3

送上《甲子河图》，请将大作书之于册，以备展读为幸。此候晨安，不具。愚弟唐仲冕顿首。

4

沈明经之墨可元也，想已呈阅，当邀鉴赏。拙作三首，专请郢政，并候晨安，不具。愚弟唐仲冕顿首。

杨生德注文亦可望中。又行。

5

潜虚大兄先生阁下：

前月握别，深荷拳拳。虽瓜期不过数月，而骊赋正自难赓，道谊之交，浓于世味，知有同情。所制《秦东小别图》，想呈荃照。今途中拙作四首，录请删改，转示诸生。诸生中若有和章，须汇文几是正，以便到彼时刻为一集，以明吾所领州之多文也。考事续接学宪奏稿，谅登览阅。此事甚得岱舆学博之力，盖春秋侨肸之才也。唯乡镇捐输不齐，阁下素为衿绅信服，望助李司马董劝以成其美。师刺史夙有贤声，兴举废坠。此举于学宪、藩宪处，皆其鼎力玉成。今遂权此州，岂非天假之缘耶？且忻，且慰！

弟由盐渎赴淮，遇风雨雪三日，故不及初二日之期，然迟一二日，亦无妨也。春寒伏惟眠食珍摄，不宣。岱舆老棣台均此，陶山愚弟唐仲冕顿首，初二日阜宁道中①。

权之通州自题《秦东小别图》四首

荒城弹指五年留，只合归休未得休。已分邪揄罗友郡，非关梦寐子春州。长途上阪原驽马，到处营巢总拙鸠。人道迁乔今出谷，可能淳朴似都洲。

乘查兀坐拥香芸，秦关参差对夕曛。得便舟车兼访古，无多簿领辄论文。群羊欲乳眠春草，一鹤常饥唳晓云。颇怪年来频被檄，朝朝舍己为人耘。

濒行喜事上眉端，使节将临校士宽。奏为诸生陈跋涉，书传一纸感孤寒。新营试院仍书院，常以民官佐教官。孚化翼飞今日事，天池仰看大鹏抟。

数月当来奈别何，壶浆百里惜奔波。肩舆不进行将茧，唇吻

---

① 下钤“六慕书生”朱文方印。

频霑醉已酡。自是敦庞安我拙,惭无报赠祝时和。临歧劝语休惆怅,新尹廉明惠政多。

潜虚先生梟岱舆贤弟政和,并希转致石室诸友,陶山唐仲冕未定草[①]。

6

都门投契,暌隔廿霜,一遇长干,亦殊倥猝,辟海阳一席,羁屈高贤,久驰念也。兹许大兄偕世兄见访,详悉迩祺,并荷手书,殷拳慰问,情词苑转,深感注存。至道及现历艰辛,异地同情,只深慨息,既本班截配尚迟,无意于六年之荐剡,抱负不凡,仍须计偕而往,或累重难于擘画,姑策庄周之聚粮。世兄淳静,一见觉卷轴盎然,胸中之养裕矣,甚为庆幸。中年望子情深,得斯定为愉快,勖所未逮,焉量鹏飞。弟北旋后,以入世为出世,久淡壮情,期读未竟之书,稍充知识,侍慈诫子,诸不争先。前遇方伯陈东浦先生,忘分忘年,引于省会一年,顷厌倦求还,而东浦先生坚留不许,俄而先生作古,继即患难多端,以事外间。

人涉鳄涛千尺忠信,涉险事后常惊,当即引身以回,而来函仍言在郡,不知避喧忌而返清寒,亦五年久矣。兹茈慈健而携家累,喜惧之。顷乡少一椽,诸难复盼。平生知解,稍剩丛残。门人辈惜其芜废,嘱有取留一二素心,幸其佽助刻费。颇觉近日诗文家夸多为富,略经芟薙,编有古文七卷,诗三卷,明春或可出书,如成当寄质也。承注附闻寓意,草草,诸不尽言,敬候升安,不备。癸亥八月二十日愚弟吕星垣顿首[②]。

---

① 下钤"六慕书生"朱文方印。

② 癸亥,即嘉庆八年。

7

桂林顿首世兄大人阁下：

昨闻先师撤瑟[①]，感念平生，擎涕靡已。嗣接友于兄书，属作诔辞祭文。藉摅哀抱，实不能工。乃蒙赐书过奖，重益惭恧，至另纸云云。石华兄已作切札致诸亲友矣。桂林本拟趋奠先师灵几，一申悲怀。而长夏孱躯，杂疾时作，今因乔大兄来州，先呈寸柬，附上刍议，石华兄定于初二日到州叩送师灵。区区之情，仰祈鉴宥。

窃念先师道高学邃，桂林素奉瓣香。甲子年间，山城小住，曾经十月，彼时过自拘谦，虽吾师处亦未数数过从。乙丑以后，弥复闲阔，遽闻大暮，悔何可追？世兄英才绩学，计日翔瀛洲、登台阁。先师未昌之学，未展之猷，有待益光，曷胜翘跂！

桂林年十三时，遭遇家难，父兄羁留吴中，奉母居徐州之宿迁县，宵分一灯，母绩儿读。九经三史，次第卒业，旁览百家汪洋，自喜独学无友，孤陋可知，而不自揣度，尝有颉顽古人之想。十年以来贫病相寻，学殖益落，世情渐淡，而书味愈馋，仍思幸获一第，以慰老母三十馀年荼蘖之心。先公治谱，阿兄自可传之。桂林便当养志蓬门，著书自乐，或得附文苑之末席，于愿足矣。

世兄天资学力两擅其胜，桂林十年前已深钦慕，甲子注尊文，有愿为兄弟语，爱敬由衷，不觉冒昧。后虽数亲雅范，未罄快谈。今桂林既不能磨镜而来，世兄又将舆柩而去，诚恐过此以往，桂林或仍然蹇滞，世兄转眼飞腾，云泥便隔。是以略布愚衷，将来九天之上，尚记海角穷乡，有此志士，亦不孤积年倾想之忱耳。草草裁笺，恕其狂率。伏惟勉思大孝之义，节哀自玉，临书依恋，不尽欲言，桂林顿首[②]。

---

① 先师，即海州学正翁咸封（潜虚公）。嘉庆十五年四月病卒于官。参见《翁心存日记》第四册，第1850页。

② 下钤“桂林”朱文长方印。

8

二铭足下：

礼闱榜发，知以佹得而复失，为之扼捥。既闻决意留京，固喜此志不衰，亦愁居大不易。得手书知膺问山前辈之聘[①]，宾主相欢，教学相长，甚慰，甚慰！春风失得，本属偶然，如文章学问，卓然有以自立，原不以科第为重，不然三十六饽饽[②]，独非芙蓉镜下人哉？吾弟文字，骨理清隽，辞采亦斐然矣。特人患词窘，君患词富，人患意竭，君患意繁，未免肆而不醇之病，然“割爱”二字，甚难。仆少喜读临川文，于《原过》《礼论》诸篇，识其下笔一步紧一步处。及读庐陵五代诸论暨尹师鲁墓志等作，始悟其间架，终未之有得也。

今夏尽读《震川集》，于张季翁、东园翁、筠溪翁诸传，乃恍然于文章用意之妙，全在无字句处。世人多于实处求之正，如弈者之着着下死着也。制义与古文要无二理，欧王不易学，学震川可矣。至于作诗之旨，在自抒其性情，山川、花鸟，比兴之资也。饯送、赠答，赋之体也。随时随事，有个我在，便是真诗。至言之而足以感劝讽戒存乎？其言之工，是有天焉？不可以疆而致也。李杜白苏诸集，具在以我言求之，古人之性情见矣。尤有吃紧一着，总以立品为先，言者心之声；未有心地不光明，而能立言垂后者。足下天姿卓荦，好善而近道，故以第一义谛为吾弟言之。

仆明年膺旌德谭氏之聘，即稈存前辈旧席、艺斋所推而见让者。千里设帐，究竟在时文中觅生活，自笑亦自悯也。鲍叔冶为吾邑才人，而客死于外，此养气不深之故，吾辈当以为戒。足下与金山札，已

---

① 嘉庆二十二年，翁心存入都会试，“榜后赴汴梁就学使史问山先生（致俨）之聘，为课其郎君三人读书”（《翁心存日记》第四册，第1852页）。知此通写于嘉庆二十二年七月二十九日。

② 三十六饽饽，代指康熙三十六年丁丑科状元江苏铜山人氏李蟠。

代交常熟官封寄递。风便望时寄尺书，以慰远念。原湘手书，二铭贤弟足下，七月廿九日。

9

接阅手书，具纫存注。南宫之捷，玉堂之选，在吾弟，固意中事，然从此著作承明，备禁署之颇牧，不能不为朝廷庆得人也。馆课想多得意之作，又为馆阁中增几许佳篇。时帆先生所著录者，当又有续刻矣。

愚今岁谬承爰轩前辈荐，主通州讲席。未意为病魔所困，自春徂冬，半在床褥，课卷以邮筒往来，力疾评点，所喜文风颇佳，差堪寓目耳。南闱秋试，吾乡竟至脱科。杓儿文固不佳，而主司颇加赏识，墨批云竟以额溢见遗，殊为扼腕。此是分校诸君语，不谓出自主司也。去年吾弟所见慧日寺匾，竟为李侯撤去，亦一善举，而所开山塘泾诸河随浚随淤，未免有名无实，致硯躁诸君有归咎及此者，亦可见公事之难也。

承惠诸件俱已收到，欣谢，欣谢！乘惠钦之便，匆匆布询近履。风便望惠我好音，以慰悬忆不尽，原湘手书，二铭馆丈贤友，腊月廿五日。

10

去冬得手书，具纫谆注。吾弟以研京练都之才，奏《长杨》《羽猎》之赋，果蒙特达之知，超擢内允[①]，闾恩荣幸。昔伊川居此职，专以正心窒欲、求贤育才为言，务诚能，端本经训，随事敷陈，古今人何遽不

① 道光四年九月，翁心存“补右春坊右中允”。内允，官名，即中允。参见《翁心存日记》第四册，第1853页。

相及也？长安米贵，诚不易居。知南望白云，久深陟屺[①]。今得安舆迎养[②]，从此入调兰膳，出掌桂坊，国事、庭欢，俯仰无愧。令嗣髫龄岐嶷，神用清审，他日定为伟器，小试暂屈，不足为神驹病也。

杓儿浮沉乡校，意气渐即颓唐，拔萃一科本非驽足，所望秋闱，姑令再应故事。如仍被落，从此弃书作畊田夫矣。愚频岁在崇川紫琅书院，藉免家食，新中丞主别有属意，遂尔赋闲，然以此转得削迹家衖，娱情典坟，偃仰蓬庐，颇以为适。拙集刻至二十四卷，尚有诗八卷未刊。其三十三卷以下为乐府杂文，以索观乐府者众，先刊四卷，以应时贤之求，惜锲工尚未断手，不及寄览。散体文十二卷、骈体四卷，尚须从容改定，世有韩欧阳其人者，愿以就质耳。匆匆布复，仰愿珍宜，诸惟亮察，不尽觍缕。孙原湘手复二铭贤弟足下，乙酉中春下浣[③]，儿辈侍笔道候。

11

月初以一函托令嗣带呈，想入清览。比惟慈舆安抵春明，石渠著作之馀，侍奉曼福。

陈生纬斋，吾弟当所素识，人极温雅，制举义鲸，铿春丽断，为中才而骍角未用，家难日兴，不得已避至闽中，于秦板桥大令处依栖两载，今随板桥入都，作秋闱之计。苟得一当，则难端或冀可解。第板桥挈之之京，引见后即便南还。纬斋人地生疏，夐夐无倚，吾弟同乡谊切，古道照人，望为代谋一馆地，俾之得所安砚，无旅食之忧，庶得

① 陟屺，语出《诗・魏风・陟岵》："陟彼屺兮，瞻望母兮。"郑玄笺云："此又思母之戒，而登屺山而望也。"后以"陟屺"作思念母亲之典。

② 道光五年四月，"先祖母张太夫人率吾母许夫人及不孝同书、同爵至都，先君通籍后仍馆史氏，至是始僦屋下斜街"(《翁心存日记》第四册，第1853页)。

③ 中春，春季的第二个月，即二月。下浣，阴历每月二十一日至三十日，即每月下旬。即此札写于道光五年二月下旬。

潜心下帷，图文战之胜。吾弟交游至广，定能不吝吹嘘。若馆地未易骤得，而板桥先已出京，并恳暂借庑下，小作留顿，未识可否怜其才而悯其遇？为作此札，吾弟素敦古谊，定能鉴谅也。陈生行甚急，匆匆数行，顺问堂上万福，不尽覙缕。原湘手书奉二铭内允弟足下，三月廿九日①。

12

曩者，令兄下顾，简亵殊多，正以接待不周，扪心自愧，乃蒙瑶章齿及，益深赧颜。藉稔太翁大人灵几南旋②，弟当先期拔兵，沿途伺应。至委假何公坐船，据差覆，渠处向来未备，遇差均系现雇航船。程仪之事，前已面嘱之矣。羽信布覆，兼候迩安，敬璧尊谦，不既。外，恭请令堂太孺人懿安，世弟马正扬顿首。

13

日前感寒发病，过存时未得面罄离悰为歉。惠我衣着，既可御寒，药饵并可体健，感谢多多矣。二铭馆丈，友生英和顿首。

14

附寄拙刻二种，遂盦学使馆丈存之，生英和再启③。

---

① 此通写于道光五年三月二十九日。参见道光五年二月下旬孙原湘致翁心存“去冬得手书，具纫谆注……今得安舆迎养……”一札。

② 嘉庆十五年四月，“先祖卒于官，哀毁骨立……九月，扶柩旋里，屡易舟，始抵淮上，艰苦万状，至宝应道中，值运河堤溃，舟尽覆，独一舟得全，人以为孝感。十月抵里，停柩于西门外苏氏丙舍”(《翁心存日记》第四册，第 1850 页)。疑此通写于嘉庆十五年。

③ 下钤“尌琴启事”白文方印。

15

使星东出，驰系时深。顷奉华翰，遥颁盛心殷注，猥以镛儿幸晋一阶，赐之贺柬，荷奖嘉之逾分，并期许之过赊，雒颂回环，实增感愧！就审世大兄大人节院凝禧，文辕迪吉。沈阳为本朝发祥之地，风气朴淳，所在皆有特出之姿，散处其间，一经名眼甄录，拔优两考[①]，谅无遗珠，可胜忻贺！

阁下学问人品，久蔺帝心，书房中劳绩最深。现已岁科试竣，即看特召还朝[②]，超迁台省，领六卿之重望，掌一代之裁衡，皆指顾间事耳，盼盼！弟散樗朽质，幸以休憩馀闲，藉资调养，尚不至遽就龙钟，差纾锦念。镛儿依例供职，勉图报称，尚望有以教之为荷！特此布谢，即请台安，同学世弟蒋祥墀顿首，镛儿侍笔请安。

16

奉上信稿一纸，封签一副，恳即代缮为要。文师处如向未见过，径可无庸往谒，此事须亲身带见，方为合礼。可亭中堂处，因欲延请师席，破格为之，非向例也。专泐奉复，即候行安，不一。生言顿首。

17

贵老师寄来信二封，托谢二兄转致，不便久阁，送上尊处分散之，缘弟不知为何人，想系贵同门也。又，寓房一事，遍问不得，望先生代

---

① 道光十五年十月十四日，翁心存升任奉天府丞兼学政。参见《翁心存日记》第一册，第 178 页；《翁心存日记》第四册，第 1855 页。

② 道光十六年十一月十五日，翁心存得知十月二十六日“已蒙恩补授大理寺少卿，代者为侯叶唐前辈，然尚未得部文也。余到任裁十月馀耳，即叨内转之恩，升调之速，为从来未有”（《翁心存日记》第一册，第 203 页）。疑此通写于道光十六年。

为留心，弟实无暇及此也。顺问日佳，不备。遂盦先生，弟俨顿首，十三日。

18

前接来翰，知文祉绥和为慰。文战小，却吾辈常事。张令亲处，既可居停，自应静候来春再举。此间书院竟属子虚，前已令儿辈奉告。兹寄上微末，聊供阁下客中之需，望哂存之，儿辈作文仍希改削为荷。即请近安，不尽。弟致俨顿首。（纸不尽言，令兄辈细言之一切可也。）

19

得示，具悉先生文祉安佳，近就可亭中堂之馆，儿辈仍可送文批阅，甚慰，甚谢！邵大令尚在林县，俟访的果补汜水，定将尊札加号切致，必不贻误。专此奉复，即候文佳，不一。愚弟史致俨顿首，晚敬璧学谦。

20

顷接来示，知先生校阅辛勤，揭晓后即赴粤东新任，一路平适，计此日早接印矣。敬贺！闻太夫人出京，当在九月半后[①]。大、二两儿代为经理，途中之事似不至迟，惟随行乏人，恐费心机。前于衢州舟次晤同馆陈大吏，知尊价李姓迎接前去，想此日已接到矣。闽路不险而实崎岖，闻粤路较为平坦，知太夫人安舆定然平吉也。白小山同年性情通达，旧政似可仿照。至严关防、广耳目，则不独学政为然耳。

---

① 道光五年五月，翁心存“充福建乡试正考官……闱中奉督学广东之命，十月抵广州。十二月张太夫人挈眷属自京抵粤”。是年十一月初一日，翁心存接印视事。参见《翁心存日记》第四册，第1853—1854页。《翁心存日记》第一册，第57页。

阁下精神周到，有何难耶？

弟于八月廿一日出京，请假五日，拜扫坟墓，于前月廿四日到闽，廿六日接印。看来诸事不及蜀豫，惟念离彼孽海，还我蓬山，实为大幸，道远缺小无足计也。大儿丙荣北闱侥幸中式第四十名。因京中夙累未清，与次子留京料理，遂可就近春闱。近年诸事拂意，惟此一端，稍为快心，感激时雨之化，不可言喻！

京寓仍留为儿辈居住，随行只三儿及孙男女数人耳。若早知道途如此难走，竟不带家眷矣，悔之已晚。此间大半旧交，新者亦甚接洽，虽然萍踪亦须兰契，不然一切凿枘，亦觉难安也。人情略知一二，文风尚未窥豹，能救得一分是一分，惟尽吾心而已。经济学问是教化之本，以己所无者强人，何足以劝念之，常自愧耳。沈鼎甫少理初一日出省，衙署住房有岩墙之患，有司不得不修，工少而惰，至今日尚不能进署。所寓即先生出闱之居，逼仄难容，竟无安砚之地，可笑，可笑！草草奉复，即请近安，不一。馆愚弟史致俨顿首，合宅请安，并璧谦[览]。

21

冬月连接五、八两月来函，得悉二兄老先生文祉茂佳，侍奉康吉为颂。世兄回里应试①，此日想已得隽而来，闻之欣羡。粤东士风近亦不佳，得阁下极力整饬，自当有益。

此间公私罢敝，无可措手，竭尽心血，亦不能复三十年前之旧，可慨也！大小儿两足得一良医，用药水洗之，近可扶人而行，约岁底可全愈矣。三小儿现随棚奔走，时艺未进也。专此复候升佳，并缴大简，不备。名正具。

---

① 道光七年正月，翁同书由粤旋里应试。参见《北京图书馆年谱丛刊》第156册《彛斋自订年谱》，第581页。另见《翁心存日记》第四册，第1854页。

22

年来文酒之宴，概不能与，实以心绪不佳，无此精神酬应也。十七日公私之事又多，万不能分身，希先生原鉴，附颂升祉，不备。俨手肃。

23

大著极佳，名下真无虚士也。诸公卷皆已取去，人少不须甲乙，又未便独将尊卷发交，谨遣奴子赍呈，伏希鉴入。此后有佳篇赐读一二，日后即着人来取可也。（恕不遣送。）鄙性戆直，意所不可，亦未能真谈耳！即颂升祉，不宣。愚弟鲍桂星顿首。

24

早间奉诣，想阍者通焉矣。阁下擅无双之誉，蜚第一之声，指顾飞腾，实深钦挹，尚稽将贺，猥拜珍贻，何以克承祗领，可胜颜汗，专泐布谢，即颂尊大老爷新祺，不一。愚弟鲍桂星顿首。

25

旬馀违晤，伏惟履祉佳安，歙墨二函，螺蛳盒二，具乡人邮赠，转以奉饷，乞存之。是否锦旋，便幸示及。专颂遂庵二兄馆丈早安，弟鲍桂星顿首[①]。

26

顷闻喜音，欣贺无似。松筠庵僧月亭和尚，最工书法，写有赏对甚多，每副纹五分（连纸），吾弟如需用若干，可即示明，以便代为取

---

① 下钤“天畔登楼眼”白文方印。“天畔登楼眼”，诗出杜甫《春日梓州登楼》二首：“天畔登楼眼，随春入故园。”

上。既好且廉,无有便于此者矣。专布即颂荣禧,不宣。遂庵二弟大人,友生鲍桂星顿首,即午。

27

手教极当遵照,但已为捷足所先。此间仅有典物,其子金太昂,阁下当得意时,似乎易办,不值吃此暗亏也。即颂升祺,不一。弟名心具[①]。

28

鲍桂星顿首遂庵仁弟大人阁下:

奉送节华后,旋闻典学喜音[②],闽粤英奇,都归珊网,良可庆抃!大约庾梅香际,绛驺当莅羊城,引领五云,遥深手额。星阿姿已老,不免倒绷咏唐人"白发""青云"之句,可嗤,亦可愧也!舍亲邵明经瀚来粤,归其弟之柳车,弟故尉于粤者,鸰原适难,万里间关。倘荷春嘘,感均存殁,阁下仁心为质,或能格外矜怜耳。即颂升祺,唯希蔼照。星顿首再行,八月廿一日。

29

前接手示,藉知年兄大人履祉绥佳为慰,并稔太夫人安舆就养,阖署凝禧,从此吉协升华,誉敷雅化,翘瞻𫐐采,定惬颂私。镕于二月初五日抵京,久别乍归,应酬不暇,所幸公事无多,尚堪藏拙。贵所会试入帘,文运极亨,想闻之亦为快然。

再,京中递折,须用文书,此后须预备寄来。(并印花再寄几个。)

---

① 左下角钤"壮不如人"白文方印。

② 道光五年五月,翁心存充福建乡试正考官,闱中奉督学广东之命,十月抵达广东。参见《翁心存日记》第四册,第 1853—1854 页。知此通写于道光五年。

此事镕即转托从前办事之军机行走钱古槎三兄。伊已应允,可以放心考试。从肇罗再绕道南韶一带,到省须在六月,一切俱平静否?便中详示。日前易单既蒙采纳,足征虚怀。同城诸君子相处既久,愈益投契,外省友朋之乐,亦以粤中为盛,惟冷暖无恒,总以过暖为主,此则保身要言耳。草此奉覆,即候文安,不既。通家侍生白镕顿首。再,此后作书不必通套,竟以自书为妙。

30

再,昨晤贵师笛生比部,知僦居之资已有所寄,足征师门谊笃。钱古槎比部廿金业已交到,属为致谢。至将来称谓似可通套,缘世谊已在从祧之列也。承示东三属文风,自以嘉应为最,唯根柢之学太疏,未免浮靡之习,且生员不如文童,以为然否?李生光昭从前竟未考起,可见遗珠在所不免。李生世琛仅于科试取列一等,亦非前茅,或近日学更长进耶?傅生嘉既得良师,定可成器,此实荷栽培之盛意。黎生耀宗虽有家累,倘大力提携,或可专心力学,亦快事也。伍生元薇英敏不凡,曾记其童试时,以“巨鱼纵大壑”命题,深赏其“逐队随流辈,回头笑若曹”一联。今果取古考一等,实为心慰。广文中杰出者,如吴石华、梁蓼浦,皆素所深契之人,晤时希道意,并以证先后赏鉴之同符也。又及。

31

八月杪接奉惠函,藉悉年兄大人旌节元旋,鼎裀集庆。岁试一周,再按羊城,更见多士向荣,蒸蒸日上。此自由涵濡教泽,不负栽培。故两载以来,日新月异,广收得人之效也,欣贺奚似!

承示士子文艺并旧雨近况,觉七千里之外,岁月再更,犹令人神往于蔼吉堂中与诸同人从容茶话时也。谭生莹少年英锐,腹笥便便,向极心赏,选萃时惜为曾生钊所掩,梁生汝瑛又为朱生伟昭所掩,近日诣力想更精进,丰城宝剑,定即出为世珍也。伍生人本聪颖,自当竿头日进，卢生本系遗珠，桂生不甚记忆。此三人者，年相若而才相埒，得大匠陶成，将来定成伟器。吴石华好学不倦，记丑而博，令人可爱，惜屡上公车不第，著述富有，藏之名山，又觉可惜。梁蓼浦人极沉静，惟注销知县，大为失计，将来再膺民社，转走迂途矣。朴石先生连遭西河之痛，何以为情，其叔子可大成否？念念！厚甫接相文之席最妙，伊向有时文癖，肄业诸生，藉亲教益，定当改观，晤时希为致意。嘱为留意之解部卷册，自当在心。

高凉号房余姓之事，京中却无所闻，本系寻常事件。既经奏明，更免传讹，自是老当之见。镕于七月间蒙恩补授工侍[①]，仍兼礼侍，两署奔驰，祇益劳顿，幸顽健如常，可毋廑念。率此奉覆，即候升祺，不既。通家侍生白镕顿首。

再恳者，新会甜橙风味极佳，遇有解饷便邮，可惠寄一小篓，如不便则已。黎峒丸亦寄数包，可以济人。琐琐渎及，祈恕之。

32

春杪奉覆一函，系由驿便，未知到否？来书未曾提及，谅已浮沉其中，亦无甚要语也。年兄大人已考过肇罗等六府[②]，宽严得中，指示详切，士子获益良多。所刊告示，于地方风俗人情，极为明晰，而措辞得体，敦朴古茂之文，非真读书人不能道也。夏月冬月自必回驻省垣，以暇时选刻考卷，务寄数册，以快览观。

---

① 道光七年，白镕“擢工部侍郎”。《清史稿》卷三百七十五列传一百六十二，第 11562 页。疑此通写于道光七年九月。

② 道光五年五月，翁心存充福建乡试正考官，闱中奉督学广东之命，十月抵达广东。道光六年，转补左中允，按试肇、罗、南、韶、连，还试广州。参见《翁心存日记》第四册，第 1853—1854 页。

仆于八月底调工部，兼管钱法，九月中署兵部都官[①]。虽值停工之时，中枢正在筹边之际，菲材当此，兼顾为难。所幸老亲康健如常，舍弟已毕姻事。寓中安静，贱体耐劳，足慰廑注耳。远承厚贶，深抱不安。专此布谢，即候升祺，前所刻《教谕语》一编附去。通家生李宗昉顿首，十月初九日夜。戴立斋三世兄已于八月下旬由水路携眷回江西矣。

33

昨承手翰，以内子云徂，远颁慰奠，复蒙分清俸以备甘旨之需，稠叠隆情，感荷奚似。藉稔二铭年兄贤友大人移节海南，试毕雷琼诸郡[②]，神明疆固，水土不侵，所得佳士自多，考卷如已有刻成者，望便寄以资先睹也。

仆于七月调贰农官，兼司泉法，仍权武部，事更繁纷，幸老亲安健如常，足宽廑注。汪文端师腹疾薨逝[③]，饰终令典，备极哀荣。表弟幼清于八月十九日由水路奉柩归葬，惟大表侄名承佑家眷留京。明春表弟拟仍入都，原籍尚无住处，老成徂谢，士类同伤。日内撰述行状，临纸呜咽，不知从何处下笔耳。专此覆谢，即请升安，不一。通家友生期李宗昉顿首。

---

① 下文"昨承手翰，以内子云徂远颁慰奠……仆于七月调贰农官，兼司泉法，仍权武部"一札写于道光七年，结合此句"仆于八月底调工部，兼管钱法，九月中署兵部都官"。意即道光六年九月，李宗昉"署兵部都官"，次年七月"调贰农官，兼司泉法，仍权武部"。武部，即兵部。因疑此札写于道光六年十月初九日。

② 道光七年，翁心存"举行高、廉、雷琼岁科"。参见《翁心存日记》第四册，第 1854 页。

③ 汪文端，即汪廷珍（1757—1827），字瑟庵，江苏山阳（今淮安）人，乾隆五十四年进士，道光七年卒，谥文端。传见《清史稿》卷三百六十四列传一百五十一，第 11426 页。知此札写于道光七年。

34

二铭先生大人阁下：

仪型在望，鱼素未通，华翰飞来，鸡鸣如见。仰今日之光风，北征载道；忆昔年之旧雨，东郡趋庭。怀想殊深，依驰孔亟。书中垂注殷拳，奖誉溢分，且感，且愧，何以克当？伏惟二兄世大人励人伦之鉴，敦教化之原，笙《华黍》之什者有年，废《蓼莪》之诗者几载。今者起而奉职在郊，歌良马素丝；入而拜飏献可，惟丹书宝鉴。此得贤臣之颂所由来，而赓喜起之歌所由作也。

紫书先父执道德之基、仁义之蕴，教士拯饥之实心实政，朐海人士艳称之，吾先君子亦乐道之，乡社之俎豆馨香，洵足以端世教而肃人心。敬读文钞、诗钞，仰见理道贯彻，经术湛深，立言必有规劝，遇事必加准绳，有典有则，非世俗之所谓诗文也。末学肤浅，未能窥其万一，讵敢道其指归？容俟昕夕体会，拟之后言，再行寄呈裁择。手肃奉复，敬请台安，统希垂察，谨缴谦称，恕不具柬。馆世愚弟唐鉴顿首，三月初六日。

35

二铭太史二兄大人阁下：

去夏由大兴县驿递一函，想蒙照入。嗣闻秘殿簪毫，重邀睿赏，欣慰无量。弟抵任后一切情形，前已略陈梗概，惟缺苦而用度难省，地僻而差务甚繁，凡由省赴东昌、临清及西路赴郡各差，俱取道于此。供亿之烦与冲要等，弟一手支持，幸无贻误，竟不能有迎取眷属之赀。然回念前任令尹，多以亏缺久羁囹圄，则一服清凉散，胜饮冰多矣。

现在交代限期紧急，前任李公约亏六千，欲接固所不敢，欲揭又所不忍，只得引疾暂退，为下月之息，深悔捧符之误也。在此八月无甚恩信到人而舆情谆挚，有痛哭挽留者，有欲赴大府乞留者，亦殊可感。一官原如敝屣，惟对此情形，又有三宿桑阴之恋。弟无武健之才，惟随到随审，随审随结，相验从不株连拖累，行乡只如家人父子，民间有“坐堂就结案，下乡不吃饭”之谣。凡下乡只带三四人，米面小菜俱由署内带去。弟食量素大，可吃两巨盌粥，加以鸡子十枚，俱出私厨，丝毫不累闾阎，故乡民之心悦诚服，更十倍于绅衿也。

他如举行旧典，崇重学校，缉捕严切，而痛除猾贼奸捕、诬良攀窝之积习，审断勤慎（慈祥）而严惩豪胥土棍择肥架控之刁风。过寒只一敝羊裘，官廨只如破庙。心无寸累，则居之自安。以民事为己事，则聪明自出。尝于清夜静思，凡城隍土地之神，必系聪明正直之人，然冥官纵有处分，必无交代之累与亏缺之累，且必无差使、供亿之累，似较易于今之牧令也。

古人所云，私过不可有，公过不必无。弟尝以此二语为职志，故办理命盗巨案绝不讳饰。平阴虽小，数月以来已有数案，谬以诚求，遂邀虚誉，屡奉郡委审案肥城、东阿，俱为士民所服。今者进退维谷，行将去矣，惟去冬派买仓谷，是弟未完之事，约赔千金，竟蒙吾民代为完纳，不致为前官之续，殊自幸又自愧也。官无论崇卑，顾所自树立者，何如耳？

平生饫闻师训，经此一番则自信更坚矣。吾师遗爱在人，久而益著。弟在家时已与士民公议，崇祀名宦，不意至九月间始通详。阅张友于陶欣仲信，便悉所撰呈稿，是州人公拟。弟觉其有措词未协处，然亦足征公论之在人矣。弟交代并无未完，惟东省风气，非一时便能脱然。闲云来去，一听东风，但以馆养家之人，去年只寄百金，（自一行作吏，家计转艰。）今年无可寄者，梅妻、鹤子，清癯可念。转觉吾母吾弟不及见我今日之奇贫，为幸事也。学术未甚荒，读律较熟，一官累人，持此将安往乎？深夜写此信，恃友爱非常，随意倾吐，惟希澄鉴，不宣。愚弟许乔林顿首。二月初五日，平阴行馆。

附呈诗片，希粲正。如有回信可寄至东平州牧周五兄署中转交，甚便。去年大考题目，并希开示。

再启者，崇祀司详一件呈览，恐张客手信或万一迟延也。谨案国朝师儒之官入名宦祠者，只浙省费公及江省我师，二百年来两人而已。乔林手启。

36

遂盦年世大人阁下：

去年九月间由江宁信局寄呈寸槭，内有《崇祀名宦详稿》一册。嘉平上浣，又由皮货客人张姓回京之便，寄呈藩司议准详请会题稿一纸，并信一件。此两次信函，均系确实妥便，谅久入览，惟仪曹议覆需时，乔林等当预洁芹藻，以待荐馨耳。

此间李、金两学师雅意赞成，张友于兄亦效微劳也。京兆得人，希赐同门卷一本。目下四书拟题，并经筵所讲何书，均希示及。乔林于文字之外，别无嗜好，藉以授徒谋生，即以消闲遣日。石室砚席，仅敷饘粥，而山长之去留，视荐主之盛衰。每至秋冬，慄慄危惧，然视浮沈州县孽海中，则如清凉散矣。

月南遗书满家[①]，力不能刊，惟《算牖》四卷[②]，为孙云槎明府代刊，寄正大方。今秋拟刊其《易确》一书[③]，以慰其志。吾师遗集已刊行否？倘得附名校字之末，固吾师所许也。去年刊门人丁生所撰《阴骘文引蒙》，印行千本，今寄呈一册，或可于厂肆开雕，亦大善缘也。将来使车所至，随时刊布，视《小学》《近思录》诸书，尤为浅近易入，世大人以为然否？如案头有《养正书屋集》及今上《御制诗文集》，乞赐读为幸。跧伏海滨，安能见天地之大文乎？今因公车之便，肃修寸启，恭请钧安，伏祈霁鉴，临池依溯。许乔林谨启。儿辈侍笔请安。

---

① 月南，即许桂林，许乔林胞弟，字月南。

② 国家图书馆藏有《算牖》四卷，清道光十年刻本。

③ 国家图书馆藏有《易确》二十卷，道光十四年刻本。

37

遂盦年世大人阁下：

五月三日黄孝廉旋朐，接读手书，并蒙赐各件，铭谢之至。吾师崇祀盛举，前经三院批准会题，因制府胥吏索费较昂，乔林曾馈四金，未盈其量，忽从中舞文远引琦制宪旧案，大为批驳，殊出意外。向来崇祀之案系中丞方伯主政。兹既奉制军宪驳，又须另费斡旋。乔林手拟公牍全稿，率州人公请刺史通详，旋送儿子赴试建康，谒见云汀、少穆两先生，面陈朐人芹藻之诚，均蒙允以。如详赶办，不误年终汇题。至书吏长技，往往有意迁延，又躬与晤语，复赠润笔微赀，彼已面从，不致再有迟误。因知世大人有典试之喜，未及奉书，想蜀士能文，贤主司得人必盛也[①]。

郎君今秋应京兆试否，深以为念。今因确便，肃修寸函，由小山总宪处转致，必无浮沉之虞，并将公牍稿寄呈钧览，馀俟来春公车，续陈一切。海隅鲜遇便邮，此时不须，即复卿华天上，骧首神驰，敬请崇安，不庄，不备。许乔林谨启，九月廿四日。

38

仲冬十八日许乔林谨奉书遂庵世大人阁下：

去年九月间奉新蔡位衡明经南归，顺寄寸槭，奉复度邀钧照。位衡久在朐阳幕府，人甚醇谨，谅不致以偶作书邮，稍有干谒也。敬维清声伟望，又复誉满南州，是当代有数名臣，不止以文章为职业，夙攀世契，荣幸殊深！

我夫子大人崇祀典礼，今夏奉到部文，因正修名宦祠宇，故延至仲冬十六日奉主入祠。是日气和如春，晨霞绚采，仪杖舆卫之盛，馨

---

① 道光十二年五月，翁心存典试四川。参见《翁心存日记》第四册，第1854—1855页。疑此札写于道光十二年。

香普淖之庋，为向来所未有，四方观礼者，充衢盈路，殆将万人。乔林偕张君敦悌扶舆而行，追思教泽，喜极而悲。适张小庾先生前三日接印，得以蟒衣拜于阶前，岂非前定？次日石室课期，乔林以礼成纪事为诗，题拟汇成一集，将刊附崇祀录后，特此奉闻，乞禀知师母大人，以慰慈怀。

乔林主讲石室，日以时文为事，阁下如刊江西试牍，希寄示以为程式。炳烛之明，治经未懈，而说经无书，诚知此事之难也。今秋始将月南所著《易确》刊成，并拙选《朐海诗存》及旧刻《阴骘文引蒙》，敬呈训正。月南砥行立名，好学深思，而赍志早逝，敢求赐以弁言，幽明均感。学正李兰谷先生亦能以吾师之志为志，本年重修崇圣宫，明岁议建敬一亭，属乔林先为致意，俟将来开具节略，敬乞大笔，以为光宠也。便人即发，书不尽言。明春杨粹含公车之便，另容肃致。即请崇安，不宣。许乔林谨启。灯前作字，眼花不能庄楷，乞恕之。

39

遂盦世大人阁下：

前闻持节武林[①]，深为两浙士人欣喜。至恩由特简，则以清操亮节，宿望久孚，此犹大用之先机耳。迩维萱阁承欢，德门集祜，曷胜抃颂。顷陶柳村旋里，敬传台谕，知前后各函均登记室，惟蔡先生一信未到，承询杨生德昭手银信久经照收，彼时适逢蔡君位衡南归，故属其作寄书邮，言及此件，并有复令郎一函，不料其竟有浮沉。蔡君人颇谨慎，谅不致干谒生波，而忽学殷洪乔，迄今并无信来，未解其因何迟误，或有疾病意外之事，则此信本无关系，可听其浮沉也。至崇祀盛举，曾经三次院驳，首尾十年，院司胥吏向有楮墨例仪，均系乔林独

① 道光十五年六月，翁心存典试浙江。参见《翁心存日记》第四册，第1855页。武林，杭州别称。知此札写于道光十五年九月初十日。

肩其事。前在山左办理石岭太夫子平阴名宦,及旋里后办理陶山夫子海州名宦,皆系乔林一人独捐,此谊所当然也。惟恭请神位入祠之日,或制备仪仗,或分办祭品,或各送筵席,应听其自然,其孤寒之士以瓣香展敬者,指不胜偻。至是日用度不敷之处,均系乔林补足,盛典肇称,众情洽然。

前承寄备祭五十金,乔林存作将来汇刻翁、唐二公崇祀录之用,现仍拟办邓鸣冈分司名宦事,如能有成,则刊三公崇祀之录,更为佳话。惟因贫病因循而同志如柳村者,又远去粤省,殊为怅怅耳。月南乡贤一件,两奉院驳,只得中止。前呈《易确》,敬乞序言。今秋又刊《四书因论》一种,交柳村代呈钧诲,并乞一言,胜乡贤之俎豆为重矣。柳村即行,草草奉笺,恃相知之雅,不作庄楷,乞赐浙江闱墨及全录一部。如行箧有鼻烟,愿寄一瓶,俟还朝道经淮上时,交周太守焘转寄,甚便也。即请崇安,惟希惠鉴,不一。许乔林顿首,九月初十日[①]。

再启者,柳村述及世大人相待之厚,感戢殊深。柳村为人醇正通达,亦师门之隽也。海滨同志颇尠,今又远行,殊难为怀,知其趋谒珂里,自惜为砚田所拘,不克偕敏戟门,畅谈积悃也,乔林又启。

40

遂庵先生世大人阁下:

前闻节舫荣旋,正拟修笺布悃,因便鸿希遇,致涉稽迟。乔林旋赴沭阳阅邑试卷,即应镜海方伯之抬,嘉平中旬归来,接奉手书,雒诵再四,并荷远颁珍品,欢喜拜嘉。

敬维陔兰方荣,宝树竞秀,有古名臣之内行,想大君子之清风,仰企卿华,实深欣颂,并闻校刻家集,俟刊竣时乞赐两部,翘盼之至。乔林贵池片毡,因云汀制军鉴其瘠苦,令且引疾缴凭。今年仍

① 左下角钤有“自天祐之吉无不利”白文方印,另钤骑缝印。

安砚石室，榆乡子弟复来从游，乐此不疲，不作出山想矣。手泐奉复，不备，不庄。祇请崇安，临颖驰系，不一。许乔林谨启，正月初三日。

41

遂盦先生世大人阁下：

昨由吴门顾湘舟兄南旋之便[①]，寄贺寸椷，度已入览，迩维侍奉曼福为颂。乔林因校《陶文毅集》尚未蒇事，今秋不为秣陵之游，儿辈逐队观光，随诸学侣南行，亦可放心。

海州今科乡试人数，倍盛于从前，因分转童石塘先生厚助资斧，故寒畯得以成行，所冀弋获一二人，始足为学校增气色耳。新尹刘玉川明府久在朐阳，最为相得，其人清勤通达，朴实无华，殊为珂乡喜得贤宰也。东南风信，昌国密迩，未知进退若何。从来防御外夷，先靖汉奸。此时则烟犯皆属可虞，沿海总须筹备，朐在五条沙之内，巨舶固不能至，然每岁宁波蟹船必来，海程甚熟。嘉庆丙子琉球难夷曾泊鹰游门外，则此地亦岩疆也。日内观察按行海上，择要设防，乔林本不知兵，惟愿海氛早靖，不致废我啸歌耳。

张小庾大兄送考省垣，顺道归琴川一行，彼时如吾师全集刻竣，交其捧来，是所翘跂。友于已有专函早寄矣。今附玉川明府邮递之便，匆匆数行，敬颂文祺，诸惟亮察。乔林谨启，六月廿六日[②]。儿辈侍笔请安。

---

① 据下文许乔林致翁心存“王子卿都阃来朐，奉到手书……”一札中所言“庚子六月曾托吴门顾湘舟寄上一函”，知此通写于道光二十年庚子。

② 道光二十年七月初十日，“清晨刘玉川来，予尚卧，未晤。巳刻诣局，申刻回”，翁心存“得许石华六月廿六日书，刘侯送来者也”，当即此通。参见《翁心存日记》第一册，第386页。

42

遂盦先生世大人阁下：

去秋由刘玉川明府处寄复寸函，又去夏附吴门顾湘舟携去一书[①]，知邀清鉴。湘舟家在苏城元妙观，前有园亭水石之胜，喜刻书，好金石。去夏来游云台，故托作寄书邮耳。敬惟侍奉康娱，德门备福，喜玉堂之联步，饴味逾甘；忆石室之传经，萱花长茂。引瞻矞采，欣颂奚如。

哲嗣先生想已请假南还，重荫胪愉，过庭拜庆。至礼闱朱卷，乞赐一二本，学侣望风，钦迟甚切。乔林以砚为田，惟日不足。自念未尝废学而于道无闻，恐玷师门，时深警惕，我世大人何以教之？

洋氛未靖，引领澄清，朐海虽僻，而港汊处处可通，捞虾簖蟹之徒，未必不为利饵，私心过计。常抱杞忧，万一夷舶竟来，亦惟执梃而往，率子弟而赋同仇，其胜于北面诵《孝经》者几何？惟盼威弧迅扫，寰海镜清，则安我啸歌，实衰龄之幸矣。想虞山望洋更近，鹤警时传。虽烽报平安，定劳荆川莀画也。小庾仁兄即行，肃上手笺，言不尽意，临颖依驰，馀具丹柬。许乔林谨启，十月望日。大兄大人均此道念，不另启[②]。

43

遂盦先生世大人阁下：

王子卿都阃来朐，奉到手书，并蒙远贻榼帖，惠以仁风，鼻观含芬，深惬夙好，而岭南珍药，虽妇孺亦拜仁寿之祥。祗领之馀，如亲晤语。久疏音问，梦毂时萦。

三复来函，弥增洄溯。伏惟门清如水，本属庭诰家风，此时华洁承愉，经香启后，而于前代得失之林，名臣经济之略，及此燕闲，讲求

---

① 即道光二十年夏。参见上下文相关信札。

② 每纸左下钤“自天祐之吉无不利”白文方印。

精确,异日笃棐迓衡之业,实在于斯。至柯亭接武,玉尺乘轺,不足为颂。大兄别来多年,闻杖履甚健,年加而所学愈淳,惜不能缩地相从,作十日快聚。

乔林行年亦六十有九矣[①],精神未衰,步履尚捷,但年进而学不进,日从事于八比八韵,自觉可笑,然生计在此,亦乐之不疲也。石室一砚遂已廿年,诸生颇隽乡科,为此州从前所未有,然而经义治事之分斋,有志者尚以为缓图,况沈溺于俗学者乎?惟士多自爱,类能砥行立名节,则吾师君子之泽长矣。

大儿究心时文,不喜多读书,而试每高等。月南嗣子留心经训而试辄居三,今秋拟皆令其观光。海州河患方殷,加以久旱,顷始得雨,民气稍定。去年此间防堵之役,乔林与焉。昨大府叙劳,获晋京衔,愧非稽古之荣,聊洗风尘之俗。附闻博椉若五条沙之险,只能限三四桅巨舰耳,濒海三板等船,挂帆即至,且宁绍土人往往于八九月间驶船到此收买螃蟹,习以为常。熟悉沙线,且南城人家多有海舟,常往来吴淞间。去夏英夷曾函两船及海州人之为舵工者,颇有窥云台之意,迄和局既成而后释回,顷于鹰游门及高公岛等处建立炮台,亦是筹海要着也。

今子卿都阃有人南还,附呈《陶文毅公集》一部,是乔林所校者,道远少便,寄书颇难。忆庚子六月曾托吴门顾湘舟寄上一函[②],湘舟住元妙观前弓巷口大街,藏书甚富,最喜金石文字,其来海州为访碑也。张小庾兄赴浮梁时,亦托致一信。昨读来书,似均有浮沉否?陶柳村取道秣陵,已赴粤东。方氏式微,尚有读书应童试子弟。黄氏有孝廉作令楚南者,昨已引疾,尚席先世馀业也。行人即发,随手作复,

---

① 许乔林(1775—1852)字贞仲,号石华。疑此通写于道光二十三年,是年许乔林虚岁六十九。参见咸丰元年三月下旬许乔林致翁心存札云:“去岁唐生昆基、江生能经先后旋朐……乔林行年七十有七矣。”

② 庚子六月,即道光二十年六月。

不能庄楷，即颂钧祺，不一。许乔林谨启，四月十六日。

再启者，乔林顷编《海州文献录》，以补陶山先生《嘉庆州志》之遗。自汉迄今，已增补二千馀条，皆确系此州，毫无假借。《名宦传》中当恭撰吾师一传，以重此书。俟定稿后，即附便呈正，仰乞序文。先此附陈，乔林谨再启。

44

遂庵先生年世大人礼次：

自甲辰冬间[①]，由吴门顾湘舟顺呈寸函，久疏音敬。去岁冬杪接读友于兄处手札公槭，惊闻师母大人哀问[②]，伏读行述，与诸同学悲恸殊深，即拟恭撰祭文，藉申哀悃。因海角奇寒，为数十年所未有，衰龄伏枕，未能强起含毫，又不肯令门生儿子辈代为捉刀，而友于兄经理炮台，躬驻海滋。直至二月初旬，乔林甫愈乃克，殚思竭虑，敬成诔文，并序千四百言，以抒吾哀，年老才退，期于无愧词而已。虞山道远，不能躬叩灵帷，实深歉仄。谨偕门下士敬呈祭幛楮筵，并诔文表裹全轴，令斗役张贵赍投。其往还川资均已发讫，附呈近刊月南《穀梁释例》二部，恭请钧诲，乞俟祥琴之后，赐以弁言，幽明同感。

乔林近编《海州文献录》十六卷，内载夫子大人名宦事，实为全书之光。今年秋冬间可以印行，届时敬当呈正。日内乔林甫愈，诸生以文就质者，案尘亟须迅扫，而南信不可再迟，匆匆奉牍，不尽所怀。乔林虽年已七十有二，而病起之后精神意气仍似从前，俟佳城卜吉时，必当渡江一行，亲来执绋也。肃此敬请礼安，临颖神溯，乔林谨手启。儿辈云王毅斋先生家相有选刻时文，如琴川人士有之，乞觅寄一部，又及。

---

① 甲辰冬间，即道光二十四年冬。

② 师母大人，指翁心存母亲张太夫人，道光二十五年“六月，张太夫人弃养，居丧一用古礼”（《翁心存日记》第四册，第1857页）。

外呈:祭幛全轴,诔文表裹全轴,共一包;祭幛金字,月南《穀梁释例》,共一盒;礼帖一件,代祭筵香楮银十二两一函[①]。

45

孟秋中浣许乔林谨奉笺遂庵先生世大人阁下:

张贵旋朐[②],捧到手书,回还三复,仰见孝思之诚,溢于言表。海上入夏以来,积雨连阴,新秋始逢开霁,未审琴川气候何如?迩日已诹吉佳城否?吾师遗集刊行时,如可附乔林名于校字之末,荣幸殊深,惟恐编摩有例,则未敢请耳。

读朗若一兄行实,字字从性分流出,故能写出其人性情,不但精神如在也。乔林与一兄年相若,谊相敦,虽少壮时静深之气远逊一兄,而兄转以英气见许,每与言一饭,顷令我虚憍顿消,退而检点,未尝不自失也。其介其和,皆能得吾师之一端。古之独行君子,何以加兹而至性纯粹,致老不渝,则家门见闻,义理浸灌,亦得力于大人者厚矣。不相见已四十年,回忆前尘,怦怦感念而不能止,然立身制行,具有本末。又得大贤以伊川、颍滨之笔,传之孝弟之至,通于神明性情之文,可以维世,一兄当之,洵无愧词也。今因儿子徵耀乡试之便,匆匆手肃数行,敬请钧安。

前承文集《正字略》之赐,与学侣共读之,内有老夫子文,手钞恭诵,如当年躬侍函丈时。《正字略》较坊刻倍加精审,读书必先识字,即此是敬也。并蒙惠以鼻烟,素性所嗜,心得所欲,口常欲笑,亦因少时读《榕村文集》有"垂老而目愈明,殆鼻烟所致"语,闻之既久,颇无

---

① 道光二十六年三月二十八日,翁心存收到此札。参见《翁心存日记》第二册,第 614—615 页。因疑此通写于是年二三月间。

② 道光二十六年四月初三日,"暮,张贵回海州去,以谢许、张两书并谢帖、《行述》、各分使金一函寄石华,《虞山制义》、鼻烟寄莼楼,京顶药丸等交伊带去"(《翁心存日记》第二册,第 615 页)。知此通写于道光二十六年七月中旬。

差池。及此品偶缺，亦竟置之，绝不系怀。迨既阙复有，其喜可知也，并以鸣谢。月南嗣子徵容因亲老未可全令远行，故此次未赴省门。秋风伊迩，伫聆公子公孙竞爽济美，实所欣跂。信手抒怀，不加诠叙，惟亮察，不宣。乔林谨启。

敬再启者，乔林近编《海州文献录》十二卷，恭载夫子大人于宦绩，以为简策之光，俟修板完竣，即可印书呈正。此录补《唐志阙遗》自汉氏以迄明之季年，凡海州掌故见于四部书，确为今之海州事实者，依类增入，至官师之迁除，兵食之损益，有司自有案牍，非里人所应与闻，惟名宦已蒙恩纶，及节孝之贫苦，沉沦不能自达者，世虽近而载笔特详，庶备将来官中修志之资耳。乔林谨启。

46

遂盦先生年世大人阁下：

顷从高琨圃兄处奉到手书，知前此两椷均已入览。伏维祥琴古义，崇礼精心，以敬以诚，其难其慎，想此日佳城卜吉，正在名山躬历之时。天意从人，地灵协吉，定有以慰大君子不匮之思也。

闻现刊夫子大人全集[①]，欣抃之至，一俟样本印来，即祈赐下，冀得附名末简，是宋均、张逸之职志也。日内海州方行州试，诸孙从学侣踊跃观光。此间案尘暂扫，得以焊温少壮时研经琐记，偶逢异义，辄思质疑，自惜精力衰迟，未能泳渊源而为有本之学耳。

乔林于文字之外，无他嗜好，惟鼻烟之缘，老而未改。昔李文贞公谓佳烟有明目之益，乔林壮而偏盲，及其老也而双眼之明，转胜于少壮之日，似得闻烟之效，强于六物之汤。但朐海偏隅，难有佳品，顷蒙远颁双叻沁骨清芬，灯下徐拈，瞳神增旺，谨以鸣谢。兹乘张霞汀

---

① 道光二十八年正月十四日，翁心存校勘先集样本二卷。参见《翁心存日记》第二册，第632页。据此札中“夫子大人全集”即先集之样本尚未印出，因疑此通写于道光二十七年。

明府竹报之便,匆匆数行,手书不庄,祇抒诚悃。霞汀醇雅练达,无俗吏气,不致如洪乔浮沉也,如随后信函似为确便。敬请钧安,伏惟亮察,不一。乔林谨启,九月朔旦海州书院。诸位世台均附笔道意。

47

遂庵先生年大人阁下:

前由张贵手奉到朵云,并赐珍品,旋于儿子秋赋之便[①],顺呈寸笺,交世长辈考寓转寄,度久入览。迩维礼堂露湑,感念祥琴。想师母大人卜吉佳城,朗若大兄亦安神箫垄,白云所荫,更发卿云。

秋觐还朝,宏敷霖雨,伫见韦平济美,中外宣猷,应大人利见之占,体吾师未竟之志。乔林跧伏海隅,亦翘首而欣欣色喜也。今年讲席如常,诸生向学,童子中有一二有志之士,用心经训,可望将来成材。

去秋幸中之姜朝元者,及门最久,品诣清醇,傥能竟破天荒,足为海边绩学者劝矣。《海州文献录》顷始印行,而便鸿甚少,今附张霞汀明府之便敬呈一部,希垂浏览。张友于老健如常,乔林近得曾孙,四世同堂,所喜累叶。齐眉老妻七旬馀二,尚能灯下做针黹,与乔林书檠相伴,听诸孙背诵声,而心矩防踰,正知足而不敢自以为乐也。肃笺申悃,恭请崇安。许乔林谨手启,三月二十日石室书院[②]。

48

遂盦先生年世大人阁下:

昨由张霞汀明府棣通乡信确便,寄呈寸椷,并新刊《海州文献录》四本,谅已入览。迩维乐章肄雅,还朝有期,家近南瀛,心筹时务,内

---

① 参见道光二十六年七月中旬许乔林致翁心存手札"张贵旋朐,捧到手书,回还三复,仰见孝思之诚……今因儿子徵耀乡试之便,匆匆手肃数行,敬请钧安"。疑此通写于道光二十七年三月二十日。

② 此札三纸,每纸左下角钤"楳修居士"白文方印。

修自堪外攘，文恬尤戒武嬉，定有嘉谟为当宁献也。

乔林顽健胜常，诸生向学，长孙宝谦年已十六岁，诸经文选，记诵颇勤，天资亦淳厚，肯阅《近思录》及《松阳讲义》诸书，明春当令其应试矣。月南嗣子徵容，亦笃志经训，而时文不工，楷法太劣，每试必三等，殊可哂也。海州自吾师来后，始知治经。凡能治经者，多能砥行立品，君子之泽长矣。今因高昆圃大兄南旋，即刻挂帆，匆匆数行，再呈《文献录》一部，敬请钧安。乔林谨手启，六月初十日石室书院①。如有复函，即由高大兄顺寄，甚便也，又及。

49

遂盦先生年世大人阁下：

去岁唐生昆基、江生能经先后旋朐，敬传雅谊谆然。乔林知清明在躬，保衡望重，为我国家得人庆，不仅吾辈期许之私也。伏愿于夙夜靖共之暇，稍宜节劳，非只爱身而已，诚以朝读书百篇，夕见七十士在周文公时则可。今则卮言日出，佳士难真，似宜择书而采政要，择士而慎几先，即以节劳而专事靖共，斯在躬之清明，可大亦可久，洵天下之福也。

乔林行年七十有七矣，精神步履，未减壮年。去冬襄校郡试，批阅通宵，士情允协。平日则座有穷士，门无杂宾，日与子弟生徒研思讲习，乐此不疲。附陈琐琐，仰慰廑怀。

长孙宝谦为学使所赏，尚能镞厉向学。本州官师公举以应孝廉方正科，宝谦决意坚辞，乔林嘉其读书安分。近以耆儒张君敦悌应此举，可称允协。乔林素懒笔札，况阁下地望清严，尤宜自守咫尺之义。岁首通牍礼在则，然生平介石之贞，固知己所信也。随手书笺，勿哂

① 此札写于道光二十七年六月初十日。参见道光二十七年九月初一日许乔林致翁心存“顷从高琨圃兄处奉到手书……”一札。

其率。诸世讲在邸中者为致意,即请钧安,不一。许乔林谨手启[①]。辛亥正月下浣吉辰[②],海州石室书院。

贵州如刊考卷及训士书,乞随时寄读。此函由李比部维醇附呈。李君为乔林外孙,端谨练达,非俗吏也,又及。

50

遂盦先生年世大人阁下:

朐东僻远,引跂卿云,凡熙绩之新猷,皆传家之正学,敬为圣主得贤臣颂。仰惟庭训渊源,其来有自。

乔林今年七十有八矣,精神步履,自觉顽健,家无恒产,仍未免以砚为田,却藉以砥砺廉隅,与诸生文行互勉。儿孙俱习举业,特恐老马惟识旧途,未必合今日之经涂九轨耳。阁下何以教之,黔中刊有试牍,祈寄示。去秋京兆闱墨,如门下士处有之,希惠一部,因恐坊中已少此本,故赘及之。从前托公车人购前科顺天全墨,皆以榜后为人购求,无从再得也。乔林向于远道书邮慎之又慎,然如年世大人处,未敢以过慎之故,一概置之。是以前岁公车之便、拔萃之便、去夏李比部维醇之便,三修芜启,皆系亲书,如竟非乔林手笔,(初无一字干渎清严。)则由妄人增损其词矣。同时之蘧使固属难逢,而八秩衰龄继见,何敢逆料?务祈阁下自公退食,寄我三五行。若蒙手书楹帖,勖我、规我,俾朝夕为座右之铭,则庄敬日强,如时时奉教于大君子也。手写至此,欣然以企。顷有族子,以联幅求乔林,谆乞吉祥数字。其人年已七十,(名菘,字秋沅,捐请三品。诰轴系由部郎加捐也。)有乐善好施之名,乡评允协,其同怀弟名莲,海州诸生,曾官东河,久经物化,然亦师门之小子也。(如公务殷繁,即随后不拘何时,遇便顺寄可

① 上钤“许印乔林”朱文方印。

② 辛亥,即咸丰元年。

也。)郑孝廉匆匆北行,谨上寸柬,恭请钧安。许乔林谨手启[①],上元日。(先具丹笺,命小孙代写申敬,此系信手亲书,幸恕不庄。)外,族子联幅乞令门下士书之为荷,郑生醇谨有素,可作寄书邮,诸世台均此道意,未另具启[②]。

51

二铭先生大人阁下:

春间接展惠缄,当由穉兰太守处肃答寸笺,当可彻览。伏惟起居绥佳为颂,天颜有喜垂询,皆国是民瘼,飏拜赓歌,庆何如之。

委作老伯大人诗文集叙,以浅陋之怀,窥高深之量,万不能得其一,谨以草稿呈阅,如可裁择而用之,则请置之卷尾,因先人有志铭在也。手肃敬请近祺,统希朗照,馆世愚弟唐鉴顿首,闰四月初六日。

潜虚先生遗集序

周子曰:"不知务道德,而第以文辞为能者,艺焉而已。噫!弊也久矣!"谓之艺矣,而又申之曰"弊",周子其忧之乎?今非周子之时也,而弊益日出。弃性言理,认欲为心,信己而忘经,任天而远事,此端倪神识之流也,而高旷者或效之。其弊也,空而罔据。以多为富,以博为雄,见枝而遗本,疏委而失源,此支离蔓衍之过也,而涉猎者或宗之。其弊也,纷而无纪。其若春风袅娜,明玉瑶珰,文如锦绣,韵出笙簧,此大雅方家之所羞也,而浮夸子往往艳而称之。其弊也,荡泆而不知所归。周子之忧其在是乎?其不在是乎?而道德固已裂矣。今夫孝者,道之本也,德之基

---

① 上钤"许印乔林"朱文方印。

② 此通五纸,每纸左下角钤"棲修居士"白文方印,或"许印乔林"朱文方印。此札写于咸丰二年正月十五日。参见前札内容及其注释。

也。推之为忠、为敬、为仁、为诚、为廉、为节、为信、为义、为大有为、为必不可为,皆是物也。本立而道生,未有有德而无言者也。余读潜虚先生之诗文集,而知先生之德成于孝,文亦成于孝也。

先生生平追念曾祖、祖两世节母懿行,搜辑邑中列女,撮其孝贞节烈实事,为传若干首,寄哀寄痛,各就其至真处,书之感慨淋漓,追维深至。幽足以泣鬼神,明足以维风俗,使读之者凛然起敬,油然而生仁孝之心也。诗中钱节母、张烈妇及为沈思葵作,皆类此也。其王太恭人、李太孺人、许孺人、金孺人各寿序,引经订义,亦教孝之文也。余故曰"成于孝也。"先生,吾先君子之执友也,先君子为海州牧,先生官学正。凡课士赈饥以及立书院、建考棚、开河、修志诸政,皆先生左右之。先生本忠孝之怀,具经济之略,向使作为霖雨,大布其泽于斯世斯民,岂非天下之所冀幸者乎?而奈何道德未竟施也!然而后起有人,二铭大理本孝作忠,推阐而显扬之,其量正不知所极,而又有文孙编修某承承继继,则先生之所未竟者,尚何遗憾哉?於戏!道德之诒远矣。道光二十九年岁次己酉季春月,愚侄唐鉴拜譔。

52

遂盦先生年世大人阁下:

仲春下浣从严子通刺史处奉到嘉平惠椷,内有吾师全集,并志铭拓本[①],谨盥手捧诵,气肃神凝,恍侍函丈时垂老门生,顿增立懦廉顽之志。回忆带经鼓箧,忝附答问达材,妄拟缀文数行,俾见姓名于传集之末,洵生平之至幸矣。如蒙大贤鉴可,容俟来岁公车缮稿呈正。

---

① 道光二十八年十二月初十日,翁心存"作致许石华书,并以先集三部、墓志十通拟托严子通司马家寄去,子通方摄海州篆也"(《翁心存日记》第二册,第689页)。疑此通写于道光二十九年九月二十一日。

至今春接奉朵云，计尔时北上，轻车已在涉淮渡黄之后，以致笺启稽迟。昨从友人借阅邸钞，欣知再领成均，旋畀书房重任，共钦知人简在，真天下之庆也。黔阳卓著贤声，恪遵庭诰。岁科竣后，将来有试牍寄京时，祈以一部示我为荷。

乔林近刊诗稿二册，初无可存者，不过略留鸿泥爪印耳，不敢妄呈于大君子前也。行年七十有六矣，精力未衰，耳目步履，尚堪涉世。读新书亦能成诵，安饱无求，翛然知足，惟内子于四月间溘逝，老怀黯然，鱼鳏少眠，鹤孤弥洁，倍恋藜端书味，但少蔗尾诗情，附以奉告。小孙昨赴省门，令其走谒诸世侄处。海州新选拔江生，亦乔林及门佳士也。承询并覆，兹因确便，手肃寸笺，恭请钧安，临颖依切。许乔林谨启，九月二十一日海州石室书院寄。春间奉到吾师全集，谨捧交张友于兄、吴星农兄，均薰沐拜读，谨附笔申谢[①]。

53

遂翁侍郎年世大人阁下：

去秋由李比部维醇寄呈寸函，度邀钧览。江南乡试时，儿孙辈获与文郎接晤，欣佩交殷，顷知简畀正卿，为我圣主知人、天下得人庆，不止为师门欢抃而已。

乔林七十有六矣[②]，顷即赴邗，为护运司童公代阅书院，甄别试卷，约须一月往还。此公清正廉明，为今日江省好官，义不可辞。匆匆倚装，词不宣备，交唐、郑两门人代呈。唐以中书舍人应试，即留都中，此皆师门之小门生也。其人品醇正，经学亦有根柢，幸进而教之。吾师文集，敬乞赐伊等一部，是所至望。海州举人姜朝元拔贡，江能经亦乔林及门之隽，当即以试事诣都门。乔林旋朐时，属其作寄书邮

---

① 此通三纸，每纸左下角钤“楳修居士”白文方印。

② 参见咸丰元年三月下旬许乔林致翁心存札云：“去岁唐生昆基、江生能经先后旋朐……乔林行年七十有七矣。”知此通写于道光三十年。

也。肃笺申悃,敬请钧安,伏惟察正,许乔林谨手启。诸文郎文孙均此道念[①]。

54

遂翁侍郎年世大人阁下:

昨唐、郑两生公车之便,曾肃寸笺,知已久邀鉴及。敬维孝治之隆,得人之盛,天下额手向风。阁下敬承家训,必能光辅昌期。此实名世之经纶,非止儒臣之职业也。

乔林前因权运司童公招,赴邗江校阅两书院,甄别试卷,而童公因病出缺。此人清苦自励,劳怨不辞。当淮南万分棘手之时,力任仔肩,一心公正,乃以身劬力,瘁于筹笔之馀,端坐而逝。邗人怨其破除痼习,而不能不称其卓著清裁。以是叹异途出身中,亦未尝无一尘不染、经纬万端者也。其人既逝,则言非涉私,乔林信手赘叙者生平所见,脂膏之地,实无此自寻苦趣者耳。

乔林甫自邗上归来,适门人江能经以拔萃北上,敬写芜柬,令其叩谒台阶。渠之尊人讳履平者,为月南及门高弟,亦吾师当年门下之奇童也。能经早年孤露,砥行研经,无时俗浮薄习气,幸从文郎同举主,是其有友可师,祈自公之暇,进而教之,乞赐以吾师传集,斯小子之至愿也。

乔林游尘甫扫,重理静业,敬当斋心壹志,修辞立诚,冀附数行于传集之末,不敢率尔操觚。行人即发,举烛濡毫,恭请钧安,并诸公子公孙均好,不一。许乔林谨手启,三月初六日。闻钱楞仙太史刻有近

① 道光三十年二月十八日,"申刻海州唐霞耕舍人(昆基)来,(己亥举人,捐中书。)携来许石华书,并所著《弇榆山房诗略》十卷",疑即此通,写于是年一二月间。参见《翁心存日记》第二册,第784页。

科文选，乞觅寄一部，又及[①]。

55

昔年世好聚首都城，厚扰郇厨，频颁藻翰，五中感泐，莫可名言。二兄先生学养深邃，指日大考，定即飞迁[②]，曷胜臆颂。

拜别后于廿一日到省，谒见各大宪，皆以缺苦差烦，代为筹虑。现有办理河务，系前任查公勘估，大宪令其一手经理。弟暂住省垣，俟河工告竣，再为莅任，约在六月初间。知承锦注，用敢附闻，专此布谢，并请升安，不备。世愚弟方槼顿首，四月初五日。

56

梅炎藻夏，麦气迎秋，遥稔遂盦世长先生介福升恒，禔躬豫泰，指日衡文，星使简命荣膺，未识何省奎文炳耀，得邀驻节也。翘企佳音，倾耳以听。

石华姻长杳无消息，昨接家书，方知平阴多累，未肯肩承，竟于正初告病，殊为失算。我辈寒素，清苦半生，始得一缺。此番波折，既无捐免坐补之资，先有拘泥难行之谤。再思登场，更觉费力矣。

夫子大人莅任朐海，作育人才，文教振兴，士林感激，真如昌黎之在潮州、安定之在苏湖，遗爱不忘。此时绅士据情，公吁请入名宦，从其实也。本州已具详大宪，尚未批回耳。弟思绅士虽请，总须制宪入奏，贵老师中如有与制宪投契者，从中关照，更为稳当，祈酌之。所有公吁呈词，已属小儿抄寄，到时再为呈阅。

---

① 此通四纸，每纸左下角钤“许印乔林”朱文方印。此通写于道光三十年三月初六日。参见上文“去秋由李比部维醇寄呈寸函，度邀钧览……交唐、郑两门人代呈”一札。

② 道光四年八月，大考翰詹，翁心存列二等第二名。参见《翁心存日记》第四册，第1853页。疑此通写于道光四年。

师母大人迎养到京，不卜定期否[①]？弟高平苦累，兼之办筑千里长堤，差务繁多，颇难摒当。然不得不竭力趋公，以尽厥职。所幸雨旸时若，民情安贴，可藏鸠拙耳。外，附微仪三十两，乞哂存是祷。前考试差题并经筵所讲何章，时新策问何条，并恳开示，即交原力寄回。专此布贺节禧，敬请升安，不一。世愚弟方桀顿首。

---

① 道光五年四月，张太夫人携家眷入京。参见《翁心存日记》第四册，第1853页。据此札所言"梅炎藻夏，麦气迎秋……师母大人迎养到京，不卜定期否"，知写于秋季，其时张太夫人尚未入京，因疑此通写于道光四年秋。

十四　澄怀诸友书

1

启者，内务府送来本日述旨片一件，属为转致。明日是否递折谢恩，抑但碰头之处，望会同商酌。弟意奉旨特赏，自以具折为是。谨此奉闻，翁大人、杜大人、徐大人均览，恩顿首启。

2

弟前任山西学政，系由陕西试差接奉谕旨，谢恩折即书某处学政臣某。今吾兄由京中内廷简放，即单书姓名，似亦可行，过此则书某官某处学政矣，是否？祈酌之。顺贺大喜，并请崇安，愚弟制陈官俊顿首。

3

《覃溪先生集》《壹斋集》《钦定日下旧闻考》，案头如有此书，祈捡示一观。遂盦二兄大人刻安，愚弟寯藻顿首。

4

顾杏楼水部属题图卷共一匣，弟已题讫送上，俟大笔题后再送滇生、蘅庭两兄处也。并颂遂莽仁兄午安，弟寯藻顿首，十三日。

5

翁大人，愚弟祁寯藻顿首。弟回城尚未走贺，承转寄田世兄信，其奠分十六两,即望捡交小价杨福赍回,顷有便人回晋可寄也。遂盦二兄大人夕安,十九日酉刻。

6

少穆前辈以其封公《饲鹤图》属题,拟于三日内来领,兹将图卷奉阅,其另纸现在弟处,题讫即当送上也。《探梅图》名作如林,熊诗、谭序,可称双璧必传之作,奉缴。邃盦仁兄大人,弟寯顿首。

7

遂盦仁兄大人阁下:

直庐判袂,寒暑渐周,詹仰星轺,良深驰溯。出都后叠奉恩纶,司成晋秩,正修贺启,乃荷惠书,远念周详,感慰交至。伏谂体履安和,教思醰粹。西江士风蒸蒸日上,实深钦佩。

弟供职如恒,一岁数迁,愧怏逾甚。家母精神较去岁差健,拟于月杪旋里,明年仍来京师。知念奉闻,兹因世大兄侍奉伯母大人板舆启程,手此布悃,敬颂升安,统希照察,不宣。愚弟寯藻顿首,七月廿四日直园缄。

8

邃盦二兄大人阁下:

世大兄侍奉伯母大人启行时,寯藻曾具数行奉问,想早入鉴。伏惟慈舆就养,福体康强,二兄大人兰陔洁膳,芝室吟华。叙乐事于晨昏,树芳型于多士。升阶允吉,鼎望增崇。翘企临风,定如额颂。际兹岁献椒盘,又荷春来黍谷,远拜辎轩之赐,恰符元恺之才,谊切苔岑,感纫兰佩。

寯藻簪笔无长,趋砖愧影。所幸家母于秋季旋里,眠食平安,堪纾堇注。手此复谢,敬颂台安,并贺春禧,不庄,不备。愚弟祁寯藻顿首,十二月廿四日。伯母大人前叱名请安,世大兄文祉。

9

学政单一纸奉阅，崧甫兄即在园，今晚枢廷即回园，可面询。具折日期闻系分日，以初四日为始也。食笋斋已与单地山说明，吾兄预定移居矣。弟调户右，乃春海先生之缺。春海竟作古人[1]，可伤。其子赏举人，可感。此布二铭仁兄大人即安，愚弟寯藻顿首。崧甫兄乞转致贺悃，同人俱致意，初二日未刻。

10

濒行厚意关垂，良箴载锡，置书怀袖，三载有馀，芬感何可言？江阴使署西偏小园，略具澄怀规模，而山茨水槛，芜秽不治。北望仙居，真在天上。所幸者，申耆先生神明不衰，师贤伊迩。又承其不弃，析疑问字，欣然相示。其学博意平，不分汉宋门户。此则近来洪彦通达之伦，何罕见也！书院课讫，得六承如、宋景昌、周赓良诸生，其文不同庸手，榜发乃知皆山长高足，而先生竟不先告，益钦师品，而更喜相赏之符合也。

观风各卷尚未到，冬日渐寒，文书差简，乃料理简札。腕力自前年乡居受寒至今，总不耐劳，目力较前差胜。筠塘兄差旋，孙三兄入直，书斋济济，可谓极盛。滇生兄想早晚可还，地山兄亦可不寂寞矣。寯明春开印按试苏松一带，夏间可回署，珂里人文先睹为快。弟与诸士以诚朴相勖，一切文告不欲太繁，捡历任成案，循守而力行之。但虑识力不及前人，耳目困于坐蔽，始勤终怠，远察近昧，提耳之教，是所望于诸君子也。（滇生、地山两兄，或亦便中同阅，已另具函。）此信望与惺斋、芝农、筠塘（不另札）、符卿（遂不另简）诸兄同观，记室例言，聊备寒暄而已。不如手书之拉杂，可发一粲耳。此颂禧安，不尽

---

[1] 道光十七年八月初二日，翁心存"闻程春海少司农于三十日巳时殁矣……祁隽藻调户部右侍郎"（《翁心存日记》第一册，第270—271页）。

驰企，愚弟寯藻再拜[①]，邃莽二兄大人阁下。

11

邃盦二兄大人阁下：

自丁酉秋直园奉别，弹指两更岁钥[②]。每念卤北山楼，东南水槛，朝夕过从，志同谊合，尘海素心，曾无几人。重承直谅，多闻之益，感佩企溯，地隔神驰。阁下陈情东序，循养南陔，眷恋庭闱，以介丕祉，恩纶荣逮，山川有光。此寯壬辰之秋拜疏，旁皇而不得者。阁下从容得之，神仙之福，朝廷之瑞，更有何乐可以比拟？

寯以薄学抗颜大邦，时深愧悚，所喜人文渊薮，华实并茂，与多士互相砥厉，相见以心。一载以来，七郡二州试事幸皆平静，各学亦无离奇案件，官役尚不敢蒙蔽为奸。惟扃钥耳目究多未悉，程试促迫，遗珠不少，所望心知发其谬瞀，庶有提撕，以铭夙夜耳。澄怀旧雨如恒，芝农迁少空，惺庵阁学，蓉塘讲学，地山旦夕可得坊局，滇生专理部务，任重事剧。阁下鸾鹤超然，奉亲箸书，心泰身安，以此较彼，得失若何？寯去秋金陵试毕，晤蔡听涛前辈，觞于小仓山房，喜慰殊甚。阁下近在咫尺，不审何缘，可一聚晤。月尾廿八日即拟出试，由徐海淮还常州，再接金陵，直须中秋乃小息也。

小徐《系传》影宋本，顷已刊得十馀卷，夏中当可断手。此本较汪、马二刻究为完善，中耆前辈力任校勘，遂尔付梓，容俟刊成呈鉴。《平复帖》湘林摹本，亦未尽善，其诚心坚志，数千里相属，遂应其命，使后人考此帖者，又添一江阴本作谭柄耳。积雪凝寒，近年所无。伏惟侍奉安善，不尽欲言。愚弟寯藻谨奉状，正月元夕后一日。伯母大人前叱名请安，潭第均安。先从伯祖宰江阴，顷访得《化民录》一册重

① 上钤"淳父"朱文方印。

② 丁酉秋即道光十七年秋，"两更岁钥"，知写信之时乃道光二十年正月。

刊，呈鉴定[①]。

12

雅片之禁，屡奉严旨，寯谨为乐府三章，以当劝戒，质俚不文，呈上十纸，鉴削。京议新例尚未奉文也。王艺斋前辈世兄顷有信来，示及前辈行述奏稿，盖因公举乡贤也。谨俟地方详到办理，希转致，并缴其谦柬，以素未晤识，遂不作复书耳。

13

日前趋贺，未得登堂，复劳台驾再临，乘情下问，愧无所献。兹又翰札致询，谨以尚能记忆者陈之。折差每次约纹七十，外赏六、八十两不等，附抚弁定廿金，京提塘报不用费。此间到沙井幕中[②]，先生唯驮轿为便，途中更无大车马头也。轿价约八九两，骡价约十三四两，（二头要三头价。）随者俱得骑骡，路上赏办差尖六八钱，宿八一两，各随便，（果好则双封也。）具杂项，亦唯酌赏而已。专此布复，即请轺安，诸惟量裁，不宣。愚弟程德楷顿首启上，二铭学使大兄大人阁下，附请伯母太夫人福安，暨阖潭福喜，嘉平朔二日。

14

二铭仁兄大人阁下：

别来半载，澄怀光景，日在梦寐，比维桓座勤劳，帝恩优渥，阁学一缺首推阁下，想已提朱笔代天宪矣。此间阅邸极迟，惟深企望耳。

芝农诸君书簪列炬，今远道人艳羡不置。弟承乏西江，日取前令尹考校簿，熟思力行，但学问既不能相望，而精神亦复远逊，驽马十

---

① 左下角钤“寿长相意”白文方印。

② 道光九年正月，翁心存自沙井陆行抵京。参见《翁心存日记》第四册，第1854页。此通末署“嘉平”，因疑写于道光八年十二月。

驾，恐仍如蹶鳖，不能步后尘也。近年士习固差，然事得其平，亦可相安，惟人不读书使阅文者，毫无兴高采烈之趣。昨浙中极力搜罗，如高锡蕃者，已承哲匠品题，安得当行尽如高生耶？

前求题《李杜合集》，想已书就，祈即交折弁携回，缘此书已为家人辈带至此，恐日久不复记忆耳。豫章近粤，腊月震雷，寒暖殊所难料，而花木则远不如湖北，惟茶花尚见甘棠之爱。手此如晤升祉，不具。馆愚弟吴其从顿首。

15

径启者，此间试牍向例刻否？阁下如有选刻，乞赐一部。此外如有大刻，一并惠读，尤深感佩，肃请台安，不备。愚弟徐士芬顿首。天气久干，今日忽沛甘霖，想阁下日昨一言感应，从此江流畅顺，画舸遄行，可为欣贺。

16

再启者，弟于六月初九日返省，肇、罗、南、韶、连五属[①]，俱已竣事，端州有作伪者，略加惩创。此后四属尚各安静，所取人才出色者尠，间有英年聪俊大可造就者，亦苦于无师傅耳。此后试首郡，当改观矣。金鎞未刮，珊网多遗，尚希宗匠指示为感。石农乔梓仍到幕中，出省时家乡诸友俱未到，因就旧雨来粤者，留住数人。此时颇有人满之患。尊处所定修脯月费节仪及其随仆零费，以及书院之类，便中乞示一二是幸。又行。

17

专诚趋贺，未值为怅。蜀中钱令一函，乞于榜后饬致。渠如在省

---

① 道光八年，翁心存广东学政任满，代者即徐辛庵先生士芬。《翁心存日记》第四册，第1854页。疑此通写于道光八年。

或坐省人托带银件(二百金),希带回都中,就近交枢廷许铨部球转交沈比部濂为感。途中人事,恐无暇遍书,惟他手篆隶可以临时加款。敝同乡有工此者,少顷令其送览,需用若干,令其备交可也。此请二铭仁兄大人行安,弟士芬顿首上。

18

明日阁下想不进城,晚间希惠临敝斋便饭看月。弟侵晓入城,酉刻必归园也。草此奉订,即请遂盦二兄大人台安,弟士芬顿首上,翁大人,十四日。

19

闻崧甫处《唐诗目录》留存尊处。如已录出,乞将原单转假一观为荷。专此布请二兄大人台安,弟芬顿首上,翁大人。

20

邃庵二兄大人阁下:

客秋奉到手书,备承睠注殷殷,弥增别感,本欲即时裁答,以前与诸同人有赠言之约,俱拟作复,汇奉复笺,历碌因循,遂致一行未报,抱歉奚如。

去夏录还,忻知慈闱安福,禔履愉和,诵味来书,信所谓尝膳感加,旧疴有痊,想见清舆乐境。以阁下巨才,正为朝阳鸣凤,而重知年之义,承爱日之欢,超尚如此,真足俯视一切矣。

弟自去秋至今,忝膺迁擢,鹈梁之刺,内愧于心,仰瞩云霞,徒深企慕耳。近来下直较迟两三刻,寓舍叨芘,尚称平顺,差可报谢询廑。所欠赠作,容催商续寄。兹有托寄两书,久置案头,不可再稽。谨先肃达,敬请台安,并缴侍谦,诸惟雅照,不宣。愚弟徐士芬顿首。世兄下帷清课,日益精邃,明年庆凤高飞,盼羡何似!儿辈侍笔请安。

21

遂庵二兄大人阁下：

春间接读惠函，得悉前函已达，辱承奖饰殷殷，感惭交集。盥诵数四，齿颊生香，只以退直馀晷无多，盖以俗冗，屡欲命管宣心，而语长意重，伸纸复辍者数次，驰企之念，无日能忘。顷载展瑶华，重蒙肫注，藉稔二兄大人兴居绑祜，侍奉曼绥，华陔赓馨膳之章，梓里颂含餔之泽，慰羡交切，佩服尤深。文郎英词博学，济美词垣，环颋家声，海内称羡。近复下帷挈力，精益求精，时相过从，悉其佳况，可纾廑系，仍当随时留意，以副远怀。

弟忝贰工虞，月只赴署一次，钱法视事之日则皆到局，近俱符卿接替也。春圃前辈仍直南斋，醇士崧甫将至，澄怀之屋恐不敷住。贱眷已僦居拓林相国故宅，出城甚难，赴园则易。寓舍均尚平顺，堪以告慰。许生振祎已得馆选，姚君亦捷南宫，中书即日补缺。其馀阁下所品题，诚皆后来之秀，定不久淹也。

鲁生一同洵未易才，闻辛丑闱期不及赴，须俟下科，则亦四十头颅矣。芝龄师谓其兼精绘事，品甚高雅。山阳人才不轻出，出即非常，亦可异也。草此布复，敬请台安，并贺年禧，诸惟渊鉴，不宣。愚弟徐士芬顿首。

22

顷弟询之稿房，知历届奉报到任及考试情形折并无底本，倘吾兄大人录有底稿，千万掷下一看，以便遵办。今日如无他事，尚拟过谈。手此肃颂升安，并世兄文福，邃盦二兄大人同年侍史，年愚弟期许乃普顿首，初四日辰刻。

尊处煤炉炭盆有闲空者，望借用一两日，因作字苦笔冻也。邃庵二兄大人同年，年愚弟普顿首，初九日呵冻，翁大人。

23

邃莽二兄同年阁下：

今日入直，忽闻乞养之举[①]，仰邀俞允，健羡之馀，不胜依结。退直后即趋诣文从，尚未归，午后当再过谈，想未即回城也。书厨、几案等如有不携回者，能暂假否？如可，希为留出。此颂行安，馀面述，不具。年愚弟普顿首，十一日。

24

乙未浙榜人才极盛，不独榜运为前后十馀科所不逮，非宗工巨眼，何以得此？令人心服。定海现办善后，而粤海贼氛方炽，皆阁下旧栽桃李之区，能无怦怦心恻耶？闻南中有新刻《日知录》注本，不稔其书何似？弟有志未逮，而他人我先，从此可藏拙矣。行笔载沏，惟垂察，幸甚。

25

来示领悉，象网之求，乃承俯奖，愧荷无似。太君体气康复，皆先生孝感所致，岂尽关药饵耶！弟于岐黄一道，粗有所窥，近益荒芜，倘年内有召，自当往酌一调理方，下园后势不能矣。先生必谅我，故敢直陈。

西江士气不靖，敢于聚众犯上，布教流言发之于诸生童，实根之于众黠吏。先生以恩结士心，而以感治若辈，迅雷起于不测，使黠吏胆寒，而诸生童亦詟服矣。狂瞽之言，伏惟采择赢值。一纸附呈，即颂邃庵仁兄先生安，愚弟泽顿首，十二月朔日。

---

① 道光十八年闰四月十一日，“翁心存着准其开缺，回籍终养”（《翁心存日记》第一册，第331页）。知此通写于是年。

途中情形，自江西省至徐州府属[①]，缘秋霖涉冬，泥淖异常，又洪泽湖为黄河所灌，积淤颇厚，故淮水下游不邕，临淮关一带荡为湖矣。今隔月馀，想积潦已干，星轺所至，如镜如砥，伏乞福偲。弟又启。

26

二铭仁兄先生台启：

稚堂中丞前辈来都，述及文党，想如之纪，为章门所钦颂。此邦士习颇嚣，阁下治之裕如，具见大才卓识，私跂无已。

弟于春华秋实，两无可述，而插羽琼条，弥增愧负。园中自季高来去，甚生离聚之感，天寒日短，退直颇迟，稍一徊鸫，则日薄崦嵫矣。计阁下锋车将旋省垣，而花舆亦安抵江干，其乐非可言尽，欣羡，欣羡！此颂升安，不庄，不备。愚弟程恩泽顿首，惠邸札附上，十月几望[②]。

27

来示领悉，昨又失迎，深歉，深歉！容日抠叩也。此颂二铭仁兄先生升安，愚弟恩泽顿首，廿八日。

28

俗冗不克走送，滋歉，滋歉！伏惟一路福星超升不次为颂，楹帖涂抹求正吾兄，文教自南海以暨东海，而尚切也。此候行安，愚弟恩

---

① 道光十二年，翁心存简任江西学政；道光十四年十一月，翁心存从江西学政任上交卸起程，由沙井返京。参见《翁心存日记》第四册，第1854—1855页。此札中云：“途中情形，自江西省至徐州府，属缘秋霖涉冬。”当指翁心存交卸起程返京一事。

② 几望，即农历每月十四日。几，近；望，农历每月十五日。《周易·小畜》云：“上九，既雨既处，尚德载，妇贞厉，月几望，君子征凶。”虞翻注：“几，近也。”

泽顿首。炙方附上，笛生先生对子仝上，十二月十日[①]。

29

十五日晚间，拟奉板德驾一叙，先此订定，恐好日多同也。顺颂二铭仁兄大人安，愚弟程恩泽顿首，十四日。

30

棘人田嵩年稽颡谨启遂盦二兄大人阁下：

嵩惟不孝，获戾于天，万里只身，惨遭大故，药饵含殓，一未躬亲，抱恨终天，百死莫赎。仓卒之际，病加于身，仰蒙伯母大人赐之粥食苫块，馀生得延残喘。二兄慰问殷勤，抚恤周挚，摛文赐奠，光贲九京，遇物解推，惠及百口，使归日殡葬有资，事畜无乏，天涯吊鹤，不羡生刍，海内故人顿忘异地，斯不特茕茕在疚，刻骨铭肌，实亦先人之灵所默为感戢者也。

叩辞后于月之初七日抵南雄，次日度岭，又次日登舟。初十日由大庾开行，今已过南康百里矣。沿途行人安稳，贱体自过韶关来，元气渐复，惟岭北节候迴殊，早晚寒甚，然不敢不仰体仁爱，加意调摄。幸宽渊抱，去德渐远，依溯益深。谨奉状陈谢，恭请崇安，伏祈垂鉴，棘人嵩年稽颡谨启，十月十三日。

31

二铭二兄大人阁下：

得手数日未答，罪罪。兹不另作札，即于原书逐一注明，未足为定，吾兄再酌可也。有欲面谈者，弟今夏考奉府，场中关防较前紧密，有马号栅栏者，向皆不封，接场人直至马号屋，(时为官厅。)屋后即号子墙，又甚低，多有传递。弟封之严密多矣。虽小有不遵者，然再封

---

① 左下角钤“春海启事”朱文方印。

则人习惯矣，切切。其事问鞠人及司狱徐君自知，馀无多属。承询佳士名姓，弟有素日培植者数人，俱在书院。大率甄别超等者，（查看今春较备。）皆近是。有今秋未及甄别者，则合号之德恒、明禄，满号之嵩龄，民籍之王治成数人者，德恒较胜，明禄甚少年，可造就。现在似不及德恒也。经兄品题，必无遗珠，且弟之遗珠必不少，犹望兄勿拘成见，乃若柳生、林生，则悉知其安分读书人也。此复即请崇安，愚弟田嵩年顿首。

32

少穆先生送来钱南园侍御书一幅，恳大笔一题，系代魏笛生转致者，挥就即掷下，以便转交。此请邃庵老前辈大人升安。侍池生春顿首。

33

邃莽老前辈大人阁下：

本拟午初趋贺乔迁，即奉约出城，因本日有公请老师一局在文昌会馆。若由此处还至尊寓相约，则往返路远，非疲骡所能胜。侍于午初即由文昌会馆动身，驰至彰仪门外普济堂恭候文驾，能于巳正启行，则不至耽延，可以早赴常新店也。即请升安，侍池生春顿首，二十四日卯刻。

34

遂盦二兄同年大人：

客岁拜送行旌，不逾月即奉命侍学惠邸[①]，其人善气洋溢，深自

---

① 道光九年六月，翁心存“奉旨入直上书房，授惠邸读，同直者仁和龚季思先生守正也，居澄怀园之乐泉西舫”（《翁心存日记》第四册，第 1854 页）。疑此通写于道光九年。

韬敛，所得于阁下者最深，私幸遭逢极盛，得与贤王左右，亦吾辈读书本色，避极热之场，而处无嫌之地，可幸无罪矣。不图有家君捐养之信，方寸瞀乱，呼吁无从。现在料理奔丧南行，而内子抱病，欲留之京师，一人独返，则照应乏人，资斧亦复不赀。勉强逗留，俟其稍可支持，挈之同去，不独偷生苟活，不可为人。即此徒跌迟迟，亦甚不可为子知。相爱有素，谨以布闻，庶几其哀而怜之。建瀛再稽颡。

35

今日赐歙砚各一方，尊处亦必有之，如应明日磕头，望示知。届时并望关照，此渎并请台安，不庄。侍名正肃。

36

遂盦老前辈大人台下：

溯违桨范，再阅岁朝。每晨入，三天辄思昔日追随之乐，或因人聚首剧谈，亦复念座少紫芝，怅然而罢。顷田世兄处奉到手书，获稔道履清绥，侍祺康豫，欣慰之馀，以增跂傃。老前辈以鸿才硕德，标准人伦，出则领袖仙班，处则霖雨乡国。缅昔名贤道有同，揆世兄瀛洲继武，日下蜚声，人称元成象贤，帝谓苏环有子，世德之清芬益远，慈帏之乐事方长，引望珂乡，可胜钦颂。

侍儤直如恒，习劳已惯。家严康强犹昔，眠食俱安。年前后，侍退直归寓，奉侍笑言，尤觉豫悦。邸舍内外均叨平善，足以告纾锦注。肃启复贺大喜，祗候台安，馀惟垂鉴，不庄。世侍生杜受田顿首谨启，新正十又二日。家严命笔候安。

37

敬启者，昨所言当即寄信禀问，顷接家信，家君谕转达老前辈必应奏谢。侍前在晋省留任时曾奏谢也。先此启闻，另容趋贺。肃请台安，不庄。世侍杜受田谨启上，翁大人。

38

遂盦老前辈大人台下：

连日在馆未遑趋晤，刊刻进呈录，顺天府官频来催促。侍序文已拟就，朱生五策日内可以收拾完竣，其王生经文想已为点定，是否由尊处交给，抑由侍处汇交，望示知。再，所言旧式，寓所现有一本，兹并呈览。此启祗请时安，希恕不庄。世侍杜受田谨启。

39

顷自馆回，手示诵悉，容日趋贺。谢折旧式，前衔书新授（署则书署，空半格。）经筵讲官臣某谕旨书某人，着充补经筵（署则书充署）讲官。侍处旧底俱存寓中，旧录彭文勤稿，兹呈览。再，闻今岁不递如意，晤枢廷诸公，可询一确信也。此复并颂老前辈大人节禧，世侍杜受田谨启。

40

二铭老前辈大人阁下：

别久思深，时殷葭溯，前奉手谕，远承奖借逾恒，而“内弊既清，外弊自除”一语，尤所服膺难忘。昨岁在陕曾肃复一械，由京转寄。兹重展来函，似前札尚未收到，岂已付洪乔耶？辛盘乍转，万象回春，敬惟老前辈大人兰膳承欢，萱闱延祜，娱七溪之风月，奉八座之起居，道范虞山，弥虔忭颂。世兄渊源家学，翔步木天。侍到京后屡承枉顾，藉悉近履安嘉，深慰驰系，曾劝以闭户用工，为散馆抡元地步，此系家传，因可操券而得也。

侍僳直趋公，课勤蛾垤，成均备列，职愧鹈梁，结侣澄怀，终朝待漏，殊觉软经尘俗，不如琴水逍遥、陔华侍奉之为乐矣。

惺庵前辈、芝农、筠堂近状俱佳，知关廑念，谨以附陈。肃此布复，恭贺年禧，敬请侍安，统希朗鉴，不宣。年家眷侍生孙瑞珍顿首，正月三日。

41

自戊戌送别，忽忽十有一年矣[①]，岁星将周，犹少把晤之缘，结念之殷，岂笔墨所能缕述耶？遥惟遂盦老前辈大人以济世之霖雨，久憩东山，国人望之，浑如望岁。闻台旆北指，定在明春[②]，翘盼情怀，人心所同，而素叨知爱者为尤切也。侍江右差旋，仍直书斋，专课既各有人，现供拾遗补缺之职，不遇替代，恩免入内，较从前之旅进旅退，又不相同。

近以桐轩少农赴津门验收洋运粮石权课者百馀日矣。自维精力日退，陨越时虞。幸桐轩归期不远，指日可以交卸，犹冀藉暂时休息，为日后轮替地步，于孱躯较为相宜耳。钱生伦仙以旧植桃李，新缔丝萝，清润双赓，久堪志庆。惟伦仙自蒙允姻以后，盼望今岁过门，情怀甚切，缘渠太夫人旧恙未痊，冬底春初尤为增重。节次家书催促，伫望殊殷，兼以渠长子夭殇，家事丛杂，只一季妹暂时襄理。近复许字李编修联琇，彼处又促于秋间成礼，不能不允。其妹一去，则中馈代理亦更无人，而伦仙迎娶之期，愈难久待。种种苦情，未敢直达于函丈之前，属侍为之介绍，代伊婉达衷曲，务祈俯允于今年之内，俾得成礼，是所祷切。

侧闻老前辈大人经理窀穸，改岁方能来都，而令郎六世兄结姻汤府，拟于年前到京亲迎，敦甫师亦翘盼同切，属伦仙向侍言，于致信台端时，谆谆转达，若六世兄早带令爱同来，则处处完成，一举两得各等语。侍迫于伦仙之请，不得不一一照陈，而伦仙切己之事，尤觉谊难自默，惟恳鉴其实情，曲加原许，则感荷矜全，正不第身受者已也。特

---

① 此处“戊戌”即道光十八年，因疑此札写于道光二十九年。

② 道光二十九年三月，翁心存携家眷“抵京，寓兵马司中街，诣宫门递折，召见”(《翁心存日记》第四册，第 1857 页)。

此布达，即请台安，并候回示，诸惟涵鉴，不尽。年家春侍生孙瑞珍顿首。

42

直庐邻比，诸荷关情，又以同侍中天，时亲雅范，叨益尤多。违教以来，瞬经一载，依驰之念，萦结五中。敬惟遂盦老前辈大人慈荫承欢，德门集庆，引瞻福霭，抃祝良殷。

侍学薄材疏，自知有惭职任，所赖名人导以先路，俾一切有所步趋，得无贻误。惟自客岁伏后，散直多在申初，心力殊觉不足。回寓后形疲神惫，眠食之馀，百事俱废，即家计日累一日，亦竟置若罔闻，幸慈亲康健如常。

寓中大小均各无恙，藉可告慰远怀。肃修寸启，祇请安祺，惟希垂鉴，世侍贾桢顿首。再，去秋接奉手函，正在公私交迫之际，以致肃后久稽，伏希鉴宥。

43

春间接奉赐函，具承垂注，惟以公私冗迫，覆候有稽，殊深歉仄。兹于七月下浣复奉瑶章，以侍忝佐冬官，二舍弟获登春榜，备荷吉言远贲，奖饰逾恒。展诵之馀，感惭交集。敬惟老前辈大人茀履增绥，慈闱侍奉，祥应寿星之次，庆洽萱堂；辉腾卿月之华，望隆梓里。世兄品学为同人所钦慕，今以暂假锦旋[①]，萃福禄于一庭，集簪缨于两世，遥为德门称庆，益为寿母胪欢也，曷胜抃祝。

侍黾勉从公，幸无贻误。家慈身体健适，精神如常，足以告慰远注。惟是多年侍直，既学术之深惭，班秩叠迁，尤官方之有忝。二舍弟

---

① 道光二十一年，翁同书授职编修；八月，乞假旋里省亲。参见《彛斋自订年谱》，《北京图书馆年谱丛刊》第156册，第588页。因疑此札写于道光二十一年。

与侍同科乡举，乃礼闱屡蹶，迟至十有六年，在功名之早晚有时，而心力之消磨殆尽。叨揄扬之备至，藻翰攸加；愧科第之幸登，汗颜滋甚。

承询及园中近况，侍与芝农、惺庵两前辈散直约在申初，孚卿前辈亦须未初二刻以后。散直后神力俱疲，虽有澄怀风景，殊少聚晤之时。回忆戊戌年与老前辈大人邻比言欢，弥增离绪耳。肃此奉复，敬请安祺，诸惟朗鉴，不宣。伯母大人前祈叱名请安。侍贾桢顿启，八月十二日。春浦前辈来京时，曾于西南所设榻。因署中事务较繁，不得来园住宿，今为醇士兄直庐矣。

44

顷两舍侄到京纳监，乡试银亦未曾上兑，乞一并托少旲前辈早为兑收。附上名单一纸，乞照入。此颂暑安，侍骏顿首，翁大人。

45

澄怀同直，获教良多。话别以来，切深驰系。前阅邸抄，知陈情乞养[①]，已邀俞允，未识何时膏秣，正切萦思。昨芝城试毕，贵通家曾君来谒，奉到惠书，谨悉邃盦老前辈大人起居佳胜，无任欣慰。近想安抵梓乡，萱庭曼福，南陔爱日，融泄弥长，不胜心祝。承嘱贵通家馆席当即留意位置，以副雅怀。

此间积弊情形，久在鉴中，侍饮冰自矢，区区硁介之志，彼都人士颇亦见信，故招摇撞骗之徒，尚无所施其伎俩。至枪冒顶替，亦只就耳目所及，惩其太甚，积重难返，殊可叹也。

此间向不歇夏，又无水程，触冒暑雾，跋涉深山，颇形劳顿耳。兹于九月望日按试延津，计小阳望后可回省，岁试福州，得有两月之憩。闻明岁有预行正科之说，又多一番录科矣。谨此布复，顺请迩安，诸

---

① 道光十八年(1838)闰四月，翁心存以张太夫人年八十，具疏乞终养。六月抵里。参见《翁心存日记》第四册，第1856页。

惟亮察，不一。侍吴钟骏顿首。

46

澄怀侍直，承教良多，叨忘年之厚爱，聆竟日之清谈，送别匆匆，愈增依恋。正拟肃笺奉达，复荷钧函，备邀绮注，五中感激，莫可言宣。敬稔老前辈大人承欢笃祜，抚景抒怀，乐琴书于梓里，奉几杖于萱闱。海内殊荣，人间厚福，翘首南天，曷胜忭颂！

侍随班漏，依旧滥竽，近光楼下，两度秋风。看白日之堂堂，羡青云之衮衮，风景依然，情怀倏异。忆自池南小饯，畅叙离筵，不数旬而黻卿年伯奉使陇西，天涯地角，室迩人遐。旧日园林，顿嫌岑寂，醇士兄甫来此地，旋即持节粤东。轺车屡送，禁树孤栖，离合之际，殊难为怀。刻下荷梗贴冰，松枝压雪，满目荒凉，镇日独坐，回忆去年此日围炉夜话①，此乐何可再得，唯冀德音惠我。吴中近事略为指陈一二，俾闻者如置身昼锦堂前，亲睹福门乐事，三千里外，不啻一室也，幸甚，幸甚！肃泐丹函，敬请台安，伏祈钧鉴，侍生单懋谦顿首谨复。敬请太夫人福安，大兄近祉。

47

晚生刘绎顿首谨启遂盦老前辈大人阁下：

绎前岁叨入清班，幸得追随台履。未及匝月，遂有东行。话别憕怀，猥蒙盛饯，临歧依恋，时切溯洄。中间曾一修启，嗣闻告养南旋②，

① 根据此札内容，当指道光十八年翁心存告养还乡、家居奉母一事。参见《翁心存日记》第四册，第 1856 页。疑此札写于道光十八年冬。

② 道光十八年闰四月，翁心存“以张太夫人年八十，具疏乞终养”。参见《翁心存日记》第四册，第 1856 页；《翁心存日记》第一册，第 330—331 页。此札中云：“绎前岁叨入清班，幸得追随台履……中间曾一修启，嗣闻告养南旋……晚自去秋入京，照旧供职，簪毫未称。”因疑此通写于道光十九年。

超然遐举，仰瞻高躅，慨慕无穷。缘少便鸿，尚稽肃候，乃承远锡教言，宠加华藻，情词斐亹，芬泽蔼然。盥诵之馀，感深肺腑。敬维老前辈大人孝思禔福，道履颐和，承颜而爱日娱晖，式里则春风鼓俗。苏许公之登禁近，乔梓同朝；范文正之在江湖，觚棱入梦。缅怀德望，企颂何如！长公襟度端凝，文采尔雅，时蒙过从如亲，风矩行将，羽仪耀世，为班列光，尤足贺也。

晚自去秋入京，照旧供职，簪毫未称，素食滋惭，所幸二亲尚健，侍奉直庐，藉慰朝夕，惟高年垂暮，乡思常萦。每思老前辈彩服娱春，安舆亲导，真人生最遂意之事，窃有志焉。倘遇风便，尚乞教诲时颁，以慰驰仰。谨此启复，恭请侍安，伏祈钧鉴，晚刘绎顿启。

48

司农之繁，甲于他部，加以恭理总裁诸任[①]，百忙可想。城内入直尤极勤劳，非老前辈精神过人，固莫能胜任也。晚七月出巡，见在尚馀赣、吉两棚[②]，人数较多，须腊底方能旋省。文风士习，无所振兴，深堪愧悚。手此载请台安。文郎系分何部？统此道念。晚芾谨启，十月廿六日琴鹤堂。

49

手示诵悉，承询之件，窃意此等只系派委差使，并非有关考成，似无妨会衔，仍望酌定。此复藉请老前辈大人夕安，世侍杜受田顿首。

---

① 道光三十年二月，翁心存“充实录馆副总裁，赐成庙遗念衣物。六月，调户部右侍郎兼管钱法堂事务”（《翁心存日记》第四册，第1858页）。知此通写于道光三十年十月二十六日。

② 道光二十九年八月初一日，张芾放江西学政。参见《翁心存日记》第二册，第741—742页。

50

启者，闻京师各水门穹窿高大，仅恃木栅一层，平时窃贼每将木栅攀开，随意出入，前经御史奏请填修，尚未动工。水门内两岸旧有短墙炮眼，近来墙俱拆毁，亦未修筑。有人议论及此，应否及时修整，以资捍卫之处。特布请尊裁，此颂早安，不尽。侍探顿首。

51

今晨比昨更剧，连夜间共泻八次，宛转床褥，不能恭候起居，未刻家人请服清宁丸三钱，约有五刻不泻，似有向愈之机。特此告慰廑念，第恐至明日头晕未除，不能握管，则仍爰莫能助耳。诸惟留意，代为妥置，不胜切感之至。专此敬请钧安，不具。钮福保顿首。

52

敬启者，连日未睹慈颜，依企之至。兹有恳者，敝门人张汝嘉照临托领旗匾银两。此项例由顺天府支放，因无熟人，尚未往取。兹特送呈印结二张，敢恳年伯大人于赴署之便，饬差代领，以便转给，是所至祷。手此肃布，恭请福安，馀容面谢，不尽。侄国均谨启，十八日。

53

日昨腹泻，颇不介意，乃夜间成痢，达旦不眠，精神大觉委顿。敬祈老前辈大人代课一日，其功课有旧单，在《上孟》内，约未初二刻完。外，感冒一条，并祈带交，此请晨安。晚何桂珍顿首，廿一日。

54

覆奏《城守章程》折稿，乞赐一阅。今午会商大半，无异议，约廿九日定稿也。陈寿卿学士《乡守书》存者尚多，拟先送呈卅部，如治下有实力奉行者，尚可多送也。肃此上闻，恭请钧安，名另肃。

55

敬启者,侄昨日奉到家信,知胞伯于七月十一日在籍病故,已请春浦先生代为请假,并请年伯大人代为入直,闻已出城,故今早始获奉闻。此布即恭请福安,侄期匡源顿首。外,工课单一纸。

56

敬再启者,侄仰荷帡幪,无事不求指示,言深肺腑,谊若家庭。迨侄变故猝遭,开谕百端,矜全曲至,哀忱颠倒,莫可言宣。抵家之后,心绪如焚,幸父亲安健如常,惟有茹恸承颜,冀得少排愁绪。镇地民居稠密,风火堪虞,以此先灵不敢久停,择壤暂行扶厝,安葬之事俟吉乃行。蒙爱素深,用敢专及。闻海运业已抵津,谋而有成,亦去臧矣。河工言人人殊,鹾务上下异说,要之作计已苦矣。粮艘邪许之辈,悉作萑苻。南方之民,已难安堵,欲除患而息事,其在河流顺轨之后乎?握算之难,内外共晓。

近时局面未审如何,粤氛是否渐平,均切杞人之念。年伯大人虽息肩于暂,想无时释此殷忧也。命寄信件唐价长男远出,兄老子幼,皆不能书。询之邻右,并面诘再三,所言俱相符合,当即交付由张世兴代写收条,面加戳记。兹特寄览,未知是否妥协也。承筹并前仰嘱,知关尊念,无事渎陈,居乡之难,不可名状。拙者之效,朝野所同,异日情形,实难预计。然使民生安遂,一身通塞,何足为谋,言大而夸,乃径陈于长者,非由恃爱之过深乎?三兄安善,府报中希为寄意。专此附启,伏祈垂鉴,侄霖谨又启。外,各谢函乞饬纪分递,不胜感荷。

57

手示祗悉,讲章已面托符卿世叔,催供事录稿见示,大约日内总得读也。明后两日上馆之期,再面陈一切,并领教诲。先此复闻,即请老前辈大人台安，晚桂清顿首。

58

讲章已领到，顷承手示，亦敬悉明晨即不必递牌子矣。向来有挪动，南斋皆不随往，仍在南斋听差。明日辰正无事，趋诣尊斋，面请教诲。此复敬颂刻安，晚桂清顿首，廿三日。

59

日昨趋承雅教，闻驾尚未出城。兹奉手函，并团防捐资京纹壹百两，即专丁会同尊纪送交总局，容日再图面陈一切。此请邃盦老前辈大人年安，馆晚何桂珍顿首，除夕。

60

翁大人，愚弟祁寯藻顿首。今日奉上谕，吏部左侍郎着翁补授[①]，钦此。承询奉复，即贺大喜，不一。初十日。

61

手示谨读悉，承嘱自当留意，端节不送礼，甚是。穆老夫子、春浦前辈处，顺便言及更好，节赏单呈览。此复藉请老前辈大人台安，世侍杜受田顿首。

62

棣如前辈叠次告假，不知近已就痊否？老前辈大人代课稍增劳勚矣。南闱题名，计日内可到，未知文郎文孙有得隽者否？殊殷盼

---

① 咸丰四年二月，翁心存“起用为吏部左侍郎”（《翁心存日记》第四册，第1860页）。

切。晚谨又启，子月十七日[①]。

63

晚生金鹤清顿首谨启总裁老前辈大人阁下：

敬启者，鹤与李采卿前辈，蒙奏派恭辑圣训，仰承指示，得有遵循□草本告竣，重加校阅。中间事经数手，往往彼此两歧，即一人所辑，亦或前后互异。虽已更正，讹舛尚多，通盘核计，先当慎重体裁。谨就管见所及，别纸录呈钧览，如有可备采择，乞饬付。总纂于覆辑时，详加酌核。前蒙谕及，如有门类不及一卷者，酌量归并。今亦具陈别纸中，恭候训示，请由总纂归并合并声明，专肃恭叩钧安，□□□首。

64

春间接奉钧函，备承榘训，私衷感泐，莫可言宣。敬稔老前辈大人颐性养和，凝釐迪吉，萱闱日永，奉几杖以承欢梓里，风清乐琴，书而适志。

旧傃三天之直，鸾掖蜚声；新承九陛之恩，鲤庭集庆。翘瞻裔采，弥惬颂私。世兄英年绩学，高掇巍科，家学渊源，已继芳徽于堂构；皇猷黼黻，伫传世业于丝纶。忆当澹墨书名，同称盛事；想见泥金报捷，益惬尊怀。翘首德门，曷胜忭舞。

侍随班待漏，依旧滥竽，冀远锡夫箴言，免贻羞于簪笔。鸿仪在望，弥倾葵向以摅忱；燕贺惟殷，愿藉管城而志庆。肃泐丹函，敬贺洪喜，虔请台安，伏祈钧鉴。侍生单懋谦顿首谨启。

---

① 子月，农历十一月。

十五　粤东诸君书

1

敬禀者，窃卑职叩送行旌，实殷孺慕。恭惟大人辎轩，按部安抵高凉，海上诸生弹冠相庆，可谓六十年中再见卿云矣。卑职分应随侍行辕，办理试事，乃蒙恩施逾格，留省校书，铭刻五中，感愧交集。《校士录》已发坊镂版，九曜断石[①]，乘此水干，即当安置。惟濂溪先生像，望饬署内发出，以便刻石耳。李生光昭已定香山志局，与曾君钊同任总纂。邱生翀承南海李明府招入官廨读书，此皆少陵广厦之所庇也。知廑宪怀，肃此附禀，敬请钧安，伏惟崇鉴，卑职兰修谨禀。

2

再禀者，前捧诵大作，九河既道，赋以陆宣公之议论，入黄文江之规格，当障百川而东，为此道砥柱矣。钦佩何极！已补入《校士录》中，向来刻试牍，间收教官拟作。卑职旧作《铁汉楼赋》，适与月课题合，可否附入？伏候饬遵，兰修再禀。

3

敬禀者，前日高州役旋，藉谂大人福履安泰，行部肃清，铁网所收珊枝已尽，足以振沈郁之士气，平浮躁之人心。企望德风，曷胜抃庆！

---

① 道光六年，翁心存奉命督学广东，“回省度岁，剔署中榕根九曜石，得米芾诗刻”（《翁心存日记》第四册，第1854页）。

兼承垂奖，出于过情，免其远劳，犹列上考。备荷非常之遇，益怀内省之惭矣。发到周子画象，即当摹刻。九曜断石，略为扶植，势难异而出之。池水及沟而下，不能通流，落叶所沤，遂成污浸。若以一役频捞积叶，或养鱼子数百头，则水有活气，可宜芙蕖耳。学海堂课多至七百馀卷，视昔倍之，业与诸学长先为淘汰。谨候回辕，再呈衡定。兹寄上《校士录》十部，书口流水已编数目，以便坊人装帙，俟续刻时再为铲改。此编白纸印者，定价陆分；淡纸印者，定价四分。士子易以购买，无向来居奇之弊。合并禀闻，肃此泐丹，敬问崇履，卑职兰修谨禀。

4

敬禀者，窃卑职叩送崇辕，日深孺慕。敬惟大人宣无隐之教，行有脚之春，化雨所濡，群英皆振。道学推阐，接轨白沙；经术昌明，继美红豆。望风延颈，忭舞难言。

卑职承委修九曜池，业于十三日动工。刻下方池水涸，仙掌石露，得题款百馀字。自苏斋老人后无复知者，其馀断石当举而续之，他日倘得题名，以附不朽，幸甚，幸甚！濂溪先生象已访得之，便当刻石，供诸新祠。此宪台为道统仪型，不仅作园池选胜也。《资治通鉴》业已购得，赵学博抱恙未痊，所有工程卑职自当随时进署提点，以副宪怀。肃此具禀，敬请钧安，卑职兰修谨禀。

5

敬禀者，前月节驻连阳，承赐颜色，慰问殷勤，体恤备至，非独生铭刻五中，即连州人士莫不啧啧叹羡，谓周公吐哺握发，每作古人观，不图乃见于今日也。才不难才，而得此知遇为难，生内顾何德何能，而邀宠眷如是。感激之馀，辄成古诗八章，手录奉呈。诗以言志，未计工拙耳。

生自念少而贫难，先父早岁游闽，赖先慈教训，始知读书，年四十，始受知刘云冈牧伯获博一衿，又不自谨慎，中道蹉跌。当此之时，自分隔绝青云，抑郁终老，岂期枯朽复萌，而得吾师识拔于泥涂之中，复见天日耶！虽然此其中有天焉？向使生境遇夷坦，青衫无恙，则文旌按试此州，不过擢之前茅，锡之奖励。岂复缠绵缱绻，形之诗章，一唱三叹，流连慨想，如此其切挚哉？由是思之，遇合之缘实有默为之操纵者，不可谓非生之幸也。天孙云锦，篇章必传，传则岂非千古佳话耶？

伏惟老夫子大人立志视范文正，雅量似欧阳文忠。历计数十年来，衡文岭表，而能收揽人才、宏奖后进如吾师者，屈指几人？宜乎海邦奇伟俶傥之士，愿归教育者，如群鸟之投林、巨鱼之赴壑也。生年逾知，非若能弋取科名，回翔日下，徐图报我知己幸也，即不能，亦当殚心著述，勉为三不朽之一，令我师生遇合之奇，后世犹识之。所虑者，家计维艰，衣食屡缺，区区方寸，为之棘塞耳。

前蒙面托蔡牧，厥后见面时，伊亦备述之，似乎勉强应命。兹午节已过，尚寂寂无声。闻其视财如命，安能豢养寒士，此乃生之遇也，命也，岂真诗之能穷人耶？今窘窭日逼，度日为难，惟老夫子大人怜而饲之，如出塞老马，稍近水草，得免饥乏足矣，岂敢妄有希冀哉？生怙恃恩爱，故敢冒渎。东坡云：与其乞怜于他人，不若号救于君父。老师之恩，实不啻君父耳。伏恳哀其穷，谅其志，幸甚，幸甚！拙草三卷，想已承点窜删削，仍乞赐以弁言，用光简编，倘略有可取，将来稍有绵力，便拟付梓，令平生心血不致湮没，则受德益无涯矣。受业徐友白谨禀，顺请太师母大人、师母大人金安，五月初八日。

6

温训谨上大人阁下：

恭承弁题拙稿，奖誉过当，愧歉交并。昔庞士元推许人伦，每过其实，或问之，曰："吾将激厉之，令其有成也。"阁下用心何殊古人，训深感知己，惟有不自菲薄，以副期望而已。

初三日学海堂公饯，先祗候送行。敬赋五古三十二韵，册页汇交石华处，恭呈拙集投赠诗，多从删汰。此作言必由中，称无溢美，已编入稿内。阁下文章当独有千古，训得附馀光足矣。

制府处业诣禀谢，关书未到。再有恳者，新宁明正县试，倘蒙嘘植转托广府荐兼阅卷一席，感激无既。得陇望蜀，穷士往往如此。然非阁下爱才如命，训亦不敢再渎也，万乞海涵。虔请钧安，伏冀慈鉴，训谨上。

7

拔贡生温训谨再拜奉书遂蓉先生大人阁下：

奉别经年，无一日之忘。云泥乖隔，山川悠远，徒劳神驰。顷于吴学博处捧诵手翰，齿及贱子，知前书已达左右，所恳二处，力为推毂，甚感，甚感！但近日尚未得二先生信，实深悬切耳。伏谂阁下道体安和，禁垣儤直，公辅之望，海内群瞻，非特鲰生区区仰服也。新宁馆谷已经收到，谢谢！

训于夏初旋舍，秋杪卜葬先祖母。窀穸甫毕，即抵省垣，前局殆不可复，鷦鷯一枝，尚未卜何林也？伏念犬马之齿，已逾强仕。发虽苍而视未茫，自揣精力尚堪进取。子长有言，“人能宏道，无如命何？”此则听之而已。敢陈素怀，惟知己察之。天寒伏望兴居珍重，为道自爱，二先生前别有启，训顿首上。

8

受业龙元僖顿首谨呈老夫子大人函丈：

敬禀者，长安日近，举头即夫子之墙；东壁星躔，天下仰图书之府。恭惟老夫子大人龙腾学海，凤翥文山，分天禄而校书，上招太乙，应星精而度世，合证长庚。作万代斗山，被九天雨露，出词曹而奉使，握玉尺以量才。目是银河，别澄虚监，胸悬金镜，俯照幽光，固已桃李尽萃，门墙参苓，悉归药笼，乃移西清仙侣，作国子先生。惟师氏望尊，重赖教宣三德；非颖达渊博，未许撰定五经。诸生闻韩公来，喜色相告；天子美刘毅学，手诏频嘉。隆隆如旭日之升，翕翕见群流之附。虽思彦擢用加二阶，而待诏宏文，季昶上书。阅数月，而骤登御史，往籍所夸，方斯蔑矣。元僖质惭瓠落，身荷桐知。回忆文旌莅粤之年，绛帐临风之日，蛇有珠而悉耀，凤无藻而不翔。虽有镆铘，非具茂先之神鉴者，不能望气，均为骐骥。凡经伯乐所心赏者，尽已籋云。乃收楩楠而旁及薪槱，采芝兰而不遗萧艾。人间知遇，心上恩波。分一叶之浓阴，恒春远荫；受半生之培植，小草向荣。

去秋仰藉鸿庥，幸叨鹗荐登枝，寻本饮水思源。方期锦浪掀腾，从此可登云路；旋以仙风引退，相吹不到蓬山。有负栽培，难酬厚望。方一战之既北，拟决计而图南。但思岭峤往还，奚止万里；且喜周官大比，不及三年。不得已权作寓公，僦居僧舍。冀鲲池之再奋，为蠹简之重钻。或者匡衡射策不中，而经义益明；元亭问字有期，而蓬心渐启。区区之私，窃自慰焉。

抵都后，祗谒令嗣世大兄同年，清襟兰馥，俊彩霞轩。与裴遐谈，如聆古瑟；共苏琼坐，俨入青云。十二月昭明锦带之书，八千张崔愍手钞之纸。仰窥腹笥，叹玉海之无涯；肆骋云衢，识霜蹄之远到。岂非赐来天上？原是石麟题到，门前绝无凡鸟者哉。兹者翼轸星遥，龙门地远。寸心结辖，空惭陆氏庄荒；何日升堂，再拜康成座侧。祝他年之位望，旌节开花；颂此日之起居，平安报竹。肃修芜简，敬贺崇禧，伏冀钧鉴。受业元僖谨禀，五月十九日申。

9

受业制陈澧谨禀老夫子大人钧座：

自前岁都门叩送星轺，暌隔以来，倏逾二稔，天南翘首，景慕弥增。敬维老夫子大人教重直温，政崇明允，腾辉卿月，储望台星，引领门墙，曷胜私祝。太师母大人曾御板舆复入都门否？敬想眉寿康强，益增景福也。

澧去岁南归，丁嫡母忧，曾具赴函寄致京第。闻信到时药房世兄已南旋,今者世兄随侍在都否?明岁春风定当得意矣。澧今年为张南山司马见招课子,新孝廉名祥晋者,即弟子也。明年拟寄迹萧寺,授徒自给。近者读礼之暇,稍理故业,诂训音韵,颇为寻绎,惟师门远隔,问字无由。里中学侣如侯君君模康忽焉物故,弥觉孤陋寡闻耳。索居廖落,无可述者,谨肃寸禀,恭请崇安,伏惟钧鉴。澧谨禀,十一月廿日[①]。

10

敬启者,去岁文旆出都,适因赴园,未及趋送,比反而旌斿已发,怅愧奚似。八月上浣捧诵椠函,勖以努力详慎,自种心田,益见君子之爱人,有加无已。正欲裁柬请安,而公事日迫,迟之又久,不能作楷。敬惟老夫子大人孝德早懋,圣意潜孚,一疏陈情,予告归养[②],释三公之衮绣,奉八座于起居,翘仰春晖,曷胜暮祝。

同伯备负秋部,日事案牍,遇便留心,律例渐熟,惟部中风气,党同伐异,同伯素鲜声气,不喜交游。故虽毛锥处囊,未能脱颖,皆老夫子所素知。又近来风气皆以操切为能,煦煦为仁。殊不知,法者,朝廷之法,非可以趋时好、积阴功,法不枉,手不辣,即阴功莫大于是,欲轻其法以救人,必致曲其法以杀人,皆非执法之官所宜。盖不怯于祸福,乃能不怯于权势。同伯于此道勘破有年,尝以八字铭之座右,曰:“疏节阔目,谨小慎微。”“谨慎”二字最难。刑部为赃私之薮,不慎则谗言中之,欲行己之志,而不可得矣。老夫子知同伯最深,必有以教之。同伯素有隐癖,去秋已后立意断酒,旧患顿消,身体渐健,素荷培

---

① 参见张剑《陈澧致翁心存、翁同书函札考释》,《文献》2017 年第 3 期,第 43—45 页。

② 道光十八年闰四月,翁心存“以张太夫人年八十,具疏乞终养”(《翁心存日记》第四册,第 1856 页)。予告,汉代二千石以上有功官员依例给以在官休假的待遇,称为予告。告,休假。后世亦指凡大臣因病、老准予休假或退休。宋杨万里《二月二十四日雨中泛舟赋诗》:“君王予告作寒食,來看孤山海棠色。”根据此通末署时间与内容,当是翁心存已经告养还乡,故当写于道光十九年。

植，谨以布闻。比闻老夫子家居日给颇难，数年轺傅，两袖清风，犹复弃车而徒，奉母以隐，孝子、哲士兼而有之。

同伯迩作丹青，尤喜鉴别。曩在粤时，曾送一《曲水流觞图》，乃家所藏，却无款识。别此卷十馀年，今欲一鉴定，恳大世兄公车入都时，携至同伯处，俾书跋语于后，以志不忘，不过十日内即付缴也。同伯去岁送何工，今岁考军机，以前训在耳，均不去。性不喜作楷，陈言于先生之前，不宜倩人，且胸所欲言，一入禀帖，则有所不敢尽。望恕其狂谬，逾格优容，俾得长通消息，临启不胜欣幸之至。专此肃泐，恭请师安，伏惟原察，同伯谨启，三月廿九日，小门生卢同伯谨请太师母大人福安，师母大人福禧。

11

受业谭莹九顿首谨上书老师大人阁下：

莹之藉庇二十有五年矣[①]。爨下焦桐，偏入蔡中郎之听；道旁苦李，谅蒙王浚仲之知。如载中宿蒲葵，顿增声价；第饫广文苜蓿，深负栽培。夙荷优容，弥劳眷注。实冰怀之自矢，仍风义以相期。譬之鹦鹉出笼，向维摩而忏悔；骅骝负轭，祈造父之哀怜已。恭惟老师大人材冠四英，誉标三绝，两朝开济，来日具瞻。东墅重名，久切苍生之望；南陔孝养，敢期元老之来。频虚位以得儒生，选旧名以为令仆，腹心所寄，喉舌是司，爰掌虞曹，乃迁仓部[②]。

---

① 道光五年秋，翁心存奉命督学广东，十月抵达广州；道光八年任满。参见《翁心存日记》第四册，第1853—1854页。谭莹（1800—1871），广东南海（今广州）人，当是此时参加童子试。

② 道光二十九年十二月，翁心存“擢内阁学士兼礼部侍郎衔，旋升工部左侍郎兼署钱法堂事务”；道光三十年六月，“调户部右侍郎兼管钱法堂事务”（《翁心存日记》第四册，第1857—1858页）。虞曹，即虞部，隋有虞部侍郎，属工部，后用以代指工部；仓部，清代户部的别称。龚延明《中国历代职官别名大辞典》，上海辞书出版社2006年版，第721、143页。疑此札写于道光三十年八月二十五日。

治经本业，难得人师；修史重权，实逾宰相。先忧后乐，原兼文武之全才；人望公言，奚必殷周之故事。裴晋公之出处，身系安危；诸葛相之生平，帝知谨慎。器原公辅，谁与佩刀？册列人材，早归夹袋。

莹识闇全牛，读惭半豹，自经拂拭，兼藉吹嘘，薄有时名，间邀特赏。此则蚋毛蠡翼，并荷生成，蝉腹龟肠，均资饮啄，而乃命同磨蝎，岁似奔蛇，惯如下第刘蕡，屡作悼亡孙楚。衔恩报德，空怀结草之思；怨老嗟卑，久绝看花之梦。诣郎君之谷，但谒王龟；换孝廉之船，未逢刘尹。嗟嗟！同生本众，待爨尤繁。儿女累人，莫遂向平之愿；友朋知我，其如敬仲之贫。术可搏沙，方能点铁载酒肴，而或吝卖文字而无灵，如潘岳之闲居，似崔骃之不乐，亭台易主，燕或剩乎？故巢琴剑之官鹤难分，其清俸援例而权为博士，实愧师儒推恩而留住省垣，业兼监院，近复以罪疑同县。事涉他途相及，奚啻于马牛有毒，竟同于蜂虿(并非当局者)，知萍漂于何地！业瓜代之有人，原可质于幽明，本无关于得丧。旋即并邀剖别，同获矜全，喜赵璧之幸完，知楚弓之谁属。縶维本缺，远在化州，园橘新霜，檐花细雨。一官冷落，原极寻恒，百口寒单，实难支拄。与闻政事，出门聆交谪之言；谁署英雄，割宅冀相依之雅。门多孀幼，未可偕行；属岂神仙，乌能独饱？深惭唐突，实冀包涵。纵有泪而敢弹，屡欲言而复辍。愿为冯妇，笑搏虎之无能；冀遇叶公，睹画龙而亦好。猜嫌早释，谅知采葛之谗；喜怒不留，何碍发棠之请。本虚堂之悬镜，早辨妍媸；如合浦之还珠，偶然来去已。

伏乞恕其狂简，重以恩私，活涸辙之枯鱼，赐敝帷于老马。李元亮方游太学，曾贻蔡嶷之书；张希颜业宰萍乡，定俟乖厓之问。笑揄扬之或过，知奖借之原多。咳唾为恩，容光必照。夙钦厚德，靡倦勤施。倘辱手书，宜膺齿录。转移无定，漫劳克日之频；报称攸先，岂尽依风之慕。廉颇更用谢客，可知李广难封。将军如故，仍求裁断。倘合事宜，帡幪更叨，铭镂曷极。重同嵩岳，深比沧溟，龟作印以难酬，雀衔环而窃愧。门墙非远原，毕世所依归。沟壑未填合，全家而感佩已。尤冀早司钧轴，即登宰廷，瓯预覆名，珠烦记事。领取无劳于煨芋，祯祥已兆于簪花。原宦官宫妾所未知，凡野老田夫皆共号。八州兼督，或重为岭海之游；七叶承华，定克绍韦平之绩。菊持晚节，槐接新阴，文潞国之精神，郭代公之福命。敬求钧诲，肃请台安，伫望嗣音，统祈亮察，无任惭惶，哽惧之至。谨奉笺以闻，师母膝下叱名请安，各世兄均此候安，并颂阖潭馀庆，八月廿五日。

12

敬禀者，远暌函丈趋侍，末由依恋私忱，时萦五内。顷奉钧谕，仰蒙勖注殷拳，三复回环，寸衷感泐。伏稔夫子大人禧凝鼎履，勋著虞曹。陈密勿以赞襄，眷隆一德；笃忠贞而启沃，望重三台。翘跂龙门，莫名额颂。

文耀河壖承乏，冰惕殊深。现当大汛之临，弥切巡防之惧，惟有刻矢勤慎，以冀仰副栽培。蒙谕董孝廉现已到浦，当即薄致菲忱，至书院馆事，再随时留意。又，陈门生澧会试南归，缕述师恩，同深感切，惟所补河源学缺，清苦异常，势难前往，只有奉檄留省一法。而留省差委，只有书院中监院之一途，计越华、粤秀、羊城三书院，每院二缺，共有六缺，位置尚易。陈门生并述吾师在京，曾有为筹馆席之谕。如蒙函致粤东徐、叶两大府，俾得一监院，则明岁可图北上之计。凡斯乐育出自师恩，并以布陈。谨肃寸禀，恭请福安，伏祈垂鉴。受业文耀谨禀。

再敬禀者，承谕所辖正黄河下游，饬将现在情形详细缕陈。文耀从前略观治河之书，半明半昧，俱不得其要领。偶见一说，称河工之事与地方刑名、钱谷之可按籍而稽者不同，必须身历其境，至数年之久，方能周知。迨上年八月十二日到任后至今，亲历南北堤岸各工至于海口，共已三次，又督办六堡减黄入湖缺口，及驻杨庄督放空重漕艘，皆在外之日俱多。窃看此日河工诸事，俱守靳文襄旧法，惟灌塘一事略为变通耳。治下游惟有筑堤束水、以水攻沙一法，及筑坝逼溜、刷深中泓一法。然筑堤仅可束水，未必便能攻沙；筑坝仅可挑溜，未必能刷中泓，此何故也？

黄河来源甚陡，水力甚猛，夹沙而来，至尾闾数百里欲出海口。果然海能容纳，则出陈易新，势无积压，亦如长江清水之愈涤愈深，岂不甚善？无如海口，朝夕两潮倒灌，而入百谷王之力，足与相敌。如是，欲出不可纡回，渟积于数百里之间，日积一文钱之厚，经岁便有尺许，以数十年计，无怪海口转成高仰之形。从前熟闻海口铁板沙之说，谓如门限拦阻。文耀亲至海口三次，何曾见有此沙？盖合海道所属数百里间，铺成一片大沙，即谓此为铁板沙可耳。黄河入海之道无不积高之理，即无不改道之理。既已高仰，水不能行，于是决而之乎，低浅之处，不复能挽归故道，只可就其自然改行之道。修筑堤防，又支持百十年或数百年，故大禹之时，黄河从直隶入海，今乃改至江省，职是故也。此时言济运，只有蓄泄，不失机宜；言河身，只有束水、挑溜二者。其中各种办法，俱载治河诸书，无俟赘说。惟当慎节经费，力杜浮靡，尽人事以补救。此间河帅正已率属，两年来风气逐渐变更，文耀惟当恪奉夫子大人训言，俭以养廉，核实估计总期，工帑并重，庶免愆尤，以仰副夫子大人期望裁成之至意。合肃附陈，文耀再禀。

13

遂盦先生大人阁下：

频年客寄虞山，得以屡亲谭麈，扩见闻之浅隘，砭学识之疏芜。奉教良多，镌忱滋切。春仲胥江叩送，晌阅半年，只因尘冗棼耘，尚未肃修芜启，临风翘首，驰仰正深。辱荷手翰先贻，挚怀远注，庄诵之下，感佩弥殷。敬谂安抵春明，起居曼福。顷者重承恩命，仍直内廷，伫卜晋陟崇阶，叠司衡鉴，荩勤益笃，眷倚洊隆，引领庆霄，莫名虔颂。

今春苏松漕船兑开，竭蹷倍于往年。迨开行之后，州县应解各帮备公银两，至五月杪尚欠银六万馀两。观察不得已，援案请借藩库银二万两，先发交总运带通凑济北坝公用，而各属六分漕项未完，至二万两之多，尤为从来所未有。

观察于五月二十九日始得启程北上，幸东省闸河水畅，此时已可抵通，然亦棘手万状矣。二十五年未完漕项已敷衍全完，不致罹议，惟二十六年年限又将届满，所冀早得迁除为妙。州县积欠视为固然，但知规避处分，纷纷更调，以致道库空乏年甚一年。此事若得大司农力为主持或可挽回积习耳。

今年水灾出于意料之外，较道光三年更深一尺馀寸。田庐被淹者数月，立秋后始渐消退，迄今已减三尺许，街衢巷术可通行人，而低田尚有积水。苏城绅士设局劝捐，已得十二万馀千。现在写捐房租，又可得二十馀万千。中秋后续放义赈，所有请发帑项，部议准拨给银九十六万两，并扣留各款，共合银一百五六十万两，为数不少，惟此次户口太多，恐仍不敷用，奈何？中丞方伯皆正人而德优于才，情形亦未熟悉。此外，无一公勤任事之人，秋冬之间深为可虑。知关廑念，谨以附陈。

黔省迩来文风渐启[①]，今得喆嗣先生鼓舞振兴之，将见人知讲求实学，与粤东后先辉映矣。小儿学力未深，今夏自闰月至今[②]，因室人卧病缠绵，料理医药，日不暇给，虽秋闱展期一月，尚未卜能否旋浙应试。仰蒙期望之殷，只增惭悚。专肃奉覆，顺请台安，诸惟亮察，不宣。晚生杨文荪顿首，七月廿四日。

14

遂盦先生大人阁下：

秋初肃肛芜笺，度已早尘签记，遥睽雅范，弥切翘悰。敬维餐卫

---

① 道光二十八年七月，翁同书简放贵州学政；八月，挈眷赴任；十月抵黔。参见《龏斋自订年谱》，第590—591页。另见《翁心存日记》第四册，第1857页。此函末署“七月廿四日”，知其写于次年即道光二十九年。

② 即道光二十九年闰四月。

康和，起居𢡟适，宣勤侍直。近荷眷垂，伫卜兰检升荣，槐阶晋陟，风前引领，抃颂维殷。今岁东南大灾之后，直至交冬，积潦甫退，而不能种麦者仍有十之一二。刻下官赈与义赈相辅而行，惟被灾户口太多，办理不易，幸天气尚为和煦，差觉安恬，转眴严寒，殊堪恻念耳。

濂舫观察于十月下旬旋署，今冬苏、松、太三属漕粮，除金山一县外，其馀均不开征。常镇虽有征兑之处，亦甚属寥寥，明年似可无须押运，然未能预定，惟道库解款全无，以所入抵所出，约短绌十馀万。公事无从措手，奈何？明岁有开科之说，未知确否？年来科场风气似又微有转移，或不致专尚空疏挑剔也。兹乘声甫六兄之便，肃泐恭请台安，诸惟亮察，不宣。晚生杨文荪顿首，十一月廿二日①。

15

遂盦大人阁下：

仲冬肃修芜启，托声甫六兄携呈，偻指月馀，度已早尘掌记。兹者欣闻大人荣跻纶阁，宠晋荣阶，冠侍从之清班，典文章之巨制。伫卜益膺宸简，扬历六官，槐鼎声华，允孚舆望，下尘骧首，欢颂维殷。

荪十月间来虞山，即在署斋度岁。今冬苏松起运之米，仅有十分之一，是以案牍甚稀，而库贮支绌情形亦从来所未有。近因抽查库款，知二十五、六、七等三年，各州县征存未解之漕项、钱粮，共正耗银四十二万馀两。此皆馀欠四分所积，宜道库之日渐空虚也。知系荩怀，敬以附及。肃泐恭颂鸿禧，顺请台安，诸惟朖察，不宣。晚生杨文荪顿首，己酉嘉平月廿三日②。

---

① 此札写于道光二十九年十一月二十二日。参见前札及后札相关内容。

② 即道光二十九年（己酉）十二月二十三日。

16

遂龕世丈大人钧座：

二月初顿驾胥江，备承训诲。别后想道涂顺利，安抵都门。钊二月杪即赍局中馀项之寿兴沙，商酌筑圩浚港事宜。至三月望后而返，其尊处青草沙圩岸冲塌，港底积淤，俱系要紧工程，未可将就。据钱春台先生估计，约需人工九万，除业户力能自办者，约十分之三。其馀六万三千工，皆力不能自办者，照江阴之法，每工助钱五十文，实需三千一百馀贯，加以圩长、工食段董供给及一切杂项，共需三千六、七百贯。钊与无锡余莲村茂才名治穷半月之功，仅募捐二千五百贯，不敷若干，托赵伯厚年丈转恳立夫年丈札致邑尊，嘱其玉成此事。盖沙洲之例，凡新长田亩，名曰任恳田，民输其租，官收其利。今数十年无升科之案，则沙洲实宰斯土者，大利攸系。邑尊若稍分清俸，转晌秋成以得偿失，其息数倍，度无不乐从也。钊家食两年，困厄殊甚，欲入都谋馆，旅资尚无从设措。长者闻之，当亦代为扼腕。兹有恳者，舍亲吴子鱼名起潜应顺天试，京中鲜有交好，务祈惠加之诲，则感荷盛德，不啻身受。肃此恭请钧安，世愚侄马钊顿首上书。

17

甲寅九月乞假出都留谢二铭年丈少司农启①：

自乍违黄叔度，鄙吝不觉复萌；但一识韩荆州，生平可以无憾。归山息影，转增说项之思；饮水知源，敢昧进身之序。某班随芸馆，秩晋芝坊。官侍讲者五年，官侍读者五年，十载之清华滥厕；充典学者一次，充典试者一次，两朝之简任频叨。春秋闱载被天恩，三操玉尺；左右史同陪日讲，六辑瑶函。赋愧摩空，锦服著章身之彩；功疏学古，璇题分赐额之光。合兹再四之宠荣，悉出九重之知遇。至若词垣职

① 甲寅，即咸丰四年。

事，分任清班，史馆才名，竞登上考。凡有优长之可叙，皆非愚陋所能邀，总缘嵇懒性成，倪迂材拙。戴安道琴原可碎，几遇知音；祢正平刺不轻投，任教灭字。才输太白，谁容吐气阶前？节慕仲宣，讵屑寄身篱下。不言禄禄亦弗及，惟自安淡泊之常，如或知知，则以何更无事沉沦之叹。

伏惟阁下谦光，俯逮师范尊严，本椿庭联谱之交，兼梓舍论文之谊。虽高轩枉过，已先临李贺之门；而片版空传，从未下陈蕃之榻。飞燕惟栖大厦，究傍户之堪羞；登龙纵属通家，岂入门之自快。拥书仓三万卷，亦足以豪游翰苑十六年，他无所愿。猥于丑岁，忽奉辰谟，甫承便殿之咨询，旋许内廷之行走。自维冷宦，何来白傅之遭逢？密访同侪，始识乌公之荐拔。与正人共事，旁观皆以为荣，得知己一言，自顾亦复何恨？第念慧夸江夏抗颜，敢自称师；醇逊广川学步，那堪作相。阮瑀接陈王之席，分固可忘；黄琼奉李尉之书，名真难副。兼之温歧寡合，周勃少文，以不才蒙月旦之加，胡特赏在风尘而外。自是热肠早化，本无建白之先声；岂其冷眼闲窥，别有垂青之雅契。非三与宰臣相谒，或不为王旦所轻。苟一经太傅之褒，遂争谓谢元可用。愧深而无以为报，念切而不知所云。继思受命公朝，未许衔恩私室。周公瑾专称鲁肃，爱其无华；蔡子尼幸遇山涛，感而弗谢。故书斋晤对，既不言推毂之功；即邸阁往来，终未拜弹冠之惠。迨至文牵吏议，职解朝参。京兆赋闲，五日之去留自若；司空见惯，三天之聚散无常。时则柏叶迎年，椒花献岁。永叔将辞北阙，遍录遗书；谢安未入东山，先更野服。罢官不惜，公方寻腊日之欢；退直相从，我始入春风之坐。既而量移铨部，改佐农曹①。知郑国之孤忠，仍留在位；喜温公之复用，交贺于途。仰屋神劳，藉答高天之再造；升堂迹阻，莫逢

① 量移铨部，改佐农曹，即咸丰四年二月，翁心存蒙“特旨起用为吏部左侍郎。三月，调户部右侍郎兼管钱法堂事务”（《翁心存日记》第四册，第1860页）。

旧雨之重来。虽觌面之维艰，每抚衷而自忆。

庾之斯为尹公所取，勉作端人；大夫僎与父子同升，幸其知我。方冀云鹏傅翼，丹忱申报李之私；讵期风鹤关怀，白发触飘蓬之感。盖自妖氛四起，敝庐之馀烬皆空；因而旅信三迁，行馆之奔波靡定。杜工部《羌村》之句，骨肉长离；庾子山"陇水"之词，肝肠欲断。由是神伤故国，梦绕高堂，惭授读之多疏，悔问安之已晚。移巢之燕，不惮其烦；瞻屋之乌，未知所止。传岑嘉州平安报两字，远莫致之；诵陶彭泽归去来一篇，此其时矣。然而烟尘载路，井社成墟，寻菊径以无从问桃源其何所。仲子归谋菽水，敢图豹隐以优游；安仁请奉板舆，即荷鸿慈之俞允。秋月动扁舟之兴，不为鲈鱼；春晖吟寸草之章，有如乌鸟。

现拟扬帆广汉，驻辙上庸。剩有微忱，去国常思夫报国；本非远志，在山当胜于出山。抽簪辞枫陛之班，犬马依然恋主；戏彩慰莱庭之望，鸡豚或可娱亲。惟是鸠忽长鸣，有怀不寐；莺因久住，临别犹啼。樗栎投闲，深负曲成于班匠；驽骀税驾，仍夸一顾于孙阳。倘仆仆以遄征，无区区之上达，则材储夹袋，终辜吕相之恩；爨识焦桐，枉入中郎之听。舞鹤而未能中节，愧且不遑；得鱼而遂至忘筌，恝何若是？况复枫林苇岸，骊唱匆匆，鄂雨燕云，鸿程渺渺。怅奔驰于鹭堠，自碾双轮；谋僻处于蜗庐，谁传一纸？竟从此去，总嫌含意之未申；善为我辞，转觉长言之不足。

爰书尺素，专泐寸丹，倚装聊叙。夫前因倾盖更图，夫后会运筹转饷，固征鞅掌多劳，待漏鸣珂，尤望禔躬自摄。盼捷书之重叠，迅扫欃枪；愿退食之从容，闲娱杖履。泰山乔岳，幸同钦潞。国之高年，霁月光风，知复见濂溪于何日？欲衔环而矢报，雀尚南飞；期捧檄以承欢，雁仍北向。欣然养志，庶稍酬令伯之情别矣。销魂莫再读文通之赋。国均顿首谨上[1]。

① 钤"可亭手书"朱文方印。

十六　诸公诗翰

1

遂盦先生蒙恩充补讲官，诗以奉贺

鸣佩西清列侍臣，先生荣秩拜恩新。当年崇政龙图进，此日文华翰藻陈。简束三天归节性，专勤二字拱枫宸。（见王岩叟侍讲筵奏议。）盛朝永在延贤士，细听王言纪紫纶。

庚寅八月皇长子初稿[①]。

2

庚寅九月，遂盦先生晋升侍讲，诗以奉贺

新承宠命九重宣，喜到蓬瀛会列仙。珥笔讲筵刚一月，陈经芸案直三天。金莲炳焕趋宫掖，珂佩锵鸣近御前。敬仰圣朝勤庶事，玉堂济济士皆贤。

皇长子初稿。

---

① 皇长子，即隐志郡王爱新觉罗·奕纬，道光帝长子。嘉庆二十四年，封贝勒。道光十一年四月卒，进封隐志贝勒。咸丰帝即位，追封郡王。《清史稿》卷二百二十一列传八，第 9104 页。庚寅，即道光十年，是年九月，翁心存“迁翰林院侍讲”（《翁心存日记》第四册，第 1854 页）。

3

奉题遂盦先生《药洲访石图》

万里乘轺越峤行，一时珊网尽琼英。使星按部三年教，海岳遗文九曜呈。藓石搜奇瞻胜概，蘅洲炼药笑虚名。更看墨妙留鸿雪，想见公馀染翰成。（先生作记泐石。）

皇长子初稿。

4

遂盦师傅充补讲官[①]，诗以奉贺，即用大阿哥原韵

木天清切简儒臣，欣拜冰衔宠命新。正喜经帷资讲贯，更司记注重敷陈。持衡海峤罗珊网，鸣佩螭坳拱玉宸。君举必书凭载笔，朝朝待漏听丝纶。

惠郡王初稿。

5

遂庵师傅晋升侍讲，即用大阿哥原韵奉贺，并请斧正

内直俄传玉敕宣，恩纶重命领群仙。初从芸馆依丹地，更历芝坊到木天。作赋摩空金殿上，（大考优等超擢。）执经问难绛帷前。鹓行共羡蓬瀛好，不数唐家启集贤。

惠郡王初稿。

---

① 道光十年八月，翁心存充日讲起居注官。参见《翁心存日记》第四册，第 1854 页。

6

吾师奉命典试四川[①],诗以奉贺

宠命清晨下,吾师典试荣。征轺辞凤阙,星使出皇京。谨慎趋秦栈,平安到蜀城。文星辉正朗,精鉴本称明。恩旨如天大,渊襟似水清。求才思圣谕,选士秉丹诚。常忆恩纶重,休将落卷轻。回途看雁阵,去路听蝉声。问难三年久,分离千里情。谨吟诗十韵,聊以送师行。

7

珥笔雍容侍从臣,螭头清切拜恩新。邹枚词赋才高选,(君大考高等,擢宫允。)尧舜勋华道敬陈。五岭文星回玉署,(君视学粤东。)三天师表简枫宸。(君引见,以拟陪,蒙特拔。)岂徒弟一推能讲,下水船还合掌纶。(君文博瞻捷敏,故云。)

遂盦宫允充日讲官[②],谨次大阿哥韵贺之,即正。友生汤金钊[③]。

8

里句奉贺遂盦年兄擢授侍讲之喜,谨次大阿哥元韵

喜听除书早日宣,(缺本向俟御门,此则随本下。)冰衔清贵艳神仙。蓬莱已到中层路,华盖行躔最上天。龙尾道趋青琐里,(直上书房。)蛾眉班列紫宸前。(充日讲官。)词垣手笔推燕许,能不飞腾望后贤。

---

① 道光十二年五月,翁心存典试四川。参见《翁心存日记》第四册,第1854—1855页。

② 道光十年八月,翁心存充日讲起居注官。参见《翁心存日记》第四册,第1854页。

③ 下钤“汤金钊印”白文方印、“敦甫”朱文方印。

通家生汤金钊拜稿[①]。

9

蒙恩调补吏部尚书[②]，大阿哥以诗垂贺，惠郡王、龚少宗伯、翁侍讲并次韵见赠，谨和元韵，率成二章奉正

方愧庸材玷礼卿，寅清罔效远谟宏。何期雨露施偏渥，更畀铨衡任以平。简尚未能何况剧，公犹可勉最难明。多端弊窦资厘剔，训谕精详悚莫名。（谢恩召对，蒙谕以部中最易滋弊，厘剔宜严，训示周详，不知若何仰副也。）三天模范盛公卿，末学难窥德业宏。讲习每惭无补益，澄清何以答升平。所期规我良朋直，毋负官人圣主明。珠玉连篇惊袚饰，扪衷愧汗倍难名。

汤金钊谨草[③]。

10

史臣自昔属词臣，引对螭坳被命新。西殿侍班天咫尺，东平执业日披陈。头衔兼卜增宫秩，（洗马缺开列应升君在弟一。）口敕恭聆傍帝宸。亲切承恩从此渥，江乡未许忆垂纶。

二铭二兄大人同年正句，弟许乃普初稿[④]。

① 下钤“汤金钊印”白文方印、“敦甫”朱文方印。

② 道光十年九月，汤金钊调吏部尚书。参见《北京图书馆藏珍本年谱丛刊》第134册《先文端公自订年谱》，第208页。

③ 下钤“金钊”白文方印、“敦甫”朱文方印。

④ 下钤“许印乃普”白文方印、“滇生”朱文方印。

11

敦甫先生见示与及门燕集花之寺、龙树院二诗，次韵奉答[①]

斜日满帘絮飞雪，光风入坐春生颊。开缄示我两篇诗，花气酒香斗清烈。频年使节挟风霜，归鞍犹戴星煌煌。寻幽忽造花之寺，（三官庙，顷闻曾宾谷先生以花之寺额之。）畅咏能容点也狂。（顾杏楼水部次东坡《陪欧阳公燕西湖》诗韵，呈宗伯，此诗即次和水部之韵。）瘗雀山前风浪恶，谁就僧龛觅蔬药。闻公月下放船回，若较坡翁游更乐。（先生今春自闽使还，过江与钟仰山侍郎月下游焦山，赋诗纪事。）竭来载酒有门生，老眼看花分外明。杜曲便思从履舄，兰亭何必羡琴筝。

庚寅四月廿日录求二铭仁兄大雅削正[②]。愚弟祁寯藻初稿[③]。

12

海幢寺里谭粤雪，妙语真能解颐颊。（曩余典试粤东，濒行阻风海幢寺，与僧谈南中气候，僧云自南汉雪后直到如今。余叹其语妙，为之绝倒。）别来滚滚马头尘，翠羽梅花梦香烈。君昔校士怀冰霜，海邦衿佩容辉煌。传经争受文翁业，拜石还追米老狂。（君于粤东试院榕根下得米元章诗石，乃苏斋求而未获者也。绘《药洲访石图》，一时题咏极盛。）吟诗作画殊不恶，笼取药洲洲上药。归来讲席直三天，更

---

① 此诗清咸豐七年(1857)刻本《䜩䜭亭集》卷十六收录，文字略有不同。另见任国维主编《祁寯藻集》第三册《䜩䜭亭集》卷十六，三晋出版社 2015 年版，第 177 页。

② 庚寅，即道光十年。

③ 下钤“春浦手稿”白文方印。

有名泉供宴乐。（君直庐东有乐泉[①]，顷疏浚之，将以瀹茗。）蟹眼已过鱼眼生，（苏句。）茶烟一缕射窗明。我今废学寒竽涩，愿就君家听玉筝。

遂庵二兄大人重叠苏韵见惠，再次奉报，即请削正。愚弟祁寯藻未定草[②]。

13

庚寅七月[③]，守正升授少宗伯[④]，大阿哥宠以诗章，遂庵先生即依原韵见赠，谨次奉答

豹直同听晓漏重，池边联骑露华浓。蛮笺频斗清新句，（君与汤敦甫前辈、祁春浦庶子唱和甚多。）芸馆曾推翰墨宗。珥笔三天资讲肄，抡材百粤遍陶镕。（君视学岭南。）素心幸接墙东近，风雨比邻剥啄从。

愚弟龚守正初稿。

14

下直归来凤诏宣，一条冰上会群仙。（南雅、滇生转侍读，君与胡少司成升侍讲。）驰驱轺传曾经海，（奉使闽粤。）布置林亭小有天。（园居小，莳花竹。）手授芸编朱邸近，（授惠郡王读。）身依香案玉皇前。（月前命充讲官。）清衔正与才名称，无事邹枚羡昔贤[⑤]。

---

① 道光九年六月，翁心存“奉旨入直上书房，授惠邸读，同直者仁和龚季思先生守正也，居澄怀园之乐泉西舫”（《翁心存日记》第四册，第 1854 页）。

② 下钤“食笱斋”朱文长方印。此诗清咸丰七年（1857）刻本《䜣䜣亭集》卷十六收录，文字略有不同。另见任国维主编《祁寯藻集》第三册，第 177 页。

③ 即道光十年七月。

④ 少宗伯，即礼部侍郎。《尚书·周官》云：“宗伯掌邦礼，治神人，和上下。”

⑤ 此诗清末刻本《龚文恭全集·古今体诗》卷六收录，文字略有不同。

遂庵二兄大人晋升侍讲[①],谨次大阿哥原韵奉贺,馆愚弟龚守正。

15

彻夜淋浪雨打扉,欲酬佳节与心违。林峦路滑攀跻怯,车辙泥深剥啄稀。诗负刘郎难觅句,菊荒陶令未言归。正思把盏闲消遣,送酒偏教阻白衣。

重九遇雨,遣闷一律,录呈遂庵先生斧削,并求和正。愚弟龚守正拜草[②]。

16

预作重阳会,禅林共访秋。东南皆大海,西北有高楼。远岫开窗入,流云举袖收。傥无风雨至,九日再奉游。幸近文星座,叨陪学士觞。闲官无一事,老木有千章。塔与云争白,花将蝶赛黄。澄观心自适,少饮醉何妨。

九月朔日同游慈善寺,登楼即事,书奉二铭弟台大人教正,湘林萨迎阿草[③]。

17

吕真君墨书楹帖[④],敬志幸获

十字空灵势飞越,以圆为肉瘦为骨。宋元墨宝世间稀,唐人真迹谁曾阅。玉门再出有奇缘,伊吾获此悟书诀。三尺慧剑魔伏降,半江

---

① 道光十年九月,翁心存“迁翰林院侍讲”(《翁心存日记》第四册,第1854页)。

② 此诗清末刻本《龚文恭全集·古今体诗》卷六收录,文字略有不同。

③ 下钤“湘林吟稿”白文方印。

④ “吕”字上钤“尌芳室”朱文方印。

慈云气涵结。秦篆汉隶晋真行，一手集成如画铁。大道会融精炁神，妙谛即从书中揭。三十年前降笔留，柳仙深幸不湮没。焚香稽首受心传，临池水映天山月。

湘林稿[①]。

18

士衡《平复帖》，摹手敢云工。响拓传油纸，亲封付鹿童。丝鞭遗却未，锦字寄来空。但见排人雁，焉寻爱墨虫。惜同碑落水，避似鸟惊弓。失竟缘驰马，收难到戏鸿。虽然追陆子，何以傲思翁。赚得将军笔，新诗满竹筒。

湘林萨迎阿和韵[②]。

19

奉和湘林宗伯同二铭学使九月朔日登慈善寺楼作原韵

霜晴云物爽，风急海天秋。移设延宾榻，同登选佛楼。八窗空际敞，四野望中收。更拟重阳日，追陪话旧游。（七月间曾同湘林一游。）

漫著东山屐，同倾北海觞。风光变岩壑，景物皆文章。霜染新枫赤，秋添野菊黄。红尘乌帽底，佳兴莫相妨。

俚句呈政，润峰奕经未定稿[③]。

20

和湘林重阳前二日登永光寺楼作原韵

乍霁旋阴竟快晴，登临有约出重城。碧云红树生秋思，黄鞠朱萸

---

① 下钤“湘林”白文方印。

② 钤“天倪室”朱文长方印、“语带烟霞”朱文方印。

③ 钤“文云书”朱文椭圆印、“仲常所作”朱文方印。

动客情。万里山川供笔作，频年车马类云行。（湘林南逾湘楚，西出玉门，游迹二万馀里。）高楼此日舒跧啸，佳句还同海气清。

俚句呈政，润峰奕经未定稿[①]。

21

车渡木齐河，同丽川作

木齐岸边秋草多，木齐秋风生白波。招招舟子唤不得，行人揽辔停骖贏。彼岸可望不可即，临流奈此滔滔何。告君欲渡直须渡，寻舟觅楫徒延俄。主人叱驭仆振策，双轮碾浪蹄蹴涡。毂铁研砂声轫辘，鞭丝拂水影婆娑。中流不用千金壶，且歌孺子沧浪歌。利涉大川拯马壮，公无渡河竟渡河。我闻大地山川各划界，江湖岭麓相遮罗。世人不甘囿所囿，梯山航海肩相摩。虽然济胜各有具，水舟陆马无偏颇。用违其用鲜有济，伫看跬步皆跌蹉。以俎代庖亦时有，拘墟成见理则那。奡舟陆荡或恍惚，我车涉水真无讹。从今不作向若叹，尤风胥浪难为魔，通淮达泗至于海，辕下促促皆蛟鼍。载脂我辖秣我马，朝游咸池暮阳阿，回首木斋涔蹄窝。

俚句呈政，润峰奕经未定稿[②]。

22

费尽生花笔，晴窗半日工。驾言乘小驷，谆诲戒奚童。使去门才到，探来物已空。硬黄徒刻玉，虚白本雕虫。厨作归桓画，人谁得楚弓。神龙惊破壁，佳帖想飞鸿。岂是临池客，翻成失马翁。会当重染翰，珍重走邮筒。

润峰奕经原咏[③]。

---

① 钤“清暇”白文长方印、“润峰”朱文方印。

② 钤“忘志”白文椭圆印、“奕经润峰”白文方印。

③ 钤“大雅”朱文长方印、“润峰”朱文方印。

23

争羡裁云手,摹成帖字工。传书希往古,将命乃蒙童。得意驰偏疾,探怀刺竟空。脱缰原似马,叩首忽如风。难挽仙飞舄,翻疑盗窃弓。恨应同煮鹤,踪莫觅泥鸿。遗拾资行道,归惭对主翁。却留佳话在,歌咏入诗筒。

丽川奕泽未定稿。

24

簪盍亲聆凤诏颁,御门恰值肃朝班。西曹衔拜襄槐棘,东海节移重斗山。教弼允孚台阁望,功成方许锦衣还。阳春有脚群欢慕,驿使梅花早度关。

研炼京都第一流,芳型懿榘此间留。熏陶得士歌思古,光霁宜人坐对秋。盖世才堪齐管乐,高风迹岂效巢由。班联好协依清禁,籞苑同看浴鹭鸥。

敬贺遂盦二兄年大人荣迁大理之喜,步前赠别元韵,即祈郢政,年愚弟德兴拜稿。

25

持节声华继北平,(谓覃溪先生。)我泛下界望蓬瀛。去思舆诵劳君采,惭愧高凉太守行。(君前视学粤东,观风高州,以高凉太守行七古命题,时涛去任已久,诸生课卷每多率率不材,上拟曩哲,深滋恧意。)

海上怀人诗百首之一,奉寄邃庵先生大雅正之,黄安涛呈稿[①]。

---

① 钤"霁青诗印"朱文长方印。

26

奉和用东坡《将至筠先寄迟适达三犹子》韵见赠之作

庞士元无才百里，况复宦情淡如水。每叹世上折腰人，纷纷直是可怜子。县令本号亲民官，问谁念为苍生起。鲁恭卓茂今已无，好官只多得钱耳。嗟余赋命固穷薄，志趣不在风尘里。子猷家有旧青毡，墨来笔眦差足喜。十年人海徒浮沉，博得一官聊复示。萧萧两鬓生白发，揽镜朝看窃自耻。滞留廿载剩空囊，进退茫茫何所恃。终须投劾归去来，不为莼鲈乡味美。

秋涛许夔初稿，三月廿日[①]。

27

花药气散馀清池，榕髯覆屋垂葳蕤。涴苔欲拓瘦石字，扪壁且读回廊碑。（乙酉之秋余尝居使院三阅月，得读回廊诸石刻。）苏斋学士昔好奇，九曜搜剔几无遗。米诗显晦竟有数，如龙起蛰应须时。虞山宗匠相距六十载，大开铁网来罥珊瑚枝。沉薶宝曜一朝出，绝倒袍笏标风仪。获之不异得奇士，几欲下拜忘冲㧑。图成卷石识佳话，楚弓虞剑疑留贻。苏斋八载按岭表，勤于童子称声诗。金石似逊李南涧，亦复金薤琳琅披。九石缺一屡致词，老榕脚下重嗟咨。水银聚散理可喻，后人摩濯当毋辞。尔来文昌星度入东粤，天官家言徵信应非欺。即看抉幽发暗拂拭有宗匠，自见烛天牛斗之气辉南离。况闻景贤迈先躅，池上已建濂溪祠。苏斋久勒《爱莲说》，以此相待如前知。

---

① 钤“中圣人”“秋涛”朱文长方印。中圣人，或云“中圣”，即饮酒而醉，是醉酒的隐讳语，语出《三国志·魏志·徐邈传》：“魏国初建，为尚书郎。时科禁酒，而邈私饮至于沈醉。校事赵达问以曹事，邈曰：‘中圣人。’达白之太祖，太祖甚怒。度辽将军鲜于辅进曰：‘平日醉客谓酒清者为圣人，浊者为贤人，邈性修慎，偶醉言耳。’”唐陆龟蒙《添酒中六咏》之五云：“尝作酒家语，自言中圣人。”

春雷奋发春雨滋，戢戢头角争参差。何当载酒坐亭畔，一访石丈瞻宗师。

敬题《药洲访石图》，寄呈邃庵宗匠郢削，镇平黄钊初稿[①]。

28

送翁二铭序

班孟坚作《幽通赋》，其言似达者，其卒归之修已立名。盖士之少时，或自负硕异，而人事倚伏之故，有未可定者，昔之人论之详矣。翁君二铭弱冠丧父，每与予语，慨然诵班生之言。忽一日，君有淮阴逮其事，始从父任，为小人所诋，狱久悬。君以母老授徒乡里，适奉上官符吏胥辈急持之，迫之去。嗟乎！人事倚伏之故，有未可定者。班生云："俟草木之区别兮，苟能实其必荣。要没世而不朽兮，乃先民之所程。"由今思之，昔之人能自信于千载以下，其始亦恍惚难凭。至其异日建立，亦傥来之事耳。君如淮阴，不过淮阴市乎？彼市人之所见与古何如？而今日之天下士，尚有其人，又能忍尤而含诟者乎？凉秋九月送君北行，书此以释其悁悁之忿云。愚表弟陈撰序。

29

子俊招集谭石舲、翁二铭、单思白，诣城西酒楼饮，分韵"十日画一水"，得"画"字。子俊首唱见寄，率赋柬呈，时乙亥二月[②]

落日湛湖光，江城净如画。楼空云自满，窗罅一峰挂。山水澹相遭，招邀莘情话。盍簪叵邅回，日铸得清快。觥觥姚考功，豁达除蒂芥。石舲富文艺，吐属尽金薤。单子学太傅，文章贯沆瀣。翁伯无高脂，负气乃超迈。聚星同赋雪，拥归银世界。时事忽驹隙，飞蓬任所届。缱绻二三子，灵谭灼幽怪。吾乡富侯鲭，钓算类流稗。华铛倒鹄

---

① 钤"臣"朱文方印、"钊"白文方印。

② 即嘉庆二十年二月。

酸，水簿穷鲻蚧。秩焉夏屋承，顷出盂案杀。脱略喜宾党，建棡一举嘬。鄱阳谑浪多，络绎酒兵败。长啸乱卷衣，狂歌老蟾噶。遥忆君家仲，转战坐西廨。触蛮笑蚊虫，苦与别流派。局趣累高朋，骨立甚矣惫。头昏漫举烛，须弥纳纤芬。五覆而五反，将似齐侯疥。人生一束缚，陟足便湫隘。赋子走尘客，秋风羽长鎩。蕞残发深省，时用述五噫。不如颂酒德，聊避谚台债。投诗等由庶，感言奴菅蒯。龙鳞茁古贝，扬帆当揖介。寄语折麻者，连檒石丈拜。百尺仙人居，清梦杂梵呗。

周学濂呈稿[①]。

30

石州慢

二铭约余步行山中，见夕阳明灭，霜叶闹红，攀萝扪石，穿径而观，补填此解。

山气烘霞，霜叶正浓，寒妒春色。搴萝寻梦松烟，深邬碎飞娇蝶。晴天翠老，认是几曲仙源，琼华冷浸桃花活。暗与赌容颜，恁斜阳明灭。　　凄切，丹瓢醉酒，掩映新愁，暗融肌雪。想见吴江，孤冷飘零谁识？回风艳舞，谩道赠与诗人，停车不合和云折。相对话苍崖，渐衣襟红湿。

礼姜弟孙文杓填词[②]。

31

探春慢

二铭仁兄公车北行，属小霞作《折梅送别图》，索题。余填此

---

① 钤“会心处”白文长方印、“莲华博士”朱文方印、“周学濂印”白文方印、“远书”朱文方印。

② 钤“孙文杓”朱文方印、“桐雪”白文长方印。

词，兼志离绪。

马背生云，剑光怒雪，东风催程燕市。衰草河桥，夕阳尊酒，都是离情别思。阅遍章台柳，听弹指，遥黏空翠。送君长短亭边，野梅香共春丽。　　堪忆天涯远隔，重访问旧巢，云树如此。囊绣芙蓉，笔惊鸾凤，定贵洛阳新纸。白发含饴望，最旅馆，风霜须记。盼到琼书，帘前杏花红际。

礼姜弟孙文杓谱[①]。

32

黄鹤何矫矫，健翮凌秋旻。玉鹇失其俊，珠树扬其芬。有时引清吭，碧海通氤氲。南飞见鹏鸟，翼若垂天云。鹏固能奋飞，鹤亦多声闻。两两刷毛羽，一一超其群。会当接翅飞，锦绣开晴雯。燕雀亦何意，饮啄徒纷纷。

短歌邮赠二铭仁兄大人，即请教。浙西愚弟蔡寿昌初脱稿。

33

阔绝已三载，良会不两月。喜极泪易滋，情长语先竭。重城隔钟鼓，握手何仓卒。仓卒日相见，不如久阔绝。骄昜横大道，炎景荡睒睒。河梁在何许，红尘没车辙。安得随车雨，送君千里别。

二铭仁兄同年将有大梁之行，索句赠别，意有未罄，尚当邮寄也。时在丁丑四月下旬[②]，京都望雨甚切，华骥弟毅草。

34

软红飞，飏愁如梦，凄迷相对无语。城南尺五如天上，未省寄愁何处。添别绪，看眼底，更番吹散天涯絮。（谓皋云丈杏坡菊君匏

---

① 钤“孙文杓”朱文方印、“桐雪”白文长方印。

② 丁丑，即嘉庆二十二年。

风。)垂杨自舞,恨踠地长条,绾车无力,君又带愁去。　　长安道,也可抟沙小聚。因何抛撇吟侣,饥驱天弗才人恕,不是自家能主。留不住,奈一路,鞭丝日影红骄树,思量旧雨,正竹锁山深,绿房云嫩,酣饮昼清暑。(谓叔才总宜山房。)

恁才华,艳春摛藻,年华刚妙如许,头颅似我消痴想,只是替君酸楚。重与诉,也不是,才名准借黄金铸。分明记取,有几辈怜才,日华到眼,偏又色迷五。　　春风过,休上吹台眺古,吟诗应更愁苦。金明池畔多题咏,蚀尽翠苔香句。豪气吐,且制好,梁园旧日凌云赋,翩翩凤羽,趁剪发慈亲,梅英未点,霄汉快飞举。

嘉庆丁丑四月遂莽仁兄有大梁之行,占《买陂塘》二解奉赠,即请正误。小书舟程定谟倚稿。

35

赠君行,无处折梅花,已是误年华。记相逢一笑,挑灯说与,花下辞家。画里梅花依旧,相送到天涯。知否天涯客,更去天涯。　　去去邯郸古道,好醉倚红装,一听琵琶。笑公卿衮衮,短梦逐尘沙。都莫问北辕南辙,准归囊,佳句挂盈车。归休晚,洛阳花好,未抵烟霞。

遂盫二兄大人将有大梁之行,成《甘州》一阕赠别,并请政指。上圩弟季士忻倚声①。

36

嵇山阮曲足风流,冠绝平生在此游。园访玉津芳草暮,河浮金水荻苍秋。文章有命分迟速,羁旅无端判去留。闻说高台堪望母,还应先上望京楼。函关遥在白云中,得宝歌成愿竟空。(时家伯父掌教桃林,榜后拟往,不果。)弦诵已移新郑俗,园林省识大梁风。龙门浪迴

① 钤“尚迂倚声”白文方印、“词客有灵应识我”朱文方印。此纸写于嘉庆二十二年四月下旬。参见上下文相关内容。

身难上，熊耳山高路不通。倘到蓬池幸传语，阿咸今亦哭途穷。

丁丑四月下浣[①]，遂盦二兄大人同年应聘之大梁，赋此送别，乘前此有宏农之行，因资斧告匮不果，二章盖以自伤也。锜佡吴廷钤拜稿[②]。

37

鞭丝拂雨铎鸣风，又是征途二月中。劝醉有苍浮一白，相思无豆寄双红。凌人意气卑馀子，憎命文章误乃公。却笑年来尘扑面，旧题无恙在墙东。

戊寅仲春奉和遂盦仁兄大人同年（丁丑）中山题壁原韵[③]，惠钦初稿。

38

遂盦仁兄大人同年以见酬叠韵五章为书便面，腕力遒健，律法谨严，爱玩不忍释手，复叠前韵谢之，不胜珠玉在前之愧，即请敲正

故人相对即清风，字字明珠入掌中。声价顿教增六角，才名从此压三红。敢期白羽挥诸葛，傥有蒲葵赖谢公。读罢新诗摹笔法，几回珍玩小窗东。

惠钦弟吴廷钤初稿[④]。

39

八夕大雨，又叠前韵，并请削正

破窗飒飒不禁风，读罢南华卧阁中。总为催诗云又黑，非关泣别

---

① 即嘉庆二十二年四月下旬。

② 钤“廷钤”白文方印。

③ 即嘉庆二十三年二月。

④ 钤“廷”“钤”白文联珠方印。

雨犹红。菊芜野径愁陶令，（连日淫雨，菊径就荒矣。）柳冷荒祠忆蒋公。（谓白门旧游。）回首莼鲈秋味美，只应题志隐江东。

惠钦呈稿[①]。

40

不为途穷为路歧，亡羊空悔补牢时。三年秋士闲中老，一梦春婆觉后知。小草有情争劝酒，落花无赖怕题诗。举杯笑酹庭前桂，已让燕山第五枝。

奉和遂盦仁弟同年原韵，即请敲正。吴廷鋆初稿[②]。

41

和敦甫师《四月十日燕集龙树寺》，叠前《游三官庙》，用东坡《陪欧阳公燕西湖》原韵，录呈遂盦宫允前辈大人诲政

梨花凝露白于雪，海棠晕日红如颊。携尊野寺幽趣深，酒气花香竟芳烈。吾师六十鬓未霜，皇华出使何辉煌。归来暮春共游燕，风浴喜与曾点狂。登楼看山殊不恶，自惭换骨无灵药。蓬莱缥缈不可攀，聊复及时乐吾乐。云笺惠示精采生，珠玑满幅照眼明。洪钟发声异凡响，一洗俗耳琶与筝。

年侍吴廷鋆初稿。

42

销魂最是别时筵，如此离情更惘然。爨下桐悲焦尾日，闺中灯卜状头年。处囊非晚锥终出，磨铁还勤砚待穿。第一相思难遣处，南云隐隐忆归船。垂天翼已入苍冥，回首云程肯再经。奇士莫为双眼白，书生仍守一灯青。落花送客诗多苦，明月怀人酒怕醒。稍喜大罗仙

① 钤“廷”“鋆”白文联珠方印。

② 钤“廷鋆”白文方印。

乐近，霓裳新谱任君听。炎路迢遥弱不支，引愁偏是酒盈卮。神仙众望输人早，书剑重来叹我迟。柳岸漫为三载别，云山未碍两心知。一言愿慰思亲意，华鄂承欢有棣枝。

留别遂蓀仁兄大人，即和赠行原韵，请政。梅江弟陈观理初稿[①]。

43

维岳嵩高镇厚坤，洛南山总作儿孙。周原雪尽神清旷，汉代云留气晏温。晨旭下开屏嶂绚，晴雯遥落带河浑。草堂待访卢鸿一，几日芒鞋破翠痕。

《望嵩山》近作，录奉遂蓀先生印可。裕蓀弟照未定草。

44

一帖何曾解换羊，文章万丈郁生光。少年底事堪陈说，除却新诗不自藏。竹实未能疗饿凤，萍踪犹自滞眠鹅。文情怎似诗情好，毕竟输君得算多。

遂盦仁兄喜所馈羊肉肥美，以诗谢并索和，勉步原韵，呈正。橘泉弟曰诚拜稿。

45

海内无奇气，天生此伟人。才高甘啬遇，情挚恋慈亲。生计笔为耒，古欢研结邻。相思易烦恼，莫买佛家苹。送君思两番，去去渡黄河。为别远如许，相亲近若何。每倾肝胆尽，不厌笑谈多。咄咄频呼怪，临风一慨歌。易信非庸子，难知岂俗流。良弓怜近古，宿草感先秋。忌器鼠投未，补牢羊在不。人间无奈事，忍说不如休。聚首语难竟，灯闲况各青。春归重梦幻，夜静两心醒。小别未抛雨，暂离先撒

① 钤“梅江书画章”白文方印。

星。怀君属风去，吹向漏中听。

嘉庆己卯闰月小尽[①]，次韵奉和遂盦仁弟大人见怀之作，即请正句。秣陵程定谟初稿[②]。

46

燕市如渠不断流，檐铃敲雨几曾休。俨成吴下黄梅节，不信天高白露秋。黯黮未分昏晓梦，弥漫怎洗古今愁。衾地微湿知难熨，倦起还同藉草牛。

午炊经雨不飞烟，溜重浑疑石欲穿。瓦缝遍生秋草细，墙阴如裹浪花圆。稽迟踪迹三千里，枨触心情十九年。凫舄未临仙已去，歌成黄鹄有谁怜。（嘉庆辛酉与范石渠同客京师，大雨时行与今秋等，癸酉石渠客死都中，今已七稔矣[③]。）

冒雨蹄穿处处洼，浮名浮利总浮家。瓢翻不化宽心酒，瓶供空思洗手花。四壁响低沉蟋蟀，六更声远隐虾蟆。城南咫尺无消息，眇眇相思天一涯。

秋声和梦入吟寒，客老燕台志气单。星毕月刚占野旅，天池水况接桑乾。虽贫终说在家好，未醉亦歌行路难。积日出门还有碍，不知天地为谁宽。

宋株十载守家乡，愁味他乡又细尝。纵喜书樘将折栋，却怜花压已倾墙。傍檐空挂扫晴帚，展卷难求如意方。可是天公留客住，关河归思十分凉。

宵分独自对茶尊，如锁长安客舍门。淼淼烟汀鸥入梦，荒荒沙塞雁羁魂。已悲一月多秋气，还讶双星溢泪痕。安得破愁成好语，快晴

---

① 即嘉庆二十四年闰四月二十九日。小尽，指夏历小月，亦指小月的末日。

② 钤“玉玲珑精舍”白文方印。

③ 癸酉即嘉庆十八年，据此知写诗之年当是嘉庆二十五年。

便与故人论。

闷雨六首，次遂盦仁弟大人韵，即请敲正。秣陵程定谟初草[①]。

47

岁丰听说见当庚，底事羁愁黯黯生。傀儡由人牵不定，卢胡掩口笑无成[②]。幻多云影和烟影，碍遍山程与水程。盼得君来谭彻夜，此心才比竹床平。

不戒先庚戒后庚，差能补过悟于生。感君深语迷云破，赠我佳篇对雨成。秋雁未分千里梦，大鹏暂息九霄程。勾留至竟无多日，怎洗桑轧别恨平。

次韵答遂盦仁弟大人见怀之作，即请正句。秣陵程定谟初稿[③]。

48

屡听官程驿马隤，墨云犹未一丝开。送人且阻将归棹[④]，（谓张秋河与舅氏兰谷先生登舟旬馀，尚未放棹。）愧我先衔饯别杯。（廉樵于六月杪饯予同侃甫。）声并三秋摇瘦竹，阴生半壁绣新苔。凭谁吹到江南信，好属西风袅袅来。

秋霖阻行，又盼家书不至，遂盦仁弟大人示以新制，次韵和之，录请哂政。秣陵程定谟初草[⑤]。

---

① 钤“小书舟”朱文圆印、“铁心道人”白文方印。

② 卢胡，指喉咙间发出的笑声。典出《后汉书》卷四十八《应劭传》：昔郑人以干鼠为璞，鬻之于周；宋愚夫亦宝燕石，缇緭十重。夫睹之者掩口卢胡而笑，斯文之族，无乃类旃。”中华书局 1996 年版，第 1613 页。

③ 钤“定谟”朱文方印。

④ 此句原文作“送人且阻阻将归棹”，疑衍一“阻”字。

⑤ 钤“小书舟”朱文圆印。

49

多君才调甚翩翩，研炼京都已千年。耳食声名犹想象，神交文字结因缘。朅来千里欣联袂，小住兼旬更佩弦。惜别匆匆持赠语，春风猛著祖生鞭。

遂莽二兄大人公车北行，率此奉赠，幸为藏拙可也。孙仲宝呈草。

50

灯红酒绿坐团栾，徐引微风却扇纨。翠薄暗怜人影瘦，霜轻先逗客衣单。三秋愧我甘鸠拙，万里如君迟鹗盘。唤起银蟾证离索，清光到手当沙抟。（其一）

中年心事最难论，到处纡回感爪痕。袭璞漫云终抱恨，卷帘谁是旧知恩。随风柳絮无留影，着水杨枝易长根。一缕春丝抽乙乙，聊将故纸几番温。（其二）

层城数遍碧芙蓉，隔着彤霞第几重。香雾绮丛星影湿，云衣月扇露华封。花缘辞树光偏淡，酒为离杯味不浓。君慰倚闾归思急，嗟予飘泊似萍踪。（其三）

客中送客倍离忧，月自凄清水自流。隔院寒蛩如泣露，晚凉团扇欲知秋。惊心一雁凭空度，痴望双星后约留。天上人间无限憾，车轮生耳数回头。（其四）

五岳棱棱方寸生，抗情千古论纵横。少怀偶于莺花见，壮志时从诗酒倾。秋士无华宁抱朴，春葩有艳不知名。相期努力思贻令，洁白还同鸥鹭盟。（其五）

庚辰新秋旅馆小叙[①]，席上感怀，时值二铭表兄大人南旋，录呈以当骊歌，并祈削政。愚弟张定球学吟。

---

① 即嘉庆二十五年初秋。

51

瀛客招邀春事嬉，琅玡标格共相期。惜花情绪何妨早，成佛因缘未厌迟。古树冷衔残雪照，疏钟清带暮云移。布施功德随方足，莫漫临风怅路歧。

膏泽犹虚麦垅新，芳郊且展碧油轮。竹枝憔悴依清梵，柳意分明避客尘。仙笔吟惭香象渡，天花散致毒龙驯。使君他日霖能渥，气味先欣似饮醇。

自笑清癯野鹤形，屡陪鹓鹭逐芬馨。文章振古悬卿月，光焰晖今仰岁星。计里何能追亥步，读书还愿拜庚经。肥鱼大酒春来社，偏觉欢场醉梦醒。

旧并苍苔托古岑，寻芳也解惜分阴。轻红乍试丁香艳，浅碧微拼卯酒斟。尘海偶容留爪雪，学山何处数蹄涔。瑶林琼树多风雅，同调均希正始音。

如月下旬辱蒙招同王仲文、叔和昆季寻花古寺，归成四律，录奉二铭宫允仁兄大人雅政。愚弟姚锡范稿[①]。

52

陶然亭快集记

夫金铺玉舄，未能兼清旷之娱；蓬户桑枢，弗克辟闲远之境。自来都邑魁伟，辄兴幽思于濠梁；城市骈阗，或动遥情于林皋。其有地邻，帝里天启，神皋接轸，斯停烦襟是涤，则若陶然亭者，创始江氏，胜擅国门厚隰，孕灵郊坰，吐异檐宇，孤峭基址。岑寂吟稽白，傅醉拟黄花，诚睇眺之遐区、风尘之息迹也。仆以侨士初涉京华，嬉处鲜遨，羁踪多滞，松山桂渚，久隔清游，秋涧春林，空牵昔梦。纵有济胜之具，良无悰心之遭，结念雅游屡阻，孤往未尝不慨。缘疏延赏，趣乏幽探，

① 钤“瑶华”白文长方印、“锡范之印”白文方印、“小积书岩”朱文方印。

菀结弥形，萧聊滋怅。会以胜日，偕我良朋，快同志之合簪，欣会心之连襼，情兴得乎，真率意致极乎！萧闲缨组不羁，轩盖并集时，则萧辰气肃，凉序风高，严霜凋林，积雾横垅，雉堞高下，近列四围，鱼鳞参差，远排万户。西山秀爽缭绕，隐其烟眉；南郭灵奇疏淡，迷其云脚。幽椽自辟，历级共登，瞩倚疏寮，吟寻坏壁，茶香发座，或杂草馨鸟噪，隔堤忽连人语。予怀渺渺，暮景沉沉，可以平拂郁，可以忘热烈矣。夫吾人生长江湖之域，狎习耕钓之徒，偶接朝绅，间希仕籍，风尚仍乎，寒素尘频，踏以软红。逝水惊波，久嗟宦海；浮云落日，每忆家山。即当荒畦废圃之周旋，亦等远树平台之旷览。纵非盘石清泉之闲雅，卒并援萝寻葛之遐瞻，而况野意清虚，流光明瑟，昔人不作，斯亭依然，尤足动绵渺之幽衷，兴离奇之逸致者乎？爰倩兔颖，以志鸿泥，记前集者六人，后集者五人云。道光甲申季秋月望[①]，虞仲山人姚锡范稿。

53

又拟征帆挂客船，渭城频唱怯离筵。松窗久撇云三径，竹坞长孤屋一椽。衣线深萦游子感，机丝还藉病妻贤。无多絮话全家托，但要平安两字传。

挥手轻将栗里抛，笺天万里睇晴郊。江湖浩荡怜牛磨，门户飘零愧燕巢。羁绪辄愁闻铁笛，清吟自爱抚弦匏。明珠翡翠收炎徼，共赏还应到石交。

庾岭梅花放逸馨，黛螺遥忆粤山青。粗供祖道聊陈酒，细嘱儿曹好读经。客旅蓟门思昨日，知交海内盼晨星。饥驱我亦囊贤并，猿鹤休倩迹似萍。

炊到劳薪感倍深，孤怀郁结类冤禽。玉关早谢封侯梦，珠海仍坚访道心。衰柳复看生意动，焦桐奚虑劫灰沉。只期乌鸟私能就，机息

① 即道光四年九月十五日。

终当学汉阴。

赴粤别家人四首，录奉遂盦仁兄大人郢政。丙戌季春下浣[1]，愚弟锡范初稿[2]。

54

戊子除夕前二日[3]，喜晤中允翁遂盦学使，饷以果脯，并系小诗，恭请和政

章门江水连滕阁，觌面春风一放歌。尘世豪华齐物久，生平师友感恩多。广文官冷寒毡在，中允名高彩舫过。星使还朝天宠渥，青珊南海尽搜罗。

岭上梅花寄一枝，柳车今值送穷时。灯明寻梦回新蝶，酒暖呼童洗旧卮。欲藉盘餐朝折茼，不堪风雪夜侵帷。顷筐微挚由舂磨，笑学髯苏馈岁诗。

年晚南昌许朝仰拜稿[4]。

55

雷乍收声已雪泥，一旬凉燠竟难齐。（都下霜降前两日雷电交作，望日及立冬两日大雪奇寒，如九九也。）搅林尚事重阳卧，酌水偏劳万里赍。暖热自勤铜鼎拨，高寒未远玉楼栖。阳春从此行如脚，胜折梅花过岭西。

里言一律，奉酬遂盦同年学使寄惠消寒之资，即奉敲正。杏楼弟顾元恺初草[5]。

---

① 即道光六年三月下旬。

② 钤“瑶华”白文长方印、“子后”朱文方印、“锡范之印”白文方印。

③ 即道光八年十二月二十八日。

④ 钤“小山笺启”白文方印。

⑤ 钤“青衫水部郎”朱文方印。

56

昨午，遂龛宫允供奉年丈大人自园寄示和萧山师诗两叠，并索观余叠韵诗，余惟乐石在前，凡响宜屏，重承期许，又不敢不出以就正，仍叠前韵，柬酬附录数诗于后，时四月旬有十日也。

偶记游踪印鸿雪，啧啧乃烦挂颐颊。自知郊岛多瘦寒，未敢许燕等争烈。先生黼黻冰蚕霜，零珠粲锦文炜煌。正欲书林谱韶濩，（先高祖选纂诸书甚夥，其《书林韶濩》一诗，尽系自唐以来应制体也。供奉昨来索阅，故云。）顾辱并辔推敲狂。悦己为容漫献恶，拯乱苦无一囊药。（余叠韵至二十八首，可谓如涂涂附矣，与古人所云"贯一为拯乱之药"背矣。）所见恐竟所闻殊，（用郑世翼语。）小巫未必大巫乐。一瓯洞酌鱼眼生，（供奉新浚乐泉来诗中及之。）待君活火然松明。我当肠腹痛淘洗，细味瓶铫笙与筝。（来诗有"哜诗更煮茗"等句。）

四月五日，壬午同年公燕萧山师于右安门外三官庙，恺用东坡《陪欧阳公燕西湖》韵，赋呈一章

海棠抱云欲勾雪，谁散天花笑黎颊。寺僧骄拥春十分，岂识光风座馨烈。醇醪茗艼逾糖霜，二八仰斗明星煌。（是集到者二十八人。）不速人来亦门下，（适王铜士侍御、卞光河编修来，夫子留与饮，两公皆夫子门下。）公顾小子裁简狂。英荡归来飓风恶，载月登山袖灵药。别有佳处补髯仙，终恐引舟近独乐。风咏天机活泼生，不争镂琢犀通明。（夫子为余述使旋阻风江口，月夜游焦山，翌日冲风渡江，恐以游妨人，有七古一章，律诗数首，迥非东坡黑夜游焦山矣。）安得从公数游学，示我不动心求筝。

翌日呈诗，萧山师许即用是韵，赐和四叠前韵，识云

未敢巴渝引白雪，谬荷青垂惭赤颊。我诗如吹李委笛，导公矫鹤舞风烈。兔豪著砚已饱霜，银纸拂拭光焜煌。洪钟犹待寸莛敂，一见

乃恕瞿瞿狂。得无好而不知恶，欲以小人充一药。水花枝鸟眼前春，满座风光读书乐。（夫子座右有董香光书《四时读书乐》四幅。）公馀会看心花生，落笔惊眩双瞳明。及门尽使继声起，笑余凡响同琵筝。

余以思亲欲归，萧山师婉言相劝，可感也。六叠前韵

絮絮杨花舞回雪，蓝尾春华泪流颊。寸草均有依晖心，那禁南山瞻律烈。羁孤薄宦更星霜，兰鞠几看金英煌。负朱转抱素餐愧，奉檄罔念诚知狂。夫子怜我数日恶，软语回春抵良药。报德酬知会有时，日侍左右岂亲乐。（述古人日侍左右，而亲不乐为勉。）我闻公言忧感生，如烛幽室光重明。但得一日奉半菽，遑惜老大拊哀筝。

萧山师和章来，九叠前韵敬酬

七发七启如沃雪，竟许言诗我赪颊。夫子文章可得闻，我更仰钻在节烈。起阶清秘霜台霜，荡辅所逮冰衡煌。往往无形斡元化，转旋自挽狂澜狂。讵必如雠甚疾恶，口有善言手善药。大宋细桷皆储需，南枸北棋称嘉乐。区区小技如鲰生，一隙犹荷容光明。必使反之而后和，善哉方响殊竽筝。

感怀廿五叠前韵

美人守身挈逾雪，未肯人前斗眉颊。东家舞袖西家歌，炯炯此心自贞烈。瓦沟那有久留霜，锦绮岂必常辉煌。独抱灵犀皓无滓，一言多谢狡童狂。同俗固善异非恶，丹鼎自有九炼药。寡言止饮真良方，在座颇惭人不乐。团团海上纤轮生，不经拂拭已鲜明。似有微风入松下，背人独自理瑶筝。

是集二十八人，余戏作叠韵如其数，虽多，奚为不足取也。廿八叠前韵

我愧柱冰与车雪，腾其口说漫咸颊。初尚蹇涩胶牙龈，渐次鼓兴风猛烈。未经锤炼头不霜，眼底何有珠玑煌。一手兼人已不量，况欲高驾云台狂。徒取多多以盖恶，欲宣通之须快药。终宜谨守辔衔规，略事点缀从游乐。车轮那遂四角生，渊鉴恐难不疲明。惭煞诗篇成急就，竽瑟琴筑箜篌筝。

李芝龄师索观余叠韵诗，仍叠前韵录呈

鹅鸭池中拉杂雪，贾勇漫思争中頫。无制之师无范文，岂得骚坛夸武烈。霍霍刀剑新硎霜，见者挢舌腾文煌。夫子一笑姑舍是，进取独思鲁之狂。刻画无盐嫫母恶，毋乃闻而欲行药。声价自待神仙舟，赏音愧赋京华乐。亟思请业侍先生，言及安敢隐不明。词场旗鼓有纪律，愿聆节奏如横筝。

凉月纷纷近碧寥，偶因朝谒过文饶。凤鸣初日音方翙，犬吠层云地不嚣。调水犹迟符竹破，乐泉空听浪花遥。（遂盦近瀹乐泉。）荷筩正有浮杯约，好践城南尺五招。（昨与湘圃诸同年，拟俟荷花生日邀萧山、山阳师宴尺五山庄。）

祭酒当年秀野师，（遂盦先世祭酒公为余高祖秀野公业师也。曾以依园七子诗质问，依园为先高伯祖新会公所葺，依考功公雅园而名也。）依园声价出嘘吹。羡君已遂传经志，顾我深惭述德诗。旧径依稀三益望，（秀野公与南沙相国为江左十五子召试同年，申以姻好，同直四朝，诗馆集中时及之。）新编商略七观奇。（依园七子诗，旧有家刻，将来如有馀力，拟合刊《秀野集》中。）瓣香数典成佳话，一卷清芬待色丝。（高祖小秀野图卷，现在寿阳师处，乞椽笔赐楹题，此笔不可少也。）

闰夏中旬奉访遂盦宫允同年供奉大人于澄怀寓园，不遇，留诗两律就正。杏楼弟顾元恺未定草[①]。

---

① 钤“青衫水部郎”骑缝朱文方印、“元恺”白文方印、“秀野元孙”白文方印。

57

先高祖手选《诗林韶濩》，余来京时未经装笈，昨遂盦宫允年丈来索观，柬诗奉寄就正

一片承平雅颂声，当年雠校托灯檠。草堂稿本分条细，（高祖秀野草堂书版至今以为定本也。）林府文章丽藻生。未忍瑶华劳远载，久闻玉署待和鸣。欣知已共元韩进，（《韩昌黎诗文集注》《元百家诗集选》，皆高祖手泽，进呈仁庙。）锡赉恩衔郑笏荣。（昨闻王省厓夫子蒙《诗林韶濩》之赏。）

杏楼年愚弟顾元恺初稿[1]。

58

里言十首，奉送遂盦二兄同年大人督学江右[2]，用"冠冕通南极，文章列上台"为韵，呈正

堂堂紫霄逈，岳岳朱云冠。轩轺乍驻节，衷拂珊瑚竿。温室奉天奖，迭长蓬池翰。近光甫匝月，秉荡章江干。郢斤拔翘秀，韩笔回狂澜。荣哉稽古力，又看驰征鞍。

豫章属吴分，星躔随斗转。宝光腾汉霄，权在识者辨。岂无楗户修，读书藐轩冕。必觅座中佳，始副天下选。龙门君特登，衣钵勉加勉。（李芝舲夫子曾督江右学）可惜山阳遥，一笛邻墙缅。（汪文端师亦曾督学江右。）经人帝室师，多士待英眄。

读书贵适用，奚翅经能通。必有广厦志，或成巨川功。笑彼乳臭子，为禄始学攻。当其初入仕，悻悻徒热中。一朝青云附，目且同侪空。已忘白屋士，遑问庶人风。是盖诸生日，外慕中未充。所以进学

---

① 钤"青衫水部郎"朱文方印、"元恺"白文方印。

② 道光十二年十一月，翁心存简任江西学政。参见《翁心存日记》第一册，第 77 页；《翁心存日记》第四册，第 1854—1855 页。古人以西为右，故称江右。

解，不责明与公。

绩学先励志，论文贵研覃。即事举子业，奚取工清谈。奈何享官禄，五经名不谙。诵诗如女史，读易赜难探。竟同反坫误，无怪金根惭。曾黄事欧九，庐阜书成龛。白袍鹄立跂，一人斗之南。

君有汲引心，齿牙勤袯饰。题凤枭必惩，凡羽亦覆翼。君有锦绣胸，肺肝间镂刻。曾不侈九能，犹采愚一得。观风效陈诗，宣化歌乐职。斐然欲成章，皆有所矜式。人杰争物华，回首丽辰极。

昔膺三山使，楩柟多出群。继视广州学，鳝鼓铿庸贲。昨岁校士数，多宝符河汾。（魏笛生夫子壬午、丙戌、壬辰三次分校春闱，每次得士数十人。君去年分校亦如之，可谓盛矣。）兹甫乘传返，脚底渝巫云。西江界瓯粤，蜀水浔阳分。流清拟守絜，泉涌搜奇文。胜折燕山桂，远嫌例榆枌。（南人分校京兆试卷，例不阅南皿卷。）百花春信早，定长新芽芹。

披拣岂无暇，山水供篇章。馀事省风俗，一帆过马当。往者阳侯虐，荡析堤塍防。比又厄暑雨，药剂医分坊。（江西去年大水，今年大疫。）闾左甚矣惫，举国皆若狂。恒心视恒产，古论民生详。吾谓士亦然，今昔弦更张。衣食系荣辱，应为谋久长。冰壶一片皎，到处春昌昌。

土美禾斯生，根茂实斯结。郁久而后通，馀庆德门说。君家有巾箱，两世矢贞节。（令高祖母暨令曾祖母皆以节孝奉敕建祠。）过庭一经传，屈就广文列。（赠公年伯大人以名孝廉任海州学正。）苦行诒谋甘，冷官爱才热。得君早显扬，相士慎旌别。都归先意承，矢报清修雪。宦途尚浮荣，一事人艳绝。膝前雏凤声，行欲老凤埒。（令郎已于今秋登贤书。）

春风同谱交，落落晨星况。晋楚秦陇间，云鸿各背向。（戴湘圃、岳文峰、俞岱青诸同年。）张公方一麾，清风看江上。（张子畏方守江右。）君复问匡庐，九叠云屏障。所惜梓与桑，故人渐疏旷。只宜绿窗偕，（周蓉初。）懒就要津访。（王莪原。）独学无莺鸣，知己感骊唱。谁策方圆施，忽忽逾臣壮。如我老拙工，看君成大匠。

尔我旧门阀，交契传陈雷。我祖吏部公，中宪相追陪。（中宪公，君之六世祖也，以顺治丙戌、丁亥联捷成进士。余高高祖松交公亦系丙戌、丁亥联捷进士。）大参祭酒日，秀野承亲裁。（君家大参公任祭酒日，余高祖秀野公以依园社课就正，极为击赏。）百年再申好，嘉话梓乡推。不敢向君羡，羡君导舆来。一觞介眉寿，桃李迎恢台。（太夫人年伯母就养任所。）朔风载脂辖，离绪寒云催。栩栩何处梦，倘寄罗浮梅。

年愚弟顾元恺呈稿。

59

次张南山司马韵，奉送邃庵督学大人还京[①]，即请教正

西山绕郭水环城，驻节非关好爵萦。相马于今超物色，（先生评南昌新生卷有"前身相马九方皋"语。）见龙从古象文明。穀梁家学经畬熟，祭酒头衔教术精。离笛声中多士集，攀辕难挽郑康成。

桥六堤双长薜萝，（吾乡西湖有六桥双堤。）惭余孤负故园莎。偶因仲举留徐穉，遂使符生识老坡。（余寓石大令署中，蒙先生过访。）说士肉甘时有几，（先生序拙集多奖借语。）论交水淡感偏多。朝逢太白如相问，（谓芝龄先生。）为报渔村未买蓑。

海昌沈毓荪呈稿[②]。

60

双江龙节乍还朝，重见旌旗出绛霄。石室文章承俎豆，芜湖勋伐嗣金貂。荀攸师表东宫仰，郭泰人伦北斗昭。此去清秋笳鼓丽，海门

---

① 道光十四年十一月初六日，翁心存按试江右（即江西）交卸，初十日起程还京。腊月十五日，抵京。参见《翁心存日记》第一册，第101、115页。

② 钤"毓荪"白文方印、"蘋滨"朱文方印。

明月浙江潮。到处英豪入彀中,绛帷谭笑气如虹。千金越海求欧剑,一柱蛮天识汉铜。庐阜异才收李渤,益州奇字拔扬雄。君恩独被儒臣早,已见文昌炳浙东。

落日明湖万象收,东南此会冠神州。白袍门外登瀛侣,红荔山头选佛楼。朗鉴移将槐市月,清才领取桂宫秋。茂先共探娜嬛秘,塔影江声似旧游。(先生言乙酉使还,泊舟江渚,登六和塔,揽会稽诸山之胜。)便道虞山想佩珂,皇华将母主恩多。不知游子朝辞里,独抚征鞭夜渡河。潘令奉舆劳远梦,郄生入幕记狂歌。天涯知己重逢处,起舞中宵把剑磨。

袁浦舟次奉呈遂盦先生星使大人,即请斧政。秋孟十九日程恭寿拜稿[①]。

61

垂帘到地绿影悄,倦眼来对西山岚。诛茅依郭兼近水,水光岚翠相虚涵。久拼消息任退鹢,毋乃缠缚如春蚕。何补泉明米五斗,空储幼度鲑一坩。于时令节五月五,乘兴招致南城南。杯盘随意设且肆,宾主脱略人成三。平桥掩映杨柳塝,深情旖旎桃花潭。星槎前度浙水泛,记咏荷芰雨声毵。(乙未竹醉日廷尉同此游。)草元休暇同揽胜,晷影移坐恣清谭。锋车望尘后先踵,啧啧凌厉文阵酣。蓬莱神仙金碧幌,未许玉版堂头参。春风满城树桃李,仙露颗颗明珠含。神龙飞腾逞夭矫,赢骏暝走嗤趍趯。宏农绣节建旗鼓,更看析羽红鬖鬖。承平要与务休息,小丑不值大为戡。上马杀贼下帷咏,整暇细柳蔚昙昙。书生侧耳复惕息,一笑燕拙徒鸠贪。斜阳归路风飒爽,茶香新瀹回味甘。三天琳琅绚吾目,从子敢引靳如骖。珠囊金镜调鼎望,幽趣漫向田园耽。陔前艺黍华洁白,庭下种玉美如蓝。福山之潮生方涌,春晖蔼蔼罗朝篸。自维风尘服驽下,吟到浩然七不堪。沧桑容易增

① 钤“坐春风馆”朱文方印。

百感，蒲柳复此忍一斵。缤纷花雨春已老，入梦犹绕维摩庵。大好亦溯钓游地，几时同噉江乡蚶。（叠云先达卜宅，白下预话莼鲈。）清淮佳丽月下桨，乌木灵秀云中篮。只我旧与梅花约，三十六本先归探。

次端午日游尺五庄原韵，录奉遂盦大人是政。丁酉大十五日程正桀呈稿[①]。

62

今夕良晏会，登此昼锦堂。云何名昼锦，舅氏归故乡。问舅来何自，休沐从钱塘。司成出典试，旌旆何飞扬。屈指十年内，三入选佛场。拔人精藻鉴，得士胜圭璋。吴越矧接壤，艳羡到道傍。舅也念母老，归省上绿章。天子曰俞哉，宫中方奉觞。幸际寿母寿，锡类申无疆。温纶九天下，使星入吴阊。翛然易轻舸，富贵淡若忘。汔可亲色笑，将母犹未遑。南辕旋北辙，原隰华皇皇。清风动江浦，仿佛如渭阳。忆昔从舅氏，半载窥门墙。口讲复指画，片语皆琳琅。今我送舅氏，贶赠乏乘黄。愿言献刍荛，敢曰当承筐。居官矢清慎，报国以直方。上继祖父德，下为闾里光。会见来谂日，彩衣舞鹓行。君恩与家庆，欢乐殊未央。

五古一章，呈二母舅大人诲政。受业甥苏奎炤百拜稿。

63

廷尉门容驷。为羡韦平世胄，许君家相继。昔日瀛洲翔步稳，威凤来仪虞陛，又早见、鹓雏振翅。梧竹池头吾旧物，料佩声、归添新喜，鸾掖贵，过庭鲤。　　南山欢庆惟桥梓，更难得、华堂戏彩，同为莱子。一刻千金真不换，爱日舒长如此。叹昼锦、光荣谁比。养望尽传调鼎法，恋慈云、未为苍生起。仙福好，在平地。（“归”下增“后”字。）

---

① 丁酉，即道光十七年。钤“子廉”朱文方印、“忠烈王孙”白文方印。

调寄《贺新郎》，奉贺遂庵先生大人令似祖庚三兄新授馆职，录请教正。下里之音，恐贻笑于大雅耳。盅友邵渊耀呈稿。

64

新茗分贻舞彩堂，恩波重忆赐头纲。定瓷一盏萱闱进，齿颊犹留说士香。湖光山色正青葱，腻入莼羹绿意融。兰膳佐调滫瀡滑，春风入坐胜秋风。（山中人谓做羹为腻羹。）

遂莽先生猥以新茶莼菜之饷，枉赐瑶章，依韵奉酬，即请斧正。姻侍杨希钰呈稿[①]。

65

论文今喜见韩苏，座上钧天听得无。灯烛一堂星斗灿，此身也傍列仙图。纪元盛世欣逢亥，卿相同心玉烛调。桂子香时先烂漫，更看桃李一春饶。尽有珊瑚铁网收，风帘曾记拭双眸。煎茶不分联高唱，几度宣南毷氉秋。（三应京兆试。）

辛亥秋闱监试[②]，遂盦前辈大人以诗见赠，即次原韵奉求训正。侍曹楙坚呈本。

66

御园秋景澄瀛峤，圣制元音压岛郊。云构标题辉七字，风檐觅句窘三肴。峙渟漫志宸游胜，仁智谁窥性量包。难字选楼联桔桀，（见《西京赋》。）断章韵府缀呀庨。易觇掺索良工苦，差免因仍旧说剿。伪体早经裁轧茁，虚衷应与订推敲。九还鼎内丹初熟，四照堂前鉴不淆。（主司杜中堂年伯、柏静涛院长、舒云溪前辈暨师，凡四人。）分校乍欣陪末坐，联吟更喜集知交。写成泼翠山千叠，染出挼蓝水一坳。

---

① 钤“兰馨室”朱文方印。

② 辛亥，即咸丰元年。

画日偶然添茜汁，（莼卿同年为刘韫斋画款，乃一声诗意，借用监试曹艮甫前辈紫笔画日。）烘云端不藉松胶。格追北苑奚多让，选备南斋定许教。经到品题应长价，吟成险韵竞传钞。故乡也有湖山美，薄宦虚将笠屐抛。露下池莲飘远馥，雨馀岩桂绽新苞。一亭孤屿晴招鹤，卅里澄波暖浴鸡。画舫平潭看月印，篮舆仄径历云巢。莼羹味好兼鱼鲙，茗饮泉甘话虎跑。十载浮沉惭珥笔，一官老大惜悬匏。鸥乡渔唱牵清梦，鸾镜螺痕悟幻泡。锁院即今聊读画，（昨从董酝卿农部乞得佳纸，亦倩莼卿绘"山色湖光共一楼"诗意。）买山何日遂诛茅。敢因枨触多萦感，致遣冬烘竞献嘲。自昔读书宜识字，伊谁谈易夙吞爻。（场中首题多有以易义诠发者。）评思月旦期惟允，语出雷同厌载呶。采笔生花惊吐凤，明珠含颣惜潜鲛。元灯目眯难传钵，（道光辛卯科，师以六房得董蓉初同年卷，呈荐得元懋，今科亦掣得第六房。）魁宿辉腾讶代庖。健翮早成烦荐鹗，痴心一例望腾蛟。案毡日射尘都埽，窗纸风穿烛惯捎。芬诵前人留札牍，（乾隆癸卯乡试先祖侍御公与分校，今阅卷簿尚存。）声和盛世听茭巢。（元墨师所甄拔，极醇正朴厚。）蚓鸣偶和茶煎鼎，虎气旋看剑出鞘。（明日写榜。）心折良臣忧国事，棘闱公暇盼歌铙。（师诗中详及粤西军务）。

辛亥秋闱前一日作，录呈老夫子训正，受业沈祖懋初稿。

67

吴楚冲锋转战来，中原万马救覃怀。兵观灞上皆儿戏，垒逼垓心独将才。清议已伸多士气，殊恩特拜大行台。三军踊跃欢声动，甲帐风高阵鼓催。

韬钤学富本儒臣，得失何曾系此身。虞诩孤军行贵速，刘寻百计用如神。升沉任运凭丹悃，功罪分明达紫宸。剑捧上方威柄重，千营号令一时新。

谁是胸中有甲兵，临戎仗策一书生。机深讲易天心复，令速传柑贼胆惊。封爵数奇思李广，（谓吉人中丞。）登坛年少重荀卿。即看画上凌烟阁飒，爽英姿骨相清[1]。

太华峰头拥节过，貔貅飞渡压滹沱。由来守将云中少，自古诸侯壁上多。献疏忠忱贯金石，请缨豪气壮山河。军门揖客容长孺，听击铜鞮唱凯歌。

近作道出课场，遇胜克斋统帅督师剿贼，呈诗四章，录请二铭年大人教正，蔼庭顾椿未定草[2]。

68

昂藏燕市剧高歌，换酒金貂醉几何。白雪词坛前辈少，(数年来，惟与陶凫香侍郎时有唱和。)梅花官阁故人多。重来燕侣巢难稳，七载驹光隙易过。青鬓镜中看渐老，星霜点染发婆娑。

筑室何须百堵环，浮家且住水云间。离亭愁绪千条柳，故国烽烟万叠山。书剑尚存豪气在，鼎炉难觅大丹还。此行脱却朝衫去，寻得桃源便掩关。

故交恋恋首重回，何日相逢笑口开。客路空怀筹笔驿，归心已到读书台。一椽风雨萝难补，三径烟霞菊自栽。别后新诗劳远寄，琼楼高处尽仙才。

甲寅四月将南旋，留别都门诸友，即步遂盦年大人见赠原韵，敬呈教正，蔼庭顾椿初草[3]。

69

岁寒留得后凋身，杖晚彭篯过八旬。齿自加增成废物，官犹兼摄作劳人。德功未立何言寿，雨雪偏多不当春。但愿朋交常燕喜，年年

---

① 此句原文顺序“即看画凌烟阁飒爽英姿骨相清上”，“上”字略小。据文意调整为“即看画上凌烟阁，飒爽英姿骨相清”。

② 钤“顾椿”白文方印、“蔼庭诗草”白文朱文方印。

③ 钤“顾椿”白文方印、“蔼庭诗草”白文朱文方印。

今日酒杯亲。

台阁回翔岁月迁，屡看人著祖生鞭。狂来酒肆呼从事，老去朝班让少年。自分斗筲难任重，转因樗栎获天全。丹炉洞府安依旧，不羡飞升白日仙。

纷驰羽檄达明光，别有山公启事忙。种漆樊侯宜备豫，解弦董子会更张。智穷觅路多岐径，病急投医乏好方。贾竖争言非大体，何如人海一身藏。

裹粮坐甲一年过，四境疮痍近若何。急鼓国殇新鬼大，灵旗庙社故人多。恩来丹凤时衔诏，劫尽红羊待止戈。我望澄清揩老眼，攙枪迅埽奏铙歌。

甲寅二月，八十三初度偶成[①]，录请遂盦大兄大人吟坛政之。凫芗弟陶梁稿[②]。

70

碧玉篇答虞山翁尚书作，有序

余幼时，人言为天台僧碧玉后身，长而作诗，以纪其事。因古乐府有"碧玉小家女"之句，故诗中改碧为笔。比闻二铭尚书述嘉庆丙子夏，尝梦身为僧，有长老授以水苍玉，如珪形，背镌"碧玉"二字，疑与余有夙缘，并录纪梦诗见示。夫梦乃幻境，徵信为难，然左氏言梦往往奇验，至蔡中郎为张平子后身。前贤记载，亦岂诞耶！因书数韵，以摅所见，即以质之大雅。

人生本如寄，往复理难知。魂升附神识，魄降随形骸。聚者既可散，安知去不来。花开发香色，花落留根荄。生理苟未绝，萌蘖终潜滋。鸠鹰互相化，温肃乘平时。鴽鼠变不复，飞走异其才。惟人变在心，形质原不移。其生虽不移，常以死为期。穷欲灭天理，禽兽或几

① 甲寅，即咸丰四年。

② 钤"凫翁"朱文长方印、"长州陶氏凫香八十后所作翰墨"朱文方印。

希。卓彼贤哲士，操心凛危微。衾影无愧怍，梦寐办是非。即梦堪知死，昭昭复不迷。嗟彼佛门子，何能真性窥。徒因耽虚静，寡营自息机。又因少嗜欲，日休神不疲。忽然复为人，才智固其宜。才智不可选，名利勿受羁。还君本来相，庶以善自持。殷勤畀水苍，长老意何为？守身如执玉，梦理当在斯。

甲寅莫春之月，咏莪弟彭蕴章呈稿。

调任礼部纪恩作

宦情老去已阑珊，恩重时艰敢即安。才说六卿将遍历，不图三月竟迁官。（上年十二月调任兵部，有“六官历五才难称”之句，盖止礼部未到，今甫及三月，又拜新命。）韬钤未习谈兵拙，俎豆尝闻数典难。共道凯旋仪节盛，欲陈绵蕝话登坛。

纸有馀幅，复录近作，并乞政之①。

71

中秋对月口占

扰扰干戈急，秋中月倍明。万方此多难，今夕最关情。冷逼深闺梦，寒侵大将营。清光悬照处，多少恨难平。

秋怀四首

空庭露下井梧寒，人倚高楼落照残。东去江声流浩浩，西来秋色恨漫漫。沙虫已化嗟何及，风鹤频传警未阑。侧耳悲笳闻不得，那堪天际雁声酸。

琤玐金铁赴鸣驺，并起烽烟接素秋。剩水残山仍蚁聚，零花碎草尚萤流。长围已恨师皆老，广募深虞寇不雠。独立苍茫几搔首，萧萧芦荻使人愁。

---

① 钤“咏莪父”朱文方印、“彭印蕴章”白文方印。

如毛群盗尚纵横，太息泉刀内府倾。旧友半登新鬼箓，穷官滥得富绅名。铸金有禁人轻犯，刻楮虽工法不行。无数嗷鸿望休息，何当凯撤罢长征。

谁将厄闰斩黄杨，氛祲全销日月光。满目疮痍思煦妪，寸心仁俭召丰穰。喜闻羽檄收荆楚，更望楼船下建康。安得挽河看洗甲，迷津处处渡慈航①。

72

蕉生贤友以初拓智永千文假观，妙既会心，爱难释手，迟留兼旬而始反，戏题一律，以代柬，并请遂翁二兄年大人斧正

空闻妙迹飞鸿戏，谁见丰碑驻马观。但使入门由铁限，从知换骨有金丹。情同赵璧归来险，事异荆州借得难。差胜米颠求赐砚，朝衫墨汁未曾干。

弟文庆初稿②。

① 此纸与下文“蕉生贤友以初拓智永千文假观……”一纸笔迹相同，当是同一人所写。

② 钤“孔修”朱文方印、“文庆”白文方印。

十七 诸公手札(一)[①]

1

惠郡王绵愉谨候师傅福安：

吾师自四川典试回京，复入书房，才十馀日耳。兹又荣膺宠命，督学江西[②]，何胜欣羡！师傅之屡承圣眷，出使之频也。吾师文章德业，卓越群伦，兹往江西督学，则其地真才贤士，尽为师傅之桃李矣。余甚以为豫章之士贺，而余之私怨，何余与师傅相聚日少，而相离日多也。但江西学政近来甚觉难做，惟松亭师傅终始平安，在吾师必能仰承简命，终始平安，而所至之处，必化而为善，然不可不慎也。

余于本月廿一日同三兄召见，面聆谕旨，四阿哥喜差平安，概非人力，实赖天祖之眷佑也。又于是日丑时得六阿哥，而是日又系四阿哥送圣，愉瞻仰天颜有喜，实余与师傅无疆之喜也。前日圣躬微觉欠安，愉于是日瞻仰天颜，气色稍露清减，而精神照常，实余与师傅无疆之福也。余在书房数年问难，受益实深，前日又蒙师傅在书房谆谆教诲，余铭感五中，敢不谨慎修身、勉力为学乎？但师傅此去，相与睽隔数千里之外，受教无由，惟祈时赐手书教诲，庶免余悬望也。谨送师

---

① 第十七册至第二十四册，原书磁青纸封面，无题名。此题整理者自拟。下同。

② 道光十二年五月，翁心存典试四川，十月回京；十一月十七日，简任江西学政。参见《翁心存日记》第一册，第77页；第四册，第1854—1855页。知此札写于道光十二年十一月二十五日。

傅典心六匣、茶膏一瓶、奶饼奶皮二匣、六安茶二袋,乞赐查存。再,前日余所奉祈雕刻图章,兹师傅起身在迩,想未能付人雕刻,乞赐回可也。草札,不庄。语无伦次,伏惟清诲,不备。十一月廿五日。

2

惠郡王绵愉谨问师傅安好:

余闻诸松亭师傅,本月初九日师傅起身[①],又闻师傅屡向程师傅细问做学政之方,足见吾师谨慎从公之意也。又言及寄信来时,由松亭师傅交余,如此甚好,但愿师傅一路平安,公私顺利。江右虽为大省,在吾师之文章品行,欲做一好学政,何难!余在书房惟有谨遵师训,仍时加勤勉,不敢因循,以期无负吾师之教诲也。谨送师行,兼申别悃,统惟崇照,不宣。

3

惠郡王绵愉谨候师傅安祺:

久睽德范,二载有馀,接阅芝函,恍亲雅教。敬悉师傅衡文江右,为国求贤,教化士民,蒸蒸于变,水陆顺平,诸凡康泰,曷胜欣慰。前岁愉阅邸抄,知吾师荣膺简命,晋升祭酒,忭舞莫名,从此升迁,定如心颂。

愉蒙恩仍在书房诵读,惟有困而学之,不敢荒工。年来体粗安适,邸中亦一切顺利,可告慰雅怀耳。已具楹帖条扇一副,未遑奉上,先蒙师傅见赐诸珍手书垂问,谨领祗谢,谨呈丑字,并食品四种,希鉴入也。即此伏候崇安,并敬问萱闱慈福,不宣。

---

① 道光十二年五月,翁心存典试四川,十月回京;十一月,简任江西学政。十二月十三日启行,辰刻登舆。参见《翁心存日记》第一册,第 77 页;第四册,第 1854—1855 页。

4

澄怀握别，渴念时萦，九月廿八日由敦甫师傅处接奉钧函，敬悉太夫人福体安和，精神渐复，师傅起居佳畅，一路吉星，想陔华吟馆中喜气盈庭也。南望额手，忭颂奚如。

愉受业恩深，自愧秉性庸愚，更兼耽于俗务，学业荒疏，惟日自克自励，恪遵师训，以期无蹈愆尤。今复蒙醇嘱，殷殷具见，爱我之深，三复涕零，五中铭感。伏愿萱闱日永，鹤算天长，世兄桂树高攀，蓬瀛早步，此愉之至愿也。愉无福问难，不能常亲雅范，负笈相从，立志勤修，祈许时赐德音，书绅永佩。愉谨慎趋公，不敢怠忽。邸中一切亦皆平顺，身体粗安，所患亦渐痊可。知关锦注，用敢告慰。谨此布复，诸惟霁鉴，小阳七日，愉谨启。

5

蒙赐多珍，谨领祇谢，今日尚未翻穿貂褂，明日师傅侍班，将补褂貂褂备带方妥。至跕班之处，是日问同寮可也。谨将明日时刻单带来呈览，阅后明日即带往书房，愉谨复。

6

二铭仁弟大人阁下：

别后[迎四]月五日出都[1]，按站行走，五月二日到任，满□□尚简，惟勤加操演官兵，为此时第一要务。遥维福履绥和，公私迪吉，以颂，以慰！顷知世兄荣授殿撰[2]，为之巨跃三百，吾弟大人当何如快

---

① 原文“别后”之后两字残缺，“[　]”中的字表示根据字形及上下文猜测而得。下文同。

② 道光二十一年，翁同书“散馆二等二十一名，引见，授职编修”(《北京图书馆藏珍本年谱丛刊》第156册《孱斋自订年谱》，第588页)。

而喜。文□馆中□□□筵座中少兄一人,能不忆及否耶?

此地天气较京似热,幸衙门宽敞,早间办公,午后即可北窗高卧。孱躯粗适,堪纾远怀,手此恭贺鸿禧,并候时安,诸惟心照,不宣备。愚兄萨迎阿顿启[①],世兄代为致候道喜。

7

二铭仁弟大人阁下:

九月杪奉到手书,得悉福履绥和,监工山内忠荩之怀见诸楮墨……[刻下师]旅未息,又加饥荒,令人日抱杞忧,寝食[欲废]……来书所言,迎亦均知。伏念圣明法祖勤政,敬天爱民,自必邀天默佑,否极泰来,来年……事不多。午后独坐,目花益甚……好,堪纾远廑,勉涂数语,恭候勋安,(……办采米。中外如此,其何以堪耶。)诸惟心照,不尽欲言,愚兄萨迎阿顿启。世兄筹军颇惬人望,佩羡且慰,又及。

8

遂盦老前辈年大人阁下:

秋间张宝卿回常,曾寓一书,计已得达。兹际岁且更始,敬惟禔履双绥、潭祺曼福为颂。阁下久应来京供职,知因办事葬事以致迟迟,令嗣简放学□[②],召见时[荷]九重垂询,出山似不可缓,闻已于九秋举襄。

昨王蓉洲家信中述知,庞宝生编修已于十月底启行,而阁下何时北上,并未提及,想展期明春矣。但此时上书房需人,以速行为要。

---

① 上钤“湘林”朱文方印。

② 道光二十八年,翁同书简放贵州学政,召见时,皇上询问翁心存家居情况,并命翁同书传旨“趣令来京”(《翁心存日记》第四册,第1857页。知此札写于道光二十八年十二月初一日)。

侍归心甚切，无如天不从人。今年武昌水灾，舍舅自顾不暇，竟无银寄京……又成画饼。游文一席势难虚悬，且闻欲……多。此时主讲，谅已聘定矣。

上年陆立夫抚军以金山束修，补游文之缺，藉以作为弟归养赡及两侄读书之费，不知尚能仍旧否？已有信致抚军，恳其馀缺。阁下晤时，万望鼎言嘘拂。如必不可得，亦无可如何，求代耶！……金□千交给舍侄婿（寓萧家廊下东岸。）吕云湄绍传收贮，按……弟妇，以俟日用。（程、姚、王三公皆不能会银，又无妥便可寄，是以作此不得已之请，幸鉴之。）

阁下到京即行归偿，断不迟误。如蒙慨允，[生]殁俱感。都门天气甚暖，颇似南边，入冬仅见雪一次，瓦上微白而已。大儿由贵州解减平银来京……再雇夫马，所费不赀，幸平安到……亏短□□。[惟]庆寓中均托……谅无意外之……顿首，腊月朔日。

9

二铭大司平年大人阁下：

久疏笺候，时切葭思，祇以俗状倥偬，未敢渎陈左右。辰维绛帐风和，潭祻日楙翘……芝……壬午榜运不佳，凡指日可期柄用者，率多……养偃息林泉如不材等，又似鲇上竹竿，大难进步。问……殊眷，为德为民，将于此行卜之前者，薄公辅而不为，乃天性所感，青照不敢妄赞一词[①]。今服阕多时，何尚迟迟，斯人不出，如苍生何？敢为阁下诵焉？世兄暨文孙辈日侍庭帏，学业谅□上进，不日科闱拔萃，又有夺帜先登者，可为预……傅秋屏中丞拟荐臬宪，祇缘来往两歧，未……濒行时，谕青照代为筹划。渠以州县衙门向……[未]敢上荐，[再]四思维，万难布置。

据称向蒙年大人垂爱，极赐栽培，今仍回吴，趋叩台阶，伏恳推荐

① 青照，即徐稚兰。

庆廉访处,抑或转求立夫中丞代为面荐,得以栖身。该仆向叨恩植,定必……俯允所请而……云天……,青照亦感泐无涯也。青照移守金陵,蟾圆五易……建树毫无,卓荐部文,顷甫回头,与常州守俱……今驳藉免北上,计亦良得,惟有孤负期许,悚愧奚如。今夏雨水奇多,江湖并涨,减坝齐开,江淮一带已一片汪洋,浑成泽国,遍野鸿嗸,伤心蒿目,劝捐不易,抚恤逾难,尤深惴惴。知念缕及,虔泐祇请台安,顺[颂]秋祺……亮鉴……肃。

10

前肃寸缄,亮尘钧鉴,恭维中堂老[伯大人泰]□□燕,鼎福庞鸿。兹者令似药房二兄新拜皖抚[①],督办军务之命,渥承枫殿之恩,允笃椿庭之庆,台光引□,露祝□□。[侄]驻师浦口以来,与皖境密迩,目击该处军威日损,贼□□炽,不能忍而不言。月前据实上陈,特以国家疆土为重,挽回大局,端赖长才。及奉恩俞,具征药房兄久结主知,深资倚畀,刻当拥麾北指,[私]□抃跃,以为全皖人士之福,在此一行。□饷……处积重难返之候,不无棘手之虑,而药房兄经猷素□,[当]不难旋斡其间,惟侄共事有年,诸叨幄运,集益良多。今值其开府皖江,不将患孤立无助耶!所幸相距不远,露邮往复,可以函牍相商,仍当黾勉同袍,成数年来共济艰难之志,尤恳阁下厕不□于□□之间,随事而锡以教……不致陨越,则拜长者之赐多矣。朔云翘企□□下忱。专肃恭请台安,祇贺大喜,伏惟慈鉴,不备。愚侄德兴阿顿首。

11

遂盦老前辈□□大人阁下:

月前接奉惠函,尚□[作]□。辰惟禔履双绥,潭祺曼福为颂。闻

---

① 咸丰八年六月,翁同书拜安徽巡抚。参见《北京图书馆藏珍本年谱丛刊》第156册《翼斋自订年谱》,第601页。

已卜定泷冈吉壤,(前信泷冈误作龙冈,老态可笑。)举襄事毕,即可出山,未知何时命驾,盼切,盼切!令嗣祖庚奉命督学黔中,玉尺传家,曷[胜]庆贺。小儿近在同省,可邀青照,更胜私喜。侍廿[载秋曹],□[年]员外推升甲班居首,吏、礼两部缺出,可……惟积累甚重,欲作归计,总须舍舅仲远攸……理脱身。今年武昌被水成灾,自顾不暇,岂能……又属成空矣。阁下出山,游文一席,自……既不得归,朗莽欲得此席,即祈(……大兄奉……席,楚人之弓楚人得之,与朗莽无以异也。朗卿回常尚在……即求推荐。)鼎言嘘荐,与其请……人,不如同里之为愈也,况朗莽文望素著耶!

侍在此每年须赔累五六百金,年复一年,如涉洪波,愈入愈深,何能拔足,这付老骨头已分断送在春明矣。侍既老且病,朝[不]谋夕,惟望阁下早早出山,身后得有可托之人,则此心稍宽耳。肃泐复请钧安,并贺节禧,不宣。年侍生吴□顿首。

再启者,……每年须赔累五六百金,舍弟眷属养赡不……无力兼顾。上年承立夫前辈荐一金山讲席,致□乾束修制钱二百四十千,(……以抵补游文修脯。)得以为弟妇及二侄薪水、读书之费,此阁下所知也。今既不能归游文一席,仍须另延主讲,万望垂念兰情梓谊,转恳□□前辈,务必金山一席,仍复蝉联,俾得乾修养育舍弟眷属,存殁俱感盛德,□又启。遂盦前辈年大人阁下。八月初十日①。

12

□赶……念念。此间夏初水□□上□委员查勘,其被……奏准缓征统计不及……未免藉词观望,故自十月廿二开仓至今,未见踊……亲自带犯赴省,共费三四百两,又属意外破财……右诎。数年前遣洵儿入都,曾从幻园主人处,乞得禧侍郎一……延颈企踵,久而寂然,今则不复作量移之想。亟思引疾而归,惟此间不免漏卮,非得

---

① 此札写于道光二十八年八月初十日。参见前札内容及注释。

有力者暗中提挈，则将来交代，难望后任稍有通融，恐致水落石出耳。

顽躯勉强支持，阖署……足以报慰……敕轴部友……寄去纹银二十两，容俟后便补足。都中难得妥[便]……不必说，知前此所托非人耳。鹿……带来高丽参，外间所卖者，不甚可信，有……若干，开明清单，一总寄还不误。馀言缕缕，不……愚舅许夔顿首①。奕大爷处匆匆不及作启，倘于公所会晤，希为请安道念，长至日午刻。

现托……系瑞[州]……推升广东潮州府游击……见本是汉军……气味□□近文墨与纠纠者迥殊，且热……京来谒，务祈与之一见，愚六年……述悉也，夔又拜。

13

忆违芝范，月琯载更，吴岫燕云，时殷驰企。兹当春回腊转，万象皆新，遥惟玉甫、叔平两叔大人文祺迪吉，德祉凝庥，定符臆颂。侄登程以后，偕宝生兄纡道金陵……廿三日自王营起旱，一路天气晴和，诸凡平……抵[京]，行李[初]安，眠食如旧，可慰远怀。幸蒙太老伯大人芘留仁宇，远至如归，千里萍踪得所依托，寸衷感泐，莫可言宣。现与宝生兄暂住厅侧厢房，俟明年台驾来京再为定见，诸承垂照，铭佩靡涯。专此鸣谢，顺请吟安，并贺年禧，统希澄鉴不一。世愚侄吴鸿纶顿首。

14

受业庞钟璐谨启老夫子大人钧座：

叩违函丈，月琯再更，驰系之私，时萦寤毂，献岁发春，恭惟老夫子大人道体凝庥，新祺迪吉，定协颂忱。

钟璐于十一月廿三日在王营起程，一路未遇雨雪，惟开车须俟天明，到店甚晚。腊月十一日抵都，蒙庇以广厦，俾得远至如归，铭感无

① 上钤“秋涛”朱文长方印。

既。现与儒卿兄俱住外厢房，委致汤太老师、楞仙前辈之言，谨为转达。楞仙前辈欲早定吉期，以小瑚前辈吉期已定于三月三日也。在都诸先达亦均伫望，惟早治行旌为祷。肃泐寸函，恭请钧安，叩贺新禧，伏惟垂鉴，钟璐谨启。十二月十八日。

15

趋谢未晤，怅甚，祗惟遂庵先生儤直贤劳，褆躬万福为颂。兹有启者拜帖称呼忆云士先生，曾与家君商及，已有成说，谅达洞鉴矣。兹荷面谕一切，弟恐阁下或别有所见，故未敢冒昧遽答。数日思维，不得其说，想尊意究因师生之谊，抝谦过甚耳。第思百年姻眷，正名之初，若抝谦过甚，则彼此俱多未便，尚祈裁酌为幸。至弟齿爵俱无，理应称晚，惟以叨在世谊，重以婚姻，故不敢复为损抑，转致情疏，并希原鉴。专肃布达，即请台安，不一。世愚弟汤修顿首。

16

受业陈乔枞谨禀老夫子大人钧座：

敬禀者，乔枞自己丑岁违侍函丈，十有五年，依慕之忱，与时俱积。庚子留都，与世大兄时相过从，只以文战不利，未能上进，有辜厚望，愧恧殊深。每欲申函，辄复中止。今春入都，从世大兄处，藉稔侍奉康娱，兴居安胜，私衷忻忭，楮墨难宣。世大兄家学克承，词林继微，石渠著论，玉尺衡才，敬贺，敬贺！

乔枞廿载公车，一试吏部，六试春官，俱遭摈弃，固缘学浅，良亦数奇。本科大挑一等，签分江西试用。一行作吏，此事遂废，春明之梦，真不复作矣。现拟五月初六日束装，前赴江西。闻上科需次人员，尚多壅滞，补缺之期，悠悠莫定。俟到省日细看情形，再定去留之计。惟迩来食指益增，家累日重，奔走衣食，已逾十载。去岁赋闲，仰事俯育，都无所措，为贫而仕，良非得已。倘获微禄，以供老母甘旨之养，虽为五斗米折腰，亦未尝不捧檄心喜也。

江右风俗刁悍,素称难治省分,尤苦赔累殊多,仕此邦者,视为畏途。乔枞才识迂拙,伏望老夫子大人赐之诲言,俾铭座右,知所遵循,祷切,祷切! 附呈拙著《齐诗翼氏学疏证》《毛诗郑笺改字说》《礼堂经说》三种,恭求郢正,并乞弁言简端,以为光宠,不胜幸甚! 肃修丹禀,叩请钧安,伏惟垂鉴。乔枞谨禀,并叩请太师母大人暨师母大人万福金安。

17

敬禀者,月初曾肃寸禀,恭候兴居,谅邀慈照。迩维世叔大人勋崇鼎座,庆集泰阶,仰惟弼亮之丹诚,益著谟明于紫极,孺私遥企,颂臆良符。祖庚世大兄所留之项,六月初已寄呈六百金,谅经察入。前月杪折弁赴京,因中途未靖,不敢携带,兹将所馀尽数交此次折弁带呈。除两次给折弁带费三十金外,计净存京平银五百七十两,伏乞检收示复是幸。

南中军事久无消息,不知三城已有克复之机否? 南窜楚北豫匪幸已渐次廓清,惟江西省久围不解,近又攻陷瑞州,回望烽烟,何日可冀荡平也? 黔中兵饷短绌,冬季无可筹划,不得已请将仓谷搭放,不知嘉平以前能有数处协解否? 至开矿已委员专查,捐输亦竭力劝谕,无奈地瘠民贫,即集腋恐不能多。部行添炉鼓,铸以济兵饷。无论工本无出,揆诸民情物价,种种难行,谨将各种窒碍情形详陈一纸,以备顾问。肃熏丹禀,恭请福安,伏惟垂鉴,世愚侄佺孙谨禀,八月三十日。

敬再禀者,正封缄间,适接邸报,欣审祖庚世大兄荣晋少詹①,仰惟世叔大人世笃忠贞,深孚帝眷,已庆从登卿贰,行当继武钧枢。知韦平世业,不足专美于前也。骧首下风,不胜抃跃。兹六月折弁已

① 咸丰三年七月,翁同书迁少詹事。参见《北京图书馆藏珍本年谱丛刊》第156册《孱斋自订年谱》,第593—594页。

回，据称所带之项，系火牌带去，约七月杪可以到京，未知何日收到，即乞示及为祷。谨再肃禀，敬贺崇厘，统惟钧鉴，侄佺孙谨又禀。

18

受业子婿期俞大文百拜敬禀外舅大人尊前：

敬禀者，舍弟入都，曾肃寸禀，谅蒙慈鉴，恭惟福躬康豫，阖宅平安，定符远颂。顷晤玉甫兄，藉稔第中俱安善如常，舍间自家慈以次，均各平善，外孙钟夔体中亦好，堪慰崇廑。学宪岁试于前月二十五日取齐，于本月二十日竣事。婿古学考而未取，正场幸列前茅，李氏三舍甥幸与其兄吉人同游庠序，堪慰长者期望。前在试寓，接读祖庚三兄手教，藉悉公私平顺，得暇再行布覆。外孙钟夔现读至“子与人歌而善”章。伯缄大伯时常相见，杖履康健如恒，属笔声安。家乡菜麦，收成颇好。迩来雨水调匀，可望丰稔。肃此恭请金安，伏惟垂览不尽，婿文敬禀，外孙钟夔随叩。叔平六弟大人统此道候，不另，庚戌四月二十四日[①]。

19

受业子婿俞大文百拜敬禀外舅姑大人尊前：

敬禀者，接奉谕函，领悉壹是，并蒙训诲殷拳，感激靡既，即日恭惟福躬康豫，阖宅平安，定符鄙颂。家慈设帨之辰，伏承厚赐多珍，愧不敢当。祗领之馀，家慈命笔恭谢。舍间自家慈以次均各安善，外孙钟夔身体亦好，现读至《子罕篇》第六章。此后读有馀晷，当即遵谕，与之讲解义理，并教诵唐诗也。

邑中辫麦倍收，差强人意，且传闻秀有两歧之说，尤为近今所罕。本月中旬又复甘霖渥沛，四野霑足，插莳既易，丰稔亦大有可望也。肃此恭请万福金安，并谨申谢悃，统希慈鉴，不尽。婿丈敬禀。家慈

---

① 即道光三十年四月二十四日。

命笔请安并谢,伯缄大伯属笔声安,外孙钟夔随叩。庚戌五月二十三日。

20

受业子婿期俞大文百拜敬禀外舅姑大人尊前:

敬禀者,献岁发春,肃呈片禀,谅蒙慈览,即日恭惟福躬康泰,阖宅均安,式符臆颂。前月中旬恭悉大人荣补工部左堂,兼署钱法堂事[①],卿云引睇,欣忭靡涯。舍间自家慈以次,均各安善如常,外孙钟夔体中亦好,堪慰崇廑。

元宵以后,婿稍稍温理旧业,课文之馀,间与诸君子约课诗赋,私冀学力稍增,勉副期望。外孙今岁仍延蒋敝业师教读,现读《公冶长》至"子谓子贡曰"章。学宪岁试取齐尚无的信,约在孟夏之月。卜壤一事,婿意定取山麓。今拟于魏氏山及小山头王氏地二者之中,择一用之。比来天气晴暖,百物向荣,平区菜麦,日有起色,维鱼之兆,始基之矣。

舍弟初次入都,诸未谙练,晋谒时,伏求逾格推爱,锡之训言,俾有进益,曷胜幸甚。《慈恩玉历汇录》刊印已成,兹特谨呈四部,又字画两轴,折扇廿柄,食物四种,聊侑禀函,藉伸微悃。伯缄大伯杖履康健如常,属笔声安,不另。肃此恭请万福金安,伏惟垂览,不尽。婿丈敬禀,家慈命笔请安。外孙钟夔随叩。

21

来示知即日转棹,仆仆道途,未免过劳,然颇喜常见叔度也。图箑两件应遵谕塞白,并致伯厚宫赞加题,有妥便当以奉上。芑芗[山]人,拟即延至敝处一谈。旭堂同年三十年前曾在都门同寓,昕夕欢

---

① 道光二十九年十二月二十二日,"翁心存补授工部左侍郎,兼署钱法堂事务"(《翁心存日记》第二册,第772页)。

聚，别后音问罕通。今得其著作，不啻旧雨重逢，未审目下踪迹何如耳？手复顺请道安，明晨恕不亲[送]。[惟]亮照，[拳拳]。年愚弟陆建瀛顿首，廿日戌刻。

22

祖庚太史亲家世台大人阁下：

三月中接奉复章，敬悉缕缕。弟一事无成，方以虚掷年华为愧，乃荷雅怀，俯及益切，惶然感谢之馀，刻深惭赧。比想文衡懋介，轺节绥釐，定符臆颂。二月中曾得尊甫大人手札，藉悉近况。寄来星斋志作，真足传其人矣！迩来竹报自必常通，重闱定多康胜，念念！

弟以官糊口，不敢不勉尽此心，利无可兴而弊之极者不能不革。雅承不弃，有前在博兴、荣成条示三种，忘其因陋检出。奉阅纫婚一节，闻彼处民风竟已更革，其抢船为海疆大害。荣成一县海疆至四百馀里之遥，其恶习尤堪发指，前项告示亦奉通饬，然亲民者稍一松劲，即故态如常耳。今日之事，大抵如此。

兹令四舍侄来都为观场计，并令老仆刘富跟来，拟令自住会馆，场后复行回东。舍侄学业甚浅，却知要好，比乃兄较有把握。自正月间到此后三六九作课，未尝一期间断，到都后亦令如此，务求世台大人推爱，收列门墙，俯加训导，俾得造就有成，则合家均深顶感。附上自制阿胶二斤，却费两年心力，始得熬就，乞遇便寄呈堂上。又一斤，乞转寄令伯岳文伯先生，乃伊有仆来索者，(复信随后再寄。)并嘱其勿转告他人，缘为数不多，不敷分送也。馀令舍侄面陈，并续寄。即请善安，惟希霭照，不尽拳拳。姻世愚弟周壬福顿首，四月廿有二日。

23

药房尊兄世大人同年阁下：

春初伏闻先师文端公薨于位，五内震越，即与同人为位于学海堂而哭，上惜朝廷失柱石，下痛士林丧山斗，而贱子一身，感恩知己，悲号不能已已,犹其小焉者也。复念先师德大福全,哀荣备至。阁下荷蒙特恩,得侍汤药,朝廷以孝治天下,闻者莫不感泣。阁下立功立事,报国之日正长,固宜强加餐粥,俯从礼制,且贤郎又得大魁,尤可仰慰先灵者矣。

昨奉手教,嘱于粤中故人道达尊意,弟即往访伍紫垣方伯,为具言之,馀则可商者少,如龙兰簃同年,则无待弟之道达也。

先师遗书及行状、年谱刻成时,祈早赐读,是所切祷。手教道及拙著,谓仅见班书《水道图说》一种①。此外已刻者有《汉儒通义》七卷,《声律通考》十卷,皆曾寄呈先师座右。尔时阁下方膺戎马之任,故未敢以腐儒之业相质也。

弟自五羊城陷,提携家口,走避江乡,家业散亡,殊不足道。所痛心者,长男咯血而死,年甫二十一岁,以此悲恸过深,右臂遂得风痹之疾。向不肯干谒官长,而大吏有知其穷愁者,延以书院,请以刻书,得束修以糊口。近者风痹时发时止,仍以著书为事,所著之书名《学思录》,稍论古今经学得失,所冀有补于世,但不知汗青何日耳。一别廿年,聊述近况,不禁其覼缕也。谨具奠仪一函,伏惟垂察,敬问支适,不宣。小弟陈澧顿首。

玉甫、叔平两兄均此奉候,恕不别启。

门生陈澧敬请师母大人素安②。

24

祖庚老前辈年大人阁下:

久旷笺问,亦少领教旨,思心潭潭无似,方拟辎车云旋,得以少伸款绪。比闻以恙稽滞黔中,曷胜轸结。时局之糜沸,不意遂至于

---

① 即陈澧《汉书地理志水道图说》七卷。

② 参见张剑《陈澧致翁心存、翁同书函札考释》,《文献》2017 年第 3 期,第 46—47 页。

此。然如器之欹，未坠于地，必有杰人起而持之。

侍自去岁引见后，即出都，自揣才分劣蹇，无裨于时，而兵火又迫乡梓，归即为练乡兵、造木炮、制连弩。贼犯益阳，其诇谍者已至吾境，闻其风遂不敢犯，即东析而趋于岳，此则聊以卫国且自卫者。彝珍自少亦窃有志用世，自更中岁偃蹇，遂漠然无意于时，惟欲托之空文以见志，不幸丁时多故，愁愤填膺，已无暇纵情及是。矧同志诸君子皆散处异方，求如向时京国合，并商榷之乐，已邈不可得。

黔南莫子偲孝廉向偶一邂逅，未及叩其所藏。今春忽蒙枉集见示，读之几有不图之叹。顷于子方方伯处，又得见子尹广文诗，真足与子偲相长。舅侣亭谓黔风浅陋，向不成邦，今则骎骎欲驾衡吴楚矣。至老前辈之著述，向总未获展觌，今始得读《序子尹诗》一篇，其平生嗜古、乐善、取友之怀，已惓惓毕见于此。即以文论当世之为文者，恐亦莫之，或先深恨识君之晚，不及早迪我其所未至。谨寄呈近作数首，即望不吝指疵，以无负不远千里质正之意。

江淮骚然，南中信断，如潘、梅诸君子，其存亡盖不可知块处，沅江之滨，无与为质。幸黔楚接壤，故不惜寄商所业，相晤语于尺幅之间。其书又不知何时可到，言之不胜结轖。昨曾托苏溪前辈致子偲一缄，不审寄到否？如老前辈能晤郑、莫二君，(有妥便望为寄去。)并望将拙作一并质阅，于惺斋前辈处亦然。伯垂同年现回省垣否？均不暇致书，望为代致拳拳也。楮墨草略，切希孚照，不宣。年侍生杨彝珍顿首，癸丑八月初四日①。

窃谓当今惟木炮为能制贼，然偶一语人，皆莫之或信，不虑其炸，即虑其损。侍于山中屡为演试，直可屡用不穷，但须安药得法，不可筑紧。其铁围，须及二分厚方好。野人一得，不敢不献，烦为寄呈年伯入奏通行之。贼之灭，当有日矣。此书已寄至黔中，因使车已返都，故却回，今特再为寄上。傅青馀所授何职，若尚在都，即望致意。

---

① 即咸丰三年。钤“李涵启事”白文方印。

当今有小不均平之事，虽非甚关政体，亦有宜议及者。如幕友中奏折及刑钱两席，其修脯多者，过一千有奇，少者亦五六百。彼所入既丰，遂至奢侈淫佚。一有贼警即挈其累累辎重先去，以为民望。现今内外官廉俸皆行裁减，独于此途无有议及者，而银价又如此之昂，较往昔已增一倍，似宜一律裁减。其修大者，总不得过四百金，违者议处，本官若有便函至都，望与有心者言之。

造木炮式法：

炮木以檀为上，椆与粟次之，剖而空，其中下狭而上侈。如造鸟枪法，底下留四、五寸无空，以锥刺为引门，外以精铁间围之。铁围须八分，宽五分厚，炮内不可袭以铁皮，以易赤裂。故炮身长二尺围一尺者，可实药半斤，长三尺围二尺者，可实药一斤。置铅子如药数，大约药一两可击百步，一斤可击千六百步。在上者可以是为推，又造为炮车，用独轮，高不及二尺，后置二足，左右各置炮一位，前后蔽以牛皮二张，一御贼人之枪炮，一防己炮之走火。前所张牛皮下勿系紧，以枪炮子来可以柔承之。若后所张牛皮，则上下皆宜系紧。车用一人推，二人从旁点火安药。所造工资甚微，施放又极灵速，并不致有灼裂。不独守御为甚便，即以之战剿，若置数百车于行首，以廿车为一排，循环进击，其制胜当莫之或先，不似铁炮之重而难转。此时怯卒，近敌则葸，若距贼里许，即令施此击之。虽怯者，亦不至有惴意而望风逃矣。

自丁未孟夏与独山莫子偲孝廉遇于澧城，一面即别，已逾五载。今春忽蒙枉集见示，开帙急读，譬如闻韶，几有不图之叹，爱而不置，难已于言。因奉简一首，即次集中赠黄虎痴教谕诗韵。

古途莽修缅，前轸有先造。我生不于初，循循安后觉。右径左则术，才逸敢腾趠。低头奉几杖，入面出休告。元虑能晖荧，肯守遗薪耀。归愚虽小子，驰去成雄骜。矫首望先骥，一一无我傲。如合江河输，裒然受成漕。安坐有千载，隐几待堂奥。如何语侪辈，闻之首辄[悼]。惊如兔走罝，去若鱼避寮。什伯用一律，高才真稍稍。晚交得莫髯，方闻空四隩。怀中握灵珠，朗朗华星照。九流及六艺，搜抉靡不到。澒不择所汇，有涨受潢潦。门关欲无设，擢填引酒酵。群彦向如环，经席日翔绕。遂使犍牂天，雄风骤陵暴。至令大国楚，心折不敢校。初拟画疆王，斥险负山峤。终欲三舍避，行成奉珪瑁。忆昔邂逅初，两舣澧江棹。泥土在襟袖，对我犹嗟懊。立语移日景，片言识端妙。荆邦既贵瑨，何怪弃卞璙。不如隐山雾，犹足全元豹。文采如夜光，岂直争萤爝。长歌归去来，妇老儿犹少。有书十牛车，寝馈足为好。吁嗟朴学弊，郑孔岂及料。矜奇祖麟鼓，炫博志莒稻。嗫古不知化，何能任驱调。徒然彭其腹，未死形堪吊。笔语尤繁沓，如涂不可扫。笺帙高隐人，阒若秋虫闹。小明还大昧，琐屑非理要。徒党奉斤斤，槁死犹争窖。髯也砥其流，起麾用谈笑。绝识既孤出，雄笔还高蹈。不顾时俗惊，岂畏鬼神娼。感物发深警，悯时寄长悼。我见喟然叹，取砚欲焚烧。旐罂区大小，物理固明较。鲁鸡所伏卵，敢冀越鸡菢。三读卒难罢，朱墨劳点校。长哦风雨夜，喈鸣杂胶胶。思将菖蒲葅，并使众人芼。远函示子陵，近书寄嵩焘。同赏丽则词，共植温柔教。下以被乡人，上取荐廊庙。庶返古风淳，藉正俗眸眊。嗟哉江淮渍，杳杳连旌纛。战鼓多悲声，原野半凋耗。五月未休兵，渐恐涉炎燠。垂老与新婚，死别增恋嫪。曾闻五迁民，三费殷盘敩。苟能善拊巡，愁痛当歌啸。烦君赋采薇，驰作乘韦犒。

25

玉甫尊兄大人阁下：

计违骏范，屡易蟾圆，翘企芝辉，时殷葵向。去秋由盛旭翁处寄呈寸牍，知已早达典签。恭维荩祉云臻，勋祺日懋，薇垣即晋，藻颂维殷。

弟自今春先严葬事毕后，拟即赴都，只缘旅费维艰，未能就道。

刻经沅甫中丞邀理院席，遂尔羁留，约俟明春再图北上。前由旭翁处寄呈敝刻例书三十部，稔已仰费清心，代为销售，感且不朽。倘蒙我兄大人关垂逾格，俯赐函催，俾诸君惠赠镌资，速为凑集，则感德益无既极矣。肃泐奉恳，敬请勋安。诸惟垂鉴，不备。愚小弟制蔡逢年顿首，重九日。

26

前荷临唁[①]，未得面敂谒谢，又彼此相左，歉歉！顷奉手教，备承隆谊，殁存均感。行期大约在即，俟放晴即赴通买舟矣。知念并布，藉请海珊前辈大人直安，侍制端木埰稽颡，初二日。

27

事定，奉问晦若仁兄消息。

问讯于兵部，如今去住难。不从东海外，未觉北溟宽。鹿洞曾前约，朱陵有旧坛。肯来相呴煦，邂与易梁看。

闿运再拜，五月十七日船山讲舍。

28

手示诵悉，寿甫虽系族兄，亦常去弟处，至其作为踪迹，则向不问津。尊意极厚，已将原信送彼，听否，任其自然。阁下如不欲惩儆之，亦无不可。复弢夫吾哥大人晚安，弟朴曾孟朴顿首。

29

有一故事，官文恭督两湖，命王壬甫与王子寿作胡文忠祠碑文，壬甫先成，不及官文功，文恭斥不用，用子寿者。壬曰，凡作文但成即

---

① 同治十一年二月二十八日，翁曾翰"吊端木子柔母夫人，适伊送主回寓，未得晤，行礼而归"(《翁曾翰日记》，第 187 页)。

须润笔，不问合用否。文恭无奈，司库出五百金与之。子寿不敢索，反无所得。今其女书扇，虽不可用，润笔则有家学及旧例，附上扇一握，求世姊画作润笔，至世姊润笔，则尊庭向有旧例，一概不取，未敢拟送也。此颂伯述仁兄先生午安，闿运顿首，七夕前日。

30

昨承示，具悉委曲，龢之沟瞀弇陋，毫无闻知，未敢妄对。景濂先生生于至大三年，而白云先生实没于至元三年，时景濂年二十六，又生同里，疑若可受业于门者。然《明史》既不言其传许氏学，即郑楷所为宋公行状，亦称金华四子，为朱氏世适，而东莱吕氏之传日坠。先生既间因许氏门人而究其说，又奋然思继吕氏绝学云云。然则景濂之未师事白云，似无疑义矣。儒门语要，生平未见其书。日来诸事坌集，未获遍检书籍，谨略以所闻陈于左右。长夏无事，若蒙赐之话言，不胜欣幸。谨覆上蓉洲二叔大人阁下，侄制龢叩头。

十八　诸公手札(二)

1

夫子大人钧右：

昨谒台端，未获抠衣。因娄荷厚赐，又不受一芹之献，未敢再渎。顷复拜丰锡深惭，病鹤见赏龙门，乃轸朔饥，常分清奉，未闻方叔累及坡公，局眷云天，进退维谷。谨对使祗领，非言可谢，一俟过节，趋敏门墙，面罄下忱。肃请钧安，虔贺节禧，不备。受业李慈铭敬上。中秋日。

2

常熟夫子大人钧右：

不奉左右，已将两年，瞻溯之殷，无间旦夕。伏闻忧国之暇，念及病樗，雅意人材，非关私谊。慈铭托病避世，藉拙养闲，校课之馀，萦情花竹，时亦出游诸寺，远访林园。常思奉侍春风，陶然永日。昨崇效寺僧来报，牡丹已华，楸花将坼。窃维夫子遐情缁素，佳兴与同，《红杏青松》，重装卷轴，传为佳话，永镇山门。慈铭比来亦时留鸿爪，颇思即日薄具疏笋，奉攀杖履，为竟日之游。慈铭将诣津门，不常厥处。秋冬之际，且拟南归，茅茨苟完，京华永绝，平生志事，蝯鹤与终，宜谈麈之评，借作它年之故事，还求示日，得戒荒厨。肃请崇安，伏维钧鉴，慈铭敬上，三月二十九日。

3

夫子大人钧右：

慈铭自三月赴津门讲席，五月初还都，灾沴缠连，疾疢间作，咳嗽咯血，娄感凉温。十日之间，盖无三日之食，是以息交匿景，未尝一入正阳门，亦不诣曹销假。初拟中秋以后再赴津门，以九月后还京，于东朝庆节前赴署，不谓八月后时患暑暍，至九月初遂遘危疾，肝疝交作，上攻心府，连日肩项，几濒于危。自分已无治法，幸数旬以后，勉强能起，迄今未能如常。瞻望师门，无时不驰神侍坐。此实性命之言，鬼神可质，非饰辞也。兹辱钧赐馈岁之需，对之悚惶，无可名状，又万无不受之理，谨对使祗领，惭感恩地，所负实多。然慈今年颇以古义正学提唱，津人近日以来经解论策，颇蒸蒸日上，诗赋时艺，亦渐变风气，或将来可以振兴北学，为国储才，以实畿侑，想亦绛帷所乐闻也。专肃祗谢，虔请崇安，伏惟钧鉴，不备。慈铭敬上，十二月二十六日。

4

夫子大人钧右：

慈铭明日赴津门矣。二月间已寄题开课，而迄今文字不至。盖自运使额君去任，继之者不甚以此事关怀，故亲往校课一次，以相率厉。匆匆东下，未及一敂师门，无任歉惶。夏候渐暄，伏望为国自爱。肃此虔请崇安，不备。慈铭顿首，四月十一日。

5

夫子大人钧右：

顷奉手教，伏谂奉公匙暇，未许陪侍，维望道体节宣，百禄是何！慈铭今日午前至崇效寺，楸花盛开。新栽牡丹襛丽相耀，颇有佳种出。《青松红杏》卷展读,夫子旧题[①],光景宛然,无任神企。肃复恭敏钧安,慈铭再上,四月朔日。

6

纪泽腹疾日见轻减,偶感寒湿仍患。晨下然不过一二次耳。病久腰脚无力,前日试跪,艰于起立,试行,艰于降阶,遂复具折续假,再养半月,当可复旧矣。闻琴从明日即行,不克谒送,曷胜怅歉。

缺铅甚不便,如价涨不甚离经,似应添订。吾丈自莅沪,则洋价实数,必能确探也。不服药之教,铭刻不谖。秋暑尚烈,途中望加意摄卫,复敏叔平年丈大人台安,侄纪泽上,七月十七。

7

叔平年丈大人钧座:

腹疾遂至经旬,委顿已甚,服张督方增剧,改服陈孝廉方,亦不甚验。近日服德贞西方,中有儿茶、肉桂,乃得止泄。仍昏昏终日,沈睚敧坐,四肢无主,此殆非一二日所能瘳。明晨验看月官后,仍当归卧。倘精力不能骤复,过花衣期,拟乞假也。承垂注敬谢,兼叩台福,侄纪泽顿首。

8

顷闻大喜,甚何忻慰,伻至,值侄未归。归诵手书,敬奉皮冠,聊用为寿,此侄长物,幸勿见还。珊珠虽雁物[②],然鱼纲河制,为质颇柔,跌触不损,风吹不裂,惜稍小耳。走贺恐劳枉答,迟日相遇言庆。

---

① 同治十年三月十九日,翁同龢"晚策骑游崇效寺,再看《青松红杏卷》,附观款于后"[《翁同龢日记》第三卷,上海文艺出版(集团)有限公司、中西书局,2012 年版,第 876 页]。

② 雁,通"赝",伪造的,假的。

手复敬颂瓶笙年丈大喜,侄纪泽上,试所惠素心笔。

9

叔平年丈大人阁下:

漠河金厂疏稿,侄顷在译署与同寅商及,原议只有招商股还库款之条,并无还清商股之说。户部会稿若用公文互商,恐延阁时日。侄谨用另纸录应商之意,先呈钧阅,乞早裁夺,敬叩台安,年愚侄曾纪泽上。初二译署[①]。

10

病蒙枉问,衔戢难名。纪泽委顿两日,昨夜乃瘳,以折衔已注,感冒,今晨遂未趋朝,然所患已尽去矣。书慰垂念,明日铺时之约,务乞宠临。此敂叔平年丈大人晚安,纪泽谨上,十二夜。

11

昨承遣伻候问,谢谢!黄折已备,满拟明晨销假,而试行院中,不数十步辄困顿,更续十日,闷何如之。因念奉闻,敬敂瓶笙年丈大人晚安,侄纪泽上,初八。

12

电语译出奉上,似宜仍由吾丈饬交署中,乃不致误电,首三字用电报新编,其下文则用电信新法,两书参错,亦可怪也。复敂叔平年丈大人钧福,侄纪泽上,十三。

---

① 光绪十四年正月初三日,“昨劼侯信来,以漠河金厂事户部会总署语未洽,改稿来商,允之”(《翁同龢日记》第五卷,第 2212 页)。

13

王鼎丞观察著《湘军记》成,江南书局刻之,家叔父寄数部来京,嘱纪泽分赠同志好友。纪泽展阅数幅,未卒读也。窃疑才、学、识三长,恐非鼎丞所能兼擅。当此落拓失意,牢愁著书,若有一语失检,则取戾不止一人。

顷以此意禀复,家叔父必须审校精详,方可出而问世。吾丈为今世经师纯儒,谨密奉一函,乞于退食之暇浏览及之,字句小疵,不足置议。傥是非有谬,毁誉涉私,乞持正抹勒,令其改削。如其疵类太多,改不胜改,或大端未是,虽改字句无益,亦恳直言见示,秘藏此书。此书所述勋绩,舍间与焉。舍间不为传布,庶稍减罪咎耳。敬敏叔平年丈大人台安,侄纪泽谨上,廿七。

14

胞侄中式,例不具折谢恩。近年唯薛抚屏有具折之事,乃令人踌躇莫决矣。承手书见教,谢谢。当即仍遵常例,不复具折。肃敏叔平年丈大人台安,纪泽上。

15

舍侄广钧幸贡春官,纪泽应否具折谢恩,乞指教。俗牵刓未趋谒,手此敬敏瓶笙年丈大人台安,纪泽上,初九。

16

遵于初四酉刻趋陪公宴,先此鸣谢。敬敏叔平年丈大人台安,燮臣世叔、颂阁先生处未另肃谢。纪泽谨上,初三。

17

郭筠翁见致一书,先奉省览,迟日晤谈再商。所以覆之函暂留案侧，不必遽以掷还。手敂叔平年丈大人台安，侄纪泽敬上，十六。

18

以团扇求叔平丈书，自作诗未得。朝廊待漏，闻诵顷者致它人诗有“人与秋鹤同一病”之句，不无歆慕，归呈一律。

寸柬馀缣偶见之，烟云过眼尽堪怡。必求珍物属吾有，未免俗情聊尔为。邂逅成章都绝致，等闲游墨总能奇。请将垂露惊蛇笔，只录秋风病鹤诗。

年家子曾纪泽呈槁[①]。

19

叔翁先生大人阁下：

往返彼此相左，至为怅歉，承璧之件，极佩清操，但区区菲礼，尚非来自不义，仍以奉上，伏希大君子一笑存之。行期准于廿四，今日在寓收拾行李，不复出门，如蒙赐顾，敬当拱候，此请台安，惟希丙照，不尽依依，愚弟丁日昌顿首[②]。

20

叔平仁弟大人手足[③]：

顷奉正月晦日手谕，知二月间所肃一函尚未达览，敬谂我公自去冬以来常服补药，近体已渐复元，深以为慰。承示台事尚不能另设一省，合肥报亦如此，极为见到之言，然本初此言，意别有在也。

来书言举办大事，须得真人才，此真甘苦见爱者，感激欲涕。闽

① 下钤“劼刚父词翰”朱文长方印。

② 以下数通丁日昌致翁同龢书札系年及其相关考证，参见张燕婴《丁日昌致翁同龢信札考释》(《文献》2017 年第 3 期，第 51—66 页)。

③ 此页天头墨笔题“丙子三月廿三日到”。丙子，即光绪二年。

省更无人才,海外更乏。台中瘴疫大兴,来者辄死。前奏调高碧湄,吴人不以为然也。然高亦终不果来。此间章奏文檄,皆系本店自造,有时十馀日夜不能合眼,不可谓不劳苦,然终于大局无济也。

来书谓此间所上,仅见筹饷一疏,精微者不可得而见。兄以为公在密勿,不敢以俗事上渎。今抄数纸奉阅,公识微见远,当必有以教之。轮路电线,他处不可行,而台中则不能不行,所谓以夷制夷也。(台中从天主教者极多,实为心腹之忧,现经正法教首二人,又永远锁墩四人,又陆续杖毙六人,今百姓始纷纷出教。)

又书谓蛮峒邱壑自专,与人无争,未可以微利歼别之,与鄙见正同。惟生番近海者,皆被彼人接济军火,足为心腹之忧。兄顷破格令番童进学,并筹款赈济,各疏均呈核,足以见兄之用心矣。兄去秋本已乞身,旋因彼人有觊觎台湾之举,是以藉攻剿生番为名,先事来台布置,请办各事,半系实济,半系虚声,亦欲彼人知我有备,可以潜消其窥伺之心。今闻彼人业已中止,亦可见兄之用心经营,总胜于从前之献纳属事也。

水部到后,极意龃龉,若与争较,徒为世间高人、长者所笑,只可避之。兄在南路巡阅,受瘴至深,顷卧榻中,不思饮食者已十馀日,皆由肝病求治太急,以致如此。比又因公不能见谅于南北洋,俯仰身世,味同嚼蜡。虽欲披沥肝胆,以图报効,而身子不能做主,只增太息。乞假一月,但此间无医无药,亦未必有效也。数人扶掖,始能勉强起坐,作此数行,然不能尽百分之一也。敬请勋安,统惟心照,临书惘惘,言有尽而意无穷,如兄日昌顿首。三月初一日。

各稿乞阅后付丙。

21

叔坪仁兄大人阁下:

都门养疴,数数得蒙饮食教诲,两月之密,足补八年之疏矣。敬维道履康绥,至为慰颂,头痛不知复作否?薄荷油不可常抹,多抹久恐毛贯太开，受风尤易，不如服理气补血之药，以清其源，节饮食、少应酬，以遏其流。公之身为天下有用之身，非比弟等，荣枯开落，无关得失也。

伯寅已痊愈否？饮食起居如常否？每欲奉讯安否，辄恐“元规尘污人”，坐是愧恧中止。与公别已六十日矣，忽忽如有所失，心中、目中、梦中、醉中，无一时一刻无我公，流连辗转于方寸之间，屡屡作书伸悃，伸纸复废。今南行在即，不能不倾吐于知己之前矣。

弟到津后，闭门养疴，李伯相礼意即加，然此间实无所事事。病势虽未痊可，亦未加增。六月中奉命与秘鲁国换约，与该酋龂龂争持，增入“除去凌虐华工”各条款数则。英使威妥玛从旁为之推波助澜，不禁怒发冲冠，愿与偕亡，触动肝气，是晚呕血，旧疟遂尔大作。然当时该酋等见弟丝毫不能迁就，条款亦遂照办，或者从此十数万华工不致常沦苦海，虽贱疾因此沉痼所不惜也。威酋复因滇事得有授意确据，大肆要求。弟病势深矣，不能复有所赞助。昨日已陈吁回籍调理，得旨后拟即由运河南下，屈指到家，已在庾岭梅开时矣。南北万里，无由合并，用是恋恋。自念踽踽独行，为世所唾弃，我公独赏识之于牝牡骊黄之外。每一念及，辄中夜起立，仰天太息。又自念积劳神瘁，积惧气馁，病势已入膏肓，终不能有所树立表建，以上副期许，辄复爽然自失，沮丧若此不可终日者。相距虽远，轮船易通，尚求时赐教言，规其失阙，则衔感无有已时也。海上波澜，方兴未艾，外攘由于内修时事。若再因循，则长此泌泌晛晛，岂尚可以自立。我公目击时艰，当必慨然三叹也。弟本不能作字，病中潦草弥甚，伏乞原宥，死罪死罪。敬叩道安，伏祈心鉴，临风惆怅，不知所云，弟日昌顿首，七月十八日。附呈气垫二件，未知车中合用否？

22

叔翁仁兄大人再览：

前函封就，候便未发。适折弁回，奉旨赏假两月，并赏赐人参。自顾孱躯难酬高厚，抚躬循省，感激涕零。此时惟有速求医药之一法，津门苦无良医，李伯相云湖北有候补道陈君，岐黄极精，已函托难兄玉夫先生转饬陈君[①]，(闻伯相系函嘱盐道蒯公代回。)由轮船北来，未知陈君能远行否？倘公有竹报时，乞询及为幸。

比来饮食已稍进，惟血症尚未全止，知念并及，载请台安，弟日昌又叩，七月廿三日。

党参辗转多手，脱胎换骨，绝非庐山真面矣。然虚声可以吓鬼，或者病魔从此遂当远避乎？又叩。

23

叔平仁弟大人阁下：

闰五月初七奉五月十七日赐书，语长心重，洒然若侍谈左右，披拂清风。所谓自强之术，宜先立骨鲠之臣，然后徐俟其定，以观其敌等语，于中外之情一语破的，快若干镆之锋[②]，适可以削铁，明若秋日之直霄，万物之情态，无能揜护而遁藏也。然今日所谓骨鲠之臣者谁乎？浮薄鄙陋之夫，既可滥膺使事。彼族固已深窥吾中国无人，而后敢于挟制要求，迨利权全然解授，中国乃徒拥虚号。读公"统中土之利权，另相消息"之言，(谁能知此？谁能肩此？)辄俯仰歔欷、仰天太息而不能已已也。

滇案闻已了结，都门八条已敷衍于前，烟台三端复将就于后，无

---

① 难兄，即贤兄。典出宋刘义庆《世说新语·德行》云："陈元方子长文，有英才，与季方子孝先各论其父功德，争之不能决。咨之太丘。太丘曰：'元方难为兄，季方难为弟。'"刘孝标注云："一作'元方难为弟，季方难为兄'。"意谓元方卓尔不群，他人难为其兄；季方也俊异出众，他人难为其弟。后遂以"难兄难弟"指兄弟两人才德俱佳，难分高下。唐无可《送喻凫及第归阳羡》诗："宗中初及第，江上觐难兄。"难，二声。

② 干镆，即干将、镆铘(或作莫邪)，古代宝剑名，后人用来指代锋利的宝剑。典出《战国策·齐策五》："(苏秦说齐闵王曰：)今虽干将莫邪，非得人力，则不能割刿矣。"

术挽回，惟有痛哭。日昌不职召灾，闽省骤被大水，虽设法救援，全活颇多，而未能绸缪未雨，愧对遗黎，引咎自劾。圣恩优容，不即立赐罢斥，然自此劳碌病势，弥不可穷。其时徒以滇事未了，未敢乞身。秋闱撦拄旬馀，病乃大发，不得已扶病出闱，吁请开缺调理。苦此间良医绝少，稍读《医方集解》，便以和缓自居，多服一药便病重一分，枝梧撑护。虽即长逝不返，而医尚自诩其道高也，伤哉伤哉！

公前骑马受伤，当早已霍然，虽云骑者善堕[1]，然究不如不骑之为愈也。筠仙慨然西行，其人极有血性，然过于忠厚，或恐能融洽而不能分明。玉兄推公之爱，手书往复者再。其在楚挽回积弊，举重若轻，鄂人之官于闽者恒道之。

李崧臣孝廉卒未来见，日昌行将去，此恐无缘再晤面也。力疾手肃，敬请勋安，匆匆，百不尽一。如兄日昌顿首，八月廿一夜。

此间积弊以延搁词讼、瘐毙平民为第一弊政。半年以来，极力整顿。今词讼已清至十之六七，囹圄则应办者办，应释者释，已清至十之八九矣，人皆议弟过严，然非严则万办不到此。惟小民颇为得所，而官绅则怨之又怨矣。过承知爱，并以奉达。

再，临淮在此数年，刚愎昏庸，坐令闽事疲敝至此，固无足取，然在敝处势处瓜李，因患不着劾之也。临淮滥保柯抡一案，潞国曾屡次面商，尚答以事。虽应劾，但系某未到任以前之事，当可从缓。讵初间入闱，而潞国即会衔疏劾，开门后送到疏稿，追云业已无及。而事属因公，又未便过于迁避，兼以滇事如此敷衍，只可自行引退而已。公知我最深，故密以奉布，阅后即付丙为叩，又叩。

---

① 骑者善堕，习惯骑马的人往往会从马上摔下来，意为擅长某种技能的人，常常因为大意而出错。语出东汉袁康《越绝书・外传记吴王占梦》："悲哉，夫好船者溺，好骑者堕，君子各以所好为祸。"

24

叔翁仁弟大人阁下：

到上海时曾肃一函，谅邀鉴照。迩来头晕之症已霍然否？吾弟身子并不结实，皆因悲天悯人之故，务望少读书、少应酬、少用心，将此身料理结实，则进退俱绰然矣。日昌初到工次，未谙门径，幼舟慷慨能任事，是其所长；过信洋人，未能深求其故，是其所短。补帆在台湾，饱受瘴气而回，病状委顿殊甚，南北司水火颇深，殊切杞忧。

贱恙依旧，呕吐少止，而海风吹人，头痛欲裂，所可告慰者，几席间可看拍天巨浪耳。计芜函之到日，已椒酒之迎年，顺叩新祺，不尽百一。如小兄日昌顿首，十月廿一日泐于船政署中。

25

叔平仁弟大人阁下：

昨奉手书，适值台湾生番有事，兼闻西班牙复有窥伺台湾之信，力疾东渡，是以久未奉复。承嘱令亲一事，已嘱藩垣调其一缺。李、季二公请谥事，亦嘱上详。

日昌到台后，日行事件系由督署代办，已面嘱星帅照行，渠亦应允矣。现在查看后山，该生番如同禽兽，恐非用抚所能了局。内山瘴疠尤重，汉人无不病者，日昌亦两足浮肿。诸葛公《出师表》中八字，上四字做不到，下四字即在意中矣。由后山而至前山，计须岁除方能回至台郡。恐公垂念，百忙中泐此数行，敬请勋安，百不尽一。如兄日昌顿首，十一月廿四，台湾后山苏澳营次。

再，芍亭与兄至好，公所知也。其东床蒋君弱不任事，兄以芍翁故亦遂意外置之耳。蒋君竟以千金密寄，有不能不劾之势。因芍老之故，尚参活笔，公见芍老时祈为代达苦衷，恕其事出无奈，他日见芍老再负荆请罪也，又叩。付丙。

26

叔平先生阁下：

昨日小有感冒，明日之约，恐不能践，可否改迟数日，再来闲写何如？此请台安，芍伯二公均求转致，弟日昌顿首。

附呈药物四种，并乞赏收。宋板《集韵》一包并缴。

27

叔平先生阁下：

陈荔秋比部已为代邀，可否仍约伯翁、芍翁同听海客之谈乎？敬请台安，弟日昌顿首。

28

叔平仁弟大人再览：

承嘱李孝廉藩岳，确是台中寯士，惟日昌未到之前一月，渠已逝世，可叹也。李、季二翁请谥事，奉手书时，适将下船来台，当嘱藩司上详，并请星帅代发。（此次本奏明，凡本署一切奏疏，由督署代办。）兹将疏稿呈电。史君已嘱藩司委厘局差使，缘现严禁擅受。佐杂虽有缺，尚不如差使也。前劾蒋君一事，至今心为耿耿，乞于芍翁前说明，并非负心，实出于万不得已也。（非面言不能明。）疏末已参活笔，为转圜地步。兹有芍翁一信，乞饬送为叩，名心叩。

29

叔平尚书仁弟大人阁下：

上年六月初十日奉五月十六日手谕，语长心重，感何可言，拟即肃复，而此后并无便人至都，故半年无一字也。献岁发春，伏惟勋福日隆为颂。日昌精神气体初无大损，惟左右足在台受瘴发肿，不能步履，而右尤甚。

去夏旨准辞差,令来京陛见,秋间足肿稍退,拟即行,而求效过急,服补剂过多,遂致旧恙全发,卧床不起者二月有馀。服石羔、大黄、羚羊诸凉品殆斤许,病始稍退,然非人扶持,行即欲倒,衰态益可想矣。

疆吏渡台者四人,王、沈均先后物故,存者皆等凿齿半人,想亦不复能久。倭事尚无头绪,俄又接踵而起,群议纷纭,究竟如何归宿?吏治非澈底澄清,以清内患;军政非改章整顿,以御外侮,不能有济。去秋曾痛哭上阵,惜人微言轻,不能动听。(原稿呈阅,乞付丙。)

尊论谓蓄全力以办铁甲,诚为中肯,然铁甲亦须三年始能竣事,及今而办,已觉其迟,今犹不办,将来更难措手。倭俄气息相通,有击首尾应之势。东三省实逼处者,似宜先为料量。俄事不慎于始者,时恐非空言所能拒绝,凡此刍荛之见,皆在洞烛之馀。想朝廷固有成算,非草野所能上窥万一也。

前年有《园居诗》十一首,后一首奉怀我公,以其语鄙俚,久未寄呈,顷饬抄胥录寄,乞公取其意而略其词可也。适邻人邱孝廉会试,托其顺携此函,敬请勋安。天下事方未了,诸乞为时自爱,临纸依依。如小兄日昌顿首,正月廿六日。如蒙赐覆,乞交邱君邮递。

30

叔平仁弟大人阁下:

八月杪在揭阳,奉公天津舟次手书,知有回籍省墓之行。匆遽中尚荷垂念肫切,感入心肺。旋阅邸抄,骇悉玉甫兄于秋间仙逝[1],吾弟得信之馀,伤感如何可言!籍中料理丧葬,想亦深费一番经营,六十日为期太促,尚须展假□,海船颠簸,身子尚吃得住否?深以为念。

兄□受瘴过重,足肿至膝,兼有隔食之症。假旋后始知二胞兄于

---

[1] 参见《翁同龢日记》第三卷,第1341—1355页。知此札写于光绪三年十月十六日。

四月间去世，更复无意世事，病势比尤增剧，不得已疏乞开缺。屈指四海，惟公知我最深，从此长为农夫，南北相去万里，知无合并之日，为之黯然。送上安南清花白水玉桂一枝，乞捡存。此物佳者，能引火归元，白水为上，绿水次[之]，赤水则下品矣，皮须去净方无燥气。手战□□亲书，口授达意。天气渐寒，诸祈眠食加意，有书乞交招商局转寄，可到也。如兄日昌顿首，十月十六日。

31

手示读悉壹是，明日申后必当趍诣，面商如何主稿，俟面谈后再定。前与芝莽同年勘估城工，曾由工部主办，以资熟手。此次似可照办，兄以为何如？统俟晤谈，不尽。叔平六兄同年，弟桐顿复。

32

日昨晤谈，快慰无似。顷承顾临，值在署未归，殊怅怅也。奉呈《体要》二部，祈赐鉴存，尚有未校妥处，望随时指示为幸。有赠韬夫太史一部，并望饬存。明日申后趋谈，何如？此上，叔平六兄同年阁下，弟桐顿首。

33

久不晤谈，殊念。前恳书《大学衍义体要》护页，兹呈纸式三页，望便赐书，并题款为幸，容日走领。此请叔平六兄同年台安，弟桐顿首。

34

治装匆匆，弗克走谈为歉。弟等拟俟元旦行庆贺礼后，即于初二日请训，初六日启行。岁除将届，事多未备，稍有稽延，谅不致误要差。知念奉闻，此请叔平六兄同年台安，弟桐顿首。

35

保和殿筵宴，弟官礼部时，但侍仪而不与宴，今为与宴之始，而服色迄无定说，(或曰朝服，又曰蟒袍补服。)未知孰是。弟不应朝服，有谓蟒补亦可与宴者，究应如何，望指示为要。此上，叔平六兄同年阁下，弟桐再拜。(若必朝服入宴，则惟有咨照侍卫处，不克入宴，方为得理，何如?)

36

来示具悉，弟谬领西台八阅月，碌碌无所建白，殊不足以当清问。分别奏咨体例一册，系假诸绍彭处，尚未钞完，俟钞毕即呈上。五月不到任之说，似是俗论，不必拘此。六月初一、二日，不宜用；初九为庚寅劫煞，更不相宜；十三日辛卯，却甚宜，然为期太远。二十五日最吉，然为期太迫，请裁夺之，总在此两日内酌用可耳。补服仍用鹤章，因系先朝特赏，未敢改用拜印，蟒袍补褂有用此服色者，期、功似有别，不敢臆断也。此复上叔平六兄同年大人，弟桐顿首。

37

伯寅来书，欲删去吴君一节，弟意颇不谓然，惟起首嫌突，拟仍用原稿，略加修饰之，何如? 伯寅书送阅，此上，叔平六兄同年大人，弟桐顿首。

38

奉去书一卷，祈校正为感，颜帖拟少留数日奉赵，何如? 此上，叔平我兄同年大人，弟桐拜白。

39

出闱后匆匆，连日未及走谒为歉。闱前签酌之件，已经酌妥。匆遽入闱，竟忘复命，惶悚之至。七十卷以后必有签商之处，并望开示为要。外单一件呈复，此颂叔平六兄年大人台安，弟桐顿首。

40

顷至馆密查签档，当日纂辑时颇有签商，缘圣训体例无训语者不录，惟懿旨备录。乙丑二月己巳条本无训语，书之所以存，懿旨也。弟勘稿本时，曾以己巳条无训语可节，公商总纂诸公，以懿旨不可节签覆，故此条独存。而此后谕旨皆略，盖圣训体例，以有无训语为应书不应书之券。他门中尚多有可节者，仍须贴黄时详勘耳。此上，叔平六兄同年大人，弟桐顿首。

41

昨日晤谈甚畅。昨晚闻外间议论，颇以我等办案轻纵为言，其责备之意，惟弟与兄二人当之。此等书生之见，原可付之不论不议。惟既有此指摘之言，我等仍宜虚心采纳，其如何从重办理之处，更祈酌度示知，弟不谙刑律，仍惟贵部酌核为断。专此即颂台安，弟桐顿首。

42

数日未晤，殊念。贱恙已愈，惟气微弱耳。清恙与弟所苦，大略相同，惟以清利为治。（服药一剂，愈。）广东甘露茶甚佳，可频服也。明朝拟走访，可晤谈否？此复叔平六兄同年左右，弟桐顿首，十七日。

43

夫子大人函丈：

径启者，荫生得有官职，即不考荫式，严先生少君有员外郎、有知州，均可出图结向部注册，选司已查明，祈即转告。原信附缴。肃请钧安，家骧谨上，初九申刻。

44

顷荷师驾过临,失迓为歉。兹南边新来酱油一瓶、深州蜜桃十六枚、月饼花糕少许,奉呈一嚼戋戋,真可笑也。夫子大人福安,张家骧叩首。

45

骧大便二次,本止少许,两日内有下坠胱肛之病,舌苔未经退净,饥时甚稀,一日只吃饭一碗,幸知味耳。精神因下坠而减,极怕行动。昨服人参四分,夜间安睡五时之久,今晨较昨为胜。此请夫子大人钧览,家骧叩首。

46

天雨路滑,尚乞屈驾一诊,不情之至。此请燮臣太老师钧鉴,家骧叩上。

47

伻来问疾,骧此证全是脾虚,服燮臣先生方二剂,略觉松动,而舌苔两傍黄色凝结如故,大便未动,胸腹不饥,诸食皆觉可厌。家人力劝,昨吃薄粥两顿,其实皆勉强也。精神毫不委顿,写字看书一切照常,惟两手如冰,以火熏之,亦不暖,举步时觉头晕耳。(自思此疾必须俟气机渐转,非十馀日不能复原,明早拟入直。)夫子大人钧览,门下士张家骧叩首。燮臣太老师均此,不另。

48

贱体服燮臣先生方三剂,胸仍不饿,便亦未起,精神略觉委顿,早晨请燮臣先生来斟酌,改为大八味,顷已服二火,想对昼当有效也。明日请假十日,知念奉陈,夫子大人钧览,张家骧叩呈。

49

衄血近十碗，不省人事，奇险之证，少见少闻，幸服独参后安睡三时。今晨胃口照常，惟身软无力耳。无他病，可放心。叶君来诊，用生地、元参等品，极平和，当照服也。此请钧鉴，幸弗劳驾，家骧叩首。廿七日。

50

夫子大人尊前：

大风竟日，仰跂荩劳，心为驰念，返旆后已静摄否？骧每夜肺气郁阻，因咳嗽而致大汗，必二三次。今日御案旁忽而目黑、背热、头晕、出汗，几乎倾跌，幸勉力趍出，稍静汗止方归，虚弱如此，不能不请假矣。顷已缮折，明早即递，谨以上闻，家骧叩首。（字不成体，乞谅而恕之。）师驾万弗枉顾，骧心更不安也。

51

赐示谨悉，骧骸略愈，廿七日可以销假。陆方太寒，叶方太腻，于胃气不降一层，均未见到，此是病根，总须于此著紧，则百病俱解。昨夜子刻忽吐酸水，咳嗽多痰，胃气不化，其明验也。燮臣先生嘱服甘露汤，今早已服，拟投三四剂，且看何如。夫子大人钧鉴，家骧叩首。

52

电局信来，从弟家驷获隽。（二家叔第二子。）自癸酉得副榜后，阅十三年开科，慰甚。便此附闻，此请夫子大人钧鉴，家骧拜手。收到不要来条。

53

顷在署查粤东款目，除已解及报解并划拨外，只馀七万两未解，原单呈阅，即悉。臂痛帖膏药，当渐愈。均斋主人，澹静斋。

54

仲良似曾有信来，曾闻阁下题过，但日月不能记忆耳。鼐信已交去，此函明早遣人送交，尚不迟误。关守戎十六日启行，如有寄件，能于今晚交来，明早一齐送出城去，以便渠收入行匣为妥。复上均斋主人，澹静斋，十四日。

55

今日见朝邑前在勯府所议，虽略有转机，实毫无把握也。又在子腾处见其精神稍健，气色渐开，愈期当不远矣。史家萃监照费神，容谢。均斋主人，澹静斋。

文山大司农、筱山总理、吴清卿副宪已见抄报否？

56

丹初前辈刻《稽古录》告竣，顷由解梁寄来[1]，阁下及腾翁各送一部，嘱鼐转交。兹特奉上，计书四册，乞检收。均斋主人左右，鼐顿首，初三日。

57

尊体泄泻，必有水食之积，凝滞胸腹中。前数日骽痠、腹痛，皆其征也，务宜泄尽，则元气回而精神健矣，不可强止，明日再歇一天为妥。绍彭竟永诀[2]，伤哉！承继事当向署中告知也，鼐白。乐庵楹联

---

① 光绪十年五月初三日，翁同龢得“阎丹初赠新刻《稽古录》，可进讲”(《翁同龢日记》第四卷，第1873页)。

② 光绪十年八月十一日，“未初三刻兰孙来，坐三刻，同访绍彭处。甫及门，知绍彭竟于未正去矣，号恸而入抚之”(《翁同龢日记》第四卷，第1908页)。

收到，谢谢。

58

绍彭病不轻减，如何，如何？致送关君之意，亦殊不薄，但关君必得回函，方好销差耳。贵体如常否？今日无起，书斋尚顺。复上均斋主人，鼐顿首。

59

仲良信已加封，关守戎带件尚不多，可以携去，统于明晨送往。均斋主人台览，鼐顿首。

60

多伦诺尔税银事隶福建司，今日福建司人已散。前日解银一节，未能查问清楚，十九日再问可也。仲良信容即书呈转致前廷。明日约江蓉舫同年、阁下及子腾，宾主四人，早间未曾述及，有馀闲能惠临否？复请均斋主人时安，家鼐顿首。（查搢绅多伦同知，系陈式金，隶宣化府，然在署中闻此税，系理藩院委人收纳，尚要详询。）

61

苏省《赋役全书》鼐处无有，《则例》所载举其大纲而已，未能全也。散直后入署，归来又有客事，精力疲倦，游兴索然。阁下遇好山水，即乐此不疲，明日如早到，请无相候。寿泉意兴颇高，或当先至也。鼐稍得休息，或竟勉强从事，亦不可知，实不敢预定耳。均斋主人，家鼐顿首，廿一日。

62

廿八日趋敏台端，留奉短书，伏计已经钧览。比日由中逮外，大小臣民，章满公车，书程衡石，侧闻庙算，颇感刍言。重以各国互持，势且不由我主批准之与，宜可暂迟。然熟计将来事理之始终，则当令办法有不可不先事预筹者。三国电商展缓，倭固不敢不从，顾彼积十数年，君若臣早作夜思之阴谋，半载之战争，国力竭而仅成此约，一朝遽变，夫岂甘心？彼其游说万端，必设辞策，以解连衡之局，我安居拱默以俟之。窃恐各国之相约以来者，不久复相顾以散也。

东方大局，英俄之注意有年，俄得助则英衰，英得助则俄害。昔者二国本谋，固各期得，中国以为东道主也。我且不竞，而倭势浸强，英于是移其慕华之心而向倭。倭合英即离俄，而又踞朝鲜，割辽海，势且将比英以遏俄南出之路。若此，则俄西伯利铁路东海滨建置，皆将虚费工力矣。此俄人出阻批准之实情。法本附俄，德基英之专利，则亦规形势，以从于俄。此又二国之实情也。然台湾为东南洋锁钥，英廷上下无不周知，倭人步武欧洲，具有过师之智。一旦据台湾而专东南洋之大利，且力行此约制中国之命，以益其富强，中国固英之外府。倭如此，岂英利哉？割辽不利俄，割台不利倭，英俄有言，而英尚默然，谓英之一意助倭，虑未必然。然其迁延观望之情，则固炳然若揭矣。彼所观望者何？抑视我求助之意而已。改约而推诚自治，助成东方太平之局，英俄所公愿也。改约而仅欲仇倭，绝不豫。英俄均势，久安之计，非英俄所乐闻也。赫德有言，三国之意，上者助中国，次焉图自利，下且托空言。此英人惎俄之言，良无可听，然使我与人无密约、无同好恶、兴利害之诚心，则恐彼之助，我将终不免托诸空言，而其究仍归于自利。

去岁以来，诸大臣之求助各国，纷纭无成，固前鉴也。为今之计，一宜宣新约，开会议，援公法。有碍人民兴旺、将致国家微弱之例，(公法会通废约章。)令与议诸臣与译署长属逐件签商，申明中国所以不能批准之故。各国方索观条约，即抄录条约全文与签出语，一并送致驻公使以及各国外部，昭我屈抑，发彼阴谋。据万国公理，为兆民请命，译以洋文，播之公会，迫切呼号之状，跃露于词句之间。巴兰德、威妥玛之流，助以张皇，必可激欧人之愤，而即藉以杜倭人之狡计，此专就中国利害言者也。一宜建中国与万国利害相关之义，谓我方图自强以兴，维东方太平之局，通功易事，中外一家。二十年来非无端绪，一旦为倭所隳毁，华人终不服倭，倭意又专欲荼毒华民，兵连祸结，未知所终。亚洲商务势必大衰，欧洲国势将随之变。告英以中难自立，则俄益张；告俄以中难自立，则英愈肆；告各国以中若受制于倭，商利将悉为倭擅。申之以此事，一定朝廷决计变法自强，与万国相偕于公法。选大臣之善议论者剀切商之，选儒臣之善议论者明白论之，亦皆副以洋文，播之公会，托公义以立言。彼必不能不准公义，为我判断，此兼综各国利害言之者也。俄人出阻之意，明见于许大臣译呈法报，及庆常问答之中，兼此二意，与之商略，亦可与彼意相为引申，必无扞格难入之患矣。

倭自肇衅以来，始终不敢舍船舰、离辎重，深入去海三百里之内地。彼日以京师为言，曷尝有如此力哉！依军之守辽阳，宋军之拒关外，聂军之战大高岭，此皆成效章明，访之军中，确然可信者。自馀如吴宏洛、李永芳之流，并皆敢战知兵，李光久、魏光焘虽败而犹能自立，谓诸军未必能灭倭于海上可也，谓诸军并不能捍御畿辅，此奸人之言，欺天下以遂其无父无君之志者也。藉令战事复兴，我守口之军当其前，游击之师当承其后，董、程诸军复承其后，利钝诚所时有。顾既有此多枝兵力，一军败，即以一军乘其劳；一军退，可以一军掎其后。参伍偏弥缝，互相掣拄，不必摧锋疾战，倭固将形格势禁，而不得径前。若得一胜仗，则倭之登岸者，可全而俘也。揆以兵势，此间固万万无虞，何可震其恫喝，逆自消沮以堕敌之毒计乎！

熟察近来情势，天时、人事已届结束之期。准约固和，改约、废约亦必和。由前二说，则约可商，而不至开战；由后一说，则战虽开而约仍可商。所望圣主断行、大臣一志。言和者，不阻战；言战者，不讳和，转危为安，因败图功，自古有之，在竭尽人力，因势利道而已。行前说则如庆常、马格理，可使辅许、龚以议事，而巴兰德、威妥玛均且助我解纷。由后说，则如袁世凯、陈宝箴，可使佐宋、聂以筹防，而汉纳根、琅威理均可助我御侮,王之春所筹船械可急购也。赫德所议变法,可兼采也。惟内地通商,虽俄人亦所深愿,我但可与各国另行立约,另筹一彼此两利之方,不可因此一端,致各国仍折为倭用。此亦全局关捩,宜避碍而通诸理者。若开内口而得废约,免割地减赔费,所……(下缺)

十九　诸公手札(三)

1

叔平先生阁下：

昨膑下舆，见公所赐书启，视有汤君纪尚文三首，惫甚目惓，夙起展视，信持正可之之誉，不妄也。汤君隽才，博涉书史，语其所诣，盖过时流，就三篇言之嘉宝，减赋于科，则宜详，仅“五升以上”四字后，无所考也。陈雪垆、凌厚甫，旧有所闻，两君诚畸人，然就事实质言之，亦稍近夸饰。汤君洵杰出者，亟思一见，惜膏秣已了，启涂在即，未暇。如服阕南来，当扫榻俟之。请为致区区，可乎？属篆一庐额，谨奉览，即请大安。愚弟宗棠顿首，十八日卯刻。

2

台旆过津，畅聆雅教，匆匆辖亵滋惭。《晋豫日报》饿莩数千人，豫尤银粮俱缺，筱午欲借多款，无论各省公私匮乏，豫力亦断无归还之望。冬雪未渥，春荒更甚，即直境已万难自支。蒿目时艰，焦悚奚似，再敏台祺，不一一。鸿章顿首，嘉平十七日。

久未肃笺，遥想讲帷论道，启沃功高，至为钦仰。承属宜守，吏才敏捷，届时当位置剧郡，以展其能。津门附近多被水灾，现督属筹划振抚，竭蹶经营，苦无长策，十月杪可回省矣。手肃再敏台祺，惟爱鉴，不一一，侄又顿[①]。

---

① 另有一信封，中间红色签条尚存“户部正堂……翁……”，右存五字“□信，□在内。”左上书“密件”二字。信封右上、左下皆钤“仪叟”朱文方印。

3

昨令罗道详记与林董问答,大致不错。兹照钞呈阅,并乞转致各堂为荷,手肃即颂钧祺,侄鸿章顿首,初四午[①]。

4

罗道丰禄叙昨日与林董问答,节略一本奉阅,并乞便致各堂,仍交署存案为荷,敬颂钧福,侄鸿章谨启,九月十三日[②]。

5

昨与林董会议问答节略一本,又商定条约底稿及专条,均照钞呈正,已面订廿二日申初画押,计廿一日具奏奉旨,当不致误。付银日期画押时补填,拟卅日伦敦立镑。早交一日,可早一日撤兵也,卓裁以为何如?拟另商樵野核定。手肃敬颂钧祺,侄鸿章顿首,十九已刻[③]。

6

今日申正□林使会同,将条约署名盖印,交存总署备查,其未画押盖印约本,交总办转送军机处,备呈御览。日内专折奏请批准,以便达知林使。至应给库银三千万两,按头期镑价,合英金四百九十三万五千一百四十七镑。一布令,一本士,又二十本士之十三。

---

① 光绪二十一年九月间,李鸿章多次与日使林董会面议事,故疑此通写于光绪二十一年九月初四日。参见《翁同龢日记》第六卷,第 2886—2893 页。

② 此通写于光绪二十一年九月十三日。参见《翁同龢日记》第六卷,第 2889 页。

③ 此通写于光绪二十一年九月十九日。参见《翁同龢日记》第六卷,第 2891—2892 页。

据林董函称，与总署□许使核算数目相符，请饬在伦敦交日本驻英公使兑收，务祈电饬许、龚两使遵办，照约于九月三十日交付为幸。手肃祗颂钧福，不具。侄李鸿章顿首，九月廿二日戌刻[①]。

7

顷属伍道往林董密探，据称该外部已明告三国，均无异词，谓与中国商办更妥，又称日廷原索五千万，因三国力劝，故减至三千万，断不再减，所须会商者只何日交款，何时退还辽地，中日当订立专条，即派总署各堂皆易商办云云，似此毫不减让，鄙人实不敢与闻。手肃密复，敬颂筹祺，不一一。名心叩，廿四日申。

8

覆示敬悉，申酉之间，绅河、施若兰先后来晤，告以国家意旨，必请三国，再力劝日本减让赔费，乃能定议归辽。属其转电外部绅允，即电告施，允明日喀布呢到后，即会商分电不误，属暂勿允林使所请。谨以密布，祗颂钧祺，不一一。名心叩，廿四戌初。

9

手示诵悉，不腆之物，尚蒙齿及。野寺看花，似欲藉避生日，岂明早盛会，法使饶舌，均不到耶！馀地非多赔不结，二赤亦变前言，奈何？复敏寿禧，不具，侄鸿章顿首，廿六辰。

10

昨晚读手示，并复[惠]函，稔知西里曼银行与红牌无涉。今早汇丰希尔来告，英伦电喧传呼利息厘五，债项尚未回绝市面。侄惑答以

---

① 此通写于光绪二十一年九月二十二日。参见《翁同龢日记》第六卷，第2892页。

速登新闻纸，谓呼利久已罢议，并西里曼有愿借四百万镑之说，如可与汇丰合办亦佳。红牌于四五日内或有准信。复颂钧福，不一一。德函附缴，侄鸿章顿首，廿七已刻。

11

昨英水师总兵琅维里寄到洋函，译称承中国招致整顿海军，因病不能远行，荐参将敦罗贝[自]代等语，敝处并未函邀，似由总署托英使转致者。欧使濒行谈及语意略同，谨将原函并译汉文奉呈核办，鸿章不便径覆也。手此敬颂钧祺，侄鸿顿首，九月卅日[①]。

12

叔平年大人阁下：

前奉赐答，敬聆一一，兰缘乾河久已归地方管理，东南大局攸关，未便置身事外。镕旋汴后亲赴该工查勘。金门口横亘沙滩，有十里之长，河势南圈业已入袖。滩中有串沟一道，拟从此挑挖引河，挽溜北趋，方能一劳永逸。督饬委员测量丈尺宽深，以二千四百馀丈，核计土方价值，约需银九十馀万，断乎无此巨款，且挑泛已至，办料动工已来不及。旋拟办石筑坝数道，约需石价三十馀万金，不特运石甚难，即使办成，终无把握筹之。至再惟有于老河身先筑拦黄坝，一面办石抛薄，不多费库款，为暂顾目前之计，且看大泛时情形如何，至霜后再议办法，鄙见非开引河，终成不了之局。兹已会疏上闻，并绘图咨呈钧鉴。

时局艰难，已到极处，如何，如何？镕月初赴已查验，本年新料抽查过秤，皆在四万斤以上。积弊顿除，颇为愉快，惟返汴不到一月，腹疾又作，瞬届泛期，只可勉力支撑矣。吾山丁艰，又失臂助，所幸北道岑春荣任事实心，处处精到，尚可分劳。北岸之务较简，可免南北奔

---

① 另有一信封，上书“宫保勋启”。左下及右上角钤有“仪叟”朱文方印

驰也。敬请钧安,不尽。道镕拜上,三月廿一日。

13

叔平我兄同年侍右:

俗冗未及趋谒,歉甚。委查之件,连日饬吏细检,只有阁抄夹片一件,已有谕旨旌恤。此外各绅士据折尾声明,随时查明具奏,此时尚未到部也。谨抄原片,送呈察阅,馀俟面叙。此布即颂侍祺,不戬。年小弟儁顿首,廿七。

14

径启者,贱躯连日腹泻,已觉不支。今晨退食小憩后,头晕大作,四肢疼痛,倍于往日,明早真不克入直矣。此恳即望转达王爷诸君子,二三日后或可支持也。叔平六兄大人阁下,弟鋆顿首。

15

叔平仁兄大人阁下:

前奉手示,猥以弟内佐容台,赐书奖饰,心感难名。弟承乏湘中,苦无建树,今幸得息仔肩,复我本来面目,或冀斤斤自好之士,得以保全声名,便为万幸矣。惟李中丞展觐北行,一时未能交卸。秋闱指日,即当料理入场。此间士习未纯,弊窦亦多,我尽我心,不过又多一吃力不讨好之事而已。犹幸今年年岁大好,一律丰收,约在八九分以上,因之闾阎安乐,宵小潜踪,自春迄秋,各属均无蠢动。湘中情形如此,亦可谓之小康。弟于临行儌倖得此,至为幸事。至库藏之竭,洋事之扰,虽有善者,亦恐末如之何?

弟大约年内总可抵京,松年南来意图用功,乃泰山其颓。沪上之行两月,还湘未久,即又摒挡行计,真所谓无福读书者,如何!匆匆奉谢,即请勋安,弟亨豫谨启,七月二十八日酉初初刻。

16

正在裁笺申候起居，适寿弟南旋，敬稔鼎祉康豫，式如心颂。阁下股肱王室，夙夜宣劳不次，莺迁可期指日。然以阁下光风霁月之胸襟行见，位益高，心益下，不矜不伐，休休有容，令人钦佩无既。

弟自岑寂乡居，杜门课子，毫无善状。今岁乃蒙令侄实斋先生谬爱，令弟挈带小儿伴读，令侄孙辈无任感戴，惟自问精力就衰，恐难称主人之意，用是日深懔懔耳，还望阁下有以教之。兹乘羽便，谨泐数行，恭请崇安，统希钧鉴，不宣。晚弟吴锡滐顿首上。叔平六兄老先生大人阁下，古花朝泐[①]。

17

数日不晤，怀想不可言，奉上当地山椭粥，京蚨壹佰五十缗，乞察入注收。圆通观粥厂，约可放至何时？地山赴津，愿带携捐启一分前往，(乞另缮一分，前分恭邸祇书此数，他人更不敢下笔也。)劝募以襄善举。弟虽素无富友可募，如再写一分交下，遇便劝捐，亦可为太仓秭米之裨，希酌之。地山一分，能于明早辰刻交下更妙。叔平仁兄世大人阁下，弟学勤拜山，十六日。

18

叔翁宫保尊兄大人阁下：

违教半年，钦迟日积。伏惟荩尽，宣勤餐卫，胜常如颂。弟猥以谫陋，谬领疆圻，夙夜殚思，冀苏民瘼。

豫省民穷而盗炽，地广而兵单，可虑之处甚多，应办之事不少，只以度支匮乏，束手无为。司库自办巨赈，已经罗掘一空。比年以来民鲜盖藏，商旅因之减色，厘税有绌无盈，地丁又多蠲缓，闲款丝毫无

① 此通信封上墨笔题“敬达/叔平老先生大人书/锡滐手肃”。

存,而东给嵩毅防海之师,西转甘陇协济之饷及本省练兵练勇,用繁数巨,支发无馀。频年奉拨要款,往往欠解边城。索逋之牍,络驿而来。民间屡遭水旱,悬磬兴嗟。

近年来江浙顺直赈捐劝募,已成弩末。以中原腹心之地,畿辅屏藩而困苦如斯,直无一年之蓄,心窃忧之。凡兴利除弊之举,愚虑虽有所得,亦不敢稍侈远图,惟河患为切肤之灾,不得不急为补救。孟县新庄筑坝之后,又为河溜所薄。现须在上游戍楼村前,添建磨盘大石坝二座。再将新庄已成石垛,加抛石坝一道。又据洛阳绅民以洛河逼近郡城,情形危险,请筑石坝以御盛涨。又据滑县请筹修堤厢埽之费。又据武陟禀报拦黄堰塌陷,请急修治。四处工程均系刻不容缓之工,撙节估计共需银八万馀两。司库奇穷,无法筹措,惟查有粮道库扣裁帮丁月粮一款。前经豹帅两次奏明,截留有案,今救目前之急,亦惟此款暂可通挪。谨已援案奏请,所有河工详细情形,已具[奏]中附稿呈阅,自可察其迫切之况。然明知部库亦属为难,曷敢遽作此请?惟豫中司库奇穷,款既筹无可筹,而工又缓无可缓,顾此痌瘝,栖皇悚迫,务乞格外关垂。俯如所请,以救苍黎,不胜感激,颂祷之至。耑此切恳,敬请台安,诸惟亮察,不宣。愚弟裕宽顿首。

19

敬肃者,昨伸菽颂,奉贺蕃禧,亮达荃曹,已尘芜悃。敬维老伯中堂钧衡辑祜,钟鼎铭勋。遥跂纶扉,良殷缕颂。兹启者,侄自上春奉命擢任南河[①],初以为黄河无水,则工用自可大加节减。及至履任之后,细加考究,除上游临黄九厅停修外,其馀有水各厅如洪泽湖大堤,则为淮扬两郡保障南北运河两岸,堤埽共一千数百里,均关运道民

① 咸丰六年正月初五日,翁心存阅邸抄,知南河帅杨至堂同年以增病殇,以庚长任南河河道总督。参见《翁心存日记》第三册,第1086页。知此通写于咸丰七年。

生,仍不得不照常修守,而修守非钱粮不可。即以从前减定,每年三百万两而计,今少九厅,仍有十三厅,亦须现银一百七八十万两,方可敷用。乃近年来仅奉部拨百万两,内外均系票钞。虽有时稍拨现银,而各处均以先尽军饷为急,有拨无解。前者奉颁宝钞,每千仅值二三百文,办工购料,已属万分竭蹶。今因都中五字官号,不收外省宝钞,以致前发掣字之钞,登时壅滞不行。现又接准大部议奏,颁发南河。岁料宝钞八十万串,更系不加五字戳记之空钞,令由南河盖印行用等因。接阅之下,莫名焦灼。

伏查上年南河曾经奏请江北钱粮税课,均搭解宝钞二成,奉部议准,咨饬遵照,乃征收各衙门,或因缓征,或因尽拨军饷,不能搭收搭解,是以至今皆未遵行。若不另为设法,则宝钞几成废纸,工程直将束手,尚复成何事体?思维再四,惟有亟筹钞本,仿照都中五宇办法,掣字付钱,方可望其流通。而筹本谈何容易?因思清江设防,创办捐厘,如江浦获捷撤防,即可将厘钱拨归钞本,并连奏明之河海滩租等项,统计每年亦不过十万串,所短尚多。因又查得各省额解南河各款,以两淮四十三万馀,两江藩司二十一万馀两为大宗。自军兴以来,悉以饷糈为词,欠解至三百四十馀万两,堪为钞本。然断难一时取齐,惟有望将每年额定之数,自来年为始,照额分次解足。其积欠之银,亦即分年陆续补解,庶几钞法藉以流通。现在缮折,奏恳天恩降旨,严饬各该处遵照起解。特将折稿抄呈尊览,伏祈垂念南河工程攸关甚巨。现当坐困之际,除此别无他法,准于三接之馀,力加赞画。务祈明降谕旨,俯如所请,俾各处不致推诿,则南河得有转机,克全大局,濒河数百万生灵,咸沐生成大德,正不独侄一人感泐已也。又,来年岁料原请八十万两,只奉部准四十万两,实在不敷办理,且系空钞,即使筹本发钱,尚需时日,目下亦难有效。专俟此项购料,实来不及。现在万不得已,仍复奏请补发,并祈玉成,以济工需,是所至祷。耑此肃恳,敬请勋安,统祈荩照,不既。外,抄折稿一本,愚侄庚长顿首。

20

叔平六兄同年世大人阁下：

睽违万里，驰注寸心，载咏蒹葭，每劳杼轴。伏惟韦平事业，燕许文章，辉光日新，舄奕千载，岩处倾听，欢抃良殷。大小儿以驽下之才，备员郎署，辱承嘘植，获效驰驱，感激之私，永铭五内。久欲裁谢，辄缘病懒，因循至今，迟慢之愆，踧踖无地。

弟软红未醒，衰白频催，自赋闲居，顿成废物。年来养疴斗室，日与药炉茗碗为缘。闲极无聊，惟藉数卷残书，消遣长昼，乃寓目未几，呵欠随之喧寂，闲忙无一而可。今冬拟令三小儿计偕北上，再应春官。无如迟暮之年，一子侍侧，田园琐屑，悉以付之。诸孙幼小，旁贷未能，况值蕊榜，蝉联报罢，必当留京过夏，庭闱旷隔，为日尤长。小儿之意，固虑子职有亏，抑亦自揣空疏，理无倖获，是用消除妄念，以俟丁丑。届期详审熟思，再定行止。知关廑注，用敢附陈。兹因人便，附呈燕窝肆匣，聊以伴函。物轻意重，尚乞哂存，瞻晤无期，临书怅惘，祇颂台祺，诸希爱照，不宣。年世愚弟龙元僖顿首，嘉平十五日①。

21

卅年久别，两地驰思，慚鲤讯之慵通，实鸿仪之渴企。际兹春光明媚，遥知景福繁膺，敬惟叔平仁兄世大人钟鼎铭勋，簪缨笃祜，功收启沃。助圣学之高深，业绍箕裘；赞枢廷之密勿，渥荷丹毫。锡宠就詹，黄阁宣猷，引睇芝辉，式符藻颂。

弟自癸丑南旋后，频罹忧患，驯至病骨支离。现虽餐卫如常，而

---

① 此通信封上墨笔题“外燕窝肆匣，敬恳带至都中，饬送宣武门外南横街路北，内阁部堂翁大人台启，龙嘉乐堂拜托”。其中“内阁部堂翁大人台启”题于信封中间红签之上。

精神总未能健旺,自维衰苶,兴趣毫无。忆南横街房屋一所,前蒙尊处代缴官价,改作民房,垂三十年于兹矣。弟既老病,断难赴京供职,子侄辈又无现居京宦之人。因念身受师恩,无以为报,情愿将此房屋送与府上,作为世业,分毫价值,概不敢领。此项章程久已酌定,因近科并无子侄来京会试,是以延未举行。兹舍侄赞宸昆仲赴试礼闱,谨拟出送券文稿,专呈钧览。如有应改订之处,就乞削定,饬令舍侄缮正呈候。

察存该房,虽系弟等六房公产,惟此举经向各侄遍商,均愿乐从。爰用公堂名书券,自无庸逐一书名画押,以省转折,切望赏收勿却为祷。弟迩来精力较颓,所有田园琐务,俱委恺儿料理。伊因此举业就荒,又恐侍奉无人,未能赴试。知关廑注,附此赘陈。敬请台安,不备。世愚弟龙元僖顿首,正月二十日①。

22

同龢顿首奉书兰簃丈阁下:

海南人来,每问吾丈起居,而未尝奉一书,感恩怀旧,非言语所能罄。今读手书,惓然以师门为念,奖借诲勉,感叹不已,盖违奉者三十年矣。当时年少气盛,尚或有一言之几于道。今白发盈颠,造就不已,如此,此何足道?而长者犹从而刻画之乎?愧极,愧极。

南横街屋,先人寝兴之所,入户升堂,优然如在。近虽就近移寓内城,然旬日一归,汛埽室廷,仰瞻神座,窃自忖度,此屋若归赵璧,吾将何依?用是彷徨,于中不能释。乃手书□切,推先人之爱,施及其

① 光绪九年四月初三日,翁同龢得龙元僖(兰簃)函,"交其侄(赞宸,赞鼎。)来,两龙,会试者也。书云南横街屋归先师者已三十年,此后永为翁氏世业,龙氏不得预,令六房同具一纸,令赞宸等画押收执云云。呜呼,不肖不克承堂构,而故人有让宅之高风,何以克承耶,感极流涕"(《翁同龢日记》第四卷,第1777页)。知此通写于光绪九年正月二十日。

子孙，让宅高风，古今罕见。发函伸纸，□□涕之沾襟也。柏华再从玉树骈枝，岂寒族子姓所敢望？而丈转以尚无京宦为言，此则吾丈深意，尤同龢所曲喻，而无繇图报者也。屋券已蒙笙陔、袭芝两兄手书见畀，九顿祗领。此万万不敢以屋价奉酬，敬遵先人遗言，另备二千金，聊尽薄意，恳笙陔、袭芝两兄代呈。两兄固辞，且俟觅便汇寄耳。鲍轩同年静退、泛爱，同龢特重其为人，吾丈春秋高宜，令侍奉左右，不可使久居于外也。肺腑之言，幸垂纳焉，并鉴。附呈鹿茸一架，蟒绣一袭，衣料四端，即鉴入不次[①]。

23

叔平六兄年大人阁下：

昨奉手示，敬悉年伯神牌于本月十七日巳刻恭送入祠。是日弟当在署，敬谨照料，十六日恭请神牌前期到部。现已择定洁室，望示明时刻，以便预为洒扫，并于是日祈派纪纲一二人，前来会同鄙署吏役等，小心照看，以昭慎重。专此不达，即请礼安，守候回示。年小弟制文辂顿首拜白。

24

叔平老前辈大人阁下：

夏间镇江舟次捧读惠书，知荣从已由潞河北上。途次参差，未获接晤，一倾积愫，歉也何如！嗣阅邸抄，忻知讲幄重参，纶扉待佐，甘盘旧学，宸顾优隆，伊尹保衡，家风步武，道随时泰，眷自天申，钦祝私忱，匪言可罄。

---

① 光绪九年五月初六日，“晚龙笙陔来，请伊署纸尾，画花押，致两千金，卒不肯收，不得已再汇寄耳。以鹿茸一架，蟒袍（两面。）一件，袍褂两身奉兰簃先生。送笙陔弟兄路菜八匣而已”（《翁同龢日记》第四卷，第 1784 页）。知此通写于光绪九年五月。

侍衔命駪征，每怀靡及。已考常、松、太、镇四属，渡江接按通、扬，名区文薮，深虞搜采多遗。近刊汤文正公志学会约，分给诸生，仍仿成均日记课程，俾习业者从事经史，敛浮华以归实践，并将书局《小学集解》刷印广颁，或冀有笃志奉行者。学中多真读书人，于风俗亦不无裨益耳。如有见闻所及，足匡不逮，祈无吝教诲及之。杨纪人甚安静，已带随棚当差。江南秋间多雨，岁收稍歉，江北较好，而徐郡报水灾，须筹赈恤。知注附闻，天气严寒，惟祝道体珍护，不宣。侍生林天龄顿首。

25

叔平老前辈大人鉴闻：

月初考取中山教习，准在监肄业报充。兹送呈名条一纸，系同乡甲子优贡。其人品谨饬，文采亦斐然可观，考校之时，务乞赐加裁成为祷。恃爱仰渎，藉请尊安，侍天龄顿首。

26

叔平老前辈年大人左右：

京华怅别，驰系难名，濒行辱荷宠招，未及趋谢，藉领教言，歉仄无已。敬惟履祉延厘，政祺笃祜，定符私祝。侍自六月廿八日出都，近京六七十里内泥淖特甚，人马艰行。以后始渐平易，古北口外山路虽多，亦无十分险阻之处。七月初四日行抵热河，初七日接印视事。连日料理公牍，新陈交集，头绪纷繁，几于应接不暇，自揣才庸识拙，万不能办理裕如，惟有洁己奉公，虚衷实力，以期无负厚望耳。仍祈训诫时颁，俾资策励，是所至祷。手此鸣谢，即请台安，诸惟亮照，不尽万一。年侍崇绮顿首，七月廿一日。

27

前递封奏，有“朱子之道传授黄幹，幹传何基，基传王柏，柏传金履祥，履祥传许谦，谦传宋濂，濂传方孝孺”等语。往年在南中见华亭倪元坦所辑《儒门语要》中有此语。（厂肆遍询无此书。）邺架有是书否，欲借一查也。考亭传勉斋递及金华四子，传授有绪。顷检《明史稿》于宋景濂传，只云师黄溍、柳贯，并未述及师事许白云，虽柳道传曾师金仁山渊源一脉，而景濂师事白云，究未查确。阁下潜心理学，于先儒传授，统绪自必深悉，伏祈指示，或检白云传查示，实所至祷。城差今日始带，已交卸，从此可得暇，欲相从问字，特未识肯赐教否耳？即候礼祺，并祈日内即赐回示，弟成顿首。

28

叔平老前辈世大人阁下：

屡承关念枉顾，感难言喻，亟思诣谢，而病后仍弱，不敢径出，愧怅何似！伏惟履候胜常为颂。令孙世兄咯血症渐就平复否，驰念綦切。孟河医者闻亦平平，兰翁当已布知矣。藕汁浓漉，频服较稳当耳。手肃布臆，敬请台安，不庄。侍期世长顿首，重阳。

29

敬启者，受业于庚寅正月聘定兰陵恽伯诗丈令爱为继室。今年二月十二在常过大礼，二十四送冠帔官诰，二十七动身，三月二十一到京择吉，二十七成礼。因笔墨荒谬得罪，局外借一塍，以塍字挑动本家，二十五日遂有缓期之说，次远师因与同裔接回居住。受业再三谢罪，不获请，竟于四月往山西诗丈任所，而姻事几有不可复合之势。

受业此段姻事早于癸未夏间托吕幼龄中翰为媒，未蒙允许。戊子八月，两弟试毕南旋，又力相托。己丑正月又托次远师世兄厚存转恳，次师写信，虽未允行，而受业即于是日切实函恳两弟。嗣因次弟于四月中断弦，料理殡葬，旋即入京，无暇及此。而受业适赴浙江，途出兰陵,遂函恳诗丈族兄竹坡先生为媒。求亲几至十年,订姻已满三载[①]。新人既服夫家之服、征币而来,去吉期不过三日,忽然中阻,此岂闺中所愿?必有旁人百事恫喝,使之胆堕,故毅然而去。若竟从此而分,受业固是终身抱疚,闺中又何以自全?此事之谬,始于受业,无此荒唐笔墨,何至为人口实?启此衅端,以数十字之误,使百年之偶,怨之一朝,可为太息!且妇之于夫,不必谋面,既已行聘,即心系之,况去吉期止三日耳!如此中绝,此生如何?彼扰扰者,终非至戚不为,允图激之一时,误之终身,溃败之后,拍手大噱,即复置之。

受业既已订姻,终无恝置之理,且自先母弃养至今十年,从前在常一切家事,皆弟辈主持。丙戌入都,至于己丑,室无内主,事事紊乱,方知一家之中,必不可无正室。今年迎娶,正自相庆,谓此琐屑,可无亲劳,惟事与人,有所统束,受业从此置身事外,得以潜心学问。谁料事至于此,现拟赴晋就姻,而闺中既以胆却而疑,必不复以赴晋,而信若得次师结实一函,诗丈始可放心,而次师又不赐一见。受业屡蒙夫子大人培植,先君又托在年谊之末,而家母舅亦屡承存问,今日京师尊属无逾夫子为亲,而恽氏亦与夫子沾有戚谊,惟有叩求夫子一为主持,嘱次师与张埜秋前辈合议一切,成全此事。此后陈氏祭祀有托,皆出夫子之赐矣。临书不胜惶悚之至。肃此谨请福安,受业鼎谨启。

30

手教读悉,寿联领到,谢谢。影格一纸,藉呈。黄绢字号有数百,存在宫旁小屋炕桌上黄纸匣内。长安街屋,勉甫云尽夔翁处。贱恙如昨,然后日只能销假矣。复请叔平世叔年大人申安,侄同善顿首,

---

① 信中云"庚寅正月聘定兰陵恽伯诗丈令爱为继室……订姻已满三载",庚寅即光绪十六年。光绪十八年五月二十六日,"陈伯商(鼎)来,为离婚恽氏诉其委曲"(《翁同龢日记》第六卷,第 2572 页)。疑知此通写于光绪十八年。

初二。

31

明日能否动身，尚在未定，且看天色何如？沿途自当格外小心，以慰雅廑。接浙来信，房子已代租定，在荐桥左近，自当在彼专候台驾，以作主人陪赏西湖风景也。昨承厚赠，感谢之至。此请台安，年世愚兄黄钰顿首。

32

外治之法，十不一效，悉皆停止。日服除湿凉剂，觉患处渐消，只淋漓如故，为可厌耳。眠食皆不减，耐心俟之，或有灾满之日。佛家所谓魔者，此其是耶！复候叔平尚书左右，煦倚枕叩。

33

病起于梦中惊痦，其为停蓄，夫复何疑？昨钱先生投以红花散淤，正以此也。初服便有退状，今早启视，又退二分许，肿处多绉，痛略减，夜眠较酣。有此数事暂不更方，亦不易医。体验三数日，恶魔挥之不去，惟以定字持之，手教禅定二字，适得我心。煦前患手痈百方不效，后于关东得一方：银花四两，元参二两，当归一两，生甘草二两，煮汤储瓿，时时代茶，遂得愈。执事所苦如是火证，可试服也。叔平尚书，煦卧叩。①

34

照会英领事麦：

为照会事，查洋商擅筑吴淞铁路一事，节经本道，请贵领事谕饬

---

① 信封：宏德［殿］行走户部左堂翁（官印同龢）［大］人钧禀。四月初八日到。

停工,未荷允行,但事属违约,合再开列各条照会。为此照会贵领事,请烦查照,迅速转饬停工,听候京信并祈见覆施行。计开:

一、由上海开设铁路至吴淞,及用火轮车在铁路上行走,系违我朝廷素愿而明欺我朝廷也。

一、各国一切工务以及筑路等事,其权原归各国朝廷掌理。遍查地球各国,从未有任别国之人,开造火轮车路者,即如日本一国,只在他国借债,而筑造火轮车路,仍由该国自主。倘我中国竟任他国之人造路,不但为地球内各国所笑,且恐此端一开,各国不依。

一、英国或美国,凡筑铁路有碍邻居地业,或碍公路以及水道。若未经请准立法之总部,万不能行。

一、人民在他国购置实业,如地皮及房屋等,其人之地皮与房屋,本应遵照该国之律法,除非条约内曾经载明,方能照办。

一、华英通商条约并未有准人购地开筑铁路,亦未有准人自上海开路至吴淞。

一、现在所筑铁路,已堵塞损坏,许多公路、小路以及水道,业有大损,又于邻近居民多有不便。

一、现已在港道上架造桥梁,往来载货船只,均受阻碍。

一、当初有一起洋人嘱托亚领事及白领事,于同治十一年间,会衔代请前上海道台,允其购地之时,彼固明知若不得地方官允准,即寻常道路且不准开设,况铁路乎?

一、当初代请前上海道台给发允购地皮照会,原不过欲设一条寻常马路。

一、前上海道台于同治十二年二月二十八日之照会,并无推广增益之事,且道台当时亦说明断不答应抽取路捐。

一、自领事与前道台创论此事以来,领事并未显然对华官说明,该公司买地将何作用之实意。若华官明知或料定要造铁路,用火轮车在此路上行走,断无允准之理。

一、前次阿伯领事来文系筑马路,是以前道将租契盖印,今既改造铁路，则与前文不符，所有前任已印租契及一切造路告示，自今以后均应作为废纸。

一、所设之谋为非他国之律例所能行，除非地方官明有答应方可举行，是以本道以理照会拒驳不准，盖看出当初未向前任请准造路，确系有挟私伪之见。及至贵领事来函，请免纳税之火轮器具，仍称造车路之用，并未将火轮车路声明。本道立即拒驳，而所有送来要请盖印之地契，当时即不答应盖用，是该公司所购之地，其未盖印者尚多，安得谓系该公司之业？且本道但尽人事，阻止不准开工，悉以理争，并未以势力强阻。

一、总论此事将以明告领事等，又特以明告美国领事。查晋安臣当初续立条约第八款，内载“铁路欲行制造，总由中国皇帝自主酌度办理”等语。今我皇帝并无开造铁路之谕旨，倘领事照旧执迷，助该公司成事，是实有违万国公法，并违和约条款，帮扶暗谋欺骗之事，有碍本国朝廷及百姓，且如此坚执明明，可大伤中国与有约各国友睦之谊也。

一、英国条约第三十九款，内载英商上货下货，总须先领监督官准单，如违即将货物一并入官。又，四十六款内载中国各口收税官员，凡有严防偷漏之法，均准其相度机宜，随时便宜，设法办理，以杜弊端。又，《通商章程》第六款载明，各口上下货物之地，均由海关妥为定界。又，《江海关定章》浦江泊船起下货物之所，自新船厂起至天后宫为界，商船只许在例准起货下货之界内，起货下货各等语，是吴淞既非起货、下货之所。又，吴淞口一段尽属海塘，关系民生，农田保障，为中国最要紧之事，断不能任百姓将官地盗卖，建造房屋码头。今洋商创造铁路，用火轮车自上海至吴淞口行走，是何意见？且吴淞既不准起下货物，倘违犯关章，本道惟有查拿罚办。请问：造此铁路火轮车何用？

一、上海贸易租界自洋泾浜起至虹口为止，有法国租界，有英国租界，有美国租界。吴淞口系宝山县所管，不在通商租地界限之内。

又,各国通商章程祇有上海口岸,并无宝山地界通商。今所造之火轮车路,系何国租界?

一此次洋人造铁路用火轮车,谅因中国从来未有,欲创此举以为推广地步,但轮船枪炮等项外洋所有者,中国皆已一一仿造。若铁路与火车,中国不难自造,无藉洋人开端,且洋人若欲广造铁路,则须租购基地,所费不赀。中国自造无须地价,难易判然。洋人若欲藉此图利,断乎不能。既属无利可图,而必欲作违约之事,请问其意何在?

以上各条如蒙贵领事察照,迅速转饬该商停工,听候贵国驻京大臣及总理衙门回信,自有妥当办法。如置之不理,本道亦可照会各国领事,并刊入新闻纸,使地球各国、天下官民共见共闻。想贵领事为各国领袖,在中国多年,深悉中外情形,凡事均敦和谊,此事全仗贵领事设法办理。如能妥为中止,幸不至决裂,则天下人民无不仰望大德,本道尤为感激无尽也。

35

函复英领事麦:

启者,三月十八日接展来函,以经管铁路人禀,前租之路与邻近海塘弓背形路相对者,暨相近蕴草浜取尾之处,拟并开工。该处乡民虽各情愿开筑,因奉宝山县谕,窃恐受责不敢举动,请饬宝山县,勿与做工诸人生事。其弓背形地及未经印契各地,已嘱停筑等因。到道查弓背形各地逼近海塘,已承贵领事谕饬停筑,具见顾全大局,体恤舆情,和衷共济。不特本道心感,即上宝绅民,同深钦佩。

至弓背形各地之外,现经开筑铁路者甚长。查此处地段,自上海至吴淞,同治年间兵马往来,不免践踏禾稼,百姓相安,农亩吃亏已多,连年颇有私拆桥道之事。自沈升道台准奥国出价租地,维时业户多有不愿意者。如江湾等处地方曾经迭次滋闹,沈升道台饬派印委各员节次开导,谓此地乃开筑马路所用,以免马匹往来践踏禾稼,并不致弃地赔粮。乡民不得已,始允在田中让出一条地段,以为洋人马路之用，亦由上海马路甚多，目所惯见，路中虽有马匹往来，而耕作行路之人照常行走，并无妨碍。

本年自开筑铁路之后，即据宝山县先后来禀，据绅耆业户以洋人开筑铁路，诸多窒碍，禀求将前租之地放赎，并饬洋商停筑铁路等情，当经本道批饬宝山县，谕令各绅民不必惊慌，静候本道与贵领事妥商在案，兹将县禀抄送察览。由此观之，则开筑铁路本属民情不愿。现在铁路尚未造成，每日观者不下数千百计，附近百姓亦渐知，往来耕作，诸多窒碍。即远处见闻，亦恐装运货物，洋人迅捷争先，寻常舟车以及肩挑负贩一切，皆将歇业。乡愚无知，日久难保其不滋事。今管路洋人所言，乡民情愿开筑之说，殊属难凭。宝山县系地方官，原求地方安静、体贴民情是其职守，百姓情愿，岂有与做工人生事之理？

现在弓背形等处之地，既蒙贵领事以海塘农事为中国所重，俯允停筑。仰见贵领事驻华日久，深知中国情形，办事一秉至公，令人佩服之至。现造铁路之地，当日沈升道台，既以马路开导乡民，今忽改造铁路，在官则无以仰对百姓，在贵国则无以取信华民。此民情之不可不深为体察者也。

本道前次照会十七条，亦已明晰详尽，务望贵领事据理照复。兹为体察民情起见，特为详达一切，尚祈贵领事遵照条约，体察民情，饬令管路人暂停开筑，统俟总理衙门与贵国大臣商定后，再行遵办，以全和谊。用特泐复，顺颂日祉。

36

敬禀者，前月接奉赐答，仰荷宏奖勤拳，循诵再三，且感且悚。阅邸报，欣谂大人懋膺简命，荣掌度支。当兹军国饷用之繁、冲圣缉熙之日，上领典学，下作民宗。端揆之卜，庶尹属目，正不独下私所窃祷也，曷胜抃颂。

焌光承乏海隅，瞬已越岁，境外东西交竞，诚如钧谕，来日大难。近又为洋商擅作铁路，舌敝笔秃，几无片暇。溯查此路，本系民地，南起上海租界，北达吴淞。同治初元，因会防洋兵，便于来往，遇有河道，权搭桥梁，因呼之曰“马路”。嗣以附近乡民耕种相妨，私将桥梁拆去。洋人常常修理，屡请委勘示禁，并有索官赔补之事。至仲复廉访任内，领事以修理请勘之烦，而乡民有弃地纳粮之累，请用价租，官民两便，其词婉顺，致受诓骗。然只以马路为言，并无只字片言道及火车铁路也。至焌光接任后，洋人又于此路两旁添租地亩，固已料及此路必非专便车马，故添租之地，所有契纸，未与盖印。今乃突如其来，明知条约所无，擅自兴筑，其木料铁具，均来自外洋，工作极易，一日即成里许。是前则诡托马路诓骗成交，今则擅改铁工，强称租业，明欺暗算，蔑弃约章，事之可恨可愤，孰有逾此！焌光迭次与麦领事函争面诘，彼已理屈词穷，而一味狡强。每接来文，蛮语满幅，令人终日作恶，惟吴淞蕴草浜北岸，前经禀奉两院，严饬不准出租，而洋人暗买之地。现因坚不盖印，洋商已允退回听赎。所有北岸可通腹地及宝山县城炮台诸要处，暂无妨碍。然南岸之路，业已直接吴淞港边，折迤而东，即可径接海口，且其意必将以浜北退回，则浜南不退。可知退回者，系为不准铁路起见，则不退者，即可强作允准铁路之证。鬼蜮伎俩，往往如此。焌光现将照会驳诘各条刊印，传播中间，揭明前因寻常马路所以许租。今既改为铁路，显与前议不符。所有前项印契，一概作为废纸，仍系执理而言，亦非故作进步也。

昨奉两院札示总署密函，知现与威使理论，威使亦强词袒护，不肯饬禁。此事究竟如何，殊难逆睹。焌光之愚，则非但身任地方，断不甘受此欺藐。目前滇事未结，租界捐事议未全寝。前波未歇，又发难端，稍一迁就，则迭起环生，何所底止？又况滇省边境，遥接印度，彼因滇事上年早以铁路为言。西北新疆，东北黑龙江，俄人觊觎日甚。近日西军出关，俄人早有代办转运之请。江海险要，已任轮船出入；陆地平壤，何堪复开此驰骋之机？兴言及此，徬徨起立，传云畏首畏尾，身其馀几？焌光自计已熟，不与全力坚持，亦未必从此帖然，他无波折也。兹将所刊各条寄呈钧览，近日情形略具于此。倘荩虑所周，有足开茅塞者，尚求训诲远锡，俾藉手以图挽回，感幸寸私，匪言可喻。

37

夫子大人钧鉴：

祥龄三次受公知，由选拔至吉士，文字之恩，至深且厚。今远宰边隅，一身独往于水寒马骨、霜落雁毛之域，以安命耐劳，自当不避艰难，同民休戚。仰副吾师汲引之至意，惟念龄蜀国下士，一艺之微，蒙公重以科名，延之名誉，乃天之废弃，有负裁成。窜投荒漠，夫复何言！然疾痛呼天，人穷返本，君相造命。前沈后扬，四海虽大，呼号惟公。若缄默畏罪，负气北行，效奔竞所为，求知于大吏，龄自决其不能，惟有行吟憔悴，立槁于无何有之乡。窃思公当代一人英俊，相依以性命，独龄韬晦以自重，矫洁以鸣高，其何异于一孔之夫哉！

十日以来寝食旁皇，忧怀如结，不得已冒昧求公一纸之书，道龄受知之重于陕西中丞，非敢躁进，希调膏腴，或量移下邑，暂缓北山风饕雪虐之苦。传云听言信行，公之以文取士也；听言观行，公之以才荐士也。明知公身肩宇宙大谟大计，取决须臾，吐哺勤劳，何暇及此？而龄所干者，在公视为微末，龄重之如泰山，一生成败，皆系于斯。又知公当兹枢要，慎于荐剡，而龄云云者，日月不以照秽损其光，江河不以流污混其洁。龄非无铅刀一割之用，但位卑不言高，位外不谋政，惟决不敢贪污苟且，获罪于师门，降灾于厥躬，龄之自矢如此。择于二十一日出都，临别长鸣，不胜依恋之至。伏候钧裁，恭叩崇安，受业张祥龄谨禀[①]。

38

敬禀者，前承雅意，[招]致回华，为中国大皇帝整[顿]海军。仰

---

① 此通信封背面题“张子馥祥龄，九月十四日新选怀德”。

邀厚爱,感激莫名。本应勉竭驽骀,趋奉驱策,只以近年微躯多病,不能远行,殊深抱歉。因思中国海军必须整顿,兹有前任英国水师船主参将敦罗贝,声望久昭,极有材干,威理知之最深,如蒙中堂不弃,延用此人,海军当有成效。

我中堂为中国柱石,闻望崇隆,惟冀康强逢吉,益寿延年,仍奠国家于盘石之安,是则私心所切祷[耳]。至此后如有需威理赞襄之处,无论何事,只须函示,当可稍效棉薄。肃禀恭叩爵祺,琅威理谨禀。中八月十五日在英国得望博地方兑洼司兑深铁甲舟次。

39

受业龙元僖顿首谨启中堂夫子钧座:

自违函丈六载,于兹时事多艰,久虚音敬。寅惟调时绩懋,赞化道淳,引领望云,倾忱积日。敝省逆氛未靖,夷患旋兴,祗以大吏玩不设备,遂有去年十一月之变,生灵荼毒,惨不可言。

僖于正月二十八日钦奉寄谕,与罗椒生少农、苏赓堂给谏督率乡团办理夷务,材轻任重,实切冰兢。两月以来,事稍就绪,谨陈大略,少慰荩劳。窃惟夷乱初生,犹可羁縻了事。今则操纵由彼,我复示弱,彼益欺陵。隐忍一时,祸患未已。所虑粤省疲敝已极,颇难举事,乃一闻攘夷之信,绅士走相告语,殷富乐于输将,始愿洵不及此。斯固国家爱民之报,亦因夷情淫暴愤激所致,兼虑胁和索饷,朘膏资敌,费更不赀故也。

夫夷所畏惟百姓,而畏东粤之民尤甚,故必胁官以制民。官受夷胁,日视夷人攘夺奸淫而不能救援,百姓穷无所告,积愤不泄。偶一挥刃斩夷,而大吏竟悬千金之赏,购子民以供夷戮。如二月廿九日,千总孙东旸承蔡署臬意,获解义民萧亚就送交逆酋,以铁钩吊死,闻者无不发指。于是有四月十八日太平门斫毙夷兵之事,柏署督悬示购赏愈急,而民怨愈深矣。自逆夷占据省城,毁圣庙、劫藩库、拆贡院、掳中堂。官斯土者置若罔闻,独于民之伤夷者而法网罗致,陷以极刑而后已。试思民之杀夷，民之戴本朝也。国家二百年深仁厚泽，始得民心一日之义愤，而官必多方遏抑之。将毋谓其阻挠和议乎，抑知不战何以能和？将毋谓其复挑边衅乎，抑思夷人背约兴兵衅，不自此始？二者均无所解。

现在省中廨署、城门、街道、炮台，俱悬夷字扁额，夷官日日量街路、绘地图，视粤省为已有，刻新闻纸欲收钱粮，议立治民章程，夷情叵测，岂但求和了事哉？僖等二月初十日在顺德设局，三月初一日移驻花城。移局之后，夷焰稍戢。初六日将永清、文明、小南各门堵塞，初九又将西门、太平门关闭。夷兵不敢沿街肆扰，迩来分派绅士，激励乡团，各府县属设公局、招团勇，鼓舞欢欣，咸有灭此朝食之志。本月初九日复奉寄谕，知夷人纠党赴津，欲借畿辅以要挟。此固鬼蜮惯技，亦半由旧洋商汉奸教唆使然。粤东若稍松懈，彼得专力天津久驻要求，毫无挂虑，岂非堕其术中？僖等惟有鼓励士民分团操练，密为筹备，观衅而动，更番迭起，使彼不能安处。彼之坚船利炮，将必由津调回自卫，则君父之忧可纾，蛮夷之计顿失矣。盖彼族性狠，又希冀索赔军饷，所望甚奢，不挫其锋，和约难固，威伸则制和在我，寇骄则制和在夷。兹但患不能杀敌耳，断不虑夷之寻仇就令。彼果寻仇，亦愿战争于粤省，免其专注于天津。鄙见如此，惟相机办理，固不敢孟浪轻试，亦未便拘泥缓待也。

方今百姓，视夷为仇，朝廷坚意主战，则捐借军饷，尚形踊跃。倘旧洋商簧鼓之说得行，则民心解体，筹饷万难。万一逆夷窥破机关，复行沿海滋扰，使有不逞之徒，导以南宋岁币之输，而苛求日至。尔时拒之则财愈匮，气愈馁；给之则薪不尽，火不灭；民心怠者不复振，绅士散者难复聚，后患有不忍言，只坚志同心，维持大局。如果事机就手，术妙转圜，国体无伤，民情自顺。安人息事，出自圣主之恩施，敌忾同仇，系属小民之公愤，并行不悖，似为长策。是否有当，伏望时锡教言，俾有遵循，是所祷切，并付上柏署督赏格一纸，统希察入，祗请钧安,伏惟垂鉴,不备。元僖谨启,四月廿八日①。

抄白柏署督示:

钦命署理钦差大臣两广总督印务广东巡抚部院柏为悬赏事

查得本月十八日卯刻,有壮勇数十人在太平门候开城时,乘势砍伤查门之英国兵丁二名,该凶犯旋即逃逸等情。[现]在中外业经和好,似此有心挑衅,贻害地方,实属不法已极,亟应迅速严密查拿惩办,为此示谕城厢内外军民人等知悉。如有拿获砍伤英国兵丁之凶犯,立即解赴本署部堂衙门,听候惩办。所有拿获凶犯之人,一经审实,立即赏给花红洋银一千大圆,即赴辕请领不误,特示。咸丰八年四月日。

巴酋过抚署,请柏署督再加报信花红银贰百大圆。

---

① 此通信札之前有一信封,上题"翁中堂钧启。七月廿一日到,龙兰簃信"。

二十　诸公手札(四)

1

笙谐主人惠览[①]：

季陶四弟云，主人现有外感，宜服疏解之品兼避风。至牙瘫系轻症也，无甚紧要。兄思主人南归已定，而两月假期甚迫。九月北来，若由王营则万赶不及，只能仍附轮船。避去重阳信风暴，正在霜降节内、寒露节后，可卜海洋无雾，一切顺平。能逢月明夜行为稳，"忠信涉波涛"，本无忧惧。其往也，驰念松楸，孔怀常棣；其来也，启迪圣躬，谨修臣职。固天神所起敬，定有吉曜临，无庸终虑，惟津、沪、鄂、苏亲友闻而来见者应。

昨得畅谈为快，询得保大、丰盛两船，皆称稳妥，皆是招商局船，年分最新，器具坚固，人手皆精。此外惟义和洋行恰便一船亦好。此三船到津日期，已托缎行同乡今日专函赴津问明，初八日可得确信，再行奉闻。牙龂间作痛而不红肿者，肺胃感风热之轻症。堂弟季陶祖錢来京候选，自幼习医，内外科皆通，明日可否订伊到府诊视。倘服药数剂，此病消愈，而后航海似尤放心。乞酌示，此上，笙谐主人，知无顿首，初四日[②]。

---

① 笙谐主人，即翁同龢。

② 光绪三年七月初一日，皇上召见翁同龢"于养心殿西暖阁，首问功课，具陈近来不能着力……并陈回籍修墓，欲乞假而未敢也"；是月初五日，翁同龢"访芍庭，并倩其弟季陶(行四)诊脉，云现受风热，牙根积块，实是牙痈，当时先表，仍宜凉散也"(《翁同龢日记》第三卷，第 1332—1333 页)。与此札中内容相合，疑此通写于光绪三年七月初四日。知无，即彭祖贤(芍庭)。

2

均斋主人阁下：

得二月七日惠复，敬审勋躬增胜，京寓多绥。方今时局孔艰，台端日承顾问，前席密陈，其有裨于军国者，实匪浅鲜。目下讲约，既有成议，扶桑亦各定日撤防，从兹节饷息兵，力图自强，自是救时至计。昔之谔谔者，情见势绌，当晓然于老成，谋国之苦衷矣。孱躯已托芘全愈，惟劳形鲜暇，老态渐增，虽不敢遽乞归田，而转盼秋风，莼鲈寄想，未免时萦乡思耳。子京行止南北，均暂未定。承询感甚，属先附及，泐此奉复，敬请勋安，惟希霁照，不宣。如兄知无顿首[①]，三月望日。

3

叔平仁兄大人阁下：

计别麈晖，倏新凤律，引詹裔蔼，梦毂云劳。辰维茀媲春浓，勋随日懋，五云在望，百祝惟虔。兹敬恳者，新选工部郎中宝春，系弟族孙，素知其谙练老成，尚堪造就。幸隶仁守，渥荷栽培，尤恳推情，随时教诲，格外照拂为祷。耑肃奉渎，祇请台安，希惟垂照，不宣。愚弟庆裕顿首。

4

叔平仁弟大人阁下：

前事诸费清神，感篆无似。日昨所议，照已成荫生办理，事颇可行，已向选司询明矣。盖封司应办之复官复荫，系指空身荫生而言，似与加捐官职者不符，缘小儿瑞纶等先经捐有官职，大于原荫。若由封司办稿具题，反多周折，应请阁下费心，于明晨托子腾少宰，即向封

---

① 上钤“年始六十七”朱文方印。

司掌印说明，以荫生捐有官职，与封司之例不同。前谕应作罢论，并请垂问选司印稿，诸君查例酌办，务乞仍作荫生出身为祷。（此句系后来事。）手此具复，希于转托后先行示悉，是所盼切。敬请台安，诸维鉴照，不具。愚兄文格顿首，初七日灯下泐。草率具启，语句多有参差处，尚希代为明辨为荷。

5

昨到署少迟一步，台从已行议覆。东抚保固一稿，极详尽。弟意欲添防守一节于折尾，妄拟数语，另纸呈鉴明知。官样文字，不过稍还节目，可否之处，敬候钧裁，叔平六哥大人，弟□顿首。

6

枉顾未能一晤，歉歉。老妻病来数十日，迄无起色，明日惟有挈然行矣。祥君人尚安详，究竟是否胜任，兄与之同事日浅，未能深悉，惟执事与诸同人商之。怱怱弗遑走辞，归时再晤。即颂叔平尚书仁弟时安，世年愚兄延煦顿首，初八日。

7

山东之役恐有河务，闻游仓帅有河图六纸，极精详，现存尊处，望赐借一观，差旋仍当奉缴。煦旧疾大作，而老妻复病到不堪，但既已奉命，止有走耳，夫复何言？拟廿六、七日奏随员，月杪月初陛辞，初五左右起程。知关系念，用特及之。即承动定，不宣。叔平尚书仁弟，年愚兄延煦顿首，廿三日。

8

叔平六兄阁下：

启者，本月初十日，系弟五十生辰，如蒙恩赏寿物，除循例谢恩外，于毓庆宫侍读时，是否应在皇上前行礼之处？吾兄前经赐寿，一应礼节，定必深悉，务祈详示，以便遵行，是所至祷。肃此奉渎，顺请台安，并贺年厘，不戬。愚弟伯彦讷谟祜顿首。

9

叔平先生年大人座右：

前由内城回行，至中途，忽患鼻衄，骇甚，不得不静养数日。每荷亲友先施，尚未能答拜为歉，明日当于巳刻先往桂宅，再诣尊府，恭候大教。外附一方，此请台安，年晚潘霨顿复，初四日。

一产后半月内，寒热往来，有类疟症，此由气血两竭，当调其气，补其血，则寒热自除，未可用柴胡发表，芩连退热，每用参芪养胃汤小剂(冲益母膏二钱，佳。)潞党参一钱，生黄芪一钱半，当归(酒洗)身二钱，姜制半夏一钱，云茯苓一钱半，桃仁(去皮尖研)七粒，干姜五分，炙甘草五分。初四日。

10

叔平仁兄年世大人阁下：

日前奉扰郇珍，畅叙为快。今晨请训后适闻有轮船到津，匆促登程，不克走别。谨赋小诗百韵，藉写离怀。外骡马各一，专人奉缴，刍牧未周，疲累数月，歉甚，歉甚！倚装草草，敬请勋安，诸惟曼照，潘霨顿首，初二日卯刻。

11

家芸叔已先往兄属，其勿预备多肴，只四簋。芸叔在彼一切较便，兄所雇舟已泊门首，阁下之舟即可至敝处，出大东门不过七八里。彼处宋板书之外，尚有画可观也。能早去最好，兄处亦有画一幅求正，到此亦可观也。此上，叔平仁棣大人，兄制璐顿首。

12

观书宜就，芸叔在此。明日午后开船至彼，约莫亦可观书。璐另雇一船，未刻至此，计程十二里。次日方回，须带被褥，是否可行，否则置之，仍候回示。明日未刻开船，后日未刻即可回城。名心泐。

13

昨示诵悉，薄暮始归，不克走谭。潭帖二本固是旧拓，然末页题款，(此似据退如说。)既与旧说不符，其中各种，亦非一时拓本。虫蚀处亦不相吻合，似凑集套帖所成者。书传抄手甚好，以为青主，似尚未的。末行叙款，笔意墨色何与王跋相似，则王跋亦未可尽信矣。日前在旭翁处见周芝台相国所藏《醴泉铭》，及袁小午所得本，略相伯仲，而周本为胜。后有王虚舟跋，谓的是宋拓，而拓手不精。虚舟自谓见宋本百数，此言自是确论。后有覃溪先生三跋，称赞极至，且谓宋拓无有非湿墨者。虚舟所言非是，所见汤秋史及秦氏千金帖底本，皆是如此，果然耶？否耶？

此本系琦相故物，周世兄假归，芝翁以夸于众。琦世兄遂索归，而不知珍重，遂致散失。后得二页以赠芝翁，继得原物，以百金售于周，而失其他处二页，故为不全之本，良可惜也。至宋雪翁所藏本，则多以秦板凑合，郭兰石所以指为确非原石也。鲍华潭同年有《争座帖》一本，尚是旧拓。知阁下鉴别之精，欲求一跋，兹送上，乞即拨冗一挥。如有似此者，乞为弟物色之。

前得《通考》《通志》，兹又得《通典》一部，皆殿本极初印者，合计其价已及秦关矣。书痴如此，得毋可笑！昨检阅书籍，得文勤公书札数通，已付装池。拳拳于宋板《汉书》者二，益叹好古之人，于今不可得也。近兼两部，库班亦多，日间不能走谭，晚又恐扰，出月可定一日，至敝寓小饮，畅谈一切为快。草此布请，叔平仁棣大人台安，世小兄庞钟璐顿首，二月廿八日灯下。五哥谢恩折已到否，是否来京？鲍帖题就,即付下为幸。帖二本,书一套,附缴。

14

手示诵悉,顷字拉杂为之,何谬誉耶?《元秘》似是覆本之初拓者,前所见《多宝》亦然,盖同时有翻本,颇有风致,而欠浑厚,不知高明以为何如?诗学弟所不悉,若初学试帖,则莫如河间《唐人试律说》格律最好。所谓八病及襞积错杂之处,一一皆为粘出,与八股相通,犹时文之一隅集也。时人不肯下一坏批语,此二书肯下坏批语。初学读之,必不致粗浮。鄙意如此,敢以质之。《唐人试律说》经笙欲与弟同刻之,而无善本可校,不知尊处有否?近方刻《觉生赋钞》,并得其未刻稿十五篇,内三篇目删去,虽雕虫之技,亦赋家之正执也。陆、王《大全》同一采辑宋元书,而陆详于解注,王则体贴白文,虚字颇精。愚以为注意明,则本文自明。此书未立之学宫,似为阙典。《元秘》奉缴即察收。此复即颂叔平仁棣世大人台安,弟璐顿首。

15

粤中鲜荔枝奉饷,祈开罐即食,勿延阁,延即败矣。叔平六兄宫保阁下,文田顿首。

16

伏暑异常,想兴居佳善为颂。昨得缩印各书十馀种,便于观览。兹奉上,乞笑纳之。此上,叔平仁兄大人,弟荣禄顿首。

17

叔翁仁兄世大人讲席:

承委书小山兄楹联,勉强涂鸦,可谓班门弄斧,笑笑。惟尊谦久勿敢当。昨闻与秋翁已换称谓,同为辛亥师门,岂可独外鄙人,尚祈惠而好我,引为伯仲,感曷可言!第马齿加增,忝居小兄,为刺促耳,公其许肯否？祷祷！附呈课艺一卷，馀俟面谈，即请道安，弟师顿首，初七日。

18

手教读，敬悉公所早局，本知鲜暇有言。是日值内廷吃肉，可不入值，云云。故奉约一光，兹承示始悟非虚邀，笑笑，即请约一谭也。此覆鸣谢，并请勋安，不宣。世小弟师顿首，附呈会补堂课艺一本。

19

叔平老前辈年大人左右：

前肃寸笺，知邀台电。辰惟枢垣赞化，讲幄宣勤，每忆贤劳，曷胜驰念。侍宿疾侵寻，前曾略述，乃自长夏以来，所有夜眠过少，及半身麻木、牵动足伤等症，并未少减于前，而所患头风较前益甚。每一眩晕，不知所为。现当秋祭秋操，尤难勉强从事，只得据情入告，乞赏假期。惟有一面力疾办公，一面上紧医治，第未卜能否速痊耳。手此即请道安，并颂秋祺，不庄。年侍崇绮顿首，七月廿九日。

20

顷奉手函，读悉种切，十七日辱承宠召，本当趋赴，惟十七、八日舍间有小事，不克分身，祈原鉴。此复即上叔平六弟世年大人，兄廉顿首。

21

屡次遣纪垂询，贱疾极承关注，感荷无似。兄服药数帖，诸证渐减，唯腹泻未止，饮食少味，精神尚形委顿。明早拟再续假五日，假满即当入直也。宝、李二相国前希代达一切，病中无俚，检点书籍，于敝箧中得石刻《淳化阁帖》一部，毡蜡尚不甚劣，特此奉赠，祈哂收。此颂叔平六弟同年世大人时安，愚小兄廉顿首，初二日。

22

谨收到交下合符一件，已向雀龄告知查奏案矣，稍暇即走贺大喜。瓶生老弟大人座右，小兄书顿首。

23

叔平世叔大人阁下：

现拟奏催漕运，附信一件，措辞是否可用，伏望裁酌示覆为感。此请勋安，不具。世愚侄游百川、锡珍顿白。

24

来件览悉奉缴，祈查收。昨晚仍得寝，约二时许。知关锦念，谨顺达知，即请叔平世叔大人台安，侄应骙顿首。

25

两手谕，均敬悉。“故字改前字”下二个“故”字，似可删去。因思稿内并未点出著书者是何时之人，兹因“改前字”拟添入二句，仍将底稿呈阅，再候酌定。装书已催，据云裱糊书套，天阴未能速干，俟装好即送上。如迟则只好在花衣后也。耑此叩复叔平先生大人，曹郎陈深谨禀，十六日。

26

良友珍馈，美不可言，只好留明日过节，但无以为报，聊呈肥鸭一只，可令尊庖以神手作神仙鸭如何？顽体此二日因腹泄不佳，致今日亦未到署。此上，均斋贤兄怡然。

27

前日趋谒，喜聆清诲，呈上求书“宝善”二字，后跋语一则，恐稍长否，阁下更有以进教之，幸甚，感甚！赐舍弟函，（昨接来函，姚已至矣。）倘未成，明后日当祇领属索。陈翔翰舍人镌石章四字，已见许，但乞早交下，以初十内定南去也。叔平尚书阁下，弟杨恩海谨上。

28

叔翁年伯大人赐鉴：

昨承光顾失迓，歉歉。今因受风寒头痛甚，竟不能入直，如有教谕之件，拟明日下半天造府面聆也。肃此，即请钧安，恕不庄，年小侄福锟顿启，十九日。

29

来示读悉，此事得有转圜，不致决裂，甚妙。奈明日有演礼之差，演毕赏戏，戌刻方能归家，廿一日须至醇邸府中拜寿，此二日万不克前往。诸公若能同力转圜更妙，若必须谟兄弟在局，只好改期在廿二日也。事有转机，恐迟则中变，诸希斟酌。肃覆祇请勋安，不备。奕谟顿首，十九日申刻。

30

新年申贺，未能登堂叩拜，礼数阙然。曾沅帅蒙恩简署两江制军，弟三往谒见，均值公出，拟求奏带差遣之言，无从婉达，可否于晤会时，仰恳六哥大人九鼎千驷，说项一言，夙沐青垂，良不敢以肤词鸣感也！至成否，又惟有听之天命耳！冒昧渎恳，伏乞涵宥，容再诣谢。肃陈祇请钧安，弟名另肃。

31

顷在署晤丹老，议定昨日所奉之件，仍由户部主稿，会各衙门。因各条均有银米款项，户部均应出活也。再闻明日奏派管学大臣二员,我辈全行开列。此事条目纷繁,多时集议未成者,非全力以赴,不足当之,我辈忙人,曷能胜此。若叨幸免,则如天之福矣。手此布陈,顺颂秋祺,弟名正具。

32

叔平六弟世大人阁下:

前阅手书,未即裁答为歉。汤文端之后裔一寒至此,真理之不可解者,然安贫奉母,志趣可嘉,尚能笃守家风也。其人学业如何,年岁若干,倘得一实在局差,较之挂名者为优,容为图之。事已就绪,似可南旋,附赠大衍之数,聊资稿秣,祈转致。近日服汪幹廷药,喘症全愈,暑湿亦退,惟正气为暑热所伤,(一时尚难复原。)脾胃亦弱。现服滋养肺胃之品,寒凉药已停矣。知念附陈,兼此道谢,不尽。覆请暑安珍卫,世小兄致恩顿首,另封一件。

33

两奉手书,前函未能奉覆,因气虚腕弱耳。银票一纸收到,汤世兄何时南归,承惠莲花雪藕,凉入心脾,酷暑全消矣,谢谢!弟台年逾六旬,精力已难生新,且退直后尚须入署,尘沙扑面,暑气逼人,此两月中似以乘轿为宜,可稍为安逸,以节劳勚。叔平六弟大人,愚兄恩顿首。连日气体较强,俟天气稍凉,即服参麦散矣,再及。

34

畿甸大祲之后,幸有转机,而江乡之困甚矣。五月廿七之前,淮扬似总未雨,闻江南已得优渥,不知何日也。来件应即交折差,下旬似可一游通河,容再奉约。敬请叔平尚书前辈大人道安,年侍彝顿首。

35

叔平世棣大人阁下：

爆竹声中又更岁，琯遥维金殿朝元，赓飏郅治，以公端严硕望，翊替吁谟，枚卜金瓯，世济其美，拭目以俟佳音，何幸如之！惟近来人心不古，伏莽未消，赖潜移默运，将见一正，而无不正定，非虚语。旱灾自西而东，吾邑毗连江阴之处为重，而东南平区尚不大损，民间盖藏不厚，已见凋敝之形。当道发二千金赈恤，不足则邑中捐助。就偏隅而论，当无滋事之虞，堪纾悬系。城中方塔修葺一事，自接钧复后，经僧明月募得洋蚨二千馀圆，全数交与叶翥翁，已造僧房五间，再拟先盖塔顶以蔽风雨，募捐不足。另有公启捐册，托絅堂太史带京呈阅，冀春风嘘拂，以蒇厥事也。肃陈敬请年安，杨泗孙顿首，除夕。

再启者，现任无锡县知县吴子备大令观乐，系子儁同年胞弟。昔沈文肃极赏识之，谭序初抚苏，称为吴中贤吏第一。上年署昭文一载有馀，外若严厉，内甚宽平，讼必速结，凶必重惩，冬防巡查，终宵不懈。在任无抢劫之案，清理于公祠基，倡捐修复，种种德政，实惬人心。

仆阅人多矣，能耐劳任事者，无踰此君，不徒医理之精，超乎流俗也。在苏听鼓三十馀年，始补无锡县令。黄方伯本是名流，乃入忌者之言，谓其场面太阔，待其寡嫂太薄，（即子儁夫人，子贞先生侄女。）不知才具开展者，锱铢有所不较，而家庭之间，亦有难于餍求者，仆所素悉。去年十月由昭文交卸，饬赴锡邑本任之时，方伯面加训斥，外间遂疑有参劾之意。该令惴惴，罔知所措，深自敛抑，听之于天。窃谓方伯以严正待属吏，或寓裁成之意。特恐新抚刚公，一有先入之言，而不分皂白，万一不安其位，则私逋累累，何所抵偿？且其寡嫂在道州更何所依恃，此可为之深虑也。大君子爱才如命，且与子儁旧交，如能于刚公赴任出都之前，面致吹嘘，言其治状，则一言重于九鼎，可使得安其位，而不至更动。他日治行昭昭，上游自然见信，不但不抑之,且欲扬之矣。仆素不为人作荐书,而此独殷殷者,实以中心钦佩,亦惜人才意也,伏祈鉴而谅之,再请钧安,泗又启。

36

叔平世伯大人阁下示悉:

贵纪曹升,当即如命收用,但恐僧多粥薄,有负厚意耳。楹联务乞赐墨,俟廿一日踵辞面领。此复即请台安,不具。世愚侄梁耀枢顿首,即日。

37

尊大人,年世弟孙如仅顿首:

大驾荣旋,午后定当趋诣,银信并试牍俱收到。赘神之处,容面谢。此请叔平仁兄年世大人开安,藉呈。

38

文敬公墓铭拟稿,为兄送培之斟酌。兹培翁开写一纸,并稿送来,为兄属务请吾兄再赐覆阅改定,专函送呈,即候日内示复为企。叔平六兄世弟大人阁下,弟□顿首。

39

别来倏逾半载,惟道体绥茂为颂。日昨趋叩不值,怅怅!送呈图卷一件,敬求大题纨扇一枋,并祈赐挥,琐渎感荷之至,馀容图晤。手肃敬请叔平六兄同年世大人台安,弟介繁顿首,翁大人。

40

丹桂齐开,诞辰祝嘏;金梯直上,教子扬名。此友人代拟,恐年伯不暇为此琐事,故录上以备斧政。再,鸿衔乞署“赐进士及第”字样,不胜荣感之至。敬请叔平年伯大人福安,侄舒宇白。

41

叔平六兄大人史席：

前承枉顾畅谭，感佩奚似。弟有致周伯荪学使一槭，奉求竹报中附递，祈察入为荷。令兄处未及修笺，乞代致意。手泐敬颂台安，愚弟许其光顿首，廿日。

42

率更千文，问寺僧不？虽古不如不教临摹较适用也。执事以为何如？此上叔平大司成，弟荫顿首，廿七。

43

送还墓志、神道碑稿各一篇，祈查收。又附呈《先公全集》两函，如有鲁鱼之误，或有应酌之处，伏乞随时签记汇总，示知为幸。临清陶牧书已交王氏带投，感激之至。此请叔平仁弟世大人台安，兄贤顿首，廿七日。

44

叔平六兄亲家大人阁下：

接奉玉甫五兄赐书，并厚赠卅韵，拜领感谢。上年厚赠留别，迟久未曾肃函申谢，当于此次复贺信中，一总道歉布谢，再行奉上，求为寄鄂也。先此手肃鸣臆，敬颂年禧并贺，不一。姻世愚弟程恭寿顿首，廿六日。

45

今早云楣送来窦道延馨、张道莲芬公禀一件，赵文粹禀三件，所陈河决情形，不能相同。云楣立等写回信，原禀已交还，令人草草抄一分送阅，可知其大略也。昨早云楣专人查探，今尚未回，探回再奉闻。贱疾饮焦三仙极效，已将愈矣。敬上均斋主人，蛰生顿首，廿八日。

46

乙亥暮春恭诣惠陵勘丈地势，时紫花遍地，不知何名，询之土人，称吉祥花，醇邸喜其名之佳，因登盆见赐，谨赋七绝二什，以志盛美。

闲花野草有仙根，得地新承雨露恩。春比芳兰秋比菊，一经赏识即登盆。

也非春草也非葭，贴地丛生绽绛葩。自是名山有奇卉，吉祥人爱吉祥花。

47

雨中赴惠陵工次，暮至马兰峪公馆。何事兰阳去复回，惠陵遥望不胜哀。马因路远乘风至，人为春愁冒雨来。草莽山云蒸气象，青葱松柏厚栽培。规模大启成巍焕，千古灵光仰圣裁。

二月念一日由两陵回京覆命，奉皇太后懿旨，照定陵规制。魁龄甫稿。

48

三月三日再赴东陵，出都有作。

五旬两度出东皋，(正月十三日赴东，今三月三日恰五旬。)又见朝阳紫气高。九九阳春尝社酒，三三圣境赋蟠桃。僧寮礼忏敲云板，士女焚香听玉璈。(京师东便门内有蟠桃宫，每岁焚香礼忏者甚夥，出都日适逢其会。)今日适逢王母会，素车白马映银袍。

49

途中遇雨。

多少云山树，迷离望不真。清明才几日，烟雨过三春。驿路桃花发,旗亭柳色新。麦田无别事,处处有耕人。

小诗奉答,谨步醇邸原韵,录呈叔平前辈大人教正,侍生魁龄拜稿。

巾箱久已附行云,忽报平安颇自欣。不必家驹真跨窜,敢云来雁果离群。年周花甲酬心愿,诗咏由庚愧齿芬。(君屡赠诗褒嘉,所不敢当,令人读之,实深感愧。)但使豚儿能守墓,生生常此篆香焚。

50

醇亲王保清寺濒发,偕瑞亭和尚散步蔬园,成什一章,又,过卢沟桥一章,又,易州道中一章,均步元韵录呈教正,侍魁龄拜稿。

仙缘佛果有前因,指点迷途好问津。一瓣莲花窥色相,半园蔬菜寄闲身。入问谁作风云会,到此都为淡定人。最喜如来观自在,梵王宫殿远红尘。

满城烟树日萧侵,十丈长桥卧碧浔。岁岁来程春并夏,年年去浪古犹今。青旗杨柳诗人贞,南浦东风客子心。八景燕京谁第一,但逢晓月便开襟。

荒村野店酒旗招,万壑千峰极目遥。望祈夕阳鸦背直,踏残春草马蹄骄。从来宦况如萍梗,多少游情在柳条。怀古迄今过易水,北风犹自听萧萧。

51

敬和醇亲王登华盖山元韵,魁龄呈稿。

跨鹤乘鸾下九皋,蓬州绝顶问灵鳌。文如江海波澜阔,志比云霞气象高。(文如泉涌,志比秋高,令读者有应接不暇之势,曷胜钦佩。)仁孝每怀瞻屺岵,栖怆一念读莪蒿。东归有泪何堪诉,西望伤心胡太劳。(王梦侍先帝醒而哀惋,足征仁孝之忱。)宣庙只闻崇节俭,禹宫从古戒华豪。(宣宗力崇节俭为天下先,虽夏禹不是过焉。)君赓和句诚无敌,(王出叔翁和诗见示,读之洋洋洒洒,大气磅礴,真觉得未曾有。)我学参禅敢自逃。(王令和原韵,因勉成之,不足言诗也。)游到仙佛真洒洒,诗成泉鏊快敖敖。山僧说忏浑闲事,破衲居然胜锦袍。(王至每寓保清寺时,与山僧谈禅,诚足乐焉。)

52

光绪元春奉命随同醇亲王,偕侍郎荣仲华、阁部翁叔平敬勘山陵,公馀之暇,酬诗纪事,谨赋七律呈政,魁龄拜稿。

玉质金相学力充,天姿超迈冠群工。(王气量恢宏,禀姿卓越,天籁所发,语语不同凡响。)仲山华贵诚高谊,(谓仲华族弟。)叔子和平白古风。(谓叔平前辈。)愧我衰庸难附骥,羡君旷达寄飞鸿。(龄因腿疾,第骥弗良,乃蒙体恤备至,令坐肩舆,以故常落后尘。)名山幸赖经营手,卧虎跳龙补化功。

附呈奉和醇邸相度双山峪诸山原韵七律一首。(恕未工楷。)

马兰十里入云程,多少林峦眼底生。臣爱桥山来远脉,天留□□□佳壤待□□□隆名[1]。六陵王气三霄迴,万古□□□灵源一代平。惟有真诚能动物,询谋寅畏仰□神明。

53

正月十三日出都作。

云影天光惨淡中,那堪马首又从东。几行春柳几行泪,随我征车渡晚风。新愁压鬓意何慵,一样关河感旧踪。瞻望桥山双泪坠,木兰回首忆文宗。

---

① 原件中"天留"二字下有圈,下同。

54

途中偶成七律，谨呈善诱，不敢索和。

推毂多劳达紫宸，敢辞趋侍共风尘。丰裁久仰师儒范，道义恒如骨肉亲。一饭顿增知己感，（途中蒙留榻赐食。）九重先谅旅臣贫。（以百金作路费，已当中人一家之产，鸿所以刻苦节省，不敢浪费。）如何报答酬君父，四十年来愧此身。（鸿今年已四十二矣，有志未逮，良用惘然。）

楚北下吏廖润鸿呈稿。

55

予告赏给全俸纪恩七律

三向君门乞挂冠，崇朝赐禄自金銮。无田敢谓归田好，体国方知报国难。白发但期非窃位，素餐何异又居官。欲强惟日资庄敬，拟看黄花句忆韩。

小汀未定草。

56

晓风飒飒送微寒，天许游人纵大观。一角山光云触石，万重花影海回澜。楼横雉堞仙寰拓，舟入鸥波眼界宽。拂拭尘寂僧共语，输他长侍梵王安。雨丝酒渍地蓬壶，更比看花觉味腴。忘我鲈乡成上客，羡人麟脯擘仙厨。九成宫殿思神品，万里江声入画图。眼福自绔垂老好，只嫌沉醉怯归途。

叔平仁兄大人，七夕招秦园泛舟看花，还东华门，第小饮尽醉，并出示率更令《醴泉铭》、耕烟散人《长江万里图》，归后赋此奉谢，即希郢政。弟亨豫未定草。

57

分秧趁雨急农功，百物恢台兆岁丰。后乐先忧仍夙昔，空山草木识深衷。

雨窗闷坐，口占四句呈教，即当笔谈，纶。

二十一　诸公手札(五)

1

(作者亦太迟延)此稿未属而人已知之,兄曾向人言乎,抑作者向人言乎,抑曾与颂阁言乎?又行。凡言事最忌者,稿未属而人尽知,如此则可斋□甚弗如其已也。刻兰孙来问云,阁下与叔平共陈河务。弟未向一人言也,何以知之?午刻。

2

稿已来而不甚惬意,复文出路亦欠斟酌,伏候酌定再说。必须有出路乃好,否则不如其已而。二十日。

3

稿奉上,乞细改,(此先写一函也,仍封上。)即恳兄属人写之,弟向来俱梁经伯写。经伯,总署住班也。一切函商为是,面商多不便也。种种窒碍,即行可见。叔平吾兄大人,荫顿首①。

4

面示所云,已有人作,云明后日可有,届时当奉定,弟处无人写,兄处有否?叔平六兄大人,荫顿首②。

---

① 钤有"庐桥盦"朱文椭圆印。

② 上钤"精思亭"朱文长方印。

5

早眠晏起,似瘾渐消,赤渐退矣。唯戒酒,秘胀数日,曾以元明一下之耳①。叔平吾兄,期荫拜谢。

6

叔平六兄大人:

来件收到,前归果购药,感谢! 至沟渠,现自员尚未查商,一切俱属风石面达。种种偏劳,明晨面谢。叔平吾兄,荫顿首。明天折亦明日递。

7

近刻二种奉赠二部,《定庵集初编》若有,祈惠一二部。叔平吾兄,期荫顿首。

8

少朋晤时道念,树南兄均此。

9

叔平六兄阁下:

承念,谢谢。弟目仍未愈,龙胆三黄服无数,点药亦无数,至闰月始停。二名医曰程,曰蔡,误之也。

10

现眵粘赤努如故,畏光,字看不见,终日手不停揩拭。如此酷暑,

---

① 元明,即元明粉,又称芒硝,中医学上称为“朴消”,用于治疗肠胃实热积滞、大便燥结、痰热壅积等症。

如此病,真受累也。幸不见一人,伯叔亲友皆不见。虽居城市,无异深山。若惠书,祈大字,如字小,便看不见也。敬问道安,弟制荫顿首,十一。

11

手教敬感,五桥弟之闻切同于吾兄。今早弟因遇芷庵面商,芷庵欲待小峰来再定,似亦可不必。兄便中再与芷庵一纸,如何?叔平吾兄,期荫顿首。

12

清恙如何,念念。弟武监临出闱,复因中卷错误,扰扰累日,现已定局矣。煤窝四杓已饬发款填平。此颂叔平吾兄道安,期荫顿首。

13

此次奇灾,黔抚(潘五千)率属捐一万廿二两。(明府函已到。)奏奉旨"知道了",已行文贵部,能否援例,为请议叙,惟公鉴之。此上,叔平吾兄,期荫顿首。

14

黔中捐数,顺天原奏业已据电奏陈,似无须再行查。原奏奉去,阅后发还。叔平吾兄,期荫顿首。

15

昨得汤伯述文,其说《海后篇》皆记识也,馀文亦必传无疑,佩服,佩服!外,宗伯一函奉阅。吴子重贫老可念,叔平吾兄大人,荫顿首。

16

横幅一,(封一。)王壬秋属转求大笔,叔平吾兄,荫顿首。

17

昨失迓为罪，弟途中受寒不过，寒热不退，咳嗽不止，夜不寐，而已服西陶方，不增亦不减也，三日未入直。若再不愈，只得请假，已发烧九日不退。(自廿日起。)夷者，其春温乎？知念附及并谢，叔平吾兄大人，荫顿首。初三申初。小午前辈一文，甚佳，弟亦往返札商数十次也，以为何如？感扰之后，尚未面谢，歉歉。

18

雨生信弟已留之，已装一册矣。近得宋元椠数种，亦各佳。书数种，不可不告执事知也。贰月杪、月初住黄酒馆，携奉阁下一观何如？今年真病矣，然人委顿，殊弱，未死则不出脱也。

19

今日未初，望兄早临坐，唯子腾及家兄佛如也。小诗呈教，旧书已携来。昨奉赠《左景乔集》已收到否？又，一分赠子松。叔平吾兄，荫顿首。

20

何文一件，弟已阅讫。内开矿可采，用人材可采；开烟禁，殊难措辞耳。明日恐无处面交，兹即送上。叔平吾兄大人，弟荫顿首，初九日辰正。

21

转瞬代人收之耳，得其人亦幸矣。一笑。叔平吾兄，荫顿首，廿八日未刻。

22

弟助吴子重之款，昨已函致家辛兰兄，（连发两函。）并会去银，托务交赵介人。辛兰在南中与介人常通信也。叔平吾兄大人，荫顿首，十三日。

23

叔平吾兄大人阁下：

得十一月四日手书，敬感。唯起居曼福为颂。弟十一月生疖，十二月愈，十二日寒疾，今少愈，尚畏风。目疾努匈如旧，光稍好，仍不能看小字，不知何日始能看书也，申报、邸报皆不能看。今老仆此太读之，又疑不吐，益可笑也。

来示非身亲身之喻，旨哉言乎！欲多写数字，其如眵粘多何！此复即贺春祺，弟制荫顿首，十四日。

24

新刻《怀旧集》一册奉赠，原书奉还。（一套二本。）又近刻四本奉赠。稽瑞楼七日已发刻，看来须年底乃有也。此上，叔平六兄大人，弟荫顿首，初九日辰刻。□匆匆未及谈为念。

25

执事宜暂释悲怀，以寻事排遣，徒伤无益也。谢恩已越数日，则销假时谢为宜。再复，翁六大人，如弟期制荫顿首。

26

……已矣。近来呕逆，（呕至逾时无痰，幸不延医服药，否则早死矣。）早起（已六年）实甚，是以住城内，（从前住城内少止，今则不能矣。）然亦未愈，早归休或可活数年耳。（亦不过数年，多亦不望。）甚念兄,欲奉看也。(弟意:兄早搬城内,或少解悲怀。)不得已以字画消遣何如?(弟则以金石也。或以写佛经消遣之。)叔平吾兄大人,期制荫顿首。

27

闻吴子儁危笃,(刻遣人问之,云不好。)兄亦闻之乎?一日以内,麟伯已去,子儁又危,天意真难知耶!叔平吾兄,期制荫顿首。

28

呕逆已四年矣,家人始而惧,(每日子丑间,子腾同住东陵,亲见之也。)继亦习而忘之矣。弟然,吾兄思之,亦自然也。家伯《小浮山人全集》[①],今年始抄来,欲为刻之。弟亡故后,并无刻之人。家兄去年亡,侄又大不佳也。其中多解脱语,奉阅以释公之悲,非恳兄校字也。(何日住城内,当就公语耳。)阅后发还,今年或可望为之刻,却此月方寄到,言之亦涕零矣。叔平吾兄,期制荫顿首。

29

昨住城内,未复为罪。弟曾在假内谢过,恩折尾云:"臣现蒙恩赏假,期内合并教之。"(无安折。)明又销假日,谢恩亦可。闻有小恙,愈否?甚念。翁六大人,弟期制荫顿首。

30

弟但据交片片折,而不知其详,缘弟平素不与人往来也。兄文冬详细情形,仍祈随系。

---

① 光绪六年二月初六日,"伯寅赠小浮山人《闭门》、《船庵》二集,从来未刻者,读之心爽"(《翁同龢日记》第四卷,第1513页)。

31

居然踏浪此经过，弹指光阴一刹那。三载故人频入梦，一灯对酒且当歌。凉风天未停云远，残暑秋前积雨多。廊庙方为根本计，思君搔首意如何？

闰六月避雨壶天有怀，叔平六兄，录以奉寄，不成诗也。祖荫顿首。

32

晨见颂阁，始知令孙之耗，殊为惘惘。幸善为排遣，早晚当走诣也。叔平吾兄，荫顿首。

33

叔平吾兄阁下：

得谕敬悉，弟目疾依然，当敬遵勿药、勿怒、勿看书之谕，学道惟治怒字难，幸不见一人耳。此谢，勋安，弟制荫顿首，七月十五①。

34

昨许世兄梦鞠来，弟已将客方书付与其。曾沅翁信联名者不知兄已与之否？闻其一二日即行也。叔平六兄，弟荫顿首。

35

□库平字已足，便是元宝也。叔平吾兄，弟荫顿首。

36

叔平六兄大人阁下：

不孝祸盈恶积，猝遭大故，乃蒙□轸逾恒，感其无极，唯勋犹日茂

① 笺纸左下角钤“佞宋斋”蓝色方印。

为颂。拜别后廿日午刻抵通,即解维南下,廿三戌刻抵泮,廿四早坐丰顺船。大沽口盘旋竟日,廿八抵申江。即日买舟,二日抵里。头绪纷然,不多及。遵命布闻,欲言不尽,棘人荫稽颡。

沿途并未片刻逗留,亦无迟滞,皆冬时,刻可稽也。又行。

37

二月闱中春未深,廿年此地几番临。追随幸接文章彦,鉴拔咸推翰墨林。愧我登场增怅惘,知公谋国意深沉。迥思傫立三朝久,(咸丰庚申阅卷之始。)报答曾无万一心。

叔平吾兄教正,祖荫[1]。

38

静听炉中火候深,遣闲聊复筮甘临。齑盐何必供厨养,脍炙其须属士林。一代有人劳吐哺,廿年无味感浮沉。漫愁炊米矛头淅,此亦英雄种菜心。

闱中煮菜用前均,伯寅[2]。

39

伭文事固太文深,训注沉冤孰照临。申锡在前(已先)受奇祸,元舆况自重文林。不期关右诗空托,白首青山事已沉。独怪温公操史笔,也将成败徇人心。

因柳州事及甘露,再用前韵。叔平吾兄,伯寅[3]。

---

① 笺纸左下角钤“世有好邻”白文方印、“加餐”朱文方印。
② 笺纸左下角钤“世有好邻”白文方印、“加餐”朱文方印。
③ 笺纸左下角钤“世有好邻”白文方印、“加餐”朱文方印。

40

史笔昌黎太刻深，唐家日月自昭临。党人抹杀八司马，阕口群排两翰林。别志有书虽假托，永州有记未消沉。若非范（希文）孔（武仲）全（绍衣）王（西庄）论，谁识当年子厚心。

题柳柳州石刻。叔平六兄教正，乞和，伯寅[①]。

41

主文覆试三年后，奉敕高眠两日来。下厩谱言无上驷，从来骏骨在燕台。

叔平吾兄，伯寅[②]。

42

来示具悉，费神之至。昨交之文书及实收，即弟去年捐江南之款，（一千。）请即捐同知衔，当不至不足，其山东之款，只好不问矣。至今年所捐能作花翎否？乞查。花翎捐若干，（如能者，再由顺天咨去。）祈示。浙江木植案，已将来件即刻交署中矣。叔平吾兄，荫顿首。

43

叔平吾兄同年世大人足下：

得手书，具悉。初一日造访未值，特转来谕，当与敝房师商定，遵照办理，其实想亦无甚大要紧也。六嫂病体想渐复元，是否仍延汪同年耶？家伟如兄脉理尚好，嘱其一诊，何如？馀容面谈。敬颂开安，如弟荫顿首，五兄均此拳拳。

---

① 笺纸左下角钤“世有好邻”白文方印、“加餐”朱文方印。

② 笺纸左下角钤“世有好邻”白文方印、“加餐”朱文方印。

44

陶堂之来，一函奉上，若要赠人，弟处尚多。(以广其传，未始不可。)叔平六哥大人，荫顿首。

45

《左景乔集》属转赠，即乞收之。叔平六兄大人，荫顿首。外，一部赠子松，初八日申初。

46

长日无聊，尊斋《守山阁丛书》中之《河朔访古记》，或他种书，望假阅为感。叔平六兄大人，荫顿首。

47

《读碑记》奉缴，《河朔访古记》一并恳缴，有他种可付观为感！叔平吾兄大人，荫顿首。

48

昨谭殊畅，《鹤铭》今日再看，不惟士鹤及鹤寿不知字系仿手，即翁跋的是假托，可以不劳挂念矣。书十本奉收，叔平六兄大人，荫顿首。

49

金石文奉赵，明人书大率如此。惜阴轩记得有林氏《来斋金石考》有否？(更有他种金石书，如《河朔访古记》之类。)鹤寿本明日拟设法取来暂阅。如成，当奉约来看，何如？叔平吾兄，荫顿首[①]。

---

① 下钤“好古苦晚”白文方印。

50

《鹤铭》已在德宝斋，今日沈韵初兄看过，竟是伪本。前日匆匆一看，几乎不为所摇惑也。叔平六兄大人，荫顿首[①]。

51

沈韵初欲观弟之《瘗鹤铭》，望交去手带来，并非迫促赐题也。原信奉阅。闻厂肆有鹤寿七字本，果尔是北宋拓矣。叔平六兄大人，荫顿首。

52

前曾拜惠之三原李氏所刻《惜阴轩丛书》，现已失去。（如尊处尚有此书。）内有《畿辅金石考》《雍州金石记》，祈借一查，即缴。此上，叔平六兄大人左右，如弟荫顿首，翁六大人。

53

多日不晤，渴想万端。郑子尹文已检出否？望付一阅。如得金石书，亦祈赐假。叔平六兄大人，荫顿首。

54

无聊已极，昨允假之书，及有他书近金石跋尾者，希付一阅为感。叔平吾兄大人，荫顿首。

55

中官携来《九成宫》一部，不知是何本也。试观之，并即掷还之为要。郑子尹文有否？叔平六兄大人，荫顿首。

---

① 下钤“好古苦晚”白文方印。

56

兄处有顾湘舟所刻《赐砚堂丛书》及沈西雍涛文集《交翠轩笔记》否？又粤人所刻《南汉书》，如此数者有之，望假阅，即缴。又郑子尹著作，弟但见其诗，其他种，兄曾见否？叔平六兄大人，荫顿首。

57

昨访不晤，甚念。弟所有《宝刻丛编》《复斋碑录》《舆地碑目》已失去，兄有之，望假一查，五六日缴。叔平六兄大人执事，弟荫顿首。

58

奉赠山东寄到新刻书一本，试观之，通乎否也？日长无俚，有书见借否？感甚。叔平六兄大人，弟荫顿首。

59

连奉三函，皆在己午间，其时兄尚未出城也。此时海珊已到否？愈否？兄已出城否？吴君非弟所荐也，宜酌。叔平吾兄大人，期制荫顿首。

60

刻又闻王星槎绰，乃吴君沿之不效者，既有所闻，不敢不以告也。叔平吾兄大人，弟期期荫顿首，初七。

61

药方四张奉去，海珊想已愈。吴舍人均金，其人则识，其医理，弟不深知，刻乃颂阁力荐，或姑备一说可耳。叔平吾兄大人，弟期期荫顿首，初十午。舍亲乃许济川看，刻似有起色。

62

十六日之局以伯寅不暇，改至十七日准申刻矣。是日务乞便衣早临。兹恳者，先太恭人遗墨卷子，同好皆已题咏，今谨送呈，敢求大笔赐句，藉为光宠。未便触热面请，容见时泥谢。敬上叔平仁兄世大人阁下，弟宗衡顿首，十三日①。

63

一月间甫得奉命入都之信，深以天南地北，不能奋飞躬审起居为恨。曾经函致宋惠人三哥处，探询一切，盖知遇感深，无日不系诸怀抱也。今年春恭读讣函，知已上沐特恩，趋庭侍疾。虽数时定省，究稍纾十年瞻望之诚，而累世公忠，尤足觇一德明良之契。伏乞勉加珍卫，为国守身，毋任翘祷之至。

侄不才，谬膺冲繁任，惟日以兢兢刻励，冀无负高厚栽培。第自揣铨材无能，稍裨于民社，愧惧实深。猥于去冬蒙恽藩宪牌示，拟以湘阴调补。月前由毛抚宪具折入奏，约木樨香后部覆可望转回。所不堪设想者，历年来承办边防、应付军火过境、剿捕乡间会匪，支绌时形。幸自广西莲塘驰捷后，渐臻静谧。但此身负累，已如在陷阱之中。湘缺亦地当孔道，舍旧图新，迟速更未可逆料，而怅望故关戎马，尚未休兵，进退两难，正不知何以为计。夙叨垂注，用敢缕述及之。

每念江城夜角，随侍谈兵，既教诲之有加，复栽成之弥笃。戴山知重，饮水思源，万里依驰，敢忘所自。尚祈不遗在远，南来多便，时赐训言，俾得恪有遵循，则尤私衷之所仰望者也。

县境城南五里名语溪，为漫郎旧宅，峭[壁]临流，有鲁公磨崖《中兴颂》三百卅一字，字大四寸五分，颇极巨观。又，永州澹山崖有山谷老人石刻，完好不损，谨各拓寄一本，恭尘法鉴，并恳察收。

---

① 钤“兼园启事”白文方印。

此信因附有另件,不免琐赘,未便冒恳郑盐宪处转寄,适有邑中武举桂君枝艳北上会试之便,肃泐再请礼安。世愚侄学琴谨又禀,四月廿日。太世伯母大人前叩安。

再,刻因桂君起程期迫匆匆,未能肃楷,草率不庄,伏乞格外鉴宥。胞兄学曾在署,年来多病,日与药炉相伴,不及修禀,附笔请安叩慰,又肃。

二十二　诸公手札(六)

1

抄录章镇高元来信①：

云楣仁兄大人阁下：

前奉电谕，猥承藻饰，并令从重悬赏，鼓励士气，具见老哥公忠为国，义愤填胸，曷胜钦佩！二十八日曾上寸椷，备陈剿贼情形，并造具敝部马步小队各一哨勇丁花名清册，备文咨送，贵台计当邀览。兹有恳者，敝部嵩武四营统带营官呈，称该四营勇丁急须添制靴袜等件，拟请贵台筹垫银各五百五十两，派弁在津就便制购解营应用。查前月除广武福字四营扼守东北路秃老婆店及各要隘山头，以备联络援应，嵩武四营在牵马岭昼夜与贼对垒，将及旬日，陟山陟溪，践履冰雪，各该勇丁袜履皆穿，自应赶制靴袜，以备应用。兹特送呈借领一纸，务祈老哥俯念下情，如数拨借银二千二百两交来[弁]，[就津]制购[归]明□□□内一律划扣归款，不胜公便。上月二十七日南路贼到熊岳折向东行，二十九日东路贼复到石门岭，贼探十馀骑，直至牵马岭前，被敝军放哨马小队用枪击毙二贼退回。初一日，石门岭之贼亦一律遁去，现在盖平尚称安静。知关廑注，用特奉陈。肃此顺请勋安，章高元顿首，十二月初六日。

---

① 此纸前有一信封，右墨笔书“要件。练兵事须办，勿……聂为总统，恐做不□”。左墨笔书“头批枪已到泮，二批语……一纸，倭亦用地营”。

敬再启者，正封函间，据探报，南路贼约千人于初五晚到熊岳，熊岳北十二里，贼已设卡，不许行人来去，其后有无大股，尚未探确。今又据盖平何令云，该县探报东路贼亦约千人向蓝瓜岭西趋，距盖不过百里。弟刻已派弁并雇土人前往南东两路确实侦探，一面与仲明兄整队严防，来则相机合剿。弟思倭贼如此猖獗，而官军不能得手者，其故无他，盖因无大军，队伍声势不厚，号令不一，人心不固，以致如此。今路路皆是合军，合军则号令不一，人心不固，彼此怀疑，一旦临敌，人人不肯争先。打前敌，恐后接应不力；打接应，恐前敌不用命，靠不住。我猜彼忌，能保不溃，即是幸事，安望立功？如使一统，将能有二十营，严以责成而后，进则可剿，退则可防。前敌后路，一气相顾，不借他军，无号令不一之嫌，无彼此相疑之虑，军心坚固，何攻不克？如上月弟在牵马岭与贼对垒者旬日，与贼交战者四次。派某营打前敌，派某营居中接应，派某营守某处口隘，各将官均能恪遵号令，用命疆场，倭贼无计可施，遂即退去。后虽屡来扑犯，究不敢深入。此得力号令一、军心固之明效也。若弟多统数营，前次牵马岭之贼即可抽出队伍出奇抄后，不难大挫倭氛。倭事一日不和，开年不得不进兵痛剿。弟思与人合军，则人事实有难信，自剿一路，又嫌八营兵单，有前敌而无后援，亦不足以壮士气。

大局日变，不能仰慰宸衷，而报相宪知遇之厚，愤懑填胸，徒呼负负。弟拟再募数营，能成一军之势，无论防剿，均足展布，即如同治初年剿匪剿捻，俱是大军成功。其所以然者，大军声势厚，号令一，将士同心，故易收效。师克在和，又云将和师必济，此语极有理，寻味无穷。弟以前在天津谬承老哥厚爱，管见所及，故敢直陈，若在他人之前，亦断不敢妄论，不识老哥以弟言为然否？此只可为知者道，而不可为外人言也。专泐布臆，再请勋安，弟高元又顿。

抄录聂提督士成来信：

云楣仁兄廉访大人阁下：

久钦重望，未遂瞻依，遥企光仪，徒增驰慕。前阅邸报，欣谂恭承恩命，督办东征粮台事宜，祗以戎马倥偬，未及肃笺布贺，时抱歉然。弟现扼守分水岭一带，自本月十五日以后，倭寇时来扑犯，经弟迭设埋伏，击毙倭兵马队甚伙，寇氛为之稍戢。弟亲率将士，昕夕严防，未敢稍懈，无如岭口纷歧，兵力不敷分布，况弟所部本无多兵。旋因马副将金叙一军调赴他处，蒋镇军尚钧一军，以盖州吃紧，又调往堵剿，后路甚为空虚，脱倭乘此抄袭，洵有顾此失彼之虞，力薄兵单，焦灼万分。当此冰天雪地，各将士冒寒苦战，昼夜不休，艰苦情形，更堪悯恻。弟惟鼓励将士，以期迅埽倭氛，仰纾君相之忧，而慰良友之望。

敝部新募功军十营，均已点验成军，驻扎芦台操练，奈新集之卒，非训练数月不能调赴前敌，已严饬各统带营官赶紧督练，养其精锐，共伸同仇敌忾之心，以收一鼓成禽之效。鄙愿如斯，未识苍苍之意何如耳？屡接敝友陈志先兄函电，极承格外关垂，厚谊高情，感何能已！弟亲临大敌，屡挫凶锋，敌人情状，略为知悉，倭寇用兵，专以抄袭为能。稍不及防，即为所困，并以零星队伍时来冲犯我军，一出即行散退，是诱敌疲军之计也。若果大队来犯，前队则挖地营暗伏，大队则在后掩藏，稍不经意，即堕其术中。此敌情之大略，我军若过守成规，万难得手，必须避其所长，攻其所短，略为变通，或可日有起色。查军中应用之件甚多，需款亦巨，军情紧急，筹备颇难。闻阁下统筹全局，力任其艰，如弟不才，尚承厚爱，所有应办之件，已嘱敝友陈志先兄面陈。伏望共济时艰，鼎力维持，是则私衷所切祷者耳。专此布达，敬请勋安，聂士成顿首。

敬再启者，现前敌诸军，时与倭寇接仗，精锐伤亡甚多，就令随时募补，均系未练之兵，万难得力。诸军若于后路添练数营，前敌如有伤亡,随时挑往补足,即受伤勇丁,亦可送回医治,以示格外体恤。如此源源接济,庶前路各军,兵力不至单薄。当此军务吃紧,筹饷甚难照办,洵非易易,惟弟所部一军,尚可照此办理。查芦台系北塘后路,敝部一出,芦防未免空虚,拟添募五营填扎,遴派得力将弁督练,饷项仍仿防营章程,亦可略为节省。敝部如有伤亡,即照所拟办理,实于前敌海防两有裨益。愚昧之见,伏祈高明酌夺,是为深幸。专此再叩勋祺,士成再启。

2

宫保大人钧鉴:

敬禀者,倭氛日炽,辽沈危在旦夕,棻才识浅陋,何敢妄参末议,惟时势所迫,有不得不据实直陈者。旅顺失事后,宋帅不扼金州之要,退至盖平,倭遂得肆行内犯。迨海城踵失,棻迭电宋帅,言倭以岫岩为根本,分道出犯,岫岩必虚,宜分派各部。一守盖平,一扼辽阳之南,一扼大石桥或牛庄,聂……壁勿战,分抄倭兵运道,而自率精锐,直捣岫岩。根本一倾,诸倭立溃。若凤倭救岫,聂军即进攻凤城,犄角互应,辽危非此莫解。宋统二万以外,似尚足敷分布,乃以倭将犯锦为辞,退攻海城,未能得手,遽退牛庄,又退田庄台,一无布置。棻初五日复上一电,谓倭虽近无动静,非部署袭辽,即潜图盖平,应以重赏购精探,预为之备。宋寂无复音,至十三急电,倭已直犯盖南,章镇高元告急,宋帅方拨援师,早知事机之左。昨果得周臬司电,盖陷,章、张出南关迎战。贼由后袭入城,马、姜援攻,距十馀里未赶到,徐先赴援,只到三营,一战同溃,贼仅四千,可惜,可恨,云云。

窃惟宋帅公忠诚冠诸将,然近八之年,统屡战疲弊之众,驰驱于冰天雪地,倘有挫失,徒损国威。且屡次退衄,士气亦难于振作,侧闻寻盟之说,未易合龙,苟不早为之所。开冻以后,恐有不可收拾之势。今关外诸将谋勇兼优,实以聂提督为最,兵力虽单,而固守岭防,屡挫凶锋,其忠勇早邀圣鉴,接仗既多,于敌情地理,尤能了然心目,较之宋帅，似胜一筹。可否令宋率毅军专守锦州，而以聂提督为前敌总统，凡章高元、张光前、刘世俊、徐邦道，并新毅军及李光久各军均归部勒，悉听节制，许其便宜行事。将弁不堪战者撤换，不遵调遣、临阵退缩者，准按军法，并令迅带所部武毅芦榆各营，驰赴辽阳城南扼扎，杜倭北犯之路。附近海盖如何攻剿，令其到辽后自行相机调度。至摩天岭防军，仍须实力固守，吕本元能否胜任，抑或添派他军协防，亦由聂酌定。辽城逼近倭兵，民团虽多，究非精练可恃，如或调动，恐聂军接旨之日，辽阳局势或变，应令其移军扼要，先图保沈之计，再求进步。倭计开冻不及两月，及早筹备，或免临时失措。管蠡之见，是否有当，冒昧上陈，不胜惶悚待罪之至。专肃恭叩钧安，本司胡燏棻谨禀。

再，棻顷上练兵一疏，明知书生谈兵，必为宫保所哂，但统观南来各军，湘则风气未开，言及西法，掉头不顾；淮则潘万才、龙殿扬、李永芳、宋朝儒诸将，尚可合军并操，而营制不一，势难就我范围。且宋帅催潘、龙、李出关，急如星火，未易挽留，此所以不得不贸然一请也。如宫保不以棻为驽劣，能于密勿参赞时，俯如所请，必可练成一军，为国家之用，至少必须五千人，然只能自当一面，仍须各军接应。录呈聂、章来信，便知前敌情形，非有精练大军一枝，兵事难望转机。

棻详询受伤回津医愈之武备学堂学生钱锡霖等，知倭将无不精算法、地理、枪炮、尺表之人，倭兵无不手执地图之人。既得一地，必扼要筑土炮台，布置守御。一面讨论各路险要，旬馀再进，日行不过二十里。先以数十探马诱我深入，而后军用远镜测量，窥我大军立脚之地；一面分兵旁抄后袭，一面以枪炮轰击。我兵未见敌人，惟闻枪炮子飕飗之声。其枪炮之远击几许，皆视尺表，尺表之应用若干密达，均听命测量之人。号令一下，万人同心，其操练有素，故发必皆中。而我军未经训练，鲜谙此法，视尺表为虚器，不知加减密达，何能一律？何能远中？且枪炮之用法微妙，手眼稍有参差，非放而不响，即子不出口，遂归咎枪炮子药，委之而遁。此平壤至今，所以迄未一胜也。迩者新枪运到,宋帅为龙殿扬、李家昌各乞二千。龙知利器必须精操,乃习用法,李军不知新枪为何物,已由棻恳傅相电商宋帅,暂缓一月出关。宋帅以粤捻故技视倭,但取兵多,仍促速行,是何异驱群羊饲饿虎哉!平日兵将既不相习,且各军未能一气联络,调拨接应,往往迟误。此次章镇高元力战,阵亡营哨官之多,为近日所罕见,可称血战。以徐、姜、马赴援之迟,因而致败,章镇前函先见及矣。

目前时局为沈阳计,则宜急守辽阳,依长两帅,未可恃为长城。州牧徐庆璋深得民心,练团近万,有城存与存之概,惟辽苦无钱,电乞棻援,已措解三万串,不识果能应急否也?为榆关计,锦州应扎大军,而今日尚空虚也。为畿辅计,榆关内外应设游击之师,湘抚习枪法,而忠心耿耿,极思奋勇出关,未闻部署守关之法。岘帅尚在都门,未闻远略。棻窃恐抚议难成,殷忧殊切,即一一俯首听命,而美则借倭之款,必须有着。果如所愿,英俄各国,虎视眈眈,岂易苟安旦夕。中夜傍徨,莫知所措,惟粮台承办转输,头批枪械已运到,(枪则年暮,丁以到齐,重笨炮件必须正月初旬方能到津。)二批又有新枪四千杆,并湘抚所购满立夏枪八千杆到沪,又由津与德州东平雇车千馀前往接运。关外诸军粮械,现锦州榆关各备底车五百辆,无日不运,决不使前敌稍有缺乏,且恐开春解冻,陆运尤难,并于榆关多备大车三百运米,计正月内可运出五万石,惟运费不赀,事竣报销,尚求宫保勿限以常格耳。手肃再请年安,本司胡燏棻再禀,十二月二十日。

3

中堂夫子钧座:

窃楷前以东省教案谬陈管见,荷蒙青睐。刻闻德人要挟多端,无礼已甚,朝中议和、议战,迄无定论。窃谓今日必外示可战之实,始有可和之机。德自威皇殂世,毕相罢退,毛奇诸将相继沦殁,强盛之势,已非昔时。其后至中国盘踞,根柢不深。自彼国东来,程途三四万里,无屯兵泊船之地。英国嫌隙已深,俄法益相忌疾,势实孤立,即调兵远至，断难持久。至铁甲巨炮，雄视海中，若战于陆地，则失其长技，不足深畏。

大沽夙称天险，炮台林立，洋操卧沟等法，习练粗成，以逸待劳，以主待客。兵法曰“知彼知己”，德之可败，而我之未尝不可胜。事势如此，德亦深知其然，特明欺中国之弱，谓可以威劫，遂其所欲，其调兵甚速，一无步骤，意不在战事实可见。为今之计，宜先行处分。东抚查各省教堂，历奉谕旨，妥加保护，东省遽有此事，该抚岂能辞咎！似宜明降上谕，严行申饬，（予以革职，惟获犯尚速，准其暂留，令速赴川督新任，如再有奸民杀害洋人等事，保护不力，一并重惩。）并布告各国，系中国自行处分，不由各国之要挟，较为不失国体。其杀死洋人，酌加抚恤，不得赔偿兵费。援照公法，正加诘问，归曲于彼，隐许在南洋等处给与岛地，为彼国驻船屯货之所，令其退出胶澳，再行商办。如德不听从，即决意主战，撤回两国公使，整备防务。（刻当冬令封河之际，德国势难进兵，中国调兵筹饷，不过三月，春回冻解，事即可集，不难一战。）德无词可借，内喜于得地，而自顾实无可恃，则其气必衰。徐与议和，乃可无大亏损，但能刚柔互用，处以明决，持以坚忍，自有转机。俄之觊我胶澳，已非一日。此次听德所为，不与争论，料德许俄退让，故俄如此，似争回该澳事亦较易。

英之视我中国，久同外府，恐为他国所夺，中俄铁路一时尚难遽成。若英先肆鲸吞，德日乘之，俄法复从而争利，中国坐而待亡，和战皆无策矣。为大局计，与德宜亲，得其中立，使英日与俄法常有相持不敢先动之势。欧洲或自有战事，吾国尚可少安。杞人之忧，特在彼而不在此。窃论中外事势，不揣冒昧，敬陈管见，是否有当，伏候钧裁，采择施行，不胜幸甚。专肃恭叩崇安，受业杨楷谨禀，十一月十五日。

4

节略，赫税务司，请竟允。

查山东传教牧师被害一事，原有两端，下手系中国之人，犯事在中国之地,原应由中国地方官照中国律章,自行查明治罪,此一端也。被害系德国之民,按条约所载,中国原有保护之责,即至出有此项祸端,中国即应将如何查明,如何结案,照会德国大臣,且应于文内略叙悼惜吊唁之语,以符条约修好之本意,此又一端也。中国果均如此办理,则本分情谊,两无遗憾。不料,此案德国不待中国自行查办,亦未照请中国会商,遽行兴兵占地,要挟婪索,令人不胜诧异。换约之国应否如此施为,自可不言而喻。该国明系恃强欺压,何用与之以理相较,只可以力相敌,惟以力相敌,虽有胜负难定之语,然以中国现时多难而论,则人皆知终致中国多受亏损,是以万不可轻动干戈也。至请某国保护一法,若某国不允,则原案更难了结,若其允许,而胜否尚未可定。即使能胜,有无实济,亦难预定。若当其时无补救之善法,则日后恃友谊之情,多方求取,较之恃兵戈之力,忽尔劫夺,为更难堪也。只有自立之道,自办己事,自视己力,是为妥协之善法,是为久远之良策。

今日允为受亏,明日急兴自强之业也可。至该国所索各款,有较难较易之分,其最难者,自系请将东抚革职,永不叙用一层。查牧师被华民戕害,其当时动手之人,自非地方小官之指使,尤非该省大宪之饬令。虽有先事未能预防之咎,而一经犯事,立即饬员查拿。此事虽十分可悯,而本省官员应得处分,何至如所请之甚也。向闻东抚仁爱清廉,名誉夙著,实堪钦佩。然沿海各督抚另有交涉修睦之责成,而各督抚内,惟东抚素日厌弃西人,鄙薄西学,亦经声名早著。虽无饬令部民戕害牧师之事,而此次德人请为严谴之语,亦可谓该抚自有以致之也。其较易之款,似可无庸辩论,即为允从;而较难之款,虽应设法辩驳,然即概为允从,亦较格外受亏之为愈也。有人云德国之意,并不在保护教师,系欲乘此机会图谋他事,未知确否?若然,似能以他款易其难办之款也。亦有人云,其意系在南洋某处,欲得一海岛,为水师停船之所,亦未知确否?惟众人如此纷论,似属不诬。若允此事,另有数国,亦必效尤。若不允,则恐该国日后另寻别故以图,仍遂其心。又有人云德国久占胶州，系俄国必不允许之事，此语亦未知其确否？更有人云，德国此次派兵占踞以前，必先与俄国商定，此亦未知确否？然此事容或有之。总之，中国时事如此之难，无款可筹，无兵可用，又无暇可以筹备，则了结此案各办法之内，若确论其得失，则莫若允从所请之为易、为速、为不受亏也。光绪贰拾叁年拾壹月初肆日草具。

5

夫子大人钧座：

敬禀者，前奉钧谕，交查琉球官生入监读书一事，当以博士厅案牍不齐，无从详查。曾经禀明，咨查礼部在案。兹接到礼部片覆，内开查道光二十一年，琉球入监官生系阮宣诏、向克秀、郑学楷、东国兴等四名，于是年四月初一日送监读书，道光二十五年肄业，三年期满，于二月初九日随同琉球贡使，自京起程回国等语，相应抄录原片，即速禀覆，恭叩崇安，伏乞垂鉴，门生庞瑞霖谨禀，六月二十三日。

再禀，南学各房自经大雨以来，坍塌渗漏之处甚多，屡经门生前往查看各处工程，均须速为修理。昨已商同松门生，于二十一日禀明各位老师，咨报工部矣。合并禀闻，敬祈鉴察，门生霖又禀[①]。

外，敬呈琉球学支领银米底册一本。翁大人安禀，门生庞瑞霖拜缄。

6

夫子大人钧座：

敬禀者，窃门生瑞霖，昨会同松门生，肃具芜禀，并送呈《琉球入学见闻录》一部，谅蒙钧鉴，所有咨查礼部一节，已办文饬役妥送矣。

---

① 此通信封上书“道光年间琉球学生名姓。翁大人安禀，门生庞瑞霖拜缄”。

惟思事隔五十馀年，诚恐该衙门司官督饬不力，书吏惮于检查，将来仍以案牍无存，空言咨覆，则是我国家招徕外藩子弟入监读书之盛典，不能详载会典，未免阙漏。门生愚昧之见，拟求夫子大人如与礼部堂官会晤时开单，请为饬属妥查，则既经堂官交查之件，当必敬谨饬吏详查，或可于事有济。愚见若此，是否有当，伏乞尊裁。肃泐寸禀，敬叩崇安，门生庞瑞霖谨禀。

再禀，前奉交下单开《琉球官生院宣记》，今早复据该吏捡出当年支领银米底册，内开琉球官生阮宣诏等四人，核与前单姓名不符。此必前单误"阮"为"院"，误"诏"为"记"，且前单内开道光二十一年礼部奏准。今门生细阅此次底册，内有道光二十二年字样，尤为此案确证，是检查略有端倪，惟馀三人姓名，以及归国年分，仍无可考。兹谨将检出当年支领银米之底册，一并封送呈阅，伏惟钧鉴。门生瑞霖又禀。

7

敬禀者，窃本司于初七日禀辞后，初十清晨出都，十二日到津，当将面奉谕言，禀知夔帅，正议收回津冶商路间，嗣袁道世凯到津，又奉传谕，诚恐将津冶商路收回，张道翼或仍从中搀预，致多掣肘。仰见宫保关垂，无微不至，私衷感激，匪言可宣。惟夔帅意欲收回津冶商路，统归官路办理。一则使津榆两路，可一气贯注；再则正欲撤去张道翼，为日后弥患起见，现已另派妥员接办，认真整顿，裁减员司浮费，以期三四年内将怡和、德华两处洋债，由此路车脚馀项内按年归清，以断葛藤。

目前并可不必先筹官款银八十万两，更为省事，兼有材料可以挹用。本司愚见，似此收回，尚属正办，未识钧意如何？至于津芦之路，本司到津后与总工程司洋员金达一再讨论，如由唐山从丰润玉田接至芦沟桥，车脚必旺，但路远费巨，且通州一带有八旗王公大臣坟墓，绕越颇费唇舌，不如仍就天津陈家沟已成之路。由西沽以上相度地势,过北运河沿西堤,直达芦沟,路短费轻,且一路平坦,绝无坟墓,易于施工。即运唐山石料等件,亦可由商路径运,脚费均可节省。现已派该员会同华员,于今日赴工查勘,约有半月之久,当可回津。本司再行亲自覆勘,进京禀请示遵。惟铁路事体重大,虽不借洋债集股,亦可另筹办法,然本司自问才力,恐难胜任。祗念国事艰危,又蒙谆诿殷拳,不敢不力任其难,但事属创始,易招物议,深虑上累。宫保知人之明,倘各堂宪可另派贤员办理,尤为感幸。专肃恭叩钧安,伏祈垂鉴。本司胡燏棻谨禀,八月二十三日[1]。

8

宫保夫子函丈:

闻边事亟,恭谒座右者屡矣。密勿忠勤,退宜鲜宴,然恐以事权虚寄,德音硕肤,时虞跋疐,天子明察,仍以枢密之任还师,天清地宁,中外群瞩。我师宏化亮天,吁谟启后,岂待愚昧,更献刍荛,而盍各之义,倘庸自靖。汉纳根,德之一无赖子弟耳,筑旅顺炮坞成,合肥思绝之。汉纳根以前订合同中有薪水,无居庐,索银万两。其时,盛杏生、张楚宝两观察皆极鄙其为人,大抵一唯利是视之徒也,急而求此,不满其欲,恐有他变,即纵之志后将焉加?宜放程学启驭戈登故事行之。近时骁将无逾蒋宗汉者,宜急檄蒋宗汉由黔来都,与汉纳根共练一军。蒋曾有马嘉理一役,可阴慑汉纳根之气。若满德则又不如汉纳根之苍莽矣。此用汉纳根之待商者,一也。

人人知淮军必不可恃,已偾军者,不足言矣。然如刘盛休、贾起胜、吴凤柱,皆一营哨才耳。吴力较胜,能以刘军改归牛师韩接统,贾军改归刘树元接统,必较得力。牛慕琦曾与宋军共事一方,其部下皆捻首李允健儿,将略则亦不长。刘树元则勤朴卓炼,絜牛更胜。此事

---

① 此通信封上书:"军机大臣户部大堂翁宫保大人钧禀,八月廿八松树胡同胡宅送来。另,算帐清折交署。"

不必以临敌易将为疑,以牛易刘,是皖军得皖将也,唯宜令粮台将河北镇制军欠饷尽发,一面撤军,即令牛慕琦就近相去十里,更招成军,汰其老弱,为各营工长夫,其极狡猾首鼠者,则去之。无令临阵降敌,则将士一心,恩信相孚矣。此极要着。刘树元接统贾军,亦如此。贾军工于酬应,最不得力,其誉之者,皆平时所容悦之人也。

天津淮练各军,则宜檄唐沅圃统练军,何永盛副之,此霆军改隶淮籍者也。以吴宏洛统各淮军,此还其淮人之旧帅也。如此调度,必能起色。至程从周、程之伟、田在田诸军门,二程效力于袁英之麾,皆碌碌偏裨耳。田资较深,然在宿州只知茹素诵佛,非傅振邦且身躯不保,彼时已暮气乘之矣。三公者皆无益于军事,而田尤不可用。若陈金鳌、彭楚汉两公,似宜以长江提督任之。今之黄少春不谙水师,不如仍令其归闽提本任,否则即以江南提督任之。(松江提督极不得力,不过曾忠襄私人耳。)此各提镇宜调宜撤,可用不可用之待商者,二也。

倭事无论和战,高丽终不能为我有,则此后奉吉,处处作边,而黑龙江更寥廓,为鞭策所不及矣。补救之法,吉林且置后图,宜将奉天将军改作抚军,满汉兼简。其重镇宜设锦州提督一员,统练军十营,而分四营驻凤凰城,分二营驻辽阳州,前敌九连城设总兵一员,统练军四营。旅顺设总兵一员,统练军十营。热河设副将一员,统练军二营。开原设总兵一员,统练军四营,抚标四营,驻奉天,其营制则以百人习炮队,二百人习洋枪,二百人习刀矛。若专习枪炮,一遇交手恶仗,皆立毙矣。其大连湾、营口各设副将一员,皆归旅顺总兵节制。大连湾设四营,营口设二营,于倭争息后即刻改为行省,并吉林而成之。吉林则仍置将军,将军治吉林兵,而吏事则归奉抚整顿,似乎方可着手,其奉天提镇各员,莫如以委云庆提督各军驻锦州。其九连城总兵则畀之余虎恩,开原总兵则畀之刘树元,旅顺总兵则畀之蒋宗洪、汉纳根。又有刘端晃者,宁乡人,曾任建昌镇,于西陲立功后归农,其人毅默有守,可檄令治大连湾兵。而小海关总兵一员,则以湖北练军铁字四营熊铁生守之，以壮畿辅之藩。此奉天宜设提镇之待商者，三也。

奉天专用湘军，则所撤淮勇过多，亦恐难于驾驭，宜令淮帅中如吴宏洛、聂士成者，精选十营填紥湖北，名为代熊铁生之防，而其实亦阴箝湘人之气。国事于内外，不可偏重，军事于湘楚不可偏重，此中之理甚微。昔文正之撤湘军，一则以所部破江宁后，囊橐皆饱，打仗难期得力，而其实窥中朝向用淮人，思先自退，待淮人疲后，再起湘人用之，而不知天以积潦困张，总愚淮人，遂收成功，而湘军之不可用，反自贻厥名也。今日亦宜酌留淮军，填紥于两湖之间，以分他日湘军之焰。淮南人万万不可用，淮以北人如颖、亳、寿、宿，尤人人自奋耳。山东兖、沂、曹、济数府州县中，亦恐出不羁之才。东人惜无名将，能驭之必成一健军也。往时受业行西道，过彰怀卫，历磁洺、襄国、真定而北，所遇丈夫皆恂恂，所谓河北兵及常山兵无馀气矣。过彭城睢水，闻人皆桀骜，徙峒峿，跨沂蒙，蹑孱而岱宗，其间风气稍靖。彳亍滕鲁间，民瘠而悍，三尺童子，亦多豺声。又闻河州平凉回民，积势过盛，其陇事宜令董福祥善弭之，东事则无善策，非募之为兵不可。其令奉天皆用湘军，亦阴耳。会匪以利也，此淮军不可尽撤。而山东之南疆、兰州之东路、西路皆宜化盗为兵者，又待商也。以受业所知，江南诸将中，莫如郭宝昌、朱洪章、陈凤楼、陈基湘为贤；浙江诸将中，莫如刘祥胜为贤；福建诸将中，曹志忠、钟紫云、侯名贵为贤；江西诸将中，莫如何明亮、申道发为贤；广东诸将中，莫如刘渊亭、郑绍忠、王孝祺为贤；广西诸将中，莫如苏元春、马盛治、张春发、潘瀛为贤；川将中，莫如刘士奇为贤；山东以孙金彪、章高元为贤；河南以蓝斯明为贤；山西以刘光才为贤；陕西以雷振绾、汤彦和、李良穆为贤；甘肃以李培荣、汤仁和、邓憎为贤；贵州以罗孝逯、和耀曾为贤；云南、新疆诸将中贤者居多。两湖诸将知名者少，安徽则李占椿，直隶则王可陛耳，皆可饬其整顿士气，为国干城，天下危活，意将此又不敢不上闻者也。其最不堪恃者，莫如定海镇陈永春、凉州镇张永清耳。我师综驭八纮,不可不毅,然思所以更张之。若摩天岭急,不能不分山海关兵进驻锦州,若令深入,则边墙路路可通矣,其桂公一军,宜分守列圣诸陵,阳崇其体制,而阴杜其骚扰摇动也。

受业俟祝慈圣寿后,亦拟回汴一行,恐莀勤匙间,不及叩陈衷曲,草禀数言,亦跛不忘步之谊,敬求我师恕其狂谬而秘之。前呈奉新师一函,其泺口转运事,未识可行否?专敂虔请福安,受业刘可毅谨顿首启。

再,道间谣诼纷如,有谓东驾西幸者,此事总俟倭氛息后再议。若以辽东西委敌,则太原咫尺皆荆棘;若失河套,则陕西亦不安枕矣。草地处处可通,无险能扼,不争摩天岭,锦州总无立足处,旅顺若危,无兵可援,则山海关一军,亦不宜轻动。此时以坚忍为第一义,事定后以卧薪尝胆为第一义,又叩。

再,使贪使诈应变时不能不然,然周至小廉访阴鸷有馀,极难驾驭,于都中诸巨,又消息极灵,而盛杏生观察亦类之,然尚喜功利。此后粮台之事,似可以委之阳湖,惟其市道过深,每喜价值过贱之物,以致不适于用,亦宜随时勖勉,多用正人,勿孜孜以江摆渡巡丁,为不凡之才,斯可矣。枢轴转旋,喁喁仰企,受业谨再启。此叶乞付丙。

9

径密禀者,胶州湾令德守之,则南方可保;大连湾令英守之,则北方可保。保南方是保民也,保北方是保国也。能如此,决无瓜分之虑,不能如此,亦决无不瓜分之理,必用英德者,凡以防俄耳。俄若得旅顺、大连湾两处,则东三省已非我有,京师及近畿数省亦归其掌握,此岂一胶之比哉?诸国见俄造端宏大,所得如此,焉有不争先分割者乎?不分割彼亦难自立矣,此公法所谓均势也。英在北方,但能为我助,不能为我害,可以信任不疑。德在胶,善处之,亦为我助;不善处之,始为我害耳。

论目下大局,中国若与德、奥、意、英、日合纵,则各国皆助中以抵俄；若与俄、法连衡，则各国唯有分中以抵俄耳。此皆理势之必然者，成败兴亡，全系于胶、旅两地，间不容发，何可不慎！管子所谓转败为功，因祸为福，正如此矣。至旅、大两地万不可许俄，此必当倾国以争者。一许俄，即事无可为矣。中国为五洲间第一形胜之区，第一膏腴之壤，合全欧全亚大小数十国，仅堪相埒，焉可弃之如敝屣耶！今日全局枢纽系于旅、大两地之微，最易疏忽。

侄废寝食已累月，忧心如焚，屡向夔帅密陈，不知其曾上达否？侄静观时局已三十年，五洲间每有事故，无不穷极其原委，知之甚深，决不敢妄言，如以为疑，试密召英日驻京使臣，详叩之，彼亦当能言之也。侄因瓜分之势已迫，心殊惶急，而补救之法甚微甚易，固不忍缄默，奈无上陈之路，伏求年伯大人与荣中堂密商之，旋乾转坤之功，只在一反掌间耳。或达天听，或告恭邸，以密为妙。闻盈廷各有成见，倘传述者众，恐反为外人诇知之也。冒昧渎陈，伏乞荩鉴。再敏钧安，年侄文栋谨又禀。

再，西人以"自强"二字苦口劝中国，本指抵俄而言，士夫不察，误以变法为自强，而天下骚扰矣，岂知西洋诸国，其内政各不相同，不但此也，即其一国之中，各省各州，亦不能一律。仍其旧贯，因民所宜，是乃为政之要，千里百里之间，尚不能同风同俗，何必强中以就西耶？此真大惑矣。近年国势动摇，因不知抵俄之故；人心动摇，因轻言变法之故。若能转移，此两局即所谓一言兴邦者也。再敏崇安，伏乞垂鉴。文栋又禀。

10

……人政席春暮呈牍，计辱……[兵]留防事宜，经督办处奏准……长虑远识，真能有备无患，目……局似已就绪，而辽南未归倭兵……骤[添]二、三万，增置饷械，坚筑炮台，此……意岂为□□计哉？台湾虽云交……兵，台南民心固结，黑……转机，生气在兹一端。倭奴……志，必将另生枝节，通商条约未……将来必多要挟恫喝。凡兹三事……意计之中,就其缓急轻重,为之防……救,按其大略可得而言,倭逆勃兴……东瀛廿年之间,灭琉球,夺高丽,犹云……附庸……割台湾,据辽南不……抑为法俄,他日隐忧……越南紧与台邻,倭得台、澎,既……并碍诸夷商务,俄人南出之路……行,于波罗的海又不畅行,于他……始拟自高夹索斯南侵亚……尼亚,顺低里格河南下,入波斯海……以通南道,而土、俄议和,英人辄发其计……阻之。俄□□黑海东岸之巴统东……巴库又自里海东岸……斯科东南至波斯东……[均造]铁路,通火车,欲东南出候……印度英人知之阿富汗之防戍……俄议阿富汗北边之界,自阿……而至塞拉阶斯以南之地,俄人……[不]得过问。俄之计穷,遂肆其志于东,自……东北至……[又]东北自查周渡河(阿母河)……[又]东北至撒马儿罕,又东……将东北包伊犁塔尔巴哈台……金山之北,又东逾外兴安岭……龙江之北,至白罗叠斯科之东……[溯]乌苏里江南上,与豆满江口铁……其乌拉岭一路,经裘冕而东接……海兰泡,就黑龙江轮船,窥其经营……盖欲南侵高丽,据为商埠,然后……再接修铁路至白令……海,夹窥美利坚英人之……扼俄。俄之强,英之弱也。

今英……而倭已夺高丽,见虽名为自……而有之,况内侵及于辽南,均……忌乎?俄欲拓地欧东,水阻于……阻于德奥意土,欲出印度,复阻于……数十年之阴谋秘计,不得大畅其欲……伯海,于是翻然改图……东陲,以大畅其欲。于拜凌……洋,而今又将阻于倭,其……[极]其强。倭之还我辽地,以保其……其后自属真意,倭人以十数……[谋]秘计。既夺高丽,又得辽南……可为制俄之本,且可为谋我东省……窥内地……其不欲率尔见还,尤……属直……数十年之谋,而我无一二□之备,无求不得,无言不应,俄……持也,必且变计而易谋,其……还辽乎,抑或乘机以图我乎?……于□[雄]争夺之间,而又逼近畿……受敌,此真可为太息,伤恨痛哭流涕者也。土耳其之背盟也,俄、奥、英、法、意、德,欲……局,各以师船屯地中海……拿……又议□……腊,特民不服门迄不能取……之台湾相似,六国卒使土命……菲斯攻取特地献诸门人，犹……俟土割南境，归诸希……法意德无异词，独奥不可师船……土人复□以计缓之，希腊卒不能如新[约]……人狡诈凶横，毫无人……[兵]据辽，毋亦以计缓德法俄，而……使臣在倭时，伊藤屡援……为例，使人不能驳诘，目前台……收复台北，倭如例诸特门……是不可不思患而预为之……至于通商利益，自光绪乙亥……于甲午二十年中，中国岁耗银二三千[万]……有本之利也，其尤甚者，……[岁]以二三千万之鹰[镑]易我二三……纳毫厘之税，而得无本……[百]万[外]夷税，则出口无税，进口则……中华税则进口值百抽五，闻……之说，是值百抽三矣。中……贫财匮，从前已穷而无所复之……税则更减二成。诸夷皆以为请商……[益]绌，一切兴作无从措办……也。[窃谓]中国[商]……劫持，一败不可收拾，赫德岁……银五六千[万]，其自效于中国，惟法……助成款局及洋药加厘，并征……[英固]略无损也，伊犁、琉球之……[台]湾、高丽先后之役，英皆守局外……未尝有排解之事，英之不可恃，亦……[我固强悍]，然[和好]逾□百年，往……还伊犁更定和约，虽索我重……固大有间矣。英报论德……事者，谓俄居中德之间，一旦……[夹]击之功，中兵溯黑龙江转战……席卷回疆，俄非二十万……御，而欧洲、俄境势必空虚，何足当……[劲]旅。或德俄会兵于欧东，中国亦……取中亚细亚之地，此虽德人……然中国亦可藉以自奋。为今……防俄，仍重结俄欢，阳以……[英谋]□赫德收回商利，各……[照]西例征收，禁止鹰钱，不许……钞，两局整顿各省矿……铸通行，利源广开，而又加之以严……饱，破格用人，不过十数年，而兵饷……事俱有把握矣。伏惟……猷远大敷布所及无微……百一焉，念托……[谨竭]区区之忱，敬候……应办事宜，别纸录呈……案层见叠出，官不能办……废弛已极，他日湘军撤回，尤须妥为安……免意外之虞，知关……肃……[受业夏]时[济]谨呈。

11

大人尊前：

谨禀者，前因木仓上两年各工应领木植概未发给，亮同雨三面禀，承示暂行停发。仰见洞悉积弊、实事求是之至意。然以各工应领之款，今日全行停之，仍恐他年全行发之也。前日在署，因新收各件，该工等请领甚急，雨三以发给木植吃亏甚重，不如折价稍为合算。与亮再三踌躇，以仓存既有木植，不应折价，只得照例办理。亮时亦随同画行，然实未深知其中底细也。

昨见两江报销木价，杉木每根二十三两，足价每根六七两，尚在外杉[木]……见方，尺二十二三尺，每尺折价实银乙钱五分……有奇而已，以二十三两之杉木，折作三两有奇之……殊，徒以相沿已久，耿耿于心。归后细思，以如许贵之……馀根，又发架木一千馀根，外省报销实银，即在二万两以外，而所□□一万五千馀尺，且该工系领去变卖，原木并不到工，再四图维。与其了目前之款，而不能与之减成，何如清从前之欠，而尚可与之核实。查仓存杉木尚有一千一百馀根，原价二万五千馀两，从前欠发杉木见方尺十二万九千馀尺，折价实银乙万九千馀两。亮拟与雨三商量，将新收各款暂行停发。先传从前各工，剀切晓谕，即以原价二十三两一根折算，酌量发与杉木。该工愿领，即行照案发给；倘有不愿领者，饬令具结存案，以后永不放给。

前案办结后，现在各工应发一万五千馀尺，照例折价三成，实银不过二千二百馀两，较之发与杉木，实为合算。嗣后各省应解杉木，拟请奏明，改解折色到部，以支发各项工程，甚属宽绰有馀，庶积弊可以一清，而工程亦可核实矣。至架木赁价，早经奏停，各工领用还仓，积弊尤重。应如何变通之处，亮与雨三再行细筹办理。谨就管见所及言之，似与大人初意尚相符合，是否可行，静候酌夺。肃此敬请钧安，亮熙顿首，四月二十六日。雨三片并呈阅。

12

中堂老伯钧座：

敬肃者，闰月初四日解员刘积庆转饷入都，专泐寸函，附陈钧电。旋于初八日奉到谕函，备聆训示，当即送呈雁翁中丞阅看，同深感佩。敬维一德调元，三台锡祉，四国仰保厘之力，九重昭辅弼之勤，翘首泰阶，倾忱豫祝。

月前李典史所解之饷，此时计已到都。昨刘经历续解之六万金，且以暂供支放。晋省出多入少，久在鉴中，兼顾之难，亦早蒙体察周至。每读来谕，感愧交深，示以京饷月需十万。此数本不为多，无如库储有限，须供各路紧要之需。如必欲月月如数转输，而盈绌难期，实无把握。然事关国计，敢不筹划尽心？当与雁翁中丞随时禀商，力图接济，总期按月计之。虽有不足，而终岁计之，能使无亏，则幸甚矣。

楚北胡中丞东下一军，水陆并进，以剿为防，堪称劲旅。此师之进退利钝，实为天下大局所关，非仅东南之保障也。前月晋省拨解十万两，司库道库已极摒挡之力。现在虽续办劝捐，第再四之举，未卜是何情形，恐成强弩之末耳。来示谓吏治不修，军政不肃，此诚正本探源之论，然积弊已久，习于恬嬉，振动转移，殊非易易。老伯慈体违和，是皆忧国忧民、荩劬所致，柱石之躬，苍生仰望，尚祈随时珍摄为祷。至药舫弟之近状，侄前在邗江朝夕共处，比时虽须鬓微白，然精神强固，已远胜于侄。其心思细密，筹划精详，尤非侄所能及。近日每逢扬州解员回晋，侄无不详讯起居，佥云犹昔，且近接来书，四月初四日瓜洲之捷，亲到八里铺督师策应。勇往之气，一往无前，实堪羡慕。况老伯襄赞纶扉，而药舫弟宣勤帷幄，中外大局，所系非轻，乃复谦光至此。如侄虚受国恩，于时事民艰毫无补益，更何以自文耶？

承命查晋中铁钱工料及运京脚费，现在雁翁中丞正与侄筹议变通办法，尚须数日始能定局，容再缕陈一切。怀庆高辛才太守应元，曾任天津海防同知，人本贤能，又系多年老吏，系侄所深悉者。彼处铁钱是何章程，昨阅邸钞，知已奉有明文查取。侄一面当即专函询明底蕴，再行肃复。晋省东南门户，诚如尊谕，当以封门口为第一要隘。其馀沿边各处，路径分歧，前经雁翁中丞分派文武布置巡防，所虑已为周密。刻下邻氛虽远，然思患预防之道，不敢稍忘，况匪踪出没无常，一时尚难遽撤。省垣于本月初四、五两日连得透雨，田间颇有起色。闻近畿亦获甘霨，蝗子一经雷雨，无不糜烂。方今圣人在上，又济以辅相，调变和气，所感必迓休祥矣。承嘱陈尉光彬，谨已领悉，其先德为河间令时，侄正在直臬之任，旧属之子，自当留意，随时指引也。

侄前因庶慈母之丧，呈蒙雁翁中丞体恤矜全，据情代奏，业已奉到恩旨，赏假二十一日，在署持服，照常办事。此皆逾格，高厚鸿慈，俾使乌私少尽。跪读之下，感激涕零。现在逐日仍照常纷披案牍，接见寅僚，握管持筹，不敢因私废事。幸交代积案已渐就清厘，扬州月饷亦勉措三万金，于十四日委员解往矣。知关廑念，并以奉闻，专此复请钧安，惟祈垂鉴，愚侄期恒福谨肃。

13

中堂老伯钧座：

敬肃者，岁杪接读钧函，知前布芜笺暨柿霜冰鲜，均登崇电，猥以不腆之物，上蒙齿粲，倍切汗颜。敬惟瑞集履端，禧凝肇始，翘瞻黄阁，莫罄丹忱。

侄栗六无长，时光虚度，近因直隶土匪肃清，谭竹厓制军已将剿匪弁兵分别留撤，晋省东面辽黎一带，幸皆安堵。现拟奏请先撤燕界防兵，所有附近河南一面，亦俟英中丞咨覆即行续撤，以节经费。

再，侄已仰蒙恩旨，许觐阙廷，旋因奉有钦交会办事件，未敢遽尔起程，亦已附片奏请谕旨矣。知关慈注，谨以肃陈，恭请钧安，伏惟霁鉴，愚侄期恒福谨肃。

敬再肃者，承询续办捐输一事，缘上年四月钦奉谕旨，命晋省设法接济楚饷一二十万两。司库无可筹款，所以奏请续办捐输。雁翁制军初意本拟专供楚饷，是以当日致书老伯，略陈梗概，嗣复与侄再四筹商，恐专为楚饷劝捐，不惟为数无多，且恐民情不能踊跃。因饬令广为劝导，不必指定何省，亦不限以成数。当即附片入告，先尽楚饷，其馀兼以接济京协各处饷需。此即现在奏报，已劝有七十六万馀两之一项也。旧岁秋冬两季深赖此项之力，助拨京饷及各路军储，非于此款之外，别有续捐之款。顷荷垂问殷殷，特此缕陈颠末，惟祈洞察，并附抄雁翁制军原奏片各一纸，上呈青览，统希慈鉴，侄谨又肃。

14

中堂老伯钧座：

敬肃者，月中屡肃芜笺，谅登电察。兹届春回绮陌，敬惟瑞集黄扉。衮绣朝天，晓日丽红云之座；莺花改岁，和风占玉烛之祥，引首台衡，倾心忭祝。

侄忝领封圻，虚过岁月，惭无报称，只积尘劳。幸近日豫省捻匪日就肃清，直隶土匪亦经搜捕无遗，现与谭制军、英中丞致函询商，一俟净埽残氛，即将晋省沿河沿边各处防兵分别裁撤，藉以稍节经费。且远近各属皆已据报得雪优渥，麦土含滋，民情安谧，差足上慰荩怀。所有敝省本年奉拨京饷，业经全解，因念新正在迩，部库必须支放，谨与常方伯措筹银十万两，饬委分缺先用，知县陈昕管解，定于二十七日自晋起程。此项即抵作明年应解之款，到时仍祈饬赐兑收为幸。

侄现已奏请入觐，日内即可奉到批回。如蒙俞允，新正初日即当入都，再行恭叩崇阶，面求训示。先肃寸启，敬请钧安，虔颂春祺，统惟垂鉴，愚侄期恒福谨肃。

敬再肃者，晋省应解扬州军饷，自去冬至今，每月如数□解三万，均未稍迟时日。侄因深知彼处情形，较别路军□尤为紧要，是以[今春]二、三两月之饷，又复提前委解，均□月初，即令起程。此后仍拟按月措筹，源源接济，断不致误。知蒙荩注，谨附及之。近来时接德滋园都护暨药舫三弟来函，知瓜镇贼势……齐整，防剿皆资得力，足纾远念。想老伯大人处竹报时通，亦必得悉其详也。附肃并陈，仰祈垂察，愚侄恒福谨又肃。

15

敬肃者，前月肃复寸缄，度已仰尘钧鉴。远违慈宇，时切婴依，恭惟老伯大人鼎祉绥和，丰勋宏建。金仓任重，庆九赋之持平；玉铉是资，膺一心之眷笃。松乔迪吉，葵藿倾忱。

前因部库需饷孔殷，正、二两月陆续筹解，想已均经运交。兹又设措银五万两，委按经历金鸿镳管解，于三月初四日起程赴京，到时伏乞饬赐验收，是所企祷。惟当此青黄不接之际，筹划甚费周章，兼之楚皖两省与扬州军营各饷催迫甚紧，势不容迟，大局攸关，均不得……接济。嗣后京饷容俟凑有成数，再当陆续委解，以期上副荩怀。专肃恭请崇安，仰惟霁鉴，愚侄恒福谨肃。

16

谨再启者，晋中自军兴以来，连岁解协京外各路军饷。至六年十月，曾由中丞将短绌大概情形，参折奏明在案。至现在库款之□□，民力之艰难，边防之紧要，罔不早在洞鉴之中。近又因□[匪]未清，渐延渐远，距晋疆仅[隔]……陕州虽属邻封，实为河东盐务精华所聚，更□先事预筹。现奉中丞面谕，一面派员侦探，一面遴选能事员弁，巡防稽查，以备不虞，惟支垫难筹，布置诸形棘手，□□邗江、淝水军食待哺，又不能不先其所急。合计终岁所入，其不敷之……百万有馀，筹拨既艰，输将难……有将奉拨应筹之京饷，仍照上年成案办法，匀济邗、皖两军。其湖北协济已奉大部咨停，将来即有将伯之呼，实属无从筹备。至甘饷欠解过多，委因无款可筹，然亦有不能不解之势。前因楚省[来]咨，宜昌道梗，蜀饷未能东下，楚省军[饷]□□要，曾经请咨，若以蜀省应解[楚]……解甘，而以晋省应解甘饷划拨解楚，似属两有裨益，尚未奉到部覆。此后须俟喘息稍纾，再行擘画。此正缓急熟权、内外兼顾之苦计。老伯中堂握度支之大权，□□民之休戚，伏冀俯为调护，克济时艰，固此西北一隅，即以固东南数省，事关大局，荷蒙谕及，用敢……鉴原，不胜感悚。肃此载请勋安，侄恒福谨又启。

17

谨肃者，月之初七日接奉钧函，猥蒙奖誉过情，犹复优加体恤，临风雒诵，惭感交增。敬维老伯中堂□纶在手，匡济为怀，无得志之容，而有忧天下之色，调钧赞化，当见鸿运转移。大钱壅滞，多缘小民利逐锥刀，营无所获，诚如来示，莫若多铸制[钱]……期利用。

晋疆入春以来，屡获雪泽，春耕遍野，民气颇安，堪以仰抒荩怀。蒙谕及左耳气滞，值兹春阳始动，肝气上升，焦劳过深，则水不能滋木，宜以静摄……库书并无需索，祈弗过虑。典史李壥俟有京差，即当酌委。

侄从公如常，愧无报称，且目击时艰，职司会计，竭精殚虑，无裨于时，益增歉仄耳。肃敬请崇安①，伏乞诲鉴，愚侄恒福谨肃……

18

谨肃者，正月初十日候补知县孙令汝霖管解京饷十五万两，由晋起程，曾修寸启，令其赍呈，计已早邀慈鉴。敬维老伯大人履绩凫绥，鼎祻燕豫，著宏猷于农部……宠眷于宸衷。遥企斗晖，莫名升祝。新正十二日奉到嘉平十九日赐寄手书，具纫关垂，兼蒙奖励，私衷愧感，益切葵倾。承示解饷委员英令勋业已到京，即荷刻日监收，俾得早领批回，不……征体恤委员，无微不至，所以近来晋……[中回来]……

① 此句前有“萧”字，旁有一点，结合上下文，此字当删除。

舞,歌颂德施,不特侄等私心感戴已也。并蒙详示部库情形,备劳荩念,瓶罍已罄,欲避谚台,是……国事如家事矣。烽烟未靖,忧及苍黎,是又以民心为己心矣。公忠在抱,令人……侄碌碌无能,幸叨粗顺。

湖北军饷自……[已解过两批,共□万两,其]馀五万,颇费周章,然必须措解,以济急需。现在竭力筹划其扬州之饷,正、二两月已分批解过六万两,又安徽、新疆两处,各解三万两,均于正月内委解起程。知关钧注,并此附陈。兹又筹集京饷五万两,委令灵石县仁义镇巡检张焕文管解于本月初十日启行,月底可以抵都,尚……饬赐,早为……[即能竣事]……德,尤非浅鲜矣。

晋中开年以来得雪两次,麦苗沾润,可望有秋,曷胜忻慰。近京一带,均霈祥霙,民情定增安辑,藉释杞忧。铜铁当十大钱,闻有壅滞之患,新章已定,自必仍前行使。药舫□[处]音问时通,与德滋园都护和衷共济,时届春融,办理必当得手,惟军饷不敷,稍觉掣肘。晋中按月接济,自应多方筹划,以应[急]……远念,令孙世[兄]恩赐举人,素能苦志用功,将来凤毛继起,簪笏一庭,衣钵之传,定能绳武,可为预贺。专泐布请崇安,伏希惠鉴,愚侄恒福顿首谨肃。

19

再,叠读邸钞,大宋建牙淝水……[小]宋复持节秦关,载仰教忠,允宜多福,欣忭无已。前者楚军□下,而皖贼转上犯麻黄策无议,其后者故敢牵缀我[师],冀延[残]喘,得中丞新[政]……[一新]……清在指日矣。浙省得江南……大概[无]虑兼……[浙]部劲卒,足以所向无前转□□为闽……奉拨闽饷仅[匀]得二万。又以道茀不行……餫此区区者,安能济事?不识东南……九阅月,此地庶而……抚驭大难。又官场积习颇深,未易……怪乎有驭□之形,而接壤滇黔震……是惧。月前川东防兵稍稍出境,因沿边扰攘,未敢悬军深入,拟于酉秀、綦南一带境外扶植民团,使得自立,先近交而后远攻。无如黔土赤贫，接应之兵□[易]，只好□图机会。

至滇中消息传闻大半不真，川滇交界右……沙江左达叙永屈曲约二千里，江外十数厅县未[被]……多，向来皆谓汉回仇杀，实不止此。（凶夷……有一……回不汉[者]……曰和而流……）地面辽阔，防不胜防。商之同官，咸以为惟有严择[将]吏，或者内讧不□，至外侮则俟其发而后应之。究未知果能如[愿]□静念蜀……关陇，东连荆鄂地……此，而不才处此境内之治，忽尚不敢知何暇……一……就列欲不下一转……安非……台……之深，非不才隐忧之切，未敢遽陈，惟……甚。云阳董令五月回省，因川东俗庞即……夔州近得罗守，其才较锡□为优，敬念……宵旰万几，犹为择此守关之吏……能一力澄叙直负天矣。韩紫东明而有断，转运不□尽其[十]，得此臂助，真大可为。草草附布，□□道履万福，庆云谨上。七月廿又七日。

20

中堂钧座：

敬启者，十一日肃复芜缄，越两日而许世兄至，捧读子[月]□[六]日手翰，知月前尺素……典笺，辰惟杓回律[转]，春满沙堤……道[体]□□逾常为颂。承示介休流民一节，本年晋□中稔而邻省旱蝗就食，饥黎料必不免。九月间通饬各属，随处讥察截留，毋令转徙。经[介]□[之推]绵山之下有流民三百馀人，中多妇孺，由宝□[等]处辗转就食而来，随即资遣出境，知会接送以归，但恨不能招徕安插耳。吴越苦旱，杭稻不来，都门谷贵钱荒，频为搔首。今日所藉以撑拄者，独铁大钱，而民间却以铁制钱为宝，平定分局铸造未精，不能为助京局，晚前商[之]□□捐赀试铸，虽未尽如京局精良，而较诸平定固远胜之。开正拟以千串样钱呈验，顾其事□□碍者，晋省能铸而不能使，平定铁钱虽已[通]……赋税，然以易银解司，其价骤贵，晋省拨[解]中[外]，所需惟□□通行铁钱，而银价翔贵，催科吃力[亦所]……失。自上年起，市肆搭用一成，觉为□便，[断]难推广，且晋省铜币颇足,故视铁也。□与都下情形迥别。如今晋省铸造,而不……使专供京局,以为鼓荡大钱之用,则亦有□□,惟其中委曲,未得与京局诸老面商,恐未能鉴亮耳。晋省出纳岁数百万,而各属交代之案,因军需糅杂,相习因循,前查奏立限清厘,出于万不得已,祈大部即与议覆,交代不清即亏空之根,晚之请宽前此处分,正所以……来期限,乃任怨非市漕,恐司友以为见好,属员持疑未下,外省欲稍整顿,正须都中稍假便……祷祝,曷胜企盼。

来示江北需饷……[帅均]有书来,晋省戌、子、丑三月均办三万□□三数,[月]内尚可□常祝彼时肃清江甸耳。许世兄一□至……培植高情,闻者无不感激……置,但远道依人,迄无长策,吴乡□[泊]转[常]虞,因其故乡亲串丰润者……归里治生以自树立,而执意出游,欲往秦……[龚]司马蔗汀令弟已于日前命驾。鹤龄前辈内无俗肠,外无世态,而凌替至此,可为惋惜。关内入冬尚未得雪,韩侯岭以南地多宿麦,望泽尤殷,日祝同云广布,率复顺颂道安,并贺新祷……王庆云手肃,嘉平十有九日①。

21

附启者,前承差次惠寄环章,感事忧时,读之百端交集,顾常念今日之多难,与[康熙]初年略同,而贫亦相似。圣祖冲年嗣服而六十□□之熙洽,实玉成于《访落》之殷忧。今上聪明仁智,类圣祖而初服适值军兴师……[旱]蝗苍苍者,天固将俾之思艰图易,历试……执事适以此时应期作弼,所以……僗转移元化而赞助治平,外服下□[实]有厚望。近者武汉两城一朝克复,桐城、瓜洲亦有捷音,气运之旋转,

---

① 此通"京局精良而较诸平定……来期限,乃任怨,非市"一纸原件在"中堂钧座:敬启者,十一日肃复芜缄,越两日而许世兄至……晚前商[之]□□捐赀试铸,虽未尽如"之前隔一页,根据上下文内容,暂置此处。"嘉平十有九日"上钤"石延寿馆印记"白文方印。

当在此时，□敢于火城旁作谀语也。又惜文相国之不及见耳。晋省秋末冬初库储顿匮，几至束手，幸吏民急公，络绎输纳。今部饷解已及额，而各路兵食均分配解，不使偏枯。独楚军将乘胜东下，合藩盐两库，馈以五万，读大部疏草，有于□□就急之中，为有备无患之计之语，通筹[全局]，未必郎署所为意者，鸿笔所删润耶！内府外[府]□如一体，尺布斗粟，尚可缝鲞。均则无贫，此古训也。……之间土匪肆掠，河东亦有戒心，黄……盐为名巡行沿河，约束船筏，以杜窥……剿之后解散者多馀匪，率由乡民缚献……焚。若再能赈济饥黎，不特襄[樊]□事，即川陕亦皆安堵。闻瓜镇贼濠□□大有可乘之机，宫詹副帅书□当已及之。率泐布臆，祇颂钧安，惟宥不庄。晚庆云再肃，嘉平十一日[①]。

22

附启者，屡读与月川方伯书，猥蒙垂念，何暇得此，并以晋省筹饷之难，盐务之不易，拳拳询访，足见每一动念，无非为国为民，感佩何已！今日劝捐□知□难，此次办法就一省择数县，又就一县择……有馀力者，向其劝分于委员，力戒[苛]……部□拨款，极力体恤，尚得需以时日，藉图小补耳。闻月帆宫詹甚洽军情，与大帅谋勇兼资，此军可以独当一面，其饷需取诸淮海关税，或尚不缺，于供晋省捐免先商三百万金，为筹饷以来第一巨款，而后此之课，实觉可忧，幸黄郝存观察极力经营。年馀已来，渐有起色，足释廑怀。（今岁奏销仍可不误，亦幸，亦倖。）肃泐再候道安，书不尽意，侍庆云再肃，六月七日。

---

① “解已及额而各路兵食均分配解……晚庆云再肃，嘉平十一日”，此纸原件在“京局精良而较诸平定……来期限，乃任怨，非市”一纸之后，根据上下午内容，当接“附启者，前承差次惠寄环章……幸吏民急公络绎输纳，今部饷”一纸之后，故移至此处。

二十三　诸公手札(七)

1

昨承枉顾失迎，怅歉无似。舜臣哀毁成瘵，精神日就委顿，心甚忧之。昨致锡之书，有奉母教弟、恐成虚愿等语，闻之痛心。此人万不可死，或天鉴孝思，不致有意外耶！求书碑文，乞拨冗挥豪，以慰其望，屡属鄙人代达也。先此代晤，馀容趋敂，不尽。鸿藻顿上，廿日寅刻。

2

日前盛扰，感谢，感谢！顷津门寄到梭鱼、刀鱼、晃虾，敬以驰上，其味尚鲜，惜太少耳。松桂堂米帖，乞赐观数日。敬上叔平世仁兄大人阁下，弟鸿藻顿首。

3

亟思趋谒，奈腹疾大作，不能出门，曷胜怅歉。闻台从明日启行，不尽欲言，唯盼早还朝耳。炎暑长途，诸惟珍重，不一。敬上叔平世仁兄大人，弟鸿藻顿首，十七日。

4

叔平世仁兄大人阁下：

匆匆出都，未及走辞，至今耿歉。敝寓屡承垂问，感不可言，敬惟莌履绥嘉为颂。弟到省后，即偕同薛云翁驰赴石桥工次。先至东坝，次日由花园口渡黄，始抵西坝，详细履勘。口门实宽五百五十丈，长三里许，然工程虽大，若料物应手，趁此霜清溜弱，赶紧进占，亦尚不难堵合。无奈阅时三月之久，集料不足十分之一，束手无策，如何，如何？查看情形如此，先此奉闻。手肃，敬候起居，不备。弟鸿藻顿首。

5

昨奉手教，感荷无已。病者日来似稍轻减，然不可恃也。承示第二方当即试服，敬谢。叔平世仁兄大人，弟鸿藻顿首。

6

尊恙已大愈否，不胜驰念。明日能否入直，祈示悉。（日来服药否？如尚未大愈，仍以多养一两日为宜。）今日召对二刻许，共二暗七明，另纸奉阅。明早随同行礼，系蟒袍补褂。敬请大安，弟名另肃。合肥尚未奏报到，殊令人闷甚，初八日。

7

日前奉手教，未即肃答，甚歉。昨晚复承垂询，感荷无已。弟患腰胯酸楚，皮肤刺痛，已半月馀矣。服药熏洗，迄未见愈。昨约四川刘君来画，稍觉松快。据云数日内即可平复，未知果有效否？水患可忧，唯望圣心感格，从此畅晴耳。敬谢叔平世仁兄大人，弟鸿藻顿首。

8

屡承枉驾垂询，心感曷极。令孙闻已就痊，甚慰。孱躯近尚粗适，病者风止而喘未减，过立春后或望有转机也。树南处久无音问，数日内当往视之。此复，叔平世仁兄大人，弟制鸿藻顿首，二十一日巳刻。

9

手教谨悉，昨日孟仆未来，俟商定后再行奉闻。病者服药二剂，气觉壅塞不舒，今午再请诊视，谟卿亦来，或可商酌也。此复，叔平世仁兄大人阁下，弟制藻顿首，廿二日。

10

屡承垂问，感甚。弟日前感受风寒，触发腰痛旧疾，以热盐熨之，似颇有效。刻已入直，惟行动未能自如耳。绍彭所患一时难愈，令人焦灼。叔平世仁兄大人阁下，弟鸿藻顿上，廿三日。

11

久不得晤，渴思曷极，惟尊候安绥为慰！驰仰手示，诸承关注，感甚。弟脾泻多次，疲苶不堪，小婿先服西医丸药，颇有效。乃自初九日忽又变症，刻下群医束手。(子禾又不在家，心绪如此，奈何，奈何！)此上，叔平世仁兄大人左右，弟制鸿藻顿首，十四日。

12

承念感感，闻令孙服药有效，极慰。弟处病者，又添出汗之证，殊为忧闷。马君今日尚未来，松圃函已写就，拟明日即照前议致送也。叔平世仁兄大人左右，弟制藻顿首，廿八日。

13

叔平年伯大人执事：

伏承手毕，所以唁问而诲勉之者，殷渥恳挚，感极涕零。侄童更孤露，手足凋丧，惟老母相依为命。比以奉使俸馀葺屋数椽，奉板舆起居，养母读书，冀伸乌鸟及哺之愿。乃侍奉无状，既不能防患未然，复不获吁天请代，推心饮恨，偷息人间。比者海氛不靖，谨依古者大夫三月而葬之义，奉灵榇祔于先父之墓，髾茆负土，自冬迄春，幸已蒇事。杜门读礼，屏绝外缘，惟时事孔艰，不能不与罔极之思，交萦心曲耳。附呈先母墓铭一通，祈鉴。前由凤石寄到隆赙，云天高谊，感曷可言。肃此叩鸣谢悃，恭请台安，年愚侄制洪钧顿首。

14

赐示祗悉，蒙代延潘伟丈枉诊，感激无地。门生所患与师前说正同，此刻不常作呕，特多一不寐，不寐则次日眩转益甚，惟如此经年，为可虑耳。肃复夫子大人函丈，门人懿荣力疾叩上。

15

夫子大人钧坐：

昨蒙垂询贱状，感激无地。门生已能连睡十许日，惟耳鸣迄无止时，晕根不去，傍晚尤甚，入晨则又如平人。此种不痛不痒之病，往往缠人作苦，不谓门生适触之也。人至不能为自身作主，则苦累可知。气血两亏，由来者渐，未发时苦不自觉耳。屡廑慈注，敢敬渎闻。附上诸城尹氏所藏朱博残石、海丰吴氏所藏阳嘉残石正阴各一分，山东新寄，伏祈鉴纳。

又，太仓王奉常寄子书卷，敬祈赐题，以为世宝。近日汉石六朝刻石存世目录，门生均有记注帐簿，汉石不过存数，六朝石则称名已审，乃为定稿，吾师如暇赐阅，当以敬呈钧诲。力疾不克恭楷，祗叩福安，门人懿荣谨启。

16

垂询并索服方，附呈钧览，感悚莫名。今晨已差人走谢伟丈，并陈贱状，肃叩福安，门人懿荣叩上。

17

手翰敬悉，承念深感。内子日来病甚危险，经心绪乱甚，未能趋公，只得请假，见请汪幹廷铨部与初平合诊，今日稍有转机耳。肃复敬谢，不宣。叔平世叔大人，侄经顿首。

18

允询洋医妇住址，如已询明，乞即示悉，否则明晨再遣仆到朝房领取可也。叔平世叔大人，侄经顿首，初五日卯刻。

19

尊谕敬悉，当如约趋赴，祇聆雅诲，率覆不具。叔平世叔大人，侄诒经顿首，十七日卯刻。

20

郑肖彭比部日内出都，拟至金陵张罗，前托弢甫代求长者一书，于沅甫制军说项。渠专候赐书，即日南下嘱为致询，如已缄封，希即饬交，以慰悬悬。此渎，敬请叔平世叔大人道安，侄期经顿首。

21

叔平宫保夫子仁兄大人阁下：

溯违光霁，时切依驰，前布寸笺，计邀台览。敬维缉熙康绩，启沃阐猷，引睇斋晖，式荷藻颂。劼侄之变，殊出意外。鄙人回首前尘，难以为怀。同僚日相慰藉，强自撑持，善为排遣而已。侄孙广钧忝列门墙，仰荷时雨春风之化，实为三生庆幸。此次回京与试，想我公硕德重望，乐育情殷，必蒙玉彼于成。鄙人但知心感，不敢以泛言鸣谢也。谨此布臆，祇请勋安，统祈爱照，通家年愚弟曾国荃顿首，三月初八日。

22

叔平宫保夫子仁兄年大人阁下：

顷奉手谕，猥以劼侄之事，远劳劝慰，殷拳挚谊，超越寻常，三复名言，敢不强自撑持，勉为排遣，上纾爱注。前奉恩旨饰终之典，至渥极优。鄙人回首前尘，不禁感慨系之。康侯已于初七到京，侄孙广钧初九北上，因念客厝非计，趁四月底天气和暖，拟令侄孙等扶榇南旋。感承垂注，谨以奉闻。专肃敬敏钧祺，通家年愚弟期曾国荃顿首，三月十二日。

23

叔平宫保仁兄年大人阁下：

接奉惠函，备承雅教，谦光盛德，情见乎词。捧诵再三，弥增惶愧。执事松楸展慕，航海还朝，造膝陈谟，天颜喜溢，前席咨询，以待元老，丰功硕德，企佩何可！举似软红，重踏日来，酬酢纷如，言念苠劳，尤深驰仰。

杨滨石太常硕儒夙望，矜式乡闾。昔年入直内廷，人品学问早在列圣洞鉴。廿年退处，益为时论所推，年不副德，遽尔千古。若蒙圣恩宣付史馆，足为稽古之荣，自当斟酌入告，藉以阐发幽光，并仰副执事笃念旧交之至意。小孙辈学制方新，敢存奢望，渥荷奖饰，感愧曷胜。弟久领疆圻，一无报称，幸辖境均尚安静，藉藏鸠拙。专肃敬请钧安，诸希蔼照，不尽。年愚曾国荃顿首。

另笺谨悉，前致戋戋，本不足以将敬，未蒙鉴入，转荷齿芬，益增颜汗矣。谨此恭敏钧安，统希爱照，弟谨又顿首，九月廿九日。

24

敬再启者，筱山世兄来江，传述钧教，感激无量。数月以来，每有托恽莘耘观察处转达之件，均得领悉尊指。之洞方州窃禄，负乘滋惭。自去冬假节东来,江海即已戒严,南防北援军多馕巨,既无术以减灶,复计拙于持筹,万不得已,仍出洋款下策。仰蒙忘其侏儒一节之短,期以驽马十驾之效,并以素叨雅故,引为同心,惶恐汗流,且愧且奋。昔者李成为魏相,而西河奏其功,国朝安溪在讲筵而诸贤展其用,是外吏之得以效其尺寸者,皆由政本为之。方今时势艰危,忧深恤纬,所幸明良一德,翕然望治,我公蕴道匡时,万流宗仰,慨然以修攘大猷,提倡海内,内运务本之谋,外施改弦之法。凡有指挥所及,敬当实力奉行,以期仰副荩悃。今日度支艰难,节用为亟,计相苦衷,外间亦能深喻。特以补牢治臁,用费实多,谨当权衡缓急、省啬为之,入告得请,乃敢举行。

至铁政枪炮诸局,当初创设之时,因灼知为有益时局之事,而适无创议兴办之人,遂不能度德量力,毅然任之,所谓智小谋大,诚无解于易传之讥。然既发其端,势不能不竟其绪。用款繁巨,实非初议意料所及。今幸诸事已具规模,不能不吁请圣恩,完此全局,以后限断既清,规画较易。至其间用款,皆系势所必需,总由中华创举,以致无辙可循。

比年来无米为炊,政如陈同甫,所谓牵补度日者,尚何敢不力求撙节,必至万不容已之事,始敢采买营造。旁观者但诧手笔之恢闳,或未知私衷之艰苦。此诸事正为讲求西法之大端,伏望范围曲成,俾开风气,则感荷庆幸,岂独一人!大钧斡旋,得邀报可,惠及军民,欢同挟纩。至于之洞平日才性迂闇,不合时宜,道路皆知。若非密勿赞画,遇事维持,必更无从措手。铭刻之忱,岂言可喻!

比来屡闻芸阁、叔峤诸人道及,备言我公于畴人广坐之中,屡加宏奖,谓其较胜时流。公以敷陈古义之儒宗,兼通达时务之俊杰,变通尽利,鼓舞尽神,不能不于台端是望也。谨肃手毕,陈情谢芘,载颂钧祺,不尽。侄之洞再叩。

南横街。自四川学署缄上。

25

叔平世叔大人阁下：

秋间布上一笺，亮邀察及。比惟襄礼桥陵，勤劳日懋，道福康胜，定如颂忱。屡接家兄来书，具述五丈莅鄂以来，垂注有加，仰惟嘘饰，感曷有极。

侄到蜀后，得识江阴孝廉缪筱珊，名荃孙，其人隽才博学，词华清美，于金石、小学、校勘，尤为专门，充其所造，殆不可量，一时人士罕见其匹。因与谈及中朝人物，足当有道人伦者，无过吾丈。特属其上谒匠门，一聆大教。其为契合，当不减中郎之于仲宣耳。渠为阁农学士门下都讲，必久为左右道及，固应久在夹袋中矣。再肃祗请台安，不宣。侄之洞再敏，除夕前一日，邛州上。

26

录科条奏，据树老言，明年再上，不为违例，明日仍否上闻，（既片询礼部，自宜待其覆文。）乞酌示。须转语城外两君也，农曹文字附还。叔平太世叔大人钧座，世愚再侄盛昱谨肃。

手教诵悉，明午定往陪读，伟翁所论，似已得要领，或不难应手奏效耳。敬复叔平太世叔大人钧座，盛昱顿首。

27

叔平前辈世大人阁下①：

十月初三肃缄，谅登记室，恭维勋福崇闳，兴居笃祜，颂与慰俱。本月朔钦奉六百里寄谕，饬办海防。浙省将领乏人，前于十月初六专折奏请吴提督长庆来浙帮办防务，种种下情，前函业已缕述。

现在批折未回，如蒙恩允，实所深幸。盖欧阳提督既非能当一面

---

① 此通信封云："军机大臣翁大人钧启。"左下钤"仲良启事"朱文方印。

之才,前所调之杨岐珍资望尚浅,又不便使之主持防务。若吴提督不来,则杂凑成军,号令不一,大敌当前,必致误事。况兵凶战危,非心性与共、生死与共之人,则缓急难以深恃。吴提督前在敝军多年,气谊浃洽,久共患难,所有旧部将士均可一气呼吸。浙省兵单饷匮,不敢添募多营,惟恃将领得人,庶冀以寡击众。安危之机,间不容发。倘前折不奉俞旨,仍拟据实沥情,再申前请,不敢缄默,致误戎机。乞执事将前函并此函所述,代陈枢府、中堂、王爷、大人之前,务乞俯察,下情上达于李傅相处,似无不可通融。

晚为浙防紧要起见,非一人一家之私,敢再冒昧渎陈。老前辈关顾大局,尚求曲赐成全,毋任感祷。此间八、九月畅晴,秋成丰稔,十月连阴,晚禾减色,丁厘两绌,库储不敷支放息借商款。织造衙门能办緞件,即核减亦难筹画,奈何,奈何?肃泐恭叩台安,世晚生刘秉璋顿首谨启,冬月朔肃。

天听准饬吴提督早日来浙,俾可从容熟筹布置,即海防各营亦须大将时时在防,督率操练,庶收众志成城之效,无临渴掘井之虞。若朝鲜必须镇抚,即留吴提督所部二三营,其中老营官颇有足资坐镇者,皆晚旧部所深知也。至燕台防务,无大河可通内地,本非镇海、宁波可比。陈隽丞中丞亦系带勇多年,必乐用其旧部,廉将军思用赵人,良有以也。所食东饷改由浙支,亦无不可,一切细情已函商电询。

敬再启者,军旅之事全赖将帅一心,士卒一气。朝廷置不才于海疆,岂非以曾经带勇、粗知军事乎?外洋构衅,幸而无事,原是虚惊。一旦有事,便是劲敌。若不予以旧部得力之将,是犹使之作字而牵其肘也。前此俄议未定,谭文卿前辈奏调黄提督少春,荷蒙俞允,遂简放浙江提督,以今比昔,事同一例。

晚与人共事,向称平易,如果欧阳能当此任,亦何敢期期渎请?无如该提督人虽平妥,志气渐衰,且从前亦只带过水师一营,并未充过统领。近来瞻殉情面,所部达字四营,习气颇深。虽经函牍交勖,正恐积习难以顿改。此等细情,折中难以明言。但望吴提督来浙帮办防务，则军事有所付托，欧阳提督镇抚绿营，固亦可以相安无事也。海防关系太重，不敢不缕悉密陈，再请台安，晚秉璋谨又启。

28

叔平前辈世大人阁下：

两奉教言，过承奖勖，惭感无似，恭维起居曼福，如颂为慰。初一停战后，法船三四五只不等，仍泊口外，我军暗中戒备，口门桩船仍旧堵塞，不敢轻启。厘源愈绌，饷项益窘。

闽来五营，四月以后应由浙省供支捐输八成，万难踊跃，不得已商令官为倡捐，谕绅劝办，一切均照事例给奖。虽难集成巨款，约计姑可稍资挹注。京协各饷无力筹解，意欲商借洋债。转念剜肉补疮，虽济一时之急，仍于库款无裨。

自办防以来，不敢一字铺张，不敢一文滥用，兵单饷竭，日夜焦虑，寝食俱忘，时事艰危，宦途险巇，颇悔此次出山，殆成蛇足。巴使到津，谅已开议，不知有无要挟，详约能否就绪？漕粮半上洋栈，半由州县运回存储，久不开兑，霉变堪虞。牧令之吃亏，无待问矣。北风有便，锡以箴规，是所感盼。手肃敬请台安，伏祈鉴察，不戬。世晚生刘秉璋谨启，三月廿七日。

29

夫子中堂函丈：

敬启者，正月杪奉肃一函，由塔道转呈，计蒙察鉴。公司改拟路线，及近日商拟水陆转运诸事，均由公函具陈，路线改至伯都讷。虽较偏南，尚在吉林边门以外，未至腹地。在我似无以难之，惟经行蒙古一层，就地势论，所经大半沙碛之区，无甚关系，然两国密约，止载江、吉两省，不及蒙古，与原议未符，此中可否只视国家权衡？澄意俄主持派吴克送礼，兼有微德主持路事，恐于事势不便终拒。若俟吴克启商，由署奏请，蒙地本不在议内。今格外顾重邦交，特允公司所请，令吴克专电招明俄主,似亦借机联络之策,敢为吾师私布之。罗启泰上月中旋俄,伊所管银行事太繁,于公司止能裁决要务,故总局常川事件,概由盖贝次料理。伊自言公司亏短,归俄廷。兹承第一权柄在俄户部,其次即在华俄银行,可见任事虽分,权无所减。

近来公司派人赴东,均来请给护照,转运亦听总办给照,渐次争回面子,亦尚得罗宣言,必照合同之力也。罗本嘱总监工茹格惟志先至京谒见钧座。嗣茹虑赴工迟缓改计,迨罗归后不以为然,仍告户部,令茹来京。该总监工专办工程,不习外交情事,为人尚属诚实。近于澄渐能相信,转以到东后,与地方官生疏,暨划拨官民地亩周折为虑。澄以总办无权可以呼应地方,只能居间接洽,且与满州大员情志未通,故前议派员会勘之举,未与公司力论,现但告以一切应与地方官和商。如需传译语言,我之委员可以帮助。旋又告以江、吉地面辽阔,一守史辖至数百里,难以周顾,可由我转请将军,分派专员,偕同履勘定拨,以免耽延。茹谓将军派员,似不如国家委派之得力。此说容俟后图,其意似疑地方官或有掣肘。若添派塔道前往,又虑调停主客权变,肆应非其性之所近。再四,通筹似拨地一项,惟有凭该管官自行照合同办理之为妥便。该总监工来谒或有陈叙,用将商论始末备闻。吴克托穆谓钧驾在俄,凡交涉密要之件,皆由伯行传译,故愿在沪约晤,意在邀之赴都。澄言伯行得暇与否,未能预悉。此可到沪面询,迨接上月廿七日电覆,吴克正过柏林,即已转告矣。喀希尼尚在法境养疾,似未必再回华任。俄新外部模哈惟亦夫与谈数次,人尚和平,可继罗拔之轨。专肃泐陈,恭敏崇绥,受业许景澄谨启,三月初六日①。

---

① 此通信封上云:"三月初六发,光绪二十三年四月廿一日到。宫太傅夫子爵中堂钧启。"右上角与左下角钤"谨肃"朱文方印。

30

叔平世丈同年大人阁下：

手示诵悉，连日疲于奔走，感暑腹疾，晨间稍觉清爽。明日本拟移居贤良寺，嘉招当趋践也。复请台安，容面谈，不具。文蔚谨肃，廿日。

31

叔平六世丈年大人阁下：

弢甫世兄清恙，顷据鹭洲谈及，总以静养为主，与病相忘，自然见效，好在此时血气正王也。前求赐书联幅，如已写就，即祈掷交鹭洲带回，日长天燥，以便装潢，幸甚，幸甚！敬请台安，屡走谒未值，至以为歉，文蔚谨启，廿五日。（文端师诗文集、年谱，求各赐一部为荷。）

32

叔平世六丈同年大人阁下：

春明聚首，快慰阔悰。文酒盘桓，一洗簿书尘虑，此十数年未有之乐。别后迂道津门，与合肥相国商办直豫交涉事宜。小住三日，大雨时行，官路阻水，径由津沽乘舟，溯卫河西上，借得轮艇拖曳，不半月即抵内黄，月之七日履新视事。连日接见文武属寮，咨访地方利病，较八年前文蔚官汴时情景迥殊。灾祲之馀，元气未复，盗风日炽，讼狱繁滋，牧令劳于催科，拙于抚字。

近年征收将及九分，一丝一粟，上之大农司库，别无闲款。平馀亦经报部，万一水旱偏灾，奸宄窃发，徒张空拳，茫无以应。外省协饷止甘肃、山东、旅顺三处，需百数十万之多，京饷及本省兵饷、俸薪、养廉、外销杂款不与焉。上朝邑书中已痛快言之。汴为畿辅屏蔽，虽八方无事，亦当厚集兵力，以备不虞。现仅练军十营，择要驻防一处，不能分一哨，巡缉不遑，何暇云练？马步练勇五营分布近郊，不敢远扎，鄙人本不知兵，揆时度势，实非增募数营不可，然足兵必先足食，一时未便轻举，暂作缓图。恭绎慈训殷谆，以练兵为要，是诚当务之急。明烛几先，不胜钦佩。嵩武加饷，朗帅奏准免裁。此间已将节省项下拨解，固本饷二万金，东牵西补，竭蹶可知。大部如肯垂怜，疏请嵩武一军，分省协济，或令朗帅裁减数营，俾汴省添营自卫，不惟汴省之幸，抑亦大局之幸。钦使将临，未审查办何件，文蔚老至无能，时艰多故，决不忍自私自利，苟且目前，大言欺世。拉杂奉布，敬请台安，馀容续陈，年世愚侄文蔚顿首，七月廿八日灯下。

33

叔平世六丈年大人阁下：

承示感暑气弱，至以为念。退直后复入署，得毋劳甚。留城三日，政府尚未见齐。今日中酉之间当走谒也。复请大安，馀容面陈，文蔚谨启，初七日。

34

嘉招如期必至，遵命便衣。文蔚硁硁之性，决不拘俗格也。复请叔平六丈年大人晨安，文蔚谨上。

35

叔平世六丈年大人阁下：

三月二十日辱奉手教，备荷肫垂。承询豫省咨部款项每多不清，未知所指何款？廿四日途次复奉惠函，开示略节，当即寄省，饬司查复，另纸详陈。

侄在都时，闻朝邑相国谈及此间报部款项轇轕。莅任以来，遇事讲求据藩司缮具出入简明手折，核之卷册。自清查后，财用出入，尚觉分明，所称司库储有待拨之四十万金，实已于军需项下报销，册内漏未声叙检阅部驳。至于某款不符几厘几分，恐外间书吏幕宾不能如此精核也。综计每岁入项，除应解京饷外，大半供亿客军，地方偶有兴作，辄以经费无出而止。此次城河贾鲁河取之振项，赢馀不敷尚巨。现据陕州铁道会禀，阌乡县城将沦于河，估工非十馀万不办，业经许为请款，其他姑仍之而已。豫省厘金多出旱卡，一年所收不及东南一卡之数，然尚有财可生，如巩密之煤、归许之土药、淮齐津潞之盐斤。若新藩司精于理财，与之商计，试行未必于库储无补耳。侄监河两月，壹准旧章，惟郑工一役，虽非一手经理，毕竟始终与闻。凡清帅未竟之功、未奏之件，均已次第清厘，不欲重烦后任。仙屏同年三月二十二日受篆，侄即于是日出省行部。天气寒暖不时，沿途常苦感冒，力疾遄征。

前岁工次积劳，去夏一病几殆。年近七十，老境日臻，蒲柳之姿，益形蕉萃。豫省地大物博，自惟薄植，加以衰朽，惧不能胜。拟阅过汝宁营即假回省城。此时盛夏溽暑，兵士校艺，亦非所宜，俟秋凉再赴东北两镇。计抚豫已届三年，述职之期，自当疏请陛见。倘蒙俞允，良晤匪遥，藉图畅叙，老至辄念故人，亦人情乎！手肃复请钧安，不具。年世愚侄倪文蔚顿首，四月廿六日光州行次。

前承询及何星桥同年近况，豫省候补道十数员之多，补署固无定期，差事亦颇不易。侄抵豫三年，止见南阳一缺。朱曼伯以大工告成，蒙恩特简河北一缺，已放应补之员，其两缺署事，不得不尽工赈出力之人。星桥兄起服稍迟，皆未得与。兹委以吏治局总办，月得百金，清暇无事。此局系涂前任捐设，非动公项也，附及。

再，查豫省武职养廉一款，例动耗羡，惟内有归德、信阳两营员弁动支逆产，变价生息及厘金两项，因系外款。豫省向于兵马钱粮奏销册内，随案带叙，并不分款另造。上年大部慎重外款，饬将生息厘金收支，另造四柱清册送核，未及照办，复奉驳查。现已饬司遵照，按年查造，五月内约可造齐，随同本年兵马奏销并案咨达矣。谨再启。

36

叔平世六丈同年大人阁下：

昨奉还章，知令侄仲渊世兄噩耗，悼叹久之。时事方殷，伏祈排遣私忧，为国自重，至祷，至念！侄奉职无状，下车一月，天降奇灾，虽云河伯不仁，敢曰有司无罪？乃蒙逾格之恩，曲从宽宥之典，肝胆具在顶踵，奚辞黄流汗漫，被淹甚广，犹幸地平淄缓，民及迁辟，死亡无多。然而生灵百万，荡析离居，转眴霜零，饥寒交迫。每一念及，寝食俱忘，发粟振抚，聊救目前。塞决之举，万不可待河员结习，辄引豫工成例，曰千数百万，曰数百万。

值此库藏告匮，目击时艰，具有天良，何忍附和！筹思善策，莫若招募灾民，以工代振，自食其力，则众志易齐，恐失农时，则趋公必急，较之散募土夫，似可省费而功倍，惟是纪纲不可不立，号令不可不明。拟择严明慈惠之武员为将领，仿湘淮军制编营列哨，栖止有定，兴作有期，名曰"工振营"。现已开募，俟溃口裹头告竣，河帅估定大工，再请饬拨巨款，俾得早日蒇功。万一款不能齐，或息借洋债，断不敢停工待费。溃口一日不塞，民生一日不安，我公饥溺为怀，幸有以教我。专肃奉慰，敬请台安，不具。弢甫世兄南归否？念念。年世愚侄文蔚顿首，九月三日。

37

叔平世六丈年大人阁下：

陆吾山回豫，询悉台旌返阙，福祉胜常。客腊肃贺岁禧，计尘清鉴。入春以来，惟起居纳吉，远慰颂忱。吴中去秋水患较己酉何如？此间曩岁旱灾，前年河决，东南善士蠲金输粟，活我穷黎，屡烦告籴之文，未报泛舟之役，侧身南望，祇益怀惭。

侄兼摄河防，谨循旧轨。张朗帅欲以直东上游工务归并东河，窃不敢赞。豫省两岸七厅分隶两道，岁糜数十万金，修防尚不可恃。若三省合为一事，不添厅，泛则照料难周；再添厅，泛则经费更大，惟盼仙屏同年速来，俾早释肩巨耳。

此间除钱粮正赋，别无财源厘税，所入不及东南一卡，防军饷项及协济西陲，计去大半。地方应用之款，自顾不遑。近又筹备铁路之费，前恳截留帮丁一项。此为豫省闲款，伏求大部早行核准，藉资挹注，不胜铭感。专请钧安，诸祈垂鉴。年世愚侄倪文蔚顿首，二月廿四日。

38

叔平世丈同年大人阁下：

前肃一缄，祗颂岁釐，计尘清览。辰惟金瓯协卜，继美韦平，主圣臣贤，国恩家庆，深为天下苍生幸，非第一家之荣也。

郑工于二十日告成，糜帑千二百万，竭年馀之力，始能底绩，仰赖朝廷福庇，灾黎竟无流亡，亦自可喜。工程之事自此终，地方之事从此始。文蔚抵任以来，每月强半驻工，钱谷、兵刑多未暇问，库藏支绌，善后诸政，大费筹画。

春振总须备至麦秋，刻下遣散归赀，正复不易。奏报合龙之疏，年内当可奉旨。五百五十丈之工已成，五百二十丈似高阳义州与子中河帅前劳，亦不容没。兹呈手函两本，足知此事原委。专叩鸿禧，年世愚侄倪文蔚顿首，嘉平月祀灶日。

再，郑工决口经年，糜帑大万，虽获幸成功，实不能抵罪，然使规复故道之说行，恐此劫直无了期。我公与吴县尚书一疏，造福不浅矣。刻下河势绵弱，两坝相距不过十数丈，惟水深溜急，一占须十馀日始成，计小寒节后可盼合龙。所患者库藏支绌，地广事繁，缓急无可筹备。大工告竣，地方善后之政，不仅工需也，奈何，奈何！知关廑注，用以附陈，谨再肃，十一月十六日工次。

39

承赐西瓜,沁脾震齿,伏暑最宜,感欣叨极。今早接手书,知暑热渐清,今晨已勉强入值,鄙怀少慰,午后进署之举,似可间隔两日,以息烦劳为要。

昨闻燮臣兄处有事,并不知会同人,弟拟仍往吊慰,想吾兄必已到过矣。同年知单已写过否,示知为祷。手肃布谢即上,瓶生吾兄左右,承弟顿首。

40

顷赴东郭,有失迎迓,罪甚。邻屋卖价,闻他人已许七五,尚无成议。今晚即遣往探,如问,再为奉知。然无处开门,且子午一向,终须详酌,若到手时恐出手难也。高明以为何如？弟拜覆。

41

适作札,接手示,具悉看房一事,系为筱塘,非弟事也。此房亦系园亭式样,花木极佳,较尊寓颇轩敞,惟久闲太不精洁耳。暇时尚可一往,承弟再顿首。

42

乞折已蒙恩准,无任感幸,总由公私交窘,此病之所以难愈也。万不得已之苦衷,久邀鉴及。此后时日既宽,宿疾或当脱体,再图报效,亦不为晚。筱珊、树南得非前鉴乎,尚有区区欲白之忱,未便形诸笔墨,统俟面罄。专此即上,瓶生吾兄座右,承弟顿首。

43

承赐笋柚,感谢,感谢。今有通家为祖母征寿联,其上款拟用诰封官称,下款称“通家晚生”,可否？希示教。此上,瓶生吾兄,承弟顿首。

44

孝侯本系同年至好，今况如此，谊应佽助。同年相助，大致若干，望示知，以便送去。贱疾贴河南膏药，亦无效验，惟日来瞑食尚可。前夜大风，颇觉畏冷，其气弱可想耳。此上，介园吾兄，承弟顿首。

45

近日闻基隆又覆，且淡水甚危。正拟奉问，适闻捷音，顿增快慰。既有可乘之机，亟应速筹进止，想必已有定见也。大风一夜，冷若深秋，即惟动定胜常为祝，承弟顿首。

46

顷者约赴邻家一游，不期尚未回寓，容再定。南果数种，望哂收。惜得不多，故分赠只此耳。今日忽觉燥热，颇困顿。尊体恶寒已大愈否？伏惟珍摄，不具。弟承园顿首。

47

叔平六兄同年大人左右：

日昨英西林同年乃弟子恭送来遗疏一本，求题内外签，均书“英果敏公遗疏”，三日内走取。此致即颂，道履安绥，不备。弟期书顿首。

48

旧剩药酒送呈试用，藏已二年，特恐药力减耳。此请叔平六兄大人台安，世愚弟华顿首。

49

今早凤石诊子腾，谓无非甚虚病，尚无碍，惟瘀血已离经，不宜止塞，稍有流出，正是好事。复经九翁去诊脉定方，亦云无碍。其方于清热化瘀之外，亦稍用参少许，馀品与叶子川所定方相似，当可煎服，至于头目微肿，自属虚像，但若内热未清，亦不便一味峻补。明早退直再当往视，并招子川定方也，弟华顿首。

50

画幅草草涂就，并枚岑原画及闱中交下素笺，统行奉缴。前晤伯寅兄，提及进呈录文艺。想来头场自应全用解元之作，二三场应用何人经策，望吾兄预为拟定。廿一日可托本房告知本人录稿备用也，通仓秋俸，仍拟遣仆随尊纪往领，届期望示知为荷。此请叔平六兄世大人夕安，弟华顿首。

51

大笔领到，备资矜式，什袭之馀，再当走谢。昨捡敝县志书，范大澈字子宣，又字子静，官鸿胪寺序班，累使外邦，进秩二品，爱法书名画，与仲父钦(即东明先生，天一阁主人也。)嗜奇相尚云云。至号若讷名霖者，志内未载，或非四明人耳。此请叔平六兄大人著安，弟华顿首。

52

此稿补画者甚多，必不能遗漏，弟亦未落墨，数日内当去告知也。此事似无异议，如昨日未经注写另奏，则补画稍迟，尽不妨耳。此请六哥大人即安，弟华顿首。

53

昨承清诲，欣感无似，赐题恽册，南田有知[1]，亦当俯首，何况珍藏什袭者哉！承惠良马，谨拜登谢，日来造车，正觅骡马，已荷筠丈假一骡，兹复得马，可权作长安居矣。昨晚归寓，适得若农书，言越事颇详，谨呈览，以补南中新闻。又，天久不雨，食水每虞不洁。比得沙漏一枚，可以化浊为清，置之座隅，涓涓水声，饶有泉石间意，但须人功浇灌，非如自来水之省力。匪云报琼，谨以奉饷，祇颂叔平大人钧安，张荫桓谨上，闰月九日。

54

《华山影拓》第二本，似不恶，昨云须与本主议之。此论亦甚有理，若本主有公之同好之意，则天一阁固经阮氏翻刻，故事可援且未见，遂因重刻致坏宋拓面目也。贤者以为何如？弟田顿首状，翁大人执事。

弟欲以二十九字本，先令照数十分为之先导，或望此风一开，有好事者继之，何如耶！

---

① 南田，即恽格(1633—1690)，字寿平，号南田，别号云溪外史，晚年居城东，号东园草衣，后迁居白云渡，又号白云外史。明末清初书画家，常州画派的开山祖师，其与王时敏、王鉴、王翚、王原祁、吴历合称为“清六家”。

二十四　诸公手札(八)

1

叔平仁兄大人阁下[①]：

京师多承善诱，每怀不忘，濒行指示要义，竦然敬听。乃知公于洋务淡然，若不经意而澄心睹变，深谋至计，蕴具于心，一发而应弦赴的，万夫辟易。此古大臣所以任重致远，其智深，其勇沈，措天下泰山之安，而若沛然有馀，国有管夷吾焉，吾复何忧！

租界免厘定议已久，恐各海口皆将藉是招徕商人，驱而纳之丛渊，而厘捐至今日弊窦丛生，早成强弩之末，骤有事变，更无可经营，不若稍留民气之有馀以待变。赫德免厘之议，自承岁筹千数百万，抵厘捐所入，当时直寝其议，心甚惜之。国家本计在急求人才，勤课吏治，疏通民气，力行教化，及时为之，日见其益。承示贩烟、传教二者，皆本计也。非能一二责之外人者也。

甘、黔、山、陕废田而种罂粟，侵寻以及河南直隶，岂亦洋人强之使然哉？中国人心不能自振多矣，鄙人遭时诟毁，既自悼，亦未尝不为吾人之嗤嗤者悼也。日记一本，(所在形势及军实议论，亦颇有可观者。)属周晓棠录呈，求一催取之。敬请台安，承赐皮冠，以头痛赖此为活，极感大德，敬谢无已，愚弟嵩焘顿首，立春日。

---

① 此纸前有一信封，右题“东华门外烧酒胡同”，中间红签上题“户部右堂，翁大人台启”。

2

敬陈者:

自去夏东洋构衅以来,我军节节退缩,奉省金复海盖,悉被占踞,辽沈甚危。一月有馀,倭人虽未北犯,宋军之势已孤。朝廷屡次命湘军往援,迄今未见动静,前此所盼望者,刘岘帅一人耳。到京后复以兵单不能遽行出关为辞令。虽勉强而行,足恃与否,实未可必,且续调之十三营尚不知何日能到,关内外各军能否听岘帅节制,尤未可信。东省军务目下实觉毫无把握,然而倭氛虽炽,京师尚为安定者,以在严冬时节,各口冰合,固知其不敢深入也。昨者荣城失陷,威海已危,倘烟台一角复被占踞,则津沽如处囊底,探取即是。转眴开河,必有警报,而愚以为津沽则未必遽犯也。闻山海关内沿海小口甚多,而乐亭最易登岸。冬腊之间,已屡有倭轮往来,必非无意。前者旅顺之失,先夺金州;大连湾盖平之失,先夺海城。今复欲取威海,先踞荣城,彼之用兵,实处处先扼其吭,然后徐为攻背之计。

现在奉省已去其半,彼之欲得甘心不言可知。设使冰开以后,彼以数船载数千兵于乐亭登岸,占踞其城东,取山海关,则关外各军粮饷军火一概隔绝,关内之铁路所以转运者,一无所用。续调各营在关内者,不能前进一步,关外之师一溃,东省事不可为矣。乐亭各口闻前系吴清帅所带湘营驻扎,今已奉命出关,后路自必早有布置,然非谋勇兼优之大员前往扼守,断不足恃。为今之计,惟有速遣董福祥统带所部各营,即赴乐亭一带,择要驻扎,设嫌兵单,再益以调来山陕各营,必须明降谕旨,归董调度,尚有月馀布置,可赶得及。闻董福祥镇静寡言,胸有韬略,在新疆为俄人所慑服。前月闻曾私赴山海关相度形势,必非寻常武夫可比,且其士卒多精壮可用,必能为关内一带。沿海、长城关外,则责成刘帅即速前进,与宋军合力进剿。为规复之计,后路既无内顾之忧,续到各军亦可陆续出关,以为应援。山东则责成李中丞,趁其立足未定,并力攻复。惟威海虽有海军在彼,恐不足恃。所恃者只嵩武数营，而嵩武自易李正荣统领后，恐上下亦不能连络一气。此须密谕李中丞相机更易统领，方可得力。查孙金彪系该军旧部，闻尚在彼，可用与否，则须归李定夺，不可遥制。乐亭一带，既有重兵扼守，津沽则万不可不防。

记在保定见李折稿，有"北洋海军尚有定远、镇远两铁舰，辅以快船蚊雷，各艇与陆路炮台声势相倚，各口守台弁勇，均系训练有素。倭人来犯，当督率各将领奋力迎击"等语，似可据此密谕，专责李相一人，亦不能再有推诿。如此布置，似关内无可乘之隙，关外之师方可一意进剿。外可以壮关东之声势，内可以保后路之饷道，近可以固京师之屏藩，三善一举可得。否则董军置之南苑无用之地，设各海口稍有疏虞，专恃董军护卫京师，乌足恃乎？总之，布置周密，方可言战；能战，方可言和。此时虽有议和之说，万不可因循，不为布置。此议自应早已密陈，无待烦言赘说也。松年识见浅陋，乌足以裨时艰，惟自还京后，耳闻目击，愤闷日深，自念本无言责，不敢妄有疏陈，而献策师门，尚不至蹈肆妄之咎。谨就所见密陈一二，以备采择，伏惟垂鉴，松年谨上。

再，筹饷一节，前有令，各直省设法劝捐之条。近闻北五省中不肖州县办理不善，按亩勒捐。又有差役赴乡勒捐之事，民心大为骚动。此系得之友人家信，言之甚的，亟须降旨严禁，以固中原要本，并陈。

3

叔平仁兄年世大人阁下：

前月初宝箴携呈一缄，计入钧鉴。此间近状，谅已禀闻，不复覼缕。遥企阁下廿年讲幄，夙著补天浴日之勋，此际重莅枢垣，咸仰旋乾转坤之烈。数月以来，朝纲振厉，将吏惕然，惟贪纵骄悍之夫，尚稽显戮，军情不无瞻顾耳。关内外兵勇不为少矣，而能战者寥寥可数，岘庄膺此重任，果能胜否？洋款屡议未成，弟则谓论磅不借，南洋待用孔殷，无论息之轻重，磅价之低昂，弟不敢与闻也。手此敬请钧安，即叩年禧，弟钟麟顿首，腊八日。附呈一件。

4

宫保夫子大人钧鉴：

敬肃者，駣轺忝驶狨座，伊违溯西环裨海而遥跂北斗泰山之峻，秉钧典属，芭算恢闳，赓九陛之明良，辑万邦之黎献，德敷重译，引颂无量。

儒仲秋之杪，遄赴日斯巴尼亚国，呈递玺书，礼成聘觌。举凡交涉事务，悉详迭上钧署公函，兹不赘述。惟此次欧洲涉历藉广见闻，一得之愚，敢为函丈贡之。英法接壤，并驾争雄，缅其富庶之权舆，由于上下之洽緦。英自为美所畔，始锐意于师船；法自为德所熸，乃精研夫商务，蒸蒸日上。逴轹寰区，固属国运使然，亦系人力所致。日国当有明末造，寻得北墨洲绝域，拓及南墨洲多方，遂霸泰西。高跖远瞩，厥后势渐陵替，属地相率自立为邦。今则主幼国贫，愈形蹙弱，与英世戚，而师船无训练之规；与法比邻，而商务无制造之器，甚至五等之爵，鬻以金钱，三尺之童，溺于烟草，将校不修武备，士夫专尚词章。其首相干那华斯尝语人曰：使某治公牍蹇涩异常，若作诗歌长篇立就，其积习概可想矣。外府仅恃古巴、小吕宋二岛。近日古巴党酋构乱，饷匮兵哗。小吕宋逼迩台湾，倭久垂涎，终难固圉。儒使车于迈，駴目怵心，乐观郐而无议论，过秦而可鉴百年，屡变舆诵訾之。我中国地大物博，人材辈兴，英法尚难拟吾幅员，日国只类附庸，尤不足同日语。第值时事孔棘，勍敌甫许行成，外侮丛生，内讧蜂午，岩廊宵旰，倚赖谟猷，遐计群策竞陈。要其大端，不离乎讲求富强，变更墨守，惟是财力有限，次序宜循，或出公家，或归商股，或急需筹攒，或缓予施行。经台省之指扐，树华彝之准的，转祸为福，天下举安，瘖瘖征夫，饔轩以俟。此间使务续布公函，备蒙亮察。傥荷诲言远贶，俾获尊承，则纫感之私，偕七万程涂俱永矣。临颖骋悰，敬敏春绥，伏惟垂鉴。门下士杨儒谨肃,冬至后四日。

5

叔平仁兄年世大人阁下:

久未奉书左右,因目昏,作字殊苦,心所欲言不能尽,亦遂不言,且不欲以琐屑之词,上渎清听也。佩之来应得见,此间事能略述梗概。湘省旱灾,蒙阁下提倡,各省竭力协助,灾黎受福无量。此后风雨时和,秋成丰稔,或不至有他变也。手此敬请大安,即贺午禧,弟麟顿首,四月廿四日。

6

叔平仁兄年世大人阁下:

奉手教敬闻种种,言及免厘,觉有歉然者。此事部中不悉底里,诚无足怪,亦知非公意也。惟此后应如何办理,尚须斟酌。弟决不敢负气相争,致伤雅道,而事势至此,欲求挽救,非全免厘金不能。自古言鹾政者,必曰减价,敌私厘不减,价何由减耶?价轻则销可畅,然后定永守之策。前疏未及办法者,亦料或有异议,则无从措手也。再启辞繁言杂,不能无唐突语,伏乞谅之。佩之应已见,不中则早归矣。手此请大安,弟钟麟顿首。四月初七日。

再启者,闽盐免厘一疏,经大部奏驳,奉旨依议,夫何敢置喙?第此间情形,部中实未深知,故所言皆臆断之词,于事理、事势无当也。必欲申辩,似乎争执殊失中外和衷之谊。各前任所以不欲昌言者,大约因此。闽盐自文襄率勇赴粤,私枭蜂起,官运遂滞,迨淮浙各收复引地,而闽盐之灌邻者又不行。盖自同治六年销数只三十馀万,英前任始有免厘二成之请。初议不允,继有展限三年之议,其实每年所减祇二万数千金,而销数亦逐年短绌,课厘遂岁有亏欠。以公事论,商人监追委员参办。此等官话,前任岂不能言?然讯之商人,已领未销之票尚在;责之委员,则已运未销之盐尚多,何能遽以侵吞之罪罪之?

而部中四十万之定额，牢不可破，势不得不含糊粉饰，挪后掩前，冀以后销数或旺为弥补前欠之计。讵料愈积愈多，至光绪九年已亏数十万。前督臣何小宋前辈于九年二月奏请再减二成，（折抄呈部中，可查。）折内已声明商人未销之票数十万，官运局未销之票、未销之盐亦数十万，亟宜量为变通，而部中不省。十二年杨前任请展限，卞前任亦请展限，皆知再请免厘之说，必不可行，互相隐忍。十五年龙道锡庆抵任，不欲接前十馀年流欠之数，卞颂翁谕以认真督率办理，多销一分，即可弥补一分前欠。龙道不辞劳怨，刻意讲求近数年销数，虽较往时为多，而欲补前欠，势有万难。十八年兼署督希侯，故有请免六成，并前准减二成，一并暂免之奏。已奉旨，著照所请，而部议祇准二年。今满限矣。

麟初放闽督，友人郭縠斋来言闽盐之害，（远翁世兄，今台州守。）心识之。到任后，体察情形，诚不忍日向穷黎敲骨吸髓，故有为民请命之疏；而人微言轻，不足取信于中朝，只自恧耳。夫利不降于天，不产于地，终当取之于民。我朝宽仁，凡民间疾苦，疆吏以闻，则恩施立沛，蠲免之旨，无岁不有，何独于福建盐课原额外，必多取十二万？他省之不如额者听之，恐非圣明所乐闻也。麟固不才，其言不足信，岂前任督抚十馀人，皆欲见好商人，不顾公帑耶？抑理财之要，其智尽出计臣下耶？至以陋规为定额，谓是化私为官，实蒙所未喻。闽盐自嘉庆中增额二十八万，常苦征不足数。道咸间每年奏销只五成，同治初欠课至四百数十万，部档可稽也。官吏索规费，商以课银应之，而亏正额，是所谓陋规者，即正课所由亏，非收足二十八万外，另收陋规七八万也。吴道以多收见好，文襄即据以入告，特未深思耳。

今天下之患在事事不求实际，惟于纸片上絜短长。吞舟者，漏网矣；鳅鳝之细，则靡遗焉。淮盐岁入本六百馀万，改票后仅收四百万，不闻必令足额也。浙西盐务自杭州克复，商人包课六万六千。光绪五年重到浙江，仍是此数。麟谓鹾政计丁定引，岂有浙西数府十馀年，不添一丁之理？如苏州原包一万，城内酱缸岁销八千引，一郡之大民食只二千引,其谁信之?讲求一年,始得要领,其实官销六万六千,商人藉官贩私者,如之私枭贩卖且倍之。七年春,令商人集赀三十万元,收岱山之私,派炮船于山左右,堵私于浏河,设卡查验官盐。每包过称,以杜夹带。各市镇未设子店者,委员运盐往售,每斤不得过二十文,时商价三十四文,私枭亦卖二十五文,于是大窘。至秋间商人自认包十二万引,麟适有甘陇之役,亦遂允之。嗣得浙中信,每年实销十二万,亦有销十三万时。十七年秋,权户左令山东司查浙盐报销。八年后仅销十万数千引,未闻有增一引者。阁下试令检查七年前销数,大概可知已。

自维外任三十馀年,未敢有冒昧之举,奏报中亦无欺饰之词。际此时艰,无事不力求撙节。到闽后改坐粮,汰浮费,整饬厘金,所省不过十馀万,所增尚不满十万;而积欠勇饷太多,贴赔磅价甚巨,左支右绌,与司道日坐窘乡,徒唤奈何!今无端而以十二万厘付之一掷,亦必有故矣。

去秋一疏,但论事理事势,将以救弊,尚未明言弊之何以祛,譬之医者初诊脉,仅叙病势,尚未立方,而主人叱曰,此庸医也!则亦袖手而已。然如部中所云,五月限满即规复原额,是每届当增八万,贫民其何以堪!极其至,不过办商人、革委员、参盐道伎俩,止此耳,于盐课无补也。揆时度势,不得不再言,而言则似与大部相龃龉,是以踌躇。阁下其何以教之?语无伦次,不免干冒,乞宥为幸,弟麟又启。

7

叔平年大人阁下:

昨得京电,恭承恩命,补授东河,感悚交集。镕年迈才庸,深惧弗克胜任。自二月到汴,即患腹疾,无日不泻。始犹能冒暑督防,入秋以后精力渐逊,颇不自支。因未至霜清,兼以运河敝坏不堪,必得亲往整理,是以未敢乞假。兹幸仰邀福庇,普颂安澜,河工积弊经三泛痛惩之后,手订条约,宽猛兼施,应不至全无忌惮。河防局馀款已于霜清夹片奏明归公。此十二万中，前任已提用一万三千，统计所馀将近六万矣。犹是何也？犹是料也！

今昔悬殊若此，其数固甚可观，而其事亦甚可叹也。现正派办新料，定每垛四万斤，（往年不过万斤上下，交争从来未有之陋习。）将功补过。派员监收，抽垛过秤，当不敢如前偷减矣。拟十月朔力疾赴济，约两三月始得竣事，如病体不能就痊，惟有据实上陈，夙荷垂青，谨以附及。专肃志感，敬请钧安，不尽。道镕谨上，九月廿八日。

8

侍彝谨上叔翁宫保前辈年大人左右：

初四日出京，夕抵通州，风水多阻。昨日甫泊析津，从此去德滋远，思德滋深，曷胜怅悒。昨匆匆晤晏诚卿，（同翁长孙。）语及吴次潇。据云久不得消息，有自豫来者，传言次潇以与同官不合，抑郁致疾，今腹肿行将过脐，甚可虑，云云。

所谓同官者，陆吾山以开归道总办支应善后局，而次潇其副也。其人老于事，当能善处朋友，而外省公事，总办例得专之。吾山作官，早于次潇一、二十年，或者各事不复咨访，亦情理之所有者。次潇初出山，急欲有所建立，而不知事固有不能如志者，亦未可知也。然其年甫四十，前程方远，又未有子息，万不可有意外之事，或者老佛低眉婉曲，指点心光一转，肝火自平，亦一大功德也。士龙仿佛亦公门下，凡前陈者，皆传闻揣测之言，亦不可尽信，如平昔通书，或以尊意转托其照应，是或一道，敬求酌之。此书专为此事，不他及，祗敏钧祺，慺慺不尽，八月九日彝顿首。

昔人有言，作三司使多年，面似靴皮，世事之不宜认真也久矣。今年鄙人呕血之证，亦心肝二藏之火郁极而上腾也。坎为隐，伏为矫揉，其于人也，为加忧、为心病、为血卦，圣人于千载上言之矣。（此说本之小安乐窝。）江上之歌，同病相怜，随笔及之，一览付丙可也。抱甕又启。

9

顷阅手书,足征高谊,感甚,感甚!仆已衰老,得承天眷,以终馀年,实为厚幸。足下日侍书斋,正资启沃,望勿以仆为念。此复,叔平契友,友人全庆拜手。

10

敬再启者,久未通书,良深企想。法夷寻衅败盟,殊堪痛恨,无不战之理,亦有不得不战之势。惟内中布置,于外省地势、民情、兵力、饷数,似均未晓然。岑彦卿与刘永福联络一气,已复宣光,正可进取,而必令鲍春霆前往,人都不解。鲍乱伦纵欲,两目已昏,本无可用。前此赴山海关,沿途骚扰,在鄂索饷,几与小荃动武,竟逼索六十万而去。伊戚黎埒代挚金五十万回夔,伊自办报销,与鄂省报销款款重复。部中以一款两销驳令登覆,迄今未据造报,此有案可稽者也,而鄂省库亏遂从此始。此次又非数十营不带,湘鄂江皖遍贴招勇告示,游手之徒聚集夔府者数万,路为之塞。向丁制军索饷数十万,非此不行。

近闻有移师成都、要挟饷银之说。昨接滇抚来书,云"关外糜烂之区,彦帅军糈已大费踌躇,鲍军仍须来滇,不独饷难筹划,米粮尤难采办"等语。鲍军到彼,与岑争权争饷,实无益而有损也。杨厚庵出山,一切仿照鲍军气派,非三十营不肯成行。在辰州募十二营,纡途带赴长沙,向庞省三挟制,省三猝无以应。十月十三日夜,辰勇哗溃,将买卖街放火烧抢,省三四鼓守城,成何世界?省三移文责之,始带辰勇来鄂,又索四万金而去。现时各省皆穷,江海防勇有三四百营之多,设使饷有不继,后患不堪设想。远方征调,徒费饷需。办理海防,魏默深《海国图志·筹海》战守三编,实有可采。其族孙午庄方伯重刊,左相为作前叙,在京与兴献规划闽事,曾不一取其说,理亦未可解耳。鄂省通商有年,教士未尝恣横。自法事起,而总署叠次请旨保护教堂，词意懦怯。于是教士于未经传教地方多欲建堂，强买硬租事已迭起。英国领事啊哩吧仕德素来狡狯，近于交涉事件，不如其意，动辄称调兵船，恫喝挟制，令人愤闷欲绝。粤东已将洋人驱逐殆尽，近亦渐回故巢。香、雪两君来书，亦极懊恼也。中怀忧郁，拉杂书此，同志者，或有同慨耶！名谨再泐。

11

敬再禀者，士彬于仲春奉委出关，办理划界事宜，刚柔互用，幸将数载未了之案完结，归至中途，又奉赴藏之命，当暑驰驱，依然冰天雪地。维时藏中闻风赶办，已有结案之机，而士彬行至川藏交界地方，忽被藏番藉口疑带洋人，聚众阻止，又未敢轻进，损威更难着手。在该番阻难来往大差，原非一次，从未稍受惩创，兼之藏地堕窳情形，实不欲外人得见，致有此举。

士彬踯躅中道，至初秋奉到折回之旨，始得回车。此次随带员弁勇丁，上下约百馀人，较向来藏使多至两倍，而沿途裁减乌拉，屏绝支应，翻较藏使，省至倍蓰。非敢沽名，实以内地近，且裁减夫马，口外更宜体恤。所过之处，番民感畏，如得未见，亦可见番情可用，只在上有以动之耳。口外水草极恶，饮啄全非，韦鞴湩酪，备尝辛阻。回省后诸疾间作，近尚未能脱，然惟有甘处退闲，藉以憩息。两番苦累，亦不敢以告人。知蒙垂注，用以附陈，载请钧安，士彬谨又禀。

12

宫太保世叔大人赐鉴：

自违教督，倏忽两年，岁毂如驰，人事纷扰，良堪叹喟。振祎至拙不材，本无用于世宙，闻我世叔大人所以奖许而维持之者，甚至人生得一知己，可以不恨。矧受知大贤，其宠幸为何如耶！奚敢不激发天良，以尽其力之所能为。至于意外风波与意外讥评，则固不及计也。河工自去秋九月后，万人兴役，已加六万金，于郑工决口之堤补救，始称稳固,可算毕事。各厅料垛,前此每垛万数千觔者,今则每垛均四万斤,目下作事有隐有显。其显者吏民知之,明神鉴之,可以任人推求;其隐者或格于成例,或恐有后患。只有做到而不居其名耳。何谓隐?如即日杨桥因沙堤难守,特筑堰数百丈。此本可专案请款,今则不奏不请款矣,又定额六十万之数。振祎拟每年仍节省五六万,存公积之数年,纵有意外之虞,顷刻可了,不必向司农请款矣。此事密告吾叔及泽翁知之,亦不能奏明也。外省盗贼之事可虑,河南、山东已渐窃发。沿江一带,亦有无形之忧。吾丈以身系天下大局安危,千乞为国自重,为道自重,以副四海仰企。肃布鄙臆,再叩钧安,伏祈崇鉴。年世愚侄振祎谨启,五月三日。

《中国近现代稀见史料丛刊》已出书目

第一辑

莫友芝日记
汪荣宝日记
翁曾翰日记
邓华熙日记
贺葆真日记
徐兆玮杂著七种
白雨斋诗话
俞樾函札辑证
清民两代金石书画史
扶桑十旬记(外三种)

第二辑

翁斌孙日记
张佩纶日记
吴兔床日记
赵元成日记(外一种)
1934—1935中缅边界调查日记
十八国游历日记
潘德舆家书与日记(外四种)
翁同爵家书系年考
张祥河奏折
爱日精庐文稿
沈信卿先生文集
联语粹编
近代珍稀集句诗文集

孟宪彝日记
潘道根日记
蟫庐日记(外五种)
王癸避难日志　辛卯年日记
嘉业堂藏书日记抄
吴大澂书信四种
赵尊岳集
贺培新集
珠泉草庐师友录　珠泉草庐文录
校辑民权素诗话廿一种

江瀚日记
英轺日记两种
胡嗣瑗日记
王振声日记
黄秉义日记
粟奉之日记
王承传日记
唐烜日记
王锺霖日记(外一种)
翁同龢家书诠释
甲午日本汉诗选录
达亭老人遗稿

第五辑

袁昶日记
吉城日记
有泰日记
额勒和布日记
孟心史日记·吴慈培日记
孙毓汶日记信稿奏折（外一种）
高等考试锁闱日录
东游考察学校记
翁同书手札系年考
辜鸿铭信札辑证
郭则沄自订年谱
庚子事变史料四种（外一种）
《申报》所见晚清书院课题课案汇录
近现代“忆语”汇编

第六辑

江标日记
高心夔日记
何宗逊日记
黄尊三日记
周腾虎日记
沈锡庆日记
潘钟瑞日记
吴云函札辑释
新见近现代名贤尺牍五种
稀见淮安史料四种
杨懋建集
叶恭绰全集
孙凤云集
贺又新张度诗文集
王东培笔记二种